Sybille Schrödter
Das Erbe der Benedictenbäckerin

PIPER

Zu diesem Buch

Nürnberg um 1452: Benedicta von Ehrenreit, Witwe eines reichen Gewürzhändlers und Erfinderin des legendären Benedictenlebkuchens, liegt im Sterben. Trost spendet ihr die Gewissheit, dass ihr Enkel Andreas und ihr Augenstern Bianca, Kind ihrer früh verstorbenen Ziehtochter Leonore, sich bald vermählen werden – nach Andreas' Rückkehr von einem geheimen Gewürzhandel in Venedig. Bei ihnen weiß sie ihr Geschäft in besten Händen. Das Rezept des köstlichen Gebäcks kennt außer den beiden und Benedicta nur der Lebküchner Ebert, ein treuer Diener der alten Dame. Kurz nach ihrem Tod wird dieser ermordet aufgefunden. Aufgrund einer falschen Zeugenaussage gerät Bianca unter Mordverdacht. Auch von anderer Seite wird ihr zugesetzt, doch sie schweigt sogar unter Folter. Verzweifelt sieht sie der Vollstreckung ihres Todesurteils entgegen und begreift schließlich, dass sich auch Andreas in großer Gefahr befindet. Überraschend wandelt man ihre Strafe in Verbannung um und jagt sie aus der Stadt. Wie sie auf ihrer beschwerlichen Reise nach Venedig bald erkennen muss, ist das allerdings nur ein geschickter Schachzug derer, die Benedictas Erbe an sich bringen wollen ...

Sybille Schrödter lebt als Autorin in Hamburg und war Anwältin, Kabarettistin und Sängerin, ehe sie zum Schreiben kam. Sie verfasste Erzählungen, Krimis wie »Das Engelstor zur Hölle« und unter dem Pseudonym Tiana Faber ihren ersten historischen Roman, »Die Tochter des Würfelspielers«. Zuletzt erschienen von ihr »Die Lebküchnerin«, der erste Roman über die Erfinderin des Benedictenlebkuchens, und »Die Minnesängerin«.
Weiteres zur Autorin: www.sybilleschroedter.de

Sybille Schrödter

Das Erbe der Benedictenbäckerin

Historischer Roman

Piper München Zürich

Mehr über unsere Autoren und Bücher:
www.piper.de

Von Sybille Schrödter liegen bei Piper vor:
Die Lebküchnerin
Die Minnesängerin
Das Erbe der Benedictenbäckerin

MIX
Papier aus verantwor-
tungsvollen Quellen
FSC® C083411

Originalausgabe
November 2011
© 2011 Piper Verlag GmbH, München
Umschlagkonzept: semper smile, München
Umschlaggestaltung: Hauptmann & Kompanie Werbeagentur, Zürich
(Lebkuchen, Band und Gewürze), unter Verwendung eines Fotos
von Jitka Saniova/Trevillion Images (Mädchenhände)
Satz: Kösel, Krugzell
Gesetzt aus der Sabon
Druck und Bindung: CPI – Clausen & Bosse, Leck
Printed in Germany   ISBN 978-3-492-25449-6

Prolog

Der hagere Mann in dem schwarzen Habit bahnte sich in großer Hast einen Weg durch die lärmende Menge. War es wirklich klug, sich am Markttag in einem Gewölbe am Weinmarkt zu treffen? Der Geistliche schüttelte sich. Er hasste es, mit dem Pöbel auf Tuchfühlung zu gehen. Er war schon viel zu spät und wollte doch kein einziges Wort von dem versäumen, was bei diesem konspirativen Treffen gesprochen wurde. Im Grunde seines Herzens traute er seinen Mitverschwörern nicht über den Weg. Eine Zwangsgemeinschaft waren sie in seinen Augen. Nicht mehr und nicht weniger. Jeder von ihnen kochte sein eigenes Süppchen.

Der Mönch hielt sich die Nase zu, weil er den Gestank, den die Marktweiber absonderten, nicht länger ertrug. Er eilte angewidert weiter, bis er das Haus des Weinhändlers erreichte. Vor der Tür wurde er von einem Hünen von Mann aufgehalten. Der trug die Kleidung eines Büttels.

»Wohin des Weges?«, donnerte der Wächter.

»Finis coronat opus«, raunte der Mönch.

Der Hüne blickte ihn daraufhin fragend an. »Ich befürchte, Ihr seid falsch hier.« Der hagere Mönch rollte gefährlich mit den Augen und packte den Hünen, ohne mit der Wimper zu zucken, am Kragen. »Das Ende krönt das Werk, du Einfaltspinsel, du!«

»Entschuldigt, ich bin angewiesen, nur den einzulassen, der das Losungswort nennt. Aber nun habt Ihr es ja ausgesprochen. Dann dürft Ihr eintreten.«

»Ich nannte das Losungswort bereits auf Lateinisch, du Dummkopf.«

Der Wächter hob die Schultern und sagte unterwürfig: »Es tut mir leid, hochwürdiger Herr, ich bin ein einfacher Mann, aber nun geht. Ich glaube, Ihr werdet bereits ungeduldig erwartet. Die Treppe hinunter in den Keller und dann immer geradeaus.«

Der Geistliche drückte sich an dem Wächter vorbei, stieg die morsche Stiege hinab und gelangte so in das Lager. Er nahm den schmalen, durch das Licht einer offenen Luke schwach beleuchteten Gang zwischen den Weinfässern hindurch. Je weiter er in das Innere des Kellers gelangte, desto schummriger wurde es. Bald konnte er die Hand nicht mehr vor Augen sehen. Da ertönte eine ihm bekannte dröhnende Stimme.

»Wer da?«

Der Mönch zuckte zusammen.

»Ich bin es«, raunte er und atmete erleichtert auf, als ihn jemand bei der Hand packte und zu einem Gewölbe führte, das hell erleuchtet war.

»Wir haben Euch bereits erwartet«, knurrte der andere missmutig. »Wir haben doch nicht ewig Zeit.«

Der Mönch wollte den Mann beim Namen nennen, aber dieser fiel ihm beim besten Willen nicht ein. Er überlegte fieberhaft. Natürlich wusste er, welch hohes Amt der gedrungene, wohlbeleibte, kahlköpfige Herr, der ihn da gerade zurechtwies, in der Stadt Nürnberg bekleidete und wie er in Wirklichkeit hieß, aber wie lautete noch sein Tarnname? Er konnte sich ja kaum seinen eigenen merken. *Jeder von uns weiß doch, wer der andere ist. Was soll das mit diesen merkwürdigen Decknamen?*, hatte er den Kopf der Verschwörung gefragt, doch der hatte keinen Widerspruch geduldet.

So wirst du selbst unter der Folter die wahre Identität deiner Freunde nicht verraten, hatte er getönt. Und wenn Janus, wie sich der Recke aus einem alten Raubrittergeschlecht in diesem Kreis zu nennen pflegte, etwas befahl, tat man besser daran, es zu befolgen.

»Kommt schnell, Balthasar!«, trieb ihn der Dicke zur Eile an, stieß eine Tür auf und schob den Mönch hindurch.

»Ach, wie schön, ehrwürdiger Vater, wir dachten schon, Ihr hättet es Euch anders überlegt und womöglich unseren Plan verraten«, begrüßte ihn ein gut aussehender junger Mann mit einem Lächeln auf den Lippen.

»Nein, so dumm bin ich nicht, verehrter Ritter von …«

»Haltet ein, ich bin Nero. Schon vergessen?«

»Können wir endlich anfangen?«, mischte sich ein blasser alter Mann ein.

Der Mönch setzte sich seufzend auf eines der Fässer und blickte aufmerksam in die Runde. Die Gesichter leuchteten im Schein eines Kienspanes. Mit ihm waren es vier Männer, wie sie unterschiedlicher nicht sein konnten. Doch jeder von ihnen besaß auf seinem Gebiet etwas, das er, Balthasar, sich erst erkämpfen musste. Macht! Nero hatte einen wohlklingenden Namen, der Gedrungene saß im Inneren Rat der Stadt, und der Alte war der wichtigste Mann seiner Zunft.

Ihnen ging es darum, Macht und Reichtum zu mehren und zu festigen. Er aber, Balthasar, musste sich mithilfe dieses Planes überhaupt erst Macht verschaffen. Die anderen handelten aus schnöder Gier, er hingegen folgte einer höheren Berufung. Das waren entscheidende Unterschiede, und doch brauchte er die anderen. Und deshalb wäre es mehr als dumm von ihm gewesen, seine Mitverschwörer zu verraten. Davon hätte er gar nichts gehabt. Im Gegenteil!

Nero räusperte sich mehrfach laut.

Unglaublich, welch teuflische Fratze sich hinter diesem Engelsgesicht verbirgt, dachte der Mönch erschaudernd, während der blond gelockte Schönling zu reden begann. Seine Stimme klang samtig wie die eines Götterboten. Welch tödlicher Irrtum, schoss es dem sogenannten Bruder Balthasar durch den Kopf.

»Ich bedaure zutiefst, dass der Plan beim ersten Anlauf fehlschlug. Aber nun kann es sich nur noch um Stunden handeln. Ich konnte mich mit eigenen Augen davon überzeugen. Und ich habe jetzt die Gewissheit, wer in den Genuss kommt, ihr Geheimnis zu erfahren. Und deshalb könntet Ihr, Asinus, den ersten Schritt tun, sobald sie den letzten Schnaufer getan hat.«

Nero blickte den blassen alten Mann herausfordernd an. Der stierte grimmig zurück.

»Ich habe mich Equus genannt. Und das wisst Ihr auch ganz genau.«

Ein breites Grinsen huschte über Neros Gesicht.

»Verzeiht, aber immer wenn ich Eure Ohren ansehe, dann kann ich nicht anders.« Er brach in lautstarkes Gelächter aus.

Alle Blicke richteten sich auf den Kopf des alten Mannes, denn er besaß selten spitze Ohren, die in der Tat an einen Esel erinnerten. Selbst Balthasar verzog ganz leicht die Miene zu einem schiefen Grinsen. Und das war viel für ihn, war er doch als humorloser Geselle bekannt. Doch nun wurde Nero schlagartig wieder ernst.

»Ich hatte gehofft, der dank meiner kleinen Hilfe Todgeweihten das Geheimnis auf friedlichem Wege zu entlocken, doch sie ist auf der Hut. Sie hat mir aber verraten, dass sie es nur einem einzigen Menschen anvertrauen wird.«

»Aber dann sind wir doch nicht klüger als vorher. Das kann *sie* oder *er* sein.«

»Nein, eben nicht. *Er* ist auf dem Weg nach Venedig. Wie soll sie ihn wohl aus der Ferne in die Rezeptur einweihen?«

»Nun gut, dann wäre es klug, wenn wir zunächst *sie* aus dem Weg räumen würden«, bemerkte der alte Mann mit den merkwürdigen Ohren eifrig.

Nero schüttelte unwirsch den Kopf. »Mitnichten. *Sie* bleibt am Leben! Für *sie* habe ich eine andere Verwendung. Überlasst *sie* ganz und gar mir!«

»Aber hat Euer Vater nicht gesagt, *sie* muss sterben? Wo steckt er überhaupt?« Der massige Kahlköpfige musterte Nero zweifelnd.

»Janus ist verhindert, aber er wird mir meinen kleinen Wunsch sicher nicht abschlagen. Solange es unsere Pläne nicht gefährdet – und dass dies nicht geschieht, dafür bürge ich. Sorgt Ihr lieber dafür, dass *er* nicht nach Nürnberg zurückkehrt, werter Cäsar.«

»Ich werde mich schon gebührend um ihn kümmern«, erwiderte der Kahlköpfige entschlossen.

»Und, was soll ich zu alledem beitragen?«, fragte Balthasar, nachdem er sich den Tarnnamen des wichtigen Mannes eingeprägt hatte. Natürlich Cäsar! Wie hatte er das vergessen können?

Die drei Männer blickten den Mönch unschlüssig an.

»Abwarten. Wenn alles nach Plan verläuft, werden wir das Geheimnis kennen, ehe die Hochwohlgeborene erkaltet ist. Dann wird der Lebküchner mundtot gemacht, und wir kümmern uns um ihren Erben ...« Nero verstummte und kratzte sich nachdenklich am Kinn. »Besser wäre es natürlich, Ihr würdet ihr das Rezept zuvor entlocken. Mir gelang es nicht. Aber Ihr als Klosterbruder ... Es muss ihr doch jemand die Letzte Ölung geben, und sie will doch sicher noch eine Beichte ablegen.«

»Aber sie ist dem Prior vom Predigerkloster verbunden. Im Herzen ist sie trotz ihres Frevels eine Dominikanerschwester geblieben. Was sie denen alles zukommen lassen will – unglaublich. Sie wird mich niemals vorlassen. Allein am Habit wird sie mich erkennen. Unsere dominikanischen Brüder pflegen sich in Weiß zu kleiden.«

»Also, wenn es daran schon scheitert ... Wir anderen müssen ganz andere Unbilden auf uns nehmen. Dann könnt Ihr auch nicht erwarten, dass wir Euch an den Früchten unseres Planes naschen lassen. Dann werden die Dominikaner eben weiterhin alle Klöster mit den Benedicten beliefern, und Ihr könnt kein Prior werden.«

Balthasar senkte den Kopf.

»Ich werde mein Bestes versuchen«, raunte er unterwürfig.

»Wenn Euer Bestes zum Erfolg führt«, erwiderte der junge Mann in überheblichem Ton. Dann ließ er den Blick noch einmal herrisch in die Runde schweifen.

»Dann weiß jeder der Herren, was er zu tun hat?«

Alle nickten einmütig.

»Gut, so werde ich mich nun aufmachen, um mich nach ihrem werten Befinden zu erkundigen. Haltet Euch bereit, Freunde der Nacht. Es liegt noch ein Stück Arbeit vor uns, aber dann gebühren meiner Familie, unserer Stadt, Eurem Geschäft und Eurem Kloster Ruhm und Geld. Sobald ich Euch einen Boten schicke, werter As... äh ... Equus, nehmt Euch den Lebküchner vor. Und bedenkt, Ihr müsst ihn zum Reden bringen, bevor Ihr ihm die Kehle durchtrennt.«

»Es wird alles nach Plan erfolgen. Bei meinem Leben«, erwiderte der alte Mann eilfertig.

Nero lachte. »Andernfalls wäre es auch nicht mehr viel wert. Euer Leben.«

Balthasar rieselte ein eiskalter Schauer den Rücken hinunter. Er konnte kaum fassen, wie freundlich dieser Teufel in Menschengestalt dreinblickte, während er skrupellos ein Todesurteil fällte. Dennoch – oder gerade dafür – bewunderte er ihn maßlos.

1. Teil

Nürnberg 1452

1

Das prächtige Schlafgemach im oberen Stockwerk des Ehrenreitschen Hauses war hell erleuchtet. Bis hierher zogen die Düfte, die aus dem Lager kamen, und tauchten das Sterbezimmer in eine Wolke aus den exotischsten Gewürzen. Die Hausherrin Benedicta lag blass und erschöpft in ihrem Himmelbett. Sie hatte angeordnet, die Lichter anzuzünden. Wenn es schon nicht mehr lange dauern würde, bis ihr Lebenslicht erlosch, dann wollte sie in diesen letzten Tagen oder Stunden wenigstens sehen, was um sie herum geschah.

»Ingwer, das ist Ingwer«, seufzte sie und nahm einen tiefen Atemzug. »Der Herr meint es gut mit mir, dass er mir meinen Geruchssinn nicht geraubt hat.«

»Ach, Mutter, Ihr werdet noch oft im Lager an den frisch eingetroffenen Gewürzen schnuppern.«

Benedicta war froh, während ihrer letzten Atemzüge wenigstens Bianca an ihrer Seite zu wissen. Auch wenn die junge Frau ihr ständig vorzugaukeln versuchte, dass sie nicht todgeweiht sei. Andreas war weit fort. Er war vor einigen Wochen völlig arglos in geheimer Mission nach Venedig aufgebrochen. Sie war die Einzige, die den Grund für die weite und beschwerliche Reise über die Alpen kannte. Er würde sich dort mit einem Händler aus Konstantinopel treffen, um einen Vertrag über die Lieferung von wertvollem Pfeffer nach Nürnberg abzuschließen. Wenn er wüsste, wie es um mich steht, er würde sicherlich auf der Stelle umkehren, dachte Benedicta. Doch das wäre gar nicht in ihrem Sinn gewesen, denn eine solche Gelegenheit durfte man sich nicht entgehen lassen. Die reichen Bürger der

Stadt und auch die Adligen bei Hofe lechzten nach diesem Gewürz. Und noch hatte es kein Nürnberger Händler geschafft, Pfeffer zu vertreiben. Benedicta hoffte im Stillen, dass ein Hauch davon im Teig vielleicht geeignet sei, ihre Lebkuchen zu verfeinern. Deshalb bedauerte sie zutiefst, dass sie nun nicht mehr in den Genuss käme, diesen Versuch selbst zu wagen. Doch Andreas war in ihren Plan eingeweiht. Wie so oft in den letzten Tagen fragte sie sich, wie sie nur so unglücklich hatte stolpern und die Treppe hinunterfallen können. Sie war doch weder in Eile noch mit den Gedanken woanders gewesen. Immer wenn sie an das Unglück dachte, meinte sie, einen Stoß im Rücken zu verspüren. Doch das musste wohl dem Reich ihrer lebhaften Phantasie entstammen, denn sie war an jenem Tag allein zu Hause gewesen.

Wenn ihr jemand prophezeit hätte, sie würde einmal wegen der Folgen eines dummen Fehltrittes das Zeitliche segnen, sie hätte es nicht geglaubt. Nicht nach alledem, was sie bereits in jungen Jahren durchgemacht und unbeschadet überstanden hatte. Und sie mochte sich kaum mehr vorstellen, wie knapp sie einst dem Tod von der Schippe gesprungen war.

Benedicta drückte die Hand ihrer Ziehtochter, die eigentlich ihre Ziehenkelin war, fester und rang sich zu einem Lächeln durch. Es war kaum mitanzusehen, wie Bianca litt. Die junge Frau war zwar sichtlich bemüht, die Tränen zu unterdrücken, aber aus ihren Augen sprach pure Verzweiflung.

»Kind, ich weiß, es ist schlimm für dich, aber bedenke, welch ausgefülltes Leben ich hinter mir habe«, versuchte Benedicta Bianca zu trösten, bevor ein Hustenanfall ihr das Sprechen unmöglich machte.

»Ich hole Euch einen Becher Wein.« Und schon war Bianca aufgesprungen und zur Tür geeilt.

Benedicta versuchte sich aufzurichten.

»Warte, ich muss dir dringend etwas mitteilen!«, rief sie der jungen Frau mit schwacher Stimme hinterher, aber die war bereits außer Hörweite.

Hoffentlich ist sie rechtzeitig wieder zurück, schoss es ihr durch den Kopf. Seufzend ließ sie sich in die Kissen sinken. Und noch einmal rief sie sich das dumme Missgeschick in Erinnerung, das sie unweigerlich das Leben kosten würde. Hätte sie bloß gewusst, wer die eiserne Kiste am Fuß der Treppe abgestellt hatte! Die Knechte und Mägde behaupteten, es nicht gewesen zu sein. Das wunderte Benedicta nicht weiter, denn wer wollte schon gern schuld daran sein, dass die Herrin an einem zertrümmerten Rückgrat zugrunde ging?

Benedicta stieß einen tiefen Seufzer aus und bemühte sich, nicht an den Schmerz zu denken, den ihr jeder Atemzug aufs Neue bereitete. Stattdessen versuchte sie sich der vielen schönen Stunden zu entsinnen, die sie in ihrem langen Leben hatte erfahren dürfen. Und alles zog noch einmal an ihrem inneren Auge vorüber: die Flucht aus dem Kloster Engelthal zusammen mit dem Fechtmeister Julian von Ehrenreit, ihr Kampf mit den Verfolgern, das einfache Leben bei Bäckermeister Crippin Heller und seinem Sohn Anselm in Nürnberg als vermeintliche Schwester der Klosterköchin Agnes, der Erfolg ihres Lebkuchenrezeptes, ihre Liebe zu Julians Bruder, dem Gewürzhändler Konstantin von Ehrenreit, die Verfolgung durch ihre Stiefmutter und ihr Wiedersehen mit Konstantin. Sie schloss die Augen und lächelte in sich hinein. Ich komme bald zu dir, mein Liebling, dachte sie. Ihr Mann war letztes Jahr gestorben. Auch ein Unfall. Er war im Gewürzlager unglücklich gestürzt und hatte sich am Kopf tödlich verletzt. Sein verrenkter Körper hatte auf dem kalten Boden gelegen, umhüllt von einer Wolke betörender Gerüche. Er hatte ausgesehen, als ob er schliefe, wenn da nicht diese Blutlache gewesen wäre ... Benedicta riss die Augen auf, um die grausamen Bilder abzuschütteln, nein, das Bild sollte nicht eines ihrer letzten sein. Doch es wurde nicht besser. Ohne ihr Zutun schlich sich nun plötzlich Artemis in ihre Gedanken. Was für eine schöne Hündin sie doch gewesen war, bis sie Opfer der hinterlistigen Giftmörderin geworden und im Schmutz der Gasse elendig verendet war. Wie lange war das her? Fünfzig Jahre? Sechzig Jahre? Sie hatte jegliches Zeitgefühl verloren.

Benedicta setzte sich mit letzter Kraft auf, aber es half nichts. Die Erinnerungen stoben durch ihren Kopf, als wäre es gestern gewesen. Meister Heller, seine Hände im Krampf wie die eines Raubvogels erstarrt. Ihre Freundin Agnes, vergiftet von Lucarde ... und dann das Brüllen des Kindes. Bei dem Gedanken an die kleine Leonore, dieses unschuldige Wesen, kam Benedictas aufgewühltes Gemüt zur Ruhe, und ein Lächeln erhellte ihr gequältes Gesicht. Sie atmete tief durch und schloss erneut die Augen. Sie meinte förmlich, die Haut des Kindes riechen zu können. Nach Zimt hatte der Säugling geduftet. Mit einer Prise Anis. Leonore, hatte Benedicta die Kleine genannt, nachdem es Agnes nicht vergönnt gewesen war, ihrem Kind einen Namen zu geben. Und dann war auch Leonore viel zu früh gestorben. Bei der Geburt ihrer Tochter Bianca. Und sie, Benedicta, hatte nun Bianca wie ein eigenes Kind großgezogen, weil kurz darauf auch der Vater der Kleinen aus dem Leben gerissen worden war. So war die Kleine unter dem Dach der Familie groß geworden. Zusammen mit Andreas, Benedictas Enkel.

Benedictas Sohn Albrecht und seine Frau waren kurz hintereinander von einem Fieber dahingerafft worden, sodass der kleine Waisenknabe ebenfalls im Haus der Großeltern aufgewachsen war. Bei der Verantwortung für zwei elternlose Kinder hatte sich Benedicta niemals allzu sehr dem Schmerz über den Tod ihres einzigen Sohnes hingeben können. Wie Geschwister waren die beiden Kinder groß geworden, und dennoch waren sie nicht annähernd miteinander verwandt. Leonore war die Tochter einer Köchin und eines Bäckers gewesen. Albrecht hingegen der leibliche Sohn eines angesehenen adligen Gewürzhändlers und einer ehemaligen Nonne von edler Herkunft.

Ganz kurz musste Benedicta an die Zeit im Kloster denken, und eines wusste sie am Ende ihres Lebens genau: Es war die beste Entscheidung ihres Lebens gewesen, die Mauern zu überwinden und zu fliehen. Sonst hätte sie niemals die Freuden der weltlichen Liebe kennengelernt. Wie glücklich sie mit Konstantin gewesen war! Das Einzige, was dieses Glück gelegentlich getrübt hatte, war das schlechte Gewissen gewesen, weil sie sich schließlich gegen Julian entschieden hatte. Der Fechtmeister war nie ganz über diese Enttäuschung hinweggekommen. Aus dem einst lebensbejahenden Herzensbrecher war ein verbitterter Mann geworden. Und die starke Alisa eine traurige Frau an seiner Seite. Immer wenn Benedicta sich in der Vergangenheit die Schuld am Unglück der beiden gegeben hatte, war Konstantins Antwort gewesen: *Jeder ist seines Glückes Schmied. Gräm dich nicht.*

Benedictas Gedanken schweiften zurück zu ihren Kindern. Ja, sie nannte sie *ihre Kinder*, obwohl sie es beide nicht waren. Immerhin war Andreas ihr leiblicher Enkel, aber sie hatte ihn dem Mädchen niemals vorgezogen. Es war ihr ein

Dorn im Auge, dass Bianca nicht ebenfalls Ehrenreit hieß. Konstantin hatte ihrer Mutter Leonore nämlich damals seinen Namen gegeben, der in der Stadt Nürnberg etwas galt. Aus Leonore Heller war Leonore von Ehrenreit geworden, ein wunderhübsches Kind, um das sich, sobald sie zur Frau erblüht war, sämtliche Junggesellen Nürnbergs gerissen hatten. Sie aber hatte ganz bescheiden einen Bäckermeister geehelicht, einen Bruder des Lebküchners Ebert. Und so hieß Bianca nach ihrem Vater.

Ihre Mutter Agnes wäre sicher stolz auf ihre Tochter gewesen, dass sie einen Bäcker bevorzugt und seinen Namen angenommen hat, dachte Benedicta. Wehmütig erinnerte sie sich noch einmal an die einstige Klosterköchin, die ihr auf der Flucht zu einer echten Freundin geworden war, bis ... Sie wollte lieber nicht daran denken, wie die Gute einem feigen Giftmord zum Opfer gefallen war.

Benedictas fester Glaube daran, dass sie all ihre Lieben bald dort oben wiedertreffen würde, ließ die Angst vor ihrem eigenen Ende nahezu schwinden. Der Gedanke an eine letzte irdische Freude erhellte ihre matten Züge: Bianca würde nach der bevorstehenden Hochzeit mit Andreas endlich auch den Namen Ehrenreit tragen! Bekümmert fügte sie in Gedanken hinzu: Schade, dass es mir nicht mehr vergönnt ist, die Hochzeit der beiden mitzuerleben. Sie sind ein so schönes Paar. Der hochgewachsene Andreas mit seinem kantigen Gesicht und den blonden Locken und die schlanke, große Bianca mit ihrem schwarzen Haar und dem sinnlichen Mund. Sie würde wie eine Prinzessin aussehen, wenn sie zum Altar ...

Benedicta spürte zu spät, wie ihr die Tränen kamen.

»Um Himmels willen, Mutter, Ihr weint ja!«, rief Bianca erschrocken aus.

»Nein, nein, das ist nur ein Luftzug. Er muss zur Tür hereingeweht sein, als du sie geöffnet hast«, schniefte Benedicta und ergriff Biancas Hand. »Nun setz dich zu mir, liebes Kind. Es bleibt mir nicht mehr viel Zeit, dir das Rezept zu verraten.«

»Aber sollte nicht Andreas derjenige sein, an den Ihr es weitergebt?«

»Wie du weißt, befindet sich mein Enkel auf dem Weg nach Venedig, aber wenn es dich beruhigt, er kennt es bereits, und er hat sich nur aus einem Grund auf den gefährlichen Weg gemacht: um das Rezept nach meinen Wünschen zu vervollständigen.«

Benedicta machte ein Zeichen, dass Bianca sich mit dem Ohr zu ihr herunterbeugen solle.

»Er trifft sich dort mit einem der besten Gewürzhändler aus dem Morgenland, um mit ihm eine Partnerschaft zu besiegeln«, flüsterte sie.

»Von diesem Treffen hat er mir kein Sterbenswort verraten«, erwiderte Bianca. In ihrem Ton lag eine Spur von Vorwurf.

Sie ist traurig, dass er ihr etwas so Wichtiges verheimlicht hat, vermutete Benedicta und fügte hastig hinzu: »Ich habe ihn strengstens zum Schweigen verdonnert. Es gibt zu viele Neider, die ein solches Geschäft allzu gern durchkreuzen würden, denn wenn es zustande kommt, wird der Lebkuchen zu seiner Vollendung gelangen.«

»Weiß Meister Ebert schon von seinem Glück?«

Benedicta schüttelte entschieden den Kopf.

»Nein, wir wollten Andreas' Rückkehr abwarten.«

Wieder schweifte Benedicta mit ihren Gedanken ab. Sie sah sich als blutjunge Frau mit dem Lehrjungen Gieselbert Ebert in Meister Hellers Backstube zanken. Niemals hätte sie gedacht, dass sie ihm nach Anselms Tod sogar ihr Rezept anvertrauen würde, damit er die Köstlichkeit weiter auf den Märkten der Städte feilbot. Das nämlich hätte sich für sie, die ehemalige Nonne vornehmer Herkunft, nicht geziemt. Außerdem hatte sie genug damit zu tun, von St. Katharinen aus Benedicten an alle Klöster zu liefern. Mittlerweile gelangten ihre Waren weit über die Landesgrenzen hinaus. Und bei den Kindern wusste sie ihr Geschäft in guten Händen.

»Mein Herz, nun hör mir gut zu. Nach meinem Tod ...«

»Du stirbst noch lange nicht«, widersprach Bianca heftig.

»Meine Kleine, es hat keinen Sinn, es länger zu leugnen. Ich brauche jetzt das Ohr meines großen, starken Mädchens, denn es geht um mein Erbe.«

Bianca atmete einmal tief durch und wischte sich über die feuchten Augen.

Benedicta griff unter die Bettdecke und zog ein Schriftstück hervor.

»Lies mir vor!«

»Aber Ihr wisst doch, was darinnen geschrieben steht.«

Benedicta lächelte verschmitzt. »Ich höre dich so gern lesen. Und da keine Zeit mehr bleibt für die Bibel, lies mir meinen Letzten Willen vor.«

Mit zitternden Händen griff Bianca nach der Schriftrolle.

»Nürnberg, anno vierzehnhundertzweiundfünfzig. Ich, Benedicta von Ehrenreit, Witwe des Gewürzhändlers Konstantin von Ehrenreit, vererbe alles, was ich besitze, meinem Enkel Andreas von Ehrenreit. Sollte ihm etwas zustoßen, bevor er das Erbe antreten kann, tritt meine Ziehtochter Bianca von Ehrenreit an seine Stelle. Sollte meinen beiden Kindern etwas widerfahren, wird mein Vermögen dem Katharinenkloster zufallen. Der Lebküchner Ebert wird nach meinem Tod zusammen mit meinem Enkel Andreas den weltlichen Handel der Benedicten betreiben. Ihm und seinen Nachkommen wird dieses Geschäft immer zur Hälfte gehören. Wenn Ebert kinderlos stirbt, geht alles an Andreas und seine Nachkommen. Die Aufsicht über die klösterlichen Backstuben wird fortan meine Ziehtochter Bianca von Ehrenreit führen. Die Erträge dieser Geschäfte werden zur Hälfte an meine Erben und zur anderen Hälfte an das Katharinenkloster und das Predigerkloster abgeführt. Das Vermögen der Klöster wird verwaltet durch den Prior des Predigerklosters.«

Bianca atmete tief durch und reichte Benedicta das Testament.

»Nein, du wirst es behalten und im Fall der Fälle dem Provinzial aushändigen, meinem Testamentsvollstrecker. Ich möchte nicht, dass man es bei mir findet. Du weißt, nicht alle, die an meinem Bett Totenwache halten werden, sind mir in Liebe zugetan.«

»Ihr sprecht von Onkel Artur, nicht wahr?«

»Ach, ich will nichts gesagt haben, aber man muss das Schicksal nicht versuchen.«

»Meinst du nicht, er erwartet, auch etwas zu erben?«

Benedicta lachte. »Am liebsten alles, und ich hätte ihm vielleicht sogar das eine oder andere hinterlassen. Doch Konstantin hat mir eingeschärft, seinem ungeratenen Neffen nicht einmal das Schwarze unter den Fingernägeln zu gönnen.«

»Nun gut, er ist nicht gerade ein angenehmer Mensch …«

»Und zerfressen von Neid, dass sein Onkel Konstantin seinen Reichtum dank der Lebkuchen noch gemehrt hat, während sein Vater nichts als diese schreckliche Burg besaß.«

Bianca schüttelte sich. »Wir waren nur einmal zu Besuch bei Onkel Artur. Da lebte sein Vater noch, Onkel Julian. Das werde ich nie vergessen. Ich war noch ganz klein, und da hat mich sein Sohn, dieser Bruno, durch die zugige Burg gejagt.«

»Ja, ja, es ist ein Trauerspiel. Sogar die Burg mussten sie verkaufen. Das hätte Arturs Vater Julian sicherlich das Herz gebrochen. Er fühlte sich wohl dort. Und auch Alisa hat es als ihre Heimat angenommen ...« Benedicta hielt seufzend inne. Das Sprechen fiel ihr zunehmend schwer. Sie nahm einen tiefen Atemzug.

»Sie haben alles versucht, Geld zu machen. Sogar in den Weinhandel sind sie eingestiegen, aber dort haben die alteingesessenen Händler das Sagen. Dennoch, nimm dich in Acht, vor allem, nachdem ich dir das Rezept verraten habe.«

»Das werde ich«, erwiderte Binaca, doch sie war nicht bei der Sache. Das entging auch ihrer Ziehmutter nicht.

»Bianca, zum Träumen bleibt dir noch dein ganzes Leben.«

Bianca fühlte sich ertappt und errötete.

»Ach, ich dachte gerade, dass ... also Onkel Julian ... ob ihr beide euch einmal geliebt habt ...«, stammelte sie.

Ein Lächeln umspielte Benedictas Lippen.

»Er war mein Ritter, der mich aus dem Kloster befreit hat und dem ich meinen ersten Kuss geschenkt habe. Der Kuss, weshalb man mich bestrafen wollte und ...«

Benedicta verdrehte die Augen und stöhnte auf.

»Ich würde dir gern alles erzählen, aber ...« Sie bekam kaum noch Luft. »Wir wollen nicht warten, bis es zu spät ist. Komm her.«

Bianca tat, wie Benedicta ihr befohlen hatte, und lauschte atemlos deren Worten, die diese nur unter äußerster Anstrengung hervorstieß.

Nachdem Benedicta geendet hatte, keuchte sie streng: »Hast du alles behalten, oder soll ich es wiederholen? Du darfst es nämlich niemals schriftlich festhalten.«

»Nein, es hat sich in mein Gedächtnis eingebrannt. Und ich habe mich schon immer gefragt, was den Teig so nussig macht ...«

»Nun wiederhole. Flüstere mir die Rezeptur ins Ohr, auf dass ich überprüfen kann, ob du Fehler machst. Es ist nicht so einfach. Selbst wenn du dich in der Menge irrst, wird sich der Geschmack verfälschen.«

Bianca beugte sich zu Benedicta hinunter und wiederholte wortwörtlich, was ihre Ziehmutter ihr soeben anvertraut hatte.

»Gut, mein Kind. Bedenke, keiner wird es dir je stehlen können, weil es nirgends aufgeschrieben ist. Und in deinen Kopf kann keiner hineinsehen. Nicht einmal unter der Folter.«

Bianca durchfuhr es eiskalt. Das wollte sie sich lieber gar nicht erst vorstellen.

»Aber nun sagt, liebe Mutter, was wird Andreas am Rezept verändern?«

»Mit diesem Wissen sollst du dich nicht unnötig beschweren. Es ist gefährlich genug, dass du das Rezept kennst ...«

»Und Ihr glaubt wirklich, dass ich in der Lage bin, die Klosterbäckereien zu beaufsichtigen? Ist es nicht besser, wenn Ihr die auch Andreas unterstellt? Ich meine, wir sind dann ohnehin ein Ehepaar und teilen alles miteinander.«

»Andreas hat viel zu viel mit dem weltlichen Handel zu tun. Ich möchte, dass jeder von euch beiden für seinen Bereich die Verantwortung trägt.«

»Und Ihr meint, das kann ich?«

»Ja, und noch einmal ja. Ich kann mir keine bessere

Nachfolgerin vorstellen und ...« Weiter kam Benedicta nicht, weil sie erneut von einem furchtbaren Hustenanfall geschüttelt wurde.

Bianca wollte ihr Wein einflößen, aber ihre Ziehmutter schob die Hand mit dem Becher beiseite. Ihr Gesicht war krebsrot angelaufen, und sie rang nach Luft. Dann war alles still.

Bianca befürchtete schon, dass dies das Ende bedeutete, aber Benedicta deutete auf den Krug und lächelte. »Jetzt kannst du mir einen kräftigen Schluck Wein geben, und bitte schick eine Magd zu meinem Freund, dem Prior. Ich glaube, mir bleiben nur noch wenige Stunden.«

»Kann ich Euch wirklich für einen Augenblick allein lassen?«

»Der Herr wird mich nicht gehen lassen, ohne dass ich die Beichte abgelegt habe. Ich muss doch wenigstens Abbitte dafür leisten, dass ich einst das Kloster verließ ...«

Bianca erhob sich zögernd. »Ich bin gleich zurück.«

Benedicta schloss die Augen, und wieder zogen die Bilder ihres Lebens an ihr vorüber. Da war der junge Fechtmeister Julian gewesen, dem sie im Kloster einen Kuss gegeben hatte, nicht ahnend, dass man sie dafür mit dem Tod bestrafen wollte. Sie hatte ihn wirklich gemocht, aber ihr Herz hatte seinem Bruder gehört. Noch auf seinem Sterbebett, an das Julian sie ausdrücklich gebeten hatte, hatte er ihr gestanden, dass er nur sie geliebt habe. Kein Wunder, dass die arme Alisa jung und vor Kummer gestorben war. Hatte sie doch vergeblich gehofft, dass sich Julians Gefühle im Lauf ihrer Ehe ihr zuwenden würden. Und dann das Pech mit seinem einzigen Sohn Artur, einem jähzornigen Heißsporn, der sich einen Namen mit Wirtshausprügeleien gemacht hatte. Wie oft hatte Konstantin seinem Neffen Artur ins Gewissen geredet, sich wie ein anständiger Ehrenreit zu benehmen. Bei diesem groben Gesellen aber war das Wesen seines Großvaters durchgekommen, eines grausamen Raubritters.

»Liebe Tante, wie geht es Euch heute?«, ertönte nun eine Stimme, die der des ausgemachten Nichtsnutzes zum Verwechseln ähnelte. Benedicta fuhr erschrocken zusammen.

»Du, Bruno? Wie kommst du herein? Ich habe dich gar nicht gehört.«

Sie musterte Arturs Sohn mit gemischten Gefühlen. Er hatte nichts von dem finsteren Äußeren seines Vaters. Im Gegenteil, er besaß eine verblüffende Ähnlichkeit mit seinem Großcousin Andreas. Nur seine Züge waren weicher, seine Wangen runder. Als Kind hatte er wie ein Engel ausgesehen, doch er hatte es seit jeher faustdick hinter den Ohren. Stets hatte er versucht, seine groben Streiche Andreas in die Schuhe zu schieben.

»Die Magd hat mich eingelassen, und Bianca streitet an der Tür mit einem Dominikanerbruder.«

»Warum? Ich hieß sie nach dem Prior rufen.«

»Ja, ich weiß, aber der befindet sich auf einer Reise, und so eilte dieser Bruder zu Euch, aber Bianca will ihn nicht einlassen.«

Benedicta stieß einen tiefen Seufzer aus.

»Ach, die Gute! Dann muss ich ja wohl mit dem Dominikaner vorlieb nehmen. Ich bin sehr gespannt, wen er mir geschickt hat. Ich kenne beinahe jeden von ihnen mit Namen. Rasch, sag ihr, sie möge ihn vorlassen. Mir bleibt nicht mehr viel Zeit.«

Hätte Benedicta in diesem Augenblick den triumphierenden Gesichtsausdruck ihres Großneffen sehen können, als er das Zimmer verließ ... Wahrscheinlich hätte sie rechtzeitig durchschaut, welch böses Spiel er trieb, und sie hätte Bianca warnen können, aber so?

Benedicta spürte, wie ihre Kräfte sie langsam, aber sicher verließen.

»Bitte, Herr, schick mir noch rechtzeitig einen Bruder, der dir treu dient«, betete sie mit geschlossenen Augen. Als sie sie wieder öffnete, sah sie verschwommen, wie sich ein Mönch in einem weißen Habit zu ihr herunterbeugte. Merkwürdig, er besaß ein ihr völlig unbekanntes Gesicht. Und so jung, dass er erst kürzlich ins Kloster eingetreten war, wirkte er auch nicht gerade.

»Schwester Benedicta, ich bin zu Euch gekommen, damit Ihr rein und ohne Sünde vor dem Herrn steht. Was habt Ihr mir zu sagen?«

Benedicta wollte gerade mit ihrer Beichte beginnen, als sie den blonden Schopf ihres Großneffen in einer Ecke entdeckte. Hier stimmt doch etwas nicht, durchfuhr es sie eiskalt. Niemals hätte der Mönch einen Zeugen bei der Beichte zulassen dürfen. Sie schloss den Mund und überlegte. Sollte sie sich diesem Bruder wirklich anvertrauen? Nein, sprach eine innere Stimme zu ihr, schweig! Der Herr hat dir bereits alles verziehen. Benedicta entspannte sich merklich.

»Nun redet schon!«, hörte sie den Bruder ungeduldig fordern.

»Nein, ich habe nichts zu beichten«, erwiderte Benedicta mit klarer Stimme und blickte ihn an. Der Schleier vor ihren Augen war verschwunden.

»Aber habt Ihr nicht ein teuflisches Rezept ersonnen, das mit seiner Süße selbst Bräute des Herrn zur Unzucht verführt? Nennt mir die Zutaten, sonst seid Ihr verdammt, im Höllenfeuer zu schmoren.«

Benedicta lächelte. »Bruder, Ihr tätet mir einen großen

Gefallen, wenn Ihr dieses Zimmer verließet. Ich möchte mit dem Herrn Zwiesprache halten. Nur er und ich!«

»Verdammt!«, ertönte es da aus der Ecke, in der Bruno lauerte. Mit einem Satz war er am Bett. »Genug gefrömmelt, werte Tante, das Rezept, wenn ich bitten darf, und zwar schnell!«

Benedicta blickte ihrem Großneffen fest in die Augen. In diesem Augenblick erkannte sie, dass sich hinter seinem engelsgleichen Gesicht die Fratze des Teufels verbarg. Sie rührte sich nicht einmal, als er ihr die Hände um die Kehle legte.

»Das Rezept!«, verlangte er mit wutverzerrter Miene und drückte, um seine Worte zu unterstreichen, fest zu. »Sonst seid Ihr des Todes. Und ich rede nicht nur, ich handle!«

Benedicta aber schloss die Augen. Ein Gefühl der Ruhe durchströmte sie, obgleich sie in diesem Augenblick das ganze Ausmaß seines Hasses erkannte. Er hatte ihr den Stoß versetzt, und um sicherzugehen, dass der Sturz tödlich wäre, vorher die Kiste hingestellt. Hatte er vielleicht auch Konstantin im Gewürzlager aufgelauert und ihn zu Fall gebracht? Ob sein Vater ihn dazu angestiftet hat?, fragte sie sich. Doch dann erschrak sie. Wenn ihre Verwandten so weit gegangen waren, dann würden sie nicht eher ruhen, bis sie im Besitz des Erbes waren. Andreas! Bianca! Sie befanden sich in großer Gefahr! Ich muss sie warnen, war ihr letzter Gedanke.

Als Bianca wenige Augenblicke später ins Zimmer stürzte, stieß sie einen Schrei aus und warf sich verzweifelt über die Tote. Dann sah sie ihre Mutter an und erstarrte. Benedictas Gesicht war so verzerrt, als habe sie dem Leibhaftigen in die Augen geblickt.

2

Im Refektorium des Katharinenklosters herrschte Totenstille, nachdem der Provinzial die soeben im Kloster beigesetzte Verblichene mit warmen Worten gewürdigt hatte. Sie sei eine der größten Wohltäterinnen der Stadt gewesen und habe den Klöstern eine kulinarische Köstlichkeit vermacht, die Benedicten. Dass sie einst aus dem Kloster geflüchtet war, erwähnte er mit keinem Wort.

Vielleicht weiß er es auch gar nicht, dachte Bianca, während sie tapfer gegen die Tränen ankämpfte. Der Vorvorgänger des jetzigen Provinzials hatte dereinst wider Willen seinen Segen zur Hochzeit Benedictas mit Konstantin von Ehrenreit gegeben. Ein Lächeln huschte über Biancas Gesicht. Die Drohung ihrer Ziehmutter, andernfalls die Herstellung der köstlichen Benedictenlebkuchen einzustellen, hatte den damaligen sinnesfreudigen Provinzial überzeugt, Benedicta ein neues Leben außerhalb der Klostermauern zu gewähren.

Bei dieser Vorstellung musste Bianca wider Willen schmunzeln. Sie schreckte erst aus ihren Gedanken auf, als sich im Saal lautes Gemurmel erhob. Der Provinzial hatte seine Ansprache beendet. Bianca sah sich um. Die Menschen waren ergriffen, viele weinten, und manche stöhnten ihren Kummer laut hinaus. Nur die beiden Männer, die zu Biancas rechter und linke Seite saßen, die einzigen anwesenden Verwandten außer ihr, verzogen keine Miene.

Erst als sich ihre Blicke trafen, raunte Bruno betroffen: »Ach, liebe Bianca, sei meines Mitgefühls sicher.« Um seine Worte zu unterstreichen, nahm er ihre Hand und führte sie zum Mund.

Bianca zuckte zusammen. Abgesehen davon, dass die Hand eiskalt war, hatte sie ein ungutes Gefühl, seit sie jenen Mönch gemeinsam mit Bruno aus dem Zimmer ihrer Mutter hatte kommen sehen.

Bianca hatte Bruno am Tag darauf angesprochen, aber er hatte steif und fest behauptet, Benedicta habe noch gelebt, als der Mönch ihr die letzte Beichte abgenommen habe. Aber wieso waren die beiden gemeinsam aus dem Zimmer gekommen? Es war doch üblich, dass die Beichte unter vier Augen stattfand. Und noch etwas war merkwürdig. Sosehr sie sich auch im Saal umsah, der Mönch war nirgendwo zu entdecken. Dabei waren fast alle Dominikanerbrüder und -schwestern gekommen, um Benedicta von Ehrenreit die letzte Ehre zu erweisen.

»Wenn wir dir helfen können, nichts lieber als das«, hörte sie Bruno schmeicheln. Er hielt immer noch ihre Hand, die sie ihm rasch entzog.

»Ich komme schon zurecht«, erwiderte sie schroffer als beabsichtigt.

Täuschte sie sich, oder verfinsterte sich sein Blick?

»Nun gut, aber dir steht im Augenblick keine männliche Hilfe zur Seite, nachdem sich mein Großcousin auf den gefährlichen Weg über die Alpen gemacht hat.«

»Er wird bald wieder zu Hause sein, und zwar gesund und munter. Mach dir also keine Sorgen, aber danke der Nachfrage.«

An seinen zusammengekniffenen Augen erkannte Bianca, dass er ihre Botschaft sehr wohl verstanden hatte. Er wäre der Letzte gewesen, den sie um Hilfe gebeten hätte.

Bianca wandte den Blick von Bruno ab, als sich sein Vater polternd von seinem Hocker erhob.

»Wir sehen uns gleich in der Amtsstube des Provinzials

zur Testamentsverkündung«, knurrte er. »Das hätte eigentlich mir zugestanden. Ich bin der älteste männliche Verwandte, der zurzeit vor Ort ist.« Zur Bekräftigung rülpste er laut.

Bianca hielt den Atem an. Eine Wolke aus Weindünsten und sonstigem schlechten Geruch hüllte sie ein.

Doch Artur merkte nichts von ihrem Ekel, sondern durchbohrte sie förmlich mit stechenden Blicken.

»War es wirklich ihr Wille, dass der Pfaffe dieses Testament verkündet?«

Bianca nickte.

»Wo ist das Dokument denn überhaupt?«

»Schon lange dort, wo es hingehört«, entgegnete sie bestimmt.

Artur lächelte daraufhin auf eine Art und Weise, die Bianca stutzig machte, aber sie fühlte sich sicher. Das Dokument lag schließlich in der Amtstube des Provinzials im Predigerkloster.

Artur erhob sich rasch und entfernte sich ohne ein weiteres Wort.

»Verzeih das Benehmen meines Vaters«, tönte hinter ihr Brunos einschmeichelnde Stimme. »Er meint es nicht so.« Er erhob sich und reichte ihr seinen Arm.

»Komm, ich begleite dich auf dem Weg zum Predigerkloster.«

Bianca war das gar nicht recht. Dieser Mann, der ihrem geliebten Andreas äußerlich so sehr ähnelte, verursachte ihr eine Gänsehaut, aber nicht aus Freude, sondern aus Furcht. Das war schon früher so gewesen, obwohl Bruno ihr gegenüber meistens freundlich gewesen war. Wenn er sie nicht gerade durch die kalte Burg gejagt hatte. Doch einmal hatte sie heimlich beobachtet, wie er einem aus dem Nest gefallenen Vogel die Flügel ausgerissen hatte. Sie war stumm vor Schreck gewesen und hatte nie jemandem davon erzählt.

Bianca zögerte, sich bei Bruno einzuhaken.

»Es gebietet die Höflichkeit, dass ich dich durch die Stadt begleite. Schließlich bist du die Verlobte meines Großcousins, und es wäre sicherlich nicht in seinem Sinn, dich ohne Schutz durch die Gassen zu schicken.«

Widerwillig nahm Bianca seinen Arm und schritt mit ihm aus dem Saal, vorbei an den vielen Trauernden, die in kleinen Gruppen beieinanderstanden und sich unterhielten. Die Gesprächsfetzen, die sie im Vorbeigehen aufschnappte, wollten ihr schier das Herz brechen.

»Ich kann mir gar nicht vorstellen, dass ich nie wieder in ihre verschmitzten Augen sehe und nie mehr ihr Lachen höre.«

»Sie war eine gute Seele …«

»Wenn jemand in den Himmel kommt, dann Benedicta von Ehrenreit …«

»Merkwürdig, gleich zwei Unfälle binnen eines Jahres …«

Bianca durchzuckte es eiskalt. In der Tat, zwei Unfälle, ja, das war höchst merkwürdig.

»Zwei Unfälle in einem Jahr«, wiederholte sie laut.

Unvermittelt blieb Bruno stehen und wandte sich ihr zu.

»Es ist traurig, fürwahr, aber bedenke, deine Mutter war stets in Eile. Und da …«

»Du meinst, da sollte ich mich nicht wundern, wenn sie auf der Treppe gestolpert wäre«, fügte Bianca nachdenklich hinzu.

»Genau so ist es«, bekräftigte Bruno. »Und zerbrich dir das hübsche Köpfchen doch nicht über das Gerede der Leute.«

Bianca schwieg und ließ sich von ihm durch den Saal führen. Als sie den Provinzial erblickte, blieb Bianca stehen.

»Bis gleich, ehrwürdiger Vater.«

»Seid Ihr zu Fuß?«

Bianca nickte.

»Da werde ich Euch geschwind mit dem Pferd einholen.«

Bianca nutzte das Gespräch, um unauffällig den Arm wegzuziehen. Ihr war die Nähe zu Bruno körperlich unangenehm. Immer wieder schlich sich für einen Wimpernschlag das Bild des bei lebendigem Leib zerrissenen Vogels vor ihr inneres Auge.

Sie war erleichtert, als er keinen neuerlichen Versuch unternahm, mit ihr, nach ihrem Geschmack allzu vertraut, durch Nürnbergs Gassen zu schlendern. Stattdessen bemühte er sich, sie in ein Gespräch über Andreas' Reise zu verwickeln. Doch sie dachte nicht daran, ihm Einzelheiten zu verraten. Dazu hatte sie noch viel zu deutlich die Warnung ihrer Ziehmutter im Ohr, nichts über diese Mission verlauten zu lassen. Dabei wusste sie genau, auf welchem Weg Andreas die beschwerliche Reise angetreten hatte. Er hatte nicht die kürzeste Strecke gewählt, sondern sich mit einer Gruppe von Kaufleuten aus Konstanz am Fuß des Arlbergs getroffen, um die gefährliche Überquerung der Alpen nicht allein zu machen.

Kaum hatte sie den Gedanken zu Ende gedacht, als Bruno unvermittelt fragte: »Stimmt es, dass dein Verlobter einen Umweg gemacht hat, um über den Reschenpass durch das Gebirge zu reisen?«

»Wer hat dir denn diesen Unsinn erzählt?«, fragte Bianca so entschieden wie möglich, während ihr das Herz bis zum Hals schlug. Sie wusste nicht, warum, aber ihr war nicht wohl bei dem Gedanken, dass Bruno Andreas' Reiseroute nach Italien herausbekäme. Lag es an der Art, wie er fragte?

»Ich habe es auf dem Weinmarkt läuten hören«, erwiderte Bruno und musterte Bianca durchdringend. »Du bist blass geworden.«

»Unsinn, er ist über den Mons Brennus gereist«, widersprach Bianca heftig und ging auf die Bemerkung über ihre Gesichtsfarbe nicht ein.

»Ach so, ich dachte, du blickst so ängstlich drein, weil dich die Kunde, dass am Reschenpass eine Räuberbande ihr Unwesen treibt, auch bereits erreicht hat.«

Bianca wurde schummrig vor Augen, doch sie riss sich zusammen. Wenn sie ihrem Großcousin in die Arme sank, dann wusste er, dass sie ihn beschwindelte.

Mit fester Stimme wiederholte Bianca: »Andreas ist über den Mons Brennus gereist.« Und sie fügte nachdrücklich hinzu: »Und wie es scheint, war das die bessere Entscheidung.«

In Wirklichkeit überlegte sie krampfhaft, woran sie sich wohl festhalten konnte, damit ihre wackeligen Knie nicht nachgaben. Sie schaffte es gerade noch, an der Wand des Kreuzganges von St. Katharinen Halt zu suchen.

»Welch schmerzhafter Verlust!«, jammerte sie und wandte sich Bruno zu. »Verzeih mir den kleinen Schwächeanfall, aber ich habe sie nun einmal geliebt wie eine eigene Mutter.« Unter anderen Umständen wäre sie bei der Erinnerung an Benedicta wahrhaftig in bittere und echte Tränen ausgebrochen. In diesem Augenblick jedoch beschäftigte sie nur ein Gedanke: Nahm Bruno ihr ab, dass sie sich aus Schmerz über den Verlust an der Wand abstützen musste? Und nicht, weil die Sorge um Andreas an ihr nagte? Sie ließ Bruno nicht aus den Augen. Noch zeigte sein Gesicht keinerlei

Regung, doch dann meinte sie, etwas Weiches in seinem Blick zu erkennen.

»Ich würde dich gern trösten«, flüsterte er und strich ihr eine schwarze Locke aus der Stirn. Sie hielt diese Berührung aus, und da fiel es ihr wie Schuppen von den Augen.

Bruno sah sie nicht an wie eine entfernte Verwandte, sondern wie eine Frau, die er begehrte. Doch darauf, was das zu bedeuten hatte, durfte Bianca keinen weiteren Gedanken verschwenden. Zurzeit war nur eine Frage wichtig: Hatte er ihr abgenommen, dass Andreas nicht über den Reschenpass gereist war?

Ein Blick in seine Augen, die vor Begehrlichkeit blitzten, genügte, um die richtige Antwort zu erhalten. In diesem Zustand würde Bruno ihr jede noch so große Lüge abnehmen. Er glaubte ihr den Mons Brennus!

Bianca atmete erleichtert auf. Doch dann sah sie voller Entsetzen, wie sich sein Mund dem ihren näherte. Rasch wandte sie den Kopf zur Seite und erschrak: In seinen Augen stand noch etwas anderes geschrieben als das reine Begehren. Es war die Entschlossenheit, sich um jeden Preis das zu holen, wonach es ihn verlangte.

Bianca nahm all ihren Mut zusammen. »Ich bin deinem Cousin versprochen, falls du es vergessen haben solltest«, fauchte sie.

Statt ihr böse zu sein, huschte ein Lächeln über sein Gesicht.

»Er wäre nicht der Erste, der von einer Reise nicht mehr zurückkehrt«, verkündete er in einem Ton, als überbrächte er ihr eine freudige Nachricht.

»Selbst dann würde ich eher ins Kloster gehen, als mich auf dich einzulassen«, zischte Bianca und ließ ihn einfach stehen.

Andreas fühlte sich wie neugeboren. Er stand splitternackt am Brunnen hinter der Herberge. Er hatte sich den Reiseschmutz sorgfältig vom Körper und aus dem Haar gespült. Er erschrak, als er hinter sich ein Räuspern vernahm. Rasch griff er nach seinem Hemd und hielt es sich vor den entblößten Unterleib, bevor er sich umwandte. Trotzdem errötete er, als er sah, wer sich ihm da näherte. Es war eine der Dirnen, die vorhin in einem ganzen Tross wie aus dem Nichts aufgetaucht waren. Die anderen Kaufleute hatten nicht lange gezögert und waren mit ihnen in den Zelten verschwunden, die die Huren auf dem Platz vor der Herberge errichtet hatten. Er hatte sich dieses Vergnügens aus gutem Grund enthalten.

Dennoch verschlang Andreas die schlanke, dunkelhaarige junge Frau mit seinen Blicken. Sie war wunderschön und verführerisch. Und es gab keinen Zweifel, was sie von ihm wollte. Das Gefährlichste an ihr aber war die unübersehbare Ähnlichkeit mit Bianca. Sie war genau die Art von Frau, nach der er sich verzehrte. Wie oft in den letzten Wochen hatte ihm allein der Gedanke an Bianca den Mut verliehen, die Strapazen der Reise zu überstehen. Noch immer hingen seine Füße in Fetzen, weil er sich Blasen gelaufen hatte, glühte sein Gesicht feuerrot, weil die Sonne es ihm versengt hatte, und die Augen tränten ihm von dem Wind, der von den Bergen herabpfiff. Gar nicht zu reden von der klammen Kleidung, nachdem sie immer wieder reißende Bäche zu durchqueren hatten.

So beschwerlich hatte sich Andreas die Reise nicht vorgestellt, obgleich sich die erfahrenen Kaufleute, mit denen er reiste und die schon mehrfach die Alpen hatten überwinden müssen, mit entsetzlichen Geschichten nahezu überboten. Wenn er nur an den Aufstieg auf den Adlerberg dachte. Sie waren tagelang durch schwer begehbare Täler gewandert und dann immer höher geklettert. Über Wege, an deren einer Seite der schroffe, felsige Berg in schwindelnde Höhe zu steigen schien, während auf der anderen Seite der Abgrund nur darauf wartete, jene Wanderer für immer zu verschlingen, die einen falschen Tritt machten …

Andreas wurde aus seinen Gedanken gerissen, als die Dirne vor seinen Augen genüsslich das Mieder ihres blauen Kleides öffnete und ihre Brüste entblößte. Sie hatte noch kein Wort gesprochen, versenkte aber ihren Blick in den seinen und leckte sich die Lippen. Nicht schamlos und gewöhnlich, sondern mit beinahe kindlichem Gebaren.

So wie Bianca, wenn sie sich unbeobachtet fühlt, schoss es Andreas durch den Kopf. In seinem Herzen schrie er nach der fernen Geliebten, während er sich nicht von dem Anblick der Hure losreißen konnte.

Ihm blieb die Luft weg, als er noch einmal auf ihre festen Brüste schielte. Sie waren genauso geformt wie die von Bianca. Seine Männlichkeit, die er immer noch hinter dem Hemd versteckte, regte sich, während er daran dachte, wie sie am Abend vor seiner Abreise an den Früchten der verbotenen Liebe gekostet hatten. Es war von Bianca ausgegangen, die bei Nacht in seine Kammer geschlichen war und ihm unmissverständlich erklärt hatte, dass sie ihn nicht reisen lasse, wenn er sie nicht zu seiner Frau mache.

Diese Nacht mit ihr hatte alle seine Erwartungen übertroffen. Wie süß sie geduftet hatte und wie erregt sie die Schenkel gespreizt hatte, damit er in sie hatte eindringen können.

Andreas stöhnte auf. Die Erinnerung war so gegenwärtig, dass er glaubte, sie leibhaftig vor sich zu sehen. Er liebte sie mit jeder Faser seines Körpers. Als Kind hatte er sie stets brüderlich beschützt. Er würde nie vergessen, wann die geschwisterliche Liebe in Begehren umgeschlagen war. Sie hatten miteinander gerangelt, wie sie es früher oft getan hatten, doch ganz plötzlich hatte ihn das Bedürfnis gepackt, sie zu küssen, statt durchzukitzeln. Bianca hatte, wie sie ihm später gestanden hatte, genau dasselbe gedacht und ihm ihren Mund zum Kuss dargeboten. Anfangs hatten sie befürchtet, dass ihre Großmutter dagegen sei, dass sich ihr Enkel und ihre Ziehtochter liebten, doch das Gegenteil war der Fall gewesen. Sowohl Benedicta als auch Konstantin hatten ihnen aus ganzem Herzen ihren Segen erteilt.

Die Hure begann in einer fremden, wohlklingenden Sprache auf Andreas einzureden. Er verstand kein Wort, aber er ahnte, was sie sagte. Sie bot ihm ihren verführerischen Körper an und pries lautstark ihre Vorteile als geschickte Liebesdienerin.

Andreas atmete ein paarmal tief durch. Seine drängende Männlichkeit schmerzte. Nur der Gedanke an seinen Schwur, Bianca stets treu zu sein, hielt ihn davon ab, sie auf der Stelle zu nehmen. Der Ton ihrer Stimme war allzu verlockend.

Andreas aber presste sein Hemd fester gegen den Leib.

»Du bist ein so schöner Mann, ich mache es auch ohne Geld«, gurrte sie fehlerfrei in seiner Sprache, aber mit diesem sinnlichen Timbre der Fremdheit. Sie trat einen Schritt auf ihn zu. In einem ähnlichen Singsang wie sie redeten die Gewürzhändler aus Venedig. Er mochte den weichen, warmen, vollen Klang dieser Sprache. Wie eine einzige Liebkosung kam sie ihm vor. Ehe er sich versah, war sie noch näher gekommen. Andreas zuckte zurück. Wieder dachte er an den Schwur, den sich Bianca und er im Gewürzlager gegeben hatten. Nachdem sie sich am Boden zwischen den Düften des Orients geliebt hatten, hatten sie die Hände zärtlich ineinander verschlungen.

»Ich werde dir immer treu sein«, hatte er mit belegter Stimme geraunt.

»Ich schwöre dir ebenfalls Treue«, hatte Bianca heiser erwidert. Und wie strahlend sie ausgesehen hatte.

»Ich kann nicht. Ich bin verlobt. Ich habe ihr ewige Treue geschworen. Treue, verstehst du, Treue!«, presste Andreas hervor, doch da hatte die Dirne bereits mit einer Hand das Hemd berührt.

Andreas durchfuhr ein heißer Schauer, als ihre Finger durch den groben Stoff nach seiner Männlichkeit tasteten. Er rührte sich nicht. Obwohl sein Kopf ihn dringend dazu aufforderte, sich rasch zu entfernen, wollte sein Körper ihm nicht folgen. Ihm war, als würde sein Unterleib in Flammen stehen.

»Schließ die Augen und lass mich machen. Du bist treu. Versprochen!«, schnurrte die Dirne und löste seine Hände, die verkrampft das Hemd festhielten. Es flatterte zu Boden. Obgleich Andreas seine Blöße zu verdecken suchte, wusste er, dass er vor dieser Versuchung nicht mehr flüchten konnte. Es war zu spät zum Weglaufen.

»Du bist ein schöner Mann«, wiederholte die Dirne und berührte sanft seine sehnige Brust. Dann tastete sie, ohne die Augen von ihm abzuwenden, mit den Fingern immer tiefer und umfasste sein hartes Glied. Und zwar mit solcher Geschicklichkeit, dass er ungehemmt aufstöhnte. Ich tue doch nichts Unrechtes, dachte er erregt, bevor er sich endgültig den sachkundigen Hurenhänden überließ. Ich berühre sie doch gar nicht. Er hatte die Augen geschlossen und sich gegen die Wand eines Stalles gelehnt. So gut er es vermochte, zögerte er den Höhepunkt hinaus. Sonst wäre er gleich in ihren Händen gekommen. Doch kurz bevor er endgültig nachgeben wollte, waren sie verschwunden.

Wie aus einer anderen Welt hörte er sie verführerisch raunen. »Komm!« Benommen öffnete er die Augen, und es gab für ihn kein Halten mehr, als sich ihm das entblößte Hinterteil der Hure entgegenstreckte. Sie hatte ihren schweren Rock hochgeschoben und sich mit den Unterarmen auf den Brunnenrand gestützt.

Andreas verstand, was sie ihm zu sagen versuchte, doch bevor er in sie eindrang, zögerte er noch einmal. Es war eine große Sünde, wozu sie ihn verführte, aber er musste es tun. Und er ging vorsichtig zu Werke. Erst als sie in einer fremden Sprache »Si, si!« stöhnte, traute er sich endlich.

Er stieß immer wieder kräftig zu. Er war bemüht, das Vergnügen ausdehnen, aber er war nicht mehr Herr über seinen vor Lust bebenden Körper. Mit einem Aufschrei ließ er los. Als er zu sich kam, zog er sein noch immer nicht erschlafftes Glied hastig aus ihr heraus. Ihm war elend zumute. Was hatte er bloß getan? In diesem Augenblick wandte sich die Hure zu ihm um und lächelte ihn an.

»Denk nicht, dass du ein schlechter Mann bist. Du bist ein treuer Mann. Ich hätte gern einen Mann wie dich.«

Damit wandte sich die Dirne unvermittelt von ihm ab und rannte mit immer noch entblößter Brust zu den Zelten hinüber.

»Aber dein Lohn. Was ist mit deinem Lohn?«, flüsterte Andreas, während er ihr völlig entgeistert nachstarrte. Das Ganze kam ihm unwirklich vor. Wie ein flüchtiger Traum, doch sein verschwitzter Leib ließ keinen Zweifel daran, was er soeben getan hatte. Wie betäubt wusch er sich noch einmal von Kopf bis Fuß, als könne er die Sünde damit ungeschehen machen. Dann griff er nach Unterkleidung, Hose, Hemd und Wams, kleidete sich hastig an und kehrte zurück zur Herberge. Schon von Weitem hörte er lautes Lachen und den Klang einer Laute. Vor dem Haus, in dem die Reisenden nebeneinander auf Strohsäcken nächtigten, war ein langer Tisch aufgestellt worden, und die Mönche, die das Gasthaus betrieben, hatten reichlich aufgetragen.

Andreas lächelte bei dem Gedanken, dass in Nürnberg vor dem Kloster Huren ihre Zelte aufschlagen und von den Mönchen nach ihrem Liebesspiel verköstigt würden. Aber hier, hoch oben in den Bergen, galten offenbar andere Gesetze. Die meisten seiner Reisebegleiter hielten ungeniert Dirnen in den Armen. Ob sie ihren Liebsten alle die Treue geschworen haben, so wie ich meiner Bianca?, durchfuhr es ihn wie ein Blitz.

Er hatte Hunger und sah sich suchend um. Da erspähte er den einzigen freien Platz. Er näherte sich, doch als er erkannte, neben wen er sich gerade setzen wollte, erstarrte er. Bevor er sich abwenden konnte, machte ihm die Hure ein Zeichen, nicht vor ihr wegzurennen. Seufzend zwängte sich Andreas zu ihr auf die Bank. Es war so eng, dass sie einander unwillkürlich berührten. Andreas war erleichtert, dass sein erschöpfter Körper in keiner Weise darauf reagierte.

Die Hure drückte ihm einen vollen Becher in die Hand und stieß mit ihm an.

»Mi chiamo Coletta.«

»Coletta?«, echote er und betete, dass sie nicht noch näher an ihn heranrückte. Der Duft, der sie umschwirrte, war betörend. Sie roch nach körperlicher Lust. Ihm wurde schwindelig. Hektisch fingerte er in dem Geldbeutel, der an seinem Gürtel hing, und reichte ihr eine Münze. Er schaute nicht einmal hin, welchen Wert sie hatte.

Die Dirne stieß einen Pfiff aus, bevor sie ihm das Geldstück mit den Worten »Scusi, Signore, das ist zu viel!« zurückgab. Dabei berührten sich ihre Hände. Andreas zuckte zurück. Warum konnte diese Verführung in Menschengestalt nicht endlich aus seinem Blickfeld verschwinden? Doch als er erkannte, dass es sich um einen Gulden handelte, ergriff er ihn, fasste stöhnend in seinen Beutel und belohnte sie mit einem Dukaten.

Coletta zögerte einen Augenblick lang, doch dann nahm sie die wegen des großen Kupferanteils rot glänzende Münze an sich und ließ sie schnell in ihrem Ausschnitt verschwinden.

»Signore, von Euch hätte ich kein Geld genommen.« Sie schmiegte sich an ihn.

Andreas spielte mit dem Gedanken, aufzuspringen und sich in der Herberge auf seinen Strohsack zu verkriechen, doch er hatte entsetzlichen Hunger. Da spürte er ihre Hand auf seinem Arm. Treuherzig sah ihm Coletta in die Augen. Er wollte wegschauen, aber er schaffte es nicht, seinen Blick von ihr zu lösen.

»Non vi punite! Ihr sollt Euch nicht quälen. Ihr habt sie nicht betrogen.«

»Aber es war Sünde«, brach es aus ihm heraus.

»Ich bin eine Puttana. Sie wird es nie erfahren. Das war keine Liebe, das war ein Geschäft. Wie heißt Ihr?«

Andreas holte tief Luft. »Ich heiße Andreas von Ehrenreit.«

Kaum hatte er die Worte ausgesprochen, fragte er sich, warum er ihr so bereitwillig geantwortet hatte. Warum nannte er ihr seinen richtigen und vollständigen Namen?

Coletta aber strahlte ihn vertrauensvoll an. »Bene, ich nur wollte wissen, wie der schöne Mann heißt, den ich nie vergessen werde.«

Dann sprang sie unvermittelt auf. »Ihr hingegen werdet keinen Gedanken mehr an mich verschwenden. Es ist alles nicht passiert. Nur ein schlechter Traum. Capite?«

Andreas sah ihr mit offenem Mund hinterher, als sie leichtfüßig in Richtung der Zelte verschwand. Einmal blieb sie kurz stehen. Er glaubte schon, sie würde sich umwenden, zurückkommen und ihn noch einmal verführen, doch sie schüttelte ihr schwarzes Haar und eilte weiter.

»Ihr habt aber Glück, lieber Freund!« Mit diesen Worten riss ihn sein Nachbar zur anderen Seite, ein Seidenhändler, aus seinen Gedanken.

»Wie meint Ihr das?«, fragte Andreas, wenngleich er ahnte, was ihm sein Reisegefährte zu sagen versuchte.

»Ihr habt die Schönste abbekommen. Wir alle haben versucht, sie zu kaufen, aber sie war plötzlich fort. Wie habt Ihr das bloß geschafft? Nun gut, Ihr seid ein hübscher junger Kerl, aber dass sie Euch so nachrennt ...«

»Ich weiß nicht, wovon Ihr sprecht«, erwiderte Andreas mit belegter Stimme. »Das Weib wollte sich verkaufen, aber ich habe keinerlei Bedarf«, ergänzte er hastig.

»Schon gut, ich wollte Euch beileibe nicht zu nahe treten.«

»Dann ist es ja gut«, brummte Andreas und verschwand mit leerem Magen im Inneren der Unterkunft. Der Appetit war ihm gänzlich vergangen. Doch er konnte nicht schlafen. Sein Magen knurrte, und immer dann, wenn er die Augen fest schloss, erschien ihm Biancas Gesicht. In ihren Augen der stumme Vorwurf. Es dauerte lange, bis er endlich einschlief, doch das Vergnügen war kurz. Schon wenig später schreckte er aus einem schlimmen Albtraum hoch. Es war ein entsetzliches Bild, das sich in sein Gedächtnis einbrannte: Bianca stand in Flammen, nur ihre Hand war noch unversehrt, sie trug den Ring, den sie ihm geschenkt hatte, und sie schrie um ihr Leben, doch er konnte nicht zu ihr. Er war am ganzen Körper gelähmt.

Schließlich setzte er sich auf und blickte auf seine linke Hand. Kein Ring zierte seinen Finger. Er hatte es erst gemerkt, als er bereits in den Bergen gewesen war. Ob es ein schlechtes Omen war, dass er Biancas Liebespfand auf dem Fechtboden vergessen hatte, nachdem sein Großcousin Bruno ihn herausgefordert hatte, sich mit ihm zu messen? Eine merkwürdige Geschichte, dachte Andreas rückblickend. Bruno hatte geradezu darauf gedrängt, dass sie sich vor seiner Abreise einen Kampf lieferten. Früher hatten sie das öfter einmal getan, aber in letzter Zeit hatte sich Andreas geweigert. Bruno kämpfte jedes Mal so verbissen, dass es Andreas Angst machte. So als trachte der Großcousin ihm tatsächlich nach dem Leben. Andreas hatte sich manches Mal durchbohrt am Boden liegen sehen. An jenem Tag aber hatte Bruno versichert, er werde sich nur zum Spaß mit ihm messen. »Wir wollen doch in Frieden auseinandergehen«, hatte Bruno beteuert, und tatsächlich, er hatte selten so ritterlich gekämpft.

Erneut blieb Andreas' Blick an seinem unberingten Finger hängen. Aber warum hat er mich gebeten, den Ring abzulegen?, fragte er sich. Und weshalb hat er mich gleich nach dem Kampf förmlich vom Fechtboden gescheucht, um mit mir ins Wirtshaus zu gehen?

Andreas konnte sich beim besten Willen keinen Reim darauf machen. Es tat ihm nur entsetzlich leid, dass er Biancas Ring verloren hatte. Wie gern hätte er gerade in diesem Augenblick ein Zeichen ihrer Liebe bei sich getragen.

Seufzend ließ er sich zurück auf sein Lager sinken, aber er traute sich nicht, der Müdigkeit nachzugeben. Zu groß war die Furcht, dass ihm seine Träume wieder solche grässlichen Bilder bescherten.

Nach einer Weile sprang er mit einem Satz von seiner Bettstatt auf. Dabei kam er so unglücklich mit dem rechten Fuß auf, dass ihn ein brennender Schmerz durchzuckte. Er war umgeknickt. Vorsichtig versuchte er, den verletzten Fuß auf dem Boden aufzusetzen, doch das wollte ihm nicht gelingen, ohne dass ihm ein entsetzlicher Schmerz durch das Bein schoss.

Stöhnend ließ er sich auf sein Lager zurückfallen und betete, dass er am nächsten Morgen in der Lage wäre, flink wie eine Gämse die beschwerliche Reise über die Berge fortzusetzen. Doch der pochende Schmerz im Fuß ließ ihn nicht zur Ruhe kommen. Als er ihn am Morgen betastete, stellte er fest, dass er dick und geschwollen war.

Der Provinzial setzte eine feierliche Miene auf, während er nach der Schriftrolle mit Benedicta von Ehrenreits Testament griff.

Bianca schnaufte immer noch leise vor sich hin. Sie war den ganzen Weg bis zum Kloster gerannt, als wäre der Teufel hinter ihr her. Bruno war eine Weile nach ihr eingetroffen. Er hatte sie allerdings keines Blickes gewürdigt.

Hier, unter der Obhut des Kirchenmannes, fühlte sich Bianca sicher.

»Sind alle Erben anwesend? Alle außer Andreas von Ehrenreit?«, fragte der Provinzial. Die beiden Männer nickten eifrig. Bianca hingegen wandte sich suchend um.

»Meister Ebert ist noch nicht eingetroffen«, stellte sie beunruhigt fest. Der Lebküchner war in der Regel überpünktlich.

»Dann warten wir noch einen Augenblick«, ordnete der Provinzial an.

Bianca aber war gar nicht wohl, vor allem als ihr einfiel, dass sie Meister Ebert vorhin bei der Beerdigung ihrer Ziehmutter schon vermisst hatte.

»Was geht uns der Bäcker an? Meines Wissens gehört er nicht zur Familie«, knurrte Artur.

»Genau, was haben wir mit dem Mann zu schaffen?«, fügte Bruno überheblich hinzu.

Bianca war so schockiert, dass sie vor Aufregung ins Stammeln geriet. »Das ist doch wohl … ihr … ihr wisst doch, dass er mit Andreas zusammen den weltlichen Handel mit den … mit den Lebkuchen unter sich haben wird.«

Vor Empörung war sie rot angelaufen.

»Was führst du dich so auf? Du bist ja nicht einmal eine Ehrenreit«, setzte Artur nach und musterte Bianca verächtlich.

»Das wird sie wohl auch leider nicht mehr werden, falls die Berge ihren Bräutigam verschlungen haben sollten«, flötete Bruno und fügte scheinbar mitfühlend hinzu: »Was wir natürlich nicht hoffen wollen. Dennoch wäre es doch äußerst merkwürdig, wenn deine Ziehmutter eine Fremde zur Erbin einsetzen würde. Bei aller Liebe zu dir … Sie hatte leibliche Verwandte. Besser gesagt – ihr verblichener Gatte.«

Bianca rang nach Luft. »Du Heuchler. Meine Ziehmutter wusste schon, was sie tat, als sie dieses Testament aufsetzte.

Deshalb bitte ich Euch, ehrwürdiger Provinzial, noch einen Augenblick auf den Bäckermeister Ebert zu warten und den Herren zu untersagen, mich wegen meiner Herkunft zu verhöhnen.«

Der Provinzial, ein gesetzter Herr mittleren Alters mit grauem Haar und freundlichen braunen Augen, räusperte sich einige Male.

»Sie hat recht, meine Herren. Das weiß doch jeder in der Stadt, dass der weltliche Handel mit den Benedicten zusammen mit einem Lebküchner geführt wird und dass diese Aufgabe seit zwei Generationen bei der Familie Ebert liegt. Deshalb habe ich ihn auch geladen. Ebenso wird Euch bekannt sein, dass Bianca Andreas von Ehrenreit heiraten und seinen Namen tragen wird. Es gibt keinerlei Anlass zu glauben, dass ihn die Berge verschluckt haben. Und was ihre Herkunft betrifft, darf ich Euch versichern, dass die Verstorbene sie – wie auch einst deren Mutter Leonore – stets wie eine eigene Tochter geliebt hat.«

Artur stieß daraufhin unverständliche Unmutslaute aus, während sich Bruno unvermittelt an Bianca heranpirschte und ihr ins Ohr raunte: »Noch, meine Liebe, nehme ich dich im Guten zur Frau. Das kann sich schnell ändern, aber die Meine wirst du. Ob du willst oder nicht.«

Bianca rückte sogleich von ihm ab, verzog aber keine Miene. Sie allein kannte das Testament, sie allein wusste, dass sie diese beiden schrecklichen Gesellen bald los wäre. Die raffgierigen Kerle würden gar nichts erben!

Und doch wuchs ihre Unruhe merklich, je mehr Zeit verstrich, ohne dass der Lebküchner auftauchte. Alle Augenblicke sah sie zur Tür. Ihr Gesicht gefror zur Maske, als sie Arturs Blick begegnete. Ihm blitzte die Schadenfreude geradezu aus den Augen.

»Wisst Ihr vielleicht etwas über den Verbleib Meister Eberts, werter Onkel Artur?«, fragte sie mit bebender Stimme.

Der aber zuckte die Achseln und grinste hämisch. »Warum kommt ein Mann nicht pünktlich zu einer Verabredung? Saufgelage oder Huren?«

»Ihr seid widerlich. Das mögen *Eure* liebsten Vergnügungen sein, aber Meister Ebert pflegt um diese Tageszeit in seiner Backstube zu stehen und hätte seinen Gesellen Heinrich geschickt, wenn er unpässlich gewesen wäre«, fauchte Bianca zurück.

Der Provinzial warf einen ungeduldigen Blick auf die Uhr der Klosterkirche, die von seinem Schreibpult aus gut zu erkennen war.

»Ich gebe ihm noch fünf Minuten. Dann fangen wir an…«, knurrte er.

»Aber er hat ein Recht auf…«

»Es tut mir leid. Sollte er etwas erben, dann muss er mich zu einem späteren Zeitpunkt aufsuchen«, unterbrach der Provinzial Bianca streng.

Bianca ließ einen prüfenden Blick zwischen ihrem Ziehonkel und dessen Sohn hin und her wandern. Die beiden schienen sich allzu sicher zu sein, dass der Lebküchner nicht mehr kam. Da stimmt etwas nicht, durchfuhr es sie. Als ihr Onkel nun völlig überraschend eine unflätige Geste in ihre Richtung machte, die eindeutig das Durchschneiden einer Kehle andeutete, stockte ihr der Atem.

»Habt Ihr gesehen, werter Provinzial?«, stieß Bianca aufgeregt hervor und deutete auf Artur. »Er hat so gemacht. So…« Sie ahmte die Geste nach, erntete aber nur einen mitleidigen Blick des Provinzials.

»Ich verstehe ja, dass Euch das alles sehr mitgenommen

hat, aber nun beruhigt Euch, denn wie soll er wohl so etwas getan haben, da er doch eben hinausgegangen ist, wahrscheinlich um sich zu erleichtern?«

Verwirrt wandte sich Bianca um. Der Stuhl ihres Onkels war leer. Wie konnte das angehen? Hatte er ihr das Zeichen gemacht und war dann sofort aufgesprungen?

»Es ist hart für meine liebe Cousine, aber ich glaube, werter Provinzial, Ihr solltet das Testament eröffnen, sobald mein Vater zurück ist. Ich befürchte, ich muss sie rasch nach Hause bringen. Ihr ist nicht wohl.«

»Gut, dann soll es so sein.«

Bianca wandte sich wütend zu Bruno um. »Das könnte dir so passen!«

Da knarrte die Tür, und Artur trat mit schwerem Schritt wieder ein. Der Provinzial nickte ihm zu, rollte sogleich das Schriftstück auf seinem Schreibtisch aus und erstarrte. Er sah aus, als hätte er einen Geist gesehen, und schnappte nach Luft wie ein Fisch auf dem Trockenen.

Was in Gottes Namen bringt ihn so auf?, schoss es Bianca durch den Kopf.

»Das ... das ist ... also, das ist ...«, stotterte der Provinzial.

»Nun redet schon! Hat die Tochter einer Klosterköchin und eines Weißbäckers doch etwas geerbt?«, höhnte Artur.

»Nein, nein, es ist nur ... sie sagte mir ... das kann doch nicht sein ... das ...«

Der Provinzial war weiß wie eine Wand geworden. Schwankend erhob er sich.

»Es tut mir leid, mir ist nicht wohl. Ich bitte um eine Unterbrechung für wenige Minuten.«

Er griff nach der Schriftrolle und verließ damit ohne ein weiteres Wort seine Amtsstube.

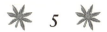

5

Meister Ebert war ein ruhiger, behäbiger Mann, dem zwar manchmal die Puste ausging, den aber so schnell nichts in Wut bringen konnte. Aber was sich an diesem Tag in seiner Backstube abspielte, versetzte ihn in rasenden Zorn. Er war hochrot im Gesicht. Nicht genug damit, dass ihn sein überraschender Besucher davon abhielt, seiner Verpflichtung nachzukommen und pünktlich beim Provinzial zu erscheinen. Nein, er hatte sich doch tatsächlich erdreistet, Eberts Gesellen Heinrich nach Hause zu schicken. Das Dumme war nur – er durfte nicht ausfallend werden, denn der ältere Mann, der sich beharrlich weigerte, endlich die Backstube zu verlassen, gehörte zu den mächtigen Männern der Zunft. Ebert hielt ihn allerdings für einen der schlechtesten Lebküchner weit und breit. Er fragte sich seit Langem, wie es ausgerechnet dieser Scharlatan geschafft hatte, in der erst kürzlich vom Rat zugelassenen Lebküchnerzunft solche Macht auszuüben. Man munkelte von hervorragenden Verbindungen zum Rat der Stadt.

»Seid Ihr jetzt so gut und lasst mich endlich gehen?«, fragte Meister Ebert zum wiederholten Male mit Nachdruck. »Ich muss bei der Testamentsverlesung der Benedicta von Ehrenreit anwesend sein. Es betrifft doch schließlich den Fortbestand der Benedicten.«

»Genau deshalb bin ich hier. Wir von der Zunft haben unsere Zweifel, ob Ihr unter den Teig nicht etwa Zutaten mischt, die unzulässig sind. Deshalb fordere ich Euch zum letzten Mal auf, das Rezept zu verraten. Andernfalls müssen wir Eure Backstube schließen.«

Meister Eberts Halsadern schwollen bedenklich an.

Lange konnte er sich nicht mehr zusammennehmen. Denn wenn er einmal wirklich böse wurde, dann hielt ihn nichts mehr. Und er war stark genug, dieses mickerige Männchen auf der Stelle mit seinen Händen von der Größe riesiger Schaufeln zu zermalmen.

»Und wer prüft Euren Teig? Eure Lebkuchen schmecken so scheußlich, dass es Gerüchte gibt, Ihr würdet mit Hühnermist statt mit Mehl backen, werter Meister Olbrecht«, entfuhr es Meister Ebert.

Der Lebküchner sperrte seinen Mund weit auf, um ihn sofort wieder zuzuklappen. Anscheinend fehlten ihm die Worte. Aber an seinen Augen, die ihm beinahe aus den Höhlen quollen, war unschwer zu erkennen, dass er fassungslos war. Er trat einen Schritt auf Meister Ebert zu.

»Das werdet Ihr bereuen. Keine einzige *Benedicte* wird diese Backstube jemals wieder verlassen.«

»Das werden wir ja sehen. Ich werde beim Rat der Stadt vorsprechen. Dort sitzen genügend hohe Herren, die mir meine Lebkuchen förmlich aus den Händen reißen. Und jetzt lasst mich durch. Ich werde auf der Stelle zum Provinzial eilen.«

»Das werde ich zu verhindern wissen!«, schrie Meister Olbrecht und stellte sich dem jüngeren und kräftigeren Lebküchner in den Weg. Der aber schubste den alten Mann einfach zur Seite. Olbrecht stolperte und landete in einem Trog voller Teig. Meister Ebert stöhnte laut auf und reichte dem zappelnden alten Mann die Hand, um ihm herauszuhelfen.

Obwohl er sich ärgerte, dass nun Mengen des wertvollen Teiges an dem Mann kleben blieben, zwang er sich, freundlicher zu ihm zu sein. Es ging das Gerücht, dass der Alte sehr rachsüchtig sein konnte.

»Entschuldigt, das wollte ich nicht. Mir missfällt nur, auf welch plumpe Weise Ihr mir das Rezept entlocken wollt. Ihr wisst doch, ich verrate es niemals, nicht einmal ...«

Weiter kam er nicht, denn in diesem Augenblick spürte er etwas Kaltes an seiner Kehle. Er weigerte sich zunächst, es zu glauben, aber es gab keinen Zweifel: Der mächtige Herr der Zunft hielt ihm ein Messer an die Kehle. Meister Ebert überlegte, ob er sich mit körperlicher Gewalt wehren sollte, aber das hätte ihm in dieser misslichen Lage nicht geholfen. Meister Olbrecht hatte ihm die Waffe derart überraschend und so geschickt an den Hals gesetzt, dass jede Bewegung dazu geführt hätte, ihm mit der Klinge den Hals aufzuschlitzen.

»Was wolltet Ihr eben sagen, Ebert? Dass Ihr das Rezept niemals verratet?«, hörte er den Mann höhnen, den er bislang allenfalls für einen Beutelschneider gehalten hatte, niemals aber für einen mörderischen Erpresser.

Meister Ebert atmete tief durch, so weit es ihm mit einem Messer am Hals überhaupt möglich war.

»Ich wollte sagen, dass ich es niemals verraten werde. Weder unter der Folter noch wenn mich jemand mit dem Tod bedroht.«

»So?«, zischte der Angreifer und hielt das Messer noch dichter an die Kehle seines Opfers. So dicht, dass Ebert spürte, wie ihm ein wenig Blut auf das Hemd tropfte.

Er überlegte fieberhaft. Ob Meister Olbrecht Ernst machen und ihn wirklich abstechen würde? So zog er es vor, sich ruhig zu verhalten und einfach zu schweigen.

»Das Rezept«, krächzte der Alte. »Hört Ihr? Ich will das Rezept!«, wiederholte er mit überschnappender Stimme, als er merkte, dass Meister Ebert verstummt war. »Ihr sollt mir endlich die Zutaten nennen!«

»Und Ihr solltet Euch auf ein Nachspiel gefasst machen und endlich das dumme Messer fortnehmen.« Meister Ebert straffte die Schultern, doch sein Gegner setzte ihm die Waffe noch enger an den Hals.

Plötzlich lachte der alte Mann auf. »Ich brauche Euch gar nicht, Ebert, ich wäre nicht Lebküchner, wenn ich nicht selbst herausfinden könnte, welche Wundermittel Ihr in Eurem Teig versteckt habt.«

Meister Ebert machte Anstalten, zu widersprechen. Er wollte dem Kerl an den Kopf werfen, er sei nicht in der Lage, auch nur ein einziges Gewürz herauszuschmecken. Dann spürte er nur noch, wie etwas Kaltes unangenehm seine Kehle berührte. Ungläubig nahm er die Fontäne wahr, die aus seinem Hals hervorspritzte, doch das war auch schon das Letzte, was er in seinem Leben sah. Ihm wurde schwarz vor Augen, und er röchelte noch einmal laut auf.

Sein Mörder ließ ihn achtlos zu Boden gleiten. Danach wandte er sich dem Trog mit dem Teig zu und steckte den Finger hinein, um etwas davon zu kosten. Doch sosehr er sich bemühte, er schmeckte gerade einmal die Nüsse, aber keines der Gewürze. Nur eines merkte er. Es war kein Hauch von Nelke zu erahnen, einem Gewürz, das er zuhauf in seinen Teig mengte.

»Verdammt, was hat er in diese Pampe getan?«, schimpfte der Lebküchner laut vor sich hin und leckte erneut Teig von den Fingern, doch das änderte nichts. Er war nicht in der Lage, die einzelnen Gewürze zu unterscheiden.

Wie ein Wahnsinniger machte er sich nun daran, die Truhe zu durchwühlen, die in der Ecke der Backstube stand, doch sie enthielt nichts als Meister Eberts Einnahmebücher. Olbrecht wurde schwindelig, als er die Zahlen las. Nicht einmal einen Bruchteil davon erzielte er mit seinen Lebkuchen. Er musste um jeden Preis erfahren, mit welchen Zaubermitteln Ebert dieses Wunderwerk vollbracht hatte.

Wütend trat er mit dem Fuß erst gegen die Truhe, dann gegen den weichen Leib des am Boden liegenden toten Lebküchners.

Bei dem Anblick des blutüberströmten Leichnams kam dem alten Mann ein Gedanke. Ob Ebert die Rezeptur am Körper trug? Und schon bückte er sich und tastete sein Opfer ab. Vergeblich, wie er nach einer Weile verzweifelt feststellen musste. Schwitzend hockte er sich neben den toten Körper des Lebküchners und überlegte. Wie sollte er jetzt noch an die Rezeptur herankommen, nachdem der Geheimnisträger durch seine Hände zu ewigem Schweigen verdammt war? Plötzlich durchfuhr ihn ein eisiger Gedanke. Was würde Janus mit ihm anstellen, wenn er erfuhr, wie jämmerlich er versagt hatte?

Der Provinzial sah immer noch so aus, als würde er an starker Übelkeit leiden, als er in seine Stube zurückkehrte.

Bianca verschränkte die Finger ineinander, aus lauter Angst, sie würden zittern. Eigentlich muss ich mir keinerlei Sorgen machen, dachte sie. Schließlich kenne ich den Inhalt des Testamentes. Trotzdem überliefen sie heiße und kalte Schauer, als sie nun in das sichtlich gequälte Gesicht des Provinzials blickte.

»Ich verlese Euch nun den Letzten Willen der Benedicta von Ehrenreit, Witwe des Gewürzhändlers Konstantin von

Ehrenreit. Nürnberg anno vierzehnhundertzweiundfünfzig...« Er hielt inne, holte umständlich ein Tuch hervor und wischte sich den Schweiß von der Stirn.

»Wie lange wollt Ihr die Wahrheit noch hinauszögern?«, tönte Artur siegessicher.

Der Provinzial hob nicht einmal den Kopf, während er rasch zu lesen begann. So hurtig, dass er sich ein paarmal verhaspelte. »Ich, Benedicta von Ehrenreit, setze meinen Enkel Andreas zum Alleinerben ein. Da er sich zurzeit auf einer Reise nach Venedig befindet, soll bis zu dessen Rückkehr der Großcousin meines verstorbenen Mannes, Artur von Ehrenreit, mein Erbe verwalten...«

Bianca wollte ihren Ohren nicht trauen.

»Das ist eine Lüge!«, schrie sie und sprang von ihrem Stuhl auf.

»Sieh einer an, da hat sich jemand falsche Hoffnungen gemacht«, lachte Artur schäbig.

Bianca aber stürmte zum Schreibpult und raunte dem Provinzial zu: »Das ist eine Fälschung. Ich kenne das Testament. Kein Wort von den Halsabschneidern stand dort.« Sie wandte sich zornig um und deutete auf die beiden Männer.

»Liebes Kind, Ihr wollt den Letzten Willen der werten Verblichenen doch nicht etwa Lügen strafen, oder?«

»Das ist nicht ihr Letzter Wille!«

»So, was ist es denn?« Artur war ebenfalls von seinem Platz aufgesprungen.

Auch der Provinzial erhob sich und rollte das Testament zusammen.

»Verzeiht, meine Herren, ich muss um ein wenig Geduld bitten. Ich habe mit Bianca von Ehrenreit unter vier Augen zu reden.«

Artur stieß einen verächtlichen Laut aus. »Die und eine Ehrenreit! Habt Ihr schon vergessen, dass ihre Mutter einst einen Onkel von Lebküchner Peter Ebert geheiratet hat, den Weißbäcker Leonard Ebert, und dass sie diesen Namen trägt? Sie sollte uns eher verraten, wo ihr echter Verwandter, der Ebert, so lange bleibt.«

Der Provinzial aber überhörte Arturs gehässige Bemerkungen und schob Bianca vor sich zur Tür hinaus.

»Das ist eine verdammte Lüge«, wiederholte Bianca voller Entsetzen, kaum dass sie außer Hörweite waren.

»Das befürchte ich auch, aber wir können es nicht beweisen.« Mit zittrigen Fingern entrollte der Provinzial das Testament und deutete auf eine bestimmte Stelle.

»Die Benedicten für den weltlichen Handel soll fortan der Lebküchner Olbrecht herstellen ...«, las Bianca laut vor. »Aber das kann nicht sein!«

»Nicht das. Lest dies!« Unwirsch legte der Provinzial den Zeigefinger auf das Dokument.

»Der Handel mit den klösterlichen Benedicten soll fortan von den Brüdern des Augustinerklosters betrieben werden. Sie backen und vertreiben die Benedicten nach meinem Rezept. Ihnen gebührt die Hälfte der Einnahmen.«

»Aber das Rezept kennt doch gar keiner außer mir!«, schrie Bianca empört auf.

»Das glaube ich Euch gern, liebes Kind, das Ganze ist Lug und Betrug. Die Verblichene war uns Dominikanerbrüdern und -schwestern verbunden und hätte das Rezept niemals den Augustinern überlassen. Das Testament kann nur gefälscht sein, aber damit kommen die Herrschaften nicht durch. Das schwöre ich Euch. Passt auf, Ihr geht hinein und tut so, als wäre nichts geschehen. Ich werde unterdessen meine Brüder herbestellen und sie befragen, ob einer von ihnen einen Fremden gesehen hat, der sich in meine Amtsstube geschlichen hat. Ich befürchte, das Testament wurde ausgetauscht.«

Bianca sah den Provinzial mit großen Augen an. »Ihr glaubt mir also?«

»Ich glaube es nicht nur. Ich weiß, dass es nicht mit rechten Dingen zugeht. Doch wir können es nicht so ohne Weiteres beweisen. Unter dem Dokument steht die Unterschrift Eurer Mutter, wie auch immer sie dahingekommen sein mag. Angeblich soll das Testament in Anwesenheit des Ratsherrn Michel Fenner geschlossen worden sein. Das steht allerdings zu bezweifeln. Er ist der Mann, der den Schwindel mit einem Wimpernschlag aufdecken kann. Ich werde rasch einen der jungen Brüder nach dem Ratsherrn Fenner schicken, auf dass der diesem Spuk ein baldiges Ende bereite ...«

Er unterbrach sich, als ein aufgeregter Mönch den Kreuzgang entlanggeeilt kam und mit den Händen fuchtelte.

»Hochwürdiger Herr, es kam vorhin ein Bruder aus Eurer Stube, den ich nicht kannte und der eine Papierrolle bei sich trug ...«

Schwer atmend blieb er vor dem Provinzial stehen.

»Wie sah er aus?«

»Er trug unsere Tracht, aber als ich ihn zur Rede stellen wollte, stieß er mich zur Seite. Er besaß ein teuflisches Gesicht mit glühenden Augen und ...«

Ein Lächeln huschte über das Gesicht des Provinzials. »Bruder Theobald, kommt erst einmal zur Ruhe. Mir scheint, Ihr übertreibt ein wenig.« Er wurde sofort wieder ernst. »Versucht Euch zu erinnern. Wie sah er aus? War etwas Besonderes an ihm?«

Der Mönch überlegte einen Augenblick lang, dann erhellten sich seine Züge.

»Er war außergewöhnlich groß und hager, und sein Habit war zu kurz. Er reichte ihm knapp unter das Knie. Das sah merkwürdig aus, weil er so dürre Beine hatte.«

Der Provinzial klopfte dem Mönch anerkennend auf die Schulter.

»Das habt Ihr sehr gut beobachtet.«

Der Bruder senkte den Kopf. »Aber ich konnte ihn nicht am Entkommen hindern.« Er fasste sich an den Hinterkopf. »Ich habe eine Beule davongetragen.«

»Schon gut, Ihr habt Euch nichts vorzuwerfen. Im Gegenteil, Ihr habt uns sehr geholfen.« Der Provinzial wandte sich Bianca zu, die sich mit zitternden Knien an eine Wand gelehnt hatte.

»Was ist mit Euch?«, fragte er besorgt.

»Das … das ist der Mann, der … der meiner Mutter die letzte Beichte abnehmen wollte und den ich auf Anhieb nicht mochte. Er war lang und dürr, der Habit zu kurz«, stammelte Bianca. »Ich wollte ihn nicht einlassen, obwohl er behauptete, er sei vom Prior geschickt, weil er mir unheimlich war …«

»Nicht wahr? Ihm steht das Böse ins Gesicht geschrieben«, bekräftigte Bruder Theobald, der dem Gespräch aufgeregt gelauscht hatte.

»Du kannst jetzt gehen«, befahl der Provinzial unwirsch, woraufhin der Mönch sich betont langsam davonschlich.

»Er ist zusammen mit Bruno von Ehrenreit aus dem Zimmer meiner Mutter gekommen, und als ich an ihr Bett eilte, war sie tot«, fügte Bianca aufgeregt hinzu.

»Das ist der letzte Beweis. Wir werden diesen Mann suchen lassen. Aber um die Echtheit des Testamentes anzufechten, müssten schon Eure Aussage und die Angaben Bruder Theobalds genügen. Ihr könnt ja bezeugen, was Eure Mutter wirklich verfügt hat, nicht wahr?«

Bianca nickte eifrig und wiederholte, was sie am Bett ihrer Mutter verlesen hatte.

»Das wäre doch auch widersinnig, wenn sie den Augustinern die Herstellung der klösterlichen Benedicten überlassen hätte.«

»... und Onkel Artur die Verwaltung ihres Vermögens. Nein, das wird kein Ratsherr dieser Stadt glauben, weil jedermann in Nürnberg um den Ruf Arturs und sein schlechtes Verhältnis zu meiner Mutter weiß.«

»Darin stimme ich Euch zu«, raunte der Provinzial Bianca leise zu, bevor er laut rief: »Bruder Theobald, kommt bitte noch einmal her!«

In Windeseile kehrte der Mönch zurück. Bianca schmunzelte. Weit war er ja nicht gekommen. Er schien ein sehr neugieriger Mensch zu sein.

»Rasch, nehmt dieses Schriftstück und eilt zum Ratsherrn Fenner! Er soll das Dokument sicher verwahren, die Edelmänner Artur und Bruno von Ehrenreit vorladen und sie mit dem Verdacht konfrontieren, dass das Schriftstück gefälscht ist. Rasch, eilt!«

Der Provinzial drückte Bruder Theobald das Testament in die Hand, mit dem dieser wie ein Wiesel davoneilte.

»Kommt, Bianca, wir gehen jetzt hinein, und ich werde den Herren erklären, warum ich dieses Testament nicht vollstrecken kann.«

Bianca atmete tief durch, bevor sie dem Provinzial in sein Amtszimmer folgte. Sie rieb sich die Hände bei dem Gedanken, dass man diesen Schurken schon bald ihr gemeines Handwerk legen würde.

7

Als Bianca und der Provinzial einträchtig in das Amtszimmer zurückkehrten, empfing Artur von Ehrenreit sie wutschnaubend.

»Ihr könnt uns doch nicht einfach hier sitzen lassen!«, fauchte er und drohte dem Provinzial unverhohlen mit der Faust.

Der aber hob beschwichtigend die Hand. »Wartet, werter Ritter, was ich Euch zu sagen habe ...«

Artur aber ließ sich nicht beruhigen, auch nicht von seinem Sohn, der immerzu raunte: »Vater, nun kommt schon, setzt Euch, der ehrwürdige Provinzial will Euch doch nichts Böses ...«

»Wo ist das Dokument?«, brüllte der Ritter. »Ihr habt es doch vorhin mit aus der Stube genommen. Ihr habt es nicht wieder mitgebracht. Her damit!«

Er hielt fordernd die Hand auf, doch der Provinzial wandte sich von ihm ab und stellte sich hinter sein Amtspult. Das brachte Artur schließlich zum Verstummen.

Der Provinzial räusperte sich ein paarmal. Dann maß er Artur von Ehrenreit mit durchdringendem Blick.

»Ich kann und werde das Testament weder weiter verlesen noch vollstrecken, denn es steht zu befürchten, dass es sich um ein gefälschtes Dokument handelt ...«

»Seid Ihr von Sinnen?«, schrie der alte Ehrenreit.

»Vater, nun lasst doch den hochehrwürdigen Herrn einmal ausreden! Ihr tut ja gerade so, als könne Euch so ein dummer Verdacht etwas anhaben.«

Artur blickte seinen Sohn zweifelnd an, doch dann hielt er den Mund.

»Fahrt fort«, bat Bruno.

»Bianca von Ehrenreit ist der Inhalt des Testamentes bekannt, das ihre Mutter ihr zu treuen Händen übergab, und sie schwört, dass es anderen Inhaltes war als jenes, das ich soeben zu verlesen begonnen hatte.«

Artur lachte höhnisch auf. »Ich kann mir gut vorstellen, dass sie das behauptet, weil sie nämlich leer ausgeht.«

»Nein, weil ich meiner Mutter das Testament laut vorgelesen habe und sie mich anschließend bat, es an mich zu nehmen, weil nicht jeder, der an ihr Totenbett komme, reinen Herzens sei. Und sie meinte Euch, Onkel Artur. Ich habe es noch am Tag ihres Todes dem Provinzial zu treuen Händen übergeben.«

»Und hätte Jungfer Bianca das wohl getan, um es hier und heute anzuzweifeln, wenn der Letzte Wille der Verstorbenen jener gewesen wäre, der mir heute vorgelegen hat? Nein, sie hätte es dann wohl eher verschwinden lassen, nicht wahr?«

»Was weiß ich, was im Kopf dieser Person vor sich geht? Hat sie sich doch bei meinem Onkel Konstantin eingeschmeichelt, nur weil meine Tante ihre Mutter einst an Kindes statt angenommen hat. Im Gegensatz zu meinem Sohn und mir fließt allerdings kein Quäntchen Blut der Ehrenreits durch ihre Adern …«

»Es ist in der Stadt wohlbekannt, dass Euer Onkel Leonore stets nähergestanden hat als Euch. Wie oft hat er Euren Lebenswandel beklagt …«

»Hochwürdiger Herr, ich habe nun lange genug Geduld walten lassen und versucht, das Gemüt meines Vaters zu kühlen, aber nun bleibt bei der Sache. Könnt Ihr beweisen, dass jenes Testament, das Euch vorlag, nicht echt ist?«, mischte sich Bruno ein.

Der Provinzial nickte. »Ja, in der Tat gibt es Beweise, denn einer unserer Brüder, der Bruder Theobald, hat heute einen angeblichen Dominikanermönch beobachtet, wie er eine Schriftrolle aus meiner Stube entwendete. Als der ihn zur Rede stellte, stieß er ihn gegen eine Wand.«

»Und was haben wir mit einem Dominikanermönch in Eurer Stube zu tun?«, entgegnete Bruno empört.

»Genau das gilt es zu klären. Und deshalb ist Bruder Theobald unterwegs zum Ratsherrn Fenner, um den Fall untersuchen zu lassen.«

»Das ist doch an den Haaren herbeigezogen«, schnauzte Artur.

»Das werden wir ja sehen, wenn wir des angeblichen Bruders habhaft werden. Er wird schwerlich aus der Stadt fliehen können ...«

»Aber was haben wir mit diesem Kerl zu schaffen?«, fauchte Bruno.

»Eine ganze Menge, werter Cousin. Es ist nämlich jener Mönch, der uns angeblich vom Prior geschickt worden war, um meiner Mutter die letzte Beichte abzunehmen ...« Bianca hatte die Hände in die Hüften gestemmt und sich kämpferisch vor dem jungen Mann mit dem Engelsgesicht aufgerichtet.

»Was redest du bloß für einen Unsinn?«, knurrte er.

»Warte nur, bis ich vor dem Rat beschwören werde, dass es derselbe Mann war, mit dem zusammen du aus dem Zimmer meiner Mutter kamst, nur wenige Augenblicke, bevor ich sie tot in ihrem Bett fand.«

»Das muss ich mir nicht länger anhören!«, brüllte Artur, doch sein sonst vom vielen Wein stark gerötetes Gesicht war leichenblass.

Der Provinzial erhob sich und deutete eine Verbeugung an.

»Wir sehen uns bei der Anhörung des Rates wieder.«

»Und dann wird auch Meister Ebert anwesend sein. Das kann ich Euch schwören«, ergänzte Bianca. »Ich würde mich übrigens nicht wundern, wenn Ihr schuld seid, dass er nicht pünktlich erschienen ist. Aber das herauszubekommen, dürfte ein Leichtes sein.«

»Du ... du ...«, schnaubte Artur, aber Bruno zog ihn mit sich fort. »Kommt, Vater, nur schnell fort von hier!«

Nachdem die Tür hinter ihnen zugeschlagen war, atmete Bianca tief durch.

»Schaut nicht so besorgt«, sagte der Provinzial. »Diese Schlacht haben wir gewonnen.«

»Die Schlacht vielleicht, aber nicht den Krieg«, seufzte Bianca, und ein unangenehmes Gefühl tobte durch ihren ganzen Körper.

Ich habe Angst, dachte sie, furchtbare Angst, aber sie sprach es nicht laut aus. Ich habe allen Grund, zuversichtlich zu sein, dass die Wahrheit rasch ans Licht kommt. Wer sollte den beiden Betrügern auch nur ein Wort glauben?

Bianca verabschiedete sich vom Provinzial und machte sich rasch auf den Heimweg. Sie befand sich mitten auf der neu errichteten Hängenden Brücke, als sie unvermittelt stehen blieb. Dann wandte sie sich um und eilte in Richtung der Torgasse, wo die Bäcker und Lebküchner wohnten.

8

Meister Olbrecht hatte nicht gehört, wie jemand hinter ihm leise in die Backstube geschlichen war. Fluchend hockte er vor Eberts Leichnam und raufte sich das schüttere Haar. Da ließ ihn eine durchdringende Stimme bis ins Mark erzittern.

»Saubere Arbeit, Meister Olbrecht. Aber Ihr habt die Rezeptur hoffentlich niedergeschrieben.«

Olbrecht wandte sich um. Er war aschfahl im Gesicht.

»Ich ... er ... ich ... also ...«, stotterte er.

Bruno trat auf ihn zu. Bedrohlich stand er über ihm.

»Was soll das heißen?«

»Er ... er hat es mir nicht verraten.«

»Was hat er Euch nicht verraten?«

Meister Olbrecht versuchte aufzustehen, um halbwegs auf Augenhöhe mit dem zornigen jungen Mann zu sein, doch im gleichen Augenblick spürte er nur noch einen höllischen Schmerz. Er schrie auf und starrte fassungslos auf den Fuß, mit dem man ihm auf die Hand getreten hatte.

»Oh, verzeiht, das wollte ich nicht«, säuselte Bruno, doch der Lebküchner wusste, dass es gelogen war, zumal der junge Herr von Ehrenreit den Fuß um keine Handbreit fortbewegte.

»Er hat mich verhöhnt, und da ist mir versehentlich das Messer ausgerutscht.«

»Ausgerutscht? Ihr Narr!«

Fluchend hob Bruno seinen schweren Schnabelschuh von der Hand des alten Mannes.

»Wie kann man nur so dumm sein? Ich habe es meinem Vater gleich gesagt. *Wir sollten uns bloß nicht mit Olbrecht zusammentun. Der ist so einfältig, wie seine Lebkuchen fade schmecken.* Und nun?«

»Ich, ich ...«

»Was – ich? Das Beste wäre doch, ich brächte Euch zum Rat der Stadt und lieferte Euch als Mörder des armen Meisters Ebert aus.«

Der alte Mann hockte immer noch am Boden. Er zitterte am ganzen Leib.

»Dann ... dann sage ich ihnen, wer mir den Auftrag erteilt hat«, entgegnete er mit bebender Stimme. Er zuckte zurück, als Bruno ihm plötzlich eine Hand entgegenstreckte.

Der aber grinste von einem Ohr zum anderen und flötete: »Kommt, nehmt meine Hand! Ich wollte Euch nur emporziehen, bevor Ihr auf dem Boden dort vor lauter Angst unter Euch lasst.«

»Ich ... ich ... ich habe keine Angst«, widersprach der Lebküchner, ergriff Brunos Hand und ließ sich von ihm aufhelfen. Ehe sich der Alte versah, hatte der junge Mann sich gebückt und das Messer gepackt, das neben Meister Ebert am Boden lag.

Olbrecht hielt schützend die Hand vor das Gesicht.

»Ihr habt offenbar begriffen, was für alle Beteiligten das Beste zu sein scheint. Zwei Lebküchner im Streit. Der eine bringt den anderen um, und der Mörder macht sich reumütig selbst den Garaus.«

»Nein, nein, das könnt Ihr nicht tun! Das ... das ...«, stotterte Meister Olbrecht, doch da spürte er bereits, wie ihn das Messer am Unterarm kitzelte. Es war nur eine Frage der Zeit, wann er die Arme sinken lassen und seine Kehle freigeben würde. Vor Angst konnte er sein Wasser nicht mehr halten.

»Pfui Teufel!«, schimpfte Bruno, als sich ein übel riechender See unter dem alten Mann ausbreitete. »Nehmt Ihr Eure Hände nun freiwillig vom Gesicht, oder muss ich nachhelfen? Das wird mir ein Leichtes sein. Euch puste ich doch mit einem Atemhauch um.«

»Ihr wärt ein Narr, wenn Ihr mich umbringen würdet, denn ich kann Euch noch von großem Nutzen sein«, bemerkte der Lebküchner mit bebender Stimme.

»Wozu seid Ihr denn besser von Nutzen, als für den Mord an Meister Ebert herzuhalten?«

»Ich spreche nur, wenn ich die Hände vom Gesicht nehmen darf und Ihr mir schwört, mir nicht die Kehle durchzuschneiden.«

»Es kommt darauf an, was Ihr mir zu sagen habt. Überzeugt Ihr mich, lasse ich Euch am Leben. Überzeugt Ihr mich nicht, mache ich schnell, damit Ihr nicht so lange leiden müsst, wenngleich ich Euch für Eure Dummheit …«

Vorsichtig ließ der schlotternde Mann, der sonst in der Zunft das große Wort führte, die Arme sinken.

»Also, was sollte mich davon abbringen, Euch den Rest zu geben?«

Der Lebküchner deutete auf den gefüllten Trog. »Wenn Ihr mir ein wenig Zeit lasst, dann finde ich anhand des Teiges heraus, welche Zutaten er enthält.«

Bruno lachte verächtlich auf, während er den Finger in den Teig steckte. »Und Ihr seid sicher, dass Euch dieser klebrige Brei das geheime Rezept verrät?« Er leckte den Finger ab und verdrehte die Augen. »O ja, das schmeckt vorzüglich. Ihr habt mich überzeugt. Wie Ihr das Rezept herausbekommt, ist mir gleichgültig. Hauptsache, ich halte es bald schwarz auf weiß in meinen Händen und Ihr könnt mit dem Backen beginnen.«

Dann klopfte er dem alten Mann scheinbar freundschaftlich auf die Schulter und wollte die Backstube verlassen, doch sein Blick blieb an dem toten Lebküchner hängen.

»Und was fangen wir mit ihm an?«

In das Gesicht des alten Mannes kehrte die Farbe zurück. Seine Wangen waren leicht gerötet, als er vorschlug: »Wir plündern die Kasse und lassen ihn liegen. So glaubt ein jeder, dass ihn ein Räuber aus Habgier gemordet hat. Schließlich ist bekannt, dass Meister Eberts Benedicten Gold wert sind.«

Bruno lachte erneut auf. Dieses Mal wohlwollend. »Da kann ich von Glück sagen, dass ich Euch nicht umgebracht habe. Ihr seid in der Tat zu etwas nütze. Aber ich glaube, es wäre besser, Ihr nehmt nun hurtig ein wenig von dem Teig mit und wir verschwinden beide...«

Bruno wurde durch ein Klopfen an der Tür unterbrochen. Entgeistert starrte er zum Eingang der Backstube. Er gab Meister Olbrecht ein stummes Zeichen, ihm zur Hintertür zu folgen.

Sie hatten den Ausgang beinahe erreicht, als er Biancas Stimme erkannte. »Meister Ebert, ich bin es, Bianca! Meister Ebert, seid Ihr da?«

Über Brunos Gesicht lief ein diabolisches Grinsen.

»Wir werden unseren Plan ändern«, murmelte er, bevor er den alten Mann zur Hintertür hinausschob.

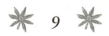

9

Bianca stand unschlüssig vor der Backstubentür. Sie wollte gerade umkehren, als sie ein dumpfes Geräusch von drinnen hörte.

»Meister Ebert!«, rief sie noch einmal lauter. »Meister Ebert«, wiederholte sie, doch es rührte sich nichts. Vorsichtig drückte sie die Türklinke hinunter und wunderte sich, dass nicht abgeschlossen war.

»Meister Ebert?«

Sie nannte ihn stets Meister Ebert, obgleich ihre Mutter doch einen seiner Onkel geheiratet hatte und sie deshalb so etwas wie seine Großnichte war. Doch dazu war sie zu sehr Benedictas Ziehtochter. Sie hatte sich von Kindheit an dem Namen Ehrenreit verpflichtet gefühlt. Einem Namen, dessen Schattenseiten sie vorhin in der Amtsstube schmerzhaft hatte erfahren müssen. Was sind das nur für Menschen, die Benedictas Willen derart mit Füßen treten?, ging es ihr durch den Kopf. Wie hatte Konstantin, den sie stets Vater genannt hatte, noch zu sagen gepflegt? *Mein Vetter Artur ist ein Abbild meines Vaters, und der war alles andere als ein guter Mensch. In ihm schlägt das Herz eines Raubritters.*

Bianca versuchte, die Gedanken an die missglückte Testamentseröffnung beiseitezuschieben und sich lieber mit der drängenden Frage zu beschäftigen, warum der Lebküchner nicht erschienen war. Hier geht es nicht mit rechten Dingen zu, schoss es ihr durch den Kopf. Wenn Meister Ebert schon seine Arbeit im Stich ließ, so blieb gewöhnlich zumindest sein Geselle vor Ort.

Mit pochendem Herzen betrat Bianca die Backstube und

setzte vorsichtig einen Fuß vor den anderen. Sie sah sich suchend um. In einem hölzernen Trog waren Mengen von Teig angerührt. Auch dieser Anblick beunruhigte Bianca sehr. Niemals hätte der erfahrene Lebküchner den kostbaren Teig ohne Aufsicht lieblos in einem Trog belassen. Nein, er hätte sich beeilt, die Lebkuchen zu formen, um sie nahe beim Ofen zu wärmen. Er wusste doch, dass der Teig auf diese Weise in kürzester Zeit hart und unbrauchbar werden würde. Bianca tauchte einen Finger in die Masse und stellte fest, dass er noch nicht lange so dagestanden hatte. Sie leckte den Finger ab und wollte sich gerade an dem köstlichen Geschmack ergötzen, als sie etwas erblickte, das sofort einen Würgreiz in ihr auslöste. Dort auf dem Boden lag Meister Ebert in seinem Blut. In seiner Kehle klaffte eine grausame Wunde. Mit weichen Knien näherte sie sich diesem Bild des Grauens.

»Wer hat Euch das nur angetan?«, flüsterte sie, während sie neben dem Lebküchner niederkauerte und ihm unbeholfen über die kalten Wangen strich. Es dauerte einen Augenblick, bis sie begriff, dass er einen gewaltsamen Tod erlitten hatte. Und sie ahnte sofort, wer dafür verantwortlich war.

Bianca stieß einen nicht enden wollenden Entsetzensschrei aus. Sie schrie abwechselnd nach Andreas und Benedicta. Dann rief sie laut um Hilfe, bis sie erschöpft innehielt. Warum haben sie ihn umgebracht?, fragte sie sich, während ihr das Herz bis zum Hals pochte. Warum? Plötzlich wurde sie bei den Schultern gepackt. Erschrocken wandte sie sich um. Sie blickte in das faltige Gesicht eines alten Mannes mit auffallend spitzen Ohren. Eines Kerls, den sie noch nie zuvor gesehen hatte.

»Wer ... wer war das?«, stammelte sie, doch da begann

der Fremde lautstark zu jammern. »Meister Ebert, o weh, Meister Ebert!«

Bianca stimmte in sein Wehklagen ein. »Meister Ebert, wer hat Euch das angetan?« Dann kamen ihr die Tränen, und sie warf sich schluchzend über den geschundenen Leichnam des Lebküchners.

Wie aus der Ferne hörte sie die Stimme des Alten schreien: »O Gott, sie hat Meister Ebert umgebracht ...«

Erst wollte sie nicht begreifen, was der Mann da brüllte, doch als sich Schaulustige von der Gasse in die Backstube drängten, beschlich sie das ungute Gefühl, dass hier etwas Ungewöhnliches vor sich ging.

Immer lauter verkündete der Fremde, dass sie, die dunkelhaarige Hexe, Meister Ebert umgebracht habe. Wer ist *sie*, fragte sich Bianca, als der alte Mann ihr ein Messer in die Hand drückte.

In diesem Augenblick sah sie die Meute näher kommen. Alle diese Menschen hatten den gleichen Schlachtruf auf den Lippen: »Mörderin! Mörderin! Mörderin!«

Bianca nahm sich fest vor, etwas gegen dieses Gesindel zu unternehmen, doch kaum hatte sie den Entschluss gefasst, da gaben ihre Knie nach, und sie sank zu Boden.

10

Von diesem Teil des Lochgefängnisses, das sich unter dem Nürnberger Rathaus befand, hieß es, er sei der Eingang zur Hölle. Bianca konnte sich nun mit eigenen Augen und Ohren davon überzeugen, wie recht der Volksmund damit hatte. Willenlos ließ sie sich in die nach Unrat stinkenden Gewölbe führen. Vorbei an angeketteten Männern, die um Gnade flehten oder wilde Flüche ausstießen. Sie selbst hatte nur immer wieder vier Worte wiederholt, seit sie in der Backstube aufgewacht war. Der Pöbel war fort gewesen. Stattdessen hatte sie einem Büttel des Rates ins vernarbte Gesicht geblickt, der ihr in knappen Worten mitgeteilt hatte, welch grausamer Tat man sie beschuldigte. »Ich war es nicht«, hatte Bianca starr vor Entsetzen erwidert. Und noch einmal: »Ich war es nicht.«

»Sie lügt, sie lügt, ich habe es mit eigenen Augen gesehen«, hatte der wachsweiße alte Mann mit den auffällig abstehenden Ohren gezetert. Bianca hatte ihn ungläubig angesehen. Warum log dieser Mensch den Büttel an? Bianca hatte mit sich gerungen. Ob sie schreien sollte oder schweigen, bis sich die Sache geklärt hatte? Sie hatte sich für die Stille entschieden. Nun wartete sie schon seit Stunden darauf, dem Rat vorgeführt zu werden. Dann würde die Wahrheit ans Licht kommen, und man würde sie endlich freilassen.

Bianca fröstelte. Von dem strahlenden Sommerwetter dort oben war hier in den Tiefen unter der Erde nichts zu spüren. Im Gegenteil, es war so kalt, dass sie sich ganz klein zusammengekauert und die Knie mit den Armen umschlungen hatte. Auf diese Weise konnte sie sich halbwegs wärmen. Sie zuckte jedes Mal erneut zusammen, wenn aus einem Nebengewölbe schauerliche Schreie an ihr Ohr drangen. Lange würde sie das nicht mehr aushalten. Dann würde sie auch anfangen zu zetern. Wieder ließ ihr ein Schrei förmlich das Blut in den Adern gefrieren. Es war der Schrei einer Frau.

Sie schloss die Augen und versuchte an etwas Schönes zu denken. Und sofort tauchte Andreas' Gesicht vor ihrem inneren Auge auf. Sein Mund näherte sich dem ihren. Noch einmal erlebte sie den innigen Kuss, den er ihr zum Abschied gegeben hatte. *Wenn ich nicht wiederkomme, soll er sich ewig in dein Gedächtnis eingraben,* hatte er geflüstert, nachdem er seine Lippen von den ihren gelöst hatte. Dann erschienen ihr Bilder, wie sie sich auf dem harten Boden des Gewürzlagers voller Leidenschaft geliebt hatten. Oh, wie sie sich danach sehnte, in seinen Armen zu liegen. Wenn er in ihrer Nähe gewesen wäre, niemals hätte diese entsetzliche Sache geschehen können. Und plötzlich drängte sich der tote Meister Ebert in ihre Gedanken. Vor ihrem inneren Auge lief alles noch einmal ab: der grausam zugerichtete Lebküchner und der wie aus dem Nichts auftauchende alte Mann, der sie scheinbar zu trösten versuchte, doch dann aller Welt verkündete, dass sie, Bianca, den Mann ermordet habe. Warum? Was hatte er davon?

Ein schrecklicher Verdacht beschlich sie. Ob das etwa auch Arturs Teufelswerk war? Doch was in aller Welt hatte er davon, wenn er den Lebküchner umbringen ließ und den Verdacht auf Bianca lenkte? Das Rezept!, schoss es ihr voller Entsetzen durch den Kopf.

Für einen Augenblick drohte Biancas Herzschlag auszusetzen. Was, wenn der Lebküchner umgebracht worden war, nachdem man ihm das Rezept entlockt hatte? Denn wer Benedictas Erbe antreten wollte, der konnte ohne das Rezept kaum etwas damit anfangen.

Trotz der klammen Kälte wurde es Bianca heiß, als sie den Gedanken zu Ende führte. Wenn man tatsächlich des Rezeptes habhaft geworden war, wollte man sich ihrer schnellstens entledigen. Dann waren die Ehrenreits alleinige Herren über den Handel mit den Benedicten. Immer gesetzt den Fall, sie würden auch Andreas töten …

Es wird ihnen nicht gelingen, mich zu beseitigen, dachte Bianca kämpferisch. Man wird sie vorher der Fälschung des Testamentes überführen und meine Unschuld beweisen.

Laute Schritte rissen Bianca aus ihren Gedanken. Sie straffte die Schultern. Jetzt dauerte es nicht mehr lange, bis die Wahrheit ans Licht kam. Ein eiskalter Schauer durchfuhr sie, als die zwei Männer um die Ecke bogen. Einer von ihnen trug die Kluft eines Richters des Ratsgerichtes, der andere die Kleidung eines Henkers.

»Du bist Bianca Ebert?«, fragte der vornehme Herr in der Richterkleidung und musterte sie streng.

»Das ist der Name, den ich bei meiner Geburt erhielt, doch seit früher Kindheit bin ich die Ziehtochter Benedicta von Ehrenreits.«

Der Richter schien ihre Worte zu überhören. Stattdessen fuhr er in gleichgültigem Ton fort: »Bekennst du dich schuldig des Mordes an dem Lebküchner Peter Ebert?«

»Nein!«, entgegnete Bianca empört und versuchte sich aufzurichten. Das war gar nicht so einfach, denn ihre Glieder waren steif geworden von dem langen Verharren in einer unnatürlichen Haltung.

»Du leugnest also, was ich dir vorwerfe? Den kaltblütigen Mord an dem Lebküchner Ebert?«

»Ebert, warum sollte ich Meister Ebert umbringen?«, fragte Bianca ungläubig, bevor sie entrüstet fortfuhr: »Ich schätze ihn hoch, er ist der Onkel meines leiblichen Vaters, er ist ein braver Mann, der wie kein Zweiter versteht, die Benedicten nach dem Rezept meiner Ziehmutter herzustellen.« Sie hatte es inzwischen geschafft, sich aufzurappeln, musste sich aber gegen die Wand lehnen, weil ihr die Knie so sehr zitterten.

»Bekennst du dich schuldig?«, wiederholte der Richter.

»Nein, natürlich nicht! Und wie komme ich überhaupt ins Lochgefängnis? Kein Mensch, der die Bürgerrechte besitzt, darf hier eingesperrt werden. Das hat meine Ziehmutter immer wieder betont, und sie war ein guter und gerechter Mensch.«

Der Richter verzog keine Miene, während er verkündete: »Richtig, keinen, der die Bürgerrechte der Stadt besitzt, würde ich hierherbringen lassen, aber du besitzt sie nicht, jedenfalls nicht mehr.«

»Aber ... aber ich bin die Ziehtochter Benedictas von Ehrenreit und ihre Erbin.«

»Nein, das bist du mit Sicherheit nicht. Ich habe es gleich überprüfen lassen, nachdem du es dem Büttel gegenüber behauptet hast. Der Erbe ist Andreas von Ehrenreit.«

»Aber wir wollen heiraten!«

»Ja, dann werde ich ihn als Zeugen laden lassen. Und wenn er es bestätigt, werden wir dich bis zur Verhandlung zumindest in einem anderen Gefängnis unterbringen. Deine Unschuld wird er aber wohl kaum beweisen können. Oder hat er etwas gesehen?«

Bianca senkte den Blick zu Boden. »Er kann nicht als Zeuge aussagen, denn er ist schon vor Wochen zu einer Reise nach Venedig aufgebrochen ...«

»Darauf kann ich nicht warten! Also muss ich davon ausgehen, dass du zu Recht hier einsitzt. Oder hast du einen weiteren Zeugen, der bestätigen kann, dass du ein Erbe zu erwarten hast und auf diese Weise in den Genuss der Bürgerrechte unserer Stadt kommst?«

»Aber ich bin auch in Benedicta von Ehrenreits Testament erwähnt. Ich soll die Angelegenheiten meiner verstorbenen Ziehmutter in Andreas' Abwesenheit regeln.«

Wieder verzog der Richter keine Miene. »Das hat dein

Onkel mir vorausgesagt. Dass du versuchen wirst, das rechtmäßige Testament deiner Ziehmutter in Zweifel zu ziehen ...«

»Gut, dass Ihr meinen Onkel erwähnt. Das ist doch alles ein gemeines Komplott von Artur, um an das Erbe meiner Mutter zu kommen. Denn sie hat ihn und seinen verdorbenen Sohn mit keinem Wort erwähnt. Das ist der Grund, warum die beiden zu solch gemeinen Lügen greifen. Sie hat es mir auf ihrem Sterbebett selbst gesagt, dass Artur und sein Sohn nichts erben sollen, und im echten Testament hat auch nichts von ihnen gestanden«, erwiderte Bianca verzweifelt.

»Du willst doch nicht etwa behaupten, es gebe ein richtiges und ein falsches Testament?«

»Doch, genau das kann ich beschwören.«

»Es gibt einen Zeugen. Man hat dich auf frischer Tat ertappt. Und ich würde dir gern die Folter ersparen. Besser wäre, du gestehst. Noch kann ich in Ermangelung eines zweiten Zeugen mein Urteil nicht sprechen. Also, willst du nicht lieber gestehen, mein Kind?«

Bianca spürte heiße Wut in sich aufsteigen. Wie redete er eigentlich mit ihr? Wie kam er dazu, über sie zu richten, bevor er sie überhaupt richtig angehört hatte?

»Nein, ich bin weder Euer Kind, noch will ich gestehen! Das ist doch alles eine große Verschwörung. Der Zeuge lügt, weil Artur und Bruno mich aus dem Weg räumen wollen. Und sie machen sich nicht einmal die Hände schmutzig, sondern benutzen Euch für ihre Zwecke!«, schrie zornig.

Die Augenlider des Richters zuckten. »Du bist ein undankbares Geschöpf. Ich will dir helfen, und du tischst mir Lügen auf. Du willst also wirklich lieber das Leiden auf dich nehmen? Bedenke, du wirst sowieso mit dem Tod bestraft, weil du früher oder später ein Geständnis ablegen wirst. Mach es dir doch nicht so schwer. Sag, dass du es warst. Dann werde ich dich zu einem gnädigen Tod verurteilen. Wenn du mir aber Mühe machst, dann kann ich sehr ungemütlich werden ...«

»Aber ich war es nicht. Wie oft soll ich es Euch noch sagen? Dahinter steckt Artur von Ehrenreit.« Die Wut war der Verzweiflung gewichen.

Der Richter stöhnte laut auf. »Darauf war ich dank eines Gespräches mit deinem Onkel vorbereitet. Er hat mich gewarnt, dass du dein Verbrechen anderen in die Schuhe zu schieben versuchst, Weib! Ich wollte ihn bitten, dass er für dich eintritt, was die Höhe der Strafe angeht, aber er sagte mir gleich, dass du stur bist und – um deine Haut zu retten – dazu neigst, andere zu beschuldigen. Das ist strafverschärfend. Das habe ich nun davon. Ich bin in bester Absicht hergekommen. Aber du hast es ja so gewollt.« Er wandte sich an den Henker. »Pack sie und bring sie in die Gruft!«

Bianca wurde leichenblass. »Was habt Ihr vor?«

»Du hast die Wahl. Ich kann dich schnell und schmerzlos hängen oder qualvoll verrecken lassen. Du bist doch ein hübsches Kind. Willst du dich wirklich der Tortur unterziehen?«

»Ich war es nicht«, entgegnete Bianca und sah dem Richter mutig in die Augen. Er aber wandte den Blick ab.

»Pack sie!«, befahl er dem Henker noch einmal und entfernte sich ohne ein weiteres Wort.

Stumm ergriff der Henker Bianca am Oberarm und zog sie mit sich fort.

»Wohin bringst du mich?«, fragte sie, doch er antwortete nicht, sondern führte sie einen engen, muffigen Gang entlang.

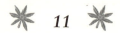

11

Der Henker blieb unvermittelt stehen, öffnete eine Tür und stieß die am ganzen Körper bebende Bianca in ein dunkles Loch. Ehe sie sich versah, hatte er die Tür hinter ihr geschlossen, und sie erkannte nicht einmal mehr die Hand vor Augen.

Erstarrt vor Schreck blieb sie regungslos stehen, bevor sie nach den Wänden tastete. Ihr Herzschlag raste, als sie die Mauer zu beiden Seiten spürte, ohne die Arme ganz ausgestreckt zu halten. Vorsichtig wandte sie sich um und maß auf dieselbe Weise die Entfernung zu den anderen Wänden ab. Der Raum war so winzig, dass sie sich kaum mit ausgestreckten Armen einmal um sich selbst drehen konnte. Nun streckte sie die Hände vorsichtig zur Decke und erschrak erneut. Über ihr war nur noch eine Handbreit Platz.

Bianca atmete ein paarmal tief durch, um ihr tobendes Herz zur Ruhe zu bringen. Sie lehnte sich gegen eine der Wände und ließ sich daran hinuntergleiten. Sie merkte zu spät, dass der Boden feucht war. Modergeruch kroch ihr in die Nase. Obwohl sich alles um sie herum so ekelhaft anfühlte, machte sich zu allem Überfluss ein Hungergefühl in ihr bemerkbar. Seit wann hatte sie nichts mehr gegessen? Sie wusste es nicht, denn sie hatte jegliches Zeitgefühl verloren. War es noch immer jener Tag, an dem sie sich zum Predigerkloster aufgemacht hatte, um das ihr bekannte Testament der Mutter aus dem Mund des Provinzials zur Kenntnis zu nehmen? Dann war die Fälschung aufgetaucht. Der Provinzial – Bianca hielt die Luft an –, ja, der Provinzial würde sie aus dieser misslichen Lage befreien, sobald er davon Kenntnis erlangt hatte. Er glaubte ihr, er wusste, dass Artur von

Ehrenreit hinter der ganzen Sache steckte. Wenn er erfuhr, dass man den Lebküchner ermordet hatte, dann würde er sich doch auch zurechtreimen, dass es sich um eine groß angelegte Verschwörung handelte. Was Bruno dabei wohl für eine Rolle spielte? Es war schließlich unübersehbar, dass er sich wünschte, sie zur Frau zu nehmen. Oder war ihm ihr Tod doch lieber?

Eine eisige Kälte durchfuhr Biancas Glieder. Sie trug nur ein leichtes Kleid, weil dort draußen in der anderen Welt Sommer war. Hier unten herrschten eisige Temperaturen. Hoffentlich bin ich nicht erfroren oder verhungert, bis die da oben von meinem Schicksal erfahren, dachte sie. Fieberhaft überlegte sie, wie sie sich wärmen konnte. Vielleicht sollte sie in Gedanken in das ferne Venedig reisen. Wollte sie den Gewürzhändlern glauben, mit denen sich Andreas zu treffen gedachte, war es dort herrlich warm. Sie wäre so gern mit ihm gereist, aber Benedicta hatte wegen der Belieferung der Klöster nicht auf sie verzichten können. Bianca stockte der Atem. Klöster? Hoffentlich kam sie aus diesem Loch hinaus, bevor die Vorräte zur Neige gingen. Und wer sollte die Märkte beliefern, jetzt, da Meister Ebert tot war? Sofort spürte sie, wie ihr die Kälte erneut unter das Kleid kroch. Es half nichts. Sie musste sich bewegen. Also streckte sie die Beine im Wechsel aus und zog sie wieder an, bis sie erschöpft war. Dasselbe machte sie mit den Armen. Kurzfristig linderte diese Bewegung ihre Qualen. Wie gut, dass sie sich nicht mehr fürchtete, in einem dunklen Loch zu stecken. Das war früher einmal ganz anders gewesen. Damals, als Bruno sie durch die ganze Burg seines Vaters gejagt hatte. Schließlich hatte sie sich vor ihm in einem Kellergewölbe versteckt, und er hatte die Tür hinter ihr zugeschlagen. Sie war vor Angst beinahe gestorben, hatte geschrien, geweint, gebettelt und gefleht, er möge sie befreien. Nach einer halben Ewigkeit hatte sich die Tür geöffnet, und Bruno hatte sie schadenfroh angegrinst.

Bitte, lass mich hinaus!, hatte sie geheult. *Nur wenn du den Rest des Tages tust, was ich dir sage,* hatte er gefeixt. Bianca hätte ihm jedes Versprechen gegeben, und wenn er von ihr verlangt hätte, Vögeln die Flügel auszureißen. Nur um dem grausamen Verlies zu entkommen. Doch im Nachhinein war sie zutiefst beschämt gewesen, aus Angst so tief gesunken zu sein. Von dem Tag an hatte sie geübt, die Furcht zu verlieren. Wie oft war sie in die Kellergewölbe unter dem Gewürzlager gekrochen und hatte einen der Gehilfen gebeten, die Tür zu schließen. Es hatte gar nicht lange gedauert, und die Panik vor dunklen, feuchten, engen Räumen hatte sich gelegt. Von dem Tag an hatte sie gehofft, Bruno werde noch einmal versuchen, sie mit dieser Schwäche zu erpressen, aber er hatte sie nie wieder in ein Verlies gesperrt. Im Gegenteil, er war danach eigentlich immer freundlich zu ihr gewesen, vor allem seit sie kein Kind mehr gewesen war.

Bianca hatte den Gedanken kaum zu Ende geführt, als ihr Herz erneut zu rasen begann. Er hatte es nie wieder versucht, bis zu diesem Tag. Sie hegte nicht mehr den geringsten Zweifel daran, dass Bruno an der Verschwörung beteiligt war. Glaubte er etwa, dass dies das sicherste Mittel war, ihr ein Geständnis zu entlocken? Da kann er lange warten, dachte Bianca entschlossen und versuchte, sich auf dem feuchten Boden einzurichten, so gut es ging. Sie konnte ihre Beine zwar nicht ausstrecken, aber immerhin war es möglich, sich mit angezogenen Knien hinzulegen. Es dauerte nicht lange, und sie schlief ein.

12

Bianca erwachte von einem Fußtritt ins Kreuz. Erschrocken fuhr sie hoch. Ein altes Hutzelmännchen mit einem Buckel stand mit einem Becher in der Hand vor ihr und grinste gehässig.

»Solche wie du sind mir die Liebsten. Ihr kostet nichts.«

Mit diesen Worten stellte er den Becher auf den Boden. Dann griff er in seine Wamstasche und holte einen kleinen Kanten Brot hervor, den er neben den Becher fallen ließ.

»Gesegnetes Mahl, wünsche ich«, höhnte er, und ehe sich Bianca versah, war die Tür hinter ihm zugefallen. Sie blieb in völliger Finsternis zurück. Vorsichtig tastete sie nach dem Becher, um ihn nur nicht umzukippen und das köstliche Nass zu verschütten. Sie hatte Glück. Sie konnte ihn unbeschadet in beide Hände nehmen. Bevor sie ihn an den Mund setzte, roch sie an der Flüssigkeit. Wasser, vermutete sie, denn es war nicht einmal der Hauch von dem vertrauten Geruch des Weines, den sie in die Nasenflügel einsog. Einerlei, sie würde Wasser aus einer Pfütze saufen, wenn es sein musste, denn ihr Mund war so trocken, dass sie ihn kaum öffnen konnte. So sehr klebten die Lippen aufeinander. Sie nahm erst einmal eine Fingerspitze und benetzte mit dem Nass ihren Mund. Dann trank sie davon. Der erste Schluck war ekelerregend, denn er schmeckte so, wie die Pegnitz roch, wenn die Hundekadaver sich an einer einzigen Stelle sammelten. Bianca hielt sich die Nase zu und nahm einen weiteren Schluck. Sie freute sich schon auf den nächsten, doch als sie den Becher ansetzte, musste sie enttäuscht feststellen, dass er leer war. Man hatte ihr also nicht mehr als zwei Schlucke Wasser zugebilligt.

Dennoch hatte sie die Kraft, mit der Hand den Boden nach der Speise abzutasten. Auch bei dem Brot kostete es sie einige Überwindung. Sie schaffte es kaum, den Brocken in den Mund zu stecken, denn sie kannte den Geruch. Den hatte Brot an sich, wenn es bereits mit einer pelzigen Schicht überzogen war und im Hause Ehrenreit nicht einmal mehr an die Schweine verfüttert wurde.

Aber was sollte sie tun? Ihr Bauch fühlte sich an, als klaffe ein Riesenloch darin. Beherzt biss sie hinein und kaute so rasch, dass sie ihren Ekel überlistete. Danach hatte sie einen entsetzlichen Geschmack im Mund.

Einige Stunden lang dämmerte sie zwischen Wachen und Schlaf, bis ganz unvermittelt die Tür auflog und der Richter auftauchte. In der Hand hielt er einen Kienspan, der die Gruft unnatürlich erhellte. Täuschte sie sich, oder las sie in seinem ausdruckslosen Gesicht eine winzige Spur von Mitgefühl?

»Du siehst furchtbar aus, Mädchen«, knurrte er. »Und nach wenigen Tagen wird dich keiner mehr erkennen. Lass dir sagen: Die Gruft hat noch keiner ohne Geständnis verlassen. Keiner, seit ich dem Gericht vorsitze. Und das ist schon eine lange Zeit her. Du kommst doch um vor Angst, nicht wahr?«

Bianca atmete ein paarmal tief durch. Sie ahnte, dass der Mann eigentlich keinen Spaß daran hatte, sie leiden zu sehen. Und sie vermutete überdies, dass ein wenig zur Schau gestellte Demut ihn bestimmt für sie eingenommen hätte, doch sie konnte und wollte sich nicht verstellen. Wieder suchte sie den Blick des grauhaarigen älteren Mannes und flötete: »Danke der Nachfrage. Das Essen könnte besser sein.«

Die unbeweglichen Gesichtszüge des Richters verzerrten

sich, und er rang nach Luft. »Du willst also nicht gestehen, Weib?«

Bianca schüttelte energisch den Kopf.

»Dürft Ihr mich eigentlich hier unten verhungern und verdursten lassen? Soviel ich weiß, müsst Ihr mich eines Tages gehen lassen, sofern Ihr keinen zweiten verlogenen Zeugen findet.«

»Mädchen, bist du von Sinnen? So hat noch niemand je mit mir gesprochen, nachdem er eine Nacht in der Gruft verbracht hat! Ach, was rede ich? Auch vorher nicht!«

»Ich weiß, Euch wäre es lieber, ich würde um Gnade flehen und einen Mord gestehen, den ich niemals begangen habe. Ich habe den Lebküchner von Herzen gemocht. Sagt mir, warum sollte ich ihn umbringen?«

»Lochwirt, die Tür!«, rief da der Richter, und einen Augenblick später war es wieder stockfinster.

13

Bianca hatte das Gefühl, bereits seit Tagen in dieser Hölle vor sich hin zu schmoren. Obwohl sie Beine und Arme ständig bewegte, so weit es in der Enge der Gruft überhaupt möglich war, kribbelte es ihr immer häufiger unangenehm in Händen und Füßen. Alle ihre Glieder schmerzten. Und es schien immer kälter zu werden. Sie saß mittlerweile mit dem dünnen Kleid im Nassen, weil der Boden feucht war. Zwischendurch versuchte sie, die Beine dadurch zu wärmen, dass sie die klammen Finger heftig an der Haut rieb, aber das half schließlich auch nichts mehr. Sie zitterte vor Kälte.

Ihre Zähne schlugen aufeinander. Trotz allem bewahrte sie sich den eisernen Willen, diese Tortur durchzuhalten. Und wenn sie nur dem Zweck diente, sich an ihren Peinigern zu rächen.

Wie lange das wohl zu ertragen ist?, fragte sie sich in diesem Augenblick und versuchte, Arme und Beine noch schneller zu strecken und anzuziehen.

Ihre Gedanken wanderten erneut zu denjenigen, denen sie den Aufenthalt in dieser Hölle zu verdanken hatte. Und immer wieder zermarterte sie sich den Kopf mit der Frage, ob Meister Ebert das Rezept dem Mörder wohl doch noch verraten hatte. Dann nämlich wäre es – und damit sie – rettungslos an diese gemeinen Verbrecher ausgeliefert gewesen. Dann besaßen sie endlich, was sie wollten. Sie stutzte. Nein, es fehlte ihnen auch dann noch etwas Entscheidendes, um das einträgliche Geschäft mit den Benedicten in ihre schmutzigen Hände zu bekommen. Andreas! Spätestens dann, wenn ihr Geliebter nach Nürnberg zurückkehrte, wäre der schöne Plan der Ehrenreits, Benedictas Vermögen an sich zu bringen, zum Scheitern verurteilt! Gegen seine Ansprüche konnte auch die schlechteste Fälschung eines Testamentes nichts ausrichten … Um Himmels willen, dachte sie erschrocken, Andreas! Er befand sich in großer Gefahr! Die Halunken wären doch nicht so dumm, ihn am Leben zu lassen. Also hatte Bruno nicht nur so dahergeredet, dass Andreas niemals mehr heimkehren werde. Sie hatten ihm Häscher hinterhergehetzt. Bianca erschauerte bei dem Gedanken. Wenn sie ihm doch bloß helfen, ihn warnen könnte … Nun klammerte sie sich an die Hoffnung, dass Bruno ihr die Lüge über Andreas' Reiseroute abgenommen hatte. So musste er wenigstens auf seinem Weg nach Venedig keinen feigen Mordanschlag befürchten. Krampfhaft versuchte Bianca sich daran zu erinnern, wie lange er schon unterwegs war. Zwei Wochen, drei Wochen? Es wollte ihr beim besten Willen nicht einfallen. Sie hatte einfach kein Gefühl mehr für die Zeit. Alles verschwamm in ihrem Kopf zu einem einzigen Tag. Dem Tag, an dem er aufgebrochen war, an dem ihre Mutter gestorben war und man sie wegen des Mordes an Ebert in dieses Loch gesteckt hatte ... Sie konnte sich einfach nicht mehr an Einzelheiten erinnern. Ob das so ist, wenn man verdurstet und erfriert?, fragte sie sich verzweifelt.

Erschöpft lehnte Bianca den Kopf gegen die Wand, und ohne dass sie es verhindern konnte, rannen ihr dicke Tränen über die Wangen. Ach, hätten wir uns doch nie getrennt, Andreas und ich, schoss es ihr durch den Kopf. Doch einer hatte Benedicta bei ihren Geschäften unterstützen müssen ... und natürlich war die Wahl auf die Tochter gefallen. Es wäre für Andreas unvorstellbar gewesen, dass sie, Bianca, sich nach Venedig zu dem geheimen Treffen mit dem orientalischen Gewürzhändler aufgemacht hätte. Zum ersten Mal, seit sie in diese missliche Lage geraten war, wollte sie der Mut verlassen. Allein der Glaube daran, dass der Provinzial ihr helfen würde, die Wahrheit ans Licht zu bringen, ließ sie nicht gänzlich verzweifeln. Sie betete, dass der Kirchenmann den sturen Richter davon überzeugen konnte, dass das Testament gefälscht war und dass er Artur hinter diesem Betrug vermutete. Dann würde auch dieser Mann keinen Pfifferling mehr auf den falschen Zeugen geben.

Wenn alles vorbei ist, werde ich mich nach Venedig aufmachen, dachte Bianca entschlossen. Aber vorher werde ich Heinrich Gumpert, Eberts Gesellen, in das Geheimnis der Rezeptur einweihen und ihn bitten, die Aufsicht zu führen, damit der Handel nicht zum Erliegen kommt. Beim

Gedanken, sich in nicht allzu ferner Zukunft dem Liebsten in die Arme zu werfen, wuchs ihre Zuversicht.

»Ich liebe dich, Andreas«, flüsterte sie. Wieder und immer wieder. Bis sie eine Antwort zu vernehmen glaubte. »Ich liebe dich, Bianca, ich liebe dich.« Mit seiner Stimme in ihrem Herzen fiel Bianca erneut in einen tiefen Schlaf.

Als sie aufwachte, umspielte ein seliges Lächeln ihre Lippen. Sie war mit allen Sinnen bei ihrem Liebsten. Es war so unendlich schön, in den zerwühlten Laken eines weichen Lagers aufzuwachen und vor allem – in seinen Armen. Er schlief tief und fest, aber sie spürte seine Hände noch überall auf ihrem Körper. Diese Liebesnacht war noch viel erfüllender gewesen als die erste. »Oh, mein Liebling«, flüsterte Bianca und streckte die Hand aus, um über seine entblößte starke Brust zu streicheln.

Es dauerte einen Augenblick, bis Bianca begriff, dass sie statt über einen warmen Männerkörper über kalte, nasse Erde strich. Sie schrie auf vor Entsetzen. Als sie merkte, dass es sie ein wenig befreite, rief sie noch ein paarmal, so laut sie konnte. »Hilfe! Helft! Warum hilft mir denn keiner?« Dann presste sie die Hand fest auf ihren schlanken Leib, denn dort, wo der Hunger bohrte, begann es nun zu schmerzen. Ihr Mund war so trocken, dass sie befürchtete, verdorren zu müssen.

Sie hatte nicht damit gerechnet, dass ihre Schreie den Lochwirt anlocken würden, doch schon ging die Tür auf, und er stand wieder mit einem Becher in der Hand vor ihr. Dieses Mal musste sie sich die Hände vor die Augen halten, um nicht geblendet zu werden. Die Funzeln im Gang zum Verlies spendeten zwar kaum Licht, aber für ihre an die Dunkelheit gewöhnten Augen war es wie ein Blitz.

Der Lochwirt stellte das Trinkgefäß stumm vor ihr auf

den Boden. Gierig blickte sie auf seine Wamstasche, in der Hoffnung, dass er wieder einen Kanten verschimmeltes Brot bei sich hatte. Doch er zog sich unvermittelt zurück. Zum Essen hatte er ihr dieses Mal nichts mitgebracht.

Sie wollen mich zermürben, befürchtete Bianca, während sie nach dem Becher suchte. Ihre Finger zitterten so sehr, dass sie befürchtete, das kostbare Wasser zu verschütten. Ein Glücksgefühl durchrieselte sie, als sie den Becher fest in beiden Händen hielt und das Nass an ihren Lippen spürte, doch kaum hatte sie es im Mund, als sie es im hohen Bogen wieder ausspuckte. Es schmeckte salzig.

Es kostete sie einige Überwindung, das restliche mit Salz versetzte Wasser nicht hinunterzustürzen, denn der Becher war dieses Mal randvoll. Eine einzige Versuchung war das, aber Bianca ahnte, was damit bezweckt wurde. Nach dem Genuss des Gebräus würde sie ihre Großmutter an den Teufel verkaufen, nur um den Durst zu löschen. Wie oft hatte sie nach dem Verzehr von salzigem Fisch ganze Krüge mit Wein geleert.

Bianca atmete tief durch, bevor sie in eine Ecke kroch und das Salzwasser ausgoss. Doch wo bekam sie nun Wasser her, um zu überleben? In diesem Augenblick spürte sie, wie ihr ein Tropfen auf die Nase fiel. Sie hatte sich bereits daran gewöhnt, dass es in regelmäßigen Abständen von der Decke herabtröpfelte. Bislang hatte sie das als lästiges Übel abgetan, doch nun kam es ihr wie ein wertvolles Geschenk vor. Sie nahm den Becher zur Hand und wartete. Es dauerte eine halbe Ewigkeit, bis sich der nächste Tropfen seinen Weg suchte. Er landete wieder auf ihrer Nase. Bianca versuchte, ihn in den Becher zu schnippen, aber es gelang ihr nicht. So rückte sie ein wenig beiseite und versuchte, den Becher an jener Stelle hochzuhalten, wo vorher ihre Nase gewesen war. Sie hätte am liebsten laut aufgejauchzt, als sie wenig später hörte, wie ein Tropfen auf dem Boden des Bechers aufkam. Sie wusste nicht, wie viele Stunden sie so dasaß und Wasser auffing, aber sie wollte nicht zu früh aufhören. Es musste wenigstens für ein paar Schlucke reichen.

Als sie endlich aufhörte und den Becher an die Lippen setzte, hatte sie das Gefühl, als würde sie ein Glas mit wertvollem Honigwein zu sich nehmen. Sie war enttäuscht, als das Vergnügen schon nach dem zweiten Schluck vorüber war, und doch hatte sie das Gefühl, dadurch ein wenig mehr Kraft gewonnen zu haben.

Sie wollte sich gerade wieder zusammenkauern, als unvermittelt die Tür aufsprang. Dieses Mal war es der Richter, der offenbar glaubte, eine nach dem Verzehr des Salzwassers halb wahnsinnige Frau vorzufinden. Dann werde ich ihm den Gefallen tun, beschloss sie und flüsterte: »Wasser, bitte, bringt mir Wasser!«

»Aber sicher, mein Kind, das sollst du haben.« Der Richter rief nach dem Lochwirt. »Frisches Wasser, bitte, und zwar schnell!«

Doch bevor er ihr den Becher reichte, hielt er plötzlich inne. »Eine Kleinigkeit musst du noch erledigen, bevor ich dir das Wasser geben kann«, raunte er. »Gesteh, dass du den Lebküchner Peter Ebert ermordet hast.«

Bianca stieß einen zischenden Unmutslaut aus.

Der Schreck stand dem Richter ins Gesicht geschrieben, als die Gefangene, die er für halb tot hielt, äußerst lebendig zu sein schien.

Bianca funkelte ihn angriffslustig an.

»Meine Mutter hat mich gelehrt, nicht zu lügen, und das würde ich tun, wenn ich etwas gestehen würde, was ich nicht getan habe. Und ich rate Euch dringend, den Provinzial als Zeugen zu befragen. Er kann bestätigen, dass es sich um eine Verschwörung handelt. Er weiß, dass das Testament gefälscht ist, und zwar von Artur von Ehrenreit, der sich am Erbe meiner Ziehmutter bereichern will.«

»Das wirst du noch bereuen. Du stiehlst mir meine Zeit, Unglückselige!«, brüllte der Richter und knallte die Tür zu. Bianca aber fühlte sich in diesem Augenblick unbesiegbar. Noch speiste sie ihre Kraft aus der lebendigen Erinnerung an die geträumte zweite Nacht mit Andreas – und aus einem winzigen Tropfen klaren Wassers.

14

Biancas Hochgefühl hielt nur kurz an. Dann wurde ihr langsam klar, dass sie sich den Richter zum erbitterten Feind gemacht hatte. Aber warum quälte er sie auch immerzu mit dem Geständnis? Niemals würde es aus ihrem Mund kommen, und wenn er sie am Galgen aufknüpfen ließ. Warum sah er nicht endlich ein, dass er kein Geständnis von ihr zu erwarten hatte? Doch er war offenbar genauso wenig geneigt aufzugeben, wie sie. Dann würden sie eben weiterkämpfen, wenngleich es ein ungleicher Kampf war. Bianca machte sich keine Hoffnungen. Aus diesem Kräftemessen konnte nur der Richter als Sieger hervorgehen.

An den folgenden Tagen wiederholte sich die Qual mit dem Essen. Abwechselnd bekam sie modriges Wasser und Brot, dann wieder mit Salz versetztes Nass. Zunehmend verlor sie sämtliche Orientierung. Manchmal wusste sie nicht mehr, wo sie war. Die Schmerzen im Bauch waren oft so unerträglich, dass sie versuchte, mit den Fingernägeln etwas von der Mauer abzukratzen und daran zu lutschen. Sie träumte immer heftiger und sah sich ein paarmal leblos am Boden liegen. Außerdem konnte sie nicht mehr klar sehen. Alles war nur noch verschwommen zu erkennen, wenn die Männer mit dem Kienspan in ihre Zelle traten. Bald konnte sie lediglich an den Stimmen unterscheiden, ob es der Lochwirt oder der Richter war.

Sie antwortete dem Richter nicht mehr, wenn er sie mit der Frage quälte, ob sie gestehen wolle, sondern schüttelte nur noch schwach den Kopf. Innerlich hatte sie sich darauf eingestellt, dass sie eines Tages nicht mehr aufwachen würde. Nur der immer wiederkehrende Gedanke an Andreas hielt sie am Leben …

Manchmal stellte sie sich vor, wie es wohl wäre, wenn sie nur zum Schein ein Geständnis ablegte und es dann in der Verhandlung widerrief. Doch wenn sie gestand, bedurfte es keiner Verhandlung mehr. Dann würde der Richter sie schnellstens und ohne viel Federlesens zum Tode verurteilen. Das Schlimme war, dass sie stündlich immer schwächer wurde und befürchtete, bald gar keinen klaren Gedanken mehr fassen zu können. In unregelmäßigen Abständen kam der Lochwirt und zerrte sie aus ihrer Zelle in ein Gewölbe, in dem sie ihre Notdurft verrichten sollte. Die letzten beiden Male hatte sie nicht mehr auf den Beinen stehen können, und er hatte sie tragen müssen.

Sie überlegte gerade zum wiederholten Mal, ob sie nicht einfach nach ihrem Peiniger rufen und ihm ein Geständnis entgegenschleudern sollte: *Ja, ich war es! Ja, ich habe Meister Ebert umgebracht!*

Als der Richter an diesem Tag erwartungsvoll vor ihr stand, wollte sie es tun. Sie wollte diese vermaledeite Lüge über die Lippen bringen. Sie öffnete den Mund und stellte voller Entsetzen fest, dass sie keinen Laut mehr hervorbrachte. Tränen rannen ihr aus den Augen. Mit ihrer Stimme hatte sie auch die letzte Hoffnung verloren, dass sich alles zum Guten wenden würde.

Den verächtlichen Blick des Richters beim Verlassen der Zelle würde sie niemals vergessen.

Bianca kroch wie ein verletztes Tier in die Ecke und versuchte einzuschlafen. Ob ich mir wirklich wünschen soll, niemals mehr aufzuwachen?, fragte sie sich bang. Bleierne Müdigkeit legte sich über sie wie ein dunkler Schatten. Zwischen Schlafen und Wachen erschien ihr plötzlich Benedictas gütiges Gesicht. *Wenn du jetzt aufgibst, Bianca, dann war alles umsonst. Nicht einschlafen, hörst du? Bleib wach!* Bianca rollten bei diesen Worten heiße Tränen über die Wangen. Dann setzte sie sich aufrecht hin und atmete tief durch. Nein, sagte sie sich entschieden, ich gebe nicht auf.

In diesem Augenblick flog die Tür zum Verlies auf, und der Lochwirt trat ein.

»Komm, ich soll dich vor das Gericht bringen.«

»Gericht?«, krächzte Bianca. Sie glaubte sich verhört zu haben. Wenigstens hatte sie ihre Stimme wiedergefunden.

»Komm, du musst dir wenigstens den gröbsten Dreck abwaschen. Du stinkst wie ein verwesendes Maultier.«

Bianca presste die Lippen fest aufeinander, um ihm nicht an den Kopf zu werfen, was sie in diesem Augenblick dachte: Besser noch als du aus deinem fauligen Maul. Vorsichtig versuchte sie, sich aufzurappeln. Das wollte ihr nicht gleich gelingen. Erst als der Lochwirt sie unter den Achseln packte und mit sich schleifte, spürte sie ihre Beine wieder. Der Widerwille gegen seine körperliche Nähe war so groß, dass sie es schaffte, eigenständig einen Fuß vor den anderen zu setzen. Mit jedem Schritt auf wackeligen Knien kehrten ihre Lebensgeister zurück. Der Lochwirt führte sie in eine Zelle, in der auf einer Holzpritsche eine Schüssel mit Wasser stand. Daneben lagen Tücher, Seife, ein Kamm und ein Gewand aus grobem Leinen.

»Du sollst dich waschen, dein Haar richten und das Kleid anziehen, befiehlt der Richter«, erklärte ihr der Lochwirt und schob sie in den Raum. »Muss ich hinter dir zusperren?«, fügte er knurrend hinzu.

»Ich glaube kaum. Oder denkst du, ich flüchte freiwillig zurück in die Hölle?«

Bianca wartete, bis seine Schritte verhallt waren, bevor sie ihr Gesicht in die Schüssel tauchte und gierig von dem Wasser trank. Es war klarer als das Zeug, das man ihr zum Trinken angeboten hatte. Wie lange sie wohl in diesem Loch gehaust hatte? Tage oder gar Wochen? Beim besten Willen, sie wusste es nicht. Doch eines wusste sie dafür genau: warum es hieß, unter der Folter lege jeder, aber auch jeder früher oder später ein Geständnis ab. Es hätte wirklich nicht viel gefehlt, und sie hätte zugegeben, selbst ihre geliebte Ziehmutter Benedicta ins Jenseits befördert zu haben.

Ob es wohl etwas Gutes zu bedeuten hat, dass sie mich ohne Geständnis von diesen Qualen erlösen?, fragte sie sich, während sie sich gründlich säuberte und das kratzige Leinengewand anzog. Es sah aus wie ein unförmiges Büßerhemd, war aber immer noch besser als das zerrissene, verschmutzte, stinkende Kleid, das sie in der Folterzelle getragen hatte.

Sie fuhr sich gerade mit dem Kamm durch das frisch gewaschene Haar, als sich jemand schnellen Schrittes der Zelle näherte. Hastig wandte sich Bianca um und erblickte den Richter. Der war wie angewurzelt auf der Schwelle stehen geblieben.

»Du siehst ja wieder aus wie ein Mensch«, bemerkte er, während er ihr einen Kanten Brot reichte, in den sie gierig hineinbiss.

»Hast du es dir überlegt?«, fragte er unvermittelt.

»Was meint Ihr damit?«

»Noch kannst du ein Geständnis ablegen, und ich werde dir die Qualen einer Verhandlung ersparen.«

Bianca musterte ihn verächtlich. »Findet Ihr erst einmal einen zweiten Zeugen. Soviel ich weiß, könnt Ihr mich vorher gar nicht verurteilen. Und außerdem habt Ihr hoffentlich den Provinzial geladen.«

Der Richter stieß einen trockenen Lacher aus. »Liebes Kind, das lass alles meine Sorge sein. Was ich ermittelt habe, genügt, dir dein hübsches Köpfchen abzuschlagen, aber wenn es ärger kommt, denk immer daran: Ich wollte es kurz und schmerzlos erledigt haben.«

»Freut Euch nicht zu früh«, entgegnete Bianca schroff, während ihr das Herz bis zum Hals klopfte. Entschieden fügte sie hinzu: »Aber ich bestehe darauf, dass der Provinzial gehört wird. Er wird zu meinen Gunsten aussagen.«

»Ach, du arme Sünderin, die Schlinge um deinen Hals ist längst geknüpft. Ich habe es nur gut gemeint, weil auch ich nicht blind bin und ein so schönes Geschöpf ungern quäle …«

Der Richter hob die Hand und strich Bianca väterlich über die Wange. Sie war vor Schreck wie gelähmt, doch er zog die Hand zurück, als hätte er sich verbrannt, und befahl mit kalter Stimme, als wäre nichts geschehen: »Folg mir, dein Prozess findet heute schon statt.«

Bianca zitterte am ganzen Körper, während sie mit

gesenktem Kopf hinter ihm hereilte. Das Flehen und Schreien der gequälten Seelen, das nun von allen Seiten ertönte, ließ ihr beinahe das Blut in den Adern gefrieren.

Als sie bereits ganz oben angelangt waren, blieb der Richter noch einmal unvermittelt stehen. »Ich hätte dir das gern erspart. Du erinnerst mich an meine Tochter. Die ist genauso schön und rein wie du. Wenngleich sie um viele Jahre älter ist. Meine Hände würde ich für ihre Unschuld ins Feuer legen. Aber ich darf mich nicht von väterlichen Gefühlen leiten lassen. Ich werde dich bitter dafür strafen müssen, dass du mir das Geständnis verweigert hast. Das mindert mein Ansehen, verstehst du? Nun muss ich mir wieder Respekt verschaffen und dir einen grausamen Tod bescheren.«

Eine unbeschreibliche Angst überfiel Bianca bei diesem so seelenlos gefällten Todesurteil des Richters. Hatte sie die ganze Tortur nur überlebt, damit man sie ungestraft zu Tode quälen konnte?

Sie straffte die Schultern und blickte dem Richter unerschrocken in die Augen. »Der Herr wird nicht zulassen, dass ich für etwas bestraft werde, das ich nicht getan habe. Und Ihr werdet eines Tages bitter bereuen, dass Ihr mir solches Unrecht angetan habt. Noch ist das Urteil nicht gesprochen.«

Der Richter konnte seine Bewunderung über ihren Mut kaum verbergen, doch das ließ Bianca kalt. Sie war nur noch von einem Gedanken besessen: wie eine Löwin für ihre Unschuld zu kämpfen und alle Verschwörer Lügen zu strafen! Benedicta, hilf, betete sie, als sie den Gerichtssaal mit hocherhobenem Haupt betrat.

15

Das laute Gemurmel im Gerichtssaal verstummte in dem Augenblick, als Bianca eintrat. Alle Augen waren auf die blasse junge Frau in dem sackartigen Leinenkleid gerichtet, das wie ein Büßerhemd aussah.

»Tritt vor, Angeklagte!«, befahl der Richter, der erhöht auf einem Stuhl saß, sodass Bianca vor ihm klein und hilflos wirkte.

Sie ging einen Schritt auf den Thron des Richters zu, aber sie senkte nicht schuldbewusst den Blick, sondern suchte den seinen. Er aber sah an ihr vorbei ins Leere, stand auf und erhob seine donnernde Stimme.

»Bianca Ebert, Tochter der Leonore Ebert, Mündel des letztjährig verstorbenen Konstantin von Ehrenreit und seiner kürzlich verblichenen Ehefrau Benedicta von Ehrenreit, wird angeklagt, ihren Großonkel, den Lebküchner Peter Ebert, aus Habgier ermordet zu haben. Angeklagte, gibst du diese Tat zu?«

Bianca funkelte den Richter wütend an.

»Wie oft soll ich es Euch noch sagen? Ich habe Lebküchner Peter Ebert gemocht. Wir beide sollten in Andreas' Abwesenheit Benedictas Lebkuchengeschäfte führen. Ohne ihn hätte ich das doch gar nicht gekonnt!«

»Jetzt kommst du mir schon wieder mit dem Testament. Mach es uns doch nicht so schwer! Gesteh endlich!«

»Nein, ich gestehe nichts. Ich war es nicht. Sein Wissen um das Benedictenrezept wurde ihm zum Verhängnis. In der Tat. Nur deshalb wurde der Lebküchner umgebracht. Weil andere das Rezept von ihm erpressen wollten.«

Aus dem Publikum ertönte ein meckerndes Gelächter.

Bianca brauchte sich nicht einmal umzuwenden, um zu erkennen, wer da so gehässig Stimmung gegen sie machte. Es war Artur von Ehrenreit.

»Mädchen, bist du so dumm, oder tust du nur so? Wer ein Rezept von jemandem erpressen will, der bringt ihn doch nicht um!«, schnauzte der Richter. Eine steile Zornesfalte auf seiner Stirn bewies, dass er kurz davor stand, endgültig die Geduld zu verlieren. Bianca aber ließ sich davon nicht beirren.

»Doch, nachdem er es unter der Folter preisgegeben hatte, schon! Und jetzt versuchen dieselben Verbrecher, mich aus dem Weg zu räumen, damit sie die Einzigen sind, die um das Rezept wissen.«

»Du erhebst schwere Anschuldigungen gegen Dritte, weil du im Testament Benedicta von Ehrenreits nicht bedacht wurdest«, verkündete der Richter mit schnarrender Stimme.

»Ehrwürdiger Richter, das Testament, von dem Ihr Kenntnis habt, ist gefälscht. Von jenen Verbrechern, die mich an den Galgen bringen wollen. In dem Testament meiner Mutter Benedicta von Ehrenreit …«

»Stopft Ihr das Maul, ehrenwerter Richter!«, schrie Artur aus dem Zuschauerraum.

Der Richter warf ihm einen strafenden Blick zu.

»Nein, nein, sie soll ruhig reden. Ich kann mir schon selbst ein Urteil bilden.«

Bianca empfand diese Zurechtweisung als kleinen Sieg und nutzte die Gelegenheit, um das Wort zu ergreifen.

»Im Testament meiner Mutter wurde mein Verlobter Andreas von Ehrenreit als Erbe für den weltlichen Handel eingesetzt. Ich sollte den Handel mit den Klöstern beaufsichtigen …«

Bianca suchte den Blick des Richters.

»Das hätte sie wohl gern«, tönte Artur von Ehrenreit. »Ich habe hier das echte Dokument. Dies ist das Testament meiner angeheirateten Tante. Und darin ist keine Rede von einem Erbe Biancas.«

»Bitte, bringt es mir!«, verlangte der Richter. »Ich sah bislang noch keinen Anlass, es in Augenschein zu nehmen, weil es keinen einzigen Beweis gibt für die Anschuldigung der Angeklagten, sie sei Opfer einer großen Verschwörung.«

Bianca erblasste, als sie untätig zusehen musste, wie das gefälschte Dokument zum Richtertisch gebracht wurde.

»Aber es ist gefälscht!«, schrie sie verzweifelt.

Der Richter überhörte ihren Einwand und hielt das Testament prüfend in der Hand.

»Es ist zweifelsohne echt und vor einem Ratsherrn geschlossen. Willst du etwa behaupten, dass der von uns allen hochgeschätzte Ratsherr Michel Fenner ein Testament gefälscht hat?«

Bianca stieß einen verzweifelten Seufzer aus. »Nein, das nicht, aber sie könnten ihn belogen haben.«

Der Richter schüttelte energisch den Kopf. »Benedicta von Ehrenreit ist auch vor ihm erschienen, um ihren Letzten Willen ordnungsgemäß zu bezeugen.«

Bianca rang nach Luft. Wie ist es Artur bloß gelungen, das Siegel des Ratsherrn für seinen Betrug zu ergattern?, ging es ihr durch den Kopf.

»Dann hört ihn als Zeugen. Er soll beschwören, dass dieses Testament wirklich in seiner Anwesenheit geschlossen wurde.«

»Büttel, hol den Ratsherrn Fenner herbei. Sag ihm, es dauert nur einen Augenblick.«

»Das ist ja wohl die Höhe, dass die da sogar einen Ratsherrn beschuldigen darf!«, empörte sich Artur.

»Ihr habt recht. Büttel, nimm Abstand davon!«, erwiderte der Richter und vertiefte sich in das Testament. Schließlich hob er den Kopf und blickte Bianca strafend an. »Du bist tatsächlich mit keinem Wort erwähnt. Der Erbe ist der Enkel der Benedicta. Andreas von Ehrenreit ...«

»Das habe ich Euch doch mehrfach zu sagen versucht. Der Erbe ist mein Verlobter, auch in dem echten Dokument, das meine Mutter in Wahrheit aufgesetzt hat, aber solange er die Verwaltung nicht wahrnehmen kann, weil er auf Reisen nach Venedig ist, soll ...«

»... soll sich der hier anwesende Großneffe des Konstantin von Ehrenreit, Artur von Ehrenreit, darum kümmern.«

»Nein, nein, genau das ist nicht wahr!« Bianca ballte die Fäuste. »Ihr dürft nicht glauben, was Ihr dort seht. Ich sage nichts als die Wahrheit. Meine Ziehmutter Benedicta von Ehrenreit hat es aufgeschrieben und mir das Testament auf dem Sterbebett übergeben, wo ich es ihr verlesen habe. Nach ihrem Tod habe ich es wie befohlen zum Provinzial gebracht. Und in diesem Testament stand, ich solle mich bis zu Andreas' Rückkehr um den Handel mit den Benedicten kümmern. Zusammen mit dem Lebküchner Peter Ebert. Welchen Grund hätte ich also gehabt, ihn umzubringen? Er war ein wunderbarer Lebküchner. Er konnte die Benedicten genauso gut backen wie die Schwestern im Kloster. Klagt lieber diejenigen an, die das Testament, welches Ihr in der Hand haltet, gefälscht haben.«

»Weib, halt endlich den Mund! Ich habe dir schon viel zu viel Redezeit eingeräumt. Es gibt nur ein Dokument, und das ist jenes, das uns vorliegt.«

Der Richter beugte sich vor und schlug einen verschwörerischen Ton an.

»Ist es nicht vielmehr so, dass du den letzten Mitwisser

des Rezeptes umgebracht hast, um die wahren Erben mit deinem Wissen zu erpressen? Denn offenbar bist du die Einzige, die das Rezept der Benedicten kennt. Kennst du es?«

Bianca biss sich auf die Unterlippe.

»Kennst du es?«

»Ja, meine Ziehmutter hat es mir vor ihrem Tod verraten, aber ich würde es nicht einmal unter der Folter preisgeben. Und ich bete zum Herrn, dass auch Meister Ebert sich eher die Zunge hätte herausreißen lassen.«

»Siehst du, das ist die Wahrheit. Du kennst das Rezept und willst die Einzige sein, damit die wahren Erben nicht in den Genuss des Erbes kommen«, stellte der Richter ungerührt fest.

»Der wahre Erbe ist mein Verlobter Andreas, und für dessen Erbe kämpfe ich.«

»Dein Verlobter ist tot. Und du wusstest davon, als du die Tat begingst. Du wusstest, dass du nach seinem Tod mittellos dastehst…«

»Tot?«, flüsterte Bianca. »Nein, o nein.« Ihre Knie wurden weich, und sie schwankte wie ein Grashalm bei starkem Wind.

»Büttel, halt sie fest!«, rief der Richter und murmelte mehr zu sich selbst: »So verhält sich doch keine Frau, die es gewusst hat.«

Bianca aber hörte ihm gar nicht mehr zu. Wenn Andreas tot war, dann sollten sie mit ihr doch anstellen, was sie wollten.

»Du hast es also nicht gewusst, nicht wahr?«, fragte der Richter zögernd.

Bianca aber blieb ihm eine Antwort schuldig und blickte an ihm vorbei in die Ferne. Wenn er nur wüsste, wie gleichgültig mir das alles geworden ist, dachte Bianca. Jeglicher Kampfgeist in ihr war erloschen.

16

Bianca bekam die weitere Verhandlung nur noch wie durch einen Nebelschleier mit. Sie stand zwar auf ihren eigenen Beinen, aber mit den Gedanken war sie bei Andreas.

»Wer behauptet eigentlich, dass Andreas tot ist?«, stieß sie nach einer Weile unvermittelt hervor.

»Es gibt einen Zeugen, der behauptet, dir die Nachricht vom Tod deines Verlobten überbracht zu haben, bevor die Tat geschah«, erwiderte der Richter. »Er möge vor diesem Gericht erscheinen.«

Bianca wandte den Blick zur Tür des Gerichtssaales und erstarrte, als sie Bruno erkannte. Der Richter musterte ihn misstrauisch.

»Wollt Ihr wirklich behaupten, sie hatte bereits vor dieser Verhandlung Kenntnis vom Tod ihres Verlobten?«, fragte der Richter lauernd. »Sie schien mir nämlich ehrlich überrascht, als ich dies erwähnte«, fügte er streng hinzu.

Das schien Bruno nicht zu erschüttern. Er hielt dem forschenden Blick des Richters stand und erklärte im Brustton der Überzeugung: »Ja, und noch einmal ja. Lasst Euch nicht von ihrer unschuldigen Larve blenden. Ich schwöre es bei Gott. Ich war es, der ihr die Nachricht überbrachte, dass ihr Verlobter, Andreas von Ehrenreit, fern der Heimat einer Räuberbande zum Opfer gefallen ist und …«

Verdammter Lügner, dachte Bianca, Lügner und Mörder!

»Ich habe versucht, ihr die traurige Botschaft schonend beizubringen ...«

»Das ist doch gar nicht wahr! Er hat mir gedroht, meinem Verlobten könne unterwegs möglicherweise Schlimmes widerfahren. Und inzwischen weiß ich auch, was er meinte. Er wollte ihn umbringen.« Bianca ballte die Fäuste.

»Ich zeigte ihr dies als Beweis«, behauptete Bruno und reichte dem Richter einen schwarzen Filzhut. Bianca erstarrte. Genauso hatte der Hut tatsächlich ausgesehen, mit dem Andreas zu seiner Reise aufgebrochen war.

Bianca spießte den Hut schließlich mit Blicken förmlich auf, und ein Lächeln erhellte ihre gequälten Züge.

»Nein, dieser Hut gehörte nicht meinem Verlobten. Er trug einen braunen, keinen schwarzen Ich weiß ja nicht, wen du sonst noch umgebracht hast, Bruno, aber dieser da gehörte Andreas nicht.«

In den Augen des Richters las Bianca so etwas wie Ermutigung, so als sei jetzt der richtige Zeitpunkt, sich stark zu machen. Er schien Bruno nicht recht zu glauben. Zum ersten Mal kam ihm die ganze Geschichte offenbar eigenartig vor.

»Ich habe einen weiteren Beweis, dass er tot ist«, ergänzte Bruno grimmig und drückte dem Richter ein ihr wohlbekanntes Schmuckstück in die Hand.

Bianca stockte der Atem. Es war jener Ring, den sie Andreas in ihrer Abschiedsnacht an den Finger gesteckt hatte. Der Ehering ihres Vaters.

»Er gehörte meinem Großcousin Andreas«, raunte Bruno mit betroffener Stimme und fügte heuchlerisch hinzu: »Mir hat es das Herz gebrochen, als ich von seinem Tod erfahren musste. Im Gegensatz zu seiner Verlobten. Sie hat keine Träne vergossen. Wahrscheinlich war sie nur von dem einen

Gedanken besessen: Was tun, jetzt, da sie als seine Frau nicht mehr würde teilhaben können an dem Vermögen, das mein Großonkel und seine Frau geschaffen haben.«

»Du widerwärtiger Heuchler, du hast ihn umgebracht!«, schrie Bianca und stürzte sich auf Bruno. Doch ehe sie ihm das verlogene Gesicht zerkratzen konnte, war der Büttel herbeigeeilt und hatte ihr mit geschickten Griffen die Hände auf dem Rücken gefesselt.

»Gehört der Ring deinem Verlobten?«, fragte der Richter mit erstaunlich weicher Stimme.

Bianca nickte stumm. Dieses Schmuckstück hätte sie unter Tausenden erkannt, denn die Inschrift lautete: *Ihr habt mein Herz*. Leise sagte sie: »Ja, der Ring gehört Andreas. Ich habe ihm diesen Ring geschenkt, und es gibt nur einen einzigen Weg, wie er in Brunos Hände gefallen sein kann. Mein Bräutigam hat ihn nämlich gehütet wie seinen Augapfel. Bruno hat Andreas aus Habgier umgebracht, um sich in den Besitz des Erbes zu bringen, und nun muss er nur noch mich ausschalten ... Hast du ihm den Ring eigenhändig vom Finger gezogen?« Sie war immer lauter geworden. Den letzten Satz hatte sie förmlich geschrien.

»Das ist ein starker Anwurf, Angeklagte. Wenn du das beweisen könntest, dann ...«

»Hochverehrter Richter, mir wurde dieser Ring von Kaufleuten überbracht«, unterbrach Bruno den Richter mit gespieltem Eifer. »Und wenn Ihr mir nicht glaubt – dort draußen wartet jener Mann, dem der sterbende Andreas den Ring zu treuen Händen übergab.«

»Gut, dann will ich ihn hereinbitten.«

Bianca stockte der Atem, als sie wenig später in die Augen des angeblichen Dominikanermönches blickte, der ihrer Mutter die letzte Beichte hatte aufdrängen wollen. Nur trug er an diesem Tag die Kleidung eines reisenden Kaufmannes und einen Bart. Wahrscheinlich vermutete er, niemand werde ihn erkennen, aber diese diabolischen Augen hätte sie unter jeder Verkleidung erkannt.

»Ihr seid Zeuge, dass Andreas von Ehrenreit durch Räuberhand verletzt wurde und wenig später starb?«, fragte der Richter den Betrüger.

Bianca konnte es kaum fassen, dass der Kerl die Dreistigkeit besaß, nun in der Kleidung der Reisenden daherzukommen und Andreas' Tod zu bezeugen.

»Ich kenne diesen Mann!«, schrie sie außer sich vor Zorn. »Er ist kein Reisender, sondern ein Betrüger. Er versuchte, meiner Mutter im Habit eines Dominikaners die letzte Beichte abzunehmen. Er ist ein Lügner und ihr Mörder!«

Der Richter überhörte ihre Worte und wandte sich dem Zeugen zu.

»Wer seid Ihr?«

»Ein Seidenhändler, der mit anderen Kaufleuten über den Mons Brennus nach Italien wanderte und dort von Räubern überfallen wurde. Mein lieber Freund Andreas wurde bedauerlicherweise deren Opfer.«

»Mons Brennus?«, wiederholte Bianca fassungslos. Das Herz klopfte ihr bis zum Hals. Sie hätte Freudensprünge vollführen können. Andreas lebte. Er wollte über den Reschenpass nach Venedig. Und das wusste Bruno nicht. Bianca wurde abwechselnd heiß und kalt. Sie stand vor der Wahl: Sie konnte Bruno und den falschen Kaufmann der Lüge bezichtigen, indem sie preisgab, welchen Weg Andreas wirklich genommen hatte. Dann aber würde der Schurke ihm auf der Stelle einen Häscher über den Reschenpass nachschicken. Oder aber sie behielt ihr Wissen für sich und tat so, als glaube sie weiterhin an Andreas' Tod. Aber würde der Richter das nicht als Motiv werten, warum sie Meister Ebert umgebracht hatte? Würde das nicht die ganze aberwitzige Geschichte der Verschwörer untermauern und sie an den Galgen bringen?

»Und wie genau wurde er umgebracht?«, fragte sie mit bebender Stimme.

Der angebliche Zeuge wurde kalkweiß.

»Wie genau wurde er umgebracht?«, wiederholte Bianca.

»Das tut doch nichts zur Sache«, wiegelte der Richter ab.

»Ihr irrt. Dieser Mann ist ein Betrüger, der am Tag, an dem meine Mutter starb, zusammen mit meinem Großcousin aus deren Gemach kam. Da war er ein angeblicher Mönch, der meiner Mutter die letzte Beichte abnehmen wollte. Die beiden stecken unter einer Decke!«

»Merkt Ihr denn nicht, wie sie die ganze Zeit von ihrem Verbrechen abzulenken versucht?«, schnaubte Bruno. »Oder stehe *ich* hier vor Gericht wegen des Mordes an Meister Ebert?«

Der Richter rang mit sich. Er ließ den Blick zwischen Bianca und Bruno hin und her schweifen.

»Ihr habt recht. Ich weiß auch nicht, was das alles soll. Verschwörung und Testamente, die es nicht gibt. Es geht um den Mord an dem Lebküchner Peter Ebert ... Aber ich habe doch noch eine letzte Frage an Euch.« Er deutete auf Bruno. »Kennt Ihr den Kaufmann, den Ihr uns als Zeugen benanntet, aus einem anderen Zusammenhang als dem, dass er Euch den Ring gab?«

Bruno trat betont lässig auf den Richtertisch zu.

Wahrscheinlich hofft er, dass ich mich trotz der gefesselten Hände auf ihn stürze, damit ich vor Gericht als angriffslustiges Weib dastehe, dachte Bianca zornig und schloss für einen Augenblick die Augen. Am liebsten hätte sie gebrüllt: *Er kann Andreas nicht auf dem Mons Brennus getötet haben, weil mein Verlobter diesen Pass gar nicht überquert hat.* Aber er würde sich auf seine Fährte setzen, wenn sie seinen wahren Reiseweg verriet. Bianca biss sich fest auf die Lippen.

»Hochverehrter Richter, ich werde aussagen, bevor noch weitere Lügen aus dem Mund der Angeklagten verbreitet werden. Ich habe diesen Mann, diesen fremden Kaufmann, erst kennengelernt, als er mir den Ring Andreas von Ehrenreits überbrachte. Dieser hatte ihn gebeten, den Ring mir und nur mir, seinem Großcousin, zu übergeben.«

»Hochehrenwerter Richter, das ist gelogen. Überlegt doch einmal. Warum sollte mein Verlobter einen Fremden bitten, mein Liebespfand seinem Vetter zu bringen und nicht mir?«

Der Richter strich sich nachdenklich durch den Bart. »Das ist in der Tat merkwürdig. Warum ließ er den Verlobungsring nicht seiner Braut aushändigen, sondern ausgerechnet Euch? Könnt Ihr mir das erklären?«

Der Richter wandte sich an Bruno. Dieser senkte verlegen den Kopf und betrachtete seine Schuhspitzen.

Jetzt fällt ihm nichts mehr ein, frohlockte Bianca, doch da erhob sich bereits die Stimme.

»Hochehrwürdiges Gericht, ich wollte vermeiden, dass wir in diesen Prozess allzu Persönliches einfließen lassen. Es ist schlimm genug für den Ruf unserer Familie, dass sich dieses Weib solch eines Verbrechens schuldig gemacht hat. Doch nun bin ich gezwungen, das Schlimmste preiszugeben. Die Angeklagte hat sich mir angedient, kurz bevor Andreas abreiste, und ich hatte die Gelegenheit, es ihm noch zu gestehen …«

»Widerliche Ratte! Sohn einer Kröte!«, schrie Bianca und stürzte sich auf Bruno. Da sie ihn nicht schlagen konnte, trat sie ihm mit voller Kraft gegen das Schienbein. Er heulte vor Schmerzen auf.

Und schon hatte der Büttel sie gepackt und von ihm fortgezerrt.

»Nun ist es genug!«, brüllte der Richter aufgebracht. »Ich will nichts mehr hören von dem ganzen Unsinn, der nur dazu dient, Verwirrung zu stiften. Und es hat alles nichts, aber auch gar nichts damit zu tun, worüber ich heute zu richten habe. Es geht um den Mord an Meister Ebert. Und dafür gibt es zwei Zeugen. Die hätte ich gleich anhören sollen. Büttel, walte deines Amtes und bring die Angeklagte ins Nebenzimmer. Es ist ihr nicht gestattet, die Aussagen der Zeugen mit anzuhören oder ihre Namen zu erfahren.«

Bianca wehrte sich mit Händen und Füßen gegen den eisernen Griff des Büttels.

»Nein, wartet! Bitte wartet!«, flehte Bianca unter Tränen. »Es gibt jemandem, der bezeugen kann, dass das Testament gefälscht ist und dass ein Fremder, nämlich jener angebliche Kaufmann dort« – sie wies mit dem Finger auf den falschen Mönch – »das echte Dokument in der Verkleidung eines Dominikanerbruders aus der Amtsstube gestohlen und stattdessen das gefälschte hinterlassen hat.«

»Und wer soll das ein?«

»Der Provinzial!«

Ein Raunen lief durch den Saal.

»Lass gut sein! Es hat wenig Sinn, einen Zeugen zu benennen, der gerade zu einer weiten Reise aufgebrochen ist. Und außerdem möchte ich von dieser ganzen Verschwörungsgeschichte nichts mehr hören.«

»Reise?«, wiederholte Bianca ungläubig, und im gleichen

Augenblick ahnte sie, dass man den Kirchenmann für die Zeit des Prozesses absichtlich aus der Stadt gelockt hatte.

Nun habe ich keinen Zeugen mehr, dachte Bianca beklommen, doch da fiel ihr Bruder Theobald ein. Der hatte den falschen Dominikaner schließlich mit eigenen Augen gesehen. Sie atmete auf. Nun würde alles gut werden.

»Es gibt einen Augenzeugen, der den Mann aus der Amtsstube hat kommen sehen und den dieser falsche Kaufmann zur Seite gestoßen hat. Hochverehrter Richter, Ihr müsst ihn holen lassen. Unbedingt. Wenn Ihr erst die Gewissheit habt, dass dieses Testament gefälscht ist, dann werdet Ihr auch verstehen, warum ich keinen Grund hatte, Meister Ebert umzubringen. Bitte, lasst ihn holen! Ich flehe Euch an.«

Bianca fiel vor dem Richter auf die Knie.

Dieser seufzte schwer. »Gut, wie heißt der Zeuge?«

»Er ist Dominikanermönch, und sein Name ist Bruder Theobald.«

Der Richter erbleichte.

»Es tut mir leid«, erklärte er zögernd. »Das ist jener Mönch, über den man in der ganzen Stadt spricht. Er sprang kürzlich von der Hängenden Brücke und ertrank.«

»O nein«, stieß Bianca entsetzt hervor, und ihr wurde endgültig klar, dass sie es mit mächtigen Gegnern zu tun hatte, die nichts dem Zufall überließen.

»Jetzt ist Schluss«, verkündete der Richter. »Bevor du die ganze Stadt verleumdest, lasst uns endlich die beiden Zeugen hereinbitten!«

Mit gesenktem Kopf wurde Bianca von einem Büttel in ein Nebengelass geführt. Auf dem Weg dorthin entdeckte sie plötzlich ein bekanntes Gesicht. Sie atmete auf. Endlich ein ihr wohlgesinnter Mensch.

»Heinrich!«, rief sie erfreut aus. »Heinrich Gumpert,

was tust du hier? Man beschuldigt mich fälschlicherweise, deinen Meister umgebracht zu haben. Aber keine Sorge, ich komme hier lebend hinaus. Sag, willst du nicht Zeugnis für mich ablegen, wie verbunden ich Meister Ebert war und dass ...«

Heinrich war zwar stehen geblieben, aber er schwieg. Er konnte sie nicht ansehen, sondern blickte starr an ihr vorbei, bis er sich ganz abwandte und von dannen eilte.

»Aber was ... was ist denn mit Heinrich?«, murmelte Bianca fassungslos.

»Ich darf dir ja nichts verraten, aber ich weiß, warum er hier ist«, murmelte der Büttel.

Bianca musterte ihn entsetzt. Obwohl sich ihr Herz weigerte, diese Ungeheuerlichkeit zu glauben, ahnte sie doch bereits, was Heinrich Gumpert an diesem Tag ins Gericht führte.

»Er ist doch nicht etwa ...«, stieß Bianca verzweifelt hervor.

»Doch, der zweite Zeuge, aber schweigt! Wenn das jemand hört, bin ich die längste Zeit Gerichtsdiener gewesen.«

Willenlos folgte Bianca dem Büttel in die düstere Kammer. Sie war wie betäubt. Also gehört auch Heinrich zu den Verschwörern, dachte sie noch, während ihr speiübel wurde.

17

Bianca war noch immer nicht ganz wohl, als der Büttel sie an den Schultern packte und ihr zuraunte: »Wir müssen in den Saal zurück. Der Richter wird sein Urteil sprechen.«

Es fiel ihr schwer, überhaupt zu gehen. Ihre Glieder waren entsetzlich schwer, doch da hakte sie der Büttel unter und führte sie zu dem Saal, in dem alle gespannt den Richterspruch erwarteten.

In den Gesichtern der gaffenden Menge konnte Bianca ihr Urteil bereits ablesen. Schuldig des Mordes an Meister Ebert! Oh, Heinrich Gumpert, wie konntest du das nur tun?, fragte sich Bianca, während sie mit gesenktem Kopf vor den Richter trat. Auch in seinen Augen stand zu lesen, was er sogleich verkünden würde. Doch statt sie anzusehen, blickte er an ihr vorbei in die Ferne, während er seinen Urteilsspruch ohne Leidenschaft herunterleierte.

»Es ist hiermit erwiesen, dass sich die anwesende Angeklagte Bianca Ebert schuldig am Mord des Lebküchners Peter Ebert gemacht hat. Sie brachte ihn um, weil sie sich als Einzige im Besitz des Rezeptes für die Benedicten wähnte. Als sie erfuhr, dass ihr Verlobter und der Erbe der Benedicta von Ehrenreit, Andreas von Ehrenreit, ermordet worden war und sie so als dessen Frau nicht in den Genuss des Vermögens ihrer Ziehmutter kommen würde, wollte sie das Wissen um das Rezept dazu nutzen, die Erben zu erpressen, ihr etwas von dem Vermögen abzutreten …«

Bianca hörte gar nicht mehr zu, sondern schweifte mit den Gedanken zu Andreas ab. Was hätte er ihr geraten? Bestimmt nicht, dass sie aus Angst, man könne ihm sogleich

Häscher hinterherschicken, den Mund hielt. Nein, dachte sie, er wäre böse mit mir, wenn er erführe, dass ich den Kopf nicht aus der Schlinge gezogen habe, als ich es noch konnte. Mein Verlobter lebt, hätte ich sagen müssen, doch hätte der Richter mir das überhaupt geglaubt? Hätte man mich nicht trotzdem verurteilt? Waren hier nicht Mächte im Spiel, die stärker waren als die Wahrheit?

Der Richter räusperte sich ein paarmal verlegen, bevor er knapp verkündete: »Ich verurteile die Mörderin Bianca Ebert zum Tod am Galgen.«

Er unterbrach sich und schluckte. »Aber auch ihr hartnäckiges Leugnen und diese hinterhältigen Lügen gehören strengstens bestraft. Sie hat sich nicht gescheut, ehrbare Bürger dieser Stadt auf das Übelste zu verleumden. So soll sie vorher spüren, wie verderbt sie ist. Ich fordere, dass sie am Leib gebrandmarkt wird.«

Bianca presste die Hand vor den Mund, um nicht laut aufzuschreien. In diesem Augenblick erwachte sie aus dem Traum, ihren Kopf noch rechtzeitig aus der Schlinge ziehen zu können. Bislang hatte sie tief im Herzen gehofft, dass man sie nicht für etwas bestrafen werde, was sie gar nicht getan hatte. Ihr wurde schwindelig, und ihre Knie begannen zu zittern. Sie geriet ins Schwanken, doch der Büttel eilte herbei und fing sie noch rechtzeitig auf. Entsetzt sah sie ihn aus weit aufgerissenen Augen an.

»Sie wird nur am Oberarm gebrandmarkt, und zwar in der Größe eines Apfels«, fügte der Richter hastig hinzu.

»Das ist doch viel zu wenig!«, schnaubte Artur.

Der Richter aber erhob sich rasch und rauschte an dem Büttel vorbei, der immer noch die halb ohnmächtige Bianca im Arm hielt.

»Henker, walte deines Amtes«, hörte sie ihn knurren. Es

tröstete sie in diesem Augenblick wenig, dass sein Unwillen über diese barbarische Strafe unüberhörbar war.

Mit offenem Mund blickte sie ihm hinterher. Helft mir doch!, flehte sie stumm. Warum hilft mir denn keiner? Heiße Tränen rannen ihr die Wangen hinunter.

Der Henker wollte die geschwächte Bianca stützen, doch sie verlangte, allein zu gehen. Und zwar hocherhobenen Hauptes. Unter großen Mühen straffte sie die Schultern und reckte das Kinn. Zweierlei würden sie niemals von ihr bekommen: das Rezept der Benedicten und ihren Stolz.

Mit voller Absicht suchte sie den Blick der Ehrenreits. An Brunos Augen blieb sie hängen. Täuschte sie sich, oder zwinkerte er ihr vertraulich zu?

Sie konnte sich den Kopf nicht weiter darüber zerbrechen, weil der Henker sie jetzt grob am Arm packte und mit sich fortzog. Wieder ging es tief hinab in das Lochgefängnis.

Ihr lief ein kalter Schauer über den Rücken, als sie eine Kammer betraten, an deren Wänden Ketten angebracht waren und in der merkwürdige Werkzeuge herumlagen. In einer Ecke loderte ein Feuer, dessen Schein ihren Schatten und den des Henkers in furchterregender Weise an die Wand warf.

»Dreh dich zur Wand und heb die Arme!«, verlangte der Henker und setzte seine Kapuze auf.

Als sie nicht gehorchte, wiederholte er seinen Befehl, während er sich die Kapuze noch tiefer ins Gesicht zog.

Bianca ahnte, warum er das tat. Er wollte ihren Blick meiden.

»Was geschieht mit mir?«

Die Antwort war ein unwirsches Schnaufen unter der Kutte hervor.

»Warum siehst du mich nicht an?«

»Bitte, dreht Euch endlich um und hebt doch die Arme!« In seiner Aufregung sprach er sie nicht wie eine verurteilte Mörderin an, sondern wie eine junge Frau aus besserem Haus.

»Gut, ich werde es freiwillig tun, aber bevor ich mich umdrehe, möchte ich dich ohne Kapuze sehen.«

Stöhnend zog der Henker die Kopfbedeckung so weit nach oben, dass sie sein Gesicht sehen konnte. Und sie verstand, warum er sich versteckt hielt. Es war nicht die Angst vor ihrem bösen Blick, sondern der Abscheu vor dem, was er tun musste. Er war blutjung und sah aus wie ein ängstlicher Knabe.

»Das macht dir keinen Spaß, nicht wahr?«

»Was nützt es Euch, wenn Ihr wisst, was ich denke? Ich bin ein Unehrenhafter, dem Ihr in den Gassen voller Schaudern ausweichen würdet. In den Augen von einer wie Euch bin ich Abschaum. Also fragt nicht, ob es mir Spaß macht.«

»Du bist doch viel zu jung für diesen Beruf.« In ihrer Stimme schwang ein mütterlicher Ton mit, obgleich der Henker nicht viel jünger war als sie selbst.

»Verdammt, muss ich Euch denn wirklich mit Gewalt dazu bringen, Eure Arme in die Ketten zu stecken?« Und schon hatte er die Hand gehoben, um sie grob zu packen, doch er ließ sie gleich wieder sinken.

»Ich hasse meinen Beruf, wenn Ihr es genau wissen wollt. Schon als Kind war ich dazu verdammt, in die Fußstapfen meines Vaters zu treten. Dabei hätte ich so gern in einem Bürgerhaus gewohnt und wäre einer Arbeit nachgegangen, mit der ich mich sehen lassen könnte. Bäcker wäre ich gern geworden ...« Er unterbrach sich seufzend. »Aber unsereins hat keine Wahl. Wisst Ihr, wie das ist? Du wirst geschmäht und verachtet. Wenn du ins Wirtshaus kommst, dann musst du die anderen fragen, ob einer etwas dagegen hat, dass du dich setzt. Und wenn du Glück hast, darfst du es, aber nur in eine Ecke. Selbst in der Kirche sieht man dich ungern ...«

Bianca hörte mit offenem Mund zu. Noch niemals hatte sie einen einzigen Gedanken daran verschwendet, wie ein Henker lebte. Auch für sie war so einer wie er nie mehr als ein Ausgestoßener gewesen.

»Seht mich nicht so mitleidig an! Ihr habt ehrliche Augen. Ihr könnt nicht lügen. Das sehe ich sofort, aber was soll ich tun? Bitte dreht Euch um. Ich kann Euer Gesicht nicht sehen, wenn ich ...«

Er schluckte trocken, während er ein Eisen zur Hand nahm und damit ans Feuer trat.

Bianca blieb wie erstarrt stehen und beobachtete entsetzt, wie er das Eisen an einem langen Stab ins Feuer hielt und sich ihr mit dem glühenden Ende näherte.

»Dreht Euch endlich um. Verdammt!«, befahl der Henker.

»Wie heißt du?«

»Henker haben keine Namen.«

»Nun sag schon!«

»Hans!«, keuchte er und warf das glühende Eisen fluchend zu Boden. »Verdammt, Ihr seid die erste Frau. Das kann ich nicht.« Doch dann ergriff er den Stiel des Eisens erneut und brüllte verzweifelt: »Ich muss. Man wird mich aus der Stadt jagen. Mein kranker Vater wird verhungern. Dreht Ihr Euch jetzt freiwillig um?«

Bianca wandte sich nun stumm zur Wand und hob die Arme. Widerstandslos ließ sie sich die Hände über dem Kopf in Ketten legen. Ihr Herz raste, und vor Angst bekam sie kaum Luft.

Sie meinte schon, den heißen Hauch des glühenden Eisens auf ihrer Haut zu spüren, und merkte, wie ihr schwindelig wurde, doch da hörte sie die Stimme des Henkers wie aus einer anderen Welt raunen. »Erschreckt Euch nicht, ich werde das kleinste Eisen nehmen und Euch nur so weit berühren, dass ein Mal sichtbar wird. Es tut mir leid, aber ich muss es tun.«

Bianca schloss die Augen und biss die Zähne aufeinander, doch statt eines Schmerzes wehte ein kalter Hauch durch die Zelle, und eine Tür knarrte.

»Halt ein!«, brüllte Bruno.

Bianca fuhr zusammen. Was hatte das zu bedeuten? Doch da nestelte bereits jemand an den Ketten. Sie aber blieb mit dem Gesicht zur Wand stehen, obwohl die Arme befreit waren.

»Dreh dich um!«, befahl Bruno.

Bianca tat zögernd, was er verlangte.

Der Henker blickte ratlos zwischen den beiden hin und her.

»Überlass sie mir!«, forderte Bruno. »Du kannst gehen.« Er steckte dem Henker einige Geldstücke zu.

»Nein, bleib!«, flehte Bianca, der alles auf der Welt lieber war, als Bruno in diesem Verlies auf Gedeih und Verderb ausgeliefert zu sein.

Der Henker war verunsichert.

»Dies ist ein Befehl des Ratsherrn Fenner. Du sollst sie mir überlassen«, fauchte Bruno.

»Aber ...«

»Ich würde an deiner Stelle tun, was man von dir verlangt. Wenn nicht, bist du die längste Zeit Henker in Nürnberg gewesen. Und kein Wort darüber! Verstanden?«

»Bitte, bleib!«, flehte Bianca, doch Hans eilte von dannen, als wäre der Leibhaftige hinter ihm her, und würdigte sie keines Blickes mehr.

Bruno stierte Bianca lüstern an. Und ehe sie sich versah, hatte er ihre Hände gepackt und sie erneut über dem Kopf angekettet.

»Sonst zerkratzt du mir womöglich noch das Gesicht«, lachte er.

Bianca aber verzog keine Miene.

»Was willst du? Mir eigenhändig die Eisen auf die Haut drücken?«

Bruno schnalzte mit der Zunge und ließ seine Hand genüsslich über ihren Ausschnitt fahren.

»Es würde nicht gut aussehen«, erwiderte er grinsend und beugte sich vor. Und ehe Bianca begriff, was er vorhatte, spürte sie seine warme Zunge über ihre Haut kreisen. Sie ekelte sich so sehr, dass sie würgen musste.

Von dem Geräusch aufgeschreckt, hielt Bruno inne und funkelte sie wütend an.

»Untersteh dich! Und überleg dir gut, was du tust, denn vor dir steht der einzige Mensch auf Erden, der dir das Leben retten kann.«

»Ach ja? Was hat es eigentlich mit dem Ratsherrn auf sich? Gehört auch er eurer Verschwörung an?«

Bruno wurde bleich.

»Nicht so laut! Die Wände haben Ohren. Nun glaub es

doch endlich. Ich meine es gut mit dir. Und vergiss, dass ich seinen Namen genannt habe.«

»Ich denke nicht daran. Der wird sich in mein Gedächtnis eingraben bis zum Jüngsten Tag! Und wenn du es gut mit mir meintest, hättest du das Testament meiner Mutter nicht gefälscht, mich nicht des Mordes beschuldigt und behauptet, Andreas sei tot. Das ist er nämlich nicht!«

»Du redest irre. Er ist mausetot.«

Bianca lachte höhnisch auf. »Nein, das ist eine Lüge wie alles andere. Andreas ist nämlich gar nicht über den Brennus ...« Sie stockte.

Brunos Antwort war ein breites Grinsen. »Danke für den Hinweis.«

»Du bist widerlich und niederträchtig.«

»Und du bist hinreißend und wild. Eine solche Frau habe ich mir immer gewünscht. Weißt du eigentlich, dass ich es schon als Knabe wusste? *Die wird einmal meine Frau.* Aber wann hast du eigentlich deine Furcht vor dunklen Räumen verloren?«

Bianca blieb ihm die Antwort schuldig und drehte den Kopf zur Seite. Sie war fest entschlossen, nicht mehr mit ihm zu reden.

»Darum frage ich dich in aller Form: Willst du mein Weib werden?«

Bianca schwieg, doch da spürte sie bereits den Schmerz auf der Wange. Bruno hatte ihr ins Gesicht geschlagen.

»Deine Hochmut werde ich dir noch austreiben. Ich frage dich zum letzten Mal: Willst du mich heiraten? Oder gebrandmarkt und gehängt in die Hölle fahren?«

»Fahr zur Hölle!«, entfuhr es Bianca, obwohl sie genau wusste, dass ihr Leben davon abhing, ob sie sich jetzt möglichst klug verhielt. Sie überlegte, wie sie es fertigbringen sollte, ihm Entgegenkommen vorzugaukeln. Nur um sich später in Sicherheit auf und davon zu machen. Da hörte sie nur noch, wie ihr Leinengewand zerriss. Sie fühlte zwei grobe Hände auf ihrer entblößten Brust. Sie wollte sich wehren, doch ihre Hände waren festgekettet.

»Du wirst meine Frau!«, schrie Bruno wie von Sinnen. »Ob du es willst oder nicht!«

»Bitte nicht, Bruno, bitte! Ich werde alles tun, was du verlangst, aber nicht das!«, flehte Bianca. Doch er war nicht mehr aufzuhalten. Stöhnend und ächzend schob er ihr Kleid nach oben und drängte mit seinen Händen ihre Schenkel auseinander.

Bianca schrie auf, doch schon stieß er zu. Es war widerlich und schmerzte höllisch. Nach wenigen harten Stößen keuchte er laut auf. »Gott im Himmel, Gott ...«

Für einen Augenblick verweilte er vor ihr stehend. Den Kopf hatte er an ihre Brust gelehnt.

Bianca war so übel, dass sie befürchtete, sich jeden Augenblick zu erbrechen. Dann richtete er sich auf und lachte ihr ins Gesicht. »Nun, meine Braut, siehst du jetzt ein, dass ich dein Mann bin? Ich habe dir deine Unschuld genommen. Du gehörst mir.«

Bevor Bianca auch nur darüber nachdenken konnte, ob es gut wäre, ihm die Wahrheit entgegenzuschleudern, hörte sie sich bereits zischen: »Du kannst mir meine Unschuld nicht mehr nehmen. Ich habe mich bereits meinem Bräutigam hingegeben.«

»Du lügst. Das würdest du niemals tun, weil du doch so fromm und folgsam bist und deiner Ziehmutter immer brav ergeben warst. Die teure Benedicta hätte das nie gutgeheißen ...«

»Ich bin zu ihm geschlichen in der letzten Nacht und

habe darum gefleht, dass er mich zu seiner Frau macht. Weil ich ihn mit jeder Faser meines Körpers begehre. Im Gegensatz zu dir, vor dem ich mich ekele.«

»Du bist eine verdammte Lügnerin!«, brüllte Bruno außer sich vor Zorn und versetzte ihr eine schallende Ohrfeige.

Eine innere Stimme flehte Bianca an, den Mund zu halten, aber es gelang ihr beim besten Willen nicht, darauf zu hören. Ohne Vorwarnung spuckte sie ihm ins Gesicht und zischte: »Du meinst also, ich lüge? Dann such doch nach dem Blut, das ich verloren habe. Du wirst keinen Tropfen finden, denn das habe ich in der Liebesnacht mit Andreas vergossen. Er ist mein Mann, und du bist der Kerl, der mich geschändet hat!«

Brunos Gesicht war hassverzerrt. Er schlug ihr noch einmal mit voller Wucht ins Gesicht.

»Ich bringe dich um, du Dirne, du Hure, du ...«

Bianca gab keinen Laut von sich, während aus seinem Mund ein diabolisches Lachen erklang. Voller Grauen beobachtete sie, wie er das Brandeisen nahm und damit breitbeinig zum Feuer wankte, denn die Hose hing ihm immer noch bis zu den Knien hinunter.

Wenn es nicht so bedrohlich wäre, ich würde in schallendes Gelächter ausbrechen, ging es Bianca durch den Kopf, als sie Bruno mit nacktem Gesäß vor dem Feuer stehen sah. Funken sprühten, als er das Metall in den Flammen schwenkte.

Als er sich umwandte, wagte sie allerdings keinen einzigen Blick auf seine Blöße mehr, sondern starrte nur auf das rot glühende Eisen, das sich ihrem Oberarm gefährlich näherte. Sie zerrte an ihren Ketten, aber es nützte nichts. Sie konnte sich keine Handbreit bewegen. Der Schmerz, der wenig später auf ihrer Haut brannte, nahm ihr die Luft zum Atmen. Sie betete zum Herrn, dass er ihr eine gnädige Ohnmacht schickte, aber sie bekam alles mit, was ringsum geschah. Sie roch das versengte Fleisch, und sie fühlte erneut seine Hände auf ihren Schenkeln. Dann hörte sie den unmenschlichen Schrei einer Frau, bis sie begriff, dass sie es war, die diesen Schrei ausstieß.

»Ich nehme dich doch einmal!«, hörte sie ihn geifern.

»Du Tier!«, brüllte sie mit letzter Kraft. Ihr wurde schwarz vor Augen. Herr, lass mich einfach sterben!, flehte sie still. Doch sie verlor die Besinnung nicht, sondern bekam alles mit, was Bruno mit ihr anstellte. Er zerrte an ihren Ketten, befreite ihre Arme, um sie grob umzudrehen und mit dem Gesicht zur Wand erneut zu fesseln. Endlich wich alles Blut aus ihrem Kopf, und sie war dankbar, dass der Herr ihr Gebet erhörte. Sie sackte leblos zur Seite.

Als sie wieder zu sich kam, vernahm sie Arturs wutentbrannte Stimme.

»Du blöder Hund! Willst du sie umbringen? Hast du nicht geschworen, du bekommst das Rezept auf friedlichem Weg aus ihr heraus? Los, kette sie ab! Und zieh dich an, du Holzkopf!«

Wieder spürte Bianca, wie derbe Hände an ihr zerrten. Kaum waren ihre Arme aus den Ketten befreit, gaben ihre Knie nach, und sie sank zu Boden. Trotzdem hörte sie alles. Ihr Körper war geschwächt, aber ihr Geist blieb wacher, als ihr lieb war.

»Wie konntest du dir die Hände an ihr schmutzig machen? Wenn der Fenner erfährt, dass du ihr ein Brandzeichen aufgedrückt hast, wird er fuchsteufelswild. Er hat uns nur aus einem Grund zu ihr gelassen: damit wir ihr mit dem Versprechen, ihr die Brandmarkung zu ersparen, das

Rezept entlocken. Aber du musstest ja wie ein Tier über sie herfallen.«

»Das sagt der Richtige. Das Schänden von Frauen habe ich ja wohl von Euch gelernt.«

»Aber nicht dieser Person, von der wir nur eines wollen: das Rezept. Hast du sie überhaupt danach gefragt?«

Statt Brunos Antwort hörte sie einen dumpfen Schlag und dann lautes Gejammer. Artur hatte seinen Sohn zu Boden gestoßen.

»Vater, mein Plan war ausgezeichnet. Ich wollte sie zu meiner Frau machen. Und dann hätte ich früher oder später alles aus ihr herausbekommen.«

»Du bist wirklich dümmer, als ich glaubte. Wenn du nicht einmal merkst, dass dieses Weib dich nicht mag. Das hätte ich dir gleich sagen können. Ich weiß noch, als ihr Kinder wart. Sie ist auf ihren kurzen Beinchen immer nur Andreas hinterhergelaufen. Und warum hast du sie gebrandmarkt, statt das Rezept aus ihr herauszuprügeln?«

Lautes Schluchzen erfüllte die Folterkammer, doch Bianca empfand keinerlei Mitleid mit Bruno. Er hatte ihren Körper brutal geschunden. Er hatte sie nicht nur geschändet, sondern ihr auch den Arm verunstaltet. Aber was machte das schon aus, wenn sie doch sterben musste?

Sie fühlte keinen Schmerz, als jemand sie rüttelte. Ganz nahe an ihrem Ohr hörte sie Arturs Stimme. Sie besaß einen einschmeichelnden Klang, wie sie ihn noch nie zuvor aus dem Mund dieses Kerls vernommen hatte.

»Sei doch vernünftig, nenn uns das Rezept, und du bist eine freie Frau. Wir schenken dir das Leben. Nun hör doch, Weib! Wir wollen dir nicht wehtun. Du gehörst doch zur Familie.«

Bianca aber tat weiter so, als wäre sie bewusstlos. Und

ganz plötzlich schwand ihre Angst, und Gleichmut breitete sich in ihr aus. Das war der Beweis: Ebert hatte geschwiegen! Dann würde sie eben am Galgen sterben, aber das Rezept für die Benedicten würde sie mit in die Ewigkeit nehmen. Jedenfalls mussten Artur und Bruno das glauben. Und wenn Andreas eines Tages zurückkehrte, dann wären es diese Mordbrenner, die am nächsten Galgen baumelten. Ja, mit diesem Gefühl ließ es sich leichter sterben ... Wenn ihr Verlobter es doch bloß schaffte, den Häschern zu entkommen!

Bianca blieb regungslos liegen, bis die beiden Männer den grausamen Ort endlich verlassen hatten. Sie lächelte in sich hinein. Wie gut, dass sie nicht ahnten, dass auch Andreas das Rezept kannte. Sie würden sich wundern, wenn er eines Tages unversehrt nach Nürnberg zurückkehrte und sein Erbe in Besitz nahm. Und dann würde er ihren sinnlosen Tod bitter rächen. Kein noch so mächtiger Ratsherr könnte das verhindern.

Bianca kauerte sich wie ein Säugling zusammen und machte sich innerlich zum Sterben bereit. Ein Brennen an ihrem Arm ließ sie auffahren. Zögernd warf sie einen Blick darauf. Sie erschauderte. Eine fleischige rote Wunde verunstaltete ihre weiße Haut. Doch sie war kleiner, als sie befürchtet hatte.

Rasch riss sie einen Streifen Stoff aus ihrem zerfetzten Gewand und band ihn vorsichtig um das Schandmal. Sie wusste, die größte Gefahr bestand darin, dass Schmutz hineingeriet, der das Heilen verhinderte.

Obwohl die Stelle wie Feuer brannte, lächelte sie. Was mache ich mir nur für Gedanken?, schoss es ihr durch den Kopf. Ist es nicht gleichgültig, wenn ich ohnehin zum Sterben verurteilt bin?

Sie versuchte sich vorzustellen, wie es sein würde, wenn man sie zum Galgen brachte und ihr einen Strick um den Hals legte. Würde sie leiden müssen? Doch sosehr sie sich bemühte, etwas zu empfinden, es wollte ihr nicht gelingen. Jedes Bild, das sie sich von ihrem grausamen Schicksal zu machen versuchte, verschwand vor ihrem inneren Auge hinter einer Nebelwand.

Ob es doch noch Hoffnung gibt?, fragte sie sich, während ihr heiße Tränen über die Wangen rannen.

Bianca war gerade vor Erschöpfung eingeschlafen, als jemand polternd die Kammer betrat.

Das ist der Henker, durchfuhr es sie eiskalt, und sie riss die Augen weit auf. Statt in das kindliche Gesicht des Henkers Hans zu blicken, sah sie in Arturs unrasierte, rotwangige Fratze. Er lächelte schief, doch bevor er auch nur einen Ton herausbringen konnte, kam sie ihm zuvor.

»Wenn Ihr hier seid, um das Rezept von mir zu erpressen, Ihr bekommt es nicht. Und wie Ihr seht, ist das kein leeres Wort.«

Bianca streckte ihm ihre Wunde entgegen und ergänzte: »Euer Sohn hat es nicht geschafft, also, womit wollt Ihr mir drohen? Mit dem Tod? Oder dass Ihr ihn mir gnädig erspart, wenn ich Euch mein Geheimnis verrate? Macht Euch keine falschen Hoffnungen. Lieber sterbe ich.«

»Wer redet denn hier von Sterben, mein Kind? Ich heiße das, was Bruno getan hat, für alles andere als gut. Ich wollte dir einen Handel vorschlagen. Zu unser beider Wohl. Du gibst mir das Rezept, und ich schenke dir das Leben.«

Bianca lachte spöttisch auf. »Ach, werter Onkel Artur, seid Ihr taub? Für wie dumm haltet Ihr mich? Nach allem, was Ihr und Euer Sohn auf dem Kerbholz haben, glaube ich Euch kein Wort. Ich werde schneller hängen, als mir lieb ist, sobald Ihr habt, was Ihr wollt. Dazu weiß ich viel zu viel. Und Ihr müsstet doch in Angst und Schrecken leben, solange Ihr Andreas noch nicht aus dem Weg habt schaffen können. Er ist der Erbe. Nein, das Rezept wird mit mir sterben, und Euer Betrug wird Euch auf Dauer gar nichts einbringen. Denn auch wenn ich sterbe, Andreas wird leben und mich rächen.«

Bianca hielt seufzend inne und erwartete eigentlich, dass Artur losbrüllen würde, doch er blieb zu ihrer großen Überraschung stumm. Erst nach einer ganzen Weile fand er die Sprache wieder.

»Gut, dann komm!«

»Wie meint Ihr das? *Komm?*«

»Ich fordere dich auf, mir in die Freiheit zu folgen, nachdem ich dich behandelt habe. Denn ich habe beim Richter Sutter um Gnade gefleht und ihn angebettelt, dass er dir den Tod ersparen möge. Und nachdem sich auch der mächtige Ratsherr Michel Fenner für eine Milderung deiner Strafe eingesetzt hat, schien der Richter nicht abgeneigt, sie in lebenslange Verbannung umzuwandeln.«

»Verbannung?«, wiederholte Bianca fassungslos.

»Ja, du kannst Gott dem Herrn für diese mächtigen Fürsprecher danken. Sonst würde dich bald der Henker holen.«

»Aber warum befreit Ihr mich aus dieser Hölle? Warum nicht der Henker?«

»Der junge Bursche muss erst angelernt werden. Er stellt sich noch recht ungeschickt ein. Und da habe ich mich angeboten, dich bis zum Stadttor zu begleiten.«

Bianca lagen noch viele Fragen auf der Zunge, doch sie zog es vor, zu schweigen.

Artur hockte sich währenddessen neben sie und wickelte ihr den Kleiderfetzen vom Arm. Bianca wollte protestieren, doch dann beobachtete sie, wie sich ihr erklärter Feind an der Wunde zu schaffen machte. Er bestrich sie mit Tinktur, die höllisch brannte, doch sie gab keinen Laut von sich. Danach umwickelte er ihren Oberarm mit einem Tuch.

»Was hat das alles zu bedeuten?«, zischte Bianca und fügte nicht minder spitz hinzu: »Ihr seid doch sonst nicht so fürsorglich. Als ich als Kind einmal im Burghof gestürzt bin, habt Ihr mich ausgelacht.«

»Es ist nicht ungefährlich, mit einer offenen Wunde herumzulaufen. Und du hast Glück, dass Bruno das kleinste Eisen genommen hat. Der Richter hatte ein größeres für dich vorgesehen.«

»Soll ich mich vielleicht bei ihm bedanken?«

Artur erhob sich und reichte ihr wortlos ein Kleid.

»Zieh es an! In diesem zerrissenen Sack kannst du nicht durch Nürnberg spazieren.«

Bianca musterte das Kleid, das ihr merkwürdig bekannt vorkam.

»Das gehört ja mir! Woher habt Ihr das?«

»Ich habe mir erlaubt, dir dein Reisebündel zu packen«, erwiderte Artur und deutete auf eine Umhängetasche, die ihr gehörte.

»Und wenn ich Euch nicht folgen will?«

»Dann kann ich nichts mehr für dich tun.«

»Aber warum solltet Ihr etwas für mich tun, wenn ich

mich doch hartnäckig weigere, Euch das Rezept zu verraten?«

»Du magst mich für einen Halunken halten, aber ich kenne dich schließlich von klein auf, und mir wäre nicht wohl, dich am Galgen baumeln zu sehen.«

»Aber Ihr hattet doch auch keine Skrupel, mich eines Mordes zu bezichtigen, den ich niemals begangen habe. Und ein Testament zu fälschen ...«

Artur hielt ihr fordernd das Kleid hin.

»Ziehst du das nun an oder nicht? Wenn nicht, dann gehe ich und lasse den Henker kommen.«

»Dreht Euch um«, knurrte Bianca und griff nach ihrem Gewand.

Er tat, was sie verlangte.

Dennoch behielt sie ihn mit einem Auge im Blick. Die Angst, er könne sich genauso vergessen wie sein Sohn, saß ihr in allen Gliedern. Doch er machte keinerlei Anstalten, sie zu mustern, sondern wandte sich ihr erst wieder zu, als sie ihm die Erlaubnis erteilte.

»Jetzt siehst du wieder halbwegs anständig aus«, brummte er, während er sie von Kopf bis Fuß betrachtete.

»Jedenfalls sind die Spuren verborgen, die das Verbrechen Eures Sohnes an meinem Leib hinterlassen haben«, fauchte sie, griff nach ihrem Reisegepäck und warf einen Blick hinein. Das waren ihre Kleider.

»Woher habt Ihr meine Sachen überhaupt?«

»Ich habe deine Magd davon überzeugen können, dass du leider verhindert bist, dein Gepäck für eine längere Reise zu packen, und dass ich dir freundlicherweise helfe. Auf diese Weise wird dich auch im Haus keiner vermissen, denn dass du wegen Mordes verurteilt worden bist, ist noch nicht bis zum Ehrenreitschen Haus durchgedrungen!«

»Wegen eines Mordes, den ich nicht begangen habe!«, fauchte Bianca. »Und wohin werdet Ihr mich bringen?«, fügte sie hinzu.

»Zum Frauentor«, erwiderte Artur knapp. »Es versteht sich von selbst, dass du die Stadt Nürnberg auf schnellstem Wege verlässt und nie mehr betrittst. Du bist von nun an vogelfrei. Man wird dich der gerechten Strafe zuführen, sobald man deiner innerhalb der Stadtmauern habhaft wird. Und nun komm!«

»Was hat den Ratsherrn überhaupt bewogen, Gnade walten zu lassen? Macht er etwa gemeinsame Sache mit Euch?«, rutschte es Bianca in scharfem Ton heraus.

»Sieh dich vor! Noch kann ich dich hier verrotten lassen.«

Bianca konnte Artur, der schnellen Schrittes durch die langen Gänge eilte, nur schwer folgen. Es ging etliche Treppen nach oben, am Lochwirt vorbei, der sich abwandte, als er sie kommen sah, und auch vorbei an zwei Wächtern, die sie sogar freundlich grüßten.

Als sie aus dem Tor ins Freie traten, musste Bianca die Augen zusammenkneifen, weil die Sonne vom Himmel herunterbrannte.

»Worauf wartest du?«, knurrte Artur.

Bianca blinzelte durch die halb geöffneten Augen, bevor sie sich traute, ins Helle zu blicken. Sie nahm einen tiefen Atemzug und hatte den Eindruck, dass es in den Nürnberger Gassen noch nie zuvor so frisch gerochen hatte. Mit einem Mal wurde ihr bewusst, dass sie dem Tod gerade noch von der Schippe gesprungen war. Ihr Herz quoll über vor Freude darüber, dass es ihr vergönnt war, zu leben.

»Ich danke Euch, Onkel Artur, ich hätte Euch niemals zugetraut, dass Ihr mir das Leben rettet, ohne einen Lohn dafür zu bekommen.«

Artur schien diese Worte zu überhören und eilte unbeirrt voran zum südöstlichen Stadttor.

Dort angekommen, stellte er sich mit ihr in die Schlange derer, die die Stadt verlassen wollten. Das war ein buntes Volk, vor allem Händler aus dem Umland, die auf den Märkten der Stadt ihre Waren feilboten. Vor ihnen wartete eine Frau ohne Begleitung. Das war auffällig, weil sie gut angezogen war und feine Damen wie sie selten allein reisten.

Vielleicht können wir ein Stück des Weges zusammen gehen, hoffte Bianca gerade, als sich die Fremde umwandte, sie wohlwollend musterte und freundlich ansprach: »Darf ich fragen, wohin Ihr reist?«

Bianca überlegte kurz, welches Ziel sie der Frau nennen sollte, denn niemals hätte sie in Arturs Hörweite verraten, was sie wirklich vorhatte.

»Ich will nach Regensburg zum Kloster Heilig Kreuz.«

»Macht Ihr einen Besuch?«

»Nein, ich möchte Schwester werden«, erwiderte Bianca und weidete sich vergnügt an Arturs Versuch, so zu tun, als lausche er dem Gespräch nicht mit großen Ohren.

»Habt Ihr etwas dagegen, wenn wir bis dorthin gemeinsam reisen?«

»Nein, es ist mir sogar lieb.« Und das war die Wahrheit, denn Bianca mochte die gut aussehende rothaarige Frau, die etwa in ihrem Alter war, auf Anhieb.

»Und wohin reist Ihr?«, fragte sie völlig arglos.

»Ich reise nach Venedig. Zu meinem Bräutigam, denn ich werde einen italienischen Kaufmann heiraten.«

»Oh!«, entfuhr es Bianca, und sie musste sich sehr zusammennehmen, ihre Freude darüber zu verbergen, dass sie in Wirklichkeit dasselbe Reiseziel hatten.

»Nun, dann kann ich mich wohl verabschieden. Du hast ja Gesellschaft gefunden, die dich aus der Stadt hinausbegleitet«, blaffte Artur unvermittelt, wandte sich grußlos um und verschwand.

Die fremde Frau sah ihm kopfschüttelnd hinterher.

»Wer war denn dieser unangenehme Geselle? Euer Vater etwa?«

»Gott bewahre, ein entfernter Onkel«, erwiderte Bianca hastig. Wie gern hätte sie der Fremden erzählt, welch grausamem Schicksal sie haarscharf entgangen war, aber das würde sie mit Sicherheit nicht tun, solange sie sich innerhalb der Stadtmauern befand – wenn überhaupt.

2. Teil

Fern der Heimat, Sommer 1452

20

Bianca atmete erleichtert auf, als sie die Stadt endlich hinter sich gelassen hatte. Und sie war froh, dass sie nicht allein mit ihren Erinnerungen an den Albtraum der letzten Tage – oder waren es gar Wochen gewesen? – die einsame Landstraße entlangwandern musste. Ihre Begleiterin plapperte zwar in einem fort munter über ihren fernen Verlobten, doch das störte Bianca nicht. Solange die quirlige junge Frau keine Anstalten machte, mehr über Biancas Leben erfahren zu wollen … Bianca wusste ja selbst kaum mehr, wer sie war, seit sie in den Strudel dieser hinterhältigen Verschwörung geraten war. Ihr einziges Trachten bestand darin, Andreas in Venedig zu finden und ihn vor dem langen Arm der Verschwörer zu warnen. Und das alles in der Hoffnung, schneller in Venedig zu sein als die möglichen Häscher.

Es war sehr geschickt von ihnen gewesen, Andreas als Alleinerben im gefälschten Testament zu benennen und sich während seiner Abwesenheit zu Verwaltern zu bestimmen. Auf diese Weise hatten sie selbst beim Richter keinen Verdacht erregt. Sogar diesem sturen Kerl wäre es mit Sicherheit seltsam vorgekommen, wenn Benedicta ihren Enkel – von dem stadtbekannt war, wie gut er sich mit seiner Großmutter verstanden hatte – enterbt hätte. Nun galt es, den Schurken zuvorzukommen.

Bianca pochte das Herz bis zum Hals. Ob Artur sie deshalb hatte laufen lassen, damit sie die Mörder auf Andreas' Spur brachte? Panisch drehte sie sich um, aber weit und breit war kein Mensch zu sehen. Doch nun fand Bianca keine Ruhe mehr. Alle paar Schritte wandte sie den Kopf.

Das bemerkte auch ihre Begleiterin, die inmitten der schönsten Schwärmerei über die schwarzen Augen ihres zukünftigen Ehemannes neugierig fragte: »Was sucht Ihr – oder besser gesagt: wen?«

»Warum fragt Ihr?«

»Ihr blickt in einem fort nach hinten, als sei der Leibhaftige hinter Euch her.«

»Es ist ... ja, es gibt da einen Mann, der nicht möchte, dass ich ins Kloster gehe, und ich ... und ich bin mir nicht sicher, ob er mich nicht doch verfolgt«, log Bianca und spürte, wie sie dabei errötete.

»Einen Mann? Erzählt! Wie sieht er aus? Hat er dunkle Augen?«

Trotz der Angst, verfolgt zu werden, musste Bianca lächeln. Diese üppige Rothaarige hatte offenbar nichts anderes im Sinn als glutäugige Männer.

»Nein, er ist das genaue Gegenteil. Groß und hellhäutig, sein Haar ist gelockt und blond, seine Augen sind so blau wie ein Sommerhimmel ...«

Bianca unterbrach sich hastig, als sie merkte, dass sie bei Andreas' Beschreibung in verzücktes Schwärmen geraten war. Das passte kaum zu einer angehenden Nonne.

»Wollt Ihr es Euch nicht doch noch einmal überlegen? Das mit dem Kloster? Mir scheint, Ihr liebt ihn.«

»Nein, gar nicht! Aber sagt, wie ist eigentlich Euer Name?«, versuchte Bianca rasch von sich abzulenken.

»Änlin, ich heiße Änlin, und Ihr?«

»Bianca.«

»Was haltet Ihr davon, wenn wir in der nächste Herberge einkehren und dort übernachten, Bianca?«

Bianca hob die Schultern. »Meint Ihr nicht, wir sollten weiterwandern, so lange uns die Füße tragen?«

»Und dann im Wald bei den Wölfen schlafen? O nein.«

Bianca war unwohl. Sie konnte Änlin doch unmöglich den wahren Grund verraten, warum sie nicht in einer Herberge nächtigen wollte. Weil sie nämlich keinen Pfennig bei sich hatte.

»Dann machen wir also bei der Herberge halt?«, hakte Änlin nach.

Bianca stieß einen tiefen Seufzer aus. »Ich befürchte, ich habe in der Eile den Beutel mit dem Geld zu Hause vergessen, aber ich kann ja noch einmal nachsehen.« Sie öffnete ihre Tasche und tat so, als suche sie nach Geld. Ihre Finger zuckten zurück, als sie einen Lederbeutel berührten, der sich so anfühlte wie ihr Geldsack. Vorsichtig griff sie danach und zog ihn hervor. Sie staunte nicht schlecht, als sie einen Blick hineinwarf und feststellte, dass er bis obenhin voll war. Da hatte offenbar jemand an alles gedacht. Und doch verursachte ihr dieser Fund zwiespältige Gefühle. Erneut fragte sie sich, was sich Artur davon versprach, dass er sie mit prall gefülltem Geldbeutel aus der Stadt jagte.

»Ich habe ihn doch mitgenommen«, erklärte sie zögernd und fügte hastig hinzu: »Dann werde ich mit Freuden in der Herberge einkehren.« Allein bei der Vorstellung, ihr müdes Haupt auf eine Schlafstatt zu betten, musste sie laut gähnen.

Eilig marschierten die beiden Frauen weiter, bis die Herberge vor ihnen auftauchte. Es war noch helllichter Tag, doch Bianca konnte es kaum erwarten, sich endlich hinzulegen.

Der Wirt betrachtete sie staunend. Es kam wohl nicht allzu oft vor, dass zwei hübsche junge Frauen ohne männliche Begleitung auf Reisen gingen.

»Ich habe eine besonders schöne Kammer für Euch.

Steigt die Treppe hinauf und wendet Euch dann nach rechts. Die letzte Kammer ist Eure. Etwas entfernt von denen des reisenden Volkes.« Er deutete auf einige Männer, die laut lachend beieinanderstanden. Bianca erkannte an ihrer Kleidung sofort, dass es sich um Zeidler handelte. Wie oft hatte sie mit einem ihrer Zunft um den Preis für Honig gefeilscht. Kaum hatte sie diesen Gedanken zu Ende geführt, als einer der Männer sich aus der Gruppe löste und ihr erfreut zuwinkte. Sie zuckte zusammen, als sie erkannte, dass es Wolfram war, ihr Honiglieferant, der freudestrahlend auf sie zukam. Doch bevor er sie womöglich noch mit ihrem vollen Namen ansprechen konnte, eilte sie zu den Kammern voraus, so als hätte sie den Mann noch nie zuvor gesehen.

»Kanntet Ihr den feschen Burschen?«, fragte Änlin, kaum dass sie die Kammer betreten hatten, mit unverhohlener Neugier.

Der scheint aber auch gar nichts zu entgehen, schoss es Bianca durch den Kopf.

»Ja, ich kaufe auf dem Markt Honig bei ihm, und er ist immer so aufdringlich.«

»Kein Wunder!«, erwiderte Änlin, während sie Bianca von Kopf bis Fuß musterte.

»Wie meint Ihr das?«

»Nun, seht Euch doch an. Ihr seid ein hübsches Frauenzimmer, nach dem sich die Männer die Hälse verdrehen.«

Bianca lächelte verlegen.

»So eine wie Ihr, die darf sich doch nicht in einem Kloster verstecken. Das wäre schade. Ihr seht aus, als wärt Ihr für die Liebe geschaffen.«

Bianca wurde rot bis unter die Haarwurzeln. Wie recht Änlin doch hatte. Wenn sie da an die gewisse Nacht mit Andreas dachte … Bei der Erinnerung wurde ihr heiß, doch plötzlich sah sie das grässliche Bild des halb nackten Bruno vor ihrem inneren Auge, und ihr Blick verfinsterte sich.

»Habe ich etwas Falsches gesagt? Ihr seht aus, als hättet Ihr etwas Schlechtes gegessen. So bleich seid Ihr geworden.«

»Nein, nein, es ist nichts! Wirklich nicht.«

»Gut, dann müsst Ihr mir erklären, was Euch ins Kloster zieht. Mich brächte niemand dazu.« Änlin schüttelte sich.

Bianca lächelte. Sie konnte nicht umhin, festzustellen, dass ihr diese Gesellschaft guttat. Änlin war geradeheraus und brachte sie zum Lachen.

Und die Vorstellung, diese lebenslustige Person würde ins Kloster gehen, war wirklich absurd. Sie war eine Ausgeburt der Sinnlichkeit.

Bianca beäugte ihre Reisebegleiterin zum ersten Mal genauer und war sichtlich irritiert. Hätte sie kein so feines Kleid getragen, Bianca hätte sie niemals für eine wohlhabende Braut gehalten. In ihren Gesichtszügen waren Spuren eines anderen Lebens zu lesen. So als hätte sie bereits einiges durchgemacht. Und überhaupt, wieso reiste sie allein? Hatte sie keine Familie? Und keine Magd?

»Warum begleitet Euch niemand nach Italien?«, hörte sich Bianca da bereits fragen.

»Wieso fragt Ihr?«, kam die prompte Antwort.

Bianca hob die Schultern. »Meine Mutter hätte es mir nicht erlaubt, aber sie ist gestorben, und nun habe ich keinen Menschen mehr, der mir das verbieten könnte.«

»Außer dem Mann, der Euch verfolgt«, ergänzte Änlin in scharfem Ton.

»Ja, aber keine Eltern, keinen Vormund, keinen … Sagt, womit verdient Euer Vater sein Geld?«

»Er ist Tuchhändler und froh, dass ich einen guten Mann

gefunden habe. Er kann ja wohl kaum seine Arbeit liegen lassen, um mich nach Venedig zu begleiten.«

»Ja, ja, das verstehe ich natürlich.« Bianca war es ein wenig unangenehm, dass sie ihre Reisebegleiterin so plump ausfragte.

»Und meine Magd ist bereits in Venedig, um im Haus meines Bräutigams alles für meine Ankunft vorzubereiten. Sie reiste mit den anderen Dienern«, fügte Änlin fast schnippisch hinzu.

»Verzeiht, dass ich Euch mit neugierigen Fragen bedränge, aber ich kenne viele Töchter von Kaufleuten in der Stadt, die in meinem Alter sind, doch Ihr seid mir noch niemals zuvor begegnet. So sagt mir wenigstens, wie Euer Vater heißt.«

Änlin warf den Kopf in den Nacken, während sie ausrief: »Ich komme aus der Familie Rieter von Kornburg!«

Bianca lief rot an, weil dieser Name ihr wie Donnerhall in den Ohren klang. Jeder in der Stadt wusste, dass einer von ihnen im Inneren Rat der Stadt saß und sie zu Nürnbergs angesehensten Patrizierfamilien gehörten. Benedicta hatte mit ihnen immer gute Geschäfte gemacht und Peter Rieter von Kornburg einen guten Freund genannt. Wie oft war sie im Haus der Familie am Hauptmarkt ein- und ausgegangen. Doch von einer Tochter in ihrem Alter war nie die Rede gewesen. Aber das hieß noch längst nicht, dass es sie nicht gab. Was, wenn sich der Fall der jungen Bianca von Ehrenreit bereits bis in diese Kreise herumgesprochen hatte?

»Entschuldigt meine ... meine Neugier, aber ich ... ich wunderte mich einfach nur darüber, dass Ihr allein reist. Ich wollte nicht unverschämt erscheinen«, stammelte Bianca.

»Ganz meinerseits. Ich habe mich auch gefragt, wieso Ihr ohne Begleitung unterwegs seid.«

Änlin hatte sich inzwischen auf das Lager fallen gelassen und musterte ihre Reisefreundin mit einem merkwürdigen Blick. Beinahe spöttisch, wie Bianca wahrnahm.

»So, und nun erzählt mir einmal Eure wahre Geschichte. Im Vertrauen – dass Ihr ins Kloster wollt, das nehme ich Euch nicht ab. Also, wohin wollt Ihr wirklich und zu wem? Zu dem blond gelockten Gewürzhändler nach Venedig?«

Bianca stockte der Atem. Sie hatte mit keinem Wort erwähnt, dass Andreas Gewürzhändler war, geschweige denn, dass er sich zurzeit auf einer Reise nach Venedig befand und sie ihn dort vor seinen Häschern zu finden hoffte. Woher weiß Änlin das?, fragte Bianca sich erschrocken, doch es dauerte nicht lange, bis ihr die Antwort klar war wie das Wasser einer Quelle: Es war kein Zufall, dass Änlin mit ihr zusammen vor dem Stadttor gewartet hatte. Keine Geringere als diese junge Frau hatte man auf sie angesetzt!

Bianca starrte Änlin mit offenem Mund an wie einen Geist.

»Ist Euch nicht wohl?«, fragte ihre Reisebegleiterin nichts ahnend.

Bianca blieb ihr eine Antwort schuldig und ließ sich wortlos ebenfalls auf das Lager fallen. Sie vergrub das Gesicht in den Händen, damit in ihren Augen nicht das blanke Entsetzen zu lesen war.

»Mir ist ein wenig flau, weil ich so lange nichts gegessen habe«, stöhnte sie und betete, dass die falsche Freundin ihr diese Lüge abnahm.

21

Bianca blieb eine halbe Ewigkeit stumm auf dem Lager hocken. In ihrem Kopf arbeitete es fieberhaft. Was sollte sie tun?

Schließlich hörte sie Änlin wie von ferne fragen: »Bianca, kann ich Euch helfen? Soll ich Euch etwas zum Essen besorgen?« Bianca erwachte aus ihrer Erstarrung und blickte auf. Änlin musterte sie voller Mitgefühl.

Bianca holte tief Luft, bevor sie heiser hervorstieß: »Ach, es ist natürlich nicht nur das mangelnde Essen, das mir ein unangenehmes Gefühl bereitet. Ihr habt mich durchschaut. Ja, ich möchte zu meinem Verlobten nach Venedig, aber meine Eltern wissen es nicht. Ich bin von zu Hause ausgerissen. Ihr verratet mich doch nicht, oder?«

Ein Lächeln huschte über Änlins Gesicht.

»Warum sollte ich? Wenn Ihr es genau wissen wollt. Das ist doch auch mein Geheimnis. Niemals hätten meine Eltern mich allein reisen lassen. Und ich bin ja so froh, dass wir einander haben.«

Bianca tätschelte Änlins Arm scheinbar freundschaftlich.

»Die Freude ist ganz auf meiner Seite«, säuselte sie, während sie fieberhaft überlegte, wie sie es bloß anstellen sollte, um ihre Verfolgerin möglichst geschickt abzuschütteln. Ich muss mich erst einmal vergewissern, ob sie wirklich eine Lügnerin ist, dachte Bianca, wenngleich sie daran keinen Zweifel mehr hegte. Woher hätte Änlin sonst von dem blond gelockten Gewürzhändler wissen können? Sie hatte der fremden jungen Frau gegenüber weder Andreas' Namen noch seinen Beruf erwähnt. Doch ich brauche den endgültigen Beweis, dass sie ein falsches Spiel spielt, entschied Bianca und wandte sich lächelnd Änlin zu.

»Aber jetzt, da ich Euch alles gestanden habe, werte Freundin, wüsste ich allzu gern, ob Ihr in dem schönen Rieterschen Haus am Weinmarkt aufgewachsen seid, das ich im Vorbeigehen stets bewunderte.«

Änlin nickte eifrig, und Bianca hatte ihre liebe Mühe, sie nicht lauthals eine Lügnerin zu schimpfen. Das Haus, von dem sie sprach, lag am Hauptmarkt, nicht am Weinmarkt. Das war der sichere Beweis, aber Bianca verlockte der Gedanke, die verlogene Schlange zum Schwitzen zu bringen.

»Ich habe immer gedacht, welch schönen Blick müsst Ihr über die Pegnitz haben«, flötete sie.

»Sicher hatten wir den, aber Ihr wollt doch bloß ablenken. Erzählt mir lieber von Eurem Verlobten. Was treibt ein Gewürzhändler so weit fort von den Mauern unserer Stadt? Will er besondere Gewürze einkaufen?«

»Nein, er … oh, das ist eine lange Geschichte«, entgegnete Bianca und gähnte übertrieben.

»Bitte, erzählt sie mir!«, bat Änlin sichtlich aufgeregt.

»Morgen, ja, morgen werde ich Euch alles erzählen. Und macht Euch auf einiges gefasst. Es ist eine schier unglaubliche Geschichte. Und da wäre etwas, was ich Euch verraten möchte, falls mir etwas zustoßen sollte.«

Vor lauter Aufregung kaute Änlin an den Fingernägeln, was Bianca nicht ohne Schadenfreude bemerkte. Dann stutzte sie. Hätte sie den Beweis dafür, was diese Frau im Schilde führte, noch nicht gehabt – nun offenbarte sich ganz deutlich, dass sie nicht aus vornehmem Hause stammte. Ihre Nägel starrten vor Dreck. Das war unüblich für junge Frauen aus wohlhabenden Patrizierfamilien.

Plötzlich wusste Bianca genau, was sie zu tun hatte. Es

gab für sie nicht mehr den geringsten Zweifel, wer ihr diese Schnüfflerin auf den Hals gehetzt hatte und vor allem, zu welchem Zweck. Wie weit Änlin – oder wie sie in Wirklichkeit auch immer heißen mochte – wohl gegangen wäre, das Rezept aus mir herauszupressen?, fragte sich Bianca schaudernd, gähnte betont laut und streckte sich auf dem Lager aus.

»Bitte, macht es nicht so spannend! Nun erzählt schon Eure Geschichte. Ich platze vor Neugier«, bettelte Änlin.

Sie kann es wohl gar nicht erwarten, dass ich mich ihr anvertraue, frohlockte Bianca und blickte ihre falsche Freundin bedauernd an. Dabei reckte sie sich wohlig und stöhnte: »Von Herzen gern, aber heute nicht mehr. Allein, mir fehlt die Kraft. Ich bin es nicht gewohnt, so lange auf Schusters Rappen unterwegs zu sein. Ich bin so müde, dass ich in meinem Reisekleid schlafen werde.«

»Aber ... aber ... Ihr müsst doch etwas essen und ...«

»Nein, nein, das hat Zeit. Bis morgen früh kann ich noch warten.«

Mit diesen Worten drehte sich Bianca auf die Seite, schloss die Augen und tat so, als würde sie auf der Stelle einschlafen.

In Wirklichkeit war sie hellwach und wartete mit klopfendem Herzen darauf, dass sich die falsche Patriziertochter nun auch hinlegen und möglichst bald einnicken würde.

Es dauerte sehr lange, bis es endlich ruhig in der Kammer wurde. Doch erst als Bianca eine Weile Änlins gleichmäßigen Atem vernahm, erhob sie sich vorsichtig. Das Herz pochte ihr bis zum Hals, aber mit einem Seitenblick stellte sie erleichtert fest, dass die junge Frau tief und fest schlief.

Welch ein Glück, dass der Mond durch die kleine Luke in die Kammer scheint, dachte Bianca, während sie ihre Habseligkeiten zusammenraffte. Auf Zehenspitzen schlich sie zur Tür. Dort angekommen, blieb sie noch einmal stehen und hielt den Atem an. Denn hinter sich vernahm sie ein merkwürdiges Geräusch. Sie wagte aber nicht, sich umzuwenden, und legte stattdessen die Hand auf die Türklinke, um bei Gefahr mit einem Satz auf den Flur hinauszuspringen. In dem Augenblick zischte es hinter ihr, und zwei kalte Hände legten sich von hinten um ihren Hals.

»Habe ich es mir doch gedacht, dass Ihr Fersengeld geben wollt, aber so kommt Ihr mir nicht davon!«

Bianca war wie versteinert, und sie bekam kaum mehr Luft. Die Hände ihrer Angreiferin entpuppten sich als Pranken. Bianca blieb regungslos stehen. Noch hatte sie nicht verloren. Denn was sollte die falsche Schlange nun tun? Sie umbringen? Wohl kaum, denn dann wäre das Rezept verloren gewesen …

Bianca hob also in aller Ruhe die Hände, als wolle sie sich kampflos ergeben, doch dann packte sie in einem Überraschungsangriff die Hände der Frau. Sie schaffte es mit einem einzigen geschickten Griff, Änlins Finger vom Hals zu lösen. Wie von Sinnen fuhr sie herum und krallte sich fest in die Oberarme ihrer verblüfften Angreiferin.

»Wer seid Ihr?«, zischte Bianca.

Die junge Frau, an deren wutverzerrtem Gesicht nichts mehr an die Tochter einer Patrizierfamilie erinnerte, spuckte sie an.

Bianca aber ließ sich nicht davon beirren.

»Wer seid Ihr?«

»Die Kindesmörderin Änlin Kress! Die nicht davor zurückschreckt, Euch in die Hölle zu befördern, wenn Ihr ihr das Geheimnis des Rezeptes nicht verratet. Und glaubt mir, ich bin stärker als Ihr.«

Und schon fand sich Bianca auf dem Boden liegend wieder. Änlin hatte sich aus der Umklammerung befreit, sie gepackt, ein paarmal herumgewirbelt, sodass sie ins Straucheln geraten und gestürzt war. Fluchend rieb sie sich die schmerzenden Knochen.

Änlin trat auf sie zu und hob drohend die Faust. »Ich bin die Stärkere von uns beiden. Sieh es ein und gib auf! Wenn du mir das Rezept verrätst, lasse ich dich gehen und erwürg dich nicht danach, wie mit dem Herrn vereinb…« Erschrocken unterbrach sie sich und hielt sich die Hand vor den Mund. Und das tat sie nicht, weil sie im Eifer des Gefechtes dazu übergegangen war, Bianca vertraulich anzureden, als wäre sie ihresgleichen.

»Keine Sorge, das ist kein Geheimnis«, zischte Bianca. »Ich weiß, wer dich dazu angestiftet hat. Das war mein Großonkel Artur von Ehrenreit oder sein ebenso verbrecherischer Sohn Bruno. Die beiden Halunken wollen mein Erbe an sich reißen, und das hat nur Sinn, wenn sie die Zusammensetzung der Benedicten erfahren. Der Handel mit den Lebkuchen ist nämlich das lukrative Geschäft, das sie an sich bringen wollen. Doch da muss ich dich enttäuschen! Versuch mich umzubringen – ich werde schweigen wie ein Grab. Doch sei gewiss, kampflos aufgeben werde ich nicht.«

Ein Schauer durchrieselte Biancas Glieder, während sie daran dachte, mit wem sie es zu tun hatte. Mit der Kindesmörderin Änlin Kress! Sie hatte von dem Mord an dem Säugling gehört und durfte sich kaum vorstellen, dass diese Hände soeben ihren Hals umschlungen hatten. Hoffentlich merkt sie nicht, dass ich vor Angst vergehe, durchzuckte es Bianca. Sie konnte nur beten, dass sie stark genug war, das Rezept für sich zu behalten, selbst dann, wenn sich diese

Hände erneut wie ein Schraubstock um ihren Hals legten und sie zu erwürgen drohten.

22

Bianca blieb eine ganze Weile reglos am Boden liegen. Ihr weiteres Vorgehen musste wohlüberlegt sein. Und so nutzte sie den Augenblick, als Änlin durch Schritte auf dem Flur abgelenkt wurde. Flink wie ein Wiesel rappelte sich Bianca auf und versetzte Änlin einen solch groben Stoß, dass ihre Gegnerin hinten auf das Lager fiel. Ehe diese sich versah, hatte sich Bianca auf sie geschwungen und ihre Arme festgehalten. Nun war Änlin, die nur noch verzweifelt mit den Füßen strampeln konnte, Bianca hilflos ausgeliefert. Plötzlich ertönte das Geräusch von reißendem Stoff. Änlins Kleid war am Ärmel zerfetzt, doch das störte Bianca wenig.

»Nun erzähl mir einmal, wie dich diese Mordbuben vor ihren Karren spannen konnten!«, verlangte sie in scharfem Ton.

In Änlins Gesicht stand nicht mehr die Spur von Wut geschrieben. Stattdessen sprach das nackte Entsetzen aus ihren Augen.

»Bitte, liefere mich nicht den Henkern aus!«, jammerte sie. »Bitte nicht den Henkern!«

Bianca stutzte. »Wen meinst du?«

»Meine Auftraggeber!«

»Sie sind Mordbrenner, in der Tat, das sind sie, aber Henker?«

»Wenn ich es doch sage. Es war der hohe Herr. Der hohe

Herr, ein mächtiger Ratsherr, dem ich diente und der bezeugt hat, dass ich mein Kind umgebracht habe. Der hat plötzlich neben der Grube gestanden, als der Henker dabei war, mich einzugraben, und schickte ihn fort. Er stellte mich vor die Wahl: lebendig begraben zu werden oder mich dir als Reisebegleiterin anzudienen und dir das Rezept zu entlocken.«

Bianca fiel es gar nicht so leicht, den Druck auf die Arme der jungen Frau zu halten. Am liebsten hätte sie sich stöhnend neben sie auf das Lager fallen gelassen. Die Verschwörung wurde immer bedrohlicher.

»Wie heißt der Herr?«

»Wenn ich es dir sage, bin ich tot ...«

»Ist sein Name Fenner?«, fuhr Bianca atemlos dazwischen.

Änlin nickte und stöhnte. »Kannst du mich endlich von deinem Gewicht befreien? Du bist zwar eine zarte Person, aber zu schwer für mich.«

»Das könnte dir so passen. Und dann machst du dich fort, ohne mir die ganze Wahrheit zu sagen.«

Änlin jammerte lautstark, Bianca solle endlich aufhören. Davon ungerührt, forderte Bianca in scharfem Ton: »Ich will alles wissen!«

»Ich kann nicht reden, wenn du mir die Luft abdrückst«, japste Änlin gequält.

Mit einem Satz befreite Bianca die junge Frau von ihrem Gewicht, ergriff einen Schemel und richtete sich damit kämpferisch vor dem Lager auf.

»Nun rede schon! Du hast also dein Kind getötet?«

»Nein, nein, das habe ich eben nicht. Es lag eines Morgens leblos in seiner Wiege ...«

Änlin stockte, weil ihr die Tränen über die Wangen liefen.

»Du willst also behaupten, dass du gar keine Mörderin bist?«, fragte Bianca zweifelnd.

Änlin nickte. »Ich habe mein Kind geliebt«, schluchzte sie. »Aber es war von Anfang an kränklich. Ich habe mich Tag und Nacht um das unglückliche Geschöpf gekümmert, sodass sich mein Mann ein Liebchen gesucht hat. Und nur, um sie zur Frau nehmen zu können, hat er vor unserem Herrn beschworen, dass er mich mit einem Kissen in der Hand vor der Wiege ertappt hat. Aber das ist nicht wahr. Doch unser Herr hat ihm geglaubt und mich in das Lochgefängnis werfen lassen. Und ich versichere dir, das ist der Vorhof zur Hölle!«

Wem sagst du das?, schoss es Bianca durch den Kopf.

»Und der Herr deines Mannes ist Michel Fenner?«

»Ja, Michel Fenner. Johann ist sein Knecht, und ich habe bis zur Geburt unserer Tochter als Magd für seine Frau gearbeitet.«

»Der Ratsherr Michel Fenner gehört zu ihnen. Ich schwöre es bei Gott«, bemerkte Bianca nachdrücklich.

»Ja, jener Mann, der mich unter einer Bedingung aus dem Grab geholt hat: mir dein Vertrauen zu erschleichen.«

Bianca ließ die Arme sinken, mit denen sie immer noch den Schemel drohend in die Luft hielt. Sie konnte sich nicht helfen, aber sie glaubte der jungen Frau, die nun wie ein Häufchen Elend in einer Ecke des Lagers kauerte.

»Gut, Änlin, dann trennen sich unsere Wege hier. Mach, dass du fortkommst!«

»Das kann ich nicht«, entgegnete die Magd und wurde schreckensbleich.

»Warum nicht? Es ist doch äußerst großzügig von mir, dass ich dich ungestraft ziehen lasse.«

»Schon, aber ich werde es nicht überleben.«

»Wie meinst du das?«

»Fenner hat mir einen Schatten nachgeschickt. So jedenfalls hat er es mir angedroht. Er sagte, dass mich jemand auf Schritt und Tritt verfolge. Einer, der mich auf der Stelle umbringt, wenn es mir nicht gelingt, dich bis nach Venedig zu begleiten ...« Sie hielt aufgeregt inne. »Weil ich nämlich nicht nur das Rezept herausfinden soll, sondern auch den Aufenthaltsort deines Gewürzhändlers«, fügte sie zögernd hinzu.

Bianca atmete ein paarmal tief durch. »Das heißt, uns verfolgt ein Mann, der den Auftrag hat, meinen Verlobten umzubringen, nachdem du seinen Aufenthaltsort herausbekommen hast, und zwar mit meiner Hilfe? Wahrhaftig ein ausgeklügelter Plan!«

»Ja, und ich hatte schon befürchtet, dass du ihn gesehen hast, als du dich vorhin ständig umgewandt hast.«

»Wer ist der Mann?«

Änlin hob die Schultern. »Das habe ich den Ratsherrn auch gefragt, aber er hat gesagt, ich müsse nicht mehr wissen, als dass ein tödlicher Schatten mich verfolgt, wenn ich meinen Auftrag nicht erfülle.«

»Und jetzt glaubst du, ich besäße so viel Mitgefühl, dich diesem Schatten nicht zum Fraß vorzuwerfen?«

Änlin senkte verschämt den Blick.

Bianca stieß einen lauten Seufzer aus. »Steht es auf meiner Nasenspitze geschrieben, dass ich zu gut bin, dich deinem Verfolger ans Messer zu liefern?«, knurrte sie. »Aber du täuschst dich nicht«, fügte sie versöhnlicher hinzu. »Seit ich aus eigener Erfahrung weiß, wie es ist, Opfer einer habgierigen Sippe zu werden, vermute ich, dass sie dich ebenfalls benutzt haben.«

»Ich danke dir von Herzen«, stieß Änlin gerührt hervor.

»Überleg dir lieber, wie wir diesen Schatten loswerden«, murmelte Bianca und ließ sich erschöpft neben der Magd auf das Lager fallen. Sie stützte das Gesicht in die Hände und sann nach einer Lösung. Änlin betrachtete sie scheu von der Seite, doch dann dachte auch sie nach.

23

Die beiden Frauen hatten eine ganze Weile schweigend nebeneinandergehockt, bis Änlin schließlich aufgeregt ausrief: »Wir flüchten noch heute Nacht von hier und entkommen so dem Schatten.«

»Wenn das so einfach wäre«, erwiderte Bianca nachdenklich. »Womöglich lauert er uns vor der Herberge auf.«

»Das glaube ich nicht. Auch ein Schatten muss hin und wieder ruhen«, widersprach Änlin eifrig.

»Du hast recht. Wenn uns der Schatten tatsächlich auf den Fersen ist, wird er wahrscheinlich auch hier abgestiegen sein, oder? Ich glaube kaum, dass er im Wald übernachtet.«

»Weißt du was? Ich werfe einen unauffälligen Blick hinüber in das Wirtshaus«, schlug Änlin vor. »Vielleicht kenne ich ihn ja vom Ansehen.«

»Nein, das tust du nicht«, protestierte Bianca. »Nachher hast du mich doch belogen und kehrst mit dem Kerl zurück, und ihr foltert mich oder ...«

Änlin rollte gereizt mit den Augen. »Dann gehen wir eben beide.«

Und schon war die Magd bei der Tür. Bianca folgte ihr zögernd.

»Was treibt Euch denn noch so spät aus der Kammer?«, fragte der Wirt neugierig. »Ihr wollt doch nicht etwa ins Wirtshaus gehen? Wenn Ihr Hunger habt, dann kehrt schnell zurück. Das ist kein Ort für Frauen Euresgleichen. Dort treibt sich allerlei Gesindel herum. Ich besorge Euch etwas Essbares.«

»Nein, wir wollen nur ein wenig an die frische Luft«, flötete Änlin, während genau in diesem Augenblick Biancas Magen unüberhörbar knurrte.

Der Wirt konnte sich kaum ein Grinsen verkneifen, doch dann blieb sein Blick an Änlins zerrissenem Ärmel hängen.

»Was habt Ihr denn gemacht? Habt Ihr Euch geprügelt?«

»Sie ist mit dem Arm an der Klinke Eurer Tür hängen geblieben«, entgegnete Bianca schlagfertig, bevor sie sich bei Änlin unterhakte und sie ins Freie zog.

Aus dem Wirtshaus, das gleich neben der Herberge stand, drang lautes Gelächter. Die beiden Frauen schlichen vorsichtig näher und waren sichtlich enttäuscht, dass das Wirtshaus nur matte kleine Fenster besaß, durch die sie nicht nach innen sehen konnten.

Da preschte Änlin schon zur Tür. Bianca wollte sie noch zurückhalten, weil doch eines klar war: Der unbekannte Verfolger wusste mit Sicherheit, wie die junge Frau aussah. Änlin aber hatte die schwere Tür bereits einen Spaltbreit geöffnet und warf einen Blick in das Innere des Wirtshauses. Plötzlich wurde sie kalkweiß und rief entsetzt aus: »Um Himmels willen, nein!«

Statt wegzulaufen, nachdem sie ihren Verfolger erkannt hatte, blieb sie wie angewurzelt stehen. Bianca zerrte an ihrem Arm, aber Änlin war wie erstarrt.

Dafür verließ nun ein großer Mann mit einer schwarzen Mönchskutte, deren Kapuze er sich tief ins Gesicht gezogen hatte, das Wirtshaus und ging wortlos an ihr vorbei. Bianca schüttelte sich. Es war ihr, als habe ein Hauch des Todes sie flüchtig gestreift. Und dieser Aufzug erinnerte sie fatal an den des falschen Mönches. Nur dass diesem Kerl die Kutte passte und nicht zu kurz war. Ob es dieselbe ist?, schoss es Bianca fröstelnd durch den Kopf.

»Was war das denn für ein finsterer Geselle?«, bemerkte sie fröstelnd.

»Das war … das ist … das kann doch nicht sein. Es ist Johann, mein Ehemann. Ich würde ihn unter Hunderten erkennen, und wenn er sich die Kapuze bis zum Bauch ziehen würde«, stammelte Änlin, die am ganzen Körper bebte.

»Meinst du, er hat Verdacht geschöpft?«, erkundigte sich Bianca besorgt.

»Das glaube ich nicht. Er denkt, jeder lasse sich durch seine Kutte täuschen.«

»Hast du denn sein Gesicht überhaupt gesehen?«

»Nein, aber seine Hand. Und ich kenne keinen, dem der halbe kleine Finger fehlt.«

»Und wohin ist er geeilt?«

»In die Herberge«, flüsterte Änlin.

»Wenn er im Morgengrauen erwacht, sind wir bereits über alle Berge.«

»Gut, dann wollen wir uns sputen«, entgegnete Änlin mit noch immer zitternder Stimme.

»Warum hast du eigentlich solche Angst vor ihm? Hast du ihn nicht einst geliebt?«, flüsterte Bianca auf dem Weg zur Herberge zurück.

»Nein, ich habe ihn schon gefürchtet, bevor ich ihn heiraten musste. Mein Vater wollte es so. Er war Pferdeknecht bei den Fenners und hat mich beim Würfelspiel an Johann verloren. Ich wollte fortlaufen, aber sie haben mich eingefangen und windelweich geprügelt. Wenn meine Mutter noch gelebt hätte, wäre das nicht geschehen. Inzwischen hasst mich Johann, weil ich ihm nie ein echtes Eheweib geworden bin, obwohl wir das Lager geteilt haben. Ich sei wie ein toter Fisch, schimpfte er stets, bis er dieses Liebchen fand. Seitdem will er frei sein für sie, doch mein Vater hätte ihm eher den Schädel eingeschlagen, als tatenlos zuzusehen, wie er mich verstößt. So hat Johann mir den Mord in die Schuhe geschoben …« Änlin unterbrach sich und schluchzte laut auf.

»Und dein Vater? Hat er dem Schurken etwa geglaubt?«

»Nein, er hat bitter bereut, was er mir angetan hat, und wollte für mich aussagen. Bei einer Prügelei mit ihm büßte Johann den halben kleinen Finger ein. Wie ein Löwe hat mein Vater für mich gekämpft. Doch es hat ihm nichts genützt. Mein Vater geriet trunken unter die Räder von Michel Fenners Wagen. Er war sofort tot.«

»Die stecken doch alle unter einer Decke«, erwiderte Bianca.

Sie waren inzwischen bei der Herberge angekommen. Als sie eintraten, atmete Änlin einmal tief durch und bemerkte betont laut: »Das ist ja spannend, was Ihr da erzählt. Ihr backt also die berühmten Benedicten?«

Bianca begriff sofort, dass diese Worte für Johanns Ohren bestimmt waren. Für den Fall, dass er ihnen im Innern der Herberge auflauern sollte.

»Ja, es gibt nichts Schöneres, als einen duftenden warmen Lebkuchen zu kosten, der frisch aus dem Ofen kommt«, erwiderte Bianca honigsüß.

Sie waren jetzt bereits an der Treppe, doch weit und breit war niemand zu sehen. Selbst der Wirt saß nicht auf seinem Platz am Eingang.

Schweigend eilten die beiden Frauen zu ihrer Kammer.

»Wir sollten keine Zeit verlieren«, mahnte Änlin zur Eile.

Einen Wimpernschlag später stand Bianca bereits reisefertig an der Tür. Auf Zehenspitzen schlichen die beiden Frauen die Treppe hinunter zum Ausgang.

Da versperrte ihnen eine schwarze Gestalt den Weg nach draußen. Bianca pochte das Herz bis zum Hals. Es war kein Geringerer als der falsche Mönch.

»Das ist viel zu gefährlich«, brummte er. »Zwei Frauen allein bei Nacht und Nebel.«

Änlins Antwort war ein Tritt gegen das Schienbein ihres untreuen Ehemannes. »Für wie dumm hältst du mich eigentlich?«, schrie sie wütend. »Ich weiß, dass du unter der Kutte steckst, Johann Kress. Du hast vor dem Gericht eine falsche Aussage gemacht, um mich loszuwerden.«

Johann zerrte sich die Kapuze vom Kopf. Bianca trat vor Schreck einen Schritt zurück, als er sein Gesicht enthüllte. Es war übersät mit Narben.

»Ist er das wirklich?« Bianca weigerte sich, es zu glauben. Ihre Stimme klang zweifelnd.

»Ja, das ist mein Ehemann, der die Gelegenheit beim Schopf ergriffen hat, um mich loszuwerden«, bestätigte Änlin.

»Hast du das Rezept?«, fragte Johann ungerührt.

»Ja, ich habe es«, erklärte Änlin mit fester Stimme.

»Her damit!«, befahl das Narbengesicht und hielt die Hand auf.

»Ich habe es oben in der Kammer«, log Änlin.

Bianca blickte verwirrt zwischen den Eheleuten hin und her.

»Worauf wartest du noch?«, wetterte Johann voller Ungeduld. Er packte Änlin grob am Arm und stieß sie vor sich her. Dann blieb er stehen und wandte sich zu Bianca um. »Ihr kommt auch mit!«, knurrte er grimmig.

Sie zögerte, doch dann folgte sie den beiden.

In der Kammer angekommen, hielt er Änlin erneut fordernd die Hand hin.

»Her mit der Rezeptur!«

Änlin wandte sich hilfesuchend an Bianca. Die begriff, dass die Magd ihn nur auf das Zimmer gelockt hatte, um Zeit zu gewinnen.

»Du Verräterin!«, brüllte sie und tat so, als wolle sie sich auf Änlin stürzen. »Ich habe dir vertraut, als ich dir die Rezeptur zuflüsterte.«

Johann zog ein säuerliches Gesicht. »Wie – zugeflüstert? Hast du es nicht aufgeschrieben?«

»Wie denn?«, gab Änlin störrisch zurück. »Ich bin des Schreibens nicht mächtig.«

Johann starrte seine Ehefrau wie einen Geist an.

»Ich auch nicht! Dann soll *sie* es niederschreiben!« Er deutete auf Bianca.

Die verschränkte die Arme vor der Brust und schwieg.

»Habt Ihr nicht gehört, was ich gesagt habe? Ich will das Rezept!« Er trat drohend einen Schritt auf Bianca zu. Ehe sie sich versah, blinkte die Klinge eines Messers in seiner Hand.

Bianca aber zuckte nicht einmal zurück. »Los, stecht zu! Dann wird Euer Auftraggeber Euren Kadaver den Schweinen vorwerfen, denn wenn Ihr mich umbringt, ist das Rezept verloren. Dann können die Ehrenreits Pfefferkuchen backen wie alle anderen, aber keine Benedicten.«

»Komm, Weib, hilf mir! Das werden wir sehen, wenn ich Euch gleich mit der Klinge kitzele. Ihr werdet noch um Euer Leben winseln.«

Er packte Bianca grob am Arm, doch sie blitzte ihn nur höhnisch an. »Ich zeige Euch etwas. Wartet. Lasst mich los!«

Verwirrt nahm er die Hand von ihrem Arm. Bianca aber krempelte den Ärmel ihres Gewandes auf und entfernte in aller Ruhe das Tuch vom Oberarm.

Beim Anblick der Brandwunde wurde Johann bleich. Auch Änlin starrte entsetzt auf das Mal.

»Selbst die Brandmarkung hat mich nicht zum Sprechen gebracht, wie Ihr seht.«

Wie der Blitz fuhr Johann herum und setzte nun Änlin das Messer an den Hals.

»Das werden wir noch sehen, wenn du dieses unnütze Weib in seiner Blutlache verenden siehst!«

Doch in dem Augenblick versetzte Änlin Johann einen so kräftigen Stoß, dass er ins Stolpern geriet und mit einem Aufschrei nach hinten stürzte. Er schlug mit dem Hinterkopf gegen die Kante eines Schemels und landete auf dem Boden. Mit dem Gesicht nach oben. Blut floss aus seinem Schädel und breitete sich zu einer riesigen Lache am Boden aus. Er starrte sie aus großen, ungläubigen Augen an.

24

Änlin und Bianca rührten sich nicht vom Fleck. Erst ein heftiges Pochen an der Tür riss sie aus ihrer Erstarrung.

»O nein, jetzt bringt er uns doch noch an den Galgen!«, jammerte Änlin, während Bianca zur Tür schritt und sie einen Spaltbreit öffnete. Das Herz klopfte ihr bis zum Hals, doch sie entspannte sich sichtlich, als sie in das freundliche Gesicht des Zeidlers blickte.

»Entschuldigt bitte, Ihr seid es also doch, Bianca. Ich habe Euch gleich erkannt. Habt Ihr mich nicht gesehen? Ich habe den Wirt gefragt, wo die beiden feinen Damen wohnen. Ich wollte Euch doch wenigstens begrüßen, auch wenn es sich vielleicht nicht schickt zu dieser Stunde. Und ich befürchtete schon, Ihr seid in Gefahr, weil ich eine drohende Männerstimme aus Eurer Kammer hörte.«

Bianca holte einmal tief Luft, bevor sie raunte: »Oje, oje, Ihr kommt gerade recht! Es hat sich ein unheimlicher Kerl Zugang zu unserer Kammer verschafft und versucht, uns etwas anzutun.«

»Wo ist der Kerl? Den erwürge ich mit bloßen Händen.«

»Kommt herein und seid leise!«, befahl sie und ließ ihn ein.

Änlin stand immer noch da wie zur Salzsäule erstarrt und musterte den Besucher missbilligend.

»Seht, wir haben uns unserer Haut erwehrt, so gut wir konnten, und da ist er gestolpert, und nun rührt er sich nicht mehr.«

Der junge Zeidler beugte sich über Johanns Brust und horchte. Dann richtete er sich auf und schüttelte den Kopf.

»Der ist hin. Und recht geschieht es dem Spitzbuben. Ich gehe den Wirt holen.«

»O nein, Wolfram, bitte nicht!«, flehte Bianca herzzerreißend. »Ihr müsst ihn fortschaffen und unauffällig verschwinden lassen. Stellt Euch doch bloß vor, es spricht sich in Nürnberg herum, dass in der Kammer von Bianca von Ehrenreit ein toter Mann gefunden wurde.«

Wolfram, der Zeidler, kratzte sich nachdenklich am Kinn.

»Also von mir wird es keiner erfahren, auch wenn ich gerade auf dem Weg nach Nürnberg bin.«

»Von Euch vielleicht nicht, aber der Wirt ist ein geschwätziger Mann. Der wird es überall herumerzählen, und dann ...«

»Ihr habt recht. So einer gehört im Wald verscharrt. Aber wie kommen wir am Wirt vorbei?«

»Überlasst ihn mir«, sagte Änlin und warf Bianca einen verschwörerischen Blick zu.

Bianca atmete auf. Endlich hatte Änlin verstanden, zu welchem Zweck sie den Zeidler in die Kammer gebeten hatte. Ihre Gefährtin strich sich ein paarmal durch das dichte rote Haar und half etwas nach, bis die weißen Brüste deutlicher als zuvor aus dem Mieder hervorlugten. Sie lächelte dem Zeidler zu. Er lächelte zurück, wie Bianca belustigt feststellte.

Mit auffällig wiegenden Schritten entfernte sich Änlin. Bei der Tür wandte sie sich noch einmal um. »Ich gebe Euch ein Zeichen, wenn ich mit dem Wirt in einer der Kammern verschwunden bin. Schafft Ihr es allein?«

»Wie werden sehen«, sagte der Zeidler verzückt, doch dann packte er Johann beherzt unter den Achseln. Bianca nahm seine Beine. Stöhnend ließ sie diese rasch wieder auf den Boden fallen. »Er ist schwer, aber wenn es sein muss, kann ich Bärenkräfte entwickeln.«

»Das kann ich bestätigen«, bekräftigte Änlin grinsend und verließ endgültig die Kammer.

Der Zeidler starrte eine Zeit lang entrückt auf die Tür, als würde Änlin immer noch wie ein Engel dastehen. »Wie geht es Eurem Bräutigam?«, fragte Wolfram nach einer Weile, um die peinliche Stille, die nun folgte, zu überspielen.

»Andreas ist nach Venedig gereist, und ich folge ihm«,

entgegnete Bianca und blickte zu Boden. Es fiel ihr schwer, den gutmütigen Zeidler an der Nase herumzuführen.

»Ihr lasst Eure Bendictenbäckerei im Stich? Schafft Eure liebe Mutter das denn alles allein? Aber sie hat ja in Meister Ebert sicher eine große Hilfe.«

Bianca hob den Kopf. Sie hatte Tränen in den Augen.

»Grämt Euch nicht. Ich werde alles richten. Niemand wird je erfahren, dass der Kerl dort in Eure Kammer eingedrungen ist.«

Ein verzweifeltes Aufschluchzen war die Antwort.

»Ach, Wolfram, es ist so vieles geschehen, seit wir uns das letzte Mal auf dem Markt gesehen haben. Meine Mutter ist tot, und Artur von Ehrenreit und sein Sohn, die haben ...«

Bianca blickte Wolfram in die Augen. Was sie sah, waren Zuwendung und ehrliches Mitgefühl. Ohne weiter darüber nachzudenken, erzählte sie ihm alles, was ihr widerfahren war. Sie ließ nichts aus – bis auf das, was Bruno ihrem geschundenen Körper im Kerker angetan hatte.

Als sie ihre Beichte beendet hatte, trat Wolfram auf sie zu und nahm sie stumm in die Arme.

»Das kann doch nicht sein, dass ein Richter allen Ernstes annimmt, Benedicta habe diese Spitzbuben bedacht. Und der Ratsherr Fenner ... ich mag es kaum glauben«, stöhnte er.

»Ihr glaubt auch, ich lüge, nicht wahr?«, fragte Bianca erschrocken.

»O nein, wo denkt Ihr hin?«, widersprach der Zeidler empört. »Ich möchte diese Schurken mit eigenen Händen erwürgen.«

Bianca rang sich zu einem Lächeln durch. »Ich wusste, ich kann Euch vertrauen. Aber wir wollten den da nicht umbringen. Er hat Änlin mit einem Messer bedroht, und sie hat ihn von sich gestoßen.«

»Wir werden diesen Satan verschwinden lassen, und dann begleite ich Euch«, erklärte er nachdrücklich. »Ihr könnt nicht ohne männlichen Schutz die weite Reise antreten. Das ist zu gefährlich«, fügte er leidenschaftlich hinzu.

»Nein, Ihr müsst Euren Honig verkaufen.«

»Aber ich will etwas für Euch tun!«

»Das könnt Ihr. Geht zum Richter Sutter und versichert ihm, dass Benedicta von Ehrenreit niemals Artur oder seinem Sohn ihre Geschäfte anvertraut hätte. Und richtet ihm aus, dass ich, Bianca von Ehrenreit, in Andreas' Begleitung zurückkehren und ihm den Beweis bringen werde, dass ich unschuldig bin. Und seid auf der Hut vor dem langen Arm des Ratsherrn Fenner!«

»Ich werde alles für Euch tun und wünsche mir nichts sehnlicher, als dass Ihr wohlbehalten zurückkehrt und weiterhin den Honig für die Benedicten bei mir erwerbt ...« Er hielt inne und lachte. »Und seid gewiss, wenn die Herren Ehrenreit bei mir einkaufen, so werde ich ihnen alles andere verkaufen als süßen Honig. Die sollen sich noch wundern.«

»Ihr versprecht, Ihr seid vorsichtig?«

»Ich werde dem Richter den Schwur abnehmen, dass er dem Ratsherrn nichts verrät. Sonst bekommt seine Frau keinen Honig mehr von mir. Und sie ist ganz wild darauf.«

Ein leises Pochen an der Tür unterbrach ihr vertrauliches Gespräch.

»Wer ist eigentlich Eure Begleiterin?«, fragte der Zeidler unvermittelt.

Bianca überlegte einen kurzen Augenblick lang. Sie war es leid, sich weiter in ein Netz aus Lügen zu verstricken.

»Änlin Kress. Und wenn Ihr es genau wissen wollt: Man

hat sie wegen Kindesmordes verurteilt. Dieser Mann da ist ihr Ehemann, der sie ans Messer geliefert hat, um sie loszuwerden. Sie war darauf angesetzt, sich mit mir anzufreunden, um mir das Rezept zu entlocken.«

Der Zeidler war blass um die Nase geworden. »Kindesmörderin, sagt Ihr?«

»Aber sie ist unschuldig in die ganze Sache hineingeraten. Genau wie ich. Sie war ein unbescholtenes Mädchen, das von Ihrem Vater beim Würfelspiel an diesen groben Klotz verschachert wurde. Und da sie ihm nie eine gute Frau war, wie sie mir versicherte, wollte er sich ihrer entledigen. Man hat sie buchstäblich im letzten Augenblick vor dem Tod gerettet. Aber nicht aus Menschenfreundlichkeit. Sie hatte den Auftrag, mich aus dem Weg zu räumen, nachdem sie mich erfolgreich ausgehorcht hätte. Und der da ...« Bianca deutete auf Johann. »Der da sollte wiederum Änlin verfolgen und umbringen, falls sie nicht getan hätte, was man verlangte! Sie hat übrigens im Haus jenes Ratsherrn gearbeitet, der in die Verschwörung verwickelt ist und ...«

Wolfram hob abwehrend die Arme. »Ich glaube Euch ja, werte Bianca. Ihr wäret die rechte Person für den Rat der Stadt, wenn Ihr ein Mann wäret ... So wie Ihr reden könnt ...« Er brach ab und fuhr sich nachdenklich durch das dichte braune Haar. »Und meint Ihr, sie lässt sich wirklich mit dem Wirt ein? Sie ist doch viel zu schön, um sich als Hure zu verdingen.«

Bianca lächelte verschmitzt. »Seid Ihr etwa eifersüchtig? Sie hat es Euch mächtig angetan, nicht wahr?«

»Ach was, ich mag sie eben. Sie hat wunderschönes rotes Haar und ein so liebes Lächeln ...«

»Darf ich es ihr sagen, wenn wir sicher unterwegs sind?«, fragte Bianca.

»Wollt Ihr Euch wirklich auf die beschwerliche Reise nach Venedig machen?«, fragte er besorgt.

»Ich muss«, erwiderte Bianca fest entschlossen. »Wollen wir ihn wegbringen?«, fügte sie hinzu und deutete auf den leblosen Johann.

Wolfram nickte und packte den Toten stumm unter den Achseln. Bianca ergriff beherzt seine Beine.

Unter lautem Ächzen und Stöhnen schafften sie es, den Leichnam unbehelligt aus der Herberge nach draußen zu schleppen. Bis zu einem Waldstück gegenüber.

»Geht!«, befahl der Zeidler, nachdem sie die schwere Last auf dem Waldboden abgelegt hatten. »Ich werde alles zu Eurer Zufriedenheit erledigen. Und Ihr müsst mir versprechen, wohlbehalten nach Nürnberg zurückzukehren.«

»Macht Euch keine unnötigen Sorgen. Seit ich dem Galgen entkommen bin, kann mich nichts mehr schrecken. Und ich habe eine Begleiterin, die sich zu helfen weiß. Wir müssen auch ihren Kopf aus der Schlinge ziehen, wenn wir nach Nürnberg zurückkehren. Ihr armes Kind war dem Tode geweiht und ist einfach gestorben. Da hat ihr Mann falsches Zeugnis abgelegt. Und glaubt mir, das gehörte alles zu dem großen Plan.«

»Ach, Bianca, ich habe immer gewusst, dass Ihr eine tapfere, aufrechte Frau seid. Und wunderschön dazu. Euer Andreas hat das größte Glück auf Erden.«

Bianca wurde rot vor Verlegenheit über so viel Lob.

»Und soll ich Änlin etwas von Euch ausrichten?«

Jetzt errötete der Zeidler bis unter die Haarwurzeln.

»Nein ... doch ... ja, sagt ihr, dass sie einen rechtschaffenen Mann verdient hat.«

»Das werde ich ihr bestellen«, lachte Bianca und eilte zur Herberge zurück.

Sie hielt erschrocken inne, als sie vor der Kammertür zwei Gestalten erblickte, doch dann erkannte sie Änlin und den Wirt.

Bianca konnte gerade noch in eine leere Abseite huschen, deren Tür offen stand. Doch jedes Wort drang an ihr Ohr, das auf dem Flur gesprochen wurde. Sie musste sich die Hand vor den Mund pressen, um nicht laut loszukichern. Änlins Stimme klang so ganz anders als sonst. Sie redete gestelzt und viel höher als gewöhnlich.

»Nein, bitte bedrängt mich nicht! Ich bin ein anständiges Mädchen. Ich darf mein Herz nicht an Euch verlieren ...«

»Aber mein Engel, Ihr wart mir doch eben noch so zugewandt, dass ich die Hoffnung hatte, Ihr würdet für diese Nacht vergessen, woher Ihr kommt. Es wird doch nie jemand erfahren.«

»O doch, vergesst meine Cousine nicht. Die wacht über mich wie ein Adler über sein Junges.«

»Aber dann kommt doch mit in meine Kammer. Sie wird schlafen und Euch nicht vermissen«, bettelte der liebestolle Wirt.

»Das ist ein guter Gedanke. Aber ich muss sichergehen, dass sie nicht mehr wach ist. Lasst mich hineingehen und nach ihr schauen. Wenn sie einmal schläft, weckt sie keiner mehr. Dann komme ich zu Euch. Wartet auf mich.«

Bianca konnte sich ein Schmunzeln nicht verkneifen. Wie raffiniert Änlin doch war! Da hörte sie den Wirt schon flüstern: »Ich eile, Ihr findet mich linker Hand am Ende des Flures in der letzten Kammer.«

»Ich kann es kaum erwarten«, säuselte Änlin.

Nachdem die Tür zugefallen war und die Schritte des Wirtes verhallt waren, verließ Bianca ihr Versteck und schlüpfte in die Kammer.

»Jetzt aber hurtig«, begrüßte sie die verdutzte Änlin. »Sonst wird er noch ungeduldig und kommt, um nachzusehen.«

»Du hast unser Gespräch belauscht?«

»Ja, und ich fand es großartig, wie du ihn abgewimmelt hast.« Bianca ergriff ihre Umhängetasche, und wenig später waren die beiden Frauen sicher im Freien.

»Ist mit Johann alles in Ordnung?«, fragte Änlin außer Atem, als sie den sicheren Waldrand erreicht hatten.

»Wolfram, der Zeidler, ist ganz auf unserer Seite«, erwiderte Bianca verschmitzt. »Und ich soll dir sagen, du hast einen anständigen Ehemann verdient.«

»Er ist ein fescher Bursche«, seufzte Änlin.

»Ich glaube, du hast es ihm auch angetan. Hoffen wir, dass wir ihn eines Tages gesund und munter in Nürnberg wiedersehen.«

Änlin blieb entsetzt stehen.

»Nürnberg? Diese Stadt werde ich niemals mehr betreten. Darauf kannst du dich verlassen.«

»Warte ab. Ich für meinen Teil möchte mich nicht ein Leben lang vor diesen Verbrechern verstecken. Nein, ich will, dass die Gerechtigkeit siegt und sie bestraft werden für ihre Missetaten.« Kaum hatte sie diese Worte ausgesprochen, zuckte sie zusammen, weil ein Schrei durch die dunkle Nacht hallte. Zu ihrer großen Verwunderung brach Änlin in schallendes Gelächter aus.

»Das war nur ein Käuzchen. Du wirst dich an allerlei Geräusche gewöhnen müssen.«

»Glaubst du etwa, ich habe Angst?«, knurrte Bianca. »Es war nur der erste Schreck. Aber sag einmal, gehen wir denn überhaupt den richtigen Weg?«

»Sicher, wir müssen uns in Richtung Süden halten. Dort

irgendwo soll das große Gebirge liegen, das wir überqueren müssen, um nach Venedig zu gelangen.«

»Nein, wir reisen nicht auf dem kürzesten Weg, sondern westwärts und dann in den Süden bis zu einem Städtchen namens Feldkirch. Und von dort über den Adlerberg weiter über den Reschenpass nach Merano.«

»Woher kennst du den Weg?«

»Andreas, mein Verlobter, hat mir ausführlich berichtet, wie er nach Venedig reisen wird, und ich möchte den Weg nehmen, denn ich habe ...« Bianca stockte. »Ich habe mich Bruno von Ehrenreit gegenüber verplappert und befürchte, dass Johann nicht der Einzige ist, den sie losgesandt haben, um ihn aus dem Weg zu räumen.«

»Gut, ich begleite dich, wohin dein Weg dich auch immer führen mag.«

»Dann sollten wir nicht länger zaudern«, entgegnete Bianca und beschleunigte ihren Schritt. »Wir gehen bis zum Morgen gen Süden und werden sicher an eine Abzweigung gelangen, die uns westwärts führt.«

Bianca sagte das in forschem Ton, wenngleich ihr alles andere als wohl war bei dem Gedanken, bei Nacht durch den düsteren Wald zu wandern.

Wie gut, dass uns wenigstens der volle Mond scheint und es eine warme Nacht ist, versuchte sie ihre aufgewühlten Gedanken zu beruhigen. War es wirklich richtig, sich auf die weite Reise zu machen? Und würden sie Andreas rechtzeitig finden? Wie sie es auch drehte und wendete, es blieb ihr keine andere Wahl, wenn sie die finsteren Pläne ihrer Todfeinde durchkreuzen wollte.

25

Die Herberge am Reschenpass glich seit Tagen einem Tollhaus. Ein reicher venezianischer Tuchhändler hatte dort mitsamt seinem Gefolge eine mehrtägige Rast eingelegt.

Coletta lebte seit Wochen in ihrem Zelt unweit der Herberge. Es bestand kein Anlass, den Ort zu wechseln, denn in diesem Sommer war es ein Kommen und Gehen oben am Pass. So lohnte es sich für die Dirnen kaum, anderswo hinzuziehen. Selten hatte sie in so kurzer Zeit derart gute Geschäfte getätigt. Ihr Geldsäckel war bis zum Rand gefüllt. Trotzdem war sie unzufrieden. Sie hätte gern schönes Tuch gehabt, um sich neue Gewänder zu nähen. Doch das zu bekommen, war fern der Städte hier oben in der einsamen Bergwelt ein unmögliches Unterfangen. Deshalb drehte sich ihr Sinnen seit Tagen nur um das eine: Sie musste den Kaufmann auf sich aufmerksam machen, denn er hatte den Wagen voller Tuch aus Brügge geladen. Das hatte sie von seinen Knechten erfahren, mit denen sie das Lager für einen guten Preis geteilt hatte. Natürlich hatten die Kerle ihr allesamt versprochen, ihr Stoffe zu besorgen, aber sie hatten den Mund zu voll genommen. Nur der Kaufmann mit dem wohlklingenden Namen Maurizio di Ziani höchstpersönlich würde Coletta ihre Träume erfüllen können. Deshalb wollte sie ihn unbedingt kennenlernen. Doch das war nicht einfach. Der reiche Adlige hatte sich nämlich im gesamten oberen Stockwerk der Herberge eingemietet und die schlichten Kammern in einen Palazzo verwandelt. Das jedenfalls hatten die Knechte behauptet. Coletta hatte versucht, alles über den Mann und seine Gewohnheiten herauszubekommen, doch das war gar nicht so leicht. Sie wusste ja nicht einmal, wie er aussah. Er war bei Nacht angereist und hatte sich noch kein einziges Mal blicken lassen. Sein Koch Luigi, dem sie auch bereits zu Diensten gewesen war, versicherte, dass er ein Mann von ansehnlicher Gestalt sei. Und er musste es schließlich wissen, bekochte er doch seinen einsamen Herrn. Er sei niedergeschlagen seit dem Tod seiner Mätresse aus Brügge, hatte der Koch ihr unter dem Siegel der Verschwiegenheit verraten. Und Coletta verspürte das dringende Bedürfnis, ihn zu trösten. Nur – wie sollte sie es anstellen, seine Aufmerksamkeit zu erregen? Seine Kammern waren Tag und Nacht bewacht, und die beiden Diener ließen niemanden durch. Nicht einmal sie, obwohl sie jedem von ihnen bereits große Freude bereitet hatte.

Coletta kaute gedankenverloren auf ihren vollen sinnlichen Lippen, während sie auf dem Rand des Brunnens saß und darüber nachgrübelte, wie sie möglichst schnell an ihr Ziel gelangen könne. Doch dann schweiften ihre Gedanken zu dem unglücklichen Andreas ab. Sie hätte ihn nur allzu gern von seinem Kummer abgelenkt, nachdem er mit seinem Fuß nicht hatte weiterreisen können. Für ihn hätte sie es sogar ohne Entgelt getan, aber er hatte sich tagelang in seine Kammer zurückgezogen und Trübsal geblasen. Eigentlich widerfuhr ihr so etwas nie, dass sie sich in einen Mann verliebte. Aber bei der Erinnerung an seinen wohlgeformten Körper und den Augenblick, als er in sie eingedrungen war, durchrieselten sie wohlige Schauer. Wie gern hätte sie ihm noch einige Liebesnächte geschenkt. Doch er machte einen Bogen um sie, als wäre sie eine Schlange, die sich um seine Beine ringeln wollte.

Coletta stieß einen Seufzer aus. Ach, wenn ich die Frau sein könnte, der seine ganze Liebe gehört. Was gäbe ich darum, dachte sie sehnsüchtig, doch als sie nun den Koch des Kaufmanns auf sich zueilen sah, warf sie ihr langes dunkles Haar verführerisch in den Nacken und lächelte.

»Luigi, was führt dich am helllichten Tage zu mir? Du kommst doch sonst immer erst des Nachts in mein Zelt. Nachdem der feine Herr gespeist hat.«

»Ja, aber heute ist alles anders. Er will, dass ich ihm zum Nachtmahl die Gesellschaft von zwei Weibern besorge. Und dazu brauche ich deinen Rat. Sie sollen dunkelhaarig sein, schlank, aber von weiblicher Gestalt, sie sollen makellose weiße Haut haben und volle sinnliche Lippen. Und am liebsten wäre es ihm, sie verstünden unsere Sprache. Du kennst doch die Dirnen alle. Vielleicht suchst du mir die beiden aus.«

Colettas Herz tat einen Sprung. Dass es so einfach wäre, in das Allerheiligste vorzudringen, hatte sie nicht zu hoffen gewagt.

»Nun schau mich doch an! Vor dir sitzt schon eine dieser Frauen.« Sie deutete auf sich.

Luigis Miene verfinsterte sich bei ihren Worten.

»Nein, du nicht, cara mia. Du gehörst mir. Ich will dich mitnehmen. Ich habe eine kleine Wohnung im Palazzo. Du wirst meine Frau.«

Coletta war zwar gerührt über das Geständnis des Kochs, aber sie konnte sich beim besten Willen nicht vorstellen, den kleinen dicken Mann zu heiraten. Doch sie wollte ihn nicht vor den Kopf stoßen. Sie brauchte ihn, um in Maurizio di Zianis Gemächer zu gelangen.

»Ich bin keine Frau für dich, lieber Luigi. Ich bin eine Hure, und das werde ich immer bleiben.«

Der Koch stampfte trotzig mit dem Fuß auf. »Du bist aber die Frau, von der ich immer geträumt habe. Und das braucht in Venedig doch niemand zu erfahren.«

»Ich bin nicht dazu geschaffen. Ich werde Unglück über dich bringen. Glaub mir«, widersprach Coletta mit sanfter Stimme.

»Trotzdem werde ich dich meinem Herrn nicht zum Fraß vorwerfen! Dann werde ich mir die zwei Frauen eben selbst suchen.«

Coletta erschrak. Sie hatte den Koch verprellt. In ihrem Kopf arbeitete es fieberhaft.

»Gut, ich werde dir die beiden Huren besorgen. Wann sollen sie denn in den Gemächern deines Herrn erscheinen?«

Luigi sah sie zweifelnd an. »Und du gibst kampflos auf?«

Coletta nickte treuherzig. Ihr war zwar nicht wohl dabei, den guten Mann zu hintergehen, doch sie hatte keine andere Wahl. Denn sie hatte längst einen verwegenen Plan geschmiedet.

Der Koch stieß einen Seufzer aus. »Gut, dann schick sie nach Sonnenuntergang zum Eingang der oberen Kammern. Der Diener meines Herrn wird sie dort in Empfang nehmen, zu ihm führen und …« Er stockte. »Und du willst es dir nicht doch noch einmal überlegen? Mit uns beiden?«, fuhr er zögernd fort.

»Nein, ich eigne mich nicht dafür, mit dir in einer kleinen Dienerwohnung im Palazzo zu leben. Ich brauche meine Freiheit.«

»Wie du willst«, entgegnete er beleidigt und drehte sich, ohne sie noch eines weiteren Blickes zu würdigen, auf dem Absatz um.

Coletta aber eilte aufgeregt zu ihrem Zelt. Sie hielt den Atem an, als sie schon von ferne Andreas vor dem Eingang warten sah. Was hat das zu bedeuten?, durchfuhr es sie, und die Knie wurden ihr weich. Für eine Liebesnacht mit ihm hätte sie sogar ihren durchtriebenen Plan fallen gelassen.

»Andreas, was führt dich zu mir?«, fragte sie mit bebender Stimme.

»Ich ... ich wollte dir Lebewohl sagen«, erwiderte Andreas verschämt.

Da erst nahm sie wahr, dass er seine Reisekleidung und eine Umhängetasche trug.

»Wohin willst du? Kannst du denn wieder auftreten?«

»Ich habe das Glück, dass mich ein Kaufmann bis nach Bauzanum mitnimmt. Er hat auf dem Wagen bei seinen Salzfässern noch ein Plätzchen für mich frei.«

Coletta war sichtlich bemüht, sich ihre Enttäuschung nicht anmerken zu lassen.

»Da hast du aber großes Glück. Ja, dann bleibt mir nur noch, dir eine gute Reise zu wünschen.«

»Ich ... ich wollte dir zum Abschied sagen, dass ich dich wohl mag. Aber ich ... ich musste dir aus dem Weg gehen. Du bist ein Weib nach meinem Geschmack, aber wie du weißt, habe ich meiner Braut schließlich die Treue geschworen und ...«

Coletta trat einen Schritt auf ihn zu und legte ihm zärtlich einen Finger auf den Mund, zum Zeichen, dass er schweigen möge. »Ich habe mir selten gewünscht, ein anderes Leben zu führen, aber bei dir hätte ich schwach werden können. Deine Frau wäre ich gern ...«

Andreas wurde rot. »Du siehst meiner Verlobten wirklich ähnlich. Glaub mir, sonst wäre die Begierde nicht so über mich gekommen, dass ich es tun musste.«

»Ich wünsche dir, dass du glücklich wirst mit ihr. Hoffentlich weiß sie zu schätzen, was für einen wunderbaren Ehemann sie bekommt.«

»Sie und ich, wir beide sind füreinander geschaffen. Wir kennen uns von Kindheit an. Schon als Knabe hätte ich alles für sie getan. Und heute sehne ich mich nur nach dem einen: sie endlich wieder in die Arme zu schließen...« Seine Miene verdüsterte sich. »Aber ich kann nicht einfach umkehren. Ich muss nach Venedig und hoffe nur, dass der Mann, den ich dort treffen will, noch in der Stadt weilt, wenn ich ankomme.«

Ehe er sich versah, hatte Coletta ihm einen flüchtigen Kuss auf den Mund gegeben.

»Leb wohl, Andreas von Ehrenreit!«, seufzte sie und eilte in ihr Zelt. Er sollte ihre Tränen nicht sehen. Damit sie gar nicht erst in Versuchung kam, ihm nachzutrauern, warf sie einen Blick in ihre Kleidertruhe. Und siehe da, alles, was sie für den heutigen Auftritt benötigte, führte sie mit sich. Nun war ihr ganzes Trachten nur noch auf das eine Ziel gerichtet: dem Kaufmann eine Liebesnacht zu bereiten, die er nie vergessen sollte, und als Lohn kostbare Stoffe für neue Gewänder einzufordern.

Coletta klopfte das Herz bis zum Hals, als sie gemeinsam mit Marie, die sie mit Bedacht ausgewählt hatte, am Eingang zum oberen Stockwerk auf den Kammerdiener des Kaufmanns wartete.

Ihr war heiß unter dem Schleier, der ihr Gesicht verdeckte.

»Was versprichst du dir eigentlich von dieser merkwürdigen Verkleidung, Coletta?«, raunte ihr Marie zu, eine muntere, dralle Hellhaarige.

»Nenn mich nicht Coletta!«, zischte sie zurück.

In diesem Augenblick öffnete sich die Tür, und der Diener trat auf die beiden Frauen zu. Missmutig musterte er sie.

»Hat Luigi euch nicht ausgerichtet, dass es den Herrn nach dunkelhaarigen Schönheiten verlangt?«

»Ja, mein Herr, das hat er wohl, aber es gibt keine dunkelhaarigen Huren außer mir hier oben«, entgegnete Coletta mit verstellter rauer Stimme. Es klang geheimnisvoll unter dem Schleier.

»Das ist doch gar nicht wahr«, protestierte Marie, aber der Diener hatte in diesem Augenblick nur Augen für Coletta.

»Und orientalische Weiber hat er schon gar nicht bestellt«, murrte er.

»Dann verschwinden wir eben wieder«, erwiderte Coletta entschlossen. Sie wandte sich um und tat so, als wolle sie gehen.

»Nein, bleibt! Wenn ich mit leeren Händen komme, wird mein Herr zornig«, brummte der Diener. »Und du siehst mir so aus, als verstündest du dein Handwerk«, fügte er freundlicher hinzu und kniff Marie in ihr üppiges Hinterteil.

»Davon hättet Ihr Euch längst überzeugen können«, schnurrte sie und reckte ihm ihren wogenden Busen entgegen.

»Ich habe leider unterwegs von Brügge hierher zu viel Geld für euresgleichen ausgegeben«, entgegnete der Diener bedauernd. Dann blieb sein Blick noch einmal an Coletta hängen. »Ich befürchte, er wird dich in hohem Bogen an die Luft setzen, wenn du nicht mehr von dir preisgibst.«

»Alles zu seiner Zeit«, flötete Coletta siegesgewiss.

»Dann folgt mir, aber leise! Ihr sprecht erst, wenn der Herr es euch gestattet.« Der Diener führte sie in eine große Stube, deren sonst kahle Wände mit Stoffen verhängt waren. In der Mitte war ein Esstisch aufgestellt worden, auf dem Teller, Krüge mit Wein und brennende Kerzen standen. Neben den Tellern lag je ein Messer mit einem edlen Griff aus Horn.

»Schau, er muss wirklich reich sein, wenn er sich solcherlei Lichter leisten kann und kostbare Messer auf Reisen mit sich führt«, flüsterte Marie.

Coletta nickte, während sie mit großen Augen die edlen Stoffe bestaunte. In Gedanken fertigte sie sich bereits ein Kleid aus den Wandbehängen an.

»Setzt euch!«, befahl der Diener. »Links und rechts. Der Platz an der Stirnseite ist dem Herrn vorbehalten.«

Stumm nahmen die beiden Dirnen an der Tafel Platz. Coletta hatte nur Augen für das feine Tuch, während Marie gebannt zur Tür starrte.

Es dauerte schier endlos, bis Maurizio di Ziani das Gemach betrat. Sein Erscheinen lenkte Coletta augenblicklich von den Objekten ihrer Begierde ab. Neugierig blickte sie ihn an und erschrak. Er war mittelgroß, besaß pechschwarzes Haar und eine Hakennase. Doch das war es nicht, was sie ängstigte. Es waren der spöttische, beinahe verächtliche Zug um seinen Mund und sein kalter, vernichtender Blick. Der Mann ist grausam, schoss es Coletta durch den Kopf, und ihr fröstelte.

»Was hat der Dummkopf mir denn da gebracht?«, fragte er seinen Diener laut auf Italienisch. Offenbar vermutete er, dass die beiden Huren seiner Sprache nicht mächtig waren.

»Zwei Frauen, wie Ihr bessere kaum finden werdet«, erwiderte Coletta laut und deutlich.

»Du sprichst meine Sprache?«, fragte der Kaufmann verdutzt.

»Nicht ganz. Ich stamme aus Florenz, und Ihr in Venedig seid auch für uns manchmal kaum zu verstehen.«

Der adlige Kaufmann aus Venedig näherte sich ihr bedrohlich und wollte ihr den Schleier vom Gesicht ziehen.

»Hast du die Blattern, Mädchen?«, höhnte er.

»Nein, aber wenn Ihr mir vor dem Essen den Schleier wegreißt, stehe ich auf und gehe. Und ich schwöre Euch, dann habt *Ihr* etwas versäumt, nicht ich!«

Maurizio di Ziani wich übertrieben einen Schritt zurück.

»Oh, du machst mir Angst!«, spottete er.

»Entweder der Schleier bleibt, oder ich gehe.« Zur Bekräftigung ihrer Drohung erhob sich Coletta von ihrem Platz.

»Setz dich. Du hast mich neugierig gemacht. Es ist nichts so verwerflich wie Langeweile, und du scheinst mir ein wenig ungewöhnlich, wenngleich deine Verkleidung lächerlich ist.«

»Könntet ihr wohl aufhören, in dieser fremden Sprache zu sprechen?«, empörte sich nun Marie, die der Kaufmann noch keines einzigen Blickes gewürdigt hatte.

Maurizio di Ziani wandte sich ihr verärgert zu. »Wer hat dich denn gefragt – und überhaupt, wer hat dich hergebracht?«, bemerkte er auf Venezianisch.

Marie blickte den reichen Adligen dümmlich an. Sie hatte kein Wort verstanden.

»Er hat gesagt, dass er sich über unseren Besuch freut und uns mit aller Ehrerbietung behandeln wird, nicht wie hergelaufene Dirnen«, übersetzte Coletta laut in die deutsche Sprache.

Mit einem Seitenblick auf den Tuchhändler stellte Coletta

mitleidslos fest, dass seine dunkle Haut sichtlich erbleicht war. »Ich vermute, er ist deiner Sprache nicht mächtig. Ich werde dir alles wiedergeben, was er sagt«, fügte Coletta hinzu.

In Wirklichkeit entsprach ihr freches Auftreten ganz und gar nicht ihrem Gefühl. Im Gegenteil, innerlich bebte sie vor Angst, wozu dieser unberechenbare Kerl wohl fähig sein würde. Sie spürte aber auch, dass es ihn offenbar reizte, wie respektlos sie sich ihm gegenüber benahm. Ich hoffe nur, dass ich sein Wesen richtig einschätze, dachte sie. Sonst kann ich den Stoffen Lebewohl sagen.

»Ich spreche deine Sprache sehr wohl«, stieß er nun in scharfem Ton hervor. »Und wenn es die verschleierte, pockennarbige Hure so verlangt, werde ich mich in eurer Sprache mit euch unterhalten. Könnt ihr es mit eurem Mund tun?«

Coletta blickte den Venezianer fassungslos an. Es kam hin und wieder vor, dass sie einen Kerl auf diese Weise befriedigte, aber dass ein Mann diesem Bedürfnis lautstark bei Tisch Ausdruck verlieh, das hatte sie noch nie zuvor erlebt. Auch Marie schien so überrascht, dass sie eine Antwort schuldig blieb.

»Wo kommt ihr denn her, dass ihr mich wie Betschwestern anschaut, nur weil ich euch sage, was ich von euch will?«

»Gut, wenn Ihr es wollt, ja, wir beherrschen das Spiel der Zungen. Sollen wir sofort damit beginnen?«

Das brachte wiederum den Venezianer aus der Fassung. »Blödsinn«, schimpfte er. »Ich möchte erst einmal speisen.« Er rief laut nach dem Koch.

Luigi eilte herbei und verbeugte sich vor seinem Herrn. »Wünscht Ihr das Wildbret?«

»Deck alles auf. Und sag einmal, hast du diese zwei Weiber ausgesucht?«

Luigi wurde rot bis über beide Ohren.

»Ja, mein Herr, ich ... ich dachte, die beiden ...« Er stockte und blickte fassungslos von der hellhaarigen Marie zur verschleierten Coletta. »Aber wenn sie Euch nicht gefallen, dann besorge ich Euch neue.«

»Nein. Lass nur, die da gefällt mir ganz gut, wenngleich sie wahrscheinlich von den Blattern entstellt ist. Weib, nimm den Schleier vom Gesicht, wird's bald?«

Coletta aber machte keinerlei Anstalten, sich zu zeigen. Sie befürchtete, dass der arme Luigi dann allzu gekränkt wäre.

»Wo bleibt denn dein freches Mundwerk, Weib?«, feuerte der Kaufmann Coletta zu Widerworten an, doch sie blieb stumm. Sie befürchtete, der Koch könne ihre verstellte Stimme selbst unter dem Schleier erkennen.

»Oho, jetzt bist du stumm. Du bist immer für eine Abwechslung gut. Das gefällt mir. Luigi, lass ihr den Spaß, ich kann sie immer noch von meinem Lager werfen, wenn mir ihr Gesicht missfällt.«

Luigi aber starrte Coletta mit stummem Vorwurf an. Er hatte etwas gemerkt, dessen war sie sich sicher.

»Hirsch oder Reh?«, fragte er, als er das Fleisch verteilte. Wahrscheinlich hält er mich für so dumm, dass ich ihm antworte, dachte Coletta und fügte in Gedanken hinzu: Armer, einfältiger Luigi.

Stumm deutete sie auf den Hirschbraten. Täuschte sie sich, oder schnaubte der Koch wie ein wild gewordener Eber? Das war auch seinem Herrn nicht entgangen.

»Luigi, ist dir nicht wohl?«

»Doch, mein Herr, ich wollte nur sagen: Wenn Euch die Weiber nicht gefallen, ich könnte sie wirklich umtauschen.«

»Bist du taub? Lass mir die Freude, darüber zu sinnieren, ob die Verschleierte hässlich oder schön ist. Ihr Mundwerk belustigt mich.«

Immer noch schnaubend entfernte sich der Koch. Während des Essens sprach keiner ein Wort. Coletta begutachtete wieder die Stoffe. Sie war sich beinahe sicher, dass er ihr alles zu Füßen legen würde, was sie begehrte. Denn wenn es zwei Vorzüge gab, denen kaum je ein Mann hatte widerstehen können, waren es ihre Schönheit und ihre sagenhaften Liebeskünste. Langsam verlor sie auch ihre Angst vor ihm. Das rote Tuch an der Wand gegenüber hatte es ihr besonders angetan. Sie sah das Gewand förmlich vor ihrem inneren Auge entstehen. Und dann müsste sie eines Tages nicht mehr von einer Reiseherberge zur nächsten ziehen, sondern würde zur Mätresse aufsteigen.

»Hat es dir die Sprache verschlagen, Hübschlerin?«, hörte Coletta den Kaufmann wie aus einer anderen Welt höhnen.

»Nein, ich denke nur daran, dass ich Euch gleich nach allen Regeln der Kunst verwöhnen werde.«

Ein Blick auf Maurizio di Ziani bewies ihr, dass sie alles richtig machte. Aus seinen spöttischen Augen blitzte nun die pure Begierde. Es tat Coletta ein wenig leid um Marie, die er mit Sicherheit gleich fortschicken würde. Doch sie hatte sich vorgenommen, ihr etwas von dem Lohn abzugeben. Schließlich hatte sie die blonde Hure absichtlich zu einem Kampf mitgenommen, den diese zwangsläufig verlieren musste. Deshalb wunderte sie sich sehr, als der Venezianer plötzlich aufsprang und befahl: »Kommt mit, alle zwei!«

Zögernd erhob sich Coletta und fragte sich, was er wohl mit ihnen beiden zugleich anfangen wollte.

27

Maurizio di Ziani führte Coletta und Marie zu einer Tür, die von dem Tuch verdeckt war. Auf diesem Weg gelangten sie zu einer kleineren Kammer, die aus nichts anderem bestand als aus einem riesigen Lager voller prächtiger Kissen. Auch hier waren die Wände mit wertvollen Stoffen verhängt. Coletta aber blieb keine Zeit, das Tuch zu bestaunen, denn der Adlige befahl: »Legt euch auf das Lager, ihr beiden!«

Coletta erwartete, dass er sich dazugesellen würde, doch er blieb breitbeinig vor der Bettstatt stehen.

Was er nun von sich gab, waren Anweisungen, die er mit messerscharfer Stimme hervorstieß. »Zieh der Verschleierten das Kleid aus!«

Marie nestelte an Colettas Schleier.

»Nein, nicht den Schleier, ich sagte: das Kleid!«, fauchte der Kaufmann.

Coletta spürte, dass Maries Finger zitterten, als sie ihr das Kleid vom Leib streifte. Sie hielt das aber nicht für Begierde, sondern für nackte Angst. Seine Stimme und die Art, wie er herrisch über ihnen stand und sie wie Vieh beäugte, wirkten furchterregend. Doch Coletta spürte mit jeder Faser ihres Körpers, wie ihn das alles erregte.

Sie lag nun nackt auf dem Lager. Nur ihr Gesicht war durch den Schleier verdeckt.

Der Kaufmann schnalzte bei diesem Anblick mit der Zunge. »Wenn dein Gesicht nur annähernd so schön ist, wie es deine Formen sind ...«, raunte er.

»Streich ihr sanft über die Brüste!«, befahl er nun barsch. Marie zögerte, doch er hielt einen Beutel voller Münzen hoch. »Ich werde dich reichlich entlohnen, aber tu endlich, was ich von dir verlange!« Er warf den Beutel zu Boden und befahl: »Los, berühr ihre Brüste und dann saug daran. Fest!«

Marie zierte sich nicht mehr, sondern tat, was er verlangte. Coletta wurde unter den kundigen Händen der Hure ganz schummrig zumute. Sie wehrte sich innerlich dagegen, dass ihr diese Berührungen gefielen, und gab keinen Laut von sich.

»Jetzt wandere mit den Händen über ihren Bauch zu den Schenkeln.«

Marie protestierte nicht, aber an der Art, wie sie ihren Auftrag ausführte, merkte Coletta, dass sie Hemmungen hatte. Und doch gefiel es Coletta, die an grobe Pranken auf ihrer Haut gewöhnt war, nicht an zarte, liebeskundige Finger.

»Spreiz ihr die Schenkel!«, befahl der reiche Tuchhändler. Coletta entging nicht, dass seine Stimme vor Erregung heiser geworden war. Nun schien auch Marie dieser Auftrag nicht mehr vollständig kalt zu lassen. Zärtlich ließ sie ihre Finger zwischen Colettas Schenkel gleiten. Diese öffnete sie bereitwillig für die Liebkosungen der Hure, denn sie musste sich eingestehen, dass ihr dieses Spiel zunehmend gefiel. Noch konnte sie ein Keuchen unterdrücken, aber die Frage war, wie lange. Heiße Ströme der Lust flossen durch ihren Schoß. Gerade als sie sich nicht mehr beherrschen konnte und laut aufstöhnte, hörte sie von ferne die Stimme des Kaufmanns barsch befehlen: »Nimm dein Geld, dich brauche ich nicht mehr!«

Coletta erwachte unsanft aus ihrer Verzückung. Wollte er sie etwa hinauswerfen? Sie richtete sich auf, doch da sah sie Marie, wie sie sich mit hochrotem Kopf nach dem prall gefüllten Geldbeutel bückte.

»Wer hat dir erlaubt, dich aufzusetzen?«, fauchte der Venezianer Coletta an, die erschrocken tat und sich wieder hinlegte. Sosehr sie sich vorher gewünscht hatte, Marie auszustechen, jetzt fürchtete sie sich allein mit dem düsteren Kaufmann.

Coletta zuckte zusammen, als die Tür klappte. Sie hörte seine Schritte näher kommen, und dann spürte sie seinen Atem ganz dicht über ihrem Gesicht. Ob er endlich wissen will, wie ich aussehe?, fragte sich Coletta, doch sie wagte nicht, den Schleier vom Gesicht zu nehmen.

Nun fühlte sie seine Hände, wie sie zwischen ihre Schenkel glitten. Diese Berührung war nicht zu vergleichen mit Maries zarten, forschenden Berührungen. Er hielt sich nicht auf mit Streicheln, sondern stieß mit seinem Finger zu, aber nur einmal heftig.

»Das mit der Dirne hat dich erregt, nicht wahr?« Nun, da sie allein waren, sprach er wieder Italienisch mit ihr.

Coletta schwieg aus Angst, sie könne etwas Falsches sagen.

»Los, sag es mir! Du bist feucht vor Lust. Es hat keinen Sinn zu leugnen.«

»Sie versteht ihr Handwerk«, wich Coletta einer klaren Antwort aus. Auch sie bediente sich jetzt ihrer Muttersprache.

»Willst du mir wohl antworten?«, brüllte er, und ehe sie sich versah, hatte er sie auf den Bauch gedreht. Plötzlich war ihr der mögliche Lohn für diesen Liebesdienst völlig gleichgültig. Lieber würde sie auf der Stelle gehen, als sich diesem Mann weiter auszuliefern. Nicht für alles Tuch dieser Welt. Während sie noch um die richtigen Worte rang, hörte sie ein Geräusch, als würde jemand einen anderen schlagen. Es dauerte einen Augenblick, bis sie begriff, dass es seine Hand auf ihrem Hintern war. Merkwürdigerweise tat es nicht sehr weh.

»Willst du mir endlich gehorchen?«, keuchte er und schlug ein zweites Mal zu.

»Ja, ich will«, presste sie heiser hervor. Sofort packte er sie und warf sie wieder auf den Rücken.

»Bei Tisch mag ich Widerworte, aber nicht auf meinem Lager. Hast du gehört?«

Coletta nickte.

»Bringt dich das zum Aufbäumen?«

Und schon waren seine Finger ungleich zärtlicher zwischen ihre Schenkel geglitten, und er berührte sie mit derselben Inbrunst wie Marie zuvor. Wie im Nebel verschwand ihr Bedürfnis, vor diesem Mann zu fliehen. Im Gegenteil, sie spürte nur noch seine Finger in ihrem Schoß. Stöhnend beugte sie sich ihm entgegen, doch da hielt er inne. Sie ahnte, was er vorhatte, denn sie hörte, wie er sich die Hose vom Körper zerrte. Als Nächstes spürte sie, wie er in sie eindrang. Sie krallte ihm die Finger in den Rücken. Er aber nahm ihre Arme und hielt sie über ihrem Kopf fest, sodass sie sich nicht mehr rühren konnte. Und immer schneller und härter stieß er zu, bis er einen Schrei ausstieß, der gar nicht mehr enden wollte.

Coletta wusste sofort, dass es mit diesem Mann anders war als je zuvor. Es ließ sie nicht kalt wie ihre sonstigen Liebesdienste, während derer sie oft an ganz alltägliche Dinge dachte. Dieser Mann berührte sie aber auch nicht im Herzen wie Andreas. Nein, es war ein Machtspiel zwischen ihm und ihr, und sie musste zugeben, dass das einen gewissen Reiz auf sie ausübte. Kein Mann hatte sie je zuvor wirklich besessen, doch ihr schien, dass der Venezianer genau das anstrebte. So als solle sie ihm gehören.

»Darf ich jetzt dein Gesicht sehen?«, fragte er in völlig verändertem Ton, beinahe zärtlich.

»Dreht Euch zur Wand. Dann nehme ich den Schleier ab.«

Jetzt war es der Kaufmann, der ihr gehorchte. Widerspruchslos wandte er ihr den Rücken zu. Coletta entfernte den Schleier vom Gesicht und schüttelte ihr schweres schwarzes Haar.

»Dreht Euch um«, raunte sie.

Maurizio di Ziani rollte sich auf den Rücken und warf ihr einen langen, undurchdringlichen Blick zu.

Coletta wurde unwohl. Sie konnte so gar nicht einschätzen, was in seinem Kopf vor sich ging. Mochte er sie oder nicht?

»Du bist wunderschön«, sagte er heiser. »Ich möchte, dass du mich begleitest. Du hast etwas von meiner Eva, die kürzlich vom Fieber dahingerafft wurde.«

»Was meint Ihr damit? Ich soll Euch begleiten?«

»Du kommst mit mir in meinen Palazzo.«

»Ihr wollt mich heiraten?«, fragte sie ungläubig.

Der Kaufmann aus Venedig lachte laut auf. »Nein, um Himmels willen. So etwas darfst du gar nicht denken. Ich liebe meine Frau bis über deren Tod hinaus. Ich werde nie wieder heiraten. Schon gar keine Dirne! Nein, du sollst meine Mätresse werden.«

»Ich Eure Mätresse? Aber Ihr kennt mich doch gar nicht.«

»Du hast das, was ich brauche. Bei Tisch hast du ein spitzes Mundwerk, und auf dem Lager gehorchst du mir. Und du bist die schönste Dirne, die ich je gesehen habe. Ich werde dich mit Reichtum überhäufen. Du bekommst alles, was du dir wünschst. Und wenn ich deiner überdrüssig bin, erhältst du eine kleine Wohnung und genügend Geld«, erklärte er überschwänglich. Dann ließ er seine Hand durch ihr Haar gleiten und seufzte: »Was willst du denn haben?«

»Tuch, ich möchte schönes Tuch haben, um mir Kleider zu nähen, damit ich eines Tages nicht mehr umherziehen muss, sondern als Mätresse ...« Coletta hielt inne und blickte ihn verunsichert an. »Ihr wollt wirklich, dass ich mitkomme?«

Zum ersten Mal, seit Coletta diesen Mann kannte, huschte ein Lächeln über sein Gesicht. »Wenn du so fragst, dann will ich noch einmal darüber nachdenken. Wenn du tust, was ich dir sage, kannst du dir schon einmal überlegen, welchen Schmuck du dir nach unserer Ankunft in Venedig wünschst.«

»Was soll ich tun, großer Meister?«, gab Coletta keck zurück.

»Bleib still liegen. Rühr dich nicht und gib keinen Laut von dir. Schließ die Augen!«

Coletta tat, was er verlangte.

»Die Schenkel auseinander!«, keuchte er.

Coletta erfüllte ihm auch diesen Wunsch. Und schon drang er hart und unvorbereitet in sie ein. Das hatte noch kein Freier verlangt. Im Gegenteil, sie wollten oft dieses und jenes von ihr, aber nie, dass sie regungslos dalag, während sie sich in Ekstase stießen. Plötzlich hielt er inne. Sie glaubte schon, er sei stumm zum Höhepunkt gelangt, doch dann fuhr er fort. Mit langsamen und heftigen Stößen. Coletta hatte selten etwas dabei empfunden, wenn die Männer in sie eindrangen, aber die Art, wie er es tat, erregte sie. Nicht so wie bei Andreas, an den sie ihr Herz verloren hatte, sondern auf eine schlichte, ja, beinahe tierische Weise. Am liebsten hätte sie ihm die Finger in den Rücken gekrallt und sich stöhnend aufgebäumt. Eine Weile hielt sie das durch, doch dann bewegte sie sich ihm entgegen.

Sofort hielt der Venezianer inne, zog sich aus ihr zurück und sagte mit kalter Stimme: »Dreh dich um!«

Seufzend rollte sich Coletta auf den Bauch.

»Auf alle viere!«, befahl er.

Kaum hatte sich die Hure in die gewünschte Lage begeben, da hörte sie das Klatschen auf ihren Hinterbacken. Dieses Mal war es heftiger. Sie schrie auf.

»Ruhe, habe ich gesagt«, schnarrte er und schlug noch einmal zu. »Dreh dich um!«

Coletta legte sich auf den Rücken.

»Öffne die Augen!«

Was Coletta jetzt sah, versetzte sie in große Verwunderung. Aus seinen Augen strahlte nicht wie befürchtet Eiseskälte, sondern er betrachtete sie voller Zuneigung und Wärme. Er wollte ihr über das Gesicht streicheln. Sie zuckte zurück. Würde er ihr eine Ohrfeige geben, dann würde sie auf der Stelle aufspringen und auf das schönste Tuch verzichten.

»Hab keine Angst. Ich will dir nicht wehtun. Wenn du gehorsam bist, dann muss ich dich auch nicht bestrafen.«

»Und wenn Ihr mich ins Gesicht schlagt, stehe ich auf und gehe«, schnaubte Coletta.

»Niemals würde ich ein Weib ins Gesicht schlagen, und schon gar nicht in ein so ebenmäßiges wie deines. Bestraft wirst du nur, wenn du mir nicht zu Diensten bist, wie ich es verlange. Hast du verstanden? Lieg still und schweig!«

Sein zärtlicher Blick war wie ausgelöscht. Im Gegenteil, er wirkte plötzlich kalt und mitleidslos.

»Augen zu!«, ordnete er an.

Coletta schloss die Augen und versuchte, ganz ruhig zu

bleiben, mochte kommen, was wollte, doch es geschah gar nichts.

Schließlich tadelte er sie in scharfem Ton. »Mir ist die Lust vergangen. Nächstes Mal mache ich nicht halt. Ich werde dir den Hintern versohlen, bis du das tust, was ich will. So, und nun geh und hol deine Sachen!«

Coletta schlug ungläubig die Augen auf. Widerspruch regte sich in ihr. Sie war eine selbstständige Frau, die sich trotz aller Schicksalsschläge im Leben immer behauptet hatte. Wenn sie nur daran dachte, wie die Huren einst sie, das kleine Waisenmädchen, unter ihre Fittiche genommen hatten. Nein, sie war nicht gewillt, sich einem launischen Venezianer untertan zu machen.

Coletta erhob sich und wollte mit einem Satz aus dem Bett springen, doch er packte sie grob am Arm.

»Lasst mich los! Ich war Euch zu Diensten und hätte gern statt der Taler so viel von dem Tuch, dass ich mir ein Kleid nähen kann …« Sie deutete auf den blauen Stoff über dem Bett.

»Du willst also nicht mit mir nach Venedig kommen?«, fragte der Kaufmann entgeistert.

»Nein, Ihr seid mir unheimlich. Ich habe Angst, dass Ihr mich misshandelt, und dafür wäre mir jeder Preis zu hoch.«

Maurizio di Ziani betrachtete Coletta kopfschüttelnd.

»Du musst mir glauben. Ich würde dir niemals etwas antun. Es ist nur ein Spiel, wenn wir beieinanderliegen. Ich brauche das manchmal. Verstehst du?«

Coletta hob die Schultern. »Das sagt Ihr jetzt, aber wenn Ihr so einer seid, der mich in seinem Palazzo wie eine Gefangene hält und mich mit Brandeisen malträtiert … Ich habe das alles schon gehört. Einer von uns ist es so ergangen, aber sie konnte fliehen.«

Wieder erhellte ein Lächeln das Gesicht des Kaufmanns.

»Und wenn ich dir schwöre, dass ich dir nie ernsthaft Schmerzen zufügen werde? Ich tue das nur ...« Er senkte verlegen den Kopf. »Ich tue das nur, damit ich mich nicht vergesse. Ich habe meine Frau so sehr geliebt, dass ich stets ein schlechtes Gewissen habe, wenn ich mich mit einer anderen vergnüge. Und wenn ich sie nur ein wenig züchtige, dann fällt es von mir ab, und ich weiß, ich bin bei einer Hure, die ich nicht mit ganzer Seele liebe.«

Der Venezianer suchte ihren Blick. In seinen flehenden Augen war die Bitte zu lesen, dass sie ihn verstehen möge.

Coletta lächelte. Er hatte so gar nichts mehr von einem brutalen Herrn an sich. Er wirkte wie ein Knabe, der seiner Mutter versichert, dass er niemals mehr vom Honig naschen werde.

Coletta war hin und her gerissen. Venedig reizte sie, ein Palazzo, Schmuck und Stoffe, der Gedanke, nur noch einem Mann zu Diensten zu sein ... Und wenn sie ganz ehrlich war, waren es ja nicht die Klapse auf den Hintern, an denen sie sich störte, sondern der kalte Blick. Von einer Sekunde zur anderen. Kalt und undurchdringlich! Und dann wieder samtweich und warm wie in diesem Moment.

»Bitte, komm mit ...« Maurizio stockte. »Wie heißt du eigentlich?«

»Coletta.«

»Coletta, ich habe es gewusst, als ich deinen Körper so verführerisch vor mir liegen sah. Wenn mir dein Gesicht gefällt, muss ich dich besitzen. Ich tue alles. Nur erlaube mir, dass ich dich im Bett ein wenig erziehen darf. Meine erste Hure hat mich das gelehrt. Und ich schwöre, niemals mehr würde ich ein Weib anrühren, das nicht die Liebesfertigkeiten einer Dirne besitzt. Mit ihnen bin ich in einer Welt, die nichts mit der Liebe zu tun hat, die ich für meine Frau empfinde. Ich habe das Gefühl, dass sie mir diese Art von Lust nachsieht. Bitte, komm mit!«

Coletta stieß einen tiefen Seufzer aus.

»Gut, ich hole nur noch meine Sachen.«

»Eine Frage habe ich an dich. Warum? Warum hast du dich verschleiert? Du hast doch nichts zu verbergen.«

Coletta räusperte sich verlegen. »Wie soll ich Euch das erklären? Es ist ... also, es ...«

»Die Wahrheit!«

»Euer Koch hatte meine Dienste in Anspruch genommen. Und er hat mich gebeten, ihm zwei Huren auszusuchen.«

»Und da hast du dich selbst gewählt? Wie weise.«

»Ja, aber der Koch war dagegen. So habe ich mich verkleidet, damit er nichts merkt, aber ich befürchte, er weiß, dass ich es bin ...«

»Warum dieser Aufwand? Was hast du von mir erwartet?«

Coletta senkte den Kopf.

»Ich tat es für die Stoffe. Seit Ihr in der Herberge am Reschenpass eingetroffen seid, habe ich darauf gesonnen, wie ich Euch zu Diensten sein könnte. Ja, und dann kam Luigi, und ich hatte leichtes Spiel.«

»Ich bin froh, dass du dich darum gerissen hast. Aber wehe, du machst ihm weiterhin schöne Augen! Oder bietest ihm gar deine Dienste an. Ich kann sehr eifersüchtig sein.«

»Mir wäre es lieber, er würde mich gar nicht erkennen.«

»Meinetwegen kannst du dein Leben in der Öffentlichkeit als Verschleierte fristen.«

Coletta hatte sich während des kleinen Geplänkels von der Bettstatt erhoben und angezogen. Gerade hielt sie den Schleier in der Hand.

»Vielleicht nicht für die Ewigkeit, aber wenn ich zu meinem Zelt zurückkehre, täte ich das lieber unerkannt.«

»Ich fand dich sehr geheimnisvoll. Aber einer Sache sei gewiss: Du wirst in Zukunft keinem anderen Mann außer mir deine Gunst erweisen. Bis zu dem Tag, an dem ich deiner überdrüssig bin und mir eine andere Hure nehme.«

»Jawohl, mein Herr, ich bin Eure Mätresse«, bemerkte Coletta eine Spur zu spöttisch. Sie befürchtete schon, dass ihr Herr und Meister beleidigt wäre, aber er lachte. Zum ersten Mal, seit sie ihn kannte, lachte er aus voller Kehle.

»Ich glaube, wir werden viel Freude miteinander haben. Ach, wie ich Langeweile hasse, aber du bist immer für eine Überraschung gut. Wer hätte gedacht, dass ich hier fern der Welt auf einem einsamen Berg ein solches Prachtweib treffe?«

Coletta befestigte den Schleier in ihrem Haar.

»Wann brecht Ihr auf?«

»Morgen in aller Frühe.« Der Kaufmann erhob sich ebenfalls und trat auf sie zu. Unvermittelt gab er ihr einen Kuss. Coletta war verwirrt. Sie pflegte Männer nicht zu küssen, jedenfalls nicht auf den Mund, doch dann fiel ihr ein, dass sie von nun an eine Mätresse war. Und da galten andere Regeln.

Sie wandte sich hastig von dem Venezianer ab und wollte möglichst unbeobachtet seine Gemächer verlassen. Doch als sie das Speisezimmer durchquerte, stellte sich ihr Luigi in den Weg.

»Für wie dumm hältst du mich? Dein Haar verrät dich, dein Gang. Und wenn du dich vollständig verschleiern würdest, ich würde dich unter Hunderten erkennen. Und deine verstellte Stimme klingt abscheulich. Was soll die Maskerade?«, schimpfte er auf Italienisch.

»Luigi, du wirst dich damit abfinden müssen«, erwiderte sie, während sie den Schleier vom Gesicht nahm. »Ich reise mit euch.«

»Als was, du Hure?«

»Als Mätresse deines Herrn.«

»Das wirst du bereuen, du nichtsnutziges Weib!«, schrie der Koch und stieß sie gegen den Tisch.

Sie rieb sich die schmerzende Hüfte, die gegen die Kante geprallt war, und fluchte laut.

»Du hast kein Recht auf mich, Koch. Lass mich in Ruhe!«

Das hielt Luigi aber nicht davon ab, sich noch einmal auf sie zu stürzen. Er wollte ihr gerade die Hände um den Hals legen, als eine schneidend scharfe Stimme befahl: »Lass die Finger von dem Weib und wag es niemals wieder, sie anzurühren!«

Luigi ließ erschrocken von Coletta ab.

»Geh mir aus den Augen!«, schnauzte Maurizio di Ziani seinen Koch an und legte Coletta besitzergreifend den Arm um die Schulter.

Luigi machte eine unterwürfige Verbeugung und zog sich buckelnd zurück, nicht ohne der Dirne einen vernichtenden Blick zuzuwerfen.

Änlin blieb alle paar Schritte stehen und schnaufte wie ein altersschwacher Gaul.

»Ich sage dir, nicht einen einzigen Berg werde ich mehr erklimmen. Das schwöre ich dir«, zeterte sie.

Bianca lachte, obwohl auch sie längst jenen Schwung eingebüßt hatte, der sie am Anfang ihrer Reise beflügelt hatte. Aber sie ließ sich nicht so gehen wie die Reisebegleiterin, wusste sie doch aus Erzählungen von Reisenden, dass sie das Schlimmste angeblich hinter sich hatten: die anstrengende Überquerung des Adlerberges. Nun waren sie aber entgegen allen Schilderungen bei einem nicht minder gefährlichen Abschnitt ihrer Reise angekommen. Sie machten sich an den Aufstieg hinauf zum großen Alpenkamm.

»Halt noch ein wenig durch, dann legen wir oben am Reschenpass eine Rast ein. Dort soll es eine Herberge geben.«

Änlin verzog missmutig das Gesicht. »Was nutzt uns eine Herberge, wenn wir kein Geld haben, uns eine Kammer zu nehmen?«

Bianca seufzte. Das ist wohl wahr, dachte sie. Die Münzen im Beutel waren eine große Täuschung gewesen. Er war nur zu einem Drittel gefüllt gewesen. Die Prallheit hatte man ihr mittels eines Tuches vorgetäuscht, auf das man die Münzen gebettet hatte. Offenbar hatte ihr Onkel beabsichtigt, dass ihr schneller als erwartet das Geld ausging. Aber warum? Diese bohrende Frage beschäftigte sie bereits seit der letzten Herberge.

»Wirf doch nur einen Blick nach oben! Das sind noch Hunderte von Meilen, bis wir am Gipfel sind«, murrte Änlin.

»Hunderte von Meilen? Nein, bestimmt nicht. Nun komm schon weiter, hier möchte ich nicht rasten.«

Stumm wanderten sie weiter, als von ferne ein Rauschen zu hören war.

»Das wird wieder so ein dummer Wasserfall sein«, bemerkte Änlin säuerlich.

Nun hatte Bianca genug von dem Genörgel. Unvermittelt blieb sie stehen.

»Wenn dir das alles so missfällt, dann kehr doch nach Nürnberg zurück oder sonst wohin.« Ohne ein weiteres Wort stieg sie weiter bergan. Dabei brannten ihre Füße wie Feuer, sie fühlte sich schmutzig und geschwächt. Die Umhängetasche kam ihr so schwer vor, als würde sie Steine schleppen.

»Nun warte doch! Ich komme ja schon«, ächzte Änlin, während sie mit Bianca Schritt zu halten versuchte.

Das Rauschen kam immer näher, und dann tauchte vor ihnen bereits ein Wasserfall auf. Von einer riesigen Felswand donnerte das Wasser herab – nur wohin? Bianca fragte sich, wo der Fluss war, doch dann entdeckte sie ihn auf der rechten Seite weit unten. Ihr wurde schwindelig, zumal sich der Weg an dieser Stelle so sehr verengte, dass sich nur eine nach der anderen an der Felswand zur Linken entlangtasten konnte, um nicht in die Schlucht zu stürzen.

»Ich gehe keinen Schritt …«, maulte Änlin. Bianca kümmerte sich nicht um ihre Reisebegleiterin. Es kostete sie ihre ganze Aufmerksamkeit, um keinen Fehltritt zu tun. Sie war fast am Ende der gefährlichen Stelle angekommen, als hinter ihr ein gellender Schrei ertönte. Bianca drehte sich um, geriet ins Rutschen und konnte sich im letzten Augenblick in eine Aushöhlung in der Festwand krallen. Doch von Änlin war keine Spur mehr zu entdecken. Vorsichtig ließ Bianca die rettende Wand los, trat an den Rand der Schlucht und blickte nach unten. Sie war auf das Schlimmste gefasst und sah vor ihrem inneren Auge bereits den zerschmetterten Leib ihrer Reisebegleiterin dort unten liegen.

Da vernahm sie ein leises Wimmern. »Hier bin ich. Hier …«

Bianca wandte sich nach links um und erstarrte. Mit angstverzerrtem Gesicht umklammerte Änlin die Zweige einer Zypresse, die windschief am Rand der Schlucht stand.

»Ich komme. Halt dich fest!«, stieß sie heiser hervor, ließ sich auf die Knie nieder und robbte an den Abgrund.

»Mir wird schwindelig«, jammerte Änlin.

»Dann schau nicht nach unten, sondern auf mich!«, erwiderte Bianca. Sie war nun unmittelbar am Rand angekommen und streckte Änlin einen Arm entgegen, aber diese traute sich nicht, den rettenden Baum loszulassen.

»Du musst dich mit einer Hand festhalten und mit der anderen nach meiner greifen. Schaffst du das?«

Änlin nickte. Der Schweiß floss ihr in Strömen über das von der langen Reise verschmutzte Gesicht. Immer wieder machte sie Anstalten, die eine Hand zu lösen, aber sie traute sich nicht. Die Zweige bogen sich bereits gefährlich nach unten.

Bianca klopfte das Herz bis zum Hals. Sie schaffte es im ersten Anlauf, die Hand zu packen. Sie fragte sich allerdings bang, wie sie es wohl bewerkstelligen sollte, die ungleich schwerere Änlin nach oben zu ziehen. In diesem Augenblick vernahm sie Hufgetrappel. Sie blickte in die Richtung, aus der es kam. Ein Reiter näherte sich. Er stieg vom Pferd und führte es vorsichtig am Abgrund entlang, bis er an der Unglücksstelle angelangt war.

»Sie ist zu schwer«, keuchte Bianca. Der Fremde ließ seinen Gaul anhalten und trat auf sie zu. Dann legte er sich neben sie auf den steinigen Pfad und umfasste Änlins Armgelenk.

»Ihr müsst loslassen!«, befahl er und zog, kaum dass sie seiner Anordnung gefolgt war, Änlin scheinbar mühelos auf den Weg.

Bianca musterte den Fremden bewundernd. Er war von stattlicher Gestalt, ein wenig älter als sie, und besaß ein kantiges Gesicht und braunes Haar. Seiner Kleidung nach zu urteilen, war er kein reicher Herr, aber auch kein armer Schlucker.

»Danke, mein Herr, danke«, hauchte Änlin und griff nach der rettenden Hand, um sie mit Küssen zu bedecken.

Ihm schien das unangenehm, denn er stammelte verlegen: »Nun ... nun lasst es gut sein. Hätte ich ... hätte ich Euch abstürzen lassen sollen?«

»Wer seid Ihr, mein edler Retter?«, fragte Änlin nun in völlig verändertem Ton. Es klang beinahe kokett.

»Ich bin der Baumeistergehilfe Adalbert Parler, der in Venedig beim großen Baumeister Buon in die Lehre gehen will.«

»Erzählt mehr davon!«, verlangte Änlin. Ihre Augen glühten vor Begeisterung.

»Vielleicht sollten wir das später nachholen, nachdem wir diesen ungastlichen Ort verlassen haben«, bemerkte Bianca trocken.

»Das ist ein guter Gedanke«, bekräftigte der Baumeistergehilfe und ließ den beiden Frauen den Vortritt. Änlin ging als Erste. Bianca folgte ihr kopfschüttelnd. So wie ihre Reisebegleiterin tänzelte, hätte es sie nicht gewundert, wenn sie noch einmal in den Abgrund gerutscht wäre.

Nachdem sie wieder auf dem breiten Wanderpfad angekommen waren, stürzte sich Änlin sogleich auf ihren Retter.

»Ihr baut Häuser?«

»Mein Meister baut Kirchen und ...«

»Seid Ihr ein Nachfahre des großen Peter Parler?«, mischte sich Bianca ein. Täuschte sie sich, oder wurde er bei dieser Frage etwas blass um die Nase?

»Peter Parler?«, wiederholte er gedehnt.

Als angehender Baumeister sollte er diesen großen Prager Kirchenerbauer aber kennen, dachte sie und blickte ihn zweifelnd an. Sie war sehr gespannt auf seine Antwort.

»Nein, leider nicht«, entgegnete er nach einer ganzen Weile.

Bianca atmete erleichtert auf. Sie war über die Maßen misstrauisch gegenüber jedem Fremden, dem sie während dieser Reise begegnete. Wer sagte ihr, dass er kein Halunke war, den Artur und seine Bande ihnen hinterhergeschickt hatten? Doch der junge Mann schien unverdächtig.

»Wollt Ihr auch zur Herberge am Reschenpass?«, fragte Änlin neugierig.

»Wieso *auch*?«, zischte Bianca. »Wir werden dort nicht einkehren.«

Der junge Baumeistergehilfe ließ die Blicke verwundert zwischen den beiden Frauen hin und her schweifen.

»Aber es ist doch die einzige Herberge hier oben.«

»Wir übernachten im Freien«, erwiderte Bianca und fügte rasch hinzu: »Dort ist die Luft besser, und es gibt keine grölenden Männer.«

»Bianca, wir müssen dem Herrn doch nichts vormachen«, widersprach Änlin entschieden. »Wir haben kein Geld mehr«, fügte sie beinahe entschuldigend hinzu.

Ein breites Grinsen huschte über das Gesicht des jungen Mannes. »Dann seid Ihr heute meine Gäste. Ich habe gerade gut verdient, weil ich einem Patrizier das Haus gebaut habe.«

»Das können wir doch nicht annehmen«, protestierte Änlin zum Schein.

»Meine Freundin sagt es. Diese Großzügigkeit können wir nicht annehmen. Und schließlich hat man uns gelehrt, dass solche Angebote von Herren für junge Frauen sehr wohl einen Preis haben.«

»Bianca!«, rief Änlin empört aus und stieß ihr heftig in die Rippen.

Der Baumeistergehilfe war rot angelaufen. »Aber wo denkt Ihr hin? Ich verlange doch keinerlei Gegenleistung von Euch.«

»Siehst du, Bianca, jetzt müssen wir das Zimmer annehmen. Sonst verärgern wir den Herrn«, zwitscherte Änlin munter.

Bianca aber deutete auf den Gipfel, dem sie sich noch kaum genähert hatten, seit der Baumeistergehilfe Änlin gerettet hatte. »Wenn wir weiter so trödeln, dann werden wir den Pass heute gar nicht mehr erreichen«, brummte sie.

»Ihr habt schon wieder recht«, sagte Änlins Retter und schenkte Bianca ein Lächeln.

Er macht mir schöne Augen, dachte Bianca, während sie ihren Weg mit strammen Schritten fortsetzten. Das schien auch Änlin bemerkt zu machen, denn sie zischte der Reisebegleiterin in einer Kehre, als der junge Mann kurz außer Sicht war, eindringlich zu: »Du hast deinen Andreas. Er ist ein so kräftiges Mannsbild.«

»Und was ist mit unserem Freund, dem Zeidler, der alles für dich tun würde? War der in deinen Augen nicht auch ein fescher Bursche?«

»Sicher, aber wahrscheinlich sehe ich ihn nie wieder.«

»Du bist jedenfalls nicht gerade wählerisch«, erwiderte Bianca schnippisch.

»Du würdest also keinem anderen schöne Augen machen als deinem Andreas, obwohl er so weit fort ist und es vielleicht noch Wochen dauert, bis du ihn wiedersiehst, falls überhaupt?«

»Was soll das heißen?«

»Ach, das habe ich nicht so gemeint. Ich möchte mich nur ein wenig vergnügen dürfen mit diesem Adalbert. Sieh doch nur, wie gut er gewachsen ist.« Änlin betrachtete verzückt den kräftigen Baumeistergehilfen, der nun an der Kehre hinter einer Felswand hervorgeeilt kam.

»Wartet, die Natur forderte ihren Tribut. Wartet auf mich!«

»Gern«, flötete Änlin.

Bianca verdrehte die Augen. »Ich eile voran. Ich hoffe, ihr habt nichts dagegen«, bemerkte sie ungehalten und stieg voraus. Sie konnte sich nicht helfen. Der Bursche sah nett aus und wirkte freundlich, und doch stimmte sie sein plötzliches Erscheinen misstrauisch.

Erst nachdem sie ein ganzes Stück weiter oben angelangt war, wandte sie sich um. Änlin und der Baumeistergehilfe waren nicht mehr zu sehen.

Es war ein anstrengender Aufstieg, weil es immer steiler bergauf ging, doch dafür kam die Sonne durch, die sich an diesem Tage hier oben in den Bergen noch nicht gezeigt hatte. Obwohl Bianca weiter unbeirrt einen Fuß vor den anderen setzte, blickte sie immer wieder in die Täler hinab, die sie hinter sich gelassen hatte. Winzig klein war alles dort unten. Sie spürte, wie ihr das Atmen schwerer fiel. Vielleicht sollte ich doch etwas langsamer gehen, dachte sie noch, als ihr zwei Reiter entgegenkamen. Die Pferde wirbelten Staub auf, als sie knapp vor ihr zum Halten kamen.

»So allein?«, fragte der eine Reiter erstaunt.

»Nein, meine Reisebegleiter waren nicht so flink. Ich bin ihnen davongeeilt«, erwiderte sie. Ihr Blick blieb an einem Körper hängen, der schlaff über dem Rücken eines der Tiere hing.

»Ist er tot?«, fragte sie zögernd.

Der zweite Reiter nickte.

»Habt Ihr ihn schon einmal gesehen? Bitte, kommt und schaut ihn Euch an!«

Bianca warf einen flüchtigen Blick in das weiche Gesicht eines Jünglings. Auf seiner Stirn klaffte eine Wunde.

»Was ist mit ihm geschehen?«

»Er ist Euch also auf Eurer Reise nicht begegnet?«

Bianca schüttelte den Kopf. »Aber nun sagt schon, was hat es mit diesem Mann auf sich?«

»Er war ein Freund von uns, der immer eine Tagesreise hinter uns blieb, weil er die Höhenluft nicht vertrug und langsamer ritt als wir. Er wollte es so. Und als er gestern halb tot am Pass ankam, konnten wir nichts mehr für ihn tun. Man hat ihn unterwegs ausgeraubt und ihn halb tot geschlagen. Der Verbrecher dachte, er sei hin, und hat ihn liegen gelassen. Es ist ein Wunder, wie er in diesem Zustand zum Pass gelangen konnte. Seid also auf der Hut! Gerade weil Ihr allein seid.«

Bevor Bianca noch etwas erwidern konnte, hörte sie herannahendes Hufgetrappel. Und im Nu waren die Reiter und sie in eine Staubwolke eingehüllt. Wie durch einen Nebel erblickte sie hoch zu Ross den jungen Baumeistergehilfen und Änlin, die ihr mit hochroten Wangen zurief: »Ich habe mir den Fuß wehgetan. Wir reiten voraus!«

»Waren das Eure Reisebegleiter? Das ist ja nicht unbedingt freundlich, dass sie davonpreschen«, bemerkte der eine Reiter und schüttelte missbilligend den Kopf.

»Ich bin froh, dass ich allein gehen kann«, erwiderte Bianca lächelnd. »Es ist ein wenig anstrengend mit ihr. Sie fällt in jeden Abgrund, stolpert über jeden Stein, jammert, wenn es zu heiß ist, und beklagt sich, wenn es zu kalt ist.«

»Dann passt gut auf Euch auf. Eine Stunde werdet Ihr sicherlich noch bis zur Herberge brauchen«, erklärte der zweite Reiter und deutete auf seinen toten Freund. »Wenn wir den erwischen, der unseren guten Parler umgebracht hat, dann werfen wir ihn in den Abgrund beim Höllenschlund.«

Bianca brauchte einen Augenblick, bis sie begriff, welchen Namen der Mann soeben genannt hatte. Doch da hatten die beiden Reiter ihren Pferden bereits die Sporen gegeben.

»Haltet an!«, schrie Bianca ihnen hinterher, so laut sie nur konnte. »Bitte, haltet an!«

Erleichtert sah sie, wie die beiden Männer ihre Pferde zum Stehen brachten und sich verunsichert umwandten. Keuchend rannte Bianca auf sie zu.

»Ihr ... Ihr sagtet gerade Parler. War das der Name Eures Freundes?« Bianca warf noch einmal einen scheuen Blick in das wachsweiße jungenhafte Gesicht des Toten.

»Ja, man nannte ihn Adalbert den Jüngeren. Er stammte aus einem Geschlecht berühmter böhmischer Baumeister. Wir wollten nach Venedig in die Lehre.«

Bianca war wie erstarrt. »Wie ... wie war sein richtiger Name?«, fragte sie zögernd, obgleich sie es längst ahnte.

»Adalbert Parler.«

»O weh, Änlin!«, stöhnte Bianca und rannte grußlos in Richtung des Passes von dannen. Im Laufen fragte sie sich, ob es nicht besser gewesen wäre, den Freunden des Baumeisters den Hinweis zu geben, dass der Mörder des armen Adalbert wahrscheinlich bei der Herberge am Reschenpass zu finden war. Es war also doch keine zufällige Begegnung mit dem jungen Mann dort unten am Höllenschlund gewesen. Obwohl Biancas Brust schmerzte, ihre Füße brannten und ihr Kopf unter dem dichten dunklen Schopf in der Sonne glühte, beschleunigte sie ihre Schritte noch einmal.

Kaum waren Änlin und der junge Baumeistergehilfe oben bei der Herberge angekommen, sprang er vom Pferd, zog sie unsanft auf den Boden und erklärte ihr, er werde auf der Stelle zurückreiten, um ihre Freundin zu holen. Änlin war weniger darüber verärgert, dass er Bianca beim Aufstieg behilflich sein wollte, als über die schroffe Art und Weise, wie er sich ihrer so plötzlich entledigte. Überhaupt hatte er sich merkwürdig benommen. Wie ein Wahnsinniger hatte er sie auf sein Pferd gezerrt, nachdem er in der Ferne Reiter hatte auftauchen sehen. Änlin wusste nicht so recht, was sie davon halten sollte. Wollte sie unter diesen Umständen mit ihm wirklich bei Mondschein einen Spaziergang machen? Genau dazu hatte er sie nämlich eingeladen. Wenn sie es recht überlegte, war er wirklich ein befremdlicher Bursche und lange nicht so freundlich wie der Zeidler. Und wie er sie ausgefragt hatte! Er hatte unbedingt ihren Namen erfahren wollen. Angeblich müsse er wissen, wie die junge Dame heiße, die er im Mondschein küssen wolle. Das hatte er wörtlich gesagt, doch Änlin hatte nichts empfunden dabei. Keine weichen Knie oder gar Herzklopfen. Und in diesem Augenblick wusste sie auch warum. Aus seinen Augen hatte keinerlei Gefühl gesprochen. Im Gegenteil, sie waren kalt gewesen. Genau wie eben, als er sie grob am Arm vom Pferd gezogen hatte.

Nein, mit diesem Kerl wollte sie nichts zu tun haben. Und seinen Mondspaziergang kann er allein machen, dachte sie erbost. Oder es bei Bianca versuchen, für die er offenbar entbrannt ist. Änlin schmunzelte in sich hinein. Bei der würde er sich sicherlich eine böse Abfuhr holen.

Sie sah prüfend an sich hinunter und hatte das dringende Bedürfnis, sich frisch zu machen. Ihr Schuhwerk war zerschlissen, ihre Kleidung starrte vor Dreck, und wie sie am Kopf und im Gesicht aussah, mochte sie sich lieber gar nicht ausmalen.

In diesem Augenblick näherte sich ihr eine dunkelhaarige Frau in einem für diesen abgelegenen Ort ungewöhnlich feinen Kleid. Änlin stellte sich ihr in den Weg und fragte, ob es einen Brunnen gebe, an dem sie sich waschen könne.

»Hinter der Herberge findest du alles, was du nach dem anstrengenden Aufstieg benötigst«, erwiderte die Frau in dem prunkvollen Gewand aus teurem Tuch in einem Tonfall, der Änlin fremd war. »Allerdings befürchte ich, dass die Herberge bis auf den letzten Platz besetzt ist, und außerdem geben sie an unsereins keine Kammern«, fügte die Fremde beinahe bedauernd hinzu.

»Dann lege ich mich dort hinten ins Gras, denn ich bin hundemüde«, erwiderte Änlin und gähnte zur Bekräftigung.

Die Frau machte Anstalten, ihren Weg fortzusetzen, doch dann musterte sie Änlin von Kopf bis Fuß.

»Wenn du magst, dann kannst du in meinem Zelt nächtigen. Ich breche morgen früh nach Venedig auf. Ich brauche es nicht mehr. Du kannst es behalten.«

Änlin lächelte die Fremde dankbar an. »Das ist sehr freundlich von dir.«

»Dann geh nachher zu dem Lager der Huren und frag nach Colettas Zelt.«

»Huren?«, entgegnete Änlin, und ihr blieb der Mund offen stehen.

Coletta lachte über die verdutzte Miene der rothaarigen Frau. »Ja, was führt dich denn sonst zu dieser Herberge, wenn nicht die Aussicht auf gute Geschäfte? Und wo sind die anderen? Bist du allein?«

Änlin hatte es die Sprache verschlagen. Sie nickte stumm.

»Es ist vielleicht auch besser so, dass ihr nicht im Tross gekommen seid. Ich glaube, die anderen wären nicht begeistert, wenn sie sich mit einem Dutzend weiterer Dirnen um die Gunst der Herren streiten müssten.«

»Äh, ich ... ich bin ... also, ich ...«, stammelte Änlin, doch da war die Schöne schon weitergeeilt. Änlin sah ihr fassungslos hinterher. Sie kannte Hübschlerinnen bislang nur aus der Stadt. Diese hatte man stets an ihren gelben Bändern am Oberteil des Kleides erkannt, und sie hatte als anständiges Mädchen einen Riesenbogen um sie gemacht.

Sie schlug den Weg zum Brunnen ein und reinigte sich gründlich von den Strapazen der Reise. Nachdem sie sich gewaschen hatte, nahm sie aus ihrer Tasche ein halbwegs sauberes Kleid und fühlte sich sogleich wie neugeboren. Zögernd machte sie sich auf den Weg zu dem Zeltlager. Bereitwillig zeigten ihr einige kichernde Frauen Colettas Bleibe.

»Was lacht ihr so albern?«, fragte Änlin unwirsch, denn sie glaubte, sie werde verspottet.

»Dieses Zelt bringt Glück«, gickelte eine der Dirnen.

»Vielleicht bringst du es auch zur Mätresse wie unsere Liebesgöttin«, ergänzte eine andere.

»Niemals! Er hat eine Schwäche für dunkelhaarige Frauen wie Coletta«, mischte sich eine dralle Hellhaarige ein.

»Ihr täuscht euch, ihr Frauen, denn ich bin keine Hure«, erwiderte Änlin schnippisch.

»Und was suchst du dann hier?«, herrschte sie die Hellhaarige an, aus deren tief ausgeschnittenem Mieder die Brüste hervorlugten, während sie drohend einen Schritt auf Änlin zutrat.

»Lass sie in Ruhe, Marie! Sie ist allein unterwegs«, ertönte plötzlich Colettas scharfe Stimme.

»Sie behauptet, keine von uns zu sein«, entgegnete Marie.

Coletta lachte. »Das sagt sie doch nur, damit ihr sie nicht vom Platz vertreibt.« Dann wandte sie sich an Änlin. »Wie heißt du eigentlich?«

»Das verrate ich dir im Zelt, wenn die da mich nicht mehr beäugen kann wie eine Aussätzige.«

Änlin folgte Coletta in das Innere des Zeltes.

»Ich bin Änlin und keine Dirne. Ich bin eine Magd aus Nürnberg.«

»Und was hast du dann hier auf dem Pass so ganz allein verloren?«

»Ich gehe nach Venedig und suche nach Andreas von …« Änlin unterbrach sich und presste erschrocken die Hand auf den Mund. Bianca hatte ihr eingeschärft, keinem Menschen zu verraten, was sie vorhatten. Es könne jeder ein Verfolger sein, den die Verschwörer in Nürnberg ihnen hinterhergehetzt hätten, pflegte sie zu predigen.

»Andreas«, wiederholte Coletta und bekam einen verträumten Gesichtsausdruck, doch dann verfinsterte sich ihr Blick. »Bist du etwa die Verlobte von Andreas? Das passt so gar nicht …« Coletta stockte und lachte plötzlich hell auf. »Ach, ich bin so verschossen in ihn, dass ich glaubte, es handele sich um meinen Andreas. Wahrscheinlich meinst du einen anderen.«

»Ich … ich sollte nicht darüber schwatzen, aber nur so viel, ich kenne den Andreas, den wir aufspüren wollen, gar nicht.«

»Schon gut, ich meine einen anderen. Er trägt einen wohlklingenden Namen: Andreas von Ehrenreit.« Das klang verliebt.

»Andreas von Ehrenreit?«, wiederholte Änlin entsetzt. »Aber woher kennst du ihn?«

»Womöglich doch derselbe?«, fragte Coletta und legte den Kopf schief.

»Sag sofort, woher du ihn kennst?«

Wieder wurden Colettas Züge ganz weich. So hinreißend anmutig und lieblich, als sei sie ernsthaft verliebt … Das kann wohl nicht sein, dachte Änlin erschrocken. Er ist doch Biancas Liebster, wie sie inzwischen bis in alle Einzelheiten wusste. Das blieb nicht aus, wenn zwei Frauen Nacht für Nacht das Lager teilten und nicht schlafen konnten, weil ihnen so vieles durch den Kopf ging. Sie wollte die schöne Dirne gerade bitten, nicht weiterzureden, als Coletta bereits ins Schwärmen geraten war.

»Er ist ein Mann, den eine Frau nie vergisst. Er war bis vor einigen Tagen hier oben in der Herberge, weil er wegen eines kranken Fußes nicht weiterreisen konnte. Ich verliebe mich nie in Männer, denen ich zu Diensten bin, aber er hat so wunderschöne blaue Augen, ein klares Gesicht und eine stattliche Figur. Er ist so leidenschaftlich und redlich bemüht, ein Ehrenmann zu sein.«

»Das heißt, du bist ihm nähergekommen?«

Coletta lachte aus vollem Herzen. »Was denkst du denn? Für ein paar nette Worte werde ich wohl kaum bezahlt. Obwohl, bei ihm hätte ich sogar auf meinen Lohn verzichtet.«

Änlin wollte die Hure gerade bitten, ihr offenherziges Geständnis auf keinen Fall vor ihrer Freundin Bianca zu wiederholen, als sich der Vorhang des Zeltes teilte und ein dunkelhaariger, gut gekleideter Mann eintrat. In einer fremden Sprache redete er, ohne Änlin zu beachten, auf die schöne Hure ein. Sie entgegnete ihm in dieser Sprache. So schnell, wie er gekommen war, verschwand der Mann wieder. Er hat etwas Unheimliches an sich, dachte Änlin, und zugleich etwas Anziehendes.

»Ich muss jetzt eilen«, erklärte Coletta. »Er verlangt, dass ich ihm vor unserer Abreise noch einmal zu Diensten bin.«

»Aber ...« Mehr brachte Änlin nicht heraus, weil Coletta dem vornehm gekleideten Herrn bereits gefolgt war.

Erschöpft ließ sie sich auf das Lager der Hure fallen. Wie gut, dass Bianca das Gespräch zwischen dieser Coletta und mir nicht mitbekommen hat, durchfuhr es sie erleichtert. Sie haderte mit sich. Wie gern hätte sie sich auf die weiche Bettstatt fallen gelassen, denn sie war von Nürnberg nur ein Strohlager gewöhnt, doch wie sollte Bianca sie hier finden? Seufzend streckte sie sich aus. Doch einen Augenblick später fuhr sie hoch. So groß die Verlockung auch war, viel wichtiger schien es ihr, Biancas Ankunft zu erwarten und sie zur unverzüglichen Weiterreise zu überreden. Sie mussten schnellstens weiterziehen, um eine Begegnung mit Coletta zu vermeiden. Es wird ihr das Herz brechen, wenn sie erfährt, wie die schöne Dirne von ihrem Andreas schwärmt, dachte sie.

Entschlossen sprang Änlin von dem verführerischen Lager auf. Sie hatte Bianca in ihr Herz geschlossen, wohl wissend, dass sie unter anderen Umständen niemals Freundinnen geworden wären. Aus unterschiedlicheren Welten hätten sie gar nicht stammen können. Sie, die Magd der

Fenners, und Bianca, die behütete Adoptivtochter der stadtbekannten reichen Benedicta von Ehrenreit. Sie, Änlin, hatte nur von den unvergleichlichen Lebkuchen gehört, sich diese aber selbst niemals leisten können. Ihresgleichen aßen Brot und Getreidebrei, doch ihre Herrschaften, die hatten das süße Gebäck in Mengen verzehrt.

Änlin schüttelte sich bei dem Gedanken an ihren einstigen Herrn, den Ratsherrn Michel Fenner. Er hatte ihr immer schon Angst gemacht mit seiner unbeherrschten Art. Doch dass er ein Verbrecher war, das hätte sie niemals für möglich gehalten. Ach, wenn ich doch bloß wieder in die Stadt zurückkehren könnte, ohne dass man mich lebendig begräbt!, dachte sie sehnsüchtig.

Eine Träne rollte ihr über die Wange. Sie dachte an ihr armes Kind und dass sie alles für sein Überleben gegeben hätte. Und nun hatte man ihr den Tod der Kleinen angehängt. Das werden sie mir büßen, dachte sie verzweifelt und wischte sich fahrig über das Gesicht. Keiner sollte sehen, wie ihr wirklich zumute war.

Hastig verließ Änlin das Zelt und blickte sich suchend um. In diesem Augenblick sah sie den auf seinem Pferd heranpreschenden Baumeistergehilfen. Als er vor ihr zum Stehen kam, erkannte sie enttäuscht, dass er allein war.

»Wo ist sie?«, fragte sie atemlos.

»Das wüsste ich auch gern«, entgegnete er schroff. »Ich bin zurückgeritten, aber sie ist mir nicht begegnet. Sie war spurlos verschwunden. Ich hoffe nicht, dass sie in eine Schlucht gestürzt ist.«

Änlin fröstelte. War der Freundin wirklich etwas Schlimmes zugestoßen?

»Aber dann sollten wir sofort losreiten und sie suchen. Sie muss doch irgendwo sein«, entgegnete sie ungeduldig.

Der Baumeistergehilfe sprang von seinem Pferd.

»Das ist ein guter Gedanke, ich werde gleich wieder losreiten. Doch sollten wir beiden nicht erst die Gunst der Stunde nutzen und einen Spaziergang zu den beiden Seen oberhalb des Passes machen?«

»Aber jetzt doch nicht! Was, wenn Bianca etwas Schreckliches widerfahren ist? Wir müssen sie finden!«

Der junge Mann aber legte den Arm um die Schultern der aufgeregten Änlin, die nur einen Gedanken hegte: mit Bianca so schnell wie möglich weiterzureisen. Sie zuckte unter der Berührung zusammen. Sie war so kalt wie sein Blick.

»Kommt mit mir!«, lockte er sie mit schmeichelnder Stimme, doch Änlin befreite sich unsanft aus seiner Umklammerung.

»Ich suche sie, und zwar sofort!«, erklärte sie kämpferisch.

»Wie Ihr wollt. Ich habe es nur gut gemeint«, schnaubte der Baumeistergehilfe. »Dann begleite ich Euch«, fügte er versöhnlicher hinzu.

Änlin wandte den Blick prüfend gen Himmel. Noch war es über dem Pass hell, doch bald würde sich die Dämmerung über den Alpenkamm legen. Dennoch hatte sie das sichere Gefühl, als sei es besser, allein nach der Freundin zu suchen. Während sie noch darüber nachgrübelte, wie sie den jungen Mann loswerden könne, entdeckte sie Bianca, die rasch näher kam. Nun hielt sie nichts mehr. Freudestrahlend rannte sie auf die Freundin zu.

»Änlin, hör zu, der Mann wurde von Artur geschickt. Er hat den echten Baumeistergehilfen umgebracht, um sich bei uns einzuschleichen«, flüsterte Bianca, während sich die beiden Frauen herzlich umarmten.

»Liebste Freundin, wie schön, dass du wohlbehalten angekommen bist!«, rief Änlin daraufhin laut aus, denn sie sah aus den Augenwinkeln, dass der angebliche Baumeistergehilfe eilig auf sie zukam.

»Ich habe Euch gesucht, werte Bianca«, begrüßte er sie mit unüberhörbarem Vorwurf in der Stimme.

»Oh, das tut mir leid. Wie gern wäre ich von einem Gaul nach oben getragen worden«, säuselte sie. »Ich habe am Wegesrand eine Rast eingelegt. Vielleicht habt Ihr mich übersehen«, fügte sie lächelnd hinzu.

»Dann zeige ich dir erst einmal unsere Unterkunft«, bemerkte Änlin und versuchte zu verbergen, dass es sie vor Grauen schüttelte. Sie wandte sich an den vermeintlichen Baumeistergehilfen und flüsterte ihm zu: »Wartet auf mich. Ich bringe sie in unsere Kammer, und dann können wir unseren Spaziergang unternehmen.«

Ohne eine Antwort abzuwarten, hakte sie sich bei Bianca unter und zog sie in Richtung der Zelte.

»Ich denke, Ihr habt kein Geld, um eine Kammer zu mieten!«, brüllte ihnen der Mörder nach.

Die beiden Frauen aber eilten davon, ohne sich um seine Worte zu kümmern.

»Woher weißt du das alles?«, keuchte Änlin atemlos.

»Ich habe den toten Parler gesehen. Den richtigen Baumeistergehilfen!«, erwiderte Bianca. »Und als der Kerl mir allein entgegengeritten kam, habe ich mich vor ihm versteckt.«

»Aber du hast doch nichts zu befürchten. Wenn er dich tötet, wird er das Rezept niemals erfahren«, stieß Änlin hervor.

»Er wollte auch nicht mich töten, sondern dich, meine Liebe. Bei mir wollte er sich einschmeicheln.«

»Du meinst ...« Änlin blieb stehen.

»Ja, ich befürchte, die Verschwörer haben herausgefunden, dass du nicht mehr für sie arbeitest. Nachdem er dich umgebracht hätte, sollte er an deiner Stelle mein Vertrauen erschleichen. Du wärst nämlich zu nichts mehr nütze in diesem Spiel, aber du warst ja so blauäugig und dachtest, er meine es gut mit dir.«

»Nein, so dumm bin ich beileibe nicht«, entgegnete Änlin gekränkt. »Er wollte mit mir zu den Seen wandern, aber ich habe gespürt, dass er etwas im Schilde führt.«

»Dein Glück, denn sonst würdest du jetzt wahrscheinlich mit verrenkten Gliedern in einer Schlucht liegen«, erwiderte Bianca ungerührt.

Inzwischen waren sie vor Colettas Zelt angekommen. Änlin hob rasch das Tuch zum Eingang und ließ Bianca eintreten.

»Sind wir hier sicher?«, fragte Bianca außer Atem.

»In die Unterkünfte der Huren kommen nur die Männer, denen sie zu Diensten sind«, entgegnete Änlin und ließ sich keuchend auf das Lager fallen.

»Unterkünfte der Huren?«, fragte Bianca fassungslos.

»Genau, denn hier vermutet uns der Halunke bestimmt nicht! Und wenn die Dunkelheit anbricht, schleichen wir uns unbemerkt davon.«

»Was gäbe ich darum, auf diesem weichen Lager ein wenig zu ruhen«, seufzte Bianca, der die Füße heftig schmerzten und die vor Müdigkeit die Augen kaum mehr offen halten konnte.

»Gegen einen kleinen Augenblick ist nichts einzuwenden«, entgegnete Änlin, während sie genüsslich unter die weiche Decke schlüpfte.

»Gut, dann werden wir abwechselnd schlafen. Erst du

und dann ich«, erwiderte Bianca und legte sich neben Änlin. »Was meinst du?«, fragte sie, doch da hörte sie nur noch ein lautes Schnarchen.

Na warte, dachte Bianca, ich werde eine Zeit lang wachen, aber dann werde ich mich ein Weilchen den Träumen hingeben. Bis dahin muss ich nur an die grausamen Tage im Kerker denken, damit ich nicht einschlafe, redete sie sich gut zu. Doch kaum hatte sie die Augen geschlossen, kam ihr Andreas in den Sinn. Sie erlebte alles noch einmal. Die Liebesnacht, die Treueschwüre und den tränenreichen Abschied. Sie spürte seinen Atem auf ihrer Haut, schmeckte seine Küsse und fühlte sein Verlangen so deutlich, dass heiße Wellen des Begehrens sie durchfluteten.

»Andreas, mein Lieb«, stöhnte sie, bevor die bleierne Müdigkeit sie in das Reich der Träume hinüberdämmern ließ.

30

Bianca fuhr auf. Was war das für ein klirrendes Geräusch? Mit klopfendem Herzen saß sie kerzengerade im Bett. Wie durch einen Nebel sah sie eine Frau, die eine Kiste packte.

»Wer seid Ihr?«, fragte Bianca verstört.

»Ich bin Coletta. Mir gehört das Zelt, aber ich habe es ...« Sie deutete auf die schnarchende Änlin. »Ich habe es der da geschenkt, doch wer seid Ihr?«

»Das tut nichts zur Sache«, erwiderte Bianca entschieden.

Es war dämmerig im Zelt. Coletta tat einen großen Schritt

auf Bianca zu und betrachtete sie durchdringend. In diesem Augenblick erwachte Änlin und streckte sich wohlig wie eine satte Katze. Doch dann schreckte sie hoch.

»Oh, Coletta, was ... was suchst du denn hier? Ich dachte, du ... du wolltest fort!«, stammelte sie.

Die schöne Hure würdigte Änlin keines Blickes. Stattdessen musterte sie Bianca neugierig.

O weh, nicht dass Coletta Andreas erwähnt und ausplaudert, wie nahe sie ihm gekommen ist!, durchfuhr es Änlin, und sie wedelte wild mit den Händen, um Colettas Aufmerksamkeit zu gewinnen. Die aber merkte nichts von der Aufregung.

»Ist dir nicht wohl?«, fragte Bianca hingegen verwundert, der Änlins Verrenkungen nicht verborgen geblieben waren.

»Ich ... nein, es ist mir ... mir ist kalt«, stammelte sie. »Ja, Bianca von Ehrenreit, mir ist kühl«, fügte sie gekünstelt hinzu.

Das brachte ihr fragende Blicke beider Frauen ein.

»Seit wann nennst du mich beim Nachnamen? Außerdem werde ich so erst nach meiner Hochzeit mit Andreas heißen. Das habe ich dir doch lang und breit erklärt.«

»Bianca von Ehrenreit?«, wiederholte Coletta ungläubig.

»Ja, sie reist ihrem wunderbaren Verlobten nach. Andreas. Und sie ist schon voller Vorfreude, ihn endlich wieder in die Arme zu schließen«, bemerkte Änlin mit Nachdruck, damit Coletta gewarnt war, den Mund zu halten.

»Sag einmal, Änlin, was ist bloß in dich gefahren, vor einer Fremden derart geschwätzig zu werden?«, fauchte Bianca.

»Mich kümmert es nicht. Ich kenne keinen Andreas«, knurrte Coletta und wandte sich schroff ab. »Und schlaft ruhig weiter. Die Sonne geht gerade erst auf, und wir brechen gleich gen Venedig auf«, ergänzte sie versöhnlich.

Änlin atmete erleichtert durch. Die Gefahr war vorerst gebannt. Doch laute Worte, die immer näher kamen, ließen sie zusammenfahren. Sie horchte auf. Vor dem Zelt schienen sich zwei Männer zu streiten.

»Und ich sage Euch, meine Frau ist in dieses Zelt gegangen. Das hat mir Luigi geschworen, der Koch des venezianischen Edelmanns. Der hat anscheinend das Zelt die ganze Nacht im Auge behalten. Sie war in Begleitung einer Rothaarigen.«

Änlin und Bianca fuhren zusammen. Die Stimme des Kerls, der behauptete, seine Frau befinde sich in diesem Zelt, gehörte keinem Geringeren als dem falschen Baumeistergehilfen.

»Diese Frau kann nicht deine Frau sein. Weil sie nämlich meine Mätresse ist. Und jetzt verschwinde. Sonst hetze ich dir meine Dienerschaft auf den Hals«, entgegnete der andere Mann in einem fremden Tonfall.

»Ich bleibe hier stehen, bis ich sie in meine Arme schließen kann«, zischte der angebliche Adalbert Parler.

Wutschnaubend schoss Coletta an Änlin und Bianca vorbei ins Freie. Ihre Stimme überschlug sich fast.

»Ich weiß nicht, wer du bist, Bursche, und warum du vor meinem Zelt herumlungerst, aber ich habe dich noch niemals zuvor gesehen. Und jetzt schleich dich!«

»Ich gehe, aber ich bin noch nicht fertig. Ich werde jedes Zelt durchsuchen«, schnaubte der Mörder des echten Baumeistergehilfen Parler wütend.

»Das bleibt dir unbenommen, Bursche, aber erst wenn ich fort bin«, entgegnete Coletta.

»Wenn du bei drei nicht verschwunden bist, packen dich

meine Knechte!«, schrie der Mann mit dem fremdartigen Klang in der Stimme.

Der angebliche Baumeistergehilfe schien sich tatsächlich zu trollen, denn nun sagte der andere Mann einschmeichelnd zu Coletta: »Lass mich mit dir ins Zelt kommen. Ich würde dich gern vor unserer Reise nach Venedig auf dem Hurenlager nehmen.«

Änlin und Bianca starrten erschrocken zum Eingang. Was würde der Mann mit ihnen anstellen, wenn er sie hier entdeckte?

Da hörten sie Coletta bereits säuseln. »Nein, mein Liebster, ich bin Eure Mätresse und möchte nicht mehr daran erinnert werden, welchen Grobianen ich zu Diensten sein musste. Oder wollt Ihr mir auf dem Lager beiwohnen, auf dem sich schon Euer Koch gesuhlt hat?«

»Du bist grausam, Coletta. Nein, ich verzichte darauf. Ich warte vor der Herberge mit den Pferdewagen. Beeil dich!«

Als Coletta ins Innere des Zelts zurückkehrte, blickte sie in zwei kalkweiße Gesichter.

»Kennt Ihr den Kerl, der behauptet, Euer Ehemann zu sein?«

»Ja ... ich meine, nein! Wir wissen nur, dass er ein Mörder ist und einen jungen Baumeistergehilfen auf dem Gewissen hat«, entgegnete Bianca verzweifelt.

»Das wird ja immer verworrener. Wenn ich nicht genau wüsste, dass Ihr ...« Coletta unterbrach sich hastig.

»Aber wenn es doch die Wahrheit ist!« Biancas Wangen waren vor Entrüstung gerötet.

»Nimm uns mit! Bring uns in Sicherheit! Wenn wir unbemerkt mit eurem Tross reisen, kann er uns nichts anhaben, selbst wenn er uns aufspürt«, flehte Änlin und blickte zwischen den beiden Frauen hin und her. Wie verblüffend ähnlich sie sich doch sehen!, schoss es ihr durch den Kopf.

Coletta aber wandte ihnen schroff den Rücken zu und packte rasch ihre Habseligkeiten zusammen.

»Bitte, Coletta, du musst uns sicher mit nach Venedig nehmen! Sie werden Andreas töten, wenn wir ihn nicht warnen.«

Wie der Blitz fuhr Coletta herum. Jetzt war auch sie blass um die Nase. »Die ganze Geschichte! Ich möchte die ganze Geschichte hören. Und lass dir bloß nicht einfallen, mich zu belügen.«

»Ja, das wird nur ein Weilchen dauern. Es handelt sich um eine längere Erzählung«, erwiderte Änlin eifrig, doch Bianca zupfte sie am Ärmel und schob sie ans andere Ende des Zeltes.

»Du kannst doch einer wildfremden Hure nicht alles anvertrauen. Nachher liefert sie uns für lumpiges Geld den Feinden aus«, flüsterte Bianca.

»Nein, das tut sie nicht. Sie ist aufrichtig und würde nie etwas unternehmen, um das Leben von … äh … um unser Leben zu gefährden«, raunte Änlin zurück.

»Wieso bist du dir da so sicher?«

Änlin warf Coletta einen hilfesuchenden Blick zu, doch die hob nur die Schultern.

»Vertrau mir!«, beschwor Änlin ihre Freundin. »Bitte, vertrau mir! Sie wird alles tun, um uns zu helfen.«

Bianca stöhnte auf. »Nun gut«, stieß sie gequält hervor.

»Du wirst uns doch helfen, nicht wahr?«, flehte Änlin.

»Ja, ja, ich werde alles tun, um euch zu helfen.« Das klang gereizt.

Bianca musterte Coletta voller Zweifel. »Aber warum wollt Ihr das? Wir kennen uns doch gar nicht.«

»Seid Ihr immer so misstrauisch?«, fragte Coletta spitz.

»Nein, es ist nur so ... seit ich weiß, dass eine üble Verschwörung gegen Andreas und mich in Gang ist, traue ich niemandem mehr. Ich kann keine Nacht ruhig schlafen. Ich schrecke bei jedem ungewöhnlichen Geräusch zusammen. Ich ... ach ...« Bianca unterbrach sich und blickte verlegen zu Boden. Nach einer Weile hob sie den Kopf und suchte den Blick der Hure. »Gut, ich werde Euch alles der Reihe nach erzählen, aber sagt ehrlich: Werdet Ihr uns dann bis Venedig mitnehmen?«

»Ich denke schon, denn ich glaube Euch, aber macht schnell. Maurizio di Ziani ist ein ungeduldiger Mensch. Er wartet nicht gern.«

Bianca räusperte sich ein paarmal. Ihr Mund war entsetzlich trocken, aber irgendwie schaffte sie es zu reden. Als sie ihre Geschichte schließlich beendet hatte, sah sie Coletta erwartungsvoll an. Die aber verzog keine Miene. Bianca erschauerte – sie hatte der fremden Dirne leichtfertig vertraut!

»Ich glaube, wir sollten schnellstens aufbrechen, bevor sie uns verraten kann«, stieß Bianca aufgeregt hervor und packte Änlin am Arm. »Komm, nun komm schon!«

Da befahl die Hure mit heiserer Stimme: »Bleibt hier! Ich werde Euch mitnehmen. Ihr könnt nicht einfach ins Freie spazieren. Da lauft Ihr Gefahr, dass der Schurke Euch abfängt.«

»Ihr wollt uns wirklich mitnehmen?«, fragte Bianca zweifelnd.

»Hörst du nicht, was sie sagt? Sie nimmt uns mit. Wir sollten ihr die Füße küssen zum Dank und keine dummen Fragen stellen«, schimpfte Änlin.

Bianca aber war die Großmut der Dirne nicht geheuer.

»Warum tut Ihr das?« In ihren Augen war nichts als Skepsis zu lesen.

»Ich helfe doch gern«, entgegnete Coletta hölzern, bevor sie sich an Änlin wandte. »Vielleicht kannst du deiner Herrin die Zweifel nehmen. Mir scheint sie jedenfalls nicht zu trauen.«

Sie ist eine großartige Frau, diese schöne Dirne, dachte Änlin gerührt. Es wäre doch ein Leichtes gewesen, sie beide dem Häscher auszuliefern und zu versuchen, Andreas auf eigene Faust in Venedig aufzuspüren, um ihn zu warnen. Oder sie hätte Bianca freimütig ihr Abenteuer mit Andreas offenbaren können …

Was Bianca wohl sagen würde, wenn sie erführe, für wen die Hure das alles auf sich nimmt und warum?, fragte sich Änlin, während sie rasch ihr Bündel schnürte.

»Bewahrt Ruhe! Und wenn er in das Zelt einzudringen versucht, nimm das hier!« Coletta drückte Änlin einen Stock in die Hand. »Auf den Hinterkopf!«, befahl sie. »Damit setzt du ihn außer Gefecht, bis wir über alle Berge sind«, ergänzte sie ungerührt.

»Ihr habt wohl schon öfter davon Gebrauch gemacht, nicht wahr?«, fragte Bianca in scharfem Ton.

»So oft, wie es nötig war«, knurrte Coletta. »Aber das ist nichts für zarte Hände wie die Euren. Deshalb gebe ich es lieber der da.«

»Auf den Hinterkopf zielen, sagst du?«, wiederholte Änlin und wiegte das Holz in beiden Händen. »Nach einer Begegnung mit diesem Stock wacht der bestimmt nicht so schnell wieder auf«, frohlockte sie.

»Ich bin gleich zurück«, versprach Coletta und verließ das Zelt.

»Eine merkwürdige Frau«, rutschte es Bianca heraus.

»Sie mag mich nicht. Das spüre ich ganz genau, aber sie sagt, sie will uns helfen. Und das Verrückte ist: Ich nehme ihr das sogar ab. Sie scheint tatsächlich aufrichtig zu sein. Sag, verstehst du das?«

»Sie ist ein guter Mensch. Es können ja nicht alle Halunken, Verschwörer, Mörder und Diebe sein.«

»Das hat mir meine Ziehmutter Benedicta stets gepredigt. Wer reinen Herzens ist, erkennst du nicht an seinem Stand ...«

»Genau, du erkennst es an den Augen. Hast du den Blick des Baumeistergehilfen gesehen?«, bemerkte Änlin. »Er ist so kalt, dass es mich fröstelt.« Sie schüttelte sich.

»Du warst doch anfangs ganz begeistert von deinem Retter«, stichelte Bianca.

»Wie oft willst du mir das noch vorhalten? Ich war so erleichtert, dass ich nicht in die Schlucht gefallen bin. Da habe ich meine Augen nicht richtig offen gehalten. Ich war geblendet. Er konnte dem Zeidler auch vorher nicht das Wasser reichen. Es ist nur die Sorge, dass ich den wackeren Wolfram niemals wiedersehe. Stell dir vor, uns stößt doch noch etwas zu, und der letzte Mann, den ich geküsst habe, war mein verräterischer Johann.«

»Ich würde gern mit dem Gedanken sterben, dass Andreas der Letzte war, der mich geküsst hat! Das wäre für mich ein Trost«, sinnierte Bianca verträumt.

Änlin lief es bei diesen Liebesworten heiß und kalt den Rücken hinunter.

Bianca lächelte. »Du machst ein Gesicht, als wolle ich unbedingt sterben. Beileibe nicht. Ich bin fest davon überzeugt, dass ich in den Genuss komme, meinen Andreas noch unzählige Male zu liebkosen und zu küssen. Allein der Gedanke beflügelt mich, so schnell nach Venedig zu kommen wie nur möglich. Dafür nehme ich auch diese seltsame Dirne in Kauf. Warum die mich wohl nicht mag?«

»Das bildest du dir nur ein«, versuchte Änlin ihr den Vorbehalt auszureden.

»Nein, schon wie sie mich angeschaut hat! Aber wir haben keine andere Wahl. Wer weiß, wen Artur und Fenner uns noch alles hinterhergeschickt haben – oder gar uns voraus nach Venedig, um Andreas zu finden.«

Sie verstummte, denn vor dem Zelt vermeinte sie Schritte zu hören, als würde sich jemand auf leisen Sohlen anpirschen. Auch Änlin starrte gebannt zum Eingang. Als eine Hand das Tuch beiseiteschob, hielten beide Frauen den Atem an. Das helle Sonnenlicht, das von draußen ins Innere des Zeltes schien, blendete so sehr, dass Bianca für den Bruchteil eines Augenblickes die Lider schließen musste.

Sie wich einen großen Schritt zurück, als sie den angeblichen Baumeistergehilfen eintreten sah, und warf Änlin einen auffordernden Blick zu. Der besagte, dass diese den Stock zur Hand nehmen solle, doch die Freundin rieb sich nur in einem fort die Augen.

»Guten Morgen, werte Bianca«, begrüßte der Halunke sie schleimig.

Bianca blieb vor Entsetzen stumm. Sie befürchtete, er könne sich ihr ungebührlich nähern. Der falsche Parler wandte sich aber von ihr ab und näherte sich Änlin, die ihn inzwischen erkannt hatte.

»Da seid Ihr ja. Was ist mit unserem Ausflug zu den beiden Seen? Ich verzehre mich danach. Schaut, jetzt ist die beste Zeit. Nach dem Sonnenaufgang ...« Er wandte sich an Bianca, die zitternd in einer Ecke des Zeltes stand.

»Ihr überlasst mir Eure Freundin doch für eine kleine

Wanderung, oder?«, fragte er, und die Art, wie er das sagte, ließ keinen Widerspruch zu.

Grob packte er Änlin am Arm.

Bianca aber näherte sich ihm mit geballten Fäusten und schrie: »Was haben sie dir gezahlt, du Halunke? Du hast den armen Adalbert Parler getötet, um dir unter seinem Namen unser Vertrauen zu erschleichen! Haben deine Auftraggeber wirklich geglaubt, wir würden einem wie dir trauen? Hat dir Artur von Ehrenreit ganz persönlich den Auftrag erteilt?«

Der falsche Baumeistergehilfe wich kurz zurück, doch dann stellte er sich ihr entgegen. Er packte sie am Hals und drückte zu, bis sich ihrer Kehle nur noch ein röchelndes Stöhnen entrang.

Wie betäubt beobachtete Änlin, dass der Halunke gerade dabei war, Bianca die Luft abzudrücken und sie zu erwürgen.

Ihr Blick fiel auf den Stock, und sie wusste sofort, was sie zu tun hatte. Wie betäubt griff sie danach und drosch dem Mörder das Holz von hinten so hart über den Schädel, dass er wie ein Toter vornüberfiel.

»Er hat es verdient!«, jubilierte Änlin.

»Hast du ihn ... ich meine, hast du ihn umgebracht?«

»Nein«, erwiderte Änlin knapp. »Er schläft, aber das könnte ich schnellstens ändern.« Kämpferisch nahm sie den Stock zur Hand und holte aus.

»Lass das! Wir wollen uns die Hände nicht an ihm schmutzig machen«, bat Bianca. Sie war weiß wie eine Wand und zitterte am ganzen Körper.

»Du weißt doch seit unserer Begegnung mit Johann, wie gern ich einem bösen Mann das Lebenslicht ausblase«, erwiderte Änlin bissig und schleuderte den Stock in eine

Ecke. Dann verschränkte sie die Arme vor der Brust und ergänzte wütend: »Dein Getue ist nicht zum Aushalten. Wir sind hier nicht in Nürnberg im Haus der Ehrenreits. Hier geht es um das nackte Überleben. Und du willst dir die Hände nicht schmutzig machen. Wenn das deine größte Sorge ist ...«

Was bildet sie sich eigentlich ein, fragte sich Änlin zornig. Dass es ihr, Änlin, ein Vergnügen bereiten würde, dem Mörder den Garaus zu machen? Ein bisschen mehr Dankbarkeit, dass sie ihr gerade das Leben gerettet hatte, erwartete sie schon. Was die feine Dame wohl sagen wird, wenn er uns verfolgt und es noch einmal versucht? Änlin wäre dieses Risiko nicht eingegangen. Nein, sie hätte diesen Mordbuben unschädlich gemacht.

Schmollend zog sich Änlin in die hinterste Ecke des Zeltes zurück.

31

Bianca überlegte fieberhaft, wie sie Änlins Zorn besänftigen konnte, aber ihr wollte beim besten Willen nichts einfallen. Das eisige Schweigen war unerträglich, aber sie durfte doch nicht zulassen, dass Änlin den Kerl erschlug, auch wenn er ein feiger Mörder war. Sie zuckte zusammen, als das Tuch am Eingang beiseitegeschoben wurde.

Es war Coletta, die eilig das Zelt betrat. Beinahe wäre sie über den am Boden liegenden Mann gestolpert.

»Hast du ihn ins Jenseits befördert?«, fragte sie ungerührt, während sie über den leblosen Körper hinwegstieg.

»Leider nein«, erwiderte Änlin und fügte hastig hinzu: »Verdient hätte er es. Ich finde es nicht rechtens, wenn wir ihm ermöglichen, uns weiter zu verfolgen. Immerhin hat er einen Menschen auf dem Gewissen, aber sie da hat Bedenken.«

»Ich glaube, die Gefahr, dass er ungeschoren davonkommt, können wir bannen. Draußen vor der Herberge kehrten eben die Freunde des armen jungen Mannes zurück, den dieser Verbrecher umgebracht hat. Sie haben ihren Freund im Tal begraben und ziehen morgen weiter. Ich hörte nur, wie der eine fluchend androhte, Adalberts Mörder zu vierteilen, falls er ihn in die Hände bekäme ...« Sie stockte und blickte in Biancas aschfahles Gesicht.

»Was ist mit Euch? Erträgt eine feine Dame wie Ihr derlei Niederungen des Lebens nicht? Oder warum seid Ihr sonst so bleich? Tut Euch der Kerl womöglich leid?«

»Was denkt Ihr von mir? Und wenn Ihr mich nicht leiden könnt, warum wollt Ihr mich überhaupt mitnehmen?«, erwiderte Bianca wütend. Dann wandte sie sich an Änlin. »Komm, wir verschwinden. Wie sollte ich mich einer Frau ausliefern, die alles über mich weiß und mir ständig zeigt, wie tief sie mich verachtet? Wenn der jemand Geld bietet, wird sie uns unseren Feinden ausliefern, ohne mit der Wimper zu zucken.«

Statt wütend dagegenzuhalten, schwieg Coletta eine ganze Weile. Die Stimmung war so angespannt, dass Änlin schon an den Fingernägeln kaute.

Coletta hatte die ganze Zeit auf ihre Schuhspitzen gestarrt. Als sie den Kopf hob, blickte sie Bianca geradewegs in die Augen.

»Entschuldigt, dass ich mich so schroff Euch gegenüber verhalten habe. Es ist keineswegs so, dass ich Euch nicht mag. Es verhält sich vielmehr so, dass ich Euch glühend beneide. Um Euer Leben im Wohlstand ...«

Bianca lachte trocken auf. »Beneidet Ihr mich auch um die Familie meines Ziehvaters, die mich eines Mordes bezichtigt hat, den ich nicht begangen habe? Und um die Tage im dunklen Loch? Darum, dass ich nicht in die Stadt Nürnberg zurückkehren kann, bevor meine Unschuld bewiesen ist? Darum, dass ich nachts oft wach liege, weil mich die Sorge um meinen Liebsten schier umbringt?« Erschöpft hielt sie inne.

»Nein, werte Bianca, um all das beneide ich Euch nicht, sondern darum, dass Ihr von einem Mann so sehr geliebt werdet, und das nicht nur Eures schönen Körpers wegen.«

Bianca starrte die Hure einen Augenblick lang fassungslos an, bevor sie einen Schritt auf sie zutrat und ihr versöhnlich die Hand reichte.

»Schlag ein!«, raunte sie. »Auf dass wir nicht mehr wie Hund und Katze aufeinander losgehen.«

Änlin atmete erleichtert auf, als Coletta Biancas Hand nahm und kräftig schüttelte.

»Aber nun lasst uns endlich zur Herberge hinübergehen, denn Maurizio di Ziani, mein neuer Herr und Gebieter, weiß noch nichts davon, dass ich zwei Freundinnen mitnehme. Das muss ich ihm erst noch schmackhaft machen. Ihr haltet am besten den Mund. Wenn er hört, wie ihr sprecht, nimmt er euch die Huren mit Sicherheit nicht ab.« Dabei blickte sie Bianca scharf an.

Bianca aber verzog keine Miene. Sie war fest entschlossen, vernünftig zu sein. Mit leerem Geldbeutel stand die Aussicht, alsbald Venedig zu erreichen, denkbar schlecht. Doch mit Pferden und Wagen, beschützt durch eine Reisegesellschaft, kam sie ihrem Ziel erfreulich nahe. Und so übel ist diese Coletta doch gar nicht, ging es ihr durch den Kopf, während sie ihr ins Freie folgte. Noch einmal fiel ihr Blick auf den am Boden liegenden Mörder, und ihr kamen erhebliche Zweifel. War es wirklich richtig, ihn vor seiner gerechten Strafe zu bewahren?

Plötzlich spürte sie, wie sich eine Hand unter die ihre schob. Es war Änlin.

»Ich bin es. Entschuldige, dass ich so wütend war. Ich hätte dem Schurken zwar ungern eigenhändig den Schädel gespalten, aber ich hätte es getan. Für uns«, flüsterte sie.

»Entschuldige, dass ich so feige war. Ich bin nichts Besseres«, entgegnete Bianca mit gedämpfter Stimme. »Du bist doch längst eine gute Freundin. Und du hast recht. Ich hadere selbst mit mir, ob es rechtens ist, den Missetäter am Leben zu lassen.«

Änlin war sichtlich gerührt. »Komm, aber nun sollten wir eilen. Coletta hat sich schon ein paarmal ungeduldig nach uns umgewandt.«

Bianca beschleunigte den Schritt, und die beiden Frauen kamen gleichzeitig mit Coletta vor der Herberge an.

Bianca staunte nicht schlecht beim Anblick der vielen Pferde und Wagen. Vor einem prachtvollen Zelter wartete bereits ungeduldig ein dunkelhaariger, gut gekleideter Mann mit einer Hakennase und schwarzem Haar. Obwohl er Augen in einem warmen Braunton hatte, jagte ihr sein kalter Blick Angst ein. Das war also jener Maurizio di Ziani. Er war ihr unheimlich.

»Was sind das für Weiber?«, knurrte er. Seine Stimme war rau und sein Tonfall fremd. Sicher eine Eigenart der Venezianer, wenn sie in unserer Sprache reden, vermutete Bianca.

»Das sind Bianca und Änlin, zwei Huren aus Deutschland, die ich zur Gesellschaft mitnehmen möchte«, erklärte Coletta mit Nachdruck.

Der Venezianer entgegnete etwas auf Italienisch und gestikulierte dabei wild mit den Händen. Er schien sehr aufgebracht.

»Gut, wenn Ihr mir verbietet, die beiden mitzunehmen, dann werde ich Euch nicht begleiten«, erwiderte Coletta trotzig und schob schmollend die Unterlippe vor.

»Oh, ich verfluche die Stunde, in der du mir den Kopf verdreht hast! Aber gut, du sollst deinen Willen haben. Den Rotschopf da, den nehmen wir mit.« Er deutete auf Änlin. »Was kannst du noch, außer einem Mann zu Diensten zu sein?«, fragte Maurizio di Ziani.

»Ich ... ich kann ... ich kann kochen. Ich könnte mich überall nützlich machen«, stammelte Änlin.

»Dann steig in den letzten Wagen und frag nach Luigi, dem Koch«, befahl er ihr, doch sie zögerte. Ohne Bianca wollte sie nicht mitfahren. Niemals würde sie die Freundin allein zurücklassen.

»Wird's bald?«, herrschte er sie an, doch Änlin blieb wie angewurzelt stehen, verschränkte die Arme vor der Brust und deutete auf Bianca.

»Ohne sie komme ich nicht mit!«

»Dann eben nicht. Ich brauche euch nicht. Wir haben schon genug unnötige Esser«, erwiderte der Kaufmann abfällig.

»Entweder beide, oder ich bleibe auch hier«, erklärte Coletta kämpferisch.

»Weib, ich warne dich! Dann geh doch!«

Coletta wandte sich auf der Stelle um und machte Anstalten, den Rückweg anzutreten. Änlin und Bianca hielten die Luft an. Was, wenn er sie ziehen lässt? Dann kommen wir nicht so bald nach Venedig, durchzuckte es Bianca, und sie schämte sich sogleich für ihren selbstsüchtigen Gedanken. Ihr imponierte die Dirne mit dem unbeugsamen Willen.

»Komm sofort zurück!«, brüllte Maurizio di Ziani. Sein Gesicht war dunkelrot angelaufen, und seine Augen glühten vor Zorn.

Coletta wandte sich betont langsam um. »Habt Ihr es Euch anders überlegt?«

»Komm her!«, schnauzte er, statt ihr eine Antwort zu geben, und wies mit dem Finger auf Bianca. In ihr regte sich sofort Widerstand. Sie war es nicht gewohnt, dass man so mit ihr umsprang. Doch dann dachte sie an ihre Zeit im Lochgefängnis und trat auf den Venezianer zu.

»Und was kannst du, außer Männern zu Diensten zu sein?«

Bianca schluckte ein paarmal. Dann räusperte sie sich, doch Coletta kam ihr zuvor. »Sie wird für mein persönliches Wohl sorgen, mich baden und meine Gewänder in Ordnung halten.«

»Halt den Mund! Ich habe *sie* gefragt. Oder ist sie stumm?«

»Nein, das bin ich beileibe nicht. Ich bin der Sprache durchaus mächtig«, erwiderte Bianca und blickte dem herrischen Mann unerschrocken in die Augen. Ihre Angst vor ihm war wie verflogen, denn sie spürte, dass er hinter seiner schroffen Fassade Frauen wie Coletta hilflos ausgeliefert war. Und besaß sie nicht tatsächlich eine gewisse Ähnlichkeit mit der Hure?

»Du hast ein freches Mundwerk und tust sehr vornehm. Aber du hast mir meine Frage nicht beantwortet: Was kannst du?«

»Wie Coletta Euch bereits sagte, werde ich ausschließlich für ihr persönliches Wohl sorgen.«

Maurizio di Ziani war einen Augenblick lang sprachlos, bevor er lospolterte. »Du sagst mir nicht, was du zu tun gedenkst. Ich wollte lediglich erfahren, wozu du nütze bist, du Hurenweib. Komm näher!«

Biancas Herz klopfte zum Zerbersten, und es kostete sie große Überwindung, dem Venezianer nicht ins Gesicht zu schleudern, dass sie keine Dirne sei, sondern eine ehrbare Nürnbergerin.

Auch als er ihr unter das Kinn fasste und sie wie ein Stück Vieh betrachtete, konnte sie sich nur mühsam beherrschen. Doch dann schnalzte er mit der Zunge und stieß in einem anzüglichen Ton hervor: »Ich glaube, du bist noch zu viel mehr zu gebrauchen. Was meinst du, Coletta, ob wir gelegentlich mit ihr das Lager teilen?« Dabei musterte er Bianca lüstern.

Das war der Augenblick, in dem Bianca die Beherrschung verlor. Sie griff nach seinen Händen und schob sie gewaltsam von ihrem Kinn fort. »Wenn Ihr mich noch einmal ohne meine Erlaubnis anpackt, könnt Ihr etwas erleben«, fauchte sie und fügte nicht minder zornig hinzu: »Und eines schwöre ich Euch bei meinem Leben. Niemals lege ich mich auf Euer Lager und treibe Unzucht mit Euch.«

Statt sie anzubrüllen, brach der Edelmann in dröhnendes Gelächter aus.

»Oho, du machst mir Spaß, du widerborstiges Frauenzimmer!« Dann wandte er sich wieder an Coletta. »Du bist wahrhaftig immer für eine Überraschung gut. Deine Magd, die sich wie eine Herrin aufführt, gefällt mir. Nimm sie mit!«

Änlin hatte dem ganzen Geplänkel mit offenem Mund gelauscht.

»Und du halt nicht Maulaffen feil, sondern spute dich! Du gehst zu Luigi, dem Koch, und hilfst ihm«, herrschte der

Venezianer sie an, während er Bianca befahl, sich zu Coletta und ihm zu setzen.

Stumm folgte Bianca seinen Anweisungen und kletterte auf das Fuhrwerk. Die Hand, die er ihr zur Hilfe anbot, übersah sie geflissentlich.

Coletta ließ sich von ihm hinaufheben und lächelte ihn dankbar an.

Als sie sich neben Bianca auf das weiche Stroh gehockt hatte, flüsterte sie ihr zu: »Du hast es ihm mächtig angetan. Da kann ich nur von Glück sagen, dass du keine Dirne bist. Dann wäre es für mich bald vorbei mit dem wertvollen Tuch und dem Leben in einem Palazzo, bevor es überhaupt angefangen hätte.«

»Selbst wenn ich eine Hure wäre, diesem Mann wäre ich um kein Geld dieser Welt zu Diensten«, gab Bianca zurück.

»Täusch dich nicht. Er versteht die Kunst der Liebe, wie es den Venezianern oft zu eigen ist«, entgegnete Coletta geheimnisvoll.

»Ich kann ihn nicht leiden. Außerdem liebe ich meinen Andreas und werde nie im Leben einen anderen anrühren. Wir beide haben uns nämlich ewige Treue geschworen.«

»Wie schön für dich«, rutschte es Coletta bissig heraus.

»Seid ihr bereit?«, rief Maurizio di Ziani.

Coletta wollte ihm gerade das Zeichen zum Aufbruch geben, als zwei Männer auf ihren Pferden an ihnen vorüberreiten wollten. Bianca erkannte sie sofort. Es waren die Freunde des ermordeten Adalbert Parler.

»He, Ihr beiden Herren!«, rief sie, so laut sie konnte, und winkte sie heran.

»Ihr wünscht?«, fragte der eine von ihnen höflich.

»Wollt Ihr wissen, wo Ihr den Mörder Eures armen Freundes findet?«

Die beiden Baumeistergehilfen nickten lebhaft.

»Seht Ihr da hinten das Zeltlager der Huren? Gleich linker Hand steht ein weißes Zelt. Im Innern, nahe am Eingang, liegt der Halunke und schläft. Er trägt die Kleidung und die Tasche Eures Freundes. Und habt acht, er besitzt ein Messer.«

Die beiden Männer starrten Bianca ungläubig an.

»Ja, nun beeilt Euch schon! Wenn der erst aufwacht, wird er Fersengeld geben«, mischte sich Coletta ein.

Das ließen sich die beiden Reiter nicht zweimal sagen. Ohne Abschiedsgruß preschten sie davon.

Coletta warf Bianca einen anerkennenden Blick zu.

»Du bist gar nicht so zimperlich, wie ich anfangs dachte.«

»Er hat seine gerechte Strafe verdient …«, entgegnete Bianca beinahe entschuldigend.

»Genau … und wir machen uns nicht die Hände schmutzig«, ergänzte Coletta und gab Maurizio di Ziani das Zeichen zum Aufbruch. Ruckelnd setzte sich das Fuhrwerk in Bewegung, und Bianca lehnte sich zurück. Wenngleich sie voller Wehmut an ihr unbeschwertes Leben im Hause Ehrenreit zurückdachte, verspürte sie doch eine Spur von Abenteuerlust in sich aufsteigen. Niemals hätte sie im Entferntesten daran gedacht, die Stadtmauern jemals zu verlassen. Und nun zog sie im Tross eines Venezianers und seiner Mätresse über die Alpen. Für einen winzigen Augenblick vergaß sie die Gefahren, die mit dieser Reise verbunden waren, und genoss den Ausblick tief hinunter in das vor ihnen liegende Tal, das sie auf dem Weg nach Venedig durchqueren mussten. Wie gemalt lag es da, umgeben von schroffen Felsen und hohen Bergen, über deren Gipfeln die Sonne erstrahlte. Bianca ließ den Blick gerade nach oben in den blauen Himmel schweifen, als der Wagen unsanft zum Stehen kam.

»Alle aussteigen!«, befahl der Diener des Venezianers. Und sein Ruf wurde wie ein Lauffeuer bis zum letzten Wagen weitergetragen.

Seufzend ließ sich Bianca zu Boden gleiten und sah sogleich das Hindernis. Ein Felsblock lag mitten im Weg, sodass ihnen nur der schmale Pfad am Abgrund ein Durchkommen ermöglichte. Und schon machten sich die Diener daran, das Pferd vom Wagen zu spannen und das Fuhrwerk vorsichtig am Abgrund entlangzuziehen. Sie schafften es, ohne dass ihnen der Wagen entglitt und in den Abgrund stürzte.

Bianca und Coletta waren die Nächsten, die die schmale Stelle passierten, doch zu Fuß war es einfach. Als sie bei dem Venezianer auf der anderen Seite angekommen waren, trafen sich Biancas und sein Blick. Er lächelte sie in einer Art und Weise an, die ihr Angst machte, zugleich aber auch ihre Neugier erregte. Was ist er bloß für ein seltsamer Kerl?, dachte sie und ärgerte sich im gleichen Augenblick darüber, dass sie überhaupt einen einzigen Gedanken an diesen Lüstling verschwendete. Rasch wandte sie sich ab und nahm sich vor, jegliche Nähe zu ihm zu meiden. Sogar seinen Blicken würde sie in Zukunft ausweichen.

Bianca war tief in Gedanken versunken und bemerkte nicht einmal, dass Coletta sie die ganze Zeit über durchdringend von der Seite musterte. Er scheint großen Gefallen an ihr zu entwickeln, dachte die Dirne besorgt. Wie gut, dass sie sich wie eine Jungfrau gebärdet, die mir niemals das Wasser abgraben könnte.

✹ 32 ✹

Artur von Ehrenreit lief mit festem Schritt in dem riesigen holzvertäfelten Zimmer auf und ab. Dabei würdigte er seine beiden Besucher, die wie erstarrt an dem langen Tisch saßen, keines Blickes.

»Es geht alles schief, weil ich umgeben bin von einem Haufen Nichtskönner«, schnaubte er in einem fort.

»Ich muss schon sehr bitten«, protestierte Ratsherr Michel Fenner. »Es sind doch Eure Leute, die es nicht schaffen, diesem störrischen Weibsbild das Rezept zu entlocken.«

Ungehalten blieb Artur vor dem Stuhl des übergewichtigen Kahlkopfes stehen. »Ihr irrt. Dieser Plan, die Kindesmörderin zu ihrer Vertrauten zu machen, ist doch auf Eurem Mist gewachsen. Wie der Bote meines Sohnes mir soeben mitteilte, haben die beiden Weibsbilder sich verbündet und reisen im Gefolge eines reichen Tuchhändlers nach Venedig. Und von Eurem ach so treuen Knecht Johann fehlt jegliche Spur.«

»Und was ist mit Eurem Mann? Warum hat der das nicht verhindern können?«

Artur legte grüblerisch die Stirn in Falten und schwieg.

»Ich habe Euch etwas gefragt, großer Janus.« Die Anrede klang spöttisch.

»Hört auf mit dem Unsinn! Ihr wart doch ganz begeistert von meinem Vorschlag, dass wir uns unter falschen Namen im Weinkeller treffen, aber hat es uns etwas genützt? Mitnichten!«

»Ihr habt mir meine Frage noch nicht beantwortet. Wo ist Euer Mann? Ihr habt ihn uns angepriesen als besonders verschlagenen Halunken.«

Artur wand sich. »Der … ja, dieser junge Mann … er wurde am Reschenpass gefunden. Jedenfalls das, was noch von ihm übrig war. Wie Nero, der ihnen knapp auf den Fersen war, mir durch einen Boten ausrichten ließ, hat er offenbar einen jungen Baumeistergehilfen umgebracht, um sich unter seinem Namen bei den Weibern einzuschleichen. Aber dessen Freunde sind ihm draufgekommen und haben ihn erst erschlagen und dann …«

»Wie viele Männer sind noch unterwegs?«

»Außer Nero dein Knecht, der sich diese Änlin Kress vornehmen sollte und dann …« Artur stockte und hob die Schultern. »Nero wird nicht in Erscheinung treten, bis er in Venedig angekommen ist und weiß, wo sich Andreas aufhält. Den müssen wir dringend als Ersten aus dem Weg räumen, und dann ist das Mädchen dran.«

»Das sagt Ihr nun schon seit Wochen«, knurrte der Ratsherr, »aber nichts von alledem hat bislang etwas gebracht. Weder die Folter noch die drohende Hinrichtung. Und falschen Freunden misstraut sie offenbar auch. Wie will Nero das bewerkstelligen?«

»Nicht Nero wird sie zum Reden bringen, sondern der da!« Er zeigte auf den hageren Mönch, der an diesem Tag die Kleidung seines Ordens trug, den schwarzen Habit. Der Augustinerbruder hatte bislang geschwiegen, in der Hoffnung, dass man ihn in Frieden ließ. Er war der Meinung, er habe sich bereits über alle Maßen eingebracht. Und er fand, dass seine Mitwirkung von Erfolg gekrönt war – im Gegensatz zu den Mitverschwörern. Schließlich war es ihm gelungen, das Testament nicht nur zu fälschen, sondern auch auszutauschen, und er hatte das Weib durch seine Falschaussage dem sicheren Tod ausgeliefert. Alles hatte sich bestens angelassen, bis sie dieses Weib vor die Stadttore geschafft hatten.

Das war gänzlich gegen seinen Willen geschehen. Er hätte der jungen Frau auch innerhalb der Stadtmauern früher oder später das Geheimnis entlockt. Dessen war er sich sicher, und das hatte er den anderen auch deutlich zu verstehen gegeben. Dass sie nun auf ihn zurückgriffen, nachdem sie alle versagt hatten, behagte ihm ganz und gar nicht.

»Warum ich? Lasst es doch Nero erledigen! Ich kann doch gar nicht fort. Wenn ich Prior werden möchte, dann muss ich vor Ort sein, wenn wir die Herstellung der Benedicten endlich von unserem Kloster aus betreiben.«

Der Ratsherr lachte trocken. »Ja, wenn. Oder wollt Ihr mir allen Ernstes weismachen, die Helferinnen dieser Bianca im Katharinenkloster hätten Euch das Rezept verraten?«

»Nein, das nicht. Sie tun so, als seien sie stumm. Und nachdem ich ihnen die Folter angedroht habe, lässt mich die Priorin nicht mehr in die Backstube. Ich müsste also dringend an das Rezept gelangen. Wenn der Vorrat an Benedicten verbraucht ist und das Recht auf die Herstellung an unsere Brüder übergeht, dann können wir nicht mit leeren Händen dastehen. Niemals wird man mich zum Prior machen. Noch glaubt man im Kloster, es sei meinem guten Verhältnis zur verstorbenen Benedicta zu verdanken, dass sie unser Kloster bedacht hat. Doch wenn wir an der Herstellung scheitern, wird aus dem angestrebten Erfolg der blanke Hohn.«

»Ich sage es doch – Ihr werdet Euch Bianca von Ehrenreit vornehmen und nicht eher nach Nürnberg zurückkehren, bevor Ihr das Rezept kennt.«

»Aber Euer Sohn ist bereits unterwegs. Warum kann der dieses Weib nicht …«

»Nein, nein, das ist nicht möglich!«, fuhr Artur zornig dazwischen.

Michel Fenner blickte seinen Mitstreiter verwundert an. »Werter Artur, Ihr wisst, ich bin fast immer auf Eurer Seite, aber in dieser Sache stimme ich dem Bruder Balthasar ...« Fenner unterbrach sich und lachte. »Dieser Name klingt einfach besser als Euer eigener.« Er wandte sich wieder an Artur. »Ich verstehe nicht, warum wir Nero, der mit allen Wassern gewaschen ist, unseren Mönch hinterherschicken sollen.«

»Für das Mädchen ist mein Sohn nicht der geeignete Verfolger«, stöhnte Artur gequält auf, in der Hoffnung, die anderen beiden würden weitere Fragen unterlassen. Doch da kannte er den Ratsherrn schlecht.

»Janus, nun redet schon! Warum haltet Ihr Euren Sohn für ungeeignet, das Mädchen zu foltern, ihr unter dem Versprechen, sie am Leben zu lassen, das Rezept zu entlocken und sie dann zu erwürgen?«

Artur kratzte sich verlegen am Bart. »Ich ... ich ... ja, das ist so ... ich weiß nicht, ob ...«, stammelte er.

»Nun macht Ihr mich erst recht neugierig. Sprecht! Es ist ja nicht mehr mit anzusehen, wie Ihr Euch windet«, unterbrach ihn der Kahlkopf unwirsch.

»Dieses Weibsstück hat meinen Sohn verhext. Er ist verrückt nach ihr.«

»Er kann sie also gar nicht foltern?«

»Doch, das ja ... vielleicht. Aber er wird sie nicht töten. Er wird ihr vorschlagen, seine Frau zu werden. Sie hasst ihn, aber sie ist schlau und wird ihm vorgaukeln, dass sie auf seinen Plan eingeht. Stellt Euch nur vor, er bringt sie unter seinem Schutz in die Stadt zurück, weil er ihr glaubt!«

»Was für ein Narr! Aber nun gut, dann müsst Ihr gehen. Ob es Euch passt oder nicht.« Er deutete auf den Mönch. Dann wandte er sich wieder Artur zu. »Aber wie könnt Ihr sicher sein, Janus, dass Euer Sohn nicht immer noch unter ihrem Bann steht und unsere Pläne durchkreuzt?«

»Ich habe ihm untersagt, sich Bianca von Ehrenreit zu nähern. Er hat es mir geschworen. Sein Ziel ist es, Andreas zu töten, und nichts anderes.«

»Dann können wir nur hoffen, dass Euer Sohn sich an seinen Schwur hält«, bemerkte der Augustinermönch grimmig. »Aber wie soll ich meinem Prior erklären, dass ich eine so weite Reise unternehme?«

»Ich habe bereits mit ihm gesprochen und ihm unter dem Siegel der Verschwiegenheit anvertraut, dass Ihr in Venedig Verhandlungen mit Gewürzhändlern aufnehmen sollt.«

»Und das hat er Euch abgenommen?«, entgegnete der Mönch zweifelnd. »Ich bin doch kein Kaufmann, und solche weltlichen Ausflüge werden zurzeit nicht gern gesehen!«

»Es sei denn, die Reise sieht auch einen Besuch bei den Brüdern des dortigen Augustinerklosters vor«, warf Artur triumphierend ein. »Im Süden geht es in den Klöstern derzeit recht weltlich zu, sodass einige Brüder gern die Unterstützung eines Klosterbruders wünschen, der den Regeln der Observanz folgt. Und das tut Ihr doch, nicht wahr, Bruder Gregor?«

»Immer muss *ich* alles richten. Dabei habt Ihr das größere Problem«, murrte Gregor. »Im Kloster gibt es immerhin noch so viele Vorräte an Benedicten, dass ich gut und gern warten könnte, bis ein anderer als ich das Werk vollendet hat, aber Ihr, Ihr müsst Euch sofort etwas einfallen lassen. In der Backstube von Lebküchnermeister Ebert soll es nicht einmal mehr eine Mandel geben, um die Benedicten zu verzieren.«

»Ihr habt Eure Ohren wohl überall«, fauchte der Ratsherr den Mönch an. »Aber wenn Ihr schon so fragt, was Ihr noch für uns erledigen könnt – ja, da gibt es etwas. Meister Olbrecht muss verschwinden.«

Gregor blieb der Mund offen stehen. »Und ich soll ihn aus dem Weg räumen?«

»Aber nein, das würde ich Euch doch niemals zumuten. Ihr sollt ihm nur ein wenig Angst einjagen, bevor Ihr hoffentlich morgen bereits gen Venedig aufgebrochen seid.«

Michel Fenner griff in die Tasche seines Überrockes und holte angewidert ein unförmiges Stückchen Gebäck hervor.

»Meine Frau hat es heute bei Olbrechts Stand am Markt gekauft, und meine Tochter hat sich geweigert, auch nur einen weiteren Bissen davon zu kosten. Er verkauft dieses übel schmeckende Zeug als Benedicten und lässt sich nicht mit guten Worten davon abbringen. Es gab einen Tumult am Stand. Die Leute riefen nach Meister Eberts Benedicten.«

»Ja, und was soll ich dazu tun?«

»Ganz einfach. Du wirst ein paar Klosterknechte zusammentrommeln und sie anstiften, heute noch den Marktstand zu zerstören. Und wenn Meister Olbrecht vor den Trümmern steht, wirst du ihm klarmachen, dass er es entweder schafft, etwas halbwegs Wohlschmeckendes herzustellen, oder aber das Backen unterlässt, bis das Rezept eingetroffen ist. Er soll den Leuten weismachen, dass die Benedicten so beliebt sind, dass er mit dem Backen nicht nachkommt. Aber das da …« Er hielt Bruder Gregor den missratenen Lebkuchen vor die Nase. »… das darf er nicht länger verkaufen. Dann können wir das Geschäft vergessen, bevor wir das Rezept in Händen halten. Und er soll es ja nicht wagen, so etwas an die Höfe zu liefern. Ich denke, du bist der richtige Mann, ihm das mit Nachdruck klarzumachen.«

Bruder Gregor blickte seine Mitverschwörer missmutig an.

»Oder soll *ich* ihn vielleicht auf dem Markt besuchen, wo ich bekannt bin wie ein bunter Hund?«, fragte der Ratsherr hämisch.

»Nein, nein, schon gut, ich werde es auf dem Weg zur Stadt hinaus erledigen, aber eines sage ich Euch: Wenn ich nach alledem, was ich in dieser Angelegenheit auf mich genommen habe, nicht zum Prior ernannt werde, dann ...«

»Wollt Ihr uns drohen?«, unterbrach ihn Artur verärgert.

Statt ihm eine Antwort zu geben, stand Bruder Gregor auf, nickte den beiden Männern noch einmal kurz zu und murmelte: »Ich werde mein Bestes tun, aber betet mit mir, dass ich wohlbehalten mit dem Rezept in meinem Bündel zurückkehre. Die Reise soll beschwerlich sein, wenngleich auf der ganzen Strecke über den Brennus Herbergen zum Verweilen einladen.«

»Verweile nur nicht zu lange. Die Zeit drängt«, versuchte Artur zu scherzen, aber das überhörte der Mönch, während er den großen Saal im Ehrenreitschen Haus verließ, ohne seine Mitstreiter noch eines Blickes zu würdigen.

»Traut Ihr ihm?«, fragte der Ratsherr Michel Fenner zweifelnd, als der Mönch außer Hörweite war.

»Er ist ein selten humorloser Bursche, aber ich halte ihn für untadelig. Wenn er sein Wort gibt, dann bleibt er dabei. Er ist alles andere als ein Meister der Intrige«, erwiderte Artur voller Überzeugung.

33

Jeder der beiden Verschwörer hing eine Zeit lang seinen Gedanken nach. Sie kreisten um die Frage, warum ihr schöner Plan sich doch nicht so reibungslos in die Tat umsetzen ließ, wie sie es sich bei ihren Treffen ausgemalt hatten. Artur hatte den Eindruck, dass der Ratsherr die Schuld ausschließlich bei ihm, Janus, suchte. Er überlegte gerade, wie er diesen Vorwurf, der stumm im Raum stand, am besten entkräften konnte. Da kam ihm sein Mitverschwörer zuvor.

»Es geht beileibe nicht so einfach vonstatten, wie wir es wollten«, sinnierte Michel Fenner, während er sich mehrfach über den kahlen Schädel strich.

Er spricht es zwar nicht aus, dachte Artur grimmig, aber er glaubt, das alles sei allein meine Schuld.

»Wir haben das dumme Ding einfach falsch eingeschätzt. Sie ist furchtloser, als ich jemals geglaubt hätte. Sicher, das ist mein Fehler. Ich hätte sie nicht mit dem ängstlichen Kind messen sollen, das sie einmal war und das weinte, nachdem Bruno sie in den Burgkeller eingeschlossen hatte«, murmelte Artur.

»Nun greint sie nicht einmal mehr, wenn man sie in ein winziges Verlies sperrt, mit glühenden Eisen bedroht und mit der Todesstrafe belegt. Ich habe Hochachtung vor dieser jungen Frau, wenngleich ich nichts sehnlicher wünsche, als ihren Tod. Aber erst nachdem sie das Rezept verraten hat.«

»Michel Fenner, glaubt mir. Mir tut sie selbst ein wenig leid. Sie wäre schon eine gute Frau für Bruno, aber ich traue ihr nicht. Sie ist nicht nur mutiger, sondern auch klüger, als ich dachte. Kurzum, ich halte den Bruder Balthasar für den richtigen Mann, sie aus dem Weg zu räumen. Wenn er es nicht schafft, wer sonst? Er hat etwas Grausames an sich, und ich möchte gar nicht wissen, welcher Werkzeuge er sich bedient, um die Wahrheit aus ihr herauszupressen.«

»Und was fangen wir mit Meister Olbrecht an? Der Lebküchner ist untragbar. Er hat Ebert umgebracht, bevor er das Rezept aus ihm herausgeprügelt hatte ...«

»Und er backt gegen unseren ausdrücklichen Rat diese scheußlichen Gebäckstücke und behauptet, das seien die Benedicten«, ergänzte Artur.

»Habt Ihr überhaupt schon einmal davon gekostet?« Der Ratsherr hielt Artur den Brocken aus seiner Rocktasche entgegen.

Angewidert wandte der sich ab. »Nein, danke!«

»Los, probiert!«, befahl Michel Fenner seinem Mitverschwörer.

Widerwillig biss Artur von dem Lebkuchen ab und spuckte ihn in hohem Bogen aus, kaum dass er ihn im Mund hatte.

»Wie kann sich so einer überhaupt Lebküchner nennen?«, fragte er verächtlich.

»Das hat der Kerl mir zu verdanken. Er war schon immer ein schlechter Bäcker, aber er war von dem Ehrgeiz zerfressen, Lebküchner zu werden. Weil er mir öfter einen kleinen Gefallen getan hatte, habe ich ihm dazu verholfen. Und nun glaubt er selbst daran, dass er ein Meister seines Faches ist.«

»Welch bedauerlicher Irrtum. Nicht nur, dass seine Gebäckstücke hart wie Stein sind. Sie schmecken überdies fade und nach purem Weißmehl. Dieser einzigartige Geschmack der Nuss geht diesem Fraß gänzlich ab ...«

»Artur, ich habe es! Nuss. Ihr sagt es. Es fehlen die Nüsse.« Michel Fenners Wangen glühten vor Freude, dem vermeintlichen Geheimnis des Rezeptes auf die Spur gekommen zu sein.

»Und Ihr wollt den Pfuscher weiterarbeiten lassen, allein weil er fortan unter sein Mehl Nüsse mischt?«

Der Ratsherr fuhr sich erneut mit der Hand über die Glatze.

»Nein, das wird nicht genügen. Ihr habt recht. Er muss weg. Er gefährdet unseren schönen Plan. Ich werde mich niemals damit schmücken können, jener im Rat gewesen zu sein, der den Handel mit den berühmten Benedicten befördert und sie bei Hofe unentbehrlich gemacht hat.«

»Und ich werde keine Reichtümer anhäufen, von denen ich Euren Anteil zahlen kann«, fügte Artur hastig hinzu. »Aber wenn wir den Stümper aus dem Weg räumen, wer soll die Benedicten dann in Zukunft backen? Wir waren nun einmal so dumm und haben ihn in Benedictas Testament zum Erben für den weltlichen Handel bestellt.«

Der Ratsherr hatte die Stirn in Falten gelegt. Er schien angestrengt zu grübeln. Dann erhellte sich sein Gesicht.

»Sagt einmal, Eberts Geselle Heinrich Gumpert, der hat doch Familie, nicht wahr?«

Artur nickte. »Ja, bei dem kommt jedes Jahr ein Kind zur Welt. Er soll manchmal nicht mehr wissen, woher er das Brot nimmt, um die Meute zu ernähren.«

»Und wir haben uns seine Falschaussage doch ein hübsches Sümmchen kosten lassen und – als er sie zurücknehmen wollte – erfolgreich seine Familie bedroht. Er würde alles tun, damit seinen Lieben nichts zustößt.« Der Ratsherr stieß ein meckerndes Lachen aus.

»Ja, er würde alles tun, um das Leben von Frau und Kindern zu schützen. Ich schwöre Euch, alles!«

»Das ist unser Mann!«, frohlockte der Ratsherr.

»Davon bin ich gar nicht so überzeugt«, entgegnete Artur zweifelnd. »Er war Meister Ebert und auch Bianca von Ehrenreit stets treu ergeben. Und er ist ... wie nennt man solche Kerle, denen ihr Gewissen wichtiger ist als alles andere?« Artur kratzte sich am Kinn, während er nach dem Wort rang.

»Unverbesserliche Narren«, bemerkte Michel Fenner spöttisch.

»Aber wenn dieser Narr nun vor lauter Gottesfurcht zum Rat läuft und die Wahrheit erzählt? Er steht jedenfalls auch auf meiner Liste derer, die wir besser schnellstens loswerden sollten.«

»Der Rat bin ich! Schon vergessen? Ihr steht unter meinem Schutz. Euch kann nichts geschehen, wenn er Euch anzuschwärzen versucht. Denn über mich weiß er gar nichts. Ich ließe ihn einsperren, weil er Lügen über Euch verbreitet.«

Artur aber hörte ihm gar nicht mehr zu. In diesem Augenblick wurde ihm klar, dass Fenner ihn die Drecksarbeit hatte verrichten lassen. Meister Olbrecht, den Mönch und ihn ... Was auch immer geschah, der Ratsherr wusch seine Hände in Unschuld. Ihm war nicht wohl bei diesem Gedanken. Er nahm sich fest vor, den Beweis zu erbringen, dass Michel Fenner mit im Boot der Verschwörer gesessen hatte. Wie von ferne hörte er den Ratsherrn reden und reden. Er schwätzte gern. Dessen war Artur schon oft Zeuge geworden.

»Und deshalb wird uns der dumme Heinrich von großem Nutzen sein. Das schwöre ich Euch!«

»Aber wie?«, fragte Artur kurz angebunden.

Der Ratsherr rückte ganz nahe an seinen Mitverschwörer heran, als befürchte er, sie könnten belauscht werden. Dabei waren sie allein im großen Saal des Ehrenreitschen Hauses.

»Der Olbrecht hat keine Kinder. Und wenn wir ihm jetzt aufbürden, Eberts ehemaligen Gesellen einzustellen und ihn als Erben einzusetzen, dann wird Heinrich Nutznießer des Testamentes.«

»Ja, wenn …«, entgegnete Artur wenig überzeugt.

Der Ratsherr rückte ein Stück von ihm ab und stöhnte auf. »Ihr wisst wirklich nicht, worauf ich hinaus will, nicht wahr?«

Es war Artur von Ehrenreit, dem alten Haudegen, sichtlich peinlich, dass er keine Ahnung hatte, was Michel Fenner da im Schilde führte. Und wenn er ehrlich war, ärgerte ihn das auch ein wenig. Sonst war er immer derjenige, der verwegene Pläne in die Tat umsetzte, doch dieser fette Ratsherr war ihm stets einen Schritt voraus. Ja, Artur bezeichnete ihn in Gedanken wirklich als fett, weil ihm dies das Gefühl gab, er sei dem Ratsherrn trotz allem überlegen.

»Ich weiß gerade nicht genau, worauf Ihr hinauswollt, wenngleich ich mir etwas denken könnte«, versuchte sich der in seiner Eitelkeit gekränkte Artur herauszureden.

»Es ist doch ganz einfach«, flüsterte Michel Fenner begeistert. »Heinrich wird jener Lebküchner, der uns zu Diensten ist. Ihm steht das Wasser bis zum Hals, und er – dessen bin ich sicher – weiß mehr über das Rezept als jeder andere. Er hat doch tagein, tagaus mit Ebert zusammengearbeitet. Ich würde mich wundern, wenn er das Rezept nicht besser kennen würde, als er bislang zuzugeben bereit war …«

»Ja, schon, aber Ihr habt doch bei dem Prozess erlebt, wie verbunden er Bianca von Ehrenreit ist. So sehr, dass wir mit dem Gedanken spielten, ihn in der Pegnitz zu ersäufen, als er im Begriff stand, hernach alles zu widerrufen. Aber er schwor beim Leben seiner Kinder, dass er uns niemals verraten werde. Und wir glaubten ihm. Doch ist er wirklich der Mann, auf den wir bauen sollten?«

»Ich bin sicher, werter Artur, er ist ein Ehrenmann, der niemals hinterhältig wäre und der das Wissen um die Benedicten besitzt, das wir benötigen. Und der zum Wohl seiner Familie nicht zögern wird, Meister Olbrecht aus dem Weg zu räumen, um nicht länger am Hungertuch zu nagen.«

»Ihr meint, wenn er erst Meister Olbrecht umgebracht hat, sei er uns rettungslos ausgeliefert?«

»Genau, mein Freund. Das ist der Plan. Nun muss nur noch jemand Olbrecht unterbreiten, dass er einen neuen Gesellen braucht.«

Artur seufzte. »Ihr sprecht von mir, nicht wahr? Ihr könnt ja nicht bei Meister Olbrecht aufkreuzen und verlangen, dass er Eberts treuen Gesellen übernimmt, oder?« Das klang bissig.

»Das wäre angesichts meiner Stellung in der Tat schier unmöglich«, erwiderte der Ratsherr feixend. »Genauso wenig, wie ich dem Heinrich unterbreiten könnte, fortan für Olbrecht zu arbeiten.«

»Ich verstehe. Ein Ratsherr kann das nicht.« Artur war wütend, versuchte aber seinen Zorn zu verbergen. Es ärgerte ihn maßlos, dass er es wieder einmal sein sollte, der sich so weit vorwagte. Und wer würde seinen Kopf hinhalten, wenn der Plan des Ratsherrn scheiterte? Artur konnte sich beinahe bildlich vorstellen, wie er vor Gericht beschwören würde, dass Michel Fenner einer von ihnen sei, und der Richter ihn einen Lügenbold schimpfen würde.

Fenner hob die Schultern. »Es tut mir leid, aber wer soll es sonst übernehmen? Euer Sohn ist unterwegs, Andreas zu töten, Bruder Gregor nimmt sich Bianca vor, ich halte alle

Unbill von Euch fern, ja, und Ihr müsst jetzt dafür sorgen, dass wir in Heinrich einen willigen Helfer haben.«

Und Ihr gebt im Hintergrund Befehle und zieht, wenn etwas misslingt, Euren feisten Schädel aus der Schlinge, dachte Artur grimmig.

Er straffte die Schultern, wollte sich aufplustern, Stärke zeigen, doch es gelang ihm nicht. So gern er sich auch gegen den übermächtigen Fenner aufgelehnt hätte, er musste insgeheim zugeben, dass dieser Mann unschlagbar schlau war.

Wenn Heinrich Meister Olbrecht wirklich tötete und fortan als Meister der Benedicten galt, wäre er erpressbar und täte alles, was man von ihm verlangte. Der Plan war gut. Das musste Artur neidlos anerkennen.

»Ihr habt recht, Michel Fenner, Heinrich ist unser Mann, und ich werde alles tun, um ihn endgültig auf unsere Seite zu ziehen«, brachte Artur schließlich mit einer Spur Bewunderung hervor. Der Ratsherr lächelte huldvoll, als habe er nichts anderes erwartet.

Artur lächelte zurück, wenngleich in seinem Innern immer noch Widerstand gegen Michel Fenners Vorherrschaft tobte. Schließlich war er, Artur, derjenige gewesen, der die Sache ins Rollen gebracht hatte. Inzwischen hatte Fenner ihn, den eigentlichen Kopf der Verschwörung, zu seinem Erfüllungsgehilfen gemacht. Nein, das passte Artur von Ehrenreit ganz und gar nicht. Er würde nicht eher ruhen, bis er etwas in der Hand hielt, damit Fenner im schlimmsten Fall nicht ungeschoren davonkam. Mitgefangen, mitgehangen, schoss es ihm durch den Kopf, während er den Ratsherrn freundlich lächelnd zur Tür des prächtigen Ehrenreitschen Hauses brachte. Überschwänglich verabschiedeten sich die beiden Mitstreiter. Voller Zorn starrte Artur dem Ratsherrn nach.

Er zuckte zusammen, als ihn einer der Helfer aus dem Gewürzlager von der Seite ansprach.

»Wir haben keinen Zimt mehr, Meister Ehrenreit. Was sollen wir tun?«, fragte er ehrerbietig.

Artur fuhr zu dem Burschen herum und musterte ihn abschätzig. »Wie habt ihr euch denn sonst Nachschub besorgt?«

Der junge Mann sah seinen neuen Herrn fassungslos an.

»Die Herrin hat sich mit den Händlern getroffen, und Euer Onkel, unser Herr Konstantin, Gott hab ihn selig, ist weit gereist, um Gewürze für unseren Handel zu erstehen.«

»Musst du mich jetzt mit solchem Unsinn belästigen?«, fuhr Artur den fleißigen Bediensteten an.

Dem blieb der Mund offen stehen. »Nein, nein, ich kann gern ein anderes Mal wiederkommen«, entgegnete er schwach, nachdem er sich wieder gefasst hatte. Dann zog er sich katzbuckelnd zurück.

Artur blieb unschlüssig stehen. Sollte er sich tatsächlich darum kümmern, dass Zimt geliefert wurde? Nein, danach stand ihm wahrlich nicht der Sinn. Das prächtige Haus war ganz nach seinem Geschmack, aber dieser Gewürzhandel langweilte ihn. Er dachte nicht daran, ihn fortzuführen, wenn er endlich Herr über die Benedicten war. Das Geschäft warf genügend Ertrag ab. Und dann musste er keinen Finger mehr krumm machen und konnte andere für sich arbeiten lassen. Er strich nur das Geld ein und genoss das, was ihm am wichtigsten war, in vollen Zügen: Wein und Weiber! Befriedigt rieb er sich die Hände.

✻ 34 ✻

Artur hatte sich in dem großen Saal zu Tisch gesetzt und alle jene Köstlichkeiten kredenzen lassen, die er sich zuvor niemals hätte leisten können. Doch hier im Hause seines Onkels, Konstantins von Ehrenreit, des reichen Gewürzhändlers, und dessen Ehefrau Benedicta, ließ es sich leben. Artur stieß einen kräftigen Rülpser aus und hob seinen Becher mit Wein. »Gott hab Euch selig, Ihr beiden. Ich trinke auf Euer Wohl und auf mein Erbe!«, rief er feixend und prostete gen Himmel.

Nun fehlte ihm zu seinem Glück nur noch ein Schläfchen. Er stand auf, strich sich zufrieden über den vollgefressenen Wanst und wollte sich zu seiner Schlafkammer begeben. Doch dann blieb er mitten in dem prächtigen Saal stehen, und sein Blick verfinsterte sich. Seit Stunden hatte er vor sich hergeschoben, was es noch zu erledigen galt. Erneut überkam ihn der Zorn auf Michel Fenner mit aller Macht. Warum lasse ich mich von ihm nur hin und her schicken, wie ein Lehrling vom Meister gescheucht wird?, dachte er grimmig. Seufzend beschloss er, den Mittagsschlaf später nachzuholen. Bis er die Früchte seiner Intrige kosten konnte und nicht mehr nach Fenners Pfeife tanzen musste, gab es noch ein paar Kleinigkeiten zu erledigen. Er musste den Gesellen Heinrich finden, aber wo?

Vielleicht wusste Meister Olbrecht etwas. Ihm wollte er ohnehin vorher einen Besuch abstatten. Der Lebküchner hatte sein Geschäft inzwischen in Meister Eberts Bäckerei verlegt. Als wichtigstem Mann in der Zunft der Lebküchner war es ihm ein Leichtes gewesen, sich dessen Haus und dessen Backstube in der Torgasse zu bemächtigen.

Meister Olbrecht war gerade dabei, seine Lehrjungen anzuschreien, als Artur den Kopf zur Tür hereinsteckte.

Artur stellte nicht ohne einen Anflug von Schadenfreude fest, dass der Lebküchner rot anlief, als er ihn erblickte. Ohne ihn zu begrüßen, stürzte er auf den Ritter zu und schob ihn in den Flur zurück. Mit einem lauten Knall schloss er die Tür hinter sich.

»Steckt Ihr dahinter?«, fragte er mit schneidender Stimme.

»Haltet ein! Wovon sprecht Ihr?«, erwiderte Artur empört, der sich beim besten Willen nicht vorstellen konnte, dass Bruder Gregor bereits die Anweisungen des Ratsherrn ausgeführt hatte.

»Davon!«, entgegnete der Lebküchner und deutete auf sein zugeschwollenes linkes Auge, das in allen erdenklichen Blau- und Grüntönen schillerte. »Oder wollt Ihr behaupten, dass Ihr uns diesen Pöbel nicht auf den Hals gehetzt habt? Man hat meinen Stand umgeworfen und nach Eberts Benedicten geschrien!«

»Aber, guter Freund, wie käme ich dazu?«, heuchelte Artur und musste sich ein Grinsen verkneifen. »Doch es trifft sich gut, dass Ihr darauf zu sprechen kommt. Ihr werdet dieses scheußliche Gebäck nicht mehr als Benedicten verkaufen. Ihr schadet dem Geschäft.«

»Ich muss doch sehr bitten. Das geht gegen meine Ehre als Lebküchner. Ich habe auch schon vorher Lebkuchen hergestellt!«

»Ja, knochenharte Ware, über deren Geschmack ich kein Wort verlieren möchte.«

Unvermittelt hatte Artur den Lebküchner bei den Riesenohren gepackt. Meister Olbrecht schrie auf vor Schmerz.

»Nun hört mir gut zu, Pfuscher. Es wird kein Markttag

vergehen, an dem Euer Stand unversehrt bleibt, wenn Ihr nicht aufhört, Eure Eitelkeiten über unseren gemeinsamen Plan zu stellen.«

»Was ... was verlangt Ihr von mir?«, jammerte der Lebküchner.

»Dass Ihr meinem Befehl folgt, mehr nicht«, entgegnete Artur schleimig und ließ die spitzen Ohren des alten Mannes los. Sie waren über und über rot geworden.

»Ich tue alles. Was verlangt Ihr?«

»Dass Ihr Heinrich Gumpert als Gesellen einstellt!«

»Aber ... aber der wollte nicht für mich arbeiten. Das hat er mir frech ins Gesicht geschleudert. Er ist mit seiner Brut lieber in das Gerberviertel gezogen, als für mich tätig zu sein und in diesem Hause zu wohnen ...«

»Das lasst meine Sorge sein. Er wird morgen früh pünktlich zur Arbeit erscheinen. Und dann werdet Ihr nach seinem Rezept backen. Habt Ihr verstanden? Er allein bestimmt, welche Zutaten genommen werden.«

»Aber ... aber das ...«

»Oder wollt Ihr das Schicksal von Bruder Theobald teilen und Eurem unwürdigen Leben ein rasches Ende bereiten, weil Ihr in die Pegnitz springt?«

»Ihr ... Ihr könnt mir nicht drohen«, versuchte der Hänfling von einem Lebküchner dem kräftig gewachsenen Spross einer Raubrittersippe Stärke vorzugaukeln, während er vor Angst schlotterte.

»So? Kann ich das nicht?« Und schon hatte Artur Meister Olbrechts Hand gepackt und so kräftig zugedrückt, dass es gefährlich knackte.

»Ich ... ich werde zum Rat gehen und ... und ... und ...«, stammelte der Lebküchner.

Artur ließ seine Hand los. »Das ist ein hervorragender

Gedanke. Dann vergesst nur nicht zu erwähnen, dass Ihr Meister Ebert umgebracht habt!«

»Ihr seid gemein!«

»Gemein vielleicht, aber kein Mörder wie Ihr! Überlegt es Euch wohl: Folgt Ihr meinen Anweisungen oder nicht?«

Der Lebküchner senkte den Kopf. »Ja«, sagte er leise.

»Ich höre nichts!«

»Ich folge Euren Anordnungen.«

Artur klopfte dem schmächtigen alten Mann kräftig und scheinbar freundschaftlich auf den Rücken.

»Ihr werdet Heinrich gut behandeln und ihn den Teig machen lassen?«

Der Lebküchner nickte schwach.

»Ihr habt keine Nachkommen, nicht wahr?«

Der Lebküchner schüttelte den Kopf.

»Dann werdet Ihr ein Testament aufsetzen und Heinrich als Euren Erben benennen.«

»Aber ich will das Geschäft der Zunft vermachen und als Wohltäter in die Geschichte der Stadt eingehen …«

»Ihr werdet Heinrich zum Erben einsetzen. Habt Ihr verstanden? Schließlich seid Ihr alt und hinfällig. Ihr könntet jeden Tag tot umfallen, und was dann? Soll der weltliche Handel mit den Benedicten in die Hände der Zunft fallen? Nein, mein Lieber, Ihr glaubt doch nicht allen Ernstes, dass ich auf mein schönes Geschäft verzichte. Der Benedictenhandel bleibt bei Personen meines Vertrauens.«

Wieder klopfte Artur dem alten Mann zur Bekräftigung seines geheuchelten Freundschaftsbekenntnisses auf den Rücken. Die Antwort war ein entsetzlicher Hustenanfall.

»Seht Ihr nun, warum ich mich darauf nicht einlassen kann? Ihr seid dem Tod näher als dem Leben. Also, geht in Eure Stube und schreibt.«

»Auf der Stelle?«

»Ja, sicher. Ich verlasse dieses Haus nicht, bevor ich Euer Testament in den Händen halte.«

»Ihr seid ein elender Halsabschneider«, entfuhr es dem Lebküchner, doch er tat, was Artur verlangte. In gebückter Haltung schlurfte er die Treppe hinauf.

Artur lehnte sich gegen die Wand und wartete. Er hatte Zeit, denn wenn er ehrlich war, drängte es ihn nicht, das Gerberviertel zu besuchen. Dort stank es gen Himmel.

Seine Gedanken schweiften zu Michel Fenner und dessen grenzenloser Macht ab. Was konnte er ihm nur als Beweis seiner Mittäterschaft abringen? Der alte Fuchs würde ihm niemals etwas schriftlich geben. Doch wenn er ihm etwas unterjubeln würde, was dem gleichkam? Arturs Herzschlag beschleunigte sich beim Gedanken an diesen verwegenen Plan. Er würde, nachdem er alles erfolgreich ausgeführt hätte, ein Schriftstück aufsetzen, wie er den Befehlen des Ratsherrn im Einzelnen Folge geleistet habe. Und dieses Dokument würde er im Haus Fenners so gut verstecken, dass nur er es wiederfände, wenn es einmal gebraucht würde. Was er, Artur von Ehrenreit, natürlich nicht hoffte. Doch die Vorstellung, dass man in einem solchen Fall auch den feinen Fenner zu packen bekäme, verschaffte ihm eine innere Befriedigung. Doch wie sollte er das bewerkstelligen?

Voll klammheimlicher Freude rieb er sich die Hände.

»Freut Euch bloß nicht zu früh«, murrte Meister Olbrecht, der jetzt missmutig zurückkehrte. Mit dem erwünschten Dokument in der Hand. Artur las es mühsam durch. Er war des Lesens und Schreibens dank seiner Mutter Alisa zwar einigermaßen mächtig, aber so richtig gelehrig war er schon als Kind nicht gewesen.

»So ist es recht«, stieß er schließlich triumphierend hervor und ließ die Urkundenrolle unter seinem Überrock verschwinden.

»Gehabt Euch wohl«, verabschiedete er sich übertrieben freundlich von dem Lebküchner. Der schwieg finster.

Unter der Tür wandte sich Artur noch einmal um.

»Und vergesst nicht, ihnen die schönsten Kammern zu geben. Hat er eigentlich sechs oder sieben Kinder?«

»Ihr … Ihr … nein, Ihr verlangt doch nicht etwa von mir, dass ich mit ihm und seiner ganzen Brut unter einem Dach wohne?«

»Nein, das würde ich nie tun, aber sagt: Steht das kleine Haus in Eurem Hof nicht leer? Dort ist doch Platz genug für Euch!«

»Nein, nein, nun ist es genug, das ist das Letzte, was …«

»Am besten lasst Ihr zum Empfang von Eurer Magd ein üppiges Mal für alle zubereiten«, säuselte Artur und zog pfeifend von dannen.

Seine gute Stimmung war allerdings schlagartig wie fortgeblasen, als er sich wenig später dem Gerberviertel näherte. Der faulige Gestank nach Tierkadavern, der ihm entgegenwehte, nahm ihm fast die Luft zum Atmen.

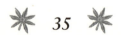

35

Noch nie zuvor hatte Bianca einen malerischeren Flecken Erde gesehen als das Dörfchen Tramin. Es lag eingebettet im Etschtal und war umgeben von unendlich vielen Weinbergen. Das war auch der Grund, warum Maurizio di Ziani in der hiesigen Herberge bereits seit Tagen Rast machte. Er kaufte einen Vorrat an Wein, den er mit nach Venedig nehmen wollte. Hier gebe es die besten Weine der Welt, pflegte der Venezianer zu schwärmen, wenn sie abends im Hof der Herberge gemeinsam speisten. Bianca hatte versucht, sich diesen Gelagen zu entziehen und zu Änlin in die Dienstbotenunterkünfte zu flüchten, aber das ließ der gestrenge Herr nicht zu. Er bestand darauf, dass Bianca den Tisch mit Coletta und ihm teilte. Solange er es nicht wagt, mich ins Bett zu holen ..., tröstete sie sich. Außerdem gab es Schlimmeres, als fürstlich zu tafeln. Und der Wein war wirklich über die Maßen schmackhaft. Wenn sie ihn auf der Zunge spürte, dann war ihr so, als schmecke sie die Sonne, die über Tramin schien, die laue Luft und den erfrischenden Fluss.

Und trotzdem wurde Bianca langsam unruhig. Wie konnte sie sich in diesem Paradies die gebratenen Tauben in den Mund fliegen lassen, während Andreas womöglich in höchster Gefahr schwebte? Mit jedem Tag, den sie sich hier dem Müßiggang hingab, würden sie weitere Schergen womöglich auf dem Weg nach Venedig überholen.

Bianca saß auf ihrem Lieblingsplatz ganz oben inmitten eines Weinberges und ließ den Blick über das Dorf schweifen. Wenn doch bloß Andreas hier wäre, dachte sie wehmütig, dann würde ich mich nicht darum reißen, so schnell wie möglich von hier fortzukommen. Besonders von ihr oben schien alles so offen und frei. Das lag nicht zuletzt daran, dass es keine Mauer gab, die diese Stadt einzwängte. Bianca gefiel das sehr. Wie überhaupt fast alles, was sie nach dem beschwerlichen Abstieg ins Etschtal erlebt hatte, ihr Herz erwärmte.

Drei Tage lang waren sie an der Etsch entlanggereist, bis sie in einen Ort gelangt waren, den der Venezianer Merano genannt hatte. Der stets kalt blickende Mann war bei der Ankunft in der Stadt wie verwandelt gewesen. Bianca dachte beschämt daran, wie er sie einfach hochgehoben und im Kreis herumgeschleudert hatte. »Ach, diese Luft, diese unvergleichlich Luft, wie ich sie vermisst habe! Wie ich eure nordische Kälte hasse!«, hatte er dabei ausgerufen. Das Schlimmste aber war der Kuss gewesen, den er der zu Tode erschrockenen Bianca auf die Wange gegeben hatte, nachdem er sie wieder auf dem Boden abgesetzt hatte. Sie spürte, wie ihr allein bei dem Gedanken daran die Schamesröte in die Wangen schoss.

Dabei konnte sie seinen Überschwang sogar verstehen. In diesem Talkessel roch es wirklich anders als oben am Pass und in den Gefilden weiter nördlich. Es lag etwas Liebliches in der Luft, und der Duft der fremden Pflanzen, die überall wuchsen, war dazu angetan, die Sinne zu verwirren.

Kein einziges Mal auf der Reise hatte sie Maurizio di Ziani von sich aus angesprochen, bis zu ihrer Ankunft in Merano. Da hatte sie ihn neugierig gefragt, wie die unterschiedlichen und fremdartigen Bäume hießen, die rings um das Dorf wuchsen. Bereitwillig hatte der Mann mit der Hakennase ihr geantwortet und sie in keiner Weise verspottet, weil sie so unwissend war. Nun wusste sie die Pflanzen sehr wohl zu unterscheiden. Die Zypressen, Lorbeerbäume und die Zedern. Nur Tannen gab es weit und breit keine mehr.

Ihre Gedanken schweiften gerade zu einer Rast vor ein paar Tagen am Lago di Caldaro, wie Maurizio ihn genannt hatte. Er und einige Männer waren zu Biancas Entsetzen kurz nach ihrer Ankunft am helllichten Tage nackt in den See gesprungen und weit hinausgeschwommen. Bianca hatte noch nie erlebt, dass sich Männer einfach so entblößten. Sie hatte schamhaft fortgesehen. Doch als die Männer unter lautem Johlen zurückgekehrt waren, hatte sie einen flüchtigen Blick riskiert und war erstaunt gewesen, wie gut gebaut der Venezianer war. Ihre Blicke hatten sich getroffen, und er hatte ihr zugezwinkert.

Im Dunkel der Nacht waren Änlin und sie dann auch ins Wasser gestiegen, um sich von den Strapazen der Reise zu säubern. Sie hatten sich mehrfach vergewissert, ob sie auch wirklich unbeobachtet waren. Obwohl sie keinen Menschen entdeckt hatten, war Bianca so, als hätte der Venezianer sie am nächsten Morgen mit anderen Augen betrachtet. An seinen unverschämten Blick hatte sie sich ja bereits gewöhnt, aber nun hatte das brennende Verlangen daraus gesprochen. Bianca war nicht wohl dabei. Was sollte sie bloß tun, wenn er ihr eines Tages wirklich zu nahetreten sollte? Ohne ihn würde sie doch niemals ans Ziel gelangen, so ganz ohne Geld.

»Ach, hier bist du! Hast du dich versteckt?«

Bianca fuhr erschrocken herum und blickte in Colettas forschendes Gesicht.

»Wie hast du mich gefunden?«

»Ich bin dir nachgegangen.«

»Warum?«

Stöhnend ließ sich Coletta neben ihr auf den weichen Boden im Schatten eines Weinstockes fallen.

»Ich muss dich warnen.«

»Wovor?«

»Mein Herr und Meister …« Coletta stockte. Der spöttische Unterton in ihren Worten war unüberhörbar. »Maurizio di Ziani wird nicht mehr lange fackeln, bevor er dich auf sein Lager befiehlt. Er verschlingt dich seit Tagen mit fiebrigem Blick. Mich rührt er kaum noch an.«

»Aber ich werde mich weigern.«

»Er glaubt, du seist eine Hure. Schon vergessen? Da fragt er nicht lange, sondern nimmt sich, was ihm gefällt.«

Bianca sprang hastig auf. »Dann muss ich fort, und zwar gleich morgen. Sag, weißt du, wie lange er noch hier verweilen möchte?«

»Wenn es nach ihm ginge, noch Tage, aber ich habe ihm gesagt, dass wir rasch weiterziehen sollten. Von einem drohenden Unwetter habe ich ihm erzählt. Ich kann ihm ja schlecht sagen, dass jeder Tag, den wir hier vertrödeln, Gefahr für Andreas ...« Sie hielt erschrocken inne.

Bianca sah Coletta verwundert an. »Du machst dir Gedanken um meinen Verlobten? Das hätte ich nicht von dir gedacht, aber du hast recht. Mit jedem Tag schwindet die Aussicht ein wenig mehr, ihn noch rechtzeitig vor den Mordbuben zu warnen. Deshalb dachte ich, es sei besser, ich zöge mit Änlin allein weiter, doch wenn es morgen ohnehin weitergeht ... Mit Euch sind wir schneller und ...« Sie stockte.

»Und?«, fragte Coletta sanft nach.

»Wir haben keinen Pfennig mehr. Unsere Mittel sind erschöpft«, gab Bianca kleinlaut zu.

»Ich mache dir einen Vorschlag: Geh Maurizio aus dem Weg. Schieb ein Unwohlsein vor. An diesem Ort flirrt er nur so vor Begierde, doch ich werde heute Nacht alles geben, damit er gar nicht auf den Gedanken kommt, dich zu behelligen.«

»Warum tust du das? Hast du Angst, deinen Gönner zu verlieren?«

»Ich weiß, dass du keine Hure bist, und ich kann mir beileibe nicht vorstellen, dass du dich freiwillig zu einem anderen Mann als deinem Verlobten legen würdest.«

»Ich weiß gar nicht, wie ich dir danken soll. Und was, wenn er sich in den nächsten Tagen wieder auf mich besinnt?«

Coletta stieß einen tiefen Seufzer aus. »Solange er es nur mit Worten versucht, bleib gelassen und lass es an dir abprallen. In dem Augenblick, da er handgreiflich wird, flüchte zu mir. Dann musst du fort. Ich habe in den Wochen am Reschenpass so viel verdient. Da kann ich dir ein hübsches Sümmchen überlassen. Schließlich ist es für einen guten Zweck. Du rettest deinen Verlobten. Und das ist das Wichtigste.«

»Ja, das ist das Wichtigste«, wiederholte Bianca und war immer noch unschlüssig, ob sie Coletta wirklich abnehmen sollte, dass sie sich aus lauter Sorge um einen fremden jungen Mann derart großzügig zeigte. Doch dann plötzlich durchzuckte sie ein klärender Gedanke. Coletta hatte tatsächlich Sorge um ihre Pfründe und wollte sie loswerden.

Schweigend wanderten beide Frauen nebeneinanderher ins Tal. Die Sonne brannte heiß auf ihre Köpfe herunter. Bianca lief der Schweiß nur so am Körper entlang. Sie trug immer noch das Kleid, in dem sie von Nürnberg aus aufgebrochen war. Es war für diese Witterung viel zu dick und zu schwer.

Mit einem Seitenblick auf Coletta stellte sie fest, dass diese ein leichtes Gewand aus hellem Tuch trug, das für die Hitze wesentlich besser geeignet war. Als sich Coletta zu ihr umwandte, versuchte sie sich nichts anmerken lassen.

»Ich habe noch ein dünnes Kleid aus Seide. Das kann ich dir geben«, sagte die Hure.

»Kannst du Gedanken lesen?«, gab Bianca verwundert zurück.

Coletta lachte. »Nein, das brauche ich gar nicht. Dein

Gesicht glüht vor Hitze, und das Kleid, das du trägst, mag unter der Nürnberger Sonne tragbar sein, aber nicht hier. Und glaub mir, es wird noch wärmer. Je weiter wir gen Süden reisen. Und in meiner Heimat Florenz, da ist es noch heißer.«

»Warum sprichst du unsere Sprache so gut?«

»Meine Mutter, eine Hure aus Florenz, ist in jungen Jahren mit anderen Frauen und mir im Gepäck gen Norden gezogen. Sie haben sich dort bessere Geschäfte versprochen. Meine Großmutter hatte es nämlich in Konstanz zu wahren Reichtümern gebracht, nachdem sie dort während des großen Konzils besonders italienischen Kirchenfürsten zu Diensten war. Sie kam im Gefolge des Gegenpapstes Johannes dorthin. Sie war Zeugin, als sein Wagen in den Alpen bei Eis und Schnee umkippte. Man sprach von einer Tat des Teufels. Doch als meine Mutter Jahrzehnte später in Konstanz ankam, war die Pracht der Stadt verblasst, in der es während des Konzils wie in einem Hexenkessel zugegangen sein muss. Entmutigt reisten sie zurück nach Florenz. Doch meine Mutter hielt es nicht lange dort aus und zog wieder gen Norden. Dort starb sie völlig verarmt.«

Bianca hatte beim Zuhören rote Ohren bekommen. Kirchenmänner und Huren? Wie passte das zusammen? Doch sie wagte nicht, nachzufragen. Sie kam sich mit einem Mal so weltfremd vor. Was, wenn die gemeine Intrige nicht geschmiedet worden wäre? Hätte ich dann je über die Stadtmauern geblickt?, fragte sie sich zweifelnd. Und so entsetzlich die Umstände auch waren, Bianca war in diesem Augenblick froh darüber, dass sie auf diese Weise etwas von der Welt sehen durfte.

Sie waren unten im Dorf angekommen, und Bianca ließ ihren Blick über das Dorf schweifen. Es lag so unendlich friedlich da, dass einem warm ums Herz werden konnte. Die Luft war derart weich, dass man meinte, sie würde einem zärtlich über das Gesicht streicheln. Und dann diese betörenden Düfte, die Bianca in die Nase zogen. Sie atmete tief durch.

»Du magst dieses Land, nicht wahr?«, hörte sie Colettas Stimme wie von ferne fragen.

Bianca nickte. Ihr Blick blieb an einer Zypresse hängen, und das Herz klopfte ihr bis zum Hals. Täuschte sie sich, oder hatte sie gerade einen Schatten hinter dem Baum verschwinden sehen?

»Komm, kehren wir schnell zurück zu unseren Leuten!«, raunte sie. »Ich meinte, dort drüben einen Mann gesehen zu haben.« Sie deutete zu der Zypresse hinüber.

»Ich glaube, das ist die Hitze, die dir nicht bekommt«, lachte Coletta und rannte auf den Baum zu. Sie umrundete ihn einmal und rief übermütig: »Es ist nur die Hitze!«

Biancas Herzschlag beruhigte sich, doch dann erstarrte sie. Hinter einem anderen Baum unweit der Zypresse lugte ein bekanntes Gesicht hervor. Er grinste genauso wie an jenem Tag, an dem er sich an ihr vergangen hatte. Bianca rieb sich die Augen. Er war fort. Das ist die Hitze, redete sie sich gut zu, das ist die mörderische Hitze. Dieses Mal würde sie Coletta gar nicht erst von ihrer Erscheinung berichten. Sie wollte sich nicht noch einmal lächerlich machen.

✳ 36 ✳

Die Nacht war lau. Die Grillen zirpten, und Bianca fand es schrecklich heiß in dem fensterlosen Herbergszimmer. Sie hatte sich auf Colettas Rat hin krank gestellt und war dem gemeinsamen Essen mit angeblichem Bauchweh ferngeblieben. Nun schmerzte ihr der Leib wahrhaftig, aber vor Hunger. Was den Venezianer anging, hatte Coletta ihn richtig eingeschätzt. Nachdem Bianca von Krankheit geredet hatte, hatte Maurizio di Ziani schlagartig das Interesse an ihr verloren.

Doch nun saß sie senkrecht im Bett und überlegte, wie sie sich abkühlen und ihren Hunger stillen sollte. Vorsichtig tastete sie sich aus ihrem Bett zur Tür. Es war so düster, dass sie nicht einmal feststellen konnte, ob Coletta, die mit ihr die Kammer teilte, wenn sie nicht bei Maurizio schlief, in ihrem Bett lag.

»Coletta?«, flüsterte Bianca.

Sie erhielt keine Antwort. Offenbar hatte der Herr die Hure zu sich bestellt. Da spürte sie, dass sie an der Tür angekommen war. Das Holz fühlte sich anders an als die Wände. Sie tastete nach dem Türgriff und war froh, als sie ins Freie trat. Das liebte sie an diesen südlichen Häusern. Es gab keine langen, dunklen Flure, sondern jede Kammer führte in den Innenhof.

Bianca nahm einen tiefen Atemzug. Es wehte ein leichter Wind, und alle Düfte schienen sich vor ihrer Kammertür zu einer Welle von Wohlgerüchen zu vereinen. Sofort kehrten ihre Lebensgeister zurück, sie strich sich das verschwitzte lange Haar aus dem Gesicht und atmete ein paarmal tief durch.

Der Vollmond tauchte den Hof der Herberge in ein fahles Licht. Bianca streckte sich wohlig. Die Hitze, die sich in der Kammer gestaut hatte, verflog im Nu, nicht aber der Hunger. Sie überlegte, ob sie Änlin wecken sollte, die schließlich als Küchenhilfe über all die Köstlichkeiten wachte. Doch wo war ihre Kammer? Ein schlechtes Gewissen überkam Bianca mit Macht. Seit ihrer Abreise vom Reschenpass hatte sie sich herzlich wenig um die Freundin gekümmert. Sie hatte Änlin nur von ferne gesehen, wenn diese mit dem Koch zusammen die Mahlzeiten zubereitet hatte. Sie nahm sich fest vor, am nächsten Tag nach ihr zu sehen und sie zu fragen, wie es ihr ergangen war.

Bianca stieß einen tiefen Seufzer aus. Nun galt es, auf eigene Faust etwas Essbares zu finden. Ehe sie noch zu einer Entscheidung gelangt war, wo und wie sie ihren Hunger stillen sollte, riss sie ein Rascheln hinter sich aus ihren Gedanken.

Erschrocken fuhr sie herum und atmete auf, als sie Coletta erblickte. Sie konnte sich kaum ein Lächeln verkneifen, weil die Hure in ihrem weißen Nachtgewand, mit der blassen Haut und dem schwarzen Haar wie ein Geist aussah.

»Was treibt dich denn in die Nacht hinaus?«, fragte Coletta mit einer Spur von Vorwurf in der Stimme.

»Habe ich dich erschreckt?«

»Einmal abgesehen davon, dass du aussiehst wie ein Nachtgespenst in deinem weißen Hemd, könntest du mir keine Angst einjagen«, spottete Coletta.

»Der Hunger hat mich aus dem Bett getrieben«, entgegnete Bianca.

»Dann folge mir. Es sind heute Unmengen des üppigen Mahles übrig geblieben, weil Maurizio mich nicht einmal hat zu Ende essen lassen. So groß war sein Appetit auf mich. Die Reste lagern im Küchenwagen. Komm!«

Bianca folgte der Hure, ohne zu murren. Am Wagen angekommen, befahl ihr Coletta, davor zu warten. Unterdessen stieg sie auf den Karren, als hätte sie lebenslang nichts anders getan, als auf Fuhrwerke zu klettern.

Bianca war nicht ganz wohl zumute. Es war zwar bis auf das Zirpen der Grillen und das Schreien der Käuzchen ruhig, aber sie hatte dennoch das Gefühl, dass jemand in ihrer Nähe war.

Diese Sorge war vergessen, als Coletta mit einem Stück Wildbret in der einen und mit einem großen Krug Wein in der anderen Hand zurückkehrte.

»Bedien dich!«, sagte Coletta und reichte Bianca die Gaben, die diese ihr um ein Haar gierig aus der Hand gerissen hätte.

Bianca schlang das Fleisch hinunter, fast ohne es zu kauen, und spülte mit dem köstlichen Wein aus Tramin nach, als wäre er Wasser. Nachdem sie alles vertilgt und leer getrunken hatte, wischte sie sich mit dem Ärmel des Nachtgewandes über den Mund.

»Das tat gut«, seufzte sie befriedigt.

Coletta lächelte. »Komm, wir machen einen kleinen Rundgang durch den Ort. Hier ist es noch einmal so friedlich, wenn sich keine Menschen in den Gassen drängen.«

»Gern, denn mit vollem Leib schläft es sich schlecht. Und ich habe im Augenblick das unbestimmte Gefühl, dass wir nicht allein sind.«

»Glaubst du denn immer noch, man sei dir auf den Fersen?«, fragte Coletta erstaunt.

»Nein ... also, nein ... ich ... ich glaube, ich sehe hin und wieder Gespenster«, versuchte Bianca sich herauszureden.

Es ist pure Einbildung, sagte sie sich. Niemals hätte Bruno sich höchstpersönlich auf den beschwerlichen Weg über die Alpen begeben.

Sie waren beim Marktplatz angekommen. Wo bei Tage das pralle Leben herrschte, war allein das beruhigende Plätschern des steinernen Brunnens zu hören.

»Komm, wir kühlen uns ein wenig ab«, schlug Coletta vor, setzte sich auf den Brunnenrand und wusch sich das Gesicht mit dem kalten Wasser.

Bianca hockte sich neben sie und tat es ihr gleich. Doch kaum ließ sie den Blick zu den Weinbergen hinüberschweifen, die zu allen Richtungen im Mondenschein glitzerten, fingen diese zu schwanken an.

»Wie herrlich!«, rief sie beschwipst aus. »Die Weinberge tanzen!«

Coletta lachte. »Ich hätte dir nicht so viel Wein geben sollen. Sonst siehst du noch Gespenster.«

»Aber es ist so schön.«

Bianca stand auf, torkelte ein wenig, fing sich wieder, breitete die Arme aus und wirbelte lachend im Kreis.

Als sie stehen blieb, drehte sich alles vor ihren Augen. »Nun tanzt auch der Brunnen!«, rief sie aus und wandte sich der Freundin zu. Das, was sie nun sah, hielt sie anfangs für eine Täuschung, doch dann begriff sie, dass es vor ihren Augen wirklich geschah. Hinter Coletta war ein finster aussehender Mann aufgetaucht, der aus dem Nichts zu kommen schien. Bianca wollte schreien, doch sie war vor Schreck wie gelähmt. In stummem Entsetzens musste sie mit ansehen, wie der Fremde Coletta einen Sack über den Kopf stülpte. Da erwachte sie aus ihrer Erstarrung.

»Leute, zu Hilfe!«, rief sie, so laut sie konnte, und stürzte sich auf den riesigen Kerl, der die strampelnde Coletta wie ein Stück Vieh über die Schultern geworfen hatte. Bianca schrie aus Leibeskräften, während sie den unheimlichen Fremden mit den Fäusten bearbeitete. Er aber holte mit der freien Hand aus und schlug ihr mitten ins Gesicht. Bianca geriet ins Taumeln und fiel mit dem Hinterkopf gegen den steinernen Brunnenrand. Ohne einen weiteren Laut von sich zu geben, sackte sie zu Boden.

Bianca erwachte von einem lauten Stimmengewirr. Sie schlug die Augen kurz auf, um sie sofort wieder zu schließen. Träumte sie, oder starrten wirklich etliche neugierige Augen auf sie nieder? Sie blinzelte vorsichtig und versuchte sich zu erinnern, wo sie war, wenn doch alles kein Traum wäre.

»Sie ist wach!«, hörte sie eine Stimme rufen.

Nun öffnete sie die Augen und blickte die Menschen, die um sie herumstanden und gafften, verwundert an.

»Wo bin ich?«

Doch statt ihr Antwort zu geben, redeten die Leute aufgeregt in ihrer Sprache durcheinander, bis eine ihr bekannte Frauenstimme fragte: »Was treibst du hier bei Nacht auf dem Marktplatz? Was ist geschehen, Bianca?«

Da beugte sich Änlin auch schon besorgt über sie und streichelte ihr mitfühlend über den Kopf.

»Tut es da weh?«

Bianca nickte. Sie versuchte sich krampfhaft zu entsinnen, was geschehen war.

»Änlin, auf welchem Marktplatz bin ich, und was sind das für Leute?«

»Wir sind in Tramin. Erinnerst du dich nicht? Wir reisen mit dem Venezianer und seiner ...« Änlin stockte und fuhr flüsternd fort. »... Mätresse Coletta nach Venedig.«

Wie der Blitz fuhr Bianca hoch. Ein pochender Schmerz

durchfuhr ihren Kopf mit solcher Heftigkeit, dass sie laut aufschrie und die Hände fest gegen die Schläfen drückte.

»Coletta! Ein riesiger Mann hat Coletta entführt!«

Änlin musterte Bianca mit einer Mischung aus Zweifel und Mitgefühl. »Sie wird sicher bei dem Herrn sein.«

»Nein, wir waren zusammen beim Brunnen. Da kam dieser Kerl und stülpte ihr einen Sack über den Kopf«, widersprach Bianca unter Tränen. Jetzt glaubte Änlin ihr. Sie sprang auf und verkündete lautstark, was geschehen war. Ein Mann, der ihre Sprache beherrschte, übersetzte ihre Worte. Sofort teilten sich die umherstehenden Männer auf, um sich in alle vier Himmelsrichtungen auf die Suche nach dem Verbrecher zu machen.

»Komm, steh auf!«, befahl eine raue Stimme, und eine kräftige Hand streckte sich ihr entgegen. Zögernd ließ sich Bianca von Maurizio di Ziani aufhelfen.

Sie konnte sich kaum auf den Beinen halten, sondern geriet ins Wanken, doch der Venezianer stützte sie und zog sie mit sich fort.

Bianca ließ es sich willenlos gefallen, bis sie von einem Weinkrampf geschüttelt stehen blieb. Maurizio musterte sie ratlos.

»Und du bist sicher, dass der Mann sie entführt hat?«, fragte er in ungewöhnlich sanftem Ton.

»Ja, er hat sie wie eine Katze, die ersäuft werden soll, gepackt und ist mit ihr fortgerannt«, schluchzte sie. »Als ich ihr helfen wollte, schlug er mir mit der Faust ins Gesicht. Wer macht denn so etwas?«

»Straßenräuber oder anderes Gesindel, das sich auf den Handelswegen über die Berge herumtreibt.«

»Aber was wollen sie von ihr? Sie trägt nichts als ihr Nachtgewand.«

Der Venezianer schwieg und blickte starr zu Boden.

Ohne nachzudenken, trommelt ihm Bianca mit den Fäusten gegen den Brustkorb.

»Ihr wisst doch etwas. Sprecht!«

Statt ihr eine Antwort zu geben, hielt er ihre Hände fest und sah sie mit ernster Miene an. »Manchmal stehlen sie Frauen nur, damit sie ihnen zu Diensten sind.«

Das blanke Entsetzen stand Bianca ins Gesicht geschrieben.

»Ihr meint, sie entführen eine Hure, damit sie ... Aber warum? Sie könnten sich doch jederzeit eine von ihnen kaufen.«

»Ja, das könnten sie. Aber sie könnten auch einer anständigen Arbeit nachgehen, statt Reisende auszurauben. Es sind Gesetzlose, Bianca, die sich alles ohne Lohn nehmen.«

»Wir müssen sie retten!«, stieß Bianca verzweifelt hervor.

»Ich habe alle meine Männer losgeschickt. Mehr kann ich nicht tun. Wenn es wirklich ein Räuber war, der wird seinen sicheren Unterschlupf haben. Den werden wir nicht aufspüren.«

»Und ich bin schuld«, schluchzte Bianca. »Wenn ich keinen Hunger verspürt hätte, wären wir einander nicht in der Nacht begegnet. Und allein wäre sie nicht zum Brunnen gegangen.«

»Sei froh, dass sie *dich* nicht mitgenommen haben. Sie weiß wenigstens, wie sie diese Kerle für sich einnehmen kann.«

»Wie meint Ihr das?«

Maurizio di Ziani lachte. »Weil sie im Gegensatz zu dir eine erfahrene Hure ist. Komm mit in meine Kammer und sag mir endlich, wer du bist. Eine blutige Anfängerin oder gar keine Dirne?«

»Ich ... ich ... ich weiß nicht, was Ihr meint ...«, stammelte Bianca.

»Du folgst mir jetzt in meine Kammer, und dann ...«

»Nein, bitte nicht, tut mir das nicht an! Bitte nicht! Es ist grausam, wenn ein Mann sich eine Frau nimmt wie ein Tier und sie nichts dagegen tun kann.« Bianca hatte aufgehört zu weinen, aber sie spürte allein bei dem Gedanken daran, was Bruno ihr in der Zelle angetan hatte, wie ihr speiübel wurde.

»Ich verspreche es«, raunte der Venezianer. »Gegen deinen Willen werde ich dir nichts antun, doch im Gegenzug wirst du mir verraten, wer du wirklich bist.«

Sie waren bei seiner Kammertür angelangt. Er öffnete sie einladend und ließ Bianca den Vortritt. Sie zögerte, doch dann trafen sich ihre Blicke. Aller Hohn und Spott waren aus Maurizio di Zianis Augen verschwunden. Zum ersten Mal, seit sie ihn kannte, war Wärme zu lesen, wo vorher nichts als eisige Kälte gewesen war.

Vorsichtig trat sie ein. Als er die Tür hinter sich geschlossen hatte, konnte Bianca nur noch beten, dass er ein Ehrenmann war, der zu seinem Wort stand.

»Wer ist das?«, fragte der Auftraggeber verächtlich und deutete auf die leblos vor ihm am Boden liegende Frau.

Der einfältig dreinblickende Hüne, der seinen Fang gerade voller Stolz präsentiert hatte, trat erschrocken einen Schritt zurück. Obwohl er taubstumm war, erkannte er an der wutverzerrten Miene seines Gegenübers, dass dieser nicht zufrieden war. Doch er war sich keiner Schuld bewusst. Er hatte ihm genau jene Frau gebracht, die der Herr ihm am gestrigen Tag gezeigt hatte. Und sie war beinahe freiwillig in die Falle gegangen. Wer saß schon mitten in der Nacht am Brunnen? Der Taubstumme hielt die Hand auf und machte seinem Auftraggeber ein Zeichen, dass er seinen Lohn begehrte.

Der hochgewachsene blonde Mann mit dem weichen Gesicht aber holte unvermittelt aus und verpasste ihm eine Ohrfeige. Mit Händen und Füßen versuchte er ihm etwas klarzumachen, das der Taubstumme beim besten Willen nicht verstand. Er wusste nur eines: Lieber verzichtete er auf seinen Lohn und kehrte schnellstens zurück in die Berge, statt von diesem Teufel in Engelsgestalt gemeuchelt zu werden. Wie der Blitz wandte er sich um und hatte die Höhle in den Weinbergen verlassen, ehe der Fremde begriff, dass er fortgelaufen war.

Bruno brauchte einen Augenblick, um zu begreifen, dass der Einsiedler aus den Bergen nicht mehr wiederkäme. Unschlüssig leuchtete er mit dem Kienspan in das Gesicht der fremden Frau. Bei näherer Betrachtung stellte er fest, dass sie zwar von makelloser Schönheit war, Bianca aber nur auf den ersten Blick ähnelte. Es ärgerte ihn maßlos, dass er dem stummen Narren nicht deutlicher gemacht hatte, welche der beiden Frauen er ihm bringen solle. Für ihn war es so klar gewesen, als er aus dem sicheren Versteck hinter den Zypressen auf Bianca gedeutet hatte. Aber in den Augen des Taubstummen sahen sie einander offenbar zum Verwechseln ähnlich.

Wütend trat er der Frau, die nur mit einem Nachtgewand bekleidet war, mit dem Fuß in die Rippen. Denn der Narr hatte ihm nicht nur die falsche Braut gebracht, sondern Bianca durch diese Entführung auch gewarnt. Sie würde fortan keinen Schritt mehr ohne männliche Begleitung tun.

Bruno ließ sich stöhnend auf einem Felsen nieder und überlegte fieberhaft, wie er sein waghalsiges Vorhaben zu Ende führen konnte, ohne dass sein Vater Wind davon bekam. Wenn der Alte herausfand, dass er, statt sich um Andreas zu kümmern, Bianca in seine Gewalt zu bringen versuchte, er würde ihn umbringen. Doch Bruno konnte nicht anders. Er hatte sich wirklich bemüht, sie zu vergessen und anderen zu überlassen, aber der Gedanke an sie hatte ihm keine Ruhe gelassen. Er war noch immer von der Vorstellung besessen, sie zu seiner Frau zu machen. Was verstehen denn schon Vater und seine Schergen von der Liebe?, fragte er sich verächtlich. Und er hatte einen in seinen Augen genialen Plan gefasst. Wenn ihr das eigene Leben schon nicht lieb und teuer war, so täte sie mit Sicherheit alles, um Andreas' Leben zu retten. Er würde ihr vorgaukeln, dass er, wenn sie ihn heirate, nach Venedig reisen werde, um Andreas zu warnen. Dieser könne dann wohlbehalten nach Nürnberg zurückkehren, und Bruno würde mit ihr in Venedig bleiben. Letzteres entsprach in der Tat seiner Absicht. Er kannte einen Nürnberger Kaufmann, der sich in der Lagunenstadt niedergelassen hatte. Für den würde er arbeiten. Natürlich würde er niemals das Risiko eingehen, Andreas am Leben zu lassen ...

Dazu müsste ich Bianca allerdings erst einmal in meine Gewalt bringen, durchfuhr es ihn zornig, und er warf der Fremden am Boden einen hasserfüllten Blick zu. In diesem Augenblick fing sie leise zu stöhnen an.

»Halt's Maul!«, zischte er, doch es nützte nichts.

Die fremde Dunkelhaarige warf sich laut ächzend von

einer Seite auf die andere, bis sie vorsichtig die Augen aufschlug. Verwundert blickte sie Bruno an.

»Wo bin ich? Was wollt Ihr von mir?«, fragte sie leise.

Bruno blieb ihr die Antwort schuldig und wandte sich unvermittelt ab.

Sie aber rappelte sich mühsam auf und fuhr sich durch das schwarze Haar. »Mein Name ist Coletta, und wer seid Ihr? Habt Ihr mich vor diesem Teufel gerettet, der mich in einen Sack gesteckt hat wie eine Katze, die ersäuft werden soll?«

Bruno konnte seine Wut nur schwer in Zaum halten. Obwohl er wusste, dass er den Fehler begangen hatte, lenkte er seinen ganzen Hass auf diese Frau.

»Halt's Maul!«, wiederholte er unwirsch.

Coletta zuckte zusammen, denn sie spürte es in jeder Faser ihres Körpers: Das Engelsgesicht dieses Mannes täuschte. Er war gefährlich! Gleichzeitig fragte sie sich bang, was er von ihr wollte. Und ganz plötzlich dämmerte ihr etwas. Was, wenn er gar nicht sie meinte? Wenn es eine Verwechslung war und Bianca recht hatte, dass man sie verfolgte?

Coletta räusperte sich, um seine Aufmerksamkeit auf sich zu lenken, doch er stierte finster vor sich hin.

Schließlich fasste sich Coletta ein Herz. »Ich bin die falsche Frau, nicht wahr?«

Bruno sah erstaunt auf.

»Wie kommst du darauf? Was weißt du über mich?« Er trat bedrohlich einen Schritt auf sie zu, doch Coletta zeigte nicht mehr die Spur von Angst. Sie ahnte, dass sie ihm nur lebendig entkommen konnte, wenn sie stark tat und ihm weismachen konnte, dass sie käuflich sei.

»Gar nichts. Aber ich wüsste nicht, warum Ihr eine gewöhnliche Hure entführen solltet, während doch eine geheimnisvolle Fremde mit uns reist.«

»Du bist eine Hure?«, gab er angewidert zurück.

»Ja, und deshalb ist es ganz unnötig, mich mit Gewalt zu entführen, wenn Ihr meine Dienste in Anspruch nehmen wollt. Die leiste ich Euch freiwillig.« Zur Bekräftigung, dass sie ihm ihren Körper anbieten wollte, schob sie ihr Nachthemd ein Stückchen nach oben, bis ihre wohlgeformten nackten Beine sichtbar wurden.

Er würdigte diese allerdings keines Blickes.

»Darüber reden wir später. Sag mir erst, was du über die Fremde weißt!«

»Nicht viel! Nur dass sie aus dem Norden stammt und auf der Suche nach ihrem Liebsten ist. Ich finde das bewundernswert. Welche Frau nimmt schon solche Strapazen auf sich, um ihrem Geliebten in die Arme zu sinken?«, flötete Coletta und weidete sich sichtlich an dem grimmigen Blick des blonden Teufels.

»Und hat sie gesagt, wo sie ihn zu finden gedenkt?«

Coletta hob die Schultern. »Ich glaube, in Florenz. Oder war es Venedig?«

»Ja, ja, schon gut. Aber nun stell dir vor, es sei wirklich so und ich sei derjenige, den sie sucht ...«

»Dann müsstet Ihr sie nicht entführen«, rutschte es Coletta in scharfem Ton heraus, was sie im gleichen Augenblick bitter bereute. Denn nun hob er die Hand, als wolle er sie schlagen. Sie duckte sich, doch da hatte er den Arm bereits zurückgezogen.

»Werd ja nicht frech«, schnauzte er sie an.

Coletta biss sich auf die Lippen. *Der Fehler darf mir nicht noch einmal unterlaufen, wenn ich ihn erfolgreich in eine Falle locken will*, sprach sie sich gut zu.

»Das habe ich nicht so gemeint«, erklärte sie scheinbar reumütig. »Ich wollte damit sagen, dass es mir gleichgültig ist, warum und wieso Ihr sie in Eure Gewalt bringen wollt. Hauptsache, für mich springt dabei eine Kleinigkeit heraus.«

Über Brunos düsteres Gesicht huschte ein Grinsen. »So könnten wir allerdings ins Geschäft kommen«, erwiderte er. »Ich lasse dich unversehrt frei, und du lockst sie für mich in eine Falle.«

Er langte in eine Umhängetasche und zog einen Beutel hervor. Mit dem gefüllten Geldsack wedelte er ihr vor der Nase herum.

»Das würde ich mir schon etwas kosten lassen«, frohlockte er. Zum ersten Mal, seit der Taubstumme sie in seine Höhle gebracht hatte, musterte er sie mit den Blicken eines Mannes.

»Ich würde ein paar Taler mehr ausgeben, wenn du mir noch vorher zu Diensten wärst. Es wäre nicht gut, wenn ich sie völlig ausgehungert in meine Gewalt bekäme. Verstehst du?«

Coletta lächelte falsch. »Aber natürlich, Ihr wollt die feine Dame nicht verschrecken, nicht wahr? Das ist sehr umsichtig von Euch.« Innerlich schüttelte sie sich vor Abscheu. Und langsam dämmerte ihr, wer dieser grausame Geselle mit der blonden Lockenpracht war. Es ist sicher jener Mann, der Bianca im Kerker mit Gewalt genommen hat, dachte sie. Einer der Verschwörer. Wenn Coletta auch das eine oder andere Mal leise Zweifel an der Wahrheit von Biancas gruseliger Geschichte gehegt hatte, in diesem Augenblick wusste sie, dass ihre Reisegefährtin mit keinem Wort übertrieben hatte.

»Dann hör gut zu«, raunte er verschwörerisch. »Du wirst

zurückkehren und behaupten, dich habe ein Verrückter aus den Bergen verschleppt und später wieder freigelassen. Und morgen früh wirst du mit Bianca zu den Weinbergen gehen. Zu jenem Platz, an dem du mit ihr beisammengesessen hast.«

»Ihr habt uns in den Weinbergen beobachtet?«, fragte Coletta fassungslos.

»Seit sie in Tramin angekommen ist, bewache ich jeden ihrer Schritte«, erwiderte er, und Stolz sprach aus seiner Stimme.

»Aber was ist, wenn wir morgen früh aufbrechen?«

»Dann hörst du von mir. Ich werde immer in deiner Nähe sein. Und das da ...« Er deutete auf den Geldbeutel. »Das bekommst du erst, wenn du deinen Teil der Abmachung erfüllt hast.«

»Einverstanden, dann lasst mich jetzt gehen.« Sehnsuchtsvoll blickte Coletta zum Höhleneingang hinüber. Sie stand auf und wollte mit hocherhobenem Kopf gehen, doch ihre Knie zitterten so sehr, dass sie sich wieder hinsetzen musste.

»Du hast wohl etwas vergessen, Weib, nicht wahr?«

Mit glasigen Augen näherte er sich ihr und griff ihr ohne Vorwarnung an die Brüste. Sie erschrak, denn sie war völlig nackt unter dem Nachtgewand. Er aber ließ sie los und zog sich hastig aus. Obwohl sie schon viele Männer befriedigt hatte, die sie ganz sicher nicht in ihr Herz geschlossen hatte – diesen Verbrecher wollte sie auf keinen Fall an sich heranlassen. Da sah sie am Boden etwas blitzen und begriff, dass es sich um ein Messer handelte, das Bruno beim Ausziehen aus der Messerscheide gerutscht war.

Colettas Herz klopfte zum Zerbersten. Wenn es ihr gelang, diese Waffe in die Finger zu bekommen, bevor er sich auf sie stürzte, dann würde sie ihn abstechen wie ein

Schwein. Und das ganz ohne Reue, denn er hatte es verdient.

»Komm!«, flüsterte sie und ging in die Hocke. Er tat es ihr gleich.

»Legt Euch hin! Ich werde Euch verwöhnen wie noch keine Frau je zuvor.« Sie hoffte inständig, dass er auch diesem sanft gehauchten Befehl Folge leisten würde. Ein Gefühl von Erleichterung durchströmte sie, als er sich tatsächlich auf den Rücken legte. Seine Augen glänzten vor Begierde. Mit einem Griff entledigte sie sich ihres Nachtgewandes und ließ ihre üppigen Brüste vor seinem Gesicht kreisen.

Dabei behielt sie die Waffe hinter ihm am Boden im Auge. Als sie ihn lustvoll stöhnen hörte, nutzte sie den Augenblick seiner Schwäche, rollte sich zur Seite, sprang auf und packte das Messer. Bruno war so verblüfft, dass er zunächst regungslos liegen blieb.

Coletta atmete auf. Sie hatte dieses Tier besiegt.

»Stich zu!«, höhnte er. »Los, stich zu!« In seinen Augen war nicht die Spur von Angst zu lesen. Das war Coletta unheimlich. Sie war verunsichert. Sollte sie ihn wirklich kaltblütig umbringen oder lieber um ihr Leben rennen? Sie entschied sich für Letzteres, ließ das Messer fallen und griff nach ihrem Nachtgewand. Dann sprang sie auf und rannte zum Ausgang. Draußen graute bereits der Morgen. Vor der Höhle blieb sie einen Augenblick lang unschlüssig stehen. Sie befand sich auf einem felsigen Hügel. Verunsichert blickte sie sich nach allen Seiten um, doch nichts, aber auch gar nichts kam ihr annähernd bekannt vor. Hastig zog sie sich das Nachthemd über den Kopf und lief los. Ich muss ins Tal, sagte sie sich und folgte dem steinigen Weg nach unten. Da sie barfuß war, fühlte es sich bei den ersten Schritten an, als würden sich tausend Stacheln in ihre Fußsohlen bohren. Dann spürte sie nichts mehr, bis auf das Keuchen, das plötzlich dicht hinter ihr erklang. Er ist mir auf den Fersen, durchfuhr es sie eiskalt, aber sie rannte weiter. Plötzlich sah sie dort unten Tramin liegen, wie es langsam aus dem nächtlichen Schlaf erwachte. In der Ferne krähte ein Hahn. Ich schaffe es, dachte sie, ich muss es schaffen.

Sie war so zuversichtlich, dass sie nicht auf den Weg achtete, sondern nur noch das Dorf wahrnahm. Den großen Stein, der mitten im Weg lag, übersah sie und stolperte in hohem Bogen über dieses Hindernis. Wie betäubt blieb sie am Boden liegen, doch dann fiel ihr ein, dass sie keine Zeit mehr hatte, wenn sie ihrem Verfolger entkommen wollte. Bevor sie sich aufrappeln konnte, spürte sie bereits das kalte Messer an ihrem Hals.

»Schade«, wisperte Bruno. »Ich wäre gern in den Genuss deiner Liebeskünste gekommen!«

Coletta spürte nur noch, wie er ihr mit voller Wucht das Messer in den Hals rammte. Bitte, lieber Gott, beschütze Andreas, war ihr letzter Gedanke.

38

Als Bianca erwachte, war sie allein in der Kammer. Ihr Kopf schmerzte, als hätte man ihr einen Schlag auf den Schädel gegeben. Da erinnerte sie sich bruchstückhaft an die Ereignisse am Brunnen. Sie waren überfallen worden. Ein Kerl hatte Coletta einen Sack übergestülpt und ihr mit der Faust ins Gesicht geschlagen … Vorsichtig betastete Bianca ihren Hinterkopf und fasste in eine klebrige Masse. Angewidert besah sie sich die Finger und stellte fest, was sie bereits vermutet hatte. Es war Blut.

Hastig erhob sie sich von dem Lager, das zu ihrer großen Verwunderung mit edlen Stoffen überzogen war. Sie entsann sich, dass der Venezianer sie mit in sein Gemach genommen hatte. Neugierig blickte sie sich um. Der Kaufmann hatte aus der einfachen Herbergskammer eine anheimelnde Bleibe gestaltet. Die kahlen Wände hatte er mit teurem Tuch verhängt. Im Gegensatz zu ihrer Kammer besaß dieser Raum ein Fenster, durch das sich Sonnenstrahlen den Weg ins Innere bahnten. Bianca fasste sich an die schmerzenden Schläfen, riskierte einen Blick nach unten und erstarrte. Eine Menschenmenge stand um eine Bahre herum, auf der die leblose Coletta unter einem weißen Tuch lag, aus dem lediglich das Gesicht hervorsah. Auf einer Seite kniete Maurizio und strich ihr über die bleichen Wangen. Auf der anderen hockte Änlin und schluchzte jämmerlich. Bianca drehte sich entsetzt um. Es gab keinen Zweifel, der Entführer hatte die Mätresse ermordet.

Bianca holte ein paarmal tief Luft, bevor sie sich erneut dem traurigen Bild zuwandte. Ihr Blick schweifte über die neugierigen Gaffer hinweg und blieb an einem Gesicht hängen, das halb unter einem großen Strohhut verborgen war. Die Erkenntnis, wer sich da unter die Schaulustigen gemischt hatte, ließ ihr schier das Blut in den Adern gefrieren. Sie hätte ihn erkannt, selbst wenn er sich die Haare pechrabenschwarz gefärbt und einen Bart hätte wachsen lassen. Ohne zu überlegen, dass sie nur ein Nachtgewand trug, preschte sie los, denn plötzlich war alles sonnenklar: Der Entführer hatte nicht Coletta erwischen sollen, sondern sie, Bianca! Und der Teufel, der das befohlen hatte, stand unerkannt in der Menge.

Kaum war sie barfuß aus der Herberge hinausgestürzt, brüllte sie wie von Sinnen: »Der Kerl mit dem Strohhut ist ihr Mörder! Männer, packt ihn!« Sie rannte in die Richtung, wo er eben noch gestanden hatte, doch es war weit und breit kein Mann mit einem Strohhut zu sehen.

»Er hat hier gestanden, ich schwöre es!«, rief sie verzweifelt aus und flehte die Umstehenden an, ihr zu verraten, wohin der Verbrecher geflüchtet war. Doch keinem war der Mann mit dem Strohhut aufgefallen. Sie hatten alle wie gebannt auf die tote junge Frau gestarrt.

Bianca war außer sich. Das war nicht gerecht, dass Coletta für sie ihr Leben gegeben hatte. Sie bahnte sich den Weg bis an die Bahre und kniete neben Maurizio nieder.

»Verzeih, Coletta, der Hüne hat uns beide verwechselt. Du bist meinetwegen gestorben«, schluchzte sie, bis ihr einer der Weinbauern auf die Schulter tippte. Erschrocken fuhr sie herum. Er sprach sie auf Italienisch an, doch Maurizio übersetzte es ihr sogleich.

»Könnt Ihr uns den Hünen näher beschreiben?«

Bianca dachte nach. »Ja, er war groß, breit wie ein Bär und hatte riesige Pranken und spärliches rotes Haar. Seine Kleidung wirkte schmutzig und ärmlich. Er trug Narben im Gesicht, als habe er die Blattern überlebt ...«

Der Venezianer gab die Worte an den Weinbauern in dessen Sprache weiter. Der nickte zustimmend und redete mit Händen und Füßen auf Maurizio ein.

»Sie wissen, wer es ist. Der Taubstumme lebt im Wald und kommt nur selten ins Dorf. Sie sagen, er sei nicht ganz richtig im Kopf. Andere behaupten, er sei vogelfrei. Aus dieser Gegend stammt er jedenfalls nicht. Doch die Weinbauern wissen, wo sich seine Höhle befindet. Sie werden ihn fangen und töten.«

»Aber ... aber ... er war nicht ihr Mörder. Bruno von Ehrenreit hat sie getötet. Ich habe ihn doch eben in der Menge ...« Erschrocken hielt sie inne.

»Sprecht ruhig weiter, Bianca«, bemerkte er wieder in seinem gewohnt spöttischen Ton. »Ihr habt mir bis zum Morgengrauen Eure ganze Geschichte erzählt, und ich will sie Euch gern glauben. Ihr habt auch nicht ausgelassen, was Euch jener Bruno in der Folterkammer angetan hat. Und Ihr habt mir Eure Narbe gezeigt. Ich schwöre Euch: Wenn ich diesen Unhold in die Hände kriege, dann erwürge ich ihn. Aber seid Ihr wirklich sicher, dass er Euch bis hierher verfolgt hat? Und wenn, wohin ist er dann verschwunden?«

Bianca hob die Schultern. »Ich schwöre, er war da. Vom Fenster aus habe ich ihn mit eigenen Augen gesehen ...« Wieder stockte sie. »Und ich habe Euch wirklich die ganze Geschichte erzählt?«, fügte sie ungläubig hinzu.

»Das weiß ich nicht. Ihr habt mir anvertraut, wer Ihr seid und dass man Euch für ein Verbrechen verurteilt hat, das Ihr gar nicht begangen habt. Und dass die Verschwörer den Namen Eurer Ziehmutter und Eures Verlobten tragen. Von Ehrenreit. Auch dass Ihr auf dem Weg nach Venedig seid, um Euren Verlobten zu warnen, weil Ihr glaubt, man wolle ihn aus dem Wege räumen ...« Er unterbrach sich und ballte die Fäuste. »... und was dieser Bruno Euch Übles angetan hat«, ergänzte er kaum hörbar.

»O nein!«, stieß Bianca verzweifelt hervor. Sie hätte in diesem Augenblick nicht zu sagen gewusst, was sie mehr beschämte: die Tatsache, dass sie ihm die schonungslose Wahrheit über sich verraten hatte oder dass sie sich nicht daran erinnern konnte, es getan zu haben.

»Ihr wart so durcheinander, dass ich Euch mehr als einen Krug Wein eingeflößt habe.«

Bianca stöhnte auf. Das erklärte das Pochen in ihren Schläfen. Aber nicht, warum sie den Teufel mit dem Engelsgesicht in der Menge entdeckt hatte. Oder doch? Bianca wurde unsicher. Vielleicht habe ich mich in meiner Aufregung geirrt, schoss es ihr durch den Kopf, doch sie verwarf den Gedanken gleich wieder. Er konnte sich doch unmöglich so schnell in Luft aufgelöst haben. Und außerdem trug der Mord an Coletta seine Handschrift und war nicht das Werk eines taubstummen Waldmenschen.

Sie rieb sich noch einmal kräftig über die Schläfen. Die Menge hatte sich inzwischen aufgelöst, nachdem alle Männer gemeinsam und mit Stöcken bewaffnet fortgestürmt waren. Auch Änlin hatte sich leise davongemacht. Maurizio und sie waren allein mit Coletta.

»Ihn ereilt die gerechte Strafe. Keine Sorge. Und sie bekommt ein gar fürstliches Begräbnis«, murmelte Maurizio, während er seiner toten Mätresse ein letztes Mal über das wächserne Gesicht streichelte. Dann deckte er sie mit dem Laken zu, stand auf und eilte davon.

»Leb wohl, Coletta«, flüsterte Bianca und warf einen verstohlenen Blick unter das weiße Tuch. Ihr wurde übel, als sie die klaffende Wunde in Colettas Hals bemerkte. Hastig zog sie ihr die Stoffbahn über den Hals und über das Gesicht. Bianca hätte gern eine Träne vergossen, aber in ihrem Innern war nichts als Leere. Nur ihr schlechtes Gewissen marterte sie in einem fort. In diesem Augenblick überkam sie die Übelkeit mit solcher Macht, dass sie es gerade noch schaffte, zu einer Zypresse zu rennen und sich im Schutz des Baumes in einem Schwall zu übergeben.

Danach hatte sie nur noch einen Wunsch: sich in ihrer Kammer zu verkriechen. Doch da stellte sich ihr Maurizio in den Weg und musterte sie durchdringend.

»Ihr geht in mein Gemach und wartet dort auf mich«, befahl er in einem Ton, der keinen Widerspruch duldete. Bianca wurde abwechselnd heiß und kalt. Er würde es doch nicht wagen, sie in sein Bett zu zerren, solange Colettas geschundener Leib noch nicht gänzlich erkaltet war. Und überhaupt, jetzt, da er wusste, mit wem er es zu tun hatte, würde er sie doch wohl nicht länger wie eine Hure behandeln.

Doch war es der rechte Zeitpunkt und der richtige Ort, mit ihm einen Streit auszufechten?

Bianca entschied sich, sich ohne Widerworte in sein Gemach zu begeben. Vor der Herberge traf sie Änlin. Sie war tränenüberströmt.

»Sie ist an deiner Stelle gestorben, nicht wahr?«, schluchzte sie.

Bianca nickte und wollte hastig weitereilen. Ihr war ganz und gar nicht danach, mit Änlin über die ganze Sache zu sprechen, die ihr ohnehin schwer auf der Seele lastete.

»Ich habe sie auch schätzen gelernt. Es tut mir von Herzen leid um sie«, erwiderte Bianca ausweichend.

»Hat er dich töten wollen?«

Wie der Blitz fuhr Bianca zu Änlin herum. »Ja, ja, ich bin mir sicher, aber was willst du von mir? Dass ich mich noch mehr quäle, als ich es ohnehin tue, weil sich das Tier aus den Bergen offenbar die falsche Frau geschnappt hat?« Ihre Stimme klang zornig. Und das entsprach ihrer Stimmung. Sie war wütend, weil sie glaubte, sich rechtfertigen zu müssen.

»Es war der blonde Teufel. Ich habe ihn gesehen«, bemerkte Änlin leise.

»Du kennst ihn doch gar nicht vom Ansehen.«

»Das nicht, aber du hast ihn mir in aller Ausführlichkeit beschrieben. Vorhin ist mir auf dem Markt ein Fremder begegnet, auf den deine Beschreibung zutrifft. Er trug einen Strohhut, doch eine Strähne seines blonden Schopfes lugte darunter hervor. Das Haar war so hell, wie es nur den Männern aus dem Norden zu eigen ist. Seine Augen waren blau wie Wasser, er hatte ein weiches Gesicht mit ebenmäßigen Zügen, beinahe wie denen einer Frau. Kurzum, ein Engelsgesicht und ...«

»Das ist Bruno. Keine Frage. Das ist er!«, unterbrach Bianca die Freundin aufgeregt. »Du hast ihn also auch gesehen. Er ist hier. Er verfolgt mich auf Schritt und Tritt. Er hat Coletta auf dem Gewissen! Wir müssen fort!«

»Bist du von Sinnen? Dann bin ich die Nächste, der dieser Teufel die Kehle durchschneidet. Und dich wird er entführen. Nein, wir bleiben im Schutz von Maurizio di Ziani.«

»Aber was, wenn er von mir verlangt, dass ich ...?«

Änlin hob die Schultern und erwiderte ungerührt: »Wir werden sehen. Ich muss mich schließlich auch täglich meiner Haut erwehren.«

»Oh, das habe ich nicht geahnt!«

»Dich hat es in den vergangenen Tagen auch nicht besonders gekümmert, wie es mir ergangen ist. Du bist als Herrin gereist und ich als Magd. Und der fette kleine Koch glaubt, Küchenhilfen müssten ihm zu Diensten sein. Er hatte übrigens eine Riesenwut auf Coletta. Er behauptet, sie habe sich auf seine Kosten an den Herrn herangemacht.«

»Da hat er seine Meinung aber inzwischen geändert«, bemerkte Bianca und deutete auf Luigi, der sich ihnen mit rot geweinten Augen näherte, während er immerzu ihren Namen nannte. »Coletta, ach, Coletta!« Dann blickte er auf und musterte Änlin streng. »Du wirst in der Küche gebraucht. Der Herr möchte heute Abend ein Mahl für Coletta auf dem Marktplatz zubereiten lassen, zu dem jeder kommen kann, der die Trauer um sie teilt. Ach, hätte ich sie doch nur besser beschützt!«

Bianca warf Änlin einen verstohlenen Blick zu, doch da hatte der Koch die junge Frau bereits am Arm gepackt und mit sich fortgezogen.

39

Bianca konnte in der fremden Kammer nicht schlafen, obwohl sie liebend gern den dröhnenden Schmerz in ihrem Kopf betäubt hätte. Darin summte es wie in einem Bienenstock. Die Gedanken rasten wild durcheinander, ohne dass sie auch nur für einen Augenblick zur Ruhe kamen. Sie hatte sich das Betttuch aus edlem Stoff über den Kopf gezogen, aber das nützte nichts. Es war nicht die Helligkeit, die in dieser Kammer vorherrschte und die sie am Schlafen hinderte, sondern es waren ihre widerstreitenden Gefühle. Am liebsten wäre sie auf der Stelle aufgesprungen und hätte sich auf eigene Faust nach Venedig durchgeschlagen, doch die Angst lähmte sie. Sie war sich sehr wohl darüber klar, dass sie ohne den Schutz des Kaufmanns niemals unbehelligt dorthin gelangen würde. Seit Stunden warf sie sich von einer Seite auf die andere und wünschte sich nichts mehr, als dass der Schlaf sie übermannen und ihre aufgewühlten Gedanken zum Schweigen bringen möge.

Doch es war nicht nur ihr innerer Aufruhr, der sie wach hielt, sondern auch der wachsende Lärm, der vom nahen Marktplatz herüberschallte. Plötzlich schwoll das Gemurmel an und wurde zu einem lauten Gegröle.

Bianca erhob sich schwerfällig. Sie wankte zum Fenster, von dem aus sie bis zum Markt hinüberblicken konnte, und öffnete es. Was sie dort mitten auf dem Platz sah, verschlug ihr den Atem.

Inmitten der johlenden Menschenmenge stand der gefesselte Riese, während ihm allerlei Unrat um die Ohren flog. Und einiges landete auch in seinem Gesicht. Jedes Mal, wenn ihn ein Wurfgeschoss traf, stieß er Laute aus wie ein verletztes Tier.

Keine Frage, es war der Kerl, der Coletta den Sack über den Kopf gezogen hatte, aber er war mit Sicherheit nicht ihr Mörder. Doch genau das riefen die Menschen um ihn herum im Chor.

»Assassino!«, schallte es aus etlichen Kehlen.

Bianca musste des Italienischen nicht mächtig sein, um den Sinn dieses Wortes zu verstehen.

Als der erste Stein flog, zuckte sie vom Fenster zurück. Doch dann riskierte sie einen weiteren Blick. Hemmungslos und unter lauten Beschimpfungen bewarf die Menge den Riesen mit Unrat und Steinen. An seinem Kopf klaffte bereits eine große blutende Wunde.

Bianca atmete ein paarmal tief durch. Sie konnte sich nicht helfen, aber diese hilflose Kreatur tat ihr leid. Wahrscheinlich hatte der Stumme nur ausgeführt, was ihm Bruno eingeflüstert hatte. Doch warum schrie er nicht wenigstens?

Da fiel Bianca ein, dass er nicht sprechen konnte. Seine Lippen bewegten sich, doch kein Laut drang nach außen, bis auf dieses tierische Grunzen.

Bianca war erneut versucht, sich abzuwenden, doch sie zwang sich, in sein Gesicht zu blicken. Aus seinen Augen sprach die nackte Angst. Und wieder traf ihn ein Wurfgeschoss am Kopf.

Bianca konnte nicht länger tatenlos zusehen. Sie zog sich auf ihr Lager zurück und hielt sich die Ohren zu. Nun hörte sie das Geifern der Menge zwar nicht mehr, aber die grausamen Bilder liefen vor ihrem inneren Auge vorüber. Erneut sprang sie auf. Sie musste das Unrecht verhindern. Sie konnten diesen Menschen doch nicht für etwas verurteilen, was er nicht getan hatte. Es reichte, dass Coletta hatte sterben müssen, nur weil sie ihr ähnlich sah.

Bianca eilte aus dem Zimmer und die Treppen hinunter, als ginge es um ihr Leben. Laut schreiend rannte sie zum Marktplatz und baute sich kämpferisch vor dem Riesen auf.

Die Menge gaffte sie verwundert an, doch keiner traute sich mehr, nach ihm zu werfen. Bianca breitete die Arme aus und schrie: »Dieser Mann ist nicht der Mörder von Coletta. Verschont ihn!«

Die Menschen blickten sie fragend an. Sie verstanden nicht, was sie ihnen zu sagen versuchte, doch da trat Maurizio hinzu. Er wandte sich an die aufgebrachte Menge und übersetzte zögernd. Nach einem fassungslosen Augenblick der Stille brach ein Tumult aus, doch keiner wagte es mehr, den Riesen mit Wurfgeschossen zu verletzen.

»Ihr seid also wirklich sicher, dass Euer Verfolger sie umgebracht hat?«

Bianca nickte schwach.

Maurizio wandte sich erneut beschwörend an die Leute, mit dem Ergebnis, dass sie zögernd ihrer Wege gingen. Dann trat er auf den Riesen zu, befreite ihn von seinen Fesseln und deutete barsch auf die Berge hinter ihnen.

Der geschundene und überall am Kopf blutende Mann warf Bianca einen langen Blick zu. Sie meinte, dass Dankbarkeit daraus sprach, doch sie war sich nicht sicher. Ohne sich noch einmal umzusehen, humpelte der riesige Kerl wie ein waidwundes Tier von dannen.

»Bitte, kommt mit in mein Gemach! Ich habe mit Euch zu reden«, bat der Venezianer.

Bianca folgte ihm zögernd. Doch in diesem Augenblick eilte einer der Knechte auf ihn zu und flüsterte ihm aufgeregt etwas ins Ohr.

Maurizio wurde blass und machte Bianca ein Zeichen, dass sie ohne ihn vorgehen solle. Zögernd tat sie, was er verlangte.

In der Kammer angekommen, ließ sie sich ermattet auf einen Hocker fallen. Ihr war unwohl zumute, aber sie setzte alle ihre Hoffnungen darauf, dass der Mann nichts Unziemliches von ihr verlangen würde. Zumal er doch nun wusste, was ihr im Gefängnis von Nürnberg widerfahren war, und sie in höflicher Form mit Ihr anredete.

Trotzdem zuckte sie zusammen, als die Tür aufging, der Mann mit dem pechschwarzen Haar eintrat und sie forschend musterte.

»Nun, wie stellt Ihr Euch den Fortgang der Reise vor?«, fragte er wie beiläufig.

Bianca klopfte das Herz bis zum Hals.

»Ich ... ich würde ... ja, ich würde gern mit Euch ... Euch reisen«, stammelte sie.

»Das freut mich«, erwiderte der Kaufmann und rang sich zu einem Lächeln durch.

Bianca schien eine Last von den Schultern zu fallen. Er respektiert, dass ich nicht käuflich bin, dachte sie erleichtert. Doch ehe sie sich versah, nahm der Venezianer ihr Gesicht in beide Hände und durchbohrte sie förmlich mit seinem Blick.

»Ich stelle nur eine Bedingung. Ihr schenkt mir eine Nacht.«

»Aber Ihr wisst doch nun, dass ich keine Dirne bin und meinen Körper nicht an fremde Männer verkaufe ...«

»Eine Jungfrau seid Ihr nicht mehr und ...«

Weiter kam er nicht, weil Bianca ihm eine schallende Ohrfeige versetzte.

»Ihr seid nicht besser als der, der mir das angetan hat!«, schrie sie, außer sich vor Zorn, und hob den Arm, um ihn noch einmal zu schlagen. Er aber hielt sie fest und sah sie erschrocken an. »Das ... das habe ich gar nicht gemeint. Ich ... ich hatte es vergessen«, stammelte er.

»Und worauf spielt Ihr dann an, wenn nicht darauf, dass man eine geschundene Frau gleich noch einmal schänden darf?«

Sämtliches Mitleid war aus seinem Gesicht gewichen. Seine Augen glitzerten vor Kälte.

»Ich pflege keine Frauen zu schänden. Und ich meinte etwas anderes, als ich Eure Jungfernschaft ansprach. Ich wollte wissen, ob Ihr Euch bereits Eurem Verlobten hingegeben habt.«

»Das geht Euch gar nichts an ...«, fauchte Bianca und wich seinem Blick aus. Sie hatte Sorge, er würde ihr die Wahrheit vom Gesicht ablesen.

»Also doch«, stellte er erbarmungslos fest. »Dann darf ich diesen Preis von Euch fordern, ohne dass ich Euch in eine missliche Lage bringe.«

Bianca funkelte ihn wütend an und befreite sich aus seinem Griff. »Was redet Ihr denn da? Was gibt Euch das Recht, über mich herzufallen? Dann seid Ihr nicht besser als Bruno, dieser Unhold, der mich gegen meinen Willen ...« Sie hielt inne.

»Ich werde Euch nicht gegen Euren Willen nehmen, Bianca. Es ist Euer freier Wille, wenn Ihr Euch unter meinen Schutz begebt. Und ich habe auch nicht verlangt, dass Ihr mir wie eine Hure zu Willen seid, sondern ich habe Euch höflich um eine einzige Nacht ersucht.«

»Höflich ersucht?«, lachte Bianca bitter auf. »Dieser Preis ist mir zu hoch«, fügte sie zornbebend hinzu.

»Gut, es ist Eure freie Entscheidung. Ihr habt die Wahl. Ich bringe Euch sicher nach Venedig und gewähre Euch in meinem Palazzo Schutz, ja, ich werde Euch dank meiner Beziehungen sogar helfen können, Euren Verlobten zu finden. Dafür schenkt Ihr mir eine Nacht. Oder Ihr verlasst spätestens morgen früh unsere Reisegesellschaft und macht Euch auf eigene Faust auf den Weg.«

»Das habt Ihr Euch fein ausgedacht. Ich besitze gar nicht die Mittel, die Reise allein fortzusetzen. Das Geld ist verbraucht und ...«

»Ihr habt doch genügend Vermögen«, höhnte der Venezianer und wies mit einer ausladenden Geste auf ihren wohlgeformten Körper.

»Ihr seid widerlich!«, zischte Bianca. »Nicht einen Tag länger nehme ich Euren Schutz in Anspruch. Ich werde Änlin Bescheid geben, und dann sind wir fort.«

»Dann habt Ihr Euch also entschieden?«, fragte der Venezianer und griff nach seinem Geldbeutel, den er am Gürtel trug. Er fasste tief hinein und holte etliche Goldstücke hervor.

»Hier! Damit Ihr Euren schönen Körper nicht verkaufen müsst!« Maurizio reichte ihr die Münzen, doch Bianca versteckte trotzig die Arme hinter dem Rücken.

»Ich will Euer Geld nicht«, stieß sie wütend hervor.

»Ihr könnt es Euch ja noch überlegen, ob Ihr Euren

Stolz überwindet und lieber das Geschenk eines Lüstlings annehmt, als zu verhungern.« Mit diesen Worten warf Maurizio die Münzen auf das Lager.

»Ihr wollt prüfen, ob ich nicht doch käuflich bin, nicht wahr?«, stieß Bianca wutentbrannt hervor. »Darauf zielt doch Euer ganzes Trachten ab. Deshalb verlangt Ihr diese Nacht. Ihr wollt doch nur den Beweis, dass ich im Grunde genommen nichts anderes als eine Hure bin. Und Huren nehmt Ihr Euch, weil Ihr glaubt, Macht über sie zu haben. Aber das täuscht. Coletta besaß die Macht über Euch. Nicht umgekehrt! Und nur deshalb umgebt Ihr Euch nicht mit Frauen Eures Standes, weil Ihr Euch gar nicht an sie heranwagt. Es sei denn, Ihr macht sie zu Huren.«

Bianca hielt erschöpft inne. Ihre Wangen glühten. Ihre Stimme war heiser, weil sie ihre letzten Worte nur noch so hinausgeschrien hatte.

»Seid Ihr fertig?«, fragte Maurizio spöttisch.

Bianca antwortete nicht, sondern trat an das Fenster und kehrte ihm den Rücken zu. Ungeachtet dessen begann der Venezianer leise zu sprechen.

»Ich hatte eine wunderschöne Frau. Sie sah Euch übrigens ähnlich. Ich habe sie geliebt. Mehr als mein Leben. Als sie unser totes Kind zur Welt brachte und kurz darauf selbst den letzten Atemzug tat, wollte ich nicht mehr leben. Es war vor nunmehr acht Jahren. Ich wollte von der hölzernen Brücke in das Wasser des Canal Grande springen, doch als ich dort ankam, tummelte sich eine riesige Menschenmenge auf der Brücke. Man verfolgte die Hochzeitszeremonie des Marchese di Ferrara. Und während ich noch darüber nachgrübelte, ob ich nicht am Abend wiederkommen solle, brach die Brücke mit lautem Getöse zusammen. Menschen schrien um ihr Leben, viele ertranken. Da dachte ich nicht mehr an mein eigenes Leid, sondern benötigte meine ganze Kraft, um verletzte Menschen aus dem Wasser zu ziehen. Als schließlich der letzte Überlebende am rettenden Ufer lag, da spürte ich, dass es ein Zeichen des Herrn war und ich noch gebraucht würde auf dieser Welt ...« Maurizio stieß einen tiefen Seufzer aus, bevor er fortfuhr.

Bianca blickte immer noch angestrengt aus dem Fenster und tat so, als höre sie ihm gar nicht zu. Dabei erreichte sie jedes seiner Worte, und nicht nur ihr Ohr, sondern auch ihr Herz. Zum ersten Mal, seit sie ihn kannte, begriff sie, dass er kein Unmensch war. Es fiel ihr schwer, keinerlei Regung zu zeigen, aber sie hatte Sorge, er könne ihr Mitgefühl als Zuneigung missdeuten.

»Ich wollte nur nie wieder mein Herz an eine Frau verlieren. Deshalb lebe ich meine Begierde bei Huren aus. Ich war immer ein Mann, der Liebeskünste zu schätzen wusste. Mit meinem Körper bin ich ganz bei ihnen. Mit meinem Herzen werde ich immer meiner Frau treu sein.«

Bianca drehte sich um. »Aber damit belügt Ihr Euch doch ständig. Ihr könnt die Liebe nicht trennen in den Körper und das Herz. Das würde ja bedeuten, Ihr teilt das Lager mit Frauen, für die Ihr nichts empfindet.«

»Nein, das seht Ihr falsch. Ich würde nie mit einer Frau das Lager teilen, die mich im Herzen völlig kaltlässt. Im Gegenteil, sie muss mein Blut in Wallung bringen und mein Herz höherschlagen lassen. Es muss ein Rausch der Sinne sein. Diese Wallungen des Herzens berühren nur nicht jenes tiefe Gefühl, das ich für meine Agnesa bis zum letzten Atemzug und bis in alle Ewigkeit empfinde. Das ist die reine Liebe. Die bleibt davon unberührt.«

Bianca fuhr sich mehrfach durch das lange Haar. Sie war unschlüssig, ob sie seinen Gedanken folgen sollte oder nicht. Es kam ihr plötzlich nicht mehr so abwegig vor wie noch vor wenigen Augenblicken. Wahrscheinlich können Männer tatsächlich trennen zwischen der reinen Liebe und der Liebe, die allein aus dem Verlangen geboren wird, dachte sie.

»Aber warum wollt Ihr diese Nacht mit mir? Ich habe keinerlei Erfahrung, ich beherrsche die Liebeskünste einer Hure beileibe nicht. Ich bin meinem Verlobten nicht nur von Herzen verbunden, sondern er war der Mann, dem ich mich freiwillig hingegeben habe. Ein einziges Mal! Selbst wenn ich mich mit Euch einließe, ich täte es nur ihm zuliebe. Damit ich endlich zu ihm komme. Aber ich schwöre bei Gott, ich könnte nichts empfinden. Jedenfalls nichts als Ekel.«

Maurizio war einen Schritt auf Bianca zugetreten. Ganz dicht, aber er fasste sie nicht an, sondern musterte sie nur durchdringend.

»Ihr habt meine Sinne verzaubert. Ich kann nicht mehr schlafen, denke ständig an Euch, und ich möchte mit dieser einen Nacht meinen Seelenfrieden zurückgewinnen. Wahrscheinlich wird sie mich von meiner Begierde heilen. Vermutlich seid Ihr unerfahren und stellt Euch ungeschickt an. Das wird mich für alle Zeiten von meiner Besessenheit für Euch kurieren.«

Bianca war die Röte in beide Wangen geschossen. Was bildete sich dieser Kerl eigentlich ein?

»Wollt Ihr damit etwa sagen, dass ich Euch langweilen würde?«

Täuschte sie sich, oder huschte ein Grinsen über sein Gesicht?

Maurizio legte den Kopf schief. »Das ist es ja gerade, was ich gern herausfände. Tragt Ihr dieses leidenschaftliche

Feuer, wie es Euch aus den Augen sprüht, in Euch, oder ist es nur ein Strohfeuer?«

»Wie ich Euch bereits sagte: Ihr würdet es selbst dann, wenn ich mit Euch das Lager teilte, niemals herausfinden, denn Ihr würdet es im Leben nicht schaffen, auch nur ein winziges Gefühl in mir hervorzulocken. Deshalb seid froh, dass ich Euch gar nicht erst in die Lage bringe.«

Bianca drückte sich an dem Venezianer vorbei zur Tür.

Da spürte sie, wie sich seine Hand von hinten auf ihre Schulter legte.

»Ihr wollt also verschwinden, ohne Coletta die letzte Ehre zu erweisen? Obwohl sie sterben musste, weil man sie mit Euch verwechselte?«

Wie der Blitz fuhr Bianca herum.

»Ach ja? Ich denke, Ihr glaubt nicht daran, dass es mein Verfolger war, der sie statt meiner getötet hat.«

»Ich habe meine Meinung geändert, seit einer meiner Männer mir eben zugeflüstert hat, dass ein Fremder mit einem Strohhut um unsere Wagen herumschlich und die Flucht ergriff, als er ihn ansprach.«

»Das ist er! Das ist Bruno von Ehrenreit!«, erwiderte Bianca mit bebender Stimme.

»Und Ihr wollt Euch also wirklich aus dem Staub machen, ohne Coletta einen würdevollen Abschied zu bereiten?«

Bianca kämpfte mit sich. Am liebsten wäre sie bis nach Venedig im Schutz des Venezianers gereist, aber das ließ ihr Stolz nicht zu. Sie musste fort, und zwar auf der Stelle! Doch ihr schlechtes Gewissen verbot ihr abzureisen, bevor sie sich gebührend von Coletta verabschiedet hatte. Wütend, weil ihr keine andere Wahl blieb, stampfte sie mit dem Fuß auf.

»Gut, Ihr habt gewonnen, aber nun verschwindet aus

meinem Gemach und lasst mich in Frieden. Ich werde Euch keines Blickes mehr würdigen und kein Wort mit Euch wechseln. Geht, Eure Anwesenheit in meiner Kammer ist nicht länger erwünscht.«

Die Antwort des Venezianers war ein dröhnendes Lachen. Er deutete eine Verbeugung an, zog seinen feinen Hut vor ihr und erklärte mit Lachtränen in den Augen: »Wahrscheinlich habt Ihr vergessen, wo Ihr Euch gerade befindet. Aber sei es drum. Ich überlasse Euch doch mit Vergnügen mein Gemach. Ich werde Euch in meinen Räumen nicht länger mit meiner Anwesenheit quälen. Arrivederci, Hüterin der Tugend.«

Bianca schnappte ein paarmal nach Luft wie ein Fisch auf dem Trockenen. Dann schoss sie hocherhobenen Hauptes an ihm vorbei und zog die Tür mit einem lauten Knall hinter sich zu.

Der ganze Ort war auf den Beinen, um an dem Mahl zu Colettas Ehren teilzunehmen. Die Tafel reichte einmal quer über den Marktplatz, doch nicht alle hatten einen Sitzplatz gefunden. Auch Bianca nicht. Sie stand im Schatten einer Zypresse und beobachtete das Treiben mit gemischten Gefühlen. An Essen war gar nicht zu denken, denn erst ganz allmählich breitete sich die Traurigkeit über den Verlust der lebensklugen Hure in ihr aus. Wenn sie nur daran dachte, wie unrecht sie ihr anfangs getan hatte, spürte sie einen Kloß im Hals.

Da erblickte sie Luigi, wie er die Arme nach oben streckte und ein Stoßgebet gen Himmel schickte. Bald war er von Schaulustigen umringt.

Während sie kopfschüttelnd das seltsame Auftreten des Kochs beobachtete, spürte sie, wie jemand dicht neben sie trat. Sie brauchte gar nicht hinzusehen, um zu wissen, dass es kein Geringerer als Maurizio war.

»Was erzählt er da?«, fragte sie neugierig, ohne den Venezianer auch nur eines Blickes zu würdigen.

»Dass er Coletta heiraten wollte, dass sie seine Frau geworden wäre, wenn man sie nicht ermordet hätte. Dass er sich auf eigene Faust aufmachen werde, um das Tier in Menschengestalt zu töten, dem man heute die Freiheit geschenkt habe. Der habe sie umgebracht. Mit bloßen Händen werde er den Kerl erwürgen …«

»Ist er dem Irrsinn verfallen?«

»Nein, ich glaube, er hat sie wirklich geliebt. Er wollte sie tatsächlich zur ehrbaren Frau machen, bevor sie meine Mätresse wurde. Sagt, wollt Ihr mich an meinen Tisch begleiten? Neben mir ist noch ein Platz frei.«

Maurizio hielt ihr einladend den Arm hin.

»Warum sollte ich mit Euch gehen? Habt Ihr schon vergessen, dass ich nichts mehr von Euch wissen möchte?«, entgegnete sie schnippisch.

»Verzeiht, ich vergaß Euren Abscheu vor meiner Person. Dann will ich Euch rasch von meiner Gegenwart befreien.« Lächelnd zog er seinen Arm zurück und wandte sich zum Gehen. Doch dann blieb er noch einmal stehen.

»Wisst Ihr, dass Ihr entzückend ausseht?«

Bianca errötete. Sie trug eines der Kleider, die ihr Coletta geschenkt und die diese aus den edlen Stoffen des Venezianers gefertigt hatte.

»Ja, es erhöht Euren Reiz, wenn Ihr Euren schönen Mund schürzt und die Augen gefährlich zu Schlitzen verengt. Man möchte meinen, in Eurem Innern hause ein Raubtier, das nur darauf wartet, freigelassen zu werden.«

»Und wisst Ihr was? Ihr langweilt mich mit Euren anzüglichen Worten!«, zischte Bianca und ließ ihn einfach stehen. Sie war froh, als sie Änlin erblickte, die eifrig in einem großen Topf rührte, der über dem offenen Feuer hing.

»Magst du ein wenig von dem Wildbret?«, begrüßte Änlin sie.

Bianca schüttelte den Kopf. »Nein, ich verspüre nicht den geringsten Hunger. Ich kann nicht speisen, während ich mich mit dem Gedanken herumquäle, dass ich an Colettas Stelle hätte sein sollen.«

»Das ist ein nutzloser Gedanke«, widersprach Änlin heftig, »denn dich hätte der blonde Teufel ja nicht getötet. Dazu bist du ihm viel zu lieb und teuer.«

»Das, was er mir angetan hätte, wäre mindestens so grausam gewesen wie der Tod!«, schnaubte Bianca. »Aber warum ich dich eigentlich aufgesucht habe, ist etwas anderes. Ich werde im Morgengrauen auf eigene Faust weiterziehen und bitte dich, mich zu begleiten.«

»Wir beide allein schutzlos in der Wildnis? Obwohl uns dieser Mörder auf den Fersen ist, der nicht einen Augenblick lang zögern wird, mich aus dem Weg zu räumen? Nein, das ist unklug ...« Sie hielt inne und musterte Bianca zweifelnd. »Oder schickt der Herr uns fort, und wir haben keine Wahl?«

»Nein, dem Herrn gelüstet danach, dass ich bleibe, aber ich denke nicht daran, ihm zu Willen zu sein. Ich bin morgen früh fort. Wie ist es mit dir?«

»Ich ... ich weiß nicht, ob das so klug wäre, ob ...«,

stammelte Änlin, doch da hatte sich Bianca bereits einige Schritte entfernt. »Dann werde ich die Reise eben allein fortsetzen«, grollte sie und eilte davon.

»Bianca, so war das doch nicht gemeint, ich ...«, rief Änlin ihr unglücklich hinterher, doch da war Bianca schon in der Menge verschwunden.

Mühsam kämpfte sich Bianca auf die andere Seite des Platzes, dorthin, wo die Herberge stand. Ohne zu überlegen, stürmte sie hinauf in ihre Kammer, warf ihre Habseligkeiten wahllos in die Umhängetasche und verließ wenig später die Herberge in Richtung Trento. Das jedenfalls war auf dem verwitterten Wegweiser zu lesen, der den Reisenden half, zu ihren Zielen zu gelangen.

Noch war es hell. Die Sonne würde erst in einigen Stunden hinter den Bergen untergehen. Bianca klopfte das Herz bis zum Hals, als sie mit festem Schritt bergauf wanderte. Sie hatte sich vorgenommen, aus dem Talkessel hinaufzusteigen und sich oben am Gipfel einen geeigneten Schlafplatz zu suchen.

Sie war so in Gedanken versunken, dass sie weder etwas von der atemberaubenden Landschaft mitbekam, die sich zu ihrer Rechten bot, noch etwas von den fremdartigen Geräuschen wahrnahm. Sie war nur von einem Wunsch beseelt: möglichst noch bei Tageslicht den Aufstieg zu schaffen.

Sie marschierte so rasch, dass sie außer Atem geriet. Es brannte dermaßen in ihrer Kehle, dass ihr nichts anders übrig blieb, als zu verweilen. Bianca ließ den Blick zurück nach Tramin schweifen und stellte voller Stolz fest, dass sie das Dorf bereits tief unter sich gelassen hatte. Die Kirchtürme im Tal waren winzig klein geworden.

Plötzlich erblickte sie an der letzten Biegung, die sie erst vor wenigen Augenblicken hinaufgestiegen war, einen Reiter.

Zuerst weigerte sie sich, es zu glauben, bis sie begriff, dass sie ihm nicht entkommen konnte. Sie war zwar dem Venezianer davongelaufen, nicht aber dem Teufel mit dem Engelsgesicht. Obwohl sie nur seine Umrisse erkannte, wusste sie sofort, dass es Bruno von Ehrenreit war und dass er sie bald eingeholt hätte.

Biancas Kehle wurde trocken, und ihre Knie zitterten bei dem Gedanken, dass, wenn sie ihn sehen konnte, er sie auch schon längst erspäht hatte.

Sie rannte los. Das war nicht so einfach, weil der Weg steil bergan führte, doch sie überwand alle Schmerzen und ließ nicht nach. Sie wagte nicht, sich umzublicken, aus lauter Furcht, dass er ihr auf den Fersen war. Doch dann wandte sie den Kopf und erstarrte. Auf dem Rücken des Pferdes war er schneller als sie zu Fuß. Er hätte sie bald eingeholt. Siegessicher winkte er ihr zu. Er rief etwas, aber seine Worte erreichten sie nicht. Noch war er außer Hörweite. Was sollte sie bloß tun? Es war doch nur noch eine Frage der Zeit, wann er auf gleicher Höhe wäre. Und in dieser Einsamkeit gab es kein Entrinnen. Sie war ihm auf Gedeih und Verderb ausgeliefert. In ihrer Verzweiflung warf sie die Umhängetasche fort, um noch schneller laufen zu können. Das gelang ihr auch. Sie keuchte und ächzte, aber sie wurde nicht langsamer. Im Gegenteil, die Angst, von Bruno überwältigt zu werden, verlieh ihr Flügel. Sie schwebte beinahe davon, bis sie einen Wimpernschlag lang nicht aufpasste und über die eigenen Füße stolperte. In hohem Bogen fiel sie zu Boden und spürte nur den Schmerz, als sich die winzigen Steine in ihre nackten Knie bohrten. Das Kleid musste im Fallen hochgerutscht sein und hatte ihre Beine bloßgelegt.

Ich will lieber sterben, als ihm in die Hände fallen, dachte

Bianca verzweifelt. Da hörte sie ihn höhnisch rufen: »Du entkommst mir nicht! Wir gehören doch zusammen. Du und ich!«

Bianca wollte aufstehen und weglaufen, aber sie konnte sich nicht rühren. Da entdeckte sie, dass sie mit dem Kopf fast am Abgrund lag. Nur ein paar Fuß muss ich kriechen und mich dann einfach fallen lassen, redete sie sich gut zu. Das Pferdegetrappel kam unterdessen näher und immer näher.

Bianca nahm ihre letzte Kraft zusammen und robbte sich weiter an den Abgrund heran. Schon hing ihr Kopf über der Kante, und sie blickte in die Tiefe. Doch das konnte sie nicht schrecken. Alles war besser, als noch einmal in die Hände dieses Teufels zu fallen.

41

Heinrich Gumpert stand über einen Trog gebeugt und knetete eifrig Teig für die Benedicten. Er tat dies mit gemischten Gefühlen, aber ihm blieb keine Wahl. Artur von Ehrenreit hatte auf seine anfängliche Weigerung hin gedroht, dass jeder Widerstand seiner Familie schlecht bekommen werde. Als Pfand hatte er die älteste Tochter Greth als Magd mitgenommen. Immer wenn der Lebküchner an den traurigen Blick seiner Tochter dachte, als sie Mutter und Vater ein letztes Mal zugewinkt hatte, wollte es ihm schier das Herz zerreißen. Und es lag allein in seiner Hand, ob es ihr in Artur von Ehrenreits Haus gut ging. Sein Haus!, dachte Heinrich verächtlich. Er hat es sich erschlichen wie alles, was einmal dem Gewürzhändler und seiner gütigen Frau Benedicta gehört hatte. Wie enttäuscht sie wohl wäre, wenn sie erführe, dass er, der treue Geselle Meister Eberts, zu einem Verräter geworden war. Wenigstens eines konnte er in seinem Herzen bewahren. Kein Mensch ahnte nämlich, dass er das wahre Rezept der Benedicten kannte. Artur hatte ihm die Lüge abgenommen, Meister Ebert habe das Rezept vor ihm geheim gehalten. Und er, Heinrich, sei allein aus der Erinnerung in der Lage, zumindest einen wohlschmeckenden Lebkuchen herzustellen, wenn dieser auch nicht an die Benedicten heranreichte. Dass Meister Ebert ihn einst unter dem Siegel der Verschwiegenheit in das Geheimnis eingeweiht hatte, weil er wegen eines Fiebers nicht in der Lage gewesen war, die Benedicten selbst zu backen, das verschloss Heinrich tief in seinem Herzen. So als könne er sich damit einen Rest von Würde bewahren, die ihm durch seinen Verrat verloren gegangen war.

An dem Tag, als er Arturs teuflischem Plan zugestimmt hatte, war er zu Benedictas Grabstätte gepilgert, hatte sich in den Staub geworfen und sie um Verzeihung gebeten.

Seine Benedicten waren im Gegensatz zu denen Meister Olbrechts bekömmlich und verkäuflich. Zwar gab es immer wieder Beschwerden, verbunden mit der Frage, warum die Benedicten ihren einzigartigen Geschmack eingebüßt hatten, aber sie wurden immerhin gekauft und verzehrt. Ganz zur Zufriedenheit Artur von Ehrenreits.

Mit diesem Teil der Abmachung hätte Heinrich vielleicht seinen Frieden machen können. Was ihn viel mehr quälte, war die Tatsache, dass er Bianca durch seine Falschaussage in den sicheren Tod geschickt hatte. Er hatte die Aussage noch am gleichen Tag widerrufen wollen, war trotz der Einschüchterungsversuche Bruno von Ehrenreits sogar bis zum

Richter vorgedrungen, doch der hatte ihm die traurige Mitteilung gemacht, dass es zu spät sei. Er habe auf Ersuchen des Anklägers das Urteil in eine lebenslange Verbannung umgewandelt, und man habe Bianca als Vogelfreie aus der Stadt gejagt. Wie oft träumte Heinrich davon, wie man sie, die rechtlose Verbannte, erschlug wie einen räudigen Hund.

Was ihn beinahe ebenso sehr quälte, war der Teil der Abmachung, wonach er Meister Olbrecht aus dem Weg räumen sollte, sobald er, Heinrich, Meister geworden war. Verdient hatte der Alte den Tod in Heinrichs Augen durchaus, aber doch nicht durch seine Hände.

Heinrich hielt inne und betrachtete seine Finger, wie sie hingebungsvoll den Teig kneteten. Nein, sie waren nicht dazu geschaffen, einen Menschen zu erwürgen. Deshalb war Heinrich um jeden Tag froh, den er nicht vor der Zunft erscheinen musste, um sein Meisterstück abzuliefern.

Mit einem Lächeln fügte er dem Teig noch ein wenig Mehl hinzu. Wenn Artur von Ehrenreit wüsste, dass die Benedicten kein Mehl enthalten, sondern der Teig allein aus Nüssen hergestellt wird …, dachte Heinrich. Das aber behielt er für sich. Genau wie einige der Gewürze, die in die Benedicten gehörten, zum Beispiel Zimt und Anis.

Er zuckte zusammen, als sich die Tür zur Backstube ohne vorheriges Klopfen öffnete. Das kann nur Meister Olbrecht sein, der ungebeten hereinplatzt, während ich Teig anrühre, mutmaßte Heinrich. Und in der Tat, als er sich umwandte, blickte er in das stets mürrische Gesicht des Meisters. Jedes Mal, wenn Heinrich ihn sah, hatte er den Eindruck, der Lebküchner sei wieder ein wenig gealtert. Sein Gesicht war von Falten zerfurcht, wodurch die riesigen spitzen Ohren nur noch befremdlicher aussahen.

»Ich komme gerade von einer Sitzung der Zunft. Sie wollen dich in Kürze zum Meister machen. Wenn du die Lebkuchen fertig hast, solltest du also ein wenig Zeit auf dein Meisterstück verwenden«, krächzte der Alte. »Aber mach dir keine allzu große Mühe. Sie nehmen dich so oder so. Ich habe ein gutes Wort für dich eingelegt.« Der Anflug eines Lächelns huschte über Meister Olbrechts grimmig dreinblickendes Gesicht.

Wenn er wüsste, dass das sein Todesurteil ist, durchfuhr es Heinrich eiskalt.

»Ich werde mein Bestes geben«, versprach Heinrich, doch kaum war der Alte aus der Backstube geschlurft, kam Heinrich ein erlösender Gedanke, wie er die frevelhafte Tat hinausschieben konnte. Voller Schadenfreude rieb er sich die Hände.

Rasch erledigte er seine anfallende Arbeit, um sich dann an die Herstellung eines ganz besonderen Lebkuchens zu machen. Statt sich am Honigtopf zu bedienen, schlich er sich fort und suchte einen alten Freund auf, einen Weißbäcker, der das beste Brot in ganz Nürnberg herstellte. Dieser hatte ihm sein Geheimnis einst verraten. Er würzte es mit reichlich Salz. Das war zwar nicht gerade billig, aber sein Brot fand so reißenden Absatz, dass er die Kosten für das weiße Gold schnell wieder hereingeholt hatte. Sein Freund Kuno war erstaunt über den Wunsch Heinrichs, ihm ein wenig mehr als eine Prise Salz zu verkaufen.

»Du willst doch nicht etwa nebenbei noch mit Weißbrot handeln, obwohl deine Benedicten schon ein so einträgliches Geschäft sind? Das erzählt man sich jedenfalls.«

»Nein, ich komme dir nicht ins Gehege, Gott bewahre. Du bekommst es fertig und hetzt mir den Rat auf den Hals, wenn ich in deinem Revier wildere. Nein, ich habe einen Braten für meine Familie erstanden, und meine Frau schickt mich. Sie ist der Meinung, dass es ein wahres Festessen wird, wenn wir das Fleisch in Salz einlegen.«

Der Weißbäcker Kuno lachte erleichtert auf. »Deine Frau weiß, was gut ist. Komm, ich schenke dir so viel, dass der Braten eine unvergessliche Köstlichkeit wird.«

Er zog Heinrich zu einem Schrank und holte ein Fass hervor. In ein Ledersäckchen füllte er dem Freund sorgfältig, damit nichts vorbeiging, das Salz ein.

Heinrich bedankte sich überschwänglich und versprach im Gegenzug, einen Korb mit Benedicten vorbeizubringen.

Da verdüsterte ein Schatten das Gesicht des Freundes. »Das ist sehr großzügig von dir. Meine Kinder werden sich freuen, aber ...« Er räusperte sich und näherte sich verschwörerisch Heinrichs Ohr. »Ich will dir nicht zu nahe treten, lieber Freund«, flüsterte er. »Aber mir haben die Benedicten besser gemundet, als Meister Ebert sie hergestellt und die junge Bianca sich darum gekümmert hat. Es ist eine Schande, dass man sie zum Tode verurteilt hat. Sie hätte doch keiner Fliege etwas zuleide tun können.«

»Man hat sie verschont und aus der Stadt verbannt«, entgegnete Heinrich steif.

»Als wenn das eine Gnade wäre! Du weißt, was mit Vogelfreien auf der Straße geschieht, nicht wahr? O nein, das hat sie nicht verdient. Niemals hat sie Ebert umgebracht. Ich möchte nur wissen, wer da seine Finger im Spiel hat. Ich glaube ja, dass es Artur von Ehrenreit und sein missratener Sohn sind, die auf diese Weise das Erbe an sich bringen wollen.«

»Ich ... ich muss jetzt fort«, stammelte Heinrich und lief knallrot an.

Kuno aber hielt ihn am Ärmel seines Hemdes fest.

»Unter uns. Ich verstehe nicht ganz, warum du in die

Dienste Meister Olbrechts getreten bist. Ich weiß doch, wie sehr du ihn verachtest.«

»Er war der Einzige, der mir eine Stellung angeboten hat. Und bevor meine Familie verhungert und wir bei den Gerbern wohnen ...«, erwiderte Heinrich trotzig.

Kuno hob beschwichtigend die Hände. »Ich will dir nicht zu nahetreten, aber merkst du etwa nicht, dass die Lebkuchen, die Meister Olbrecht als Benedicten verkauft, ungleich fader schmecken als jenes herrliche Gebäck, das nach dem Rezept der Benedicta von Ehrenreit hergestellt wurde?«

»Mag sein, aber ich führe nur aus, was mein Meister mir vorgibt. Offenbar ist er nicht im Besitz des eigentlichen Rezeptes, aber ich finde, er macht das Beste daraus.«

»Ja, schon, aber ich verstehe nicht, wieso Benedicta den Handel überhaupt in seine Hände gelegt hat.«

Heinrich hob die Schultern. Ihm war unwohl. Er wollte fort, statt sich weiter unangenehmen Fragen auszusetzen, auf die er allesamt eine Antwort gewusst hätte. Und am liebsten hätte er die Wahrheit in die Welt hinausgeschrien. Doch davon hielt ihn das traurige Gesicht seiner Tochter ab. Greth war ein zartes Wesen und ganz und gar nicht dazu geeignet, als Magd zu schuften. Was, wenn Artur von Ehrenreit genau das gewusst hatte, als er sie erwählt und mitgenommen hatte? Es stand in seiner Macht, sie zu schonen oder ihr besonders schwere Arbeiten aufzubürden ...

»Ich muss gehen. Die Arbeit wartet«, bemerkte Heinrich in schroffem Ton.

»Verzeih, ich wollte dich nicht kränken, aber wir Bäcker sind uns alle einig, dass etwas faul sein muss an diesem Testament, und ich dachte, dass du vielleicht etwas mehr darüber wüsstest ...«

»Ich verdiene mein Brot bei Meister Olbrecht. Mehr

nicht! Und ich rate dir, deine Nase nicht zu tief in die Angelegenheiten Artur von Ehrenreits zu stecken. Selbst wenn etwas nicht mit rechten Dingen zugehen sollte, du wirst daran nichts ändern. Denn er hat mächtige Freunde! Leb wohl!«

»Schon gut, Heinrich, ich verstehe dich. Wes Brot ich ess, des Lied ich sing.«

Doch das hörte Heinrich schon gar nicht mehr, weil er hastig davongeeilt war. In der Gasse angekommen, blieb er stehen und holte tief Luft. Wo war er da nur hineingeraten? Er fühlte sich schrecklich elend, doch dann spürte er das Ledersäckchen in seiner Gürteltasche, und seine Miene erhellte sich. Ich werde auf meine Weise kämpfen, redete er sich gut zu, und stellte sich die entsetzten Blicke der Zunftherren vor, wenn sie in seinen speziellen Lebkuchen bissen. Zum Meister würden sie ihn dann mit Sicherheit nicht machen. Und solange er nicht selbst Meister war, bedurfte es eines lebendigen Meisters Olbrecht.

Fröhlich pfeifend schlenderte er zur Backstube in die Torgasse zurück, um sein Meisterstück zu vollenden.

42

Noch ein kleines Stückchen musste Bianca vorwärtskriechen, damit ihr eigener Oberkörper sie in die Tiefe zog. Doch da packte jemand ihre Beine und zerrte sie zurück auf den Weg.

»Du willst dich doch nicht etwa unnötig in Gefahr bringen!«, hörte sie Brunos Stimme hämisch in ihr Ohr raunen, bevor er sie auf den Rücken drehte. »Schau mich an, meine Liebste. Ich bin jetzt bei dir und werde dich fortan beschützen.«

Bianca aber schloss die Augen. Sie befürchtete, sich übergeben zu müssen, wenn sie ihm in die verlogene Fratze blickte.

Als er ihr mit den Fingerspitzen über die Wangen strich, zuckte sie angeekelt zusammen.

»Fass mich nicht an!«, fauchte sie und drehte den Kopf zur Seite. Die Augen kniff sie dabei fest zu.

»Mein Engel, was ist denn mit deinen Beinen geschehen? Die muss ich verbinden. Sonst werden die Wunden faulig. Und überhaupt, was macht dein Arm?«

Sie spürte, wie er den Ärmel ihres Gewandes hochschob.

»Da ist ja kaum mehr etwas zu sehen. Schade, es sollte ein Zeichen sein, dass du mir gehörst. Wenn du widerspenstig bist, dann muss ich es wiederholen.«

Bianca fuhr hoch, holte aus und versetzte ihm eine schallende Ohrfeige.

Bruno war so verblüfft, dass er keinen Ton herausbrachte, sondern sie nur mit offenem Mund anstarrte. Diesen Augenblick nutzte Bianca, um aufzuspringen und loszurennen. Sie lief den Weg zurück. Dabei wusste sie, dass es nur eine Frage der Zeit war, bis er sie eingeholt und überwältigt hätte, aber das war ihr gleichgültig. Sie wollte es wenigstens versuchen. Kampflos aufzugeben, das entsprach nicht ihrem Wesen. Sie erschauerte bei dem Gedanken, dass sie sich beinahe freiwillig in den Abgrund gestürzt hätte. Das durfte sie nicht einmal mehr denken! Ganz gleich, was ihr widerfuhr, sie musste sich wehren und nicht feige davonmachen.

Sie war bereits ein ganzes Stück bergab gerannt, als sie das Hufgetrappel dicht hinter sich vernahm. So einfach wird er meiner nicht habhaft, sprach sie sich gut zu. Ich werde ihn kratzen, beißen, treten ... Und sollte er noch einmal mit Gewalt versuchen, mich zu nehmen, dann werde ich einen Weg finden, ihn zu töten und nicht mich!

Sie spürte bereits den Hauch des Pferdeatems im Nacken, als sie vor sich inmitten einer Staubwolke einen weiteren Reiter auftauchen sah. Ihr Herzschlag wollte vor Freude aussetzen, als sie Maurizio di Ziani erkannte.

»Helft!«, schrie sie. »Bitte, helft mir!«

Sie rannte weiter, ohne sich umzublicken, doch da spürte sie, dass sie nicht länger verfolgt wurde. Als der Venezianer auf ihrer Höhe angekommen war, sprang er vom Pferd, und sie fiel ihm in die Arme. Erst dann wagte sie es, einen Blick zurückzuwerfen. Verwundert stellte sie fest, dass Bruno von Ehrenreit spurlos verschwunden war. Nicht einmal eine Staubwolke deutete darauf hin, dass er davongeritten war.

»Bleibt stehen. Und rührt Euch nicht von der Stelle!«, befahl der Venezianer schließlich und löste sich aus der Umarmung. »Ich sehe zu, dass ich diesen Kerl erwische, und dann gnade ihm Gott!«

Maurizio sprang auf sein Pferd und preschte davon. Bianca wurden die Knie weich, und sie setzte sich auf einen Felsvorsprung. Ihr Herz raste bei dem Gedanken, wie haarscharf sie ihrem Häscher entkommen war. Und sie zermarterte sich den Kopf mit der bangen Frage, was er wirklich von ihr wollte. War es das Rezept, oder war nicht vielmehr sie es, die er um jeden Preis besitzen wollte?

Bianca wurde abwechselnd heiß und kalt, als sie daran dachte, wie ihr Leben binnen weniger Wochen völlig aus den Fugen geraten war. Es erschien ihr wie eine halbe Ewigkeit, dass sie die geliebte und beschützte Ziehtochter von Benedicta von Ehrenreit gewesen war. In ihren kühnsten

Träumen hätte sie sich nicht auszudenken gewagt, dass sie einmal in Begleitung von Huren und Händlern die Alpen überqueren würde, um in Verendig nach ihrem Liebsten zu suchen. Sie hoffte inständig, dass der Venezianer Bruno einholen und töten werde.

Das Geräusch nahender Pferdehufe riss sie aus ihren Gedanken. Enttäuscht stellte sie fest, dass der Venezianer allein zurückkehrte.

»Ihr habt ihn nicht eingeholt?«, fragte sie zur Begrüßung schärfer als beabsichtigt.

Maurizio brachte sein Ross zum Stehen und ließ sich zu Boden gleiten.

»Ich bin geritten wie der Teufel, aber er war wie vom Erdboden verschluckt«, erwiderte er beinahe entschuldigend.

»Vielleicht ist er vom Weg abgekommen und mit seinem Gaul in die Tiefe gestürzt«, bemerkte Bianca mit bebender Stimme.

»Anders kann ich es mir kaum erklären«, murmelte der Venezianer, dem nach der Hetzjagd der Schweiß von der Stirn perlte. »Mein Pferd ist schneller als seines, und ich war ihm dicht auf den Fersen, doch dann war er fort. Ich schwöre Euch, ich bin noch eine Weile weitergeritten, aber ich habe nicht einmal mehr die Staubwolke gesehen, die sein Pferd aufgewirbelt hat.«

»Ich glaube erst, dass er in den Abgrund gestürzt ist, wenn ich seinen leblosen Körper mit eigenen Augen sehe«, entgegnete Bianca.

»Ich verstehe Euch«, erwiderte der Venezianer und reichte ihr die Hand. Als sie diese nicht gleich ergriff, fragte er entsetzt: »Oder wollt Ihr etwa weiterziehen?«

»Nein, ich komme mit Euch. Für den Fall, dass sich der

Teufel hier irgendwo versteckt hat und mir auflauert. Ich traue ihm alles zu«, erklärte Bianca schwach. »Und ich bleibe bei Euch, bis ich Andreas gefunden habe.«

Täuschte sich Bianca, oder umspielte ein flüchtiges Lächeln Maurizios Mund, bevor er sie um die Hüften fasste und auf sein Pferd hob?

3. Teil

Venedig 1452

✳ 43 ✳

Bianca hielt sich bereits seit einiger Zeit in Venedig auf und hatte bisher nicht den winzigsten Anhaltspunkt, ob Andreas noch in der Stadt weilte oder wo er sich sonst befand. Und das, obwohl sie Tag für Tag fieberhaft nach ihm suchte.

So stand sie auch an diesem Morgen wie an jedem anderen zuvor auf einer der hölzernen Brücken. Wo in Nürnberg Gassen durch die Stadt führten, waren es in Venedig Kanäle.

Von hier oben hatte Bianca einen Überblick über die Boote der Händler, die dicht gedrängt unter der Brücke hindurchfuhren. Vielleicht war ihr Verlobter an Bord eines dieser lang gestreckten flachen Boote, die von den Einwohnern der Stadt Gondolas genannt wurden. Doch auch an diesem Tag blieb er inmitten des bunten Treibens unauffindbar.

»Er ist wieder nicht dabei«, murmelte Bianca.

»Ach, was für ein herrliches Bild! Die bunten Boote und diese stattlichen Kerle überall!«, jubilierte Änlin, während sie vor Begeisterung in die Hände klatschte.

»Komm, wir gehen zum Gewürzmarkt«, befahl Bianca und zog Änlin mit sich fort.

»So wirst du ihn niemals finden«, murrte Änlin und warf einen sehnsuchtsvollen Blick zu den Booten zurück, bevor Bianca sie in ein Gewirr enger Gassen führte. Auch hier konnte sich Änlin kaum sattsehen an den Kleidern der Frauen, den Hüten der Männer und dem verwegenen spitzen Schuhwerk, das Frauen wie Männer trugen.

»Es ist wie in einem Märchen«, raunte sie Bianca zu, doch die schien sich ausschließlich um das eine zu scheren: Begegnete ihnen in dem Gewühl vielleicht Andreas?

Änlin begleitete sie, weil der Herr sie ausdrücklich darum ersucht hatte. Er wollte nicht, dass Bianca allein in den belebten Gassen umherirrte. Dabei wäre Änlin viel lieber ohne Bianca durch die Stadt gestreift und hätte die vielfältigen Eindrücke in sich aufgesogen. Denn kaum, dass sich ihr Blick an einen prächtigen Palast oder eine eindrucksvolle Kirche geheftet hatte, trieb Bianca sie wieder zur Eile an.

Sie waren mittlerweile auf einem Platz angekommen, in dessen Mitte ein Brunnen stand. Änlin wusste beim besten Willen nicht, wo sie sich gerade befanden, weil hinter jeder Ecke im Schatten hoch aufragender Häusermauern solche lauschigen Plätze auftauchten. Und fast immer besaßen diese einen Brunnen.

Änlin schwitzte erbärmlich, denn in der Stadt war es trotz des vielen Wassers, das sie umgab und das durch die zahllosen Kanäle floss, schier unerträglich heiß. Die Sonne brannte erbarmungslos vom Himmel, wie sie es zuvor nur oben auf den Gipfeln der Berge erlebt hatte.

»Warte, ich möchte mich ein wenig erfrischen!«, rief sie und war schon am Brunnen. Bianca folgte ihr missmutig.

»Ist es nicht herrlich? Schau nur einmal nach oben! Hast du schon jemals ein solches Blau gesehen?«

»Nein, niemals«, entgegnete Bianca knapp und ohne den Blick überhaupt gen Himmel zu heben. Stattdessen machte sie Anstalten weiterzueilen.

»Verzeih, aber ich muss mich ein Weilchen ausruhen. Dieses Hin- und Hergerenne durch die Stadt bei dieser Hitze, das steigt mir zu Kopf.«

»Gut, dann verschnaufen wir ein wenig«, erwiderte Bianca grimmig und setzte sich widerwillig auf den Brunnenrand.

Mit einem Seitenblick stellte Änlin fest, dass diese ruhelose Suche auch an Bianca nicht spurlos vorübergegangen war. Sie war entsetzlich bleich und wirkte erschöpft und müde.

»Meinst du wirklich, dass dein Andreas uns eines Tages einfach so über den Weg läuft? Ich meine, die Stadt ist nicht klein, und wenn wir beim Gewürzmarkt sind, überquert er vielleicht gerade eine der Brücken oder umgekehrt«, seufzte Änlin.

Bianca runzelte die Stirn. »Ich weiß es auch nicht, aber ich muss es wenigstens versuchen. Bis Maurizio herausgefunden hat, wo sich Andreas aufhält, da sind wir ihm auf diese Weise allemal begegnet.« Das klang bitter.

Änlin lag eine Erwiderung auf der Zunge, aber sie biss sich auf die Lippen. Sie befürchtete, Bianca mit ihrer Bemerkung womöglich zu nahe zu treten. Dabei hätte sie zu gern gewusst, was das für eine absonderliche Beziehung war, die sich zwischen Bianca und Maurizio entwickelt hatte. Ihren Beobachtungen zufolge waren die beiden sehr vertraut miteinander. Der Venezianer hatte jedenfalls die ganze restliche Reise über auffallend oft Biancas Nähe gesucht. Und Bianca hatte sich manchmal so angeregt mit ihm unterhalten, dass sie Änlin gar nicht zu bemerken schien. Sie war dem Mann gegenüber jedenfalls längst nicht mehr so abweisend wie anfangs. Und doch teilte sie mit ihr, Änlin, Nacht für Nacht die Schlafkammer. Und Änlin hätte gemerkt, wenn sich Bianca in seine Gemächer geschlichen hätte. Obwohl Luigi steif und fest behauptete, Bianca sei die neue Mätresse seines Herrn. Ach, Änlin hätte allzu gern mehr darüber erfahren …

»Warum glaubst du, dass seine Bemühungen, deinen Verlobten zu finden, vergeblich sein werden? Er kennt doch die Händler der Stadt und hat Beziehungen zu allen wichtigen Häusern und …«

»Er schwört, dass er mir helfen will, aber ich nehme ihm das nicht ab!«, stieß Bianca anklagend hervor.

»Warum sollte er nicht alles versuchen? Du bist ihm lieb und teuer. Er hat dir das Leben gerettet«, hörte sich Änlin da bereits erwidern, obwohl sie sich doch fest vorgenommen hatte, den Mund zu halten.

»Ich bin ihm vielleicht ein wenig *zu* lieb und *zu* teuer, als dass er mir ernsthaft dabei behilflich sein möchte, Andreas zu finden. Er weiß doch genau, dass das der Tag sein wird, an dem ich ihn und seinen Palazzo auf Nimmerwiedersehen verlassen werde.«

»Bist du denn nun seine Mätresse oder nicht?«, platzte es da aus Änlin heraus. Erschrocken schlug sie sich die Hand vor den Mund.

Biancas Gesichtszüge erstarrten, doch dann rang sie sich zu einem Lächeln durch.

»Diese Frage hat dich wohl mächtig gequält, wie?«

»Nein, das … das … ich wollte es nur wissen, weil Luigi es behauptet. Ich kann mir das beim besten Willen nicht vorstellen. Du … du …«, stammelte Änlin.

»Der Koch hat nicht ganz unrecht. Ich habe mit Maurizio einen Handel abgeschlossen. Seinen Schutz gegen eine Nacht mit mir.«

Änlin blieb der Mund offen stehen. »Du hast dich tatsächlich verkauft?«, fragte sie fassungslos.

Bianca nickte. »Aber bisher hat er seinen Lohn nicht eingefordert«, gestand sie leise.

»Und du glaubst, er wird dir erst helfen, Andreas zu finden, wenn du das Bett mit ihm geteilt hast?«

»Ja, das befürchte ich.«

»Aber wie stellst du dir das vor? Nimm einmal an, dein Andreas würde dir heute tatsächlich begegnen. Dann könntest du doch nicht in Maurizio di Zianis Palazzo zurückkehren und ihm seinen Lohn darbieten.«

»Was meinst du, warum ich ihn unbedingt ohne seine Hilfe finden möchte? Weil ich dann bei Andreas bleibe und nicht mehr in den Palazzo zurückkehre.«

»Dann würdest du dein Versprechen also brechen?«

»Aber ja doch. Ich fühle mich in keiner Weise daran gebunden. Ein Ehrenmann würde so etwas niemals verlangen.«

»Aber er betet dich an und hat einiges für dich getan.«

»Dafür werde ich ihm ewig dankbar sein, aber das ist kein Grund, dass ich mich ihm hingebe. Andreas würde mich bestimmt nicht mehr heiraten, wenn er erführe, dass ich mit einem anderen Mann das Lager geteilt habe, ganz gleich, aus welchem Grund«, fauchte Bianca wütend.

»Das glaube ich kaum. Wenn er die Umstände kennen würde, wäre er sicher nicht so dumm. Ihr wart lange getrennt. Wer weiß, vielleicht hat er seine Gunst unterwegs auch einer anderen Frau geschenkt und liebt dich dennoch wie ...«

»Schweig! Niemals! Wir haben uns ewige Treue geschworen. Das würde er ums Verrecken nicht über sich bringen, und deshalb bete ich, dass ich nicht in die Lage gerate, mich als Hure verdingen zu müssen.«

Biancas Stimme vibrierte vor Zorn. Sie allein wusste, dass sich ihre Wut weder gegen Maurizio noch gegen Änlin richtete, sondern allein gegen sich selbst. Seit der Venezianer sie vor Bruno gerettet hatte, waren sie einander auf merkwürdige Weise nähergekommen. So sehr, dass Bianca sich eines Nachts die Frage gestellt hatte, was sie wohl täte, wenn er die Erfüllung ihres Versprechens in dieser Nacht einforderte. Voller Entsetzen hatte sie sich eingestehen müssen, dass der Gedanke sie bei Weitem nicht mehr so erschreckte, wie er es anfänglich einmal getan hatte.

»Verzeih mir, Bianca, das habe ich nicht so gemeint. Niemals würde ich dich als Hure sehen. Im Gegenteil, ich glaube nämlich, dass der Herr dich liebt und zu seiner Frau machen möchte. Deshalb hat er seine Bezahlung noch nicht eingefordert. Weil er sich erträumt, dass du freiwillig das Lager mit ihm teilst.«

»Nein, niemals. Er liebt seine verstorbene Frau und könnte derlei Gefühle nie einer anderen entgegenbringen. Er begehrt mich wie eine Hure. Mehr nicht!«

»Und was, wenn es doch anders wäre? Wenn du allein auf dieser Welt wärst, nachdem du zu spät gekommen wärst, um deinen Andreas vor seinen Häschern zu retten? Würdest du Maurizio dann zum Mann ...«

Bianca war mit einem Satz aufgesprungen. »Red nicht solchen Unsinn! Aber in einem hast du recht. Wenn wir hier noch länger herumsitzen, verlieren wir wertvolle Zeit, die wir besser dafür nutzen sollten, Andreas endlich zu finden.«

»Verzeih, ich wollte dich nicht verärgern.«

»Das kannst du vermeiden, indem du Maurizio di Ziani in Zukunft mit keinem Wort mehr erwähnst«, knurrte Bianca und lief so schnell davon, dass Änlin ihr kaum folgen konnte.

»Aber er gibt doch morgen dir zu Ehren einen Ball, zu dem ganz Venedig geladen ist«, bemerkte Änlin nach einer Weile, die sie schweigend nebeneinander hergeeilt waren.

»Ich habe ihn nicht darum gebeten«, entgegnete Bianca schnippischer als beabsichtigt, während sie sich in das Gewühl auf dem Gewürzmarkt stürzte.

44

Auf dem Gewürzmarkt herrschte ein buntes Treiben. Händler aus dem Orient mischten sich unter einheimische Kaufleute. Wohin man sah, leuchteten vielfältige Farben. Die orientalischen Kaufleute trugen Gewänder von einer Pracht, die Andreas noch nie zuvor gesehen hatte. Ein fremdartiges Stimmengewirr summte über dem Platz wie ein ganzer Bienenschwarm.

An die bunten Bilder und die Geräusche hatte sich Andreas inzwischen gewöhnt, aber von den Gerüchen war er jedes Mal erneut überwältigt. Selbst für ihn, der mit den Düften des Orients aufgewachsen war und der selbst im Schlaf zwischen dem Aroma von Ingwer und Anis zu unterscheiden vermochte, schien der Markt in eine einzige Wolke aus verwirrenden Düften gehüllt. Das lag an den vielen Gewürzen, die bislang noch nicht bis nach Nürnberg gelangt waren, jedenfalls nicht in das Lager der Ehrenreitschen Gewürzhandlung. Deshalb wurde er sehr aufgeregt bei dem Gedanken, in den nächsten Tagen seinen zukünftigen Geschäftspartner Theophil aus Konstantinopel zu treffen. Und er hoffte sehr, dass dieser auch wirklich wohlbehalten in Venedig eintreffen werde. Wenn er den besorgten Gesprächen der Händler Glauben schenken wollte, fühlten sich die Einwohner der Stadt zunehmend von den Osmanen bedroht. Doch der Händler wurde nun jeden Tag an Bord eines Schiffes der venezianischen Flotte im Hafen erwartet.

Andreas schlenderte an diesem Tag ziellos über den Gewürzmarkt, um sich die Zeit zu vertreiben. Er war gleich zu einem Treffen mit Frantz Welser verabredet, einem reichen Augsburger Kaufmann, der schon lange in Venedig lebte und eine Venezianerin geheiratet hatte. Und der seinen Geschäften im berühmten deutschen Handelshaus nachging, dem Fondaco dei Tedeschi, das gleich an der hölzernen Rialtobrücke lag. Es war ein prächtiges Gebäude, dessen vier Ecktürme schon von Weitem anzeigten, dass an diesem Ort wertvolle Waren umgeschlagen wurden. Andreas bedauerte, dass er dort nicht übernachtete. Er hatte eine geräumige Kammer in der dem deutschen Haus zugewiesenen Pfarrei San Bartolomeo. Alle Kammern waren zurzeit voll belegt, denn es war üblich, dass fremde Kaufleute in dieser Herberge übernachteten. Und die Händler aus dem Norden waren meist im Sommer unterwegs.

Frantz Welser besaß ganz in der Nähe einen Palazzo, den er von der Familie seiner Frau geerbt hatte, die aus adligen Kreisen stammte. Dorthin hatte er Andreas eingeladen, um mit ihm zu speisen. Über Welsers Handelsgesellschaft würde der Pfeffer nämlich nach Nürnberg gelangen, denn es war Andreas als Fremdem nicht gestattet, auf eigene Rechnung Geschäfte in Venedig zu tätigen. Eigentlich waren die Verordnungen so streng, dass selbst Frantz Welser vom Levantehandel, den Geschäften mit den Mittelmeerländern des Ostens, ausgeschlossen gewesen wäre. Doch dank seiner ausgezeichneten Verbindungen über die Familie seiner verstorbenen Frau galten diese Beschränkungen nicht für ihn. Und in seinem Schutz lebte Andreas in Venedig. So hatte er nicht wie üblich sein Geld im deutschen Handelshaus abgeben müssen, sondern es Frantz Welser zur Verwahrung überlassen. Sie hatten sich schon etliche Male in Welsers Geschäftsräumen im Fondaco getroffen, aber der Augsburger hatte darauf bestanden, ihn einmal in sein Haus einzuladen. Er war also ein durchaus wichtiger Geschäftspartner für Andreas.

Der bevorstehende Besuch bei Frantz Welser und das baldige Treffen mit Theophil drängten auch sein schreckliches Heimweh in den Hintergrund, das ihn seit Tagen immer wieder wie ein Fieber aus heiterem Himmel überfiel. Er verstand selbst nicht so recht, warum ihn das Gefühl ausgerechnet in dieser aufregenden Stadt quälte. Unterwegs hatte er zwar auch ständig an Bianca gedacht und wie es ihr wohl ergangen sein mochte, an diesem einzigartigen Ort aber zermürbte ihn die Sehnsucht geradezu. Vielleicht wünsche ich mir, die Schönheiten dieser Stadt mit ihr zu teilen, dachte Andreas, während er am Stand eines Händlers gedankenverloren den Finger in einen Sack stippte und von einem völlig unbekannten Gewürz kostete. Ganz entfernt nahm er einen bitteren Geschmack auf der Zunge wahr. Ihm entging völlig, wie aufmerksam er dabei von dem Händler beäugt wurde. Wie ein Schlafwandler hob Andreas den Kopf und blickte ziellos in die Menge, denn hier auf dem Gewürzmarkt drängten sich die Menschen.

»Ihr solltet vorsichtiger sein. Dieses teuerste aller Gewürze dürft Ihr nur wohldosiert zu Euch nehmen«, mahnte der Händler, als Andreas sich erneut, ohne hinzusehen, aus dem Sack bediente.

Andreas hörte die Stimme des Mannes, der ein gebrochenes Deutsch sprach, nur von ferne. Wie ein Rauschen zogen dessen Worte an ihm vorüber, weil er in diesem Augenblick einen dunklen Haarschopf erblickte, der sein Herz höherschlagen ließ. Ich sehe schon Geister, redete er sich gut zu, aber auch das Gesicht ähnelte dem ihren zum Verwechseln. Sie sah nicht nur aus wie Bianca, es war Bianca. Mit einem Satz wollte er sich in die Menschenmenge stürzen, doch der Händler hielt ihn am Ärmel fest.

»Haltet ein! Ihr habt von meinem teuersten Gewürz

genascht. Und das nicht zu wenig. Das müsst Ihr bezahlen. Ihr werdet auf dem ganzen Markt keinen finden, der Euch seinen Safran schenkt. Außerdem habt Ihr sicherlich einen bitteren Geschmack im Mund, weil ...«

Andreas griff in seinen Geldbeutel, warf dem Mann ein Geldstück hin und riss sich los. Dort, wo eben noch wie ein Traumbild das Gesicht seiner Liebsten aufgetaucht war, erblickte er lauter fremde Menschen. Ihm war klar, dass er einer Täuschung erlegen war. Dennoch bahnte er sich hastig einen Weg in die Richtung, in der er sie gesehen zu haben meinte.

Völlig verschwitzt kam er am anderen Ende des Marktes an. Wie erwartet war ihm keine Frau begegnet, die seiner Verlobten auch nur annähernd ähnelte. Völlig außer Atem blieb er auf einer kleinen Brücke stehen und verschnaufte. Obwohl er wusste, dass die Erscheinung seiner Phantasie entsprungen war, breitete sich bittere Enttäuschung in ihm aus. Gleich nachdem ich den Vertrag abgeschlossen habe, kehre ich nach Hause zurück, sagte er sich seufzend. Sonst werde ich verrückt, weil ich überall nur noch Bianca sehe.

45

Vor dem imposanten Palazzo des Handelsherrn Frantz Welser angekommen, blieb Andreas für einen Augenblick stehen und betrachtete ehrfürchtig das prächtige Portal.

Schließlich fasste er sich ein Herz und betrat das Gebäude. Vorsichtshalber zupfte er noch einmal an seinem Überrock und strich sich durch die blonden Locken. Er wollte schließlich einen guten Eindruck machen, wenn er so einem mächtigen Mann wie Frantz Welser, dessen Ruf bis nach Nürnberg gedrungen war, in seinen Privatgemächern gegenüberstand.

Bevor er an der gewaltigen Tür aus Eichenholz pochen konnte, öffnete sie sich wie von Geisterhand, und ein Diener vollführte eine tiefe Verbeugung.

»Tretet ein. Der Herr erwartet Euch schon«, sagte der kleine dunkelhaarige Mann in dem roten Wams. Er sprach Andreas' Sprache, aber mit einem Singsang in der Stimme, wie sie nur den Venezianern zu eigen war.

Stumm folgte Andreas dem Diener und kam aus dem Staunen nicht heraus. Die holzvertäfelte Eingangshalle maß ein Vielfaches des Saales im Ehrenreitschen Haus in Nürnberg. Und den hatte Andreas stets für besonders groß erachtet.

Der Diener führte den Gast in einen nicht minder geräumigen Raum, in dessen Mitte eine üppige Tafel vorbereitet war. Staunend näherte sich Andreas dem Tisch. Er war für drei Personen gedeckt. Ein blütenweißes Tischtuch zierte ihn. Darauf hatte man sorgfältig silberne Teller angeordnet. Statt der Trinkbecher, wie er sie von zu Hause kannte, gab es feine Gläser, die Andreas in solcher Vollendung zuvor noch niemals gesehen hatte. Man hatte ihm aber von den sagenhaften Glasbläsern der Insel Murano berichtet, die dort wie die Gefangenen lebten und denen es verboten war, ihre Insel zu verlassen, damit sie das Geheimnis ihrer Kunst nicht verraten konnten. Andreas' Gedanken schweiften sofort zu seinem geheimen Rezept ab, das Benedicta ihm anvertraut hatte, und er empfand eine gewisse Genugtuung bei dem Gedanken, dass er trotz dieses geheimen Wissens nicht dazu verdonnert war, in seinem Haus in Nürnberg eingesperrt zu werden. Wenngleich er sich gerade in diesem Moment schmerzlich dorthin zurücksehnte.

»Andreas von Ehrenreit, es ist mir eine Freude, Euch in meinem Heim begrüßen zu dürfen«, ertönte die donnernde Stimme des Handelsherrn. Andreas fuhr herum und errötete. Frantz Welser war nämlich nicht allein. In seiner Begleitung befand sich eine bildhübsche junge Frau mit dunkelbraunen Locken, die ein rundliches, ebenmäßiges Gesicht umschmeichelten. Sie hatte eine kleine gerade Nase, geschwungene rote Lippen und wache braune Augen. Aber nicht nur ihr äußeres Erscheinungsbild brachte Andreas für einen winzigen Augenblick aus der Fassung, sondern ihr Lächeln. Bildete er es sich ein, oder ähnelte es dem von Bianca?

»Das ist meine Tochter Madalen. Ich habe mir erlaubt, sie zu unserem Mahl dazuzubitten. Ihr müsst wissen, ihre Mutter ist jüngst verstorben, und nun ist es meine Aufgabe, sie mit passenden jungen Männern bekannt zu machen ...« Der Kaufmann lächelte schelmisch.

»Vater, haltet ein mit Euren Späßen! Nachher nimmt unser Gast Euch noch beim Wort«, erwiderte Madalen ebenfalls lachend.

Andreas wunderte sich darüber, dass die Worte ihres Vaters sie so gar nicht verlegen machten.

»Seine schlimmste Vorstellung ist die, ich könne einem seiner venezianischen Handelspartner verfallen. Mein Vater liebt das Leben in dieser Stadt, nur heiraten soll ich möglichst einen deutschen Kaufmann.«

Sie sprach seine Sprache, aber mit einem melodischen Singsang. Wahrscheinlich beherrscht sie die Sprache ihrer Mutter ebenso gut, mutmaßte Andreas und lächelte verlegen.

Er war sich unsicher. Besaßen Vater und Tochter einen außergewöhnlichen Sinn für Humor, oder hatte man ihn tatsächlich als möglichen Heiratskandidaten für Madalen eingeladen?

»Setzt Euch in unsere Mitte«, schlug Frantz lächelnd vor.

Zögernd tat Andreas, was der Gastgeber von ihm verlangte. Wie von Geisterhand herbeigerufen, erschien nun eine ganze Reihe von Bediensteten, die nacheinander Platten mit Fasan und Wildbretpasteten sowie Weinkrüge auf den Tisch stellten.

»Lasst Euch die Vorspeisen nur gut schmecken. Sie sind allein dazu angetan, Euren Gaumen zu kitzeln«, sagte der Hausherr und warf seinem staunenden Gast einen stolzen Blick zu.

Andreas hatte schon viel gehört über das prunkvolle Leben der deutschen Handelsherren in Venedig, und nun konnte er sich mit eigenen Augen davon überzeugen – und mit dem ersten Bissen auch seinen verwöhnten Gaumen. Ihm waren gewürzte Speisen natürlich wohlbekannt, weil sich die Köchin zu Hause nur im Lager bedienen musste, aber das hier?

Verzückt schloss er die Augen. Er schmeckte etwas, das er noch niemals auch nur annähernd gekostet hatte. Was für ein Gewürz mag das wohl sein?, fragte er sich. Es besaß eine angenehme Schärfe, die ein prickelndes Gefühl im Gaumen auslöste.

»Das ist es, wonach Ihr verlangt«, erklärte der Hausherr beim Anblick von Andreas' berauschtem Gesicht. »Was Ihr da herausschmeckt ist Pfeffer.«

Andreas klatschte vor Begeisterung in die Hände. »Das ist eine Offenbarung«, schwärmte er.

»Und das Gute daran ist, dass wir über Theophil erst einmal so viel davon bekommen, dass Ihr ihn nicht nur denen verkaufen könnt, die ihn in Gold aufwiegen, sondern auch zu erschwinglichen Preisen. Und wenn das Geschäft sich gut anlässt, wird Theophil Nachschub besorgen«, erklärte Welser im Brustton der Überzeugung. Doch dann lief ein Schatten über sein Gesicht. »Es sei denn, die Osmanen besetzen Byzanz. Dann sehe ich schwarz für unser einträgliches Geschäft. Als Erstes werden sie unseren Schiffen verbieten, ihre Gewässer zu durchqueren ...«

»Ach, Vater, nun verdirb uns doch nicht den schönen Tag! Erzählt, Andreas, wie seid Ihr über die Alpen gelangt? Das muss eine gar schauerliche Reise gewesen sein. Ich wurde ja erst geboren, als mein Vater seinen Geschäftssitz bereits in Venedig und meine Mutter geheiratet hatte. Aber ich wüsste zu gern: Wie sieht es aus im Norden? Ist es dort warm oder kalt? Und sagt mir, werden in Nürnberg immer noch diese köstlichen Benedicten gebacken? Habt Ihr mir gar welche mitgebracht? Von denen, die Ihr uns jüngst gesandt habt, ist nichts mehr übrig.«

Andreas wurde rot. Er sprang von seinem Stuhl auf und machte sich an seiner Umhängetasche zu schaffen, die ihm einer der Diener abgenommen und in einer Ecke des Speisezimmers abgestellt hatte. Hastig zog er sein Gastgeschenk hervor und reichte es Madalen.

»Wenn ich gewusst hätte, dass Ihr eine Tochter habt, hätte ich noch mehr mitgenommen«, erklärte Andreas entschuldigend, während er sich wieder auf seinen Platz setzte.

»Schon gut, meine Tochter ist ganz wild darauf, und ich bin mir sicher, ein wenig Pfeffer wird ihnen die allerletzte Würze verleihen.«

»Das glaube ich auch«, erwiderte Andreas voller Überzeugung und schob sich den letzten Bissen seiner Wildbretpastete genussvoll in den Mund.

Kaum hatte er ihn hinuntergeschluckt, als Frantz Welser laut in die Hände klatschte. Sofort erschienen die Diener und räumten die leeren Platten ab, woraufhin sie weitere Köstlichkeiten auf den Tisch stellten. Kapaun, Wachteln, Fisch, bis sich die Tafel unter den vielen Speisen zu biegen schien. Dazu wurden Krüge voll roten Weines kredenzt.

»Lasst es Euch schmecken, junger Freund«, ermutigte ihn der Gastgeber zum Zugreifen. Mit einem Seitenblick nahm er wahr, dass Madalen ihm dabei neugierig zusah. Ihre Wangen glühten vor Aufregung.

»Danke für die Benedicten. Ich werde sie mir einteilen, damit sie bis zu Eurem nächsten Besuch reichen«, sagte sie nun.

Bei Gott, es wird keinen nächsten Besuch geben, dachte Andreas entschieden, aber er hütete sich, seine Überlegungen laut auszusprechen. Er befürchtete, die Tochter des Hauses wäre darüber allzu enttäuscht. Er konnte es nicht leugnen. Sie war entzückend, aber einmal abgesehen davon, dass er sich von ganzem Herzen nach seiner Bianca sehnte, doch ein wenig zu jung. Er schätzte sie auf fünfzehn Jahre. Sie besaß eine kindliche Anmut, die ihn rührte, aber nicht dazu angetan war, dass er für sie entflammte.

»Nun erzählt schon, wie ist es im Norden?«, riss sie ihn aus seinen Gedanken.

Andreas überlegte gerade, wie er ihre Neugier mit knappen Worten befriedigen konnte, ohne auf das Essen zu verzichten, da mischte sich ihr Vater mit strenger Stimme ein.

»Mein Kind, nun lass unseren Gast endlich in Ruhe essen. Er ist hier, damit er es sich munden lässt und auf der eigenen Zunge erfährt, wie der Pfeffer die Speisen veredeln kann.«

Andreas warf seinem Gastgeber einen dankbaren Blick zu. Madalen gehorchte, hatte die Unterlippe aber trotzig vorgeschoben und sah jetzt aus wie ein kleines Mädchen, das seinen Willen nicht bekommen hat. Davon ließ er sich indes nicht ablenken, sondern spürte begeistert dem Geschmack des pfeffergewürzten Kapauns auf der Zunge nach.

»In diesem Fleisch entfaltet der Pfeffer wieder eine völlig andere Note«, schwärmte Andreas und erfreute damit seinen Gastgeber aufs Neue.

»Ihr seht, er ist eine wahre Bereicherung für die Küche. Und was Ihr nicht in Euren Lebkuchen verwendet, das wird man Euch aus den Händen reißen.«

»Davon bin ich überzeugt«, erwiderte Andreas zufrieden und versuchte sich, obwohl er bereits gesättigt war, an dem Fisch. Kaum hatte er einen Bissen gekostet, verdrehte er verzückt die Augen.

»Oh, das ist ein anderer Geschmack als der unserer Flussfische. Man spürt ja förmlich das Salz aus dem Meer.«

Frantz Welser brach in dröhnendes Gelächter aus.

»Diese Fische stammen nicht aus dem Meer, sondern aus unserer Lagune.«

Andreas fiel in das herzhafte Lachen ein.

»Das ist mir einerlei. Ich wünschte, es gäbe bei uns solch köstlichen Fisch.«

»Dann müsst Ihr wohl noch etwas bleiben, um Euch daran satt zu essen«, flötete Madalen.

»Ich bliebe gern, aber wisst Ihr, zu Hause in Nürnberg, da erwartet mich jemand, und ich freue mich schon heute auf ein Wiedersehen.« Andreas wusste auch nicht, warum er so deutlich werden musste, aber es stand ihm einfach nicht der Sinn danach, von der hübschen jungen Frau weiter so unverhohlen angeschwärmt zu werden.

Sofort verfinsterte sich Madalens Miene sichtlich.

»Eine Frau?« Sie sagte das in einem Ton, als spräche sie von einem tödlichen Gift.

»Kind, sei nicht so neugierig, wir wollen unseren Gast nicht verschrecken, aber noch weilt er ja in unserer Stadt, und deshalb werden wir ihn morgen zu dem Ball mitnehmen.«

»O ja!«, rief Madalen und strahlte bereits wieder. Vergessen schien die Frau, die in Nürnberg auf Andreas wartete.

»Es soll eins der prächtigsten Feste werden, die Venedig je gesehen hat«, schwärmte sie. »Der Gastgeber ist angeblich ein unheimlicher Mann, von dem man sich die merkwürdigsten Geschichten erzählt. Er soll Frauen mit Gewalt nehmen ...«

»Madalen, ich bitte dich, auf diese Weise wirst du unseren Gast nicht dafür begeistern, uns zu begleiten!«, ermahnte ihr Vater sie halb scherzend.

»Das erzählen sich die Mädchen, aber Vater, glaub es mir. Er soll eine Vorliebe haben für ...« Madalen verstummte, sprang auf und flüsterte Andreas kichernd etwas ins Ohr.

»Und woher wisst Ihr das so genau?«, fragte Andreas, erleichtert darüber, dass ihm die Tochter des Hauses nicht ernsthaft übel nahm, seine ferne Verlobte erwähnt zu haben.

Madalen hatte schon wieder vor Aufregung glühende Wangen. »Das weiß eine unserer Mägde von einer Magd, die in seinem Palazzo dient. Außerdem erzählt sich jeder in der Stadt, dass er Dirnen in sein Bett holt, nicht wahr, Vater?«

»Wer hat dir erlaubt, solche Reden zu führen, du vorlautes Mädchen?«, tadelte der Vater seine Tochter, doch es war unschwer zu erkennen, dass er ihr in der Regel alles durchgehen ließ.

Andreas lächelte über das Geplänkel der beiden, während ihn das Gespräch in Wirklichkeit an seine Begegnung mit Coletta erinnerte. Er hatte sich zwar verboten, jemals wieder einen einzigen Gedanken daran zu verschwenden, aber es gelang ihm nicht. Gelegentlich fiel ihm ein, wie sie sich ihm oben am Brunnen dargeboten und er sie genommen hatte. Es ärgerte ihn maßlos, dass sich manchmal sein Körper in Erinnerung an dieses Erlebnis regte.

»Denkt Ihr an jene Frau im Norden? Oder überlegt Ihr, ob Ihr uns zum Fest begleitet?« Mit dieser forschen Frage riss Madalen Andreas aus seinen Gedanken.

»Ich würde Euch gern begleiten, aber seht mich an. Mir fehlt es an der geeigneten Kleidung. Ich konnte wohl kaum meinen besten Rock auf die Reise über die Alpen mitnehmen. Also befürchte ich, Euch enttäuschen zu müssen.«

Madalen wandte sich bittend an ihren Vater. Der erklärte lachend: »Es ist noch nicht allzu lange her. Fünfzehn Jahre vielleicht. Da war ich ein wenig schlanker. Fast so schlank wie Ihr. Ich werde Euch etwas von mir borgen.«

»Nun könnt Ihr nicht mehr ablehnen!«, rief Madalen begeistert aus.

»Nun gut, ich habe schon viel davon gehört, dass man bei euch zu feiern versteht. Man denke nur an den Karneval.«

Wieder lachte Frantz Welser laut dröhnend.

»Ihr habt wahrscheinlich davon gehört, dass in unserer Stadt ungeheuerliche Dinge vorgehen, wenn jedermann maskiert auf die Straße geht, Männlein und Weiblein, Arm und Reich.«

Andreas hob die Schultern. »Es heißt, die Menschen kämen in allerlei Verkleidungen daher.«

»Ja, das ist der Ruf, der uns vorauseilt«, erwiderte Frantz und fügte beinahe bedauernd hinzu: »Der Rat erlässt in jedem Jahr neue Vorschriften, um dem Treiben Einhalt zu gebieten. Letztes Jahr hat man verboten, dass Männer in Weiberröcken in Klöster eindringen, und dieses Jahr ist es jedem – ob Männlein oder Weiblein – verboten, sich überhaupt zu maskieren.«

»Kommt Ihr nun mit oder nicht?« Madalen war aufgesprungen und hüpfte aufgeregt neben Andreas' Stuhl von einem Bein auf das andere.

»Madalen, setz dich!«, verlangte der Vater, doch sie überhörte seine Ermahnungen und wandte sich bittend an Andreas. »Begleitet uns und gewährt mir wenigstens einen Tanz!«

»Gut, Ihr habt mich überzeugt. Ich werde mitkommen.«

»Das ist ein Wort, Andreas«, entgegnete Frantz Welser sichtlich erleichtert. »Dann seid doch morgen bei Sonnenuntergang hier und kleidet Euch bei mir für das Fest an. Wir gehen dann gemeinsam zum Palazzo von Maurizio di Ziani. Es ist gar nicht so weit«, fügte er hinzu.

»Ich freue mich«, entgegnete Andreas förmlich. Er konnte nicht behaupten, dass es ihn unbedingt danach gelüstete, einen venezianischen Ball zu erleben, aber ein Blick in Madalens leuchtende Augen bewies ihm, dass er ihr damit eine große Freude bereitete. Und ebenso ihrem Vater, der ihm ein so wichtiger Geschäftspartner war.

»Die Freude ist ganz auf meiner Seite«, erwiderte Frantz Welser. »Und auch der Gastgeber wird sicher erfreut sein, wenn ich einen Besucher aus dem Norden mitbringe. Er ist nämlich kürzlich erst von einer Geschäftsreise aus Brügge zurückgekehrt. Er handelt mit kostbarem Tuch. Nun will er seine glückliche Rückkehr feiern und ...« Der Gastgeber unterbrach sich und erklärte an seine Tochter gewandt in ungewöhnlich strengem Ton: »Und du verabschiedest dich jetzt von Andreas, denn wir beide haben nun geschäftliche Angelegenheiten zu klären.«

Murrend erhob sich Madalen. Sie würdigte ihren Vater keines Blickes. Andreas hingegen schenkte sie ein Lächeln.

»Ich kann es gar nicht erwarten, morgen mit Euch auszugehen«, zwitscherte sie.

Kaum war sie aus der Tür, als der Handelsherr seinen vorhin nicht beendeten Satz vollendete. »... und ich habe läuten hören, dass er seine derzeitige Mätresse offenbar in die Gesellschaft einzuführen gedenkt ...« Er stockte und hob entschuldigend die Hände, als er Andreas' verblüfftes Gesicht sah. »Verzeihung, ich wollte Euch nicht mit dem Klatsch Venedigs langweilen. Ihr müsst wissen, das geht in dieser Stadt anders zu als im braven Augsburg oder in Nürnberg. Man lästert über das Liebesleben der anderen in einer Art und Weise, wie man es sich daheim im Norden nie getrauen würde. Ihr seht, selbst meine Tochter weiß über das ausschweifende Leben des Maurizio di Ziani Bescheid. Doch das soll Euch nicht die Freude verderben, an diesem Fest teilzunehmen. Er stammt aus einer alteingessenen Familie, die immer schon zu feiern verstand. Ihr glaubt gar nicht, welche Verkleidungen dort schon zum Karneval zu bewundern waren. Nun gut, in diesem Jahr hat man jedwede Maskenbälle verboten, weil es im letzten Jahr zu viele Übergriffe auf unschuldige Mädchen gab. Ich hatte meine Tochter vorsichtshalber aufs Land geschickt.«

Andreas wusste gar nicht so recht, wohin er seinen Blick wenden sollte. Ihm war das lockere Geplauder über anderer

Herren Liebesdinge eher unangenehm. In der Tat, in Nürnberg wurde nicht mit derartiger Leidenschaft von solchen Vertraulichkeiten geredet. Man wusste zwar, welche Patrizier die Hurenhäuser häufiger besuchten als andere, aber das wurde allenfalls unter vorgehaltener Hand in Männerkreisen weitergegeben. Undenkbar, dass er sich über solcherlei Delikates mit Bianca austauschen würde.

Er grübelte noch, wie er das Gespräch möglichst unauffällig auf die geschäftlichen Fragen lenken sollte, als Frantz Welser auf ihn zutrat, ihm freundschaftlich auf die Schulter klopfte und lachend bemerkte: »Junger Freund, was meint Ihr, wie lange ich gebraucht habe, um mich an das venezianische Geplauder zu gewöhnen? Mittlerweile bin ich ein Meister darin, aber wir sollten nun in meine Geschäftsräume in das Fondaco wechseln, um Wichtigeres zu erledigen. Ich habe da bereits einen Kontrakt vorbereitet. Ihr müsst eigentlich nur noch unterzeichnen.«

Andreas rang sich zu einem Lächeln durch. »Dazu bin ich durchaus gewillt, aber Ihr wisst ja, wie es unter uns Kaufleuten heißt: Unterzeichne nie etwas, das du nicht gelesen hast.«

Er erhob sich von seinem Stuhl und folgte seinem Gastgeber. Als sie in die Empfangshalle traten, hätte Madalen beinahe die schwere Tür an den Kopf bekommen. Offenbar hatte sie davor gekauert und gelauscht.

»Madalen, sei nicht so neugierig!«, schalt sie der Vater.

Die junge Frau aber schienen seine Worte nicht im Geringsten zu berühren. Sie wandte sich an Andreas, als wäre nichts geschehen. »Ihr werdet es nicht bereuen, mit auf den Ball zu kommen«, zwitscherte sie. »Ich werde alles daransetzen, dass ich die schönste Frau auf dem ganzen Fest bin und Ihr die Frau im fernen Nürnberg vergesst.«

»Madalen, jetzt schweig und geh mir aus den Augen!«
Dieses Mal ließ der Ton des Handelsherrn keinen Zweifel daran, dass er ernsthaft zornig war.

Schmollend und ohne die beiden Männer eines einzigen Blickes zu würdigen, zog sich Madalen zurück.

»Sie ist manchmal wirklich noch ein Kindskopf«, knurrte Frantz Welser.

»Ach, seht es Ihr nach«, entgegnete Andreas gönnerhaft. »Sie ist jedenfalls aufrichtig, ehrlich und nicht verschlagen.«

»Ja, und sie hat einen Narren an Euch gefressen.«

Diese Bemerkung seines Gastgebers überhörte Andreas geflissentlich. Stattdessen erkundigte er sich, wann das Schiff erwartet werde, das Theophil aus Byzanz mit seiner Lieferung nach Venedig bringen sollte.

Bei der Erwähnung des Pfefferhändlers aus dem fernen Konstantinopel verfinsterte sich Welsers Miene.

»Ein anderes Schiff kam gestern an. Es hatte die Andrea Contarini unterwegs überholt und geriet dann in einen schweren Sturm. Wir können also nur hoffen, dass unser Schiff in den nächsten Tagen einläuft, sonst ...«

»Befürchtet Ihr etwa, dass es gesunken ist?«, fragte Andreas entsetzt. Das konnte und wollte er sich nicht vorstellen. Denn das hätte geheißen, dass er die ganze beschwerliche Reise umsonst unternommen hätte.

»Nein, nein, natürlich nicht! Aber das Unwetter soll mörderisch gewesen sein und das Schiff wie ein Spielzeug auf den Wellen hin- und hergeworfen haben. Ich schlage vor, wir treffen uns morgen früh am Hafen und erkundigen uns, ob die Andrea Contarini schon gesichtet wurde.«

»Das ist ein guter Vorschlag. Da können wir uns vor Ort umhören.«

Andreas versuchte Zuversicht auszustrahlen. Dabei war er mehr als besorgt.

»Mein Junge, schaut nicht so niedergeschlagen drein. Das Schiff ist neu. Es wurde erst vor zwei Jahren auf unserer Werft gebaut. Aber nun lasst uns endlich verhandeln, denn ich habe noch einen weiteren hervorragenden Vorschlag, wie wir unsere Handelsbeziehung zu einem krönenden Abschluss bringen können.«

»Lasst hören!«, rief Andreas aufgeregt. Vergessen war die Angst, das Schiff mitsamt dem Geschäftspartner aus dem fernen Byzanz und der wertvollen Fracht könne untergegangen sein.

»Ich sage nur ein Wort: Safran!«, flüsterte der Handelsherr, während sie auf die laute Gasse hinter dem Palazzo hinaustraten. Es herrschte so viel Lärm im Geschäftsviertel beim Rialto, dass man sein eigenes Wort nicht verstehen konnte.

Andreas wartete also, bis sie das deutsche Haus betreten hatten und über lange Gänge in Frantz Welsers Geschäftsräumen angekommen waren. Er staunte jedes Mal erneut über die Pracht. Die Decken waren doppelt so hoch wie die in seinem Nürnberger Kontor, und aus den hohen Fenstern genoss man einen herrlichen Blick auf den Canal.

»Werter junger Freund, ich muss Euch etwas gestehen.« Mit diesen für den Handelsherrn ungewöhnlich ernsten Worten riss er Andreas aus seinen Gedanken. Der hatte schon die schlimmsten Befürchtungen, was ihm Frantz Welser zu beichten habe.

»Das Schiff? Ist es doch untergegangen?«, fragte Andreas atemlos.

Die ernste Miene des Handelsherrn hellte sich merklich auf.

»Nein, keine Sorge. Es geht um das Fest. Die Einladung zu dem Ball morgen Abend kommt nicht von mir. Der Tuchhändler Maurizio di Ziani hat mich neulich so merkwürdig gefragt, ob ich einen jungen Deutschen aus Nürnberg kennen würde.«

»Es gibt doch viele junge Händler in der Stadt. Was ist daran Besonderes?«

»Es war sehr seltsam, denn als ich ihm berichtete, dass ich Geschäftsbeziehungen zu einem Gewürzhändler namens Andreas von Ehrenreit geknüpft hätte und dass ich ihn am heutigen Tag zum Essen treffen würde, da bat er mich, Euch unbedingt mitzubringen.«

»Er wollte höflich sein. Oder will er Geschäfte mit mir machen? Vielleicht soll ich auf der Rückreise Tuch mitnehmen, doch das werde ich kaum schaffen. Dazu bräuchte ich einen Wagen. Das kostet Zeit. Ich möchte mich doch beeilen und nicht auf einem Gaul reisen.«

Der Handelsherr kratzte sich auf dem kahlen Schädel.

»Ja, das ist alles möglich. Aber warum hat er mich gebeten, Euch nichts davon zu sagen und diese Einladung als meine eigene auszugeben?«

Andreas hob die Schultern und lächelte.

»Wichtig ist doch nur, dass ich Euch begleite. Das habe ich Eurer Tochter schließlich versprechen müssen.«

»Ihr habt sicher recht. Was sollen seine seltsamen Worte sonst zu bedeuten haben?«, murmelte Frantz Welser und reichte Andreas den Vertrag mit der Bitte, sich alles gründlich durchzulesen.

46

Bianca wachte an diesem Morgen mit schlechter Stimmung auf. Sie hasste all die Pracht, die sie umgab. Im Palazzo besaß sie inzwischen ihr eigenes Gemach, das in ihren Augen die Ausmaße eines ganzen Hauses besaß. Änlin schlief auf Maurizios Geheiß unten bei den Dienstboten. Das machte ihr, wie sie Bianca gegenüber freudestrahlend betont hatte, aber überhaupt nichts aus, weil sie sich mit einer Magd angefreundet hatte. Auch das behagte Bianca keineswegs. Schließlich war Änlin die einzige Freundin, die sie in dieser fremden Stadt hatte, und nun hielt sie sich mit Vorliebe bei den Dienstboten auf. Was nützten ihr die hohen Decken, das edle Himmelbett, der Ausblick auf den Canal und die teuren Stoffe, wo immer sie hinschaute, wenn es noch immer keine Spur von Andreas gab? Außerdem hatte sie in der letzten Nacht erneut wach gelegen und sich bei dem Gedanken ertappt, wie es wohl wäre, wenn Maurizio sie besuchen würde. Sie verabscheute sich dafür, dass sie die Erfüllung ihres Versprechens inzwischen beinahe herbeisehnte. Mit aller Macht hatte sie sich schließlich an alle Einzelheiten jener Nacht mit Andreas zu erinnern versucht. Das war gar nicht so einfach gewesen. Kurzum, sie wünschte sich an diesem Morgen weit fort von hier. Aber wohin? Der Gedanke daran, dass sie nicht einmal mehr nach Hause zurückkehren konnte, ohne Gefahr zu laufen, gehängt zu werden, war nicht gerade dazu angetan, ihre Laune zu bessern. Selten hatte sie so mit ihrem Schicksal gehadert. Und immer wieder fragte sie sich bang, ob es nicht zu spät wäre, wenn sie Andreas nicht bald vor seinen Häschern warnte.

Ihren Missmut bekam auch Maurizio di Ziani zu spüren,

als sie einander beim Morgenmahl an dem riesigen Tisch, an dem weit über zehn Personen Platz gefunden hätten, schweigend gegenübersaßen.

Nachdem sie ihn mit einem flüchtigen Kopfnicken begrüßt hatte, war sie an das andere Ende des Tisches gegangen.

Maurizio betrachtete ihren Auftritt mit hilfloser Miene, bis er seine Schüssel mit dem Getreidebrei in beide Hände nahm und sich neben sie setzte. Sie hatte noch keinen Bissen angerührt. Bevor er etwas sagen konnte, fauchte Bianca ihn aufgebracht an: »Seit Wochen versprecht Ihr nun schon, dass Ihr mir helfen wollt, Andreas zu finden.«

Maurizio seufzte tief. »Ich habe Euch geschworen, dass ich nichts unversucht lasse, ihn aufzuspüren. Ich stehe zu meinem Wort.«

»Das will ich hoffen.«

»Ich möchte Euch meinerseits bitten, heute Abend zum Fest ein freundlicheres Gesicht aufzusetzen. Schließlich stelle ich Euch meinen Freunden vor. Und ...«

Er unterbrach sich und musterte sie durchdringend.

»... und ich will Euch nicht verschweigen, dass ich heute Nacht nach dem Fest Euren Teil der Abmachung einfordern werde.«

Das kam so überraschend, dass Bianca erst blass wurde und dann knallrot anlief.

»Das heißt, Ihr wollt mich heute auf Euer Lager zerren?«

»Davon war nie die Rede, meine Liebe, aber wenn Ihr es genau wissen wollt: Heute Nacht, wenn der Ball zu Ende und der letzte Gast gegangen ist, werde ich Euch in Eurem Schlafgemach aufsuchen.«

Eine Woge widerstreitender Gefühle ließ sie erzittern. Sie wollte etwas sagen, ihm etwas Beleidigendes entgegenschleudern, aber ihrem Mund entrang sich kein einziger Laut.

»Ihr seht mich so entgeistert an, als würde ich Euch etwas Ungeheuerliches verkünden«, lachte Maurizio nun. »Wir hatten eine Vereinbarung. Schon vergessen, werte Bianca?«

»Nein, wie konnte ich vergessen, welch hohen Preis ich für meine sichere Reise nach Venedig zahlen muss?«, entgegnete sie schnippisch. »Ihr wollt eine Hure, also bekommt Ihr sie. Doch ich schwöre Euch: nur ein einziges Mal. Mehr nicht!«

Maurizio runzelte die Stirn. »Mehr will ich auch gar nicht, es sei denn …« Er unterbrach sich und suchte ihren Blick.

Bianca wurde abwechselnd heiß und kalt. Aus seinen dunklen Augen blitzte alles andere als kalte Gier. Im Gegenteil, hätte sie es nicht besser gewusst, sie hätte es für zärtliche Zuneigung, wenn nicht gar für Liebe gehalten.

»Was wolltet Ihr sagen?«, fragte sie in betont scharfem Ton.

»Es sei denn, Ihr entscheidet Euch, freiwillig bei mir zu bleiben.«

»Ich bin keine Hure, was Ihr offenbar immer wieder vergesst«, widersprach sie empört.

»Ich meine nicht als Hure, sondern als meine Frau«, erwiderte er gelassen und fügte zärtlich hinzu: »Ich liebe Euch, Bianca. Heiratet mich, und bleibt in Venedig!«

Bianca starrte ihn mit offenem Mund an. Es dauerte eine ganze Weile, bis sie ihre Sprache wiederfand. »Aber … aber Ihr vergesst, dass ich … ich einen Verlobten habe, oder … oder hofft Ihr, dass er tot ist?«, stammelte sie.

»Nein, das hoffe ich beileibe nicht, denn ich weiß, wie schwer es ist, sich einen geliebten Verstorbenen aus dem

Herzen zu reißen. Ich hätte es niemals für möglich gehalten, dass ich einer anderen Frau meine Liebe erklären würde. Nur deshalb, weil ich Euch liebe, habe ich so viel Geduld aufgebracht.«

»Und warum besteht Ihr darauf, Euch heute Nacht zu mir zu legen?«

»Weil ich hoffe, dass Ihr es heute Nacht als meine zukünftige Frau tun werdet.«

»Und wenn nicht?«

»Dann hoffe ich damit auf Heilung, doch Ihr sollt wenigstens die freie Wahl haben.«

»Wahl? Ich verstehe Euch nicht. Worin habe ich denn eine Wahl? Ihr bestimmt doch, dass es heute geschehen wird. Ihr fragt mich nicht, ob es mir gefällt oder nicht.«

»Liebste Bianca, seid so gut und fangt nicht wieder einen Disput über das Unabänderliche an. Freut Euch auf den heutigen Abend, und das Schicksal nimmt seinen Lauf.«

Bianca waren Maurizios Worte ein wenig unheimlich. Wovon sprach er eigentlich? Er führte doch etwas im Schilde, aber was?

»Ich werde Euch eine würdige Begleiterin sein, aber vorher flehe ich Euch an: Bitte unternehmt wirklich alles, um Andreas zu finden!«

Ein spöttisches Lächeln umspielte Maurizios Mund.

»Ich darf versichern, dass ich alles in meiner Macht Stehende unternehme, Euren Verlobten aufzuspüren. Und ich könnte einen Eid schwören, dass Ihr ihm bald gegenübersteht.«

»Was redet Ihr da für einen Unfug? Wenn Ihr Euch dessen so sicher wärt, Ihr könntet wohl kaum zu hoffen wagen, dass ich Eure Frau werde.«

»Schluss jetzt mit dem Gerede über Euren Verlobten!

Schaut Euch lieber das Kleid an, das ich für Euch schneidern ließ.« Maurizio deutete auf einen der Stühle.

Bianca näherte sich dem Gewand, dessen dunkles Rot so strahlend anzusehen war, dass sie gar nicht anders konnte, als es vor sich auszubreiten und behutsam über den weichen Stoff zu streichen.

»Es ist wunderschön, Maurizio!«, rief sie begeistert aus. »Woher hast du gewusst, dass dieses Rot meine Lieblingsfarbe ist? Ich habe mir immer ein Kleid wie dieses gewünscht, aber nicht einmal der beste Tuchhändler der Stadt besaß genügend von derartig edlem Stoff. Du …«

Erschrocken schlug sie die Hand vor den Mund. »Jetzt habe ich Euch vor Begeisterung allzu vertraulich angeredet.«

»Ich bitte dich darum, dass du mich weiter wie einen Freund ansprichst. Bianca, zieh es an! Ich möchte sehen, ob es dich so kleidet, wie ich es mir erhofft habe«, befahl Maurizio mit weicher Stimme.

Ohne zu zögern, raffte Bianca das Kleid zusammen und lief mit ihrem Schatz davon.

»Warte, ich komme gleich zurück«, flötete sie, als sie bei der Tür angelangt war.

In Windeseile hatte sie ihr Gemach erreicht, sich ihres Kleides entledigt und war in das wertvolle Gewand geschlüpft. Das Oberteil war aus Seide gefertigt, der weite Rock aus silbergewirktem Brokatstoff. Und auch das Futter war aus edlem Tuch hergestellt: aus ebenso farbenfrohem Barchent. Allerdings schienen die Nähte außen zu sitzen statt innen. Bianca hoffte, dass der Schneider keinen Fehler gemacht hatte und sie doch eines ihrer ungleich schlichteren Kleider tragen musste.

Ihre Wangen waren hochrot vor Aufregung, als sie in das

Speisezimmer zurückkehrte und eine schwungvolle Drehung vor Maurizio vollführte. Erst glaubte sie sich zu verhören, aber dann wurde sein Lachen so dröhnend, dass es keinen Zweifel gab. Verärgert blieb sie stehen.

»Warum lachst du? Steht mir das Gewand etwa nicht?«

Maurizio wischte sich die Lachtränen aus dem Gesicht.

»Du trägst das Kleid verkehrt herum«, prustete er.

Bianca blickte ihn fassungslos an. Nicht nur diese ungeheuerliche Unterstellung holte sie aus ihrem Überschwang zurück, sondern auch die Tatsache, dass sie einander für ihren Geschmack viel zu vertraut anredeten. Sie errötete bei dem Gedanken, dass sie es gewesen war, die beim Anblick des kostbaren Gewandes damit angefangen hatte. Das würde sie sofort wieder ändern.

»Wollt Ihr etwa behaupten, dass silbergewirkte Verzierungen und Seide das Futter sind?«, bemerkte sie spitz.

Maurizio atmete noch einmal durch, um nicht schon wieder in schallendes Gelächter auszubrechen.

»Doch, liebste Bianca, um die Verschwendungssucht einzudämmen, hat man eine Verordnung erlassen, dass es Frauen verboten ist, Gewänder aus Seide oder Brokat zu tragen. Um die Obrigkeit zu foppen, lassen sich die Damen diesen Pomp nun als Futter nähen. Und wenn Ihr auf dem Fest die Fiedel aufspielen hört, ist es das Zeichen für alle Frauen, sich zurückzuziehen und ihre Kleider verkehrt herum anzuziehen. Verzeiht, dass ich so gelacht habe. Das konntet Ihr ja nicht wissen.«

Maurizio war einen Schritt auf sie zugetreten und legte ihr einen Arm um die Schultern. »Ich wollte Euch nicht auslachen, aber ich habe mir diesen kleinen Spaß erlaubt, indem ich Euch das Kleid mit der Unterseite nach außen bereitgelegt habe. Doch nun geht rasch und zeigt es mir noch einmal von der richtigen Seite. Dieser Anblick ist jedenfalls schon bezaubernd.«

Maurizio blickte sie an wie ein Kind, das bei einem Streich erwischt wurde. Bianca konnte gar nicht anders, als ihn anzulächeln.

»Ihr seid mir ein Schelm, aber es ist so schade darum. Wie gern wäre ich einmal in einem Kleid aus Brokat und Seide auf einem Fest erschienen.«

»Ihr werdet die Gelegenheit heute Nacht bekommen. Wenn der Fiedler zu spielen beginnt, dann zeigt, was Euer Kleid wert ist.«

Er hatte immer noch den Arm um ihre Schultern gelegt, doch nun entwand sich Bianca ihm und eilte zu ihrer Kammer.

Als sie zurückkam, rief Maurizio entzückt aus: »Mir gefällt diese Seite besser. Das Gewand kleidet Euch ganz vorzüglich. Ich persönlich mag das Schlichte, aber heute Abend werde ich Euch mit einer Ghirlanda überraschen.«

»Was ist das?«, erkundigte sich Bianca neugierig.

»Ein scheußlicher Hutschmuck. Das tragen die eitlen Venezianer zurzeit. Und ich mache mir einen Spaß damit.«

Bianca betrachtete den Tuchhändler wohlwollend. Sie mochte seine schlichte, vornehme Art, sich zu kleiden. Er bevorzugte schwarze Kleidung mit weißem Kragen. Bianca wusste, dass das Schwarzfärben von Stoffen sehr teuer war.

»Wir werden ein schönes Paar sein«, murmelte Maurizio.

Das riss Bianca aus ihren Gedanken, und sie bereute es bitterlich, den Venezianer wohlwollend mit den Augen einer Frau betrachtet zu haben. Wie konnte sie vergessen, was er ihr für die heutige Nacht angedroht hatte?

»Ich werde mich umziehen und ein wenig durch die Stadt schlendern«, erklärte sie hastig.

»Gut, gut, wenn Ihr meint, dass Ihr ihn findet«, entgegnete Maurizio sichtlich verschnupft. »Aber geht nicht ohne Änlin!«

Bianca stöhnte laut auf. »Warum darf ich nicht allein herumspazieren? Änlin begleitet mich nur, weil Ihr es befehlt. Sie glaubt nicht daran, dass er mir zufällig auf der Straße begegnet.«

»Recht hat sie, aber dennoch: Ich erlaube nicht, dass Ihr ohne sie durch die Gassen irrt.«

»Heute wollte ich ausnahmsweise nicht auf dem Gewürzmarkt nach ihm suchen, sondern am Hafen. In der Küche munkelt man, dass ein Schiff aus Byzanz erwartet wird. Und so viel weiß ich immerhin über die Absicht, mit der Andreas nach Venedig gekommen ist. Er trifft sich hier mit einem Händler aus Konstantinopel.«

»Nein, Ihr werdet auf keinen Fall zum Hafen gehen, liebe Bianca. Wisst Ihr, wie es dort zugeht? Da verkehren die Seeleute, die lange keine Frauenzimmer mehr gesehen haben. Das ist kein Ort für Euch.«

Bianca verdrehte die Augen. »Ihr hütet mich wie ein Vater seine Tochter.«

»Nein, wie ein Mann seine zukünftige Braut«, erwiderte Maurizio mit fester Stimme.

»Ich verbiete Euch, solche Reden zu führen«, empörte sich Bianca. »Mein Verlobter heißt Andreas von Ehrenreit, und ihn werde ich heiraten!«

Sie machte auf dem Absatz kehrt und rauschte davon.

»Das werden wir ja noch sehen«, murmelte der Venezianer und rieb sich die Hände. Er hatte zwar nicht die Gewissheit, dass sein Plan gelänge, aber zumindest hegte er eine gewisse Hoffnung, dass er als Sieger aus dieser Angelegenheit hervorgehen würde. Bisher hatte er stets bekommen, was er begehrte: Palazzi, Stoffe oder Frauen ... Warum sollte es dieses Mal anders sein?

Maurizio schlenderte zum Fenster und ließ befriedigt seinen Blick schweifen. Gab es einen schöneren Ort auf Erden, in dem es sich zu leben lohnte, als diesen?

Heinrich Gumperts großer Tag war gekommen. So jedenfalls hatte es an diesem Morgen seine Frau Ann ausgedrückt, als sie ihm viel Erfolg gewünscht hatte. Die Gute, dachte Heinrich, während er das Haus betrat, in dem die Zunft über sein Meisterstück entscheiden würde. Es tat ihm ein wenig leid, dass sich die Hoffnung seiner Frau, er werde heute als Lebkuchenmeister Gumpert zurückkehren, nicht erfüllen würde. Ein wenig bedauerte er es auch selbst, dass er nicht die Härte besaß, Meister Olbrecht aus dem Weg zu räumen. Der Lebküchner war ein missgünstiger, bösartiger alter Mann. Was Heinrich davon abhielt, ihn in der Backstube tödlich verunglücken zu lassen, war seine eigene Gottesfurcht. Er glaubte tief im Herzen daran, dass Habgier eine Todsünde war. Und nichts anderes würde ihn zum Mörder machen. Sicher war da noch die Sorge um seine Tochter Greth, die Artur von Ehrenreit als Pfand in sein Haus mitgenommen hatte. Aber konnte er wirklich den Wunsch von sich weisen, liebend gern ein Lebkuchenmeister zu werden? Einer, der sich niemals mehr Sorgen machen musste, woher er das Brot für die Familie nahm? Einer, der nie mehr aus Not ins Gerberviertel ziehen musste?

Heinrich stieß einen tiefen Seufzer aus. Keine Frage, es war eine reizvolle Vorstellung, aber er würde seines Lebens nicht mehr froh, wenn er diesen Mord beginge. Noch trennten ihn die Lebkuchen in seiner Hand davon, jemals Meister zu werden. Er hatte nichts dem Zufall überlassen, sondern zwei gleiche Gebäckstücke gebacken. Das eine als Meisterstück, das andere, um sicherzugehen, dass sein Plan gelang. Und daran gab es eigentlich keinen Zweifel mehr, denn ihm war beim Kosten des versalzenen Teiges speiübel geworden.

Dennoch klopfte ihm das Herz bis zum Hals, als er das Gebäude der Lebküchnerzunft betrat. Er hatte so ein seltsames Gefühl im Bauch. Und das rührte nicht von dem entsetzlich schmeckenden Lebkuchenteig her.

Einer der Zunftherren bat ihn freundlich, noch ein wenig auf dem Flur zu warten, weil dort drinnen im Saal gerade über einen anderen Bäcker entschieden wurde. Als wenig später die Tür aufging und ein Mann mit hängenden Schultern heraustrat, sah Heinrich dies als gutes Zeichen.

»Darf ich kosten?«, fragte er den sichtlich verzweifelten Gesellen, der es nicht geschafft hatte, mit seinem Meisterstück zu überzeugen. Mit grimmiger Miene reichte dieser Heinrich seinen Lebkuchen und brummte: »Ihr könnt ihn behalten.«

Heinrich zögerte nicht, einen Bissen zu nehmen. Der Lebkuchen war keine geschmackliche Offenbarung, aber besser als einige, die er auf dem Markt gekostet hatte. Wenn der schon durchfällt, dann werden sie mich niemals zum Meister machen, frohlockte er und trat hocherhobenen Hauptes vor die gestandenen Zunftherren.

»Heinrich Gumpert, wie schön, dich endlich einmal kennenzulernen, dein Ruf als einer der Besten ist dir bereits vorausgeeilt. Du fertigst also die berühmten Benedicten an?«

Heinrich nickte verlegen. Damit, dass man ihn so freundlich empfing, hatte er nicht gerechnet. Die werden sich noch wundern, dachte er mit gemischten Gefühlen.

»Ich kann es gar nicht erwarten, dein Meisterstück zu kosten«, bemerkte der zweite Zunftherr und lächelte Heinrich aufmunternd zu.

Nur der Dritte im Bunde, Meister Olbrecht, stierte ihn sichtlich grimmig an. Erst in diesem Augenblick wurde Heinrich klar, dass sein neuer Meister ihm ganz und gar kein Glück wünschte. Das gab Anlass zur Hoffnung. Er würde kein gutes Haar an Heinrichs Meisterstück lassen.

»Gib den anderen zuerst!«, befahl Meister Olbrecht unwirsch.

Heinrich reichte den Lebkuchen dem ersten Meister. Dessen Augen leuchteten, als er einen Bissen nahm, doch dann wurde er bleich und verließ ohne ein weiteres Wort den Saal.

»Das hat nichts mit deinem Werk zu tun«, sprach der zweite Zunftherr beruhigend auf Heinrich ein. »Ihm ist ständig unwohl. Das kommt vom Völlern. Aber dann lass mich inzwischen kosten!«

Heinrich gab ihm das Meisterstück in die Hand. Der Lebkuchenmeister schloss die Augen und biss verzückt in den Lebkuchen. Dann riss er entsetzt die Augen auf und spuckte den Bissen in hohem Bogen aus.

»Was ist das?«, rief er angeekelt.

Heinrich hob die Schultern. »Ich weiß es nicht«, erklärte er mit Unschuldsmiene, während er darüber nachgrübelte, wie er das Missgeschick erklären konnte. Er durfte auf keinen Fall behaupten, er habe den Lebkuchen absichtlich versalzen. Das nähme ihm keiner der Herren ab. Da kam ihm ein verwegener Gedanke, und er fügte verschwörerisch hinzu: »Gut, ich verrate Euch ein Geheimnis, ich habe ein wenig kostbaren Zucker hinzugefügt, den mir der großzügige Artur von Ehrenreit geschenkt hat. Aber nur für diesen einen Lebkuchenteig, um Euch zu überzeugen.«

»Ich weiß ja nicht, was dieser Kerl dir gegeben hat. Süß schmeckt es auf jeden Fall nicht. Eher wie ein Pökelfisch.«

Nun hatte auch Meister Olbrecht seine missmutige Haltung aufgegeben und verfolgte das Geschehen sichtlich angespannt.

»Wenn ich dann vielleicht auch einmal kosten dürfte?«, fragte er verunsichert. Der Zunftherr reichte ihm das Gebäckstück angewidert weiter. Meister Olbrecht biss hinein und verzog keine Miene. Er kaute auf dem Bissen herum, als schmecke er nichts Ungewöhnliches. Dann lachte er übertrieben auf. »Es ist Salz! Aber das kleine Versehen können wir doch kaum unserem jungen Freund anrechnen, oder?«

Er warf dem anderen Zunftherrn einen strengen Blick zu. Der erste war nämlich immer noch nicht zurückgekehrt.

»Das sehe ich anders, werter Meister Olbrecht. Natürlich seid Ihr der Erfahrenste von uns allen, aber so etwas darf einem Lebküchner, der es zum Meister bringen will, nicht unterlaufen. Er hätte es vorher schmecken müssen.«

Heinrich senkte schuldbewusst den Kopf.

»Ja, Herr, ein solcher Fehler ist unverzeihlich, und ich schäme mich zutiefst. Ich bitte darum, dass Ihr mir etwas Zeit gebt, damit ich meine Fertigkeiten vervollständige und es dann noch einmal versuche ...«

»Dummes Zeug!«, fuhr Meister Olbrecht dazwischen. »Wir können ihn doch nicht dafür verantwortlich machen, dass der Gewürzhändler sich vergriffen hat. Wir sollten allein den Gedanken würdigen, dass er statt Honig Zucker zum Süßen verwenden wollte.«

»Was ist denn daran besonders großartig?«, ereiferte sich der Zunftherr. »Zucker ist so teuer, dass es kaum möglich sein wird, ihn in Zukunft allen Benedicten hinzuzufügen. Also, mich hat dieses Meisterstück ganz und gar nicht überzeugt.«

Heinrich hob den Kopf und hoffte, dass der Kelch, Meister zu werden, damit an ihm vorübergegangen war. Er verbeugte sich und machte sich zum Gehen bereit. »Verzeiht mir noch einmal!«, murmelte er unterwürfig.

»Halt ein! Wohin so schnell des Weges? Noch ist die Entscheidung nicht gefallen. Wir sind deren drei, die entscheiden. Mein Wort zählt mehr als seines, und wenn unser Freund nicht bald zurückkehrt, um seine Stimme abzugeben, hast du es geschafft.«

Heinrich warf Meister Olbrecht einen verwunderten Blick zu. Was hatte es zu bedeuten, dass ausgerechnet der alte Griesgram sich so entschieden für ihn einsetzte? Und da fiel es ihm auch schon wie Schuppen von den Augen. Man hatte ihn dazu gezwungen, ihn, Heinrich, zum Meister zu machen. Wenn er nur wüsste, dass er damit sein Todesurteil unterschreibt, ging es dem Gesellen verzweifelt durch den Kopf.

Er räusperte sich und verkündete mit fester Stimme: »Ich nehme Euer Urteil in Demut an.« Dabei suchte er den Blick des Zunftherrn, der ihn am liebsten auf der Stelle samt seinem versalzenen Lebkuchen vor die Tür gesetzt hätte. Bei Heinrichs Worten wurde sein Blick milder.

»Heinrich Gumpert, du hast das Zeug zum Meister. Deshalb bitte ich dich, such uns in einem Jahr noch einmal auf und bring ein wahres Meisterstück mit, nach dem wir uns alle Finger lecken. Ich bin überzeugt davon, dass es dir gelingen wird.«

»Ihr seid zu gütig. Habt Dank«, entgegnete Heinrich.

»Aber, junger Freund, du wirst doch wohl nicht aufgeben!«, fuhr Meister Olbrecht dazwischen. »Das ist ein Makel, wenn du nicht im ersten Anlauf zum Meister gekürt wirst. Das hast du nicht verdient …« Er unterbrach sich und blickte zur Tür. »Da Meister Hemmer nicht zurückgekehrt ist, werde ich die Entscheidung verkünden und darf dir einen Glückwunsch aussprechen, Meister Gumpert.«

Dabei verkündete er die frohe Botschaft mit Leichenbittermiene. Wenn es nicht so traurig wäre, ich müsste schallend lachen, durchfuhr es Heinrich, und er sah mit einem Seitenblick, dass dem anderen Zunftherrn die Fassungslosigkeit ins Gesicht geschrieben stand.

»Ja, worauf wartest du noch? Geh in meine Backstube und back Benedicten!«, rief Meister Olbrecht überschwänglich aus und machte eine Geste, dass Heinrich rasch und ohne weitere Widerworte verschwinden solle.

Der aber blieb wie angewurzelt stehen und warf dem anderen Zunftherrn einen flehenden Blick zu, doch der murmelte nur: »Dann alles Gute, Meister Gumpert.«

Heinrich verließ den Saal mit hängenden Schultern. Vor der Tür stieß er mit Meister Hemmer zusammen. Der war immer noch aschfahl und hob drohend die Faust. »Komm mir bloß nicht noch einmal unter die Augen! Ich habe mir die Seele aus dem Leib gespien. Wolltest du mich vergiften?«

»Nein, es war ein Versehen«, entgegnete Heinrich leise.

»Wie dem auch sei. Mir aus den Augen, Unglücklicher!«, brüllte der magenkranke Lebkuchenmeister und verschwand im Innern des Raumes.

Heinrich lehnte sich auf dem Flur gegen eine Mauer, um das Ungeheuerliche zu begreifen. Er war nun Meister Gumpert und damit bald zwangsläufig ein hinterhältiger Mörder! Ihm schauderte bei dem Gedanken an das Kommende. Dennoch konnte er sich ein Lächeln nicht verkneifen, als aus dem Innern des Saales ein markerschütternder Schrei nach draußen drang. »Das kann doch nicht Euer Ernst sein!«, brüllte Meister Hemmer.

Im Hafen von Venedig herrschte emsiges Treiben. Und das Stimmengewirr aus aller Herren Länder schwoll zu einem einzigen Tosen an. Andreas folgte Frantz Welser auf dem Fuß. Hätte er ihn auch nur einen Augenblick lang aus den Augen gelassen, er wäre in der schiebenden Menge verloren gegangen.

Doch je näher sie der Anlegestelle für die Galeeren aus dem Orient kamen, desto stiller wurde es ringsum. Ein Zeichen dafür, dass in den letzten Stunden kein Schiff in den Hafen eingelaufen war.

Als der Handelsherr an Deck einer Galeere mehrere Seeleute entdeckte, rief er ihnen etwas auf Italienisch zu. Die Sprache seiner neuen Heimat beherrschte er mühelos, wovon Andreas sich auf dem Weg hierher hatte überzeugen dürfen. Er schien viele Leute in der Stadt zu kennen, denn immer wieder war er begrüßt worden und hatte mit einigen kurz geplaudert.

Einer der Seeleute trat an die Reling und rief etwas zurück. So ging es ein paarmal hin und her. Andreas aber verstand nur die zwei Worte *Andrea Contarini*. Das genügte aber, um seinen Herzschlag zu beschleunigen, zumal sein Begleiter sehr besorgt wirkte.

»Was hat er gesagt?«, fragte Andreas aufgeregt, nachdem der Seemann und Frantz Welser ihr Gespräch beendet hatten.

»Die Andrea Contarini wurde bei dem Sturm schwer beschädigt und musste den Hafen von Ragusa anlaufen. Dort wird sie wieder seetüchtig gemacht.«

»Und wie lange kann das dauern?«

»Das weiß keiner so recht, aber ich könnte mir vorstellen, dass Theophil sich entschieden hat, auf dem Landweg nach Venedig zu gelangen. Wir können nur abwarten.«

Andreas stieß einen tiefen Seufzer aus. »Ich bin seit fast drei Monaten von zu Hause fort. Ich hatte so gehofft, dass ich in den nächsten Tagen gen Norden aufbrechen kann.«

»Das tut mir natürlich leid für Euch, aber es wäre einfältig, wolltet Ihr überstürzt und unverrichteter Dinge nach Nürnberg aufbrechen. Für die Führung Eurer Geschäfte ist doch gesorgt, nicht wahr?«

»Das ist bestens geregelt. Meine Großmutter Benedicta ist eine äußerst geschickte Geschäftsfrau, wenngleich sie immer von sich behauptet, sie sei in ihrem Herzen eine Klosterschwester geblieben. Das sagt sie nur, damit sie uns nicht allzu viel Ehrfurcht einjagt. Und dann habe ich den treuen Meister Ebert, der die köstlichen Benedicten backt. Und Bianca ist ihnen sicher eine große Stütze.«

Kaum hatte er ihren Namen ausgesprochen, da wurde ihm wieder ganz schwer ums Herz.

»Ihr habt Sehnsucht nach Eurer Braut, nicht wahr, junger

Freund?«, fragte Frantz Welser und legte ihm väterlich die Hand auf den Arm.

»Ja, ich kann den Tag kaum mehr erwarten, an dem sie meine Frau wird«, stöhnte Andreas.

»Das verstehe ich nur zu gut, aber Ihr würdet es bitter bereuen, wenn Ihr aus derlei persönlichen Gründen auf ein solch einträgliches Geschäft verzichten würdet.«

»Ich weiß, aber ich habe das dumpfe Gefühl, ich müsse rasch zurück. Lieber früher als später.«

»Macht keine Dummheiten, Andreas!«, mahnte der Handelsherr.

»Lasst mich eine Nacht darüber schlafen«, bat Andreas.

»Wisst Ihr was? Lenkt Euch erst einmal ein wenig ab. Kommt mit mir, und ich zeige Euch Euren Aufzug für das heutige Fest.«

»Mir ist nicht nach Feiern zumute«, widersprach Andreas heftiger als beabsichtigt.

»Wem nützt es, wenn Ihr Trübsal blast? Los, kommt!« Frantz hakte Andreas unter und zog ihn mit sich durch die Menschenmassen. Als sie den Hafen hinter sich gelassen hatten, wurde es ruhiger. Jedenfalls für venezianische Verhältnisse. Im Gegensatz zu Nürnberg glich diese Stadt überall einem wahren Hexenkessel.

Andreas zögerte, als sie an der Pfarrei von San Bartolomeo vorbeikamen. Sollte er nicht einfach seine Habseligkeiten zusammenpacken und sich auf den Heimweg machen? Es war ja nicht so, dass er das Pfeffergeschäft zum Überleben benötigte. Der Gewürzhandel lief gut, und dank der Benedicten hatten er und seine Familie ausgesorgt. War es nicht die reine Habgier, die ihn nach Venedig getrieben hatte? Die Benedicten schmeckten auch ohne das neue Gewürz, den Pfeffer, unvergleichlich gut. Sollte er das Unglück auf See nicht als Zeichen sehen, sich auf dem schnellsten Weg zu seiner Liebsten nach Nürnberg aufzumachen?

Er blieb stehen und blickte den Handelsherrn unschlüssig an.

»Ihr kämpft mit Euch, ob Ihr nicht einfach aufgeben sollt, nicht wahr?«

Andreas nickte beschämt. Er wusste, dass es dumm von ihm gewesen wäre, so kurz vor dem Ziel alles hinzuwerfen, aber was sollte er tun? Die Sehnsucht nach Bianca war schier übermächtig geworden.

»Mein Junge, bitte schlaft noch eine Nacht darüber! Trefft keine voreiligen Entscheidungen. Feiert mit und seht dann weiter.«

»Ihr habt recht. Ich bin in keiner guten Verfassung, um einen solch wichtigen Entschluss zu fassen. Vielleicht tut es mir wirklich gut, einen unbeschwerten Abend in der feierfreudigen venezianischen Gesellschaft zu verbringen, wenngleich ich kein Wort verstehen werde.«

»Was meint Ihr, wie es mir anfangs hier ergangen ist? Ich verstand mehr schlecht als recht die Sprache der Florentiner, als ich nach Venedig kam, aber das Venezianische klingt völlig anders. Meine Frau hat es mich geduldig gelehrt. Trotzdem hören die Einheimischen sofort, woher ich stamme. Diese Weichheit im Ton wird mir zeitlebens versagt bleiben. Aber seid unbesorgt, Ihr werdet kaum Gelegenheit bekommen, mit den Einheimischen zu sprechen, denn meine Tochter wird Euch sicher nicht von der Seite weichen. Notfalls kann sie übersetzen.«

Madalen? An die junge Frau hatte Andreas gar nicht mehr gedacht. Sollte er sich wirklich ihrer Gesellschaft aussetzen? Ihm stand nach der schlechten Nachricht über die

Andrea Contarini so gar nicht der Sinn danach, von der Tochter des Hauses angeschmachtet zu werden.

Doch da war es bereits zu spät. Sie waren vor der Eingangstür des Palazzo angekommen, als ihr helles Stimmchen hinter ihnen flötete: »Oh, welche Überraschung, dass Ihr uns heute schon wieder die Aufwartung macht!«

Andreas wandte sich zu ihr um und konnte nicht umhin zuzugeben, dass Madalen ganz entzückend aussah in ihrem Kleid und mit dem passenden Kopfschmuck. Sie trug einen Korb und war in Begleitung einer Magd.

»Ich habe herrliche Dinge eingekauft«, schwärmte sie.

»Gut, gut, mein Kind, dann lasst uns ins Haus gehen. Aber ich muss dich enttäuschen, Madalen. Andreas ist nur gekommen, damit er einen Blick auf das Festgewand werfen kann. Nicht dass er heute Abend erschrickt. In Venedig geht es meist ein wenig farbenfroher zu als in Nürnberg.« Er lachte aus voller Kehle, als er Andreas' entsetztes Gesicht sah. »Und deshalb, mein Kind, geh du auf dein Zimmer, denn es ziemt sich nicht, wenn du dem jungen Herrn beim Umkleiden zuschaust.«

»Vater, ich bin doch kein Kind mehr«, maulte Madalen und eilte voran, doch im Flur wandte sie sich noch einmal um. »Ich freue mich auf heute Abend, Andreas«, hauchte sie und warf ihm eine Kusshand zu.

»Diesem Kind fehlt die Mutter«, seufzte Frantz, als Madalen außer Hörweite war.

»Lasst nur, sie ist wirklich entzückend. Die heiratsfähigen jungen Männer rennen Euch doch sicher schon die Tür ein«, erwiderte Andreas schmeichelnd.

»Ihr habt recht. Der eine oder andere hat bereits sein Glück versucht, aber Madalen hat an allen etwas auszusetzen. Sie tut den jungen Männern sonst nie so schön wie

Euch. Ihr habt offenbar mächtigen Eindruck auf sie gemacht. Doch Ihr seid bereits vergeben. Zu meinem Bedauern, wie ich ehrlich hinzufügen darf. Ihr wärt ein Schwiegersohn nach meinem Geschmack. Madalen hat nicht ganz unrecht, wenn sie behauptet, ich würde einen deutschen Kaufmann bevorzugen.«

»Was habt Ihr denn gegen die venezianischen Galane?«, fragte Andreas lebhaft, um von sich selbst abzulenken.

»Ich weiß nicht so recht. Hier herrschen lockere Sitten. Ganz anders als bei uns zu Hause. Ich habe das Gefühl, dass die feurigen Burschen die Ehe nicht allzu ernst nehmen und gern an anderen Töpfen schlecken. Nehmt nur den Gastgeber des heutigen Abends. Er ist zwar Witwer, aber er führt ganz unverhohlen ein ausschweifendes Leben. Alle zerreißen sich das Maul über ihn, aber da spielt immer eine gewisse Bewunderung mit hinein. Und solche wie ihn gibt es viele. Deshalb bin ich höchst gespannt, ob die Gerüchte stimmen, dass er das Fest nur veranstaltet, um diese Frau vorzuzeigen und den Neid der Gesellschaft zu erregen ... Noch keiner von uns hat sie zu Gesicht bekommen, aber wenn man den Dienstboten Glauben schenken darf, ist sie von ungewöhnlicher Schönheit. Und sie soll aus dem Norden stammen und ...«

»Wir werden sehen«, unterbrach Andreas den Redestrom des Handelsherrn ungeduldig. Es berührte ihn unangenehm, wie der gebildete Mann immer wieder auf das Liebesleben dieses Adligen zu sprechen kam, als handele es sich um einen wichtigen Vertrag.

Frantz schob Andreas in ein Gemach, in dem ein Bett und eine Truhe standen, beides aus prächtigem Holz gefertigt. Mit einem Griff öffnete er die große Kleiderkiste und entnahm ihr gezielt einige Gewänder.

Stolz breitete er vor Andreas' Augen auf seinem Bett eine rote Hose, ein Hemd, eine schwarze Jacke und einen Umhang aus. Dieser war außen rot und innen schwarz.

»Was ist das?«, fragte der junge Nürnberger verwundert und nahm den Umhang in die Hand.

»Das, mein lieber Freund, ist eine Zornetta. Solche Umhänge tragen Frauen wie Männer gleichermaßen. Die Damen eher, um darunter verbotene Stoffe zu verbergen.«

»Verbotene Stoffe?«

»Genau. Der Rat führt einen immerwährenden Kampf gegen Pomp und Verschwendungssucht. Deshalb dürfen Frauen zurzeit keine brokatenen oder seidenen Gewänder tragen. Wir Männer hingegen schon. Schaut nur, die Jacke ist aus Seide. Ich habe den Stoff bei Maurizio di Ziani erworben. Er ist der reichste Tuchhändler in der ganzen Stadt. Sogar Francesco Foscari, unser Doge, und die Dogaressa Marina beziehen ihre Stoffe bei ihm. Aber sein bester Kunde war ihr einziger Sohn Jacopo. Das müsstet Ihr Euch einmal vorstellen. Neun Kinder hatte der Doge mit Marina, und nur einer hat überlebt. Und der wusste stets zu leben. Man hat ihn wegen Korruption verbannt, aber sein Vater hat ihn begnadigt. Foscaris Feinde haben dann einen – wenn Ihr mich fragt – falschen Zeugen beigebracht, der bestätigt hat, Jacopo habe ihn zum Mord an einem Richter angestiftet. Nun hat man den Armen nach Kreta verbannt.«

Andreas aber hörte dem Handelsherrn nicht mehr zu, sondern musterte unschlüssig die merkwürdigen Kleidungsstücke. Er hatte seit jeher nur Kleidung aus Wolle getragen. Dabei fragte er sich, ob der Handelsherr wohl schon immer so schwatzhaft gewesen war oder ob er sich diese Unart erst in Venedig angewöhnt hatte.

»Nun seid kein Spielverderber! Die Sachen werden Euch vorzüglich kleiden.«

Frantz hielt ihm die Hose hin.

Zögernd entkleidete sich Andreas und zog sich Stück für Stück des venezianischen Festtagsgewandes an. Er fühlte sich alles andere als wohl und erschrak zutiefst, als er sein Spiegelbild erblickte, das ihn so deutlich zeigte, wie es bei den Spiegeln zu Hause niemals möglich gewesen wäre.

»Was ist das?«, fragte er ungläubig.

»Das ist ein Spiegel aus Glas, von Glasbläsern aus Murano hergestellt«, erklärte Frantz nicht ohne Stolz.

»Ich weiß nicht, ob es ein Segen ist oder ein Fluch, wenn man sich so klar betrachten kann«, sinnierte Andreas, bevor er in schallendes Gelächter ausbrach und sich mit einer ausladenden Geste den Umhang über die Schulter warf.

»Ich komme mir vor wie ein Hofnarr!«, lachte er und schnitt Grimassen.

»Ich habe Euch noch kein einziges Mal, seit ich Euch kenne, so lachen sehen. Wisst Ihr, dass es Euch gut zu Gesicht steht?«

Andreas wurde wieder ganz ernst. »Ihr werdet es nicht glauben, aber ich bin von Natur aus ein eher lustiger Bursche. Wenn ich denke, wie viel Spaß Bianca und ich hatten. Manchmal konnten wir uns über alles vor Lachen ausschütten. So sehr, dass Benedicta uns ermahnen musste. Schon als Kinder waren wir unzertrennlich und haben allerlei Schabernack getrieben. Es war nie langweilig ...« Er unterbrach den Satz und sah grüblerisch in die Ferne. »Einmal haben wir unserer Magd einen Frosch ins Bett gelegt und uns in ihrer Kammer unter dem Bett versteckt. Dumm nur, dass der Frosch Bianca ins Gesicht gehüpft ist und dann sie diejenige war … Sie war diejenige, die schreiend unter dem Bett hervorgekrochen kam. Ich weiß auch nicht, was diese Reise aus mir gemacht hat. Es ist mir, als sei ich schwermütig geworden …« Er hielt inne und betrachtete sich erneut im Spiegel. »Aber in diesen Gewändern kann keine schlechte Stimmung aufkommen. Ich muss dann nur daran denken, wie ich aussehe, und schon …«

Andreas grinste. In diesem Augenblick öffnete sich hinter ihm geräuschvoll die Tür, und Andreas sah im Spiegel Madalen auftauchen. Er erwartete, dass sein Äußeres sie ebenfalls amüsieren werde, aber sie lächelte verträumt, näherte sich ihm vorsichtig und stellte sich neben ihn vor den Spiegel.

»Wir werden heute Abend ein schönes Paar abgeben. Findet Ihr nicht?«

Erwartungsvoll blickte sie Andreas an.

»Habe ich dir nicht gesagt, du sollst nicht stören?«, mischte sich ihr Vater ein.

»Aber ich habe doch nicht gewusst, dass Ihr in dieser Kammer seid. Ich dachte, Ihr sucht dein Schlafgemach auf.«

»Madalen, du bist wahrlich nie um Ausreden verlegen. Aber sag, gefällt er dir?«

»Und wie!«, erwiderte sie im Brustton der Überzeugung. »Er wird der stattlichste Herr von allen sein …«

»Und was ist mit mir?«, unterbrach sie der Vater mit gespielter Empörung.

»Ihr seid der Zweitstattlichste«, lachte sie.

Frantz nahm seine Tochter in die Arme und drückte sie an sich.

»Ich glaube, es wird ein vergnüglicher Abend mit uns dreien«, verkündete der Handelsherr zufrieden.

Ich will es hoffen, dachte Andreas wehmütig, während er

sich gerade vorstellte, wie es wohl wäre, wenn Bianca jene Frau wäre, die an seiner Seite vor Glück erstrahlte.

49

Bianca betrachtete das prachtvolle Kleid, das Maurizio ihr geschenkt hatte, zum wiederholten Mal von allen Seiten. Noch nie zuvor hatte sie ein solch wertvolles Gewand in den Händen gehalten. Und doch war ihr nicht wohl bei dem Gedanken, dieses Fest als Frau an seiner Seite zu begehen. Die Freude auf einen venezianischen Ball wurde überschattet von dem Gedanken an die Nacht, die diesem Abend folgen würde. Und mehr noch von den gemischten Gefühlen, mit denen sie sich herumquälte. Das Schlimmste war die Erkenntnis, dass sie ein wohliges Gruseln empfand statt tiefsten Abscheu.

Umso erleichterter war sie, als Änlin ihr einen Besuch abstattete. Das versprach Ablenkung von ihren zermürbenden Gedanken. Änlin redete nämlich schon seit Tagen von nichts anderem als von diesem Fest. So aufgeregt war sie, wenngleich sie gar nicht mitfeiern durfte. Doch Maurizio hatte sie und andere junge Frauen dazu auserwählt, den Gästen die Speisen zu servieren. Allein bei dem Gedanken an die vornehmen Herrschaften in ihren wunderschönen Gewändern geriet sie jedes Mal, wenn Bianca sie traf, erneut ins Schwärmen.

So stürzte sie, ohne Bianca zu begrüßen, auch sogleich auf das Gewand los und stieß einen Entzückensschrei aus. »Oh, das ist wunderschön!« Dabei streichelte sie über die silbergewirkten Fäden und den seidenen Rock. »Ihr werdet leuchten in dem Kleid.«

»Das ist die Unterseite«, erklärte Bianca ungerührt und weidete sich an Änlins entsetztem Blick.

»Ihr scherzt«, bemerkte Änlin ungläubig.

»Nein, es ist die Wahrheit, aber lass dich nicht foppen. Ich habe es auch verkehrt herum angezogen, nachdem Maurizio es mir geschenkt hat. Es ist den Frauen in Venedig verboten, Seide und Brokat zu tragen. Um den Wächtern über die Verschwendungssucht ein Schnippchen zu schlagen, werden die teuren Stoffe als Futter verwendet.«

»Was für eine merkwürdige Stadt«, stöhnte Änlin und ließ sich auf Biancas Bett fallen. »Aber auch so werdet Ihr darin aussehen wie eine Prinzessin«, seufzte sie.

»Kannst du nicht endlich aufhören, mich wie eine Herrin anzureden? Du bist meine Freundin, nicht meine Magd!«, entgegnete Bianca und nahm die verdutzte Änlin in die Arme.

»Du hattest recht«, ergänzte Bianca nun wie aus heiterem Himmel.

»Womit?«

»Er will mich tatsächlich zur Frau nehmen.«

»Und Ihr ... ich meine du?«

»Was soll mit mir sein? Ich bin verlobt und werde nicht ruhen, bis ich Andreas gefunden habe, und zwar lebendig. Und dann werde ich mit ihm zurückkehren und mich rächen für all das, was man mir angetan hat«, erwiderte Bianca in scharfem Ton. »Wenn er mich dann überhaupt noch will«, fügte sie leise hinzu.

»Warum soll er dich nicht mehr wollen? Er wird außer sich sein vor Glück.«

»Ich bezweifle, dass er Maurizios Hure heiratet«, hielt Bianca bitter dagegen.

»Du sagtest doch selbst, er habe sich seinen Lohn nicht geholt. Und nun hast du den Beweis. Er will dich heiraten und nicht in sein Bett zerren.«

»Heute Nacht muss ich zahlen. Ganz gleich, ob ich seine Frau werde oder nicht.«

»Wer sagt das?«

»Maurizio di Ziani hat mir eröffnet, dass er heute Nacht zu mir kommen wird. Ganz gleich, wie ich mich entscheide.«

Änlin dachte nach, doch dann erhellte sich ihre Miene. »Und wenn schon! Wenn du eine Jungfrau wärst, dann könntest du das schlecht vor Andreas verbergen, aber so? Gib dem Herrn, was er will, und schweig darüber. Wer verlangt von dir, dass du dein Herz auf der Zunge trägst? Und wenn du dich beim Liebesakt nicht rührst, dann geht es rasch vorüber. Glaub mir, bei meinem verbrecherischen Ehemann konnte ich gar nicht hurtig genug an etwas Schönes denken, da war es schon vorüber.«

»Aber Andreas und ich, wir haben uns ewige Treue geschworen. Glaubst du, ich könnte mit dem schlechten Gewissen leben?«

Änlin konnte sich gerade noch beherrschen, mit der Wahrheit herauszuplatzen. Dass Andreas gar kein Recht hatte, sie zu verurteilen, weil er sich aus einem weniger zwingenden Grund einfach von Coletta hatte verführen lassen. Doch sie biss sich auf die Zunge. Sie wollte Bianca nicht unnötig verletzen, obwohl es ihr das Herz brach, wie die Freundin mit sich kämpfte, statt es ohne viel Aufhebens endlich hinter sich zu bringen.

»Ich sage ja nur, dass du unendlich viel auf dich genommen hast, um Andreas zu retten. Und dass du, wenn es dir tatsächlich gelänge, ihn lebend zu finden, nicht den geringsten Zweifel an deiner Tugendhaftigkeit haben solltest. Du wirst doch keinen Gedanken mehr an den Venezianer verschwenden, wenn du erst wieder in den Armen deines Verlobten liegst ...«

Änlin hielt inne und musterte Bianca prüfend. »Oder bedeutet er dir etwa mehr, als du zugeben willst?«, fragte sie lauernd.

»Nein, ich liebe ihn nicht, falls du das meinst. Er lässt mein Herz völlig kalt, aber ich fürchte es nicht mehr, wenn er zu mir kommt.«

»Was willst du mehr? Etwas Besseres kann dir doch gar nicht widerfahren, als dass es dir gleichgültig ist«, entgegnete Änlin.

Bianca, die ihre Offenheit augenblicklich bereute, war heilfroh, dass Änlin den Sinn ihrer Worte gründlich missverstanden hatte. Um diesen Eindruck noch zu verstärken, murmelte Bianca: »Lass uns nicht mehr darüber sprechen. Ich werde es mit Gleichmut über mich ergehen lassen und in Zukunft keinen einzigen Gedanken mehr daran verschwenden.«

»Aber nun zieh das Kleid doch endlich an! Du hast nicht mehr viel Zeit. Das Fest beginnt bald«, forderte Änlin Bianca auf.

»Und du? Gibt es in der Küche nichts vorzubereiten?«

»Und ob, aber da ich seit dem Morgengrauen geschuftet habe, darf ich mich ein wenig ausruhen, damit ich hernach keine Teller fallen lasse vor lauter Müdigkeit«, entgegnete Änlin und streckte sich auf dem Bett aus.

Bianca entkleidete sich derweil und schlüpfte in das neue Gewand. Als sie sich umdrehte und es Änlin vorführen wollte, war diese erschöpft eingeschlafen und schnarchte laut.

Bianca trat an das Bett und deckte die Freundin zärtlich mit einer seidenen Bettdecke zu. Sosehr sie sich auch nach Nürnberg zurücksehnte, diese Annehmlichkeiten würde sie mit Sicherheit vermissen. Nie zuvor hatte sie solch edle Decken und Kissen besessen. Und wenn sie ihn heiratete, wäre sie fortan mit all diesen schönen Dingen umgeben, mit den prachtvollen Stoffen ...

Bianca, das sind doch nur schnöde Äußerlichkeiten, ermahnte sie sich streng und trat erneut auf den Spiegel zu, den sie anfangs gemieden hatte. Sie hatte sich erst daran gewöhnen müssen, dass sie sich so sehen konnte, wie sie wirklich war. Kein Makel blieb bei diesem Wunderwerk der Glasbläserkunst unentdeckt. Und das, was an dem Spiegelbild nicht stimmte, war unzweifelhaft ihr Haar. Es hing an diesem Tag glanzlos herab und war wahrlich keine Zierde. So kann ich unmöglich auf das Fest gehen, dachte sie.

In diesem Augenblick klopfte es an der Tür. Bianca fuhr herum und öffnete, bevor ihr Besucher womöglich Änlin aufwecken konnte.

Es war eine Magd, die in der Hand einen Haarreif hielt, an dem eine üppige Borte befestigt war. »Signor di Ziani mich schicken, bringen Gefrens und kämmen Haar.«

Bianca machte mit einem Fingerzeig auf Änlin deutlich, dass sie leise sein sollte. Die Frau verstand und drückte Bianca wortlos auf einen Stuhl. Dann holte sie einen Kamm hervor und machte sich an deren Haar zu schaffen. Bianca hätte am liebsten laut aufgeschrien, weil die Frau so heftig an den Strähnen zerrte, doch schließlich ließ sie es klaglos über sich ergehen, ohne zu wissen, was die Magd mit ihrem Haar anstellte. Nur dass sie ihr den Reif ins Haar steckte, war deutlich zu spüren.

Bianca sprang auf, kaum dass die Magd fertig war,

näherte sich dem Spiegel und betrachtete kritisch ihre Haartracht. Die Magd hatte ihr an beiden Seiten Zöpfe geflochten, sie zu Schnecken gedreht und ihr das Gefrens ins Haar drapiert.

Bianca staunte. Sie hatte noch nie zuvor so elegant ausgesehen. Das musste sie selbst zugeben, und doch wollte sie sich nicht recht erfreuen an dem schönen Spiegelbild, das sich ihr bot. Ihre Gedanken schweiften in das ferne Nürnberg und zu der Rechnung, die sie dort noch zu begleichen hatte. Sie ballte die Fäuste und starrte grimmig in ihr eigenes Gesicht.

»Was ist bloß in dich gefahren? Du schneidest gar schreckliche Grimassen!«

Änlins Stimme riss sie aus ihren Gedanken, und Bianca fuhr wie der Blitz herum.

»Du hast mich erschreckt!«, entgegnete sie vorwurfsvoll.

»Du siehst aus wie eine Prinzessin, aber du schaust wie der Tod aus den Augen.«

»Ich stelle mir gerade vor, wie ich Artur von Ehrenreit im Lochgefängnis besuche und ihn frage, ob er noch einen letzten Wunsch hat, bevor man ihn vierteilt.«

Änlin verzog angewidert das Gesicht. »Ich finde, der Gedanke an diesen Schurken passt ganz und gar nicht zu deinem bezaubernden Gewand und dem Kopfputz. Denk doch lieber an das Fest heute Abend.«

»Eben nicht!«, widersprach Bianca schroff. »Ich möchte mich erst gar nicht an diesen Luxus gewöhnen und darüber vergessen, dass man mich in eine Gruft gesperrt und zum Tode verurteilt hat. Und dass meine Rache grausam sein wird.«

»Deshalb musst du dir und damit auch mir doch nicht die Vorfreude auf das Fest verderben«, erwiderte Änlin schnippisch.»Du tust ja gerade so, als sei nur dir großes Unrecht widerfahren. An mir haben die Ratten geknabbert, als ich in meiner Zelle darauf gewartet habe, dass man mich bei lebendigem Leib begräbt.«

»Verzeih mir, ich verstehe doch auch nicht, warum ich ausgerechnet jetzt an all das Grausame denken muss. Ich weiß, ich bin undankbar. Maurizio tut wirklich alles, um mich wohlwollend zu stimmen, aber gerade das ist es ja, was mir Sorge bereitet. Ich lebe hier wie eine Prinzessin, während der arme Andreas womöglich nichtsahnend seinen Häschern in die Hände fällt. Stell dir das nur einmal vor: Ich bewege mich ausgelassen beim Hüpftanz, und ihm wird gerade die Kehle durchgeschnitten.«

Änlin schnaufte missbilligend. »Das ist aber sehr weit hergeholt. Außerdem wird es heute Abend keine Hüpftänze geben, denn der Herr hat einen Tanzmeister vom Hof aus Ferrara eingeladen. Einen gewissen Domenico da Piacenza. Er ist Meister der Bassadanza.«

»Und was ist das, wenn ich fragen darf?«

»Das weiß ich auch nicht so genau, aber Luigi tat sehr wichtig, als er mir davon berichtete.«

»Luigi hat dich beeindrucken wollen. Magst du ihn?«

Änlin hob die Schultern. »Um Himmels willen, den doch nicht! Aber es gibt da einen jungen Koch aus dem Nachbarpalazzo, der uns einen Besuch abgestattet hat ...«

»Du spielst doch nicht etwa mit dem Gedanken, in Venedig zu bleiben?«, fragte Bianca erschrocken.

»Jedenfalls nicht Luigis wegen«, brummte Änlin, bevor sie hastig hinzufügte: »Ich wünsche mir doch ebenso wie du, dass die Schurken, die mir das angetan haben, ihre gerechte Strafe erhalten. Und ich verspüre auch hin und wieder Heimweh nach Nürnberg. Aber ich kehre nur zurück, wenn du auch gehst. Sonst ziehe ich die Sonne Venedigs vor.«

»Ich schwöre, ich kehre zurück. Um jeden Preis.«

»Auch wenn du Andreas nicht findest?«

»Auch dann.«

»Und wenn seine Feinde schneller sind?«

»Dann erst recht. Du musst dir den Kopf also nicht mehr über die Sonne Venedigs zerbrechen!« Biancas Ton klang gereizt.

»Was bist du so mürrisch? Ich habe dir doch eigentlich nur von dem Tanzmeister berichten wollen.«

»Ich habe gar keine Lust zu tanzen«, stieß Bianca erbost hervor. »Soll er sich doch mit einer anderen Dame amüsieren!«

»Das würde ich aber sehr bedauern«, mischte sich Maurizio mit rauer Stimme ein. Die beiden Frauen waren so in ihr Gespräch vertieft gewesen, dass sie ihn nicht hatten eintreten hören. »Ihr seht umwerfend aus«, fügte er sichtlich angetan hinzu, nachdem er Bianca von Kopf bis Fuß bewundernd gemustert hatte.

»Verzeiht, das war nicht für Eure Ohren bestimmt«, erklärte Bianca entschuldigend.

»Ich habe es auch schon wieder vergessen. Sich dem Tanz zu entziehen, wird heute ohnehin niemandem gelingen. Meister da Piacenza, unser berühmter Gast und begnadeter Tanzmeister, legt höchsten Wert darauf, unsere kleine Gesellschaft in die Kunst der Bassadanza einzuführen. Und deshalb darf ich Euch bitten, mich nunmehr zu begleiten. Der Meister ist soeben eingetroffen, und wir sollten ihn begrüßen.«

Bianca stieß einen tiefen Seufzer aus, als Maurizio ihr galant den Arm reichte, damit sie ihn unterhaken konnte.

»Ihr tut ja gerade so, als führte ich Euch zur Schlachtbank«, bemerkte er lächelnd.

»Das muss ich aber auch sagen«, entfuhr es Änlin. Erschrocken schlug sie sich die Hand vor den Mund. Maurizio wandte sich ihr zu. Er lächelte immer noch.

»Ich werde keinem den Kopf abreißen, wenn er die Wahrheit spricht. Nur – solltest du dich nicht noch umziehen?«

Änlin lief rot an und sprang mit einem Satz vom Bett auf.

»Keine Eile. Die Gäste kommen in frühestens einer Stunde. Der Meister hat nur versprochen, meine Bassadanzakenntnisse vor dem Beginn des Balles aufzufrischen. Und Euch, meine liebe Bianca, in die Tanzkunst einzuführen. Oder beherrscht Ihr die Bassadanza?«

Bianca überlegte gerade, wie sie ihm erklären sollte, dass sie noch nie zuvor von diesem Tanz gehört hatte, ohne allzu unbedarft zu wirken, da plauderte Änlin bereits munter drauflos.

»In Nürnberg wird meist der Reigen getanzt. Meine Herrschaften jedenfalls, die haben stets ...«

»Änlin, wolltest du dich nicht umziehen?«, fiel Bianca ihr in scharfem Ton ins Wort. Beleidigt verließ Änlin das Gemach.

Maurizio strahlte Bianca an.

»Ihr bleibt für mich die begehrenswerteste Frau, selbst wenn Ihr überhaupt noch nie getanzt hättet. Ihr braucht Euch nicht zu genieren, dass man in Nürnberg nicht so vergnügungssüchtig ist wie bei uns in Venedig.«

Bianca rang sich zu einem dankbaren Lächeln durch.

»Und ich habe Euch anfangs für einen bösartigen Mann gehalten, der keine Gelegenheit auslässt, sich über andere zu erheben. Dabei seid Ihr so liebenswürdig und ritterlich ...«

»Täuscht Euch nicht in mir«, unterbrach Maurizio sie lachend. »Ich kann ein ganz ekelhafter Kerl sein, aber wenn ich verliebt bin, dann werde ich anhänglich wie eine zahme Dohle. Und Ihr bedeutet mir wirklich etwas. Hier drinnen.«

Er deutete auf sein Herz, und Bianca wurde ganz seltsam zumute. Es berührte sie, auf welche unaufdringliche Weise er ihr seine Liebe erklärte. Außerdem mochte sie ihn inzwischen gern ansehen. Wo sie anfangs Spott gelesen hatte, sprach inzwischen unverstellte Zuneigung aus seinen Augen. Auch schien ihr seine Nase nicht mehr so schrecklich groß und gebogen. Wenn sie ehrlich war, besaß er inzwischen viel mehr Anziehungskraft auf sie, als ihr lieb war. Ob er wohl gut küssen kann?, fragte sie sich und schämte sich sogleich für diesen Gedanken. So weit kommt es noch, dass ich ihn heute Nacht voller Sehnsucht empfange, schalt sie sich ärgerlich.

»Macht Euch keine Hoffnungen, dass ich Eure Gefühle je erwidern werde«, bemerkte sie hölzern und fügte mit Nachdruck hinzu: »Und ich möchte bezweifeln, dass es sich für Euch lohnt, heute Nacht in mein Gemach zu schleichen.«

»Das lasst meine Sorge sein«, entgegnete Maurizio, lächelte geheimnisvoll in sich hinein und setzte einen Hut auf, den er schon die ganze Zeit in der Hand gehalten hatte, den Bianca aber jetzt erst wahrnahm. Sie starrte ungläubig auf seinen Kopf. Auf seinem dunklen Haar thronte ein riesiger schwarzer Filzhut, der mit einer Girlande aus Margeriten geschmückt war. Statt beleidigt zu reagieren, lachte er aus voller Kehle.

»Sagt bloß, Euch missfällt mein Kopfschmuck.«

»Ich … ich weiß nicht so recht, ich …«, stammelte Bianca

ausweichend, um nicht allzu unhöflich mit ihrer Meinung über dieses ausgefallene Kleidungsstück herauszuplatzen.

»Gebt zu, er ist scheußlich. Ich mache mir einen Spaß. Damit man sich nach Herzenslust über meine Eitelkeit das Maul zerreißen kann.« Er lachte so ansteckend, dass auch Bianca in das Gelächter einfiel. Sie konnte sich nicht helfen, aber seinen Humor, den schätzte sie wirklich außerordentlich. Sie hakte sich bei ihm unter und war nicht mehr ganz so missmutig bei dem Gedanken, mit ihm die Bassadanza zu üben.

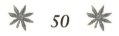

Andreas und Frantz hatten Madalen in die Mitte genommen. Sie hatte sich bei den beiden Männern untergehakt und plapperte den ganzen Weg von zu Hause bis zum Palazzo Maurizio di Zianis fröhlich vor sich hin.

Andreas wunderte sich selbst darüber, dass ihn das Geplauder nicht störte, sondern eher erheiterte. Vielleicht liegt das an ihrer überbordenden Lebensfreude, mutmaßte er, während sie gerade die wildesten Vermutungen über den reichen adligen Tuchhändler und jene geheimnisvolle Frau anstellte, die er an diesem Abend in die venezianische Gesellschaft einführen wollte. »Meine Freundin Maria hat mir unter dem Siegel der Verschwiegenheit erzählt, dass die Frau eine Hure sein soll, die ihn verhext hat. Aber darauf gebe ich nicht viel, denn ihre Mutter, die Contessa, ist wild auf diesen Maurizio. Sie hat sich wohl Hoffnungen gemacht. Angeblich war sie kurzzeitig seine Geliebte, bevor er zu seiner Reise aufbrach. Doch er soll völlig verändert sein, seit er aus Brügge zurückgekehrt ist. Er hat diese Dirne wohl unterwegs aufgegabelt. Sie stammt offenbar aus Nürnberg wie Ihr, Andreas. Vielleicht kennt Ihr sie.«

Andreas warf ihr einen liebevollen Blick zu und fand, dass sie ganz reizend aussah mit ihren vor Aufregung geröteten Wangen.

»Sicher nicht, Madalen.«

»Kind, Andreas verkehrt doch nicht mit Huren«, mischte sich ihr Vater empört ein.

»Wie dumm von mir. Jedenfalls will die Contessa unbedingt verhindern, dass er dieses hergelaufene Weib, wie sie sagt, heiratet. Und das kann ich Euch versichern: Wenn Marias Mutter etwas will, dann bekommt sie es auch. Sie ist eine Meisterin des Ränkespieles. Heute schlägt sie los, hat Maria mir erzählt, aber sie hat mir nicht verraten, was die Contessa vorhat. Wir werden es ja sehen. Oh, ist das aufregend! Und wir sind Zeugen.«

Madalen machte sich von den beiden Männern los und klatschte vor Begeisterung in die Hände.

»Ich weiß, was Ihr denkt, Andreas«, lachte Frantz. »Das Ränkespiel ist in dieser Form bei Euch nicht üblich, nicht wahr?«

Andreas schmunzelte. »Ihr habt mich ertappt. So etwas in der Art ging mir soeben durch den Kopf, doch nun habt Ihr mich neugierig gemacht auf den Gastgeber und seine Signora. Ich werde also die Augen offen halten, damit ich es nicht versäume, wenn die Contessa mit ihrem Ränkespiel beginnt.«

Madalen hakte sich erneut bei Andreas unter und schmiegte sich an ihn.

»Ihr findet, dass ich dumm daherrede, nicht wahr?«

»Aber nein«, protestierte Andreas heftig. »Ich gebe zu, ich habe in der Regel nichts übrig für Frauen, die in einem fort plappern, aber Ihr seid eine Ausnahme. Es ist nett, Euch zuzuhören.«

»Ihr wollt mir nur schmeicheln«, entgegnete Madalen mit gespielter Empörung.

»Nein, ganz im Ernst, zu Euch passt es, weil Ihr mit solcher Leidenschaft dabei seid. Ich würde Euch wahrscheinlich auch zuhören, wenn Ihr über venezianische Schuhmode sprechen würdet.«

Er warf einen Blick auf ihre Chopinen, die die zarte kleine Person um ein Vielfaches größer erscheinen ließen.

»Vater hat mir mehr Höhe nicht erlaubt«, bemerkte sie fast entschuldigend.

»Willst du denn, dass man dich für eine Kurtisane hält?«

»Nach meinem Geschmack ist Euer Schuhwerk mehr als hoch genug«, sagte Andreas.

»Wir sind da!« Frantz war vor einem prachtvollen Palazzo stehen geblieben.

Andreas stieß einen anerkennenden Pfiff aus. Es war der prächtigste Palazzo weit und breit mit seinen hohen Türmen und den ausladenden Bogen.

Zum Empfang standen Diener bereit, doch die ganz feinen Herrschaften, die etwas auf sich hielten, fuhren mit ihren eigenen Booten vor.

Frantz Welser reckte den Hals, um einen Blick auf die Gäste zu erhaschen, die auf dem Wasser zum Fest eintrafen.

»So reich müsste man sein!«, seufzte er.

Andreas, der den Handelsherrn schon für sehr wohlhabend erachtet hatte, kam aus dem Staunen nicht heraus.

»Verrenken wir uns nicht länger den Hals nach ihnen! Wir besitzen eben keine Gondola. Aber es wäre ohnehin albern, für diese kleine Strecke ein Boot zu benutzen, nur um durch den prachtvollen Eingang zur Wasserseite empfangen zu werden«, schnaubte Frantz und machte Madalen, die sich ebenfalls nicht sattsehen konnte an den bunten Booten und den farbenfrohen Gewändern, ein Zeichen, den Palazzo zügig durch den Eingang auf der Landseite zu betreten.

Als sie wenig später den Saal erreichten, hakte sich Madalen wieder bei Andreas unter.

»Habe ich Euch zu viel versprochen?«, raunte sie ihm neckisch zu.

Andreas lächelte. »Ich dachte schon, ich käme in dieser Aufmachung wie ein Hofnarr daher, aber wenn ich mich so umsehe, ist mein Gewand geradezu bescheiden.«

»Oh, seht nur dort, die Dogaressa Marina Foscari! Sie sieht ja furchtbar aus. Früher war sie eine wunderschöne Frau, aber sie hat bis auf den armen Jacopo alle ihre Kinder verloren. Und der wurde nach Kreta verbannt.«

»Madalen, sei still! Wenn man ihr das zuträgt ...«, tadelte Frantz seine Tochter.

Sie zog einen Schmollmund, gehorchte aber ihrem Vater.

»Man muss achtgeben«, flüsterte Frantz Andreas ins Ohr. »Hier haben die Wände Ohren. Und einige haben schon für weniger ihren Kopf verloren, nachdem sie sich über die Familie des Dogen geäußert hatten und irrtümlich glaubten, es unter vier Augen und Ohren getan zu haben.«

Andreas aber hörte gar nicht mehr zu. Mit offenem Mund starrte er zu der Treppe hinüber, auf der ein Mann mit einem nach seinem Geschmack lächerlichen Hut in Begleitung einer jungen Frau in den Saal hinabschritt. Doch es war nicht der Hut, der seinen Blick magisch anzog, sondern die Dame an seinem Arm.

Schon wieder ertappte er sich dabei, dass er Gespenster sah. War seine Sehnsucht nach Bianca so groß, dass er ständig Frauen mit ihr verwechselte? Wie neulich auf dem Gewürzmarkt – und in diesem Augenblick schon wieder? Hätte er es nicht besser gewusst, er hätte geschworen, dass sie keine Geringere als seine Braut Bianca war. Er fasste sich an die Schläfen und rieb sie sich, während sein Blick wie versteinert auf ihr Gesicht geheftet war.

»Andreas, ist Euch nicht wohl?«, erkundigte sich Madalen besorgt.

»Doch, doch«, erwiderte er, ohne den Blick von der fremden und doch so vertrauten Frau abzuwenden. Sie war anders gekleidet als seine Bianca, aber die Augen, die Nase, der Mund, die Haut. Wenn sie nicht Bianca war, dann sah sie ihr zum Verwechseln ähnlich. Nein, dieses Mal war es keine Ausgeburt seiner Phantasie, sondern leibhaftig seine Braut ... Andreas starrte sie unverwandt an. Er war wie versteinert. Gerade begrüßte sie einige der Gäste und lächelte. Selbst diese Art zu lächeln war der von Bianca so ähnlich, dass es schmerzte. Es war das höfliche Lächeln, wie er es stets genannt hatte. Andreas kannte es genau. So verzog sie den Mund, wenn sie nicht mit dem Herzen dabei war. Es war nicht das warme Lächeln, das sie ausschließlich ihm schenkte, wenn sie allein waren. Der Mann umfasste nun besitzergreifend ihre schmale Taille. Das versetzte Andreas einen solchen Stich, dass er am liebsten dazwischengegangen wäre. Und noch mehr als das traf es ihn, dass sie dem Mann nun genau jenes vertraute Lächeln schenkte, das sie nur ihrem Geliebten gewährte. Es huschte für einen Wimpernschlag über ihr Gesicht, aber es genügte, um in Andreas glühende Eifersucht zu entfachen. Wie ein Schlafwandler tat er einen Schritt in ihre Richtung.

Er kam erst wieder zu sich, als Madalen ihn am Ärmel zupfte. »Andreas, was ist mit Euch? Hört auf, sie so anzustieren. Maurizio di Ziani gilt als sehr eifersüchtig. Eine Frau, die seine derzeitige Gunst genießt, die bewacht er wie sein Eigentum.«

Andreas wandte sich verblüfft seiner jungen Begleiterin zu. »Ihr meint, das ist die Frau, die angeblich aus Nürnberg kommt?«

Allein bei dem Gedanken wurden seine Knie weich. Was, wenn es doch keine Täuschung war? Wenn diese Frau wirklich Bianca war? Auch wenn das nach menschlichem Ermessen gar nicht möglich war. Wie sollte sie über die Alpen gelangt sein? Niemals hätte Benedicta ihre geliebte Bianca auf eine solch gefährliche Reise geschickt.

»Ja, und er ist sehr vertraut mit ihr. Da wird Marias Mutter aber vor Wut schäumen«, bemerkte Madalen schadenfroh.

»Kennt Ihr den Namen der Frau?«, fragte er mit heiserer Stimme.

Ehe Madalen ihm antworten konnte, schoss eine dralle Rothaarige auf die Gastgeber zu und baute sich vor ihnen auf.

»Nun passt auf! Jetzt gibt es Ärger! Das ist nämlich die Contessa«, erklärte Madalen und folgte dem Schauspiel mit glühenden Wangen.

Andreas hielt den Atem an. Er konnte den Schrecken in den Augen der jungen Frau lesen, die Bianca zum Verwechseln ähnlich sah. In diesem Augenblick hätte er schwören können, dass sie es leibhaftig war. So verschüchtert blickte sie stets, wenn sie ängstlich war.

Die Rothaarige, die der Frau mit den Armen bedrohlich vor dem Gesicht herumfuchtelte, war nicht allein. Sie befand sich in Begleitung von einem Dutzend Frauen, die ebenso empört schienen wie sie.

»Maurizio di Ziani, wir danken für die Einladung, aber wir empfinden es als Beleidigung, dass Ihr uns Eure Kurtisane vorführt. Ihr mögt in Euren Gemächern tun und lassen, was Ihr wollt, doch nicht in Anwesenheit der Dogaressa Marina ...« Sie hielt inne und deutete mit großer Geste auf die Ehefrau des Dogen.

Maurizios Augen verengten sich zu gefährlichen Schlitzen.

»Wenn es Euch nicht gefällt, werte Contessa, dann weist Euch sicherlich gern jemand den Weg nach draußen. Aber ich lasse mir von keinem Weib verbieten, den Gästen meine zukünftige Frau vorzustellen ...«

»Pah. Eure Frau. Dass ich nicht lache. Es ist bekannt, dass Ihr sie auf Eurem Weg über die Alpen auf der Straße aufgelesen habt ...«

»Schweigt und verlasst mein Haus!«, schrie Maurizio wutentbrannt. »Und für alle Übrigen, die der zukünftigen Bianca di Ziani ihre Ehrerbietung versagen, gilt dasselbe: Verlasst mein Haus!« Er nahm den Arm von der Taille seiner Begleiterin und klatschte laut und fordernd in die Hände. »Und nun bitte ich Meister Domenico da Piacenza, mit uns die Bassadanza zu eröffnen. Bianca, darf ich bitten?« Mit diesen Worten verbeugte er sich vor der Frau und führte sie die Treppe hinunter.

Und Andreas begriff endgültig, dass kein Zweifel mehr möglich war. Maurizio di Zianis zukünftige Frau Bianca war auch seine, Andreas', zukünftige Frau Bianca!

»Bianca, Bianca«, keuchte Andreas heiser und geriet ins Wanken. Er musste sich an einer Wand festhalten. Nun hatte er nur noch Augen für den schwarzhaarigen Satan, der seine Bianca, nach der er sich so schmerzlich verzehrt hatte, im Arm hielt. Hätte er seiner Liebsten in diesem Moment noch einen einzigen Blick geschenkt, er hätte in ihren Augen das blanke Entsetzen lesen können. Dann hätte er vielleicht geahnt, dass es anders war, als es ihm in diesem grausamen Augenblick scheinen musste.

Doch er schloss die Augen, und kaum dass er wieder auf eigenen Beinen stehen konnte, trat er den Rückzug an. Wie von ferne hörte er Madalen verzweifelt seinen Namen rufen. Er aber wandte sich nicht mehr um und hielt erst inne, als er sich weit genug von dem Palazzo entfernt hatte. Wie ein verletztes Tier verkroch er sich in einem lecken Boot, das in einem schmalen Kanal zwischen zwei Häusern vor sich hin dümpelte, und ließ sich auf den feuchten Boden gleiten. Es machte ihm nichts aus, dass er bis zum Bauch im kalten Wasser saß. Im Gegenteil, er wünschte sich, der Kanal möge ihn auf der Stelle mitsamt dem Boot verschlingen. Er schlug die Hände vor das Gesicht und kämpfte gegen die Tränen an.

Andreas wusste nicht, wie lange er so dagesessen hatte. Erst als sich eine fette Ratte an ihm vorbeidrückte, sprang er auf. Mit wackeligen Knien machte er sich auf den Weg zur Pfarrei San Bartolomeo und schlüpfte in seine Kammer. Er konnte nur von Glück sagen, dass er sie allein bewohnte, denn nun brach sich laut fluchend Bahn, was ihm die ganze Zeit im Kopf herumgespukt hatte. »Bianca di Ziani, verdammt, verdammt, ich will dich niemals wiedersehen!«

Als er schließlich erschöpft innehielt, spielte er einen Augenblick lang mit dem Gedanken, auf der Stelle zum Palazzo von Maurizio di Ziani zurückzukehren und Bianca zur Rede zu stellen. Aber diesen Plan verwarf er sofort wieder. Was gab es noch zu reden? Seine Braut war die Kurtisane eines Venezianers geworden. Wie es auch immer dazu gekommen sein mochte. Das war im Nachhinein doch alles gleichgültig. Niemals mehr würde er sie in die Arme nehmen. Er würde ihr auch niemals verzeihen. Niemals!, wiederholte er immerzu. Niemals!

Schließlich durchfuhr seinen Körper ein solches Zittern, dass er sich auf das Bett legen musste. Ihm war, als würde ihm eine Eiseskälte in alle Glieder kriechen. Bald konnte er die Fingerspitzen nicht mehr bewegen und die Knie kaum beugen. Mit letzter Kraft entledigte er sich seiner nassen Kleidung und legte sich im Nachtgewand unter alle Decken, die er besaß, und schlief sofort ein. Als er mitten in der Nacht aufwachte, glühte sein Kopf wie Feuer, und er konnte sich nicht mehr rühren. Das ist das Ende, dachte er und spürte dabei nicht die leiseste Spur von Angst.

51

Bianca lag in ihrem Ballkleid auf dem Bett und lauschte angespannt in die Nacht hinein. Es war bis auf den Zusammenstoß mit der Contessa ein wirklich schöner Abend gewesen. Maurizio war nicht von ihrer Seite gewichen. Natürlich war sie anfangs sehr verärgert über seine vollmundige Ankündigung gewesen, sie sei seine zukünftige Frau. Er aber hatte ihr erklärt, es mache ihm Freude, die illustre Gesellschaft ein wenig zu verwirren. Und er hatte lachend hinzugefügt, dass ein solcher Auftritt die Geschäfte befördere. Nun würden die Damen nicht nur wegen der edlen Stoffe in Scharen zu ihm kommen, sondern auch um

Neues über die schöne Frau an seiner Seite zu erfahren. Er hatte dabei so glücklich und zufrieden gewirkt, dass sie es nicht über das Herz gebracht hatte, ihm deswegen den Abend zu verderben. Besonders das Tanzen hatte ihr großes Vergnügen bereitet.

Schritte näherten sich, und Bianca zuckte zusammen. Über die gemeinsame Nacht war kein Wort mehr gefallen, aber sie rechnete fest damit, dass ihr Lohn in den nächsten Stunden fällig war. Deswegen hatte sie sich auch nicht ausgekleidet wie sonst am Abend, bevor sie sich zu Bett legte.

Es klopfte zaghaft an ihrer Tür. Was nützte es ihr, wenn sie sich schlafend stellte oder die Tür verrammelte? Änlin hatte schon recht. Je eher sie es hinter sich brachte, desto besser.

»Tretet ein!«, rief sie heiser und setzte sich auf.

Vorsichtig steckte Maurizio den Kopf zur Tür herein. Er war ganz deutlich im Mondlicht zu erkennen, das durch das Fenster schien. Auch er trug noch sein Festgewand. Bis auf den Hut. Den hatte er zu später Stunde johlend in die Menge geworfen mit dem Ausruf: »Er gehört demjenigen, der ihn fängt!« Beinahe wäre er auseinandergerissen worden, weil fünf Herren gleichzeitig an ihm gezerrt hatten.

»Darf ich?«, fragte er höflich.

Bianca hob die Schultern. Was sollte sie ihm erwidern? *Bleibt, wo Ihr seid?* Oder: *Hol Euch der Teufel?*

Maurizio betrat das Zimmer, auch ohne eine Antwort erhalten zu haben. Er ging geradewegs auf das Bett zu, setzte sich auf den Rand und blickte sie an. Es war weniger Leidenschaft, die aus seinen Augen sprach, als vielmehr Zärtlichkeit.

»Ihr tragt ja immer noch Euer Kleid«, bemerkte er vorsichtig.

»Ich wollte es Euch nicht allzu einfach machen«, erwiderte sie spitzer als beabsichtigt.

»Ist Euch der Gedanke immer noch so schrecklich?«, fragte er und strich ihr mit den Fingerspitzen über die Wangen.

»Was denkt Ihr? Glaubt Ihr, ich erwarte Euren nächtlichen Besuch mit Herzklopfen?«, zischte sie und konnte nur hoffen, dass er das verräterische Pochen ihres Herzens nicht hörte.

Ohne den Blick von ihr zu lassen, strich er ihr über den Hals bis hinunter zum Ausschnitt. Schauer rieselten ihr durch den Körper, aber nicht vor Ekel, sondern weil er es verstand, Frauen zu berühren.

»Steht auf und dreht Euch um!«, befahl er heiser.

Widerspruchslos erhob sie sich und wandte ihm den Rücken zu. Sie spürte, wie er die Schnüre ihres Kleides löste. Dann umfasste er sie von hinten und liebkoste ihr das Oberteil förmlich vom Körper.

»Dreht Euch zu mir!«, verlangte er mit belegter Stimme. Sie gehorchte, und Maurizio zog ihr langsam und genüsslich das Gewand aus. Und nicht nur das, sondern auch die Unterkleider, bis sie völlig bloß vor ihm stand.

»Lasst Euch ansehen!« Maurizio musterte sie stumm von oben bis unten.

»Ihr seid so wunderschön«, seufzte er. »Ich mag Eure schmalen Hüften und Eure Brüste, die üppiger sind, als ich dachte.« Ohne Vorwarnung umschloss er ihre Brüste mit beiden Händen und knetete sie leicht.

»Helft mir aus meinen Gewändern!«, stöhnte er.

Bianca öffnete seine Kleidung, als hätte sie schon viele Männer ausgezogen. Dabei war Maurizio der Erste. Sie wollte sich gerade daran erinnern, wie sie zu Andreas ins

Bett gekrochen war, der nichts am Leib getragen hatte, doch da bat er sie, auf die Knie zu gehen, um ihm aus der Hose zu helfen. Als sie seine Männlichkeit sah, erschrak sie. Maurizio war außerordentlich üppig bestückt.

Sie zuckte zurück, erhob sich hastig und legte sich ganz steif auf den Rücken ins Bett.

»So nicht!«, fauchte er, während er sich neben ihr ausstreckte und sie zu streicheln begann. Sie schloss die Augen. Er sollte nicht sehen, dass womöglich Begierde aus ihnen sprach. Überall auf ihrer nackten Haut spürte sie ihn. Sie hätte nicht sagen können, wo er gerade mit seinen Händen war. Es war ihr, als hätte der Mann tausend Finger. Sie schämte sich zutiefst, als ihr Körper weich und geschmeidig wurde und mehr als bereit war, diesen fremden Mann zu empfangen. Als er plötzlich ihre Schenkel sanft auseinanderdrückte und fortfuhr, sie zu liebkosen, entwich ihr ein leises Stöhnen. Sie biss sich fest auf die Lippen. Diesen Triumph wollte sie ihm nicht gönnen. Niemals sollte er erfahren, dass sie seinen Verführungskünsten erlegen war.

Seine Hände waren so geschickt, dass es ihr schwerfiel, sich weiterhin zu verstellen und ihm vorzugaukeln, dass seine Berührungen sie kaltließen.

Mit ihren Vorsätzen war es in dem Augenblick vorüber, als er in sie eindrang. Sie empfand keinerlei Schmerz, sondern eine in ihren Augen unanständige Lust. Und sie ließ sich treiben und wälzte sich mit ihm voller Leidenschaft im Bett, als gäbe es kein Morgen.

»Bianca, liebste Bianca«, stöhnte er und bäumte sich auf. Dann war alles still.

»Kommt in meine Arme«, raunte er nach einer halben Ewigkeit, während sich Bianca die schrecklichsten Vorwürfe machte. Was war bloß in sie gefahren, dass sie sich wie eine Hure gebärdet hatte? Wie konnte sie Andreas nur so schamlos hintergehen? Ich kann ihm nie wieder in die Augen sehen, dachte sie, und sie brauchte eine Weile, bis sie begriff, dass Maurizio sie in eine Falle gelockt hatte. Er war sich sicher gewesen, dass er ihre Lust wecken würde.

Stumme Tränen liefen ihr über das Gesicht. Für einen Augenblick hatte sie sich vergessen und den Schwur gebrochen, den sie einander gegeben hatten. Was blieb, war der schale Nachgeschmack, den sie in den Armen des falschen Mannes empfand. Aber was sollte sie tun? Sie durfte doch Andreas nicht seinem Schicksal überlassen. Ich muss ihn finden, um ihn vor der Gefahr zu warnen. Und dann? Könnte sie mit ihm jemals wieder nach Nürnberg zurückkehren?

»Mein Lieb, was ist mit Euch?«, fragte Maurizio besorgt und strich ihr die Tränen aus dem Gesicht.

»Ich dachte an Andreas und daran, dass er mich nicht mehr heiraten wird«, entgegnete sie. »Und daran, dass das Ganze Teil eines teuflischen Planes war, den Ihr Euch ausgedacht habt«, fügte sie unversöhnlich hinzu. »Ihr wolltet, dass ich mich in Euren Armen verliere und verirre und danach nicht mehr reinen Gewissens mit ihm gehen kann. Euer ganzes Gerede, Ihr würdet ihn finden, das habt Ihr nur getan, damit ich mich in Sicherheit wiege und darauf vertraue, dass Ihr es gut mit mir meint. Dabei habt Ihr mich gemein verführt und ...«

Bianca ballte die Fäuste und trommelte ohne Vorwarnung auf den Brustkorb des Venezianers ein. Ihm gelang es nur mühsam, ihre Hände festzuhalten. Zu ihrem großen Entsetzen lachte er höhnisch auf. »Ich habe nicht zu hoffen gewagt, dass Ihr Euch so leidenschaftlich hingebt. Dass ich meinen Lohn heute Nacht verlangt habe, hat einen ganz anderen Grund. Es stand zu befürchten, dass es meine letzte Gelegenheit wäre.«

»Warum? Seid Ihr sterbenskrank, was ich im Übrigen nicht bedauern würde?«, stieß Bianca zornig hervor.

»Nein, ich hatte Anlass zu der Vermutung, dass Ihr heute Abend auf dem Fest Eurem Verlobten begegnen würdet.«

Bianca setzte sich erschrocken auf. »Was redet Ihr da?«

»Ich habe Euren Verlobten einladen lassen und …«

»Ihr lügt!«

»Er ist der Einladung gefolgt.«

»Warum quält Ihr mich so?«

»Erinnert Ihr Euch, dass ich einen korpulenten Mann beiseitenahm, der in Begleitung einer bildhübschen jungen Frau kam, die sehr verstört wirkte?«

»Ja, ja, ich kann mich dunkel an die beiden erinnern. Jedenfalls an die junge Frau. Sie blickte mich an, als wolle sie mich fressen.«

»Das waren der deutsche Handelsherr Frantz Welser und seine Tochter Madalen.«

»Maurizio, verdammt, redet endlich! Was hat dieser Mann mit Andreas zu schaffen, und warum behauptet Ihr, er sei auf dem Fest gewesen? Niemals, sonst hätte er mich doch gesehen und wäre …«

»Er hat Euch gesehen«, erwiderte Maurizio ungerührt.

Bianca wollte etwas sagen, aber ihr Mund war so trocken, dass sie kaum einen Laut herausbrachte.

»Er hat den Zusammenstoß mit der Contessa miterlebt.«

»Aber … aber dann … dann hat er doch auch gehört, dass Ihr gesagt habt, ich würde … ich würde Eure Frau …«, stammelte Bianca fassungslos.

»Das war höchstwahrscheinlich der Grund, warum er das Fest fluchtartig verließ.«

Bianca holte aus und versetzte dem verblüfften Venezianer eine schallende Ohrfeige. »Das habt Ihr Euch fein ausgedacht. Eine Nacht, habt Ihr gesagt. Und die ist jetzt vorüber. Also hinaus mit Euch! Verschwindet!« Biancas Stimme war so laut geworden, dass sie sich beinahe überschlug.

Maurizio aber blieb ruhig. Er stand auf, raffte seine Kleidung zusammen und ging ohne ein weiteres Wort zur Tür.

»Ich verabscheue Euch!«, schrie Bianca ihm nach. »Und Ihr seid ein lausiger Liebhaber!«

Auch darauf antwortete Maurizio mit keinem Wort, sondern verließ das Schlafgemach, ohne sich noch einmal umzuwenden.

Bianca sprang aus dem Bett und eilte zum Fenster. Mit langen Schritten stürmte sie im Zimmer auf und ab. Sie konnte keinen Augenblick lang stillstehen. In ihrem Kopf ging alles durcheinander. Ihr fiel es schwer, die Gedanken zu ordnen. Irgendwann im Morgengrauen hatte sie eine Entscheidung getroffen. Sie würde Andreas noch an diesem Tag aufsuchen und ihn anflehen, mit ihr nach Nürnberg zurückzukehren. Einen Schwur würde sie leisten darauf, dass der Venezianer sie dazu gezwungen hatte, ihm eine Nacht zu schenken. Im Gegenzug dafür, dass er sie sicher nach Venedig geleitete, damit sie Andreas finden und warnen konnte.

Das würde er verstehen und ihr verzeihen. Dessen war sich Bianca sicher. Und sie würde niemals mehr auch nur einen Gedanken an Maurizio di Ziani und diese unglückselige Nacht verschwenden.

52

Andreas glaubte einen Geist zu sehen, als er wie durch einen Nebel das besorgte Gesicht einer blassen jungen Frau erblickte. Sie griff nach seiner Hand.

»Madalen, seit wann seid Ihr hier?«, fragte er mit schwacher Stimme.

»Seit dem Morgengrauen. Ich habe mir solche Sorgen gemacht, seit Ihr vom Fest geflüchtet seid. Und als der Morgen graute, habe ich es nicht mehr ausgehalten und mich aus dem Haus geschlichen. Ich habe so gehofft, Euch hier zu finden, aber Ihr lagt im schweren Fieber, sodass ich unseren Arzt geholt habe. Er ist gerade fort und konnte mich beruhigen. Ihr seid über den Berg.«

Madalen drückte ihm zur Bekräftigung, dass er wieder gesund werden würde, die Hand.

»Darf ich fragen, warum Ihr gestern fortgelaufen seid, nachdem Ihr Maurizio di Zianis Braut angestarrt habt wie der Teufel das Weihwasser? Kennt Ihr sie vielleicht doch?«

Andreas sah Madalen aus verschleierten Augen an. »Seid so lieb und sprecht mich nie wieder darauf an. Hört Ihr? Nie wieder!«

Madalen schluckte ein paarmal. Diese Bitte war für ein Plappermaul wie sie eine echte Herausforderung, aber schließlich nickte sie. »Ich will es auch gar nicht wissen. Was geht es mich schließlich an? Ich dachte ja nur, weil sie wie Ihr aus Nürnberg stammt.«

Obwohl Andreas wahrhaftig nicht zum Lachen zumute war, erhellte sich sein Gesicht kurz.

»Ich meine es ernst. Kein Wort! Keine neugierigen Fragen. Dafür habe ich eine Frage an Euch. Könnt Ihr Euch vorstellen, Venedig zu verlassen und mit mir nach Nürnberg zu kommen?«

Madalen lief rot an. »Ich? Aber natürlich. Ich würde lieber heute als morgen mit Euch nach Nürnberg reisen, aber da gibt es ja diese Verlobte. Sie heißt auch Bianca, nicht wahr?«

»Madalen!«, ermahnte Andreas die junge Frau. »Eine Frage noch, und ich werde niemals in Erwägung ziehen, Euren Vater zu fragen ...«

Weiter kam er nicht, denn Madalen war schon dabei, sein immer noch fiebriges Gesicht mit Küssen zu bedecken. »Ich will«, jubilierte sie. »Ich will ganz bestimmt! Und ich halte meinen Mund und werde diese Frau nie wieder ...«

Ein verlegenes Hüsteln ließ sie hochfahren. Sie erschrak, als sie in der Besucherin ebenjene Bianca erkannte.

Ein Blick in Andreas' entsetztes Gesicht bestätigte ihren Verdacht. Er war ohnehin blass vom Fieber, aber nun sah er aus wie der Tod.

Bianca wandte sich an Madalen. »Darf ich Euch bitten, uns allein zu lassen?«, stieß sie heiser hervor und fügte spitz hinzu: »Wer auch immer Ihr sein mögt.«

Madalen erhob sich sogleich von der Bettkante, doch Andreas zog sie am Arm wieder zu sich herunter. »Ihr bleibt, Madalen.«

Bianca spürte, wie ihr heiße Tränen die Kehle heraufstiegen, aber sie wollte auf keinen Fall weinen. Sie konnte noch nicht ganz glauben, was sich da vor ihren Augen abspielte. War der Fremde dort im Bett wirklich ihr heiß geliebter Andreas? Bilder ihres gemeinsamen Lebens zogen vor ihrem inneren Auge vorbei. Wie der kleine Andreas mit ihr im Gewürzlager gespielt hatte. Wie sie gemeinsam an den süßen Gewürzen genascht hatten. Wie er sie das erste Mal nicht wie ein Bruder angesehen hatte.

Bianca zwang sich, die Gedanken an ferne Zeiten zu verscheuchen. Jetzt stand nur eine Frage im Raum: Wer war diese junge Frau, die ihn soeben hemmungslos umarmt hatte? Und würde er ihr glauben, dass sie niemals Maurizios Ehefrau geworden wäre?

»Andreas, ich habe den weiten Weg über die Alpen gemacht, um dich …«

»Es wäre nicht nötig gewesen, dass du mir nachreist«, unterbrach er sie kalt.

Bianca kämpfte mit sich. Wenn er sie weiter so abweisend behandelte, dann würde sie auf dem Absatz kehrtmachen und hoffen, dass sie rasch aus diesem Albtraum erwachte.

»Ich habe Maurizio di Ziani auf der Reise kennengelernt, und er hat mir seinen Schutz angeboten, denn wir hatten kein Geld, nachdem …«

»Ah, ich verstehe. Deshalb musstest du seine Kurtisane werden. Das ist doch ein Aufstieg. Er will dich heiraten. Worauf wartest du noch? Bei mir würdest du keinen Palazzo bewohnen, sondern müsstest mit unserem Haus vorliebnehmen, in dem wir unsere Kindheit und Jugend verbracht haben, einem Haus, in dem unsere Kinder aufwachsen sollten …«

»Andreas, ich bin hier, weil ich dir unbedingt etwas sagen muss und …«

»Mir ist nicht wohl. Wenn es wichtig ist, komm ein anderes Mal wieder. Wenn nicht, dann möchte ich dich niemals wiedersehen, denn du hast nicht nur unseren Schwur gebrochen, sondern dich auch zur Hure gemacht«, unterbrach Andreas sie ungerührt.

Bianca rang nach Luft, wollte etwas erwidern, doch dann

wandte sie sich wortlos um und rannte auf die Gasse hinaus.

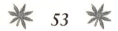

Bianca stand seit geraumer Zeit auf der Rialtobrücke und blickte wie betäubt nach unten ins Wasser. Es war in ihren Augen genauso schmutzig grau wie die Boote und die Kaufleute, die auf ihnen den Canal Grande befuhren.

Als sie für eine kleine Weile nur Wasser unter sich sah, weil kein Boot die Brücke passierte, zog es sie plötzlich mit aller Macht dort hinunter. So konnte sie nicht weiterleben. Sie hatte nicht nur das Wertvollste verloren, das sie je auf Erden besessen hatte. Sondern nun würde Andreas überdies durch die Hand seiner Häscher sterben und in Nürnberg alles nach Plan der Verschwörer verlaufen.

Nein, das darf nicht geschehen, sprach sie sich entschlossen zu, als sie eine Hand auf ihrem Arm spürte und eine vertraute Stimme raunen hörte: »Tu es nicht. Du bist eine Kämpferin.«

Bianca wandte sich um und blickte in Änlins besorgtes Gesicht.

»Woher weißt du, wo ich bin?«, fragte sie erstaunt.

»Der Herr hat mich geschickt. Er hatte Angst um dich und mir verraten, was geschehen ist. Er war sicher, dass du zur Pfarrei von San Bartolomeo geeilt bist, um Andreas aufzusuchen.«

»Und warum ist er nicht selbst gekommen?«

»Das fragst du noch? Er dachte, du würdest dich mit

Andreas sogleich auf den Weg zurück nach Nürnberg machen. Er hat mich angefleht, dich zu begleiten und auf der anstrengenden Reise gut für dich zu sorgen.«

»Hat er auch nicht vergessen zu erwähnen, dass er Andreas ohne mein Wissen zum Fest eingeladen und in seiner Gegenwart verkündet hat, er, Maurizio, werde mich heiraten?«

Änlin nickte eifrig. »Es tut ihm auch sehr leid, aber er hat gedacht, Andreas werde um dich kämpfen, statt sich feige aus dem Staub zu machen.«

»Andreas ist nicht feige!«, schnaubte Bianca.

»Und warum stehst du wie eine Lebensmüde auf der Brücke und überlegst, ob du dich nicht besser hinunterstürzt?«

Ohne Vorwarnung fiel Bianca Änlin um den Hals. »Andreas hat mich behandelt wie Abschaum und mich als Hure beschimpft, aber er hat ja recht. Er hat mir vorgeworfen, ich hätte unseren Treueschwur gebrochen. Und das habe ich auch getan. Letzte Nacht. Das ist unverzeihlich«, brach es aus der schluchzenden Bianca hervor.

Änlin ließ Bianca eine Zeit lang gewähren, während sie vor Wut mit den Zähnen knirschte. »So ein verdammter Heuchler«, entfuhr ihr schließlich.

Bianca trat einen Schritt zurück und blickte ihre Freundin verwundert an. »Von wem sprichst du?«

»Von niemandem«, erwiderte Änlin barsch.

»Nun sag schon, redest du von Maurizio?«

»Nein, der mag ein wilder und unberechenbarer Geselle sein, aber ein Heuchler ist er nicht.«

»Komm, sprich! Wen nennst du einen Heuchler?«

Änlin kämpfte mit sich. Sie ballte die Fäuste und war fest entschlossen, den Mund zu halten, aber ihre Wut auf Andreas war so übermächtig, dass sie sich nicht länger beherrschen konnte. »Ich spreche von deinem Verlobten, der seinen Treueschwur gebrochen hat, kaum dass er Nürnberg den Rücken gekehrt hatte.«

»Hast du den Verstand verloren?«, zischte Bianca.

»Der edle Andreas hat sich auf dem Reschenpass mit unserer Coletta – Gott hab sie selig – vergnügt.«

»Du lügst. Er war ja viel früher dort als wir. Woher willst du das wissen? Nein, wenn du mich trösten willst, dann musst du es anders versuchen. Ich bin zutiefst verletzt wegen seines Verhaltens, aber das ändert nichts daran, dass er mich nicht betrogen hat. Denn diese junge Frau, die da an seinen Lippen hing, die hat er nicht angerührt. Bei meinem Leben! Die ist doch noch ein halbes Kind. Ich schwöre es dir. Hör also auf, solchen Unsinn zu erzählen!«

»Unsere verblichene Freundin Coletta hat sich in deinen Andreas verguckt, nachdem sie sich ihm hingegeben hatte. Und das, meine Liebe, hat sie mir gestanden. Daran gibt es also keinen Zweifel.«

»Das ist nicht wahr!«

»Ach ja? Und warum hat sich Coletta wohl so rührend um uns gekümmert, nachdem sie erfuhr, dass Andreas von Ehrenreit in großer Gefahr schwebt?«

Bianca liefen kalte Schauer über den Rücken. »Und sie hat mich immer so merkwürdig angesehen, wenn ich von ihm gesprochen habe. Als würde sie ihn kennen …«

»… und lieben«, ergänzte Änlin ungerührt. »Sie hat es mir beinahe unter Tränen gestanden, doch ich hätte mir eher die Zunge abgebissen, als es dir zu verraten. Das macht dich doch nur unglücklich, habe ich immer gedacht und es um jeden Preis von dir fernhalten wollen. Aber jetzt musste es sein. Zu deinem Wohl. Nachdem er dir mit deiner vermeintlichen Untreue das Herz schwer macht! Soll er sich bloß an die eigene Nase fassen. Heuchler, der!«

Einen Augenblick lang starrte Bianca Änlin entgeistert an. »Ich habe es schon vergessen«, erwiderte sie schließlich in einem kalten Ton, der Änlin trotz der Hitze, die an diesem Tag in Venedig herrschte, einen kalten Schauer über den Rücken jagte.

»Es ist dir doch nicht gleichgültig, oder? Ich dachte nur, es könne dir vielleicht ...«

»Komm, wir gehen und reden nicht mehr darüber«, unterbrach Bianca sie. Ihr versteinertes Gesicht machte Änlin Angst, aber sie folgte der Freundin dennoch zögernd.

»Und, was ... was hast du nun vor?«, stammelte Änlin.

»Ich kümmere mich um meine bevorstehende Hochzeit. Das wird sicher ein rauschendes Fest. Noch viel größer als der Ball gestern. Aber die Contessa werde ich von der Gästeliste streichen«, entgegnete Bianca in einem Plauderton, als wäre nichts geschehen.

»Heißt das, du willst Maurizio di Ziani heiraten? Aus Trotz, weil dein Andreas mit einer Hure geschlafen hat?« Änlin schien fassungslos.

»Nein, das ist mir in der Tat völlig gleichgültig. Ich tue es zu meinem eigenen Wohl. Habe ich denn eine andere Wahl? Überleg doch einmal. Nach Nürnberg kann ich ohne Andreas nicht zurück, und hier geht es uns doch gut«, flötete Bianca scheinbar unbeschwert, doch Änlin spürte, dass jedes dieser Worte aus schierer Verzweiflung geboren war.

»Aber es kann dir doch nicht gleichgültig sein, was mit Andreas wird ...«

»Schon vergessen. Du hast ihn Heuchler genannt. Zu Recht, und nun möchte ich seinen Namen in meinem Haus nie wieder hören.«

»Verzeih, aber das bist nicht du«, widersprach Änlin heftig. »Hast du ihn denn wenigstens vor den Häschern aus Nürnberg gewarnt?«

»Ich bin nicht dazu gekommen. Er hat mich nicht ausreden lassen. Aber mach dir keine Sorgen um ihn. Er hat bereits diese blutjunge Frau, die sich seiner annimmt. Sie war gerade dabei, ihn zu umarmen. Ich glaube, sie stammelte wie betrunken: *Ja, ich will!* Anscheinend wird sie seine Ehefrau.«

Jetzt war es an Änlin, Bianca fassungslos anzustarren.

»Ja, was siehst du mich so an? Soll ich mich noch einmal von ihm hinauswerfen lassen, nur um ihm von der Verschwörung im fernen Nürnberg zu berichten? Das kann wohl niemand von mir verlangen.«

»Nein ... ja, aber ... du solltest ihm zumindest einen Hinweis geben, dass er sich in großer Gefahr befindet und dass die Verschwörer ihm auf den Fersen sind.«

»Welche Verschwörer, werte Änlin?«, fragte Bianca und versuchte, kalt und hart zu klingen. Dabei hatte sie das Gefühl, jemand würde ihr das Herz herausreißen. Ich hasse ihn, sagte sie sich, ich hasse ihn so sehr, doch die Stimme in ihrem Innern beschwor das Gegenteil. Sie liebte ihn mehr als ihr Leben. Sie musste ihn warnen, und wenn es das Letzte war, was sie tat ...

Doch das Letzte, was sie in diesem Augenblick verschwommen sah, war die Fassade des Dogenpalastes, bevor ihr Kopf auf dem Pflaster der Piazza San Marco aufschlug.

Als Bianca wieder zu sich kam, war sie von einer Traube aufgeregter Menschen umringt. Alle schnatterten wild durcheinander. Inzwischen verstand sie ein paar Brocken Venezianisch. Man rätselte, warum die schöne Signorina ganz plötzlich weiß geworden und umgekippt war.

Bianca war erleichtert, als sie Änlin wahrnahm, die neben ihr am Boden kniete und ihr die Hand hielt.

»Meinst du, du kannst aufstehen?«, fragte Änlin. Sie hatte Tränen in den Augen.

»Sicher, das war doch nur ein kleiner Schwächeanfall«, erklärte Bianca beschwichtigend und erhob sich aus eigener Kraft.

Ein Raunen lief durch die Menge. Bianca rang sich zu einem Lächeln durch, doch dann erstarrte sie, als sie an einem Paar ihr wohlbekannter blauer Augen hängen blieb, die sie förmlich durchbohrten.

Aus der Menge erhoben sich besorgte Rufe.

»Fangt sie auf!«, schrie jemand auf Deutsch. »Sie fällt wieder!«

Änlin breitete die Arme aus, doch Bianca blieb wie versteinert stehen und starrte in die Menge. Änlin folgte ihrem Blick, konnte aber nichts Beunruhigendes entdecken.

Bianca brachte nur ein Wort heraus: »Bruno!« Und sie deutete mit dem Finger in die Ferne.

Als Änlin an jener Stelle nur ein paar alte Frauen palavern sah, wollte sie schon an Biancas Verstand zweifeln, doch dann nahm sie den blonden Mann mit dem Engelsgesicht wahr, der spöttisch seinen Hut in ihre Richtung lüftete.

»Haltet ihn!«, schrie sie, so laut sie konnte, doch da war er bereits spurlos verschwunden.

54

Der frischgebackene Lebkuchenmeister Heinrich Gumpert stand wie jeden Tag in seiner Backstube und knetete Mengen von Teig. Er konnte nicht klagen. Die Benedicten waren dank seines eisernen Schweigens zwar weit davon entfernt, das Aroma zu entfalten wie unter Benedictas Hand, aber sie verkauften sich dennoch gut. Es waren immer noch die besten Lebkuchen der Stadt. Eigentlich hätte sein Leben sehr angenehm sein können, hätte ihm nicht Artur von Ehrenreit im Nacken gesessen. Fast jeden zweiten Tag tauchte er wie aus dem Nichts auf und mahnte die Erfüllung seines Versprechens an. Langsam gingen Heinrich die Ausreden aus. Dass Meister Olbrecht zum Beispiel gar nicht mehr in der Backstube nach dem Rechten sah und er, Heinrich, deshalb keine Gelegenheit hatte, ihn umzubringen. Da könne er Abhilfe schaffen, hatte Artur Heinrich angedroht. Es war alles nur eine Frage der Zeit, wann ...

Kaum hatte er den Gedanken zu Ende geführt, als die Tür zur Backstube unsanft aufgerissen wurde.

Seufzend fuhr Heinrich herum.

»Er ist nicht da«, kam er seinem Besucher zuvor. »Das habe ich Euch doch gestern bereits gesagt.«

»Deshalb bin ich hier. Um dir mitzuteilen, dass er heute Nachmittag in der Backstube erscheinen wird und dass es deine allerletzte Gelegenheit ist, ihn im Teig zu ersticken, oder was dir sonst einfällt. Hörst du, er muss weg!«

»Ich weiß es ja, aber ich fühle mich heute matt und abgeschlagen. Da kann ich keinen Mord begehen. Das erledigt man doch nicht so nebenbei.«

»Ich fühle mich heute ungewöhnlich stark und könnte

einen Haufen Weiber glücklich machen«, erwiderte Artur. In seiner Stimme schwang etwas Bedrohliches mit.

Heinrich wurde unwohl bei diesen Worten. »Dann geht ins Hurenhaus!«, knurrte er.

»Das habe ich doch gar nicht nötig. Meine Mägde sind stets willig.«

In diesem Augenblick begriff Heinrich, was Artur ihm durch die Blume sagen wollte. Er lief feuerrot an und hielt seinem Besucher die Faust unter die Nase.

»Wagt es nicht, meiner Tochter zu nahe zu kommen, dann … dann … dann …«

»Ja, was dann? Ziehst du dann zurück ins Gerberviertel und siehst zu, wie deine Kinderschar am Hunger verreckt?«

»Ich flehe Euch an: Lasst meine Tochter in Ruhe! Ich tue alles, was Ihr von mir verlangt.«

»Das hört sich schon besser an. Und damit du die Gewissheit hast, dass ich den Mund nicht zu voll nehme, warte!« Artur ging zur Tür und rief: »Greth, komm her!«

Mit gebeugtem Haupt betrat Heinrichs Tochter die Backstube. Ihm wollte bei ihrem Anblick schier das Herz brechen, so eingeschüchtert wirkte sie.

»Begrüß ruhig deinen Vater!«, befahl Artur.

Heinrich wollte Greth in die Arme schließen, doch sie hob den Kopf und reichte ihm artig die Hand.

»Ich habe ihr gesagt, sie soll sich vor Männern in acht nehmen. Das ist doch in deinem Sinn, nicht wahr, Heinrich?«

Heinrich ballte die Fäuste und wollte etwas erwidern, doch er zwang sich, zu schweigen.

»Erzähl es deinem Vater – geht es dir gut bei mir?«

»Ja, ich bekomme zu essen, und die Arbeit macht Freude«, erklärte Greth eifrig.

»Und was ist mit den Mägden, die nicht so folgsam sind wie du?«

»Die müssen das Schlafgemach des Herrn putzen«, entgegnete Greth kaum hörbar.

»Aber das musst du nicht. Du gehorchst mir, nicht wahr?«

»Greth? Was würdest du sagen, wenn du bald wieder nach Hause kämst? Wir könnten dich in der Backstube gut gebrauchen.« Heinrichs Stimme klang belegt.

Die Miene des Mädchens erhellte sich. »Das wäre fein, Vater, ich werde mich auch um die Kleinen kümmern und mit dem Hahnenschrei aufstehen und ...«

»Gut, Heinrich, wenn das dein Wunsch ist, dann soll er dir erfüllt werden. Ich komme am späten Nachmittag wieder, und dann bringe ich sie dir. Denn Meister Olbrecht hat den Auftrag, heute in der Backstube zu erscheinen, weil ihr beide etwas zu besprechen habt.«

Artur schob das Mädchen vor sich aus der Tür hinaus. Dort wandte er sich noch einmal um. »Sie ist entzückend, und es wäre schade, wenn ihr etwas zustieße, nicht wahr?«

Heinrich setzte sich, kaum dass Artur die Backstube verlassen hatte, auf eine kleine Bank am Ofen und schlug die Hände vor das Gesicht. Er hatte keine Wahl. So viel war ihm nun klar geworden. Wenn er Meister Olbrecht nicht endlich aus dem Weg räumte, würde der grausame Artur sich an seiner Tochter vergehen. Heinrich schüttelte sich vor Abscheu. Nein, er hatte keine Wahl. Meister Olbrecht musste sterben. Am besten heute noch.

Die Stunden bis zum Nachmittag vergingen lähmend langsam. Heinrich schaffte nur die Hälfte dessen, was er sonst in dieser Zeit bewältigte. Immer wieder hielt er inne und betrachtete seine Hände. Sie waren groß und kräftig, aber nicht dazu angetan, einen Menschen zu erwürgen, und wenn dieser ihm noch so unangenehm war.

Er fürchtete den Augenblick, in dem Meister Olbrecht, von Artur unter einem Vorwand angelockt, die Backstube betreten würde, doch es wurde spät und immer später. Schließlich klopfte jemand zaghaft an die Tür. Das war er mit Sicherheit nicht, denn auch er polterte stets herein, ohne anzuklopfen. Es war einer seiner Knechte, der höflich darum bat, dass Heinrich Meister Olbrecht in seinem Haus aufsuchen möge, wenn es so dringend etwas zu besprechen gebe. Er liege nämlich krank danieder.

»Nein, nein, das eilt nicht«, entgegnete Heinrich hastig. Er war so unendlich erleichtert, dass die frevelhafte Tat ohne seine Schuld noch einmal verschoben werden konnte.

Fröhlich pfeifend machte er sich an die Arbeit und schaffte in kürzester Zeit, was am Tag liegen geblieben war. Er wollte die Backstube gerade schließen, als Arturs finsteres Gesicht in der Tür auftauchte.

»Er liegt krank danieder. Ein Knecht hat mir die Botschaft überbracht. Aber sagt, wo ist meine Tochter?«

Artur musterte Heinrich höhnisch. »Ich habe doch geahnt, dass du es schon wieder nicht vollbracht hast. Kein toter Olbrecht, keine Greth! So, mein Lieber, wir unternehmen einen kleinen Ausflug.« Er packte Heinrich grob am Arm. »Zieh dich um! Wir wollen schließlich einen Krankenbesuch machen.«

Heinrich drückte sich an Artur vorbei, ohne ihn eines Blickes zu würdigen. Er wusste, dass jeder Widerspruch zwecklos wäre. Also stieg er die Treppe in seine Wohnräume hinauf und kleidete sich um. Er war froh, dass seine Frau mit den Kindern auf dem Markt war. Ihr enttäuschtes Gesicht, wenn er ihr sagen musste, dass Greth immer noch in Artur von Ehrenreits Diensten stand, würde er kaum ertragen.

Stumm gingen die beiden Männer durch die Stadt, bis sie zu einer Gasse mit schöneren und größeren Häusern kamen. Hier wohnte Meister Olbrecht.

Ein Knecht öffnete ihnen die Tür und wollte sie nach oben zum Schlafgemach des Lebküchners begleiten, aber Artur stieß ihn grob zurück.

»Wir finden den Weg allein«, knurrte er.

Heinrich erschrak, als er Meister Olbrecht blass und krank in seinem Bett liegen sah. Der Tod geht ja bereits um, dachte er, doch gleich darauf erhellte sich seine Miene. Dann sollte die Natur das Werk vollenden, und er musste sich nicht versündigen.

»Meister Olbrecht, seid gegrüßt«, sagte er eine Spur zu fröhlich.

»Du kannst es wohl gar nicht abwarten, mich zu beerben, aber mein Haus, das zünde ich lieber an, als es dir und deiner Brut zu überlassen!«, giftete der Alte.

»Ich habe an dein Haus noch keinen einzigen Gedanken verschwendet«, brachte Heinrich zu seiner Verteidigung vor.

»Das solltest du aber. Was meinst du, wie deine Frau dir dankbar sein wird, wenn ihr erst hier einzieht. Was sucht ihr überhaupt in meinem Gemach? Was gibt es Wichtiges zu bereden?«, fauchte Meister Olbrecht zornig.

»Das wird Euch unser junger Freund jetzt erklären.« Ehe sich Heinrich versah, bekam er einen Stoß ins Kreuz und wäre beinahe zu dem Alten ins Bett gestolpert. Er konnte sich im letzten Augenblick noch an einem Bettpfosten festhalten.

Meister Olbrecht fasste sich an die Stirn. »Habt Ihr den

Verstand verloren, Artur? Warum schubst Ihr ihn in mein Bett? Wenn Ihr nichts zu sagen habt, dann hinaus mit Euch! Ich möchte ruhen.«

»Das sei Euch unbenommen, und zwar bis zum Jüngsten Tag«, entgegnete Artur ungerührt, zog ihm das Kissen unter dem Kopf weg und wollte es Heinrich in die Hand drücken. Der aber trat einen Schritt zurück.

»Lasst gut sein, Herr. Seht Ihr denn nicht, dass er in den letzten Zügen liegt?«

Bei diesen Worten schoss der Alte hoch und blickte entgeistert zwischen seinen Besuchern hin und her.

»So ist es also!«, rief er. Und dann lauter: »Hilfe, bitte helft!«

Mit einem Satz war Artur am Bett, drückte mit der einen Hand den Kopf des Alten auf das Bett, während er ihm mit der anderen das Kissen aufs Gesicht presste. Meister Olbrecht strampelte mit den Beinen und ruderte mit den Armen, bis seine Glieder erschlafften und es still wurde im Schlafgemach. Da nahm Artur ihm das Kissen vom Gesicht, vergewisserte sich, dass der Alte seinen letzten Atemzug getan hatte, und legte ihm das Kissen wieder unter den Kopf.

Heinrich sah dem Ganzen wie betäubt zu. Erst als Artur plötzlich lauthals brüllte: »Helft! Zu Hilfe! Meister Olbrecht ist tot!«, erwachte er aus seiner Erstarrung und begriff, was geschehen war. Und schon kam der Knecht angerannt, der einen flüchtigen Blick auf den Toten warf und murmelte: »Es war nur eine Frage der Zeit.«

»Können wir irgendetwas für unseren guten Freund tun?«, fragte Artur in betroffenem Tonfall. Heinrich wurde übel. Am liebsten hätte er auf der Stelle das Haus verlassen und sich in der Gasse übergeben, aber er durfte um keinen Preis auffallen. Also schwieg er und warf einen letzten Blick auf Meister Olbrecht, dessen Augen immer noch weit geöffnet waren.

»Dann müssen wir dem Totengräber Bescheid sagen«, sagte Artur mit getragener Stimme. So als trauere er unermesslich um den Verblichenen.

Der Knecht nickte, trat auf seinen Herrn zu und schloss ihm die Augen.

Artur verließ eilig das Gemach des Ermordeten. Heinrich folgte ihm. In der Gasse angekommen, konnte er sich nicht länger beherrschen. Er erbrach sich in einem großen Schwall. Kaum dass er sich mit dem Ärmel seines Ausgehrockes den Mund abgewischt hatte, wandte er sich an Artur.

»Ein toter Meister Olbrecht, und Ihr gebt mir meine Tochter zurück!«

Arturs Antwort war ein teuflisches Lachen. »Du bist mir vielleicht ein merkwürdiger Geselle. Erst lässt du mich deine Arbeit verrichten, und dann forderst du den Lohn für etwas, das du nicht erfüllt hast!«

Heinrich wurde noch blasser um die Nase herum.

»Was ... was wollt Ihr damit sagen?«, stammelte er.

»Dass du mir eben dort oben deine Tochter verkauft hast. Und zwar für immer und ewig.«

»Aber mir wird kein Wort über die Lippen kommen. Bei meinem Leben, ich werde niemals verraten, wie Meister Olbrecht wirklich zu Tode gekommen ist.«

Wieder erklang ein hämisches Lachen.

»Dein Leben ist mir nicht Pfand genug, aber das deiner Tochter. So kann ich mir sicher sein, dass du schweigst.«

In diesem Augenblick wusste Heinrich, dass er sich dem Teufel mit Leib und Seele ausgeliefert hatte. Und er bedauerte zutiefst, dass nicht er das Kissen genommen und den Alten erstickt hatte.

Er wusste, dass dieser Gedanke nicht im Einklang mit seinem vormals unerschütterlichen Glauben an Gott den Herrn stand, aber das machte ihm nichts mehr aus. Was sollte ihn denn schon im himmlischen Reich erwarten, wenn der Teufel doch immer der Stärkere war?

Maurizio sagte kein Wort, als Bianca leichenblass an ihm vorüber ins Haus wankte. Er blickte ihr besorgt hinterher, doch Änlin, die mit Bianca gekommen war, blieb stehen.

»Er hat sie fortgeschickt und will nichts mehr von ihr wissen. Und nun wird sie Euch heiraten«, erklärte sie leise und voller Sorge, Bianca könne mit anhören, wie vertraulich sie mit dem Venezianer sprach. Sie konnte sich nicht helfen, aber ihr war der Tuchhändler ans Herz gewachsen, und sie war überzeugt, dass er Bianca wirklich liebte. Sicher war es hinterhältig gewesen, Andreas einzuladen und Bianca in seiner Gegenwart als seine zukünftige Frau vorzustellen. Doch wäre es nicht Andreas' Aufgabe gewesen, das zu hinterfragen? Er musste doch wissen, dass Bianca ihn über alles liebte.

»Das scheint dich zu freuen«, bemerkte Maurizio erstaunt.

»Ich möchte, dass sie glücklich wird. Und ich glaube, sie wird ihn vergessen, wenn sie erst Eure Frau ist.«

»Wie hat sie es aufgenommen?«

»Ihr sind die Sinne geschwunden, und sie lag mitten auf der Piazza«, seufzte Änlin.

»Es war nicht recht von mir, absichtlich einen Keil zwischen die beiden zu treiben. Diese Liebe kann ich mir nicht erkaufen, diese nicht«, stöhnte er gequält auf. »Ich werde sie gehen lassen.«

»Nein«, protestierte Änlin entschieden. »Sie ist dort draußen nicht mehr sicher, denn wir haben Bruno von Ehrenreit in der Menge entdeckt.«

»Dummes Zeug. Der ist lange schon Futter für die Tiere. Er muss in die Schlucht gestürzt sein«, knurrte Maurizio.

»Aber wenn ich es doch sage! Ich habe es auch nicht glauben wollen, aber ich habe ihn mit eigenen Augen gesehen. Dieses Engelsgesicht mit dem teuflischen Blick vergisst man nicht!«

»Das ist wohl wahr. Dann sorg dafür, dass Bianca keinen Schritt mehr aus dem Haus geht, solange ich diesen Halunken nicht im Canal versenkt habe.«

»Ihr wollt ihn suchen?«

»Ja, und dieses Mal mache ich keinen Fehler, sondern vergewissere mich, ob er auch wirklich tot ist.«

Maurizio warf sich mit einer entschlossenen Geste den Umhang über die Schultern und eilte davon. Änlin kämpfte mit sich, ob sie ihm sagen sollte, wo er diesen Kerl aller Wahrscheinlichkeit nach finden werde. Doch dann rannte sie ihm hinterher.

»Herr, wartet! Ich ahne, wohin es ihn in dieser Stadt treibt.«

Maurizio wandte sich ärgerlich um. »Warum hast du mir das nicht gleich gesagt?«

»Ich ... ich weiß nicht, ob es Bianca recht wäre, aber ... aber sie kann doch nicht wollen, dass Andreas etwas zustößt«, stammelte Änlin.

»Willst du mir nicht endlich sagen, was du weißt?«

»Bianca ist nicht einmal dazu gekommen, Andreas von der Verschwörung in Nürnberg zu berichten, geschweige denn davon, dass er in Gefahr schwebt. Und es ist doch keine Frage mehr, wer darauf angesetzt ist, ihn umzubringen. Was meint Ihr, wie schnell dieser Mordbube herausfindet, wo Andreas sich aufhält.«

»Worauf wartest du noch?«, murmelte Maurizio, packte Änlin am Arm und zog sie mit sich fort.

»Was … was habt Ihr vor?«

»Wir eilen zur Pfarrei von San Bartolomeo. Und glaub nicht, dass ich das für den jungen Mann tue. Aber ich will, dass er lebt und sich Bianca zwischen zwei Männern entscheidet und nicht zeitlebens einem verblichenen Verlobten nachtrauert. Außerdem bin ich neugierig, wie dieser Narr aussieht, der sich durch eine Dummheit von mir abschrecken lässt, sich seine Geliebte zu holen.«

Änlin konnte sich ein Lächeln nicht verkneifen, obwohl sie sich recht unwohl in ihrer Haut fühlte. Ob das gut gehen konnte, wenn Andreas und Maurizio aufeinandertrafen? Am liebsten hätte sie sich aus dem Staub gemacht, doch Maurizio hielt sie mit eisernem Griff fest.

Sie war schweißgebadet, als sie bei der Pfarrei ankamen. Schließlich trachteten die Verschwörer ja auch ihr nach dem Leben. Ängstlich blickte sie sich um. Was, wenn Bruno schon irgendwo hinter einer Ecke lauerte und nur darauf wartete, dass er sie aus dem Hinterhalt meucheln konnte? Doch es war alles friedlich. Nur einige Kaufleute standen vor dem Gebäude und unterhielten sich gestenreich mit Händen und Füßen.

In diesem Augenblick kam ein Geistlicher aus dem Haus geeilt. Änlin fragte ihn aufgeregt nach Andreas von Ehrenreit. Der Pfarrer antwortete ihr in deutscher Sprache, dass der junge Kaufmann vor einer Stunde ausgezogen sei. Und zwar in den Palazzo von Frantz Welser. Und er fügte besorgt hinzu: »Er hatte noch Fieber. Hoffentlich war das nicht zu viel für ihn.«

»Danke«, erwiderte Maurizio knapp und schob Änlin vor sich her, mitten hinein in das Gassengewirr. »Es ist nicht weit von hier. Ich kenne den Welser. Er lebt schon lange in Venedig und war mit einer Cousine meiner Frau verheiratet«, fügte er hastig hinzu.

»Ihr wollt ihn dort wirklich persönlich aufsuchen? Wäre es nicht besser, ich ginge zu ihm und berichtete ihm von der Gefahr, in der er schwebt?«

»Nein, das kommt gar nicht infrage. Ich möchte ihm Aug in Aug gegenüberstehen und von ihm hören, was ihm Bianca bedeutet.«

Änlin sah ein, dass Maurizio durch nichts auf der Welt davon abzuhalten war, seinem Nebenbuhler leibhaftig die Stirn zu bieten.

56

Als Maurizio und Änlin am Palazzo des Handelsherrn angekommen waren, stellte sich ihnen sogleich ein Bediensteter in den Weg.

»Du fragst dich, was will die Magd hier, nicht wahr?«, stieß Änlin spitz hervor und stürmte an ihm vorüber ins Haus. Unser Palazzo ist prächtiger, dachte sie, während sie im Vorbeieilen Teppiche, Möbel und Bilder mit prüfenden Blicken streifte.

»Willst du es schnell hinter dich bringen, oder warum rennst du mir davon, als würden wir einen Wettlauf machen?«, lachte Maurizio und wies zur Treppe. Der Bedienstete folgte ihnen. »Ich werde Euch beim Herrn anmelden«, keuchte er.

»Nein! Es soll eine Überraschung werden. Doch sag, wo befindet sich euer Gast?«

»Da geht Ihr den Gang entlang und linker Hand in das erste Gemach«, erklärte der Bedienstete und wollte sich an ihnen vorbeidrücken, um doch noch seine Pflicht zu erfüllen und den Besuch anzumelden, doch Maurizio hielt ihn fest. »Verdirb uns nicht den Spaß!« Seufzend verschwand der Diener.

»Ich weiß nicht, ob es so ratsam ist, dass Ihr Andreas überfallt. Habt Ihr nicht gehört? Er ist krank«, bemerkte Änlin, doch Maurizio eilte stur weiter.

»Mein Mitleid hält sich in Grenzen«, brummte er.

Vor der Tür warf er sich noch einmal energisch das Ende seines Umhanges über die Schulter und klopfte. Das überraschte Änlin ein wenig. Sie hatte vermutet, er werde ungestüm in das Gemach stürzen.

»Tretet ein, Vater!«, rief eine liebliche Frauenstimme.

Maurizio drehte den Knauf und schob, als sich die Tür öffnete, Änlin vor sich her in das Gemach.

»Ich bin eine Freundin von Bianca und wollte ...« Änlin verstummte, als sie Andreas' abweisenden Blick wahrnahm, der nun zu Maurizio herüberschweifte und versteinerte.

»Was hat das zu bedeuten?«, fragte die junge Frau, die neben dem jungen Mann auf der Bettkante saß, seine Hand hielt und die – das konnte Änlin nicht leugnen – wunderhübsch war.

»Ich komme, um ein ernstes Wort mit dem Herrn dort zu

reden. Ihr seid doch Frantz Welsers Tochter Madalen, nicht wahr?«

»Ja, und ich weiß auch, wer Ihr seid, Maurizio di Ziani, aber mein Vater ist drüben im Fondaco.«

»Ich komme ausnahmsweise nicht wegen eines Handels mit Eurem Vater, sondern wegen Eures Gastes. Wärt Ihr so freundlich und ließet mich einen Augenblick mit ihm allein?«

Andreas aber hielt Madalens Hand fest und brummte: »Nein, geht nicht! Ich wüsste nicht, was ich mit diesem Herrn unter vier Augen zu besprechen hätte. Ich habe keine Geheimnisse vor meiner Braut.«

»Oho, Eure Braut! Ihr seid wohl sehr freigebig, wenn es darum geht, Euch zu verloben«, zischte Maurizio.

»Da steht Ihr mir offenbar in nichts nach«, konterte Andreas, was ihm einen bewundernden Blick seines Nebenbuhlers einbrachte.

»Ich hatte schon befürchtet, Bianca hätte ihr Herz an einen gänzlich dummen Kerl gehängt«, murmelte er.

»Das ging mir auch so, aber Ihr könnt offenbar mehr, als alberne Hüte tragen.«

Maurizio überhörte diese Bemerkung und wandte sich an Madalen. »Ich verspreche Euch, ich werde Eurem Bräutigam kein Haar krümmen, aber wenn Ihr mich jetzt nicht ungestört mit ihm plaudern lasst, dann könnte es sein, dass er seinen Kopf durch die Hand eines anderen verliert.«

»Redet nicht solchen Unsinn!«

»Es ist wahr, was er sagt. Mich wollten die Verschwörer dazu benutzen, aus Bianca das Rezept für die Benedicten herauszubekommen und sie dann ihrem Mörder auszuliefern, aber ich bin ihre Freundin geworden«, mischte sich Änlin aufgeregt ein.

Madalen blickte unschlüssig von einem zum anderen. Dann stand sie auf. »Ich gebe Euch eine Viertelstunde. Dann komme ich zurück«, erklärte sie und verließ das Zimmer.

Maurizio wandte sich an Änlin. »Lass du mich auch für einen Augenblick mit ihm allein!«

»Aber er wird Euch kein Wort glauben. Schließlich kann ich bezeugen, dass Ihr die Wahrheit sprecht.«

»Wenn ich dich brauche, hole ich dich. Aber das, was jetzt zu bereden ist, ist eine Sache zwischen ihm und mir. Und du sollst nicht Zeugin werden, wie ich ihm die Nase breche.«

Änlin starrte den Venezianer fassungslos an. Zu ihrer Überraschung brach der in schallendes Gelächter aus. »Ich beliebte zu scherzen. Du kannst der Dame des Hauses ohne Sorge Gesellschaft leisten. Mit dem da werde ich ohne Fäuste fertig.«

»Ich aber nicht mit Euch!«, brüllte Andreas und sprang mit einem Satz aus dem Bett.

»Schnell hinaus mit dir!«, schrie Maurizio, und Änlin gehorchte. Als der Venezianer sich wieder zu Andreas umwandte, stand dieser bereits mit funkelnden Augen und erhobenen Fäusten vor ihm.

»Ihr venezianischer Teufel, Ihr! Was habt Ihr mit meiner Bianca angestellt? Was? Wie habt Ihr das geschafft?«, schrie er und schlug zu.

Nach einer Schrecksekunde, in der er sich mit der Hand über die blutende Lippe fuhr, holte Maurizio aus und traf den Gegner am Auge. Andreas ging zu Boden, aber er gab nicht auf. Als Maurizio ihn festhalten wollte, trat er zu. Die beiden Männer wälzten sich ineinander verkeilt über den Boden. Einmal gelang dem einen ein Hieb, dann wieder dem anderen. Bis Maurizio laut brüllte: »Schluss jetzt! Ihr liebt sie also doch!«

»Das geht Euch gar nichts an!«, keuchte Andreas.

»Und wenn ich Euch sage, dass Bianca am Tag des Festes weder ahnte, dass ich Euch eingeladen hatte, noch dass ich unsere bevorstehende Hochzeit verkünden würde?«, zischte Maurizio.

»Sie ist also nicht Eure Kurtisane?«

»Nein, verdammt, nein, aber ich liebe sie, und ich werde um sie kämpfen, aber nicht mit unlauteren Mitteln. Ich werde ihre Entscheidung respektieren. Sie hat die Wahl zwischen Euch und mir. Und ich bete zu Gott, dass sie sich für mich entscheidet.«

Andreas schlug sich die Hände vor das Gesicht. »Was bin ich nur für ein Narr«, murmelte er.

»Mein Reden«, erwiderte Maurizio. »Habt Ihr Euch überhaupt nur einen einzigen Gedanken darüber gemacht, was Bianca nach Venedig verschlagen hat?«

Andreas ließ die Hände sinken. »Ich war vor Eifersucht blind. Ich habe sie nicht einmal ausreden lassen. Wie kann ich das jemals wiedergutmachen?«

Maurizio lachte bitter auf. »Das, mein Lieber, müsst Ihr selbst herausfinden. Ich werde Euch keine Vorschläge machen, wie Ihr das Rennen gewinnen könnt, aber es wäre nicht rechtens, Euch etwas Wichtiges zu verheimlichen. Bianca machte sich auf den gefahrvollen Weg über die Alpen, um Euch zu warnen ...«

Ein heftiges Pochen an der Tür unterbrach seine Rede. Unwirsch wandte er sich um, doch der Bedienstete ließ sich nicht verscheuchen. »Signor Andreas, ein Geschäftsmann für Euch. Er sagt, es sei dringend und betreffe Eure Geschäfte in Venedig.«

Andreas sah zwischen Maurizio und dem Bediensteten unschlüssig hin und her.

»Geht nur! Wenn Ihr mich nicht allzu lange warten lasst, dann will ich Euch gleich alles berichten«, sagte der Venezianer.

»Ich bin sofort zurück, und bitte geht nicht!«, flehte Andreas seinen Gast an, während er davoneilte.

Er befürchtete, dass ihm auf dem Gang Madalen begegnen werde, doch er hatte Glück. Die beiden Frauen waren nirgendwo zu sehen.

Sein Besucher erwartete ihn im großen Saal. Er stand mit dem Rücken zu ihm und blickte aus dem Fenster, doch an seinem hellen Schopf, der dem seinen so ähnlich war, erkannte Andreas ihn auch von hinten sofort. Doch wie war das möglich? Was trieb ihn nach Venedig?

»Sei gegrüßt, Bruno.«

Der so Angesprochene fuhr herum. »Schön hast du es hier. Ich habe gehört, du stehst der Tochter des Hauses nahe. Kein Wunder, nachdem du Bianca so weit fort in Nürnberg wähnst.«

Andreas schluckte die Bemerkung hinunter, die ihm auf der Zunge lag. Was ging es seinen Cousin an, dass Bianca nicht einmal zehn Minuten von hier entfernt lebte? Er konnte sich nicht helfen. Brunos Anwesenheit verursachte ihm auch so viele Meilen von zu Hause entfernt merkliches Unwohlsein. Umso mehr quälte ihn die Frage, was der Grund für Brunos Reise nach Venedig war.

»Bist du in Geschäften hier? Wein?«, fragte er vorsichtig.

»Das auch, aber ich muss dir eine traurige Botschaft überbringen. Deine Großmutter Benedicta ist vor nunmehr fast zwei Monaten gestorben.«

»Benedicta?«, fragte Andreas ungläubig.

»Ja, sie ist eine Treppe hinuntergefallen. Aber das ist nicht alles. Auch deine Braut ist nicht mehr am Leben. Sie ist im fernen Nürnberg von einem Pferd zu Tode getrampelt worden.« Er senkte den Blick, so als falle es ihm schwer, darüber zu sprechen.

Andreas wurde abwechselnd heiß und kalt. Ganz offensichtlich log Bruno. Schließlich hatte Bianca noch vor wenigen Stunden lebendig vor ihm gestanden. Andreas klopfte das Herz bis zum Hals. Was führte sein Großcousin im Schilde? Ich muss Entsetzen heucheln, sonst weiß er, dass ich ihn durchschaut habe, dachte Andreas, raufte sich die Haare und ließ sich auf einen der Stühle fallen. »Sag, dass das nicht wahr ist! Bitte!«, flehte er scheinbar verzweifelt.

»Doch, wir sind untröstlich. Es war am Tag, nachdem deine Großmutter gestorben war. Bianca war so in Trauer und unachtsam und konnte nicht zur Seite springen, als das Pferd ... Ach, ich will dir die Einzelheiten ersparen. Das ist der Grund, warum ich hier bin. Du musst sofort nach Nürnberg zurückkehren und dich um den Gewürzhandel und die Lebkuchen kümmern. Mein Vater ist nicht der Lage, dich zu vertreten. Und deshalb soll ich an deiner Stelle in Venedig bleiben, um deine Geschäfte zu Ende zu führen. Du sollst hier irgendetwas für die Benedicten besorgen, deutete die Tante auf dem Sterbebett an. Ich habe ihr zusammen mit deiner unglücklichen Braut die Hand gehalten. Willst du mir sagen, was ich für dich in Venedig erledigen muss? Oh, verzeih, du bist so blass. Ich weiß, du hast jetzt andere Sorgen, du hast sie sehr geliebt ...«

»Nein, nein, mach dir keine Sorgen um mich! Ich trauere um sie mehr wie um eine Schwester. Es ist inzwischen viel geschehen. Ich habe eine andere zur Braut genommen. Weißt du, Bianca und ich waren doch wirklich eher wie

Geschwister. Ich will dir verraten, was ich hier treibe, und dann schnell nach Hause reisen.«

»Ach, du warst immer schon so vernünftig. Das hast du von deinem Großvater Konstantin. Wenn ich da an meinen Großvater denke. Julian war nach dem Tod der Großmutter jähzornig und unberechenbar ...«

Andreas hätte Bruno am liebsten das Maul gestopft, weil seine Heuchelei kaum zu ertragen war, doch eine innere Stimme hielt ihn zurück. Plötzlich spürte er bis in jede Faser seines Körpers, dass er sich in großer Gefahr befand. Bruno hatte den langen Weg sicherlich nicht gemacht, um ihm von Benedictas Tod – der einzigen Nachricht, die Andreas ihm überhaupt abnahm – zu berichten. Und warum wollte er so unbedingt erfahren, was ihn, Andreas, nach Venedig geführt hatte? Ein ungeheuerlicher Verdacht beschlich ihn.

»Hast du die Sprache verloren? Rede, Andreas! Wie lautet dein und – nach deiner Abreise – mein Auftrag in Venedig?«, hakte Bruno lauernd nach.

»Verzeih, ich ... ich muss das ... das alles erst einmal ... ich muss es erst einmal erfassen«, erklärte Andreas, als würde er jetzt erst begreifen, dass er auf einen Schlag seine nächsten Angehörigen in Nürnberg verloren hatte. »O nein, alle beide! Es kann doch nicht sein, dass der Herr mir die Großmutter und die Schwester nimmt.« Schwankend erhob er sich von seinem Stuhl. »Verzeih, mir ist übel. Ich bin gleich wieder da.«

»Wohin gehst du?«, fragte Bruno unwirsch. »Nun sag mir doch erst, was ich wissen muss, um deine Geschäfte zu Ende führen zu können.«

»Gleich«, erwiderte Andreas. »Ich brauche einen guten Tropfen, um den Schrecken zu verdauen. Bei einem Krug Wein werde ich dir alles erzählen, was du wissen musst.«

Andreas war noch nie ein besonders guter Lügner gewesen, aber er tat sein Bestes. Nur dass sein linkes Augen heftig zuckte, das konnte er zu seinem großen Ärger nicht verhindern.

»Gut, dann eile und kehr rasch wieder zurück«, erklärte Bruno und fügte mit einem merkwürdigen Lächeln auf den Lippen hinzu: »Nicht, dass du ernstlich krank wirst.«

Doch Andreas blieb keine Zeit, darüber nachzudenken, was seinen Großcousin so amüsierte. Er rannte, so schnell er konnte, über den Gang und erreichte atemlos das Gemach, in dem Maurizio di Ziani auf ihn wartete.

»Der Besucher ist mein Großcousin Bruno von Ehrenreit. Er lügt mir vor, Bianca sei in Nürnberg bei einem Unfall zu Tode gekommen, und er will unbedingt herausbekommen, was ich hier in Venedig treibe. Wollte sie mich vor ihm warnen?«

Maurizio war bleich geworden. »Er will Euch aus dem Weg räumen, um Herr über die Lebkuchen zu werden. Und ich hatte gehofft, er läge auf dem Grund einer Schlucht. Dieses Mal entkommt er mir nicht.«

Gemeinsam schlichen die beiden Männer zum großen Saal zurück, um Bruno mit vereinten Kräften zu überwältigen und unschädlich zu machen.

»Ich bin zurück, werter Bruno!«, rief Andreas mit lockender Stimme, während er mit einem Ruck die Tür aufstieß. Maurizio folgte ihm auf dem Fuß, doch das Zimmer war leer. Die beiden Männer warfen sich einen verstehenden Blick zu und stoben dann in unterschiedliche Richtungen davon. Sie durchsuchten jeden Winkel des Raumes, aber von Bruno war keine Spur.

Schließlich verließen sie das Zimmer und rannten zur Haustür. Der Bedienstete bewachte nicht wie sonst den

Eingang, sondern lag stöhnend am Boden. Blut rann ihm aus einer Wunde am Kopf. Daneben lag Frantz Welser, ebenfalls blutend.

»Was ist geschehen?«, fragte Andreas. Immer wieder unterbrochen von Schmerzensschreien, schilderte der Handelsherr, wie ein Fremder mit hellem Haar erst seinen treuen Bediensteten beiseitegestoßen und ihn, der gerade zur Tür hereingekommen sei, an die Wand gedrängt und gefragt habe, ob er eine Bianca aus Nürnberg kenne. Der Mann habe ihm so lange mit der Faust ins Gesicht geschlagen, bis ihm jene Bianca eingefallen sei, die er, der werte Maurizio, zu heiraten gedenke. Nach einem weiteren Hieb auf die Nase habe er ihm beschrieben, wie er zum Palazzo des Tuchhändlers gelange.

»O Gott! Er ist bestimmt auf dem Weg zu ihr!«, rief Maurizio erschrocken aus.

»Dann lasst uns keine Zeit verlieren«, erwiderte Andreas, und die beiden Männer rannten los, als ginge es um ihr Leben. Doch schon bei der ersten kleinen Brücke, die sie überquerten, blieb Andreas die Luft weg. Schweiß rann ihm wie ein Wasserfall über den ganzen Körper. Sein Brustkorb schmerzte, als ob er zerreißen wolle, und in seinem Kopf war nichts als Leere. Er hielt sich mit letzter Kraft am Geländer fest.

»Das Fieber«, krächzte er, als Maurizio sich umwandte, um nach ihm zu sehen. Er machte Anstalten, umzukehren und sich um den erschöpften Kranken zu kümmern, doch Andreas stöhnte: »Bitte, lauft! Rettet sie! Lieber soll sie Euch zum Mann nehmen, als von Bruno umgebracht zu werden!«

Maurizio zögerte keinen Augenblick, seinen Weg fortzusetzen. Er war immer schon ein guter Läufer gewesen, aber an diesem Tag überflügelte er sich selbst.

57

Änlin und Madalen folgten dem Teufel mit dem Engelsgesicht in einigem Abstand. Die beiden Frauen waren gerade von einem kleinen Gang zur Rialtobrücke zurückgekehrt, als sie ihn aus dem Haus von Frantz Welser hatten stürzen sehen.

Nun galt es, Bianca zu warnen. Änlin hatte die Verfolgung allein aufnehmen wollen, doch Madalen hatte darauf bestanden, sie zu begleiten. Allerdings gewann Änlin den Eindruck, dass die junge Frau den Ernst der Lage nicht so recht begreifen wollte. Für sie schien das Ganze mehr ein Versteckspiel zu sein. Sie plapperte die ganze Zeit darüber, wie ähnlich der Mann doch Andreas sehe, und wollte wissen, was er Schlimmes verbrochen habe. Bis Änlin schließlich schroff befahl: »Halt endlich deinen Mund und verschwinde!« Vergeblich, Madalen hing an ihr wie ein Kleinkind an der Mutter. Als sie sich bei der nächsten Ecke viel zu weit vorwagte, schnauzte Änlin sie an: »Das ist kein Spiel auf einem eurer Maskenbälle. Dieser Mann ist gefährlich. Er will Bianca etwas antun.«

»Na und?«, gab Madalen schnippisch zurück. »Ich komme nur mit, um ihr zu sagen, dass Andreas jetzt *mein* Bräutigam ist.«

»Du bist eine dumme Gans. Und wenn du nicht auf der Stelle dein Plappermaul hältst und vorsichtiger bist, dann werfe ich dich eigenhändig von der nächsten Brücke.«

Madalen schwieg gekränkt und zog ihren hellen Haarschopf zurück.

»Gibt es eine Abkürzung zum Palazzo von Maurizio di Ziani? Wir müssen vor ihm dort sein!«

Madalen überlegte. Dann erhellte sich ihr Gesicht, und sie klatschte in die Hände.

»Wenn wir von hier aus ein Boot nehmen, sind wir allemal schneller und kommen endlich einmal von der Wasserseite...«

Änlin aber hörte ihr gar nicht mehr zu und eilte zum Ufer des Kanals. Ein Mann döste unter einem großen Hut in der Mittagssonne auf seinem Boot.

»Hallo, du, kannst du uns zum Palazzo di Ziani bringen?«

Der Mann blickte schlaftrunken auf und musterte sie grimmig. Dann schimpfte er in seiner Sprache auf Änlin ein. Diese wandte sich hilfesuchend zu Madalen um, die mit verschränkten Armen dastand und dem Ganzen belustigt zusah.

Änlin stöhnte auf. »Es geht um Leben und Tod. Nun mach schon!«

»Wenn du die dumme Gans zurücknimmst.«

»Ja, ja, ja!«

Das schien Madalen zu genügen. Lächelnd trat sie auf den zeternden Mann zu und redete so lange in lieblichem Singsang auf ihn ein, bis seine groben Gesichtszüge weich wurden und er Madalen die Hand reichte, um ihr ins Boot zu helfen. Änlin aber machte er nur ein flüchtiges Zeichen, dass sie an Bord springen solle.

Madalen hatte nicht zu viel versprochen. Nur einen Wimpernschlag später setzte der Mann sie vor Maurizios prächtigem Palazzo ab. Änlin sprang ohne Gruß vom Boot, während Madalen sich höflich bedankte, bevor sie ihr folgte.

Änlin kannte glücklicherweise inzwischen jeden Winkel des Palazzo, und so gelangten sie auf kürzestem Weg zur Eingangshalle.

»Und jetzt?«, fragte Madalen immer noch in so vergnügtem Ton, als handele es sich um ein kleines Abenteuer.

»Wie müssen ihn überwältigen und ihn dann dem Herrn übergeben«, erwiderte Änlin und murmelte: »Aber wie? Er trägt bestimmt ein Messer bei sich.«

Madalen schüttelte sich. »Ein echtes Messer?«

Änlin verkniff sich eine Antwort. Es hatte keinen Zweck, die junge Frau von der Gefährlichkeit dieses Unterfangens zu überzeugen.

»Ich habe einen guten Vorschlag«, jubelte diese und drehte sich im Kreis.

»Dann solltest du dich beeilen, ihn in die Tat umzusetzen. Sonst findest du dich bald auf dem Boden mit einer scharfen Klinge in der Brust wieder.«

»Ist ja gut«, murrte Madalen, griff nach einem Seil, das am Treppengeländer hing, und fügte hinzu: »Du kannst einem wirklich jeden Spaß verderben.«

»Nun mach schon!«

»Hier, nimm das Seil in die Hand und versteck dich hinter der Säule! Ich kauere mich mit dem anderen Ende des Strickes neben die Treppe. Er wird sofort nach oben stürmen. Und wenn er den Fuß auf die erste Stufe setzen will, ziehen wir das Seil stramm nach oben, und dann ...« Sie lachte. »Dann fällt er in hohem Bogen auf die Nase. Bis er sich aufgerappelt hat, haben wir ihn gefesselt ...«

In Änlins Blick lag eine Mischung aus Bewunderung und Befremden, doch mangels eigener Vorschläge zog sie sich hinter die Säule zurück. Ihr Atem ging stoßweise. Sie hatte keine Minute Zeit, um zur Ruhe zu kommen, denn nun flog die schwere Haustür auf, und schwere Schritte hallten durch den Eingangsbereich. Voller Spannung wartete sie auf den Moment, da er am Treppenabsatz auftauchen würde. Der Schweiß lief ihr bis in die Augen. Er kitzelte sie in der Nase, aber sie schaffte es mit Mühe und Not, sich das Niesen zu verkneifen.

Schon sah sie Brunos hellen Haarschopf auftauchen. Hoffentlich ziehen wir im gleichen Augenblick am Seil, sonst ist alles vergeblich, dachte Änlin besorgt, während sie mit einem Ruck an ihrem Ende des Strickes zog. Ein lauter Schrei war zu hören, gefolgt von einem Poltern.

Änlin linste vorsichtig hinter ihrer Säule hervor. Der Mann aus Nürnberg lag zusammengekrümmt auf der unteren Stufe. Sein Kopf lehnte allerdings an der Kante der zweiten Stufe.

Plötzlich war es totenstill, doch dann stöhnte er laut. Es war nicht zu verstehen, was er von sich gab. Sosehr Änlin auch die Ohren spitzte, es schien nur zusammenhangloses Gejammer zu sein. Bis er einen Namen rief. »Bianca, Bianca!« Nun lugte auch Madalen neugierig hinter der Säule hervor, um die Worte des Hellhaarigen besser zu verstehen. »Ich hätte dir die Welt zu Füßen gelegt«, ächzte er. »Ich wäre mit dir in ferne Länder gezogen. Als dein Mann. Du gehörst mir, Bianca! Bianca! Andreas soll zur Hölle …!« Er brach mitten im Satz ab, und es herrschte gespenstische Stille.

»Los jetzt, worauf wartest du noch? Wir fesseln ihn, bevor er wieder zu sich kommt!«, feuerte Madalen Änlin an und sprang wie der Blitz aus ihrem Versteck hervor. Doch als sie sich über Bruno beugte, verzerrten sich ihre Gesichtszüge.

»O weh, ich glaube, wir haben ihn umgebracht«, jaulte sie.

»Ich habe dir doch gesagt, dass es kein Spiel ist«, erwiderte Änlin ungerührt. Mit dem Fuß stieß sie gegen Bruno, doch der rührte sich nicht mehr. Ein Blick in seine weit aufgerissenen Augen bewies ihr, dass Madalen recht hatte. Der Mann war mausetot. Und dann sah sie das Blut von der Treppenstufe herabsickern. Sie wandte sich entsetzt ab. Und sie nahm sich fest vor, niemandem auch nur ein Sterbenswort über Brunos letzte Worte zu verraten. Kaum hatte sie diesen Entschluss gefasst, da hörte sie Madalen bereits neugierig fragen: »Wer war dieser Kerl? Warum sieht er Andreas so ähnlich? Und hat diese Bianca etwa auch ihm den Kopf verdreht?«

Änlin funkelte Madalen wütend an. »Er ist ein entfernter Verwandter von Andreas, und Bianca hat ihn verabscheut, wenn du es genau wissen willst. Und solltest du je einem Menschen verraten, was er in seinem Todeskampf von sich gegeben hat, dann ergeht es dir so wie ihm. Verstanden?«

»Schon gut. Ich werde meinen Mund halten«, versprach Madalen seufzend. »Jetzt, da wir beide ein Geheimnis haben.«

»Welches Geheimnis?«

»Dass wir diesen Mann getötet haben. Was denn sonst? Komm, lass uns verschwinden.«

»Du hast recht. Komm!«

Die beiden Frauen drückten sich an dem Leichnam vorbei und wollten ins obere Stockwerk des Palazzo entkommen, doch am Kopf der Treppe stand wie ein Rächer Luigi, der Koch.

»O Gott, was habt ihr getan, ihr Weibsbilder, ihr?«, rief er empört aus.

»Nichts, was wir bereuen könnten«, erwiderte Änlin mit kämpferischer Geste, während ihr das Herz bis zum Hals schlug.

»Schick deine Komplizin fort. Dann kommst du allein in meine Kammer. Und ich werde mir überlegen, ob ich ein Auge zudrücke und euch nicht verrate.«

»Geh nach Hause und vergiss, was wir getan haben!«, flüsterte Änlin Madalen zu, während sie mutig dem Koch entgegentrat.

Der leckte sich die Lippen. Er glaubt, er hat mich endlich so weit, dass ich mit ihm das Lager teile, dachte Änlin und lächelte in sich hinein. Das tat sie immer noch, während sie sich an ihm vorbeidrückte und hocherhobenen Hauptes den Weg zu Maurizio di Zianis Gemächern einschlug. Sie wandte sich nicht einmal um, als er ihr unflätig hinterherfluchte und wilde Drohungen ausstieß. Bevor sie diesen Preis für sein Schweigen zahlte, würde sie ihrem Herrn lieber freiwillig davon berichten, wie sie und Madalen dem widerlichen Bruno den Garaus gemacht hatten.

Bianca hatte sich in ihrem Gemach eingeschlossen. Sie wollte keinen Menschen sehen. In diesen vier Wänden fühlte sie sich am sichersten. Doch sie hatte in der Nacht kein Auge zugetan. Nun saß sie senkrecht im Bett und grübelte über ihre Zukunft nach. Und immer wieder wurde sie von einem entsetzlichen Gedanken überfallen. Was, wenn Andreas etwas zustieß, weil sie ihn nicht gewarnt hatte? Das konnte sie doch nicht verantworten. Und wenn er hundertmal ein Heuchler war. Sie wollte nicht an seinem Tod schuld sein.

Mit diesem Gedanken sprang sie vom Bett auf und machte sich zum Ausgehen bereit.

Sie war kaum fertig angezogen, da pochte es an ihrer Tür. Das war seit dem vorigen Tag nicht das erste Mal, aber sie hatte deutlich zu verstehen gegeben, dass sie keinen Menschen zu sehen wünsche. Missmutig ging sie zur Tür und öffnete. Sie war nicht überrascht, als sie Maurizio erkannte. Er musterte sie erstaunt.

»Wohin wollt Ihr?«, fragte er betont beiläufig, doch Bianca entging keineswegs, wie begierig er auf eine Antwort wartete.

Sie rang sich zu einem Lächeln durch. »Zu Andreas! Aber keine Sorge. Wenn Ihr mich immer noch wollt, dann bleibe ich in Venedig bei Euch. Doch zuvor habe ich noch etwas zu erledigen. Es kann nicht sein, dass ich Andreas, der mir als Kind wie ein Bruder war und später der Geliebte, seinen Häschern überlasse. Denn ich habe den Teufel gestern mit eigenen Augen gesehen. Und er wird ihn aufspüren. Dessen bin ich mir sicher. Ich könnte nie wieder in einen Spiegel sehen, und ich hätte ja täglich die Gelegenheit, wenn ich in Eurem Palazzo bliebe. Ich muss ihn warnen. Versteht Ihr das?«

Maurizio nickte stumm. Doch dann sagte er leise: »Ihr braucht keine Angst mehr zu haben. Bruno von Ehrenreit ist tot.«

»Ihr habt uns von diesem Teufel befreit?« Biancas Wangen glühten vor Aufregung. Sie fügte weniger euphorisch hinzu: »Dann muss ich mich also gar nicht auf den Weg machen.«

»Ich ihn umgebracht? Nein, das wäre zu viel der Ehre. Soviel ich weiß, haben es Änlin und Madalen im Zusammenspiel vollbracht.«

»Madalen? Die junge Frau, die an Andreas' Bett Händchen hielt?«, stieß Bianca bissig hervor.

»Ja, die liebreizende Tochter Frantz Welsers, die Euren Andreas sicher auf der Stelle zum Mann nehmen würde.«

»Bitte! Dann soll sie es doch tun. Mich kümmert nicht, wen er zur Frau nimmt. Er ist ohnehin nicht so wählerisch, wem er seine Gunst schenkt. Mit Coletta hat er auch ein Schäferstündchen verbracht.«

Zu Biancas großer Überraschung lachte Maurizio dröhnend los.

»Ihr seid ja eifersüchtig! Genau wie er. Da steht Ihr beide Euch in nichts nach. Man merkt, dass Ihr Eure Kindheit zusammen verbracht habt, denn Ihr benehmt Euch recht kindisch. Alle beide. Da werdet Ihr noch viel Freude miteinander haben.«

Bianca starrte Maurizio fassungslos an. »Ich habe Euch gerade gesagt, dass ich bei Euch bleibe. Und wenn Ihr es genau wissen wollt: Es besteht für mich kein Grund mehr, Andreas aufzusuchen. Ihr habt es mir soeben selbst mitgeteilt: Sein Häscher ist tot. Er ist außer Gefahr. Ich muss ihn nicht mehr warnen.«

»Ihr würdet mich zum glücklichsten Menschen machen, wenn Ihr bliebet, aber ich knüpfe eine Bedingung daran.«

Bianca sah ihn verstört an. »Bedingung?«, wiederholte sie gedehnt.

»Genau! Ihr sucht Andreas auf, obwohl Ihr ihn nicht mehr warnen müsst, bevor Ihr Euch endgültig für mich entscheidet.«

»Und was soll ich bei ihm? Mir seine Gemeinheiten anhören? Nein, ich habe mich bereits entschieden.«

»Umso besser. Dann könnt Ihr ja ohne Arg zu ihm gehen. Es muss ihm doch schließlich endlich jemand die ganze

Geschichte erzählen. Dazu sind er und ich gar nicht gekommen. Er sollte erfahren, was in Nürnberg geschehen ist.«

»Muss das sein?«

»In diesem Punkt lasse ich nicht mit mir reden.« Er lächelte.

»Gut, aber nur weil Ihr es von mir verlangt«, seufzte Bianca und machte sich zögernd zum Gehen bereit.

Maurizio aber hielt sie sanft zurück. »Wartet noch einen Augenblick. Ich will mich davon überzeugen, dass Brunos Spuren gänzlich von der Treppe getilgt sind. Den Anblick würde ich Euch gern ersparen. Ihr habt schon viel zu viel Grausames mitmachen müssen.«

»Wisst Ihr, dass Ihr ein wunderbarer Mann seid?«, stieß Bianca gerührt hervor und warf sich in seine Arme.

Maurizio strich ihr versonnen über das dunkle Haar. Natürlich freute er sich über diesen überschwänglichen Ausdruck ihrer Zuneigung, aber er musste ihre Rückkehr abwarten, um zu triumphieren. Erst wenn sie ihm dann immer noch um den Hals fiel, hatte er sie für sich gewonnen. Und das war sein Ziel. Mit Almosen würde er sich nämlich nicht abspeisen lassen.

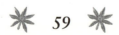

59

Bianca schwebte förmlich die Treppen hinunter, nachdem Maurizio ihr mitgeteilt hatte, dass Brunos blutige Spuren beseitigt waren. Der Gedanke, Andreas einen Abschiedsbesuch abzustatten, beflügelte sie wider Willen. Noch ein einziges Mal wollte sie ihn in die Arme nehmen, denn so grüßlos konnten sie nicht auseinandergehen. Sie wollte ihn in bester Erinnerung behalten. Wie einen Bruder eben. Das jedenfalls redete sie sich ein, bis sie fast selbst daran glaubte.

Unten in der Halle stieß sie mit Änlin zusammen, die bedrückt wirkte. Bianca fiel ihr trotzdem übermütig um den Hals und bedankte sich bei ihr, dass sie Bruno ins Jenseits befördert hatte. Änlin aber befreite sich rasch aus der Umarmung.

»Das ist kein Grund, stolz zu sein. Ich weiß zwar, er hat es verdient, aber mir ist, als würden Leichen meinen Weg pflastern. Erst Johann, dann dieser falsche Parler und nun dieser Teufel.«

Bianca musste wider Willen lachen. »Nein, also der falsche Baumeistergehilfe geht auf mich. Ich habe die Freunde des echten Parler auf ihn gehetzt. Johann, den haben wir gemeinsam erledigt, und Bruno …« Bianca stockte. Nun lachte sie nicht mehr. »Stimmt es, dass du ihn zusammen mit dieser Madalen zur Strecke gebracht hast?«

Änlin blickte sich vorsichtig nach allen Seiten um, so als fürchte sie, belauscht zu werden. »Ich habe ihr versprochen, dass wir darüber schweigen. Aber der dicke Koch hat es beobachtet und wollte mich erpressen. Da habe ich es dem Herrn lieber selbst berichtet. Und er war voll des Lobes. Und dieses Lob wollte ich nicht allein einheimsen. Denn sie, Madalen, wusste, was zu tun war.«

»Diese alberne Madalen? Du willst doch nicht behaupten, dass das verwöhnte Ding dir ernsthaft dabei geholfen hat, Bruno aus dem Weg zu räumen?«

»Doch! Erst dachte ich auch, sie bringt nichts Vernünftiges zustande, aber dann hat sie den Plan ausgeheckt, ein Seil zu spannen. Wir wollten ihn ja nur überwältigen und Maurizio di Ziani übergeben, aber dann ist er mit dem Kopf so ungeschickt auf dem Treppenabsatz aufgeschlagen, dass er gleich hin war.«

»Das gefällt mir. Wenn ich bedenke, dass auch meine liebe Mutter starb, weil sie eine Treppe hinuntergefallen ist ...

»Dieser Bruno ist aber eher die Treppe hochgefallen«, erwiderte Änlin ungerührt, doch Bianca hatte ihre Stirn grüblerisch in Falten gelegt.

»Weißt du was?«, stieß sie schließlich hervor. »Das war kein Unfall. Ihr Tod war geplant. Das war der Anfang der Verschwörung. Warte, Artur, dafür wirst du büßen! Ich werde vor Gericht aussagen, was ich weiß, und dieses Mal wird der Richter nicht vor der Wahrheit davonlaufen können ...« Bianca holte tief Luft.

»Heißt das, du kehrst doch mit Andreas nach Nürnberg zurück?«

Bianca zuckte zusammen. »Nein, nein, das ... das habe ich nur so dahergesagt«, murmelte sie entschuldigend. »Ich bleibe natürlich und heirate Maurizio, aber Andreas wird Artur vor ein Gericht bringen. Ich eile nur schnell zu ihm, um ihm die Einzelheiten zu berichten, damit er erfährt, was sich diese Bande alles hat zuschulden kommen lassen.«

Während sie sprach, schweifte ihr Blick zu Boden, auf dem ihr etwas entgegenglitzerte. Sie bückte sich und griff danach. Es war ein Ring, und Bianca wusste sofort, dass es sich nicht um irgendein Schmuckstück handelte, sondern um ihren Verlobungsring. Sie zitterte, als sie ihn näher betrachtete, um die Inschrift zu lesen.

»Ich werde ihm den Ring zurückgeben. Ich brauche ihn nicht mehr«, murmelte sie gedankenverloren.

Änlin entging nicht, dass Bianca kalkweiß geworden war. Ob sie wirklich selbst glaubt, dass ihre Liebe zu Andreas erloschen ist?, fragte sich Änlin. Doch bevor sie ihrem Zweifel Ausdruck verleihen konnte, war Bianca grußlos davongeeilt.

Änlin blickte ihr nachdenklich hinterher. Sie konnte nur hoffen, dass Bianca es sich nicht anders überlegte. Ihr wäre es im Grunde ihres Herzens nämlich wesentlich lieber, wenn sie in Venedig blieben. Die Arbeit in Maurizio di Zianis Haus gefiel ihr, einmal abgesehen von Luigis Zudringlichkeiten, außerordentlich gut. Und es stand ihr so gar nicht der Sinn danach, den beschwerlichen Weg über die Alpen noch einmal zurückzulegen. Und was sollte sie zu Hause? Außerdem hatte sie noch immer große Sorge, dass man sie in Nürnberg ihrer Strafe zuführen würde. Im Gegensatz zu Bianca besaß sie keine einflussreichen Fürsprecher. Sie war nur eine kleine Magd und konnte sich schnell dabei wiederfinden, dass sie sich ihr eigenes Grab schaufelte. Sie fröstelte.

»Das war sehr, sehr mutig von euch beiden«, hörte sie da die raue Stimme ihres Herrn sagen. Erschrocken fuhr sie herum.

»Ich sagte es Euch gestern bereits – ich bin nicht unbedingt stolz darauf, einen Menschen umgebracht zu haben«, erklärte sie hastig. »Aber was sollten wir tun?«

»Sonst hätte ich es übernommen«, entgegnete Maurizio ungerührt. »Ich habe nachgedacht. Ich finde, eine solche Heldentat gehört belohnt. Kann ich etwas für dich tun?«

Änlin hob die Schultern. »Nein, Herr, es wäre schon ein Geschenk, wenn wir in Venedig blieben, Bianca und ich.«

»Hast du vielleicht noch einen weiteren Wunsch?«

Änlin dachte nach, und dann huschte ein Strahlen über ihr Gesicht.

»Doch, eines könntet Ihr vielleicht in Erwägung ziehen.

Luigi hat so viel Arbeit, und da wäre es vielleicht klug, wenn Ihr ihm einen zweiten Koch zur Seite stelltet.«

Sie sah zu Boden, damit ihr verschmitzter Blick die wahren Beweggründe für diese Bitte nicht verriet.

»Solch einen bescheidenen Wunsch will ich dir gern erfüllen. Und so selbstlos.« Änlin konnte nicht umhin, den spöttischen Unterton herauszuhören. Sie blickte Maurizio offen an. »Euch kann man nichts vormachen. Ich wünsche mir einen netten Koch, dem ich zuarbeiten kann, und keinen fetten Kerl, der glaubt, zu meiner Arbeit gehöre es, dass ich mich zu ihm lege. Aber das kommt für mich nicht infrage, und wenn ich noch hundert Jahre in Eurer Küche arbeite.«

Maurizio stieß einen tiefen Seufzer aus. »Ich wäre ja froh, wenn du überhaupt bliebst.«

»Aber warum sollte ich nicht? Ich wäre nur mitgegangen, wenn Bianca nach Nürnberg zurückgekehrt wäre, aber doch nicht ...«

Ein Blick in sein Gesicht brachte sie zum Verstummen.

»Ihr vermutet doch nicht etwa, dass sie Euch verlassen und mit ihm nach Nürnberg gehen könnte? Aber Andreas hat sie beschimpft und fortgeschickt. Ihr habt Euch mit ihm um sie geprügelt, und überhaupt, Ihr seid ein aufrechter Mann ...«

Maurizio lauschte ihren gefühlvoll vorgebrachten Worten aufmerksam.

»Könntest du dir vorstellen, auch ohne Bianca in Venedig zu bleiben?«

Änlin zögerte, doch dann erwiderte sie leise: »Ja, ich fühle mich sehr wohl in dieser Stadt. Ich habe niemanden, der mich in Nürnberg erwartet. Ich würde sehr gern weiter für Euch kochen. Ich habe schon so viel gelernt.«

»Würdest du dir zutrauen, zusammen mit einem Venezianer die Küche unter dir zu haben?«

»Sicher, ich täte nichts lieber als das«, erwiderte Änlin aufgeregt.

»Sehr gut. Ich wüsste da nämlich schon jemanden, der gut zu dir passen würde. Ich werde ihn dir demnächst vorstellen. Und den Rest des Tages gebe ich dir frei.«

»Aber Luigi wird schimpfen.«

Maurizio lachte. »Nicht mehr bei uns. Ich habe einen Geschäftsfreund, der will mir meinen Koch schon länger abspenstig machen. Nun bekommt er ihn, und ich nehme seinen. Der ist noch nicht ganz so firm in der Zubereitung venezianischer Küche. Dafür lernwillig, jung, gut aussehend und noch ungebunden ...«

Änlin wurde rot. »Ich suche doch keinen Ehemann!«, erklärte sie entschieden.

»Habe ich das behauptet? Ich habe nur gefragt, ob du dir vorstellen kannst, gemeinsam mit einem feurigen Venezianer meine Küche unter dir zu haben. Denn der Einfluss der Nürnberger Kost, die seit deinem Erscheinen Einzug auf dem Speiseplan gehalten hat, ist mir eine willkommene Abwechslung. Ich glaube, ihr beiden würdet euch hervorragend ergänzen.«

Änlin fiel Maurizio, ohne nachzudenken, um den Hals. Doch dann ließ sie erschrocken von ihm ab. »Verzeiht, ich ...«

»Da gibt es nichts zu verzeihen. Wenn du eine Hure wärst, dann hätte ich dich früher mit Sicherheit in mein Schlafgemach gezerrt, aber mir steht der Sinn nicht mehr danach, und du bist eine ehrbare junge Frau. Außerdem will ich die Hoffnung, dass Bianca bei mir bleibt, noch nicht aufgeben. Aber du gehst jetzt zum Tuchlager, suchst dir einen feinen Stoff aus und lässt dir ein Kleid nähen. Meine Köchin muss schließlich etwas hermachen.«

»Ihr seid ... Ihr ... ach, ich weiß gar nicht, wie ich Euch danken soll«, stammelte Änlin und rannte davon, bevor er es sich noch anders überlegen konnte.

60

Bianca wollte ein Boot nehmen, um schneller zum Palazzo von Frantz Welser zu gelangen. Zum ersten Mal, seit sie in Venedig war, konnte sie den Zauber der Stadt genießen. Nun, da sie nicht mehr nur nach dem einen suchte: nach Andreas! Und plötzlich hatte sie es gar nicht mehr eilig, ihn aufzusuchen. Im Gegenteil, sie wollte das Abschiednehmen so lange herauszögern wie nur möglich. Wenn sie jetzt vor ihm stünde, wäre sie viel zu unsicher. Diese furchtbare Aufgeregtheit galt es erst einmal zu besiegen. Schließlich durfte er nicht merken, wie schwer ihr in Wirklichkeit ums Herz war. Und wie ihre Knie bereits beim Gedanken an ein Zusammentreffen zitterten.

Deshalb kam es ihr sehr gelegen, dass um diese Zeit eine Traube von Menschen darauf wartete, einen Platz auf den wenigen Fährbooten zu bekommen, die auf dem Canal verkehrten. Inzwischen aber brannte die Sonne so heiß vom Himmel, dass sie sich danach sehnte, endlich auf dem Wasser zu sein und sich den Wind um die Nase wehen zu lassen.

Plötzlich spürte sie einen leichten Stoß in die Seite. Sie wandte sich um und blickte in das offene Gesicht eines jungen Mannes. In einem Kauderwelsch aus Venezianisch und Deutsch und mithilfe von Händen und Füßen erklärte er ihr, dass er ein Boot besitze, in dem er sie sofort mitnehmen und zum gewünschten Ziel bringen könne.

Bianca zögerte. Wieso fragte er sie? Sie stand inmitten der Warteschlange.

»Warum bietet Ihr das gerade mir an? Seht Euch um! Hinter mir und vor mir lauter schöne junge Frauen.«

Der junge Venezianer lächelte. »Aber Ihr seid die Allerschönste. Kommt! Dann müsst Ihr nicht länger in der gleißenden Sonne ausharren.«

Mit einem Seufzer auf den Lippen folgte sie ihm zu seinem Boot. Sie spürte förmlich, wie die Augen der anderen Wartenden sie von hinten durchbohrten, als sie an ihnen vorbeifuhr.

»Wollt Ihr nicht noch jemanden mitnehmen? Es ist so viel Platz auf Eurem Boot«, schlug sie vor, aber der junge Mann, der ihr eben noch so zugewandt gewesen war, hatte ihr den Rücken gekehrt und beachtete sie gar nicht mehr.

Bianca spürte plötzlich, wie ein ungutes Gefühl in ihr aufstieg, aber sie wollte nicht töricht wirken und hielt den Mund. Doch als sie feststellte, dass der Fährmann nicht den Weg zur Rialtobrücke einschlug, sondern zur Glasbläserinsel, fiel ihr siedend heiß ein, dass er sie gar nicht nach ihrem Ziel gefragt hatte.

»Ich möchte zum Palazzo von Frantz Welser in der Nähe des Fondaco!«, rief sie gegen den Fahrtwind, doch der Mann schien sie nicht zu hören. Bianca erhob sich von ihrem Sitz und tippte dem Fährmann auf die Schulter. Jetzt wandte er sich um.

»He, Ihr, ich möchte in die andere Richtung. Habt Ihr nicht gehört?«, erklärte sie mit Nachdruck.

Er aber brabbelte etwas auf Venezianisch und machte eine Geste, dass sie sich hinsetzen solle.

»Rialto!«, schrie sie, so laut sie konnte. Da fuhr der junge Mann blitzschnell herum und stieß sie auf ihren Platz zurück.

»San Michele!«, brüllte er zurück.

Bianca aber ließ sich nicht abwimmeln. Wutentbrannt stand sie noch einmal auf und trommelte fluchend auf seinem Rücken herum. Doch das kümmerte den Mann mit dem breiten Kreuz nicht. Er reagierte nicht, sondern ruderte unbeirrt auf die offene Lagune hinaus.

Erschöpft setzte sie sich. Venedigs prachtvolle Gebäude wurden immer kleiner, und vor ihr lag eine kleine Insel, der sich das Boot unaufhaltsam näherte.

Sosehr Bianca sich auch den Kopf zerbrach, sie hatte keine Erklärung für diese Entführung.

Wenn ich bloß schwimmen könnte, dann würde ich ins Wasser springen und dieses schreckliche Boot verlassen, dachte sie verzweifelt. Die Insel war nun bereits zum Greifen nahe. Als Bianca am Steg eine Gestalt erblickte, die in einen schwarzen Habit gekleidet war, erschauerte sie. Sie wurde an den Anblick des falschen Mönches erinnert, der gemeinsam mit Bruno aus Benedictas Zimmer geeilt war, wenngleich jener einen weißen und zu kurzen Habit getragen hatte. An den Anblick jenes Mannes, der vor Gericht als angeblicher Kaufmann falsches Zeugnis abgelegt hatte … Bianca lief es eiskalt über den Rücken. Aber das war doch nicht möglich! Noch konnte sie sein Gesicht nicht erkennen, denn er hatte sich die Kapuze über den Kopf und tief ins Gesicht gezogen. Dennoch, alles in ihr sträubte sich, einen Fuß auf dieses einsame Eiland zu setzen. Wenn es tatsächlich jener Bösewicht war …

»Bitte, kehrt um! Bitte, nein … no, no!«, flehte Bianca, aber der junge Venezianer hielt unbeirrt auf die Insel zu.

Kurz bevor er anlegte, hatte Bianca die grausame Gewissheit. Die untere Gesichtshälfte des Wartenden gehörte zweifelsohne Arturs Mitverschwörer. Noch einmal bettelte sie, dass der junge Mann umkehren möge, doch er schien seinem Auftraggeber treu ergeben zu sein.

Während er das Boot festmachte, überlegte Bianca, wie sie von Bord entkommen könne. Sie entschied sich, aufzuspringen und es wenigstens zu versuchen. Doch sie gelangte nicht weiter als in seine ausgebreiteten Arme.

»Hier kommt Ihr nicht mehr weg«, zischte der Mönch.

»Lasst mich!«, schrie Bianca mit letzter Verzweiflung. Dann spürte sie einen Stoß und fiel zu Boden. Der Mönch überreichte unterdessen dem jungen Mann seinen Lohn. Ihr Entführer hatte sie nicht mehr beachtet, seit er sie in sein Boot gelockt hatte. Doch nun, als er das Boot vom Steg abstieß, trafen sich ihre Blicke. In den Augen des jungen Mannes keimte etwas auf, das sie hoffen ließ. So etwas wie Mitgefühl. Offenbar fragt er sich, was der Kerl mit mir vorhat, schoss es Bianca durch den Kopf. Nachdem er mit angesehen hat, wie gewalttätig er ist, wird er mir helfen.

Tatsächlich zögerte der Venezianer kurz, wieder loszurudern, doch dann schimpfte der verbrecherische Mönch auf ihn ein. Das genügte, um den jungen Mann in die Flucht zu schlagen.

Nun war Bianca allein mit dem als Geistlichen getarnten Teufel, und die Furcht vor ihm trieb ihr den Schweiß ins Gesicht.

Maurizio ging im großen Esszimmer unruhig auf und ab. Seit Stunden wartete er auf Biancas Rückkehr, und mit jeder Minute, die verstrich, wuchs die Gewissheit, dass er sie an Andreas verloren hatte. Ob sie wenigstens den Mut besaß, es ihm offen ins Gesicht zu sagen?

Schließlich hielt er es nicht mehr aus in seinem Palazzo. Er war ein Mann, der wissen wollte, woran er war. Und Geduld war nicht seine hervorstechendste Eigenschaft. Er warf sich den Umhang über und machte sich rasch auf den Weg zum Fondaco. Unterwegs würde er schon einen Vorwand finden, warum er Frantz Welser an diesem Tag aufsuchte.

Er hatte kaum die erste Brücke überquert, als ihm tatsächlich einfiel, wie er seinen Überraschungsbesuch würde begründen können. Hatten sie nicht neulich erst darüber palavert, ob Frantz Welser den Tuchhandel nach Nürnberg und Augsburg für ihn betreiben könne? Außerdem wäre es doch mehr als verständlich, wenn er sich bei der Gelegenheit nach dem Zustand von Welsers angehendem Schwiegersohn erkundigte. Schließlich hatte er ihn nur wenige Stunden zuvor an einer Brücke zurückgelassen, um Bianca noch rechtzeitig vor Bruno warnen zu können.

Zielstrebig eilte Maurizio durch die zur Mittagsstunde leeren Gassen der Stadt. Vor dem Fondaco hielt er inne und atmete einmal tief durch. Der Mut wollte ihn verlassen, vor allem weil er befürchtete, dass der Handelsherr längst daheim in seinem Palazzo war. Und dort hätte er ihn lieber nicht ohne Voranmeldung aufgesucht.

Auf dem Flur kam ihm ein Bediensteter entgegen, dem er

seinen Umhang in die Hand drückte. Auf Venezianisch fragte er, ob Frantz Welser noch im Hause sei. Der Diener antwortete ihm auf Deutsch und führte ihn zu den Geschäftsräumen des deutschstämmigen Handelsherrn.

Maurizio war sichtlich verwirrt, als er am Tisch einen blonden Schopf leuchten sah. Wenn das nicht Andreas ist!, dachte er noch, als Frantz Welser bereits aufgesprungen war, um seinen illustren Gast zu begrüßen. Der dritte Mann, der mit am Tisch saß, war ein levantinischer Kaufmann. Daran hegte Maurizio keinen Zweifel. Er kannte sich aus mit Stoffen. Und solche mit üppigen Gold- und Silberfäden durchwirkte Gewänder trugen nur die Männer aus dem Morgenland.

»Entschuldigt, ich wollte Euch nicht stören«, sagte Maurizio höflich.

»Ihr stört niemals, wenn es um Geschäfte geht. Außerdem werden wir gleich unseren Abschluss feiern und würden Euch gern zu einem Mahl einladen«, entgegnete Frantz Welser mit ausgesuchter Höflichkeit.

Der Fremde pflichtete ihm nickend bei.

Nur Andreas schien sichtlich verunsichert angesichts von Maurizios plötzlichem Auftreten. Er räusperte sich ein paarmal, bevor er förmlich mit seiner Frage herausplatzte. »Wie hat sie Brunos Tod aufgenommen?«

»Äh, das müsstet Ihr doch besser wissen. Sie hat sich gestern eingeschlossen und war für niemanden zu sprechen. Doch vorhin war ihr die Erleichterung sehr wohl anzumerken«, erwiderte Maurizio und musterte Andreas fragend. Wieso hatte Bianca ihm nichts davon erzählt? Sie hatte doch vorhin das Haus verlassen, um ihn aufzusuchen und ihm die ganze Geschichte zu erzählen. Und wieso tat er so, als sei er Bianca gar nicht begegnet?

»Sie hat es Euch gegenüber nicht erwähnt?«, fragte er verunsichert nach.

»Wie denn? Ich habe sie nicht mehr gesehen.«

»Ihr habt *was* ...?« Maurizio war einen bedrohlichen Schritt auf Andreas zugegangen. »Was soll das? Wenn sie sich für Euch entschieden hat, dann kann ich das tragen wie ein Mann. Ihr müsst mich also nicht belügen«, knurrte er.

Frantz Welser und der levantinische Kaufmann blickten verwirrt von einem zum anderen.

»Los, sagt schon! Wird Bianca als Eure Braut mit Euch nach Nürnberg zurückkehren?«

»Ich ... nein, ich habe sie nicht mehr gesehen. Und es ist alles gut so. Sie würde mir doch nie verzeihen, dass ich sie fortgeschickt habe, ohne sie anzuhören.«

»Redet doch keinen Blödsinn!«, fauchte Maurizio.

»Bitte, werter Signor di Ziani, mäßigt Euch! Was auch immer geschehen sein mag, inzwischen ist der junge Mann mit meiner Tochter verlobt. Und wie man hört, wollt Ihr diese Bianca ehelichen. Also, lasst uns doch nicht mehr über derlei Familiäres sprechen!«, mischte sich Frantz Welser ein. Er war so aufgeregt, dass ihm der Schweiß in Strömen über das Gesicht rann.

»Ist dem so, Andreas?«, fragte Maurizio in scharfem Ton. »Das heißt, Ihr habt sie wieder weggeschickt, obwohl sie Euch die ganze verdammte Geschichte erzählen wollte, die ihr in Nürnberg widerfahren war.«

Andreas lief hochrot an und sprang vom Stuhl auf. »Wie oft soll ich es noch wiederholen? Sie war nicht bei mir! Ich habe mich, nachdem ich gestern wieder bei Kräften war, mit dem Gedanken herumgeschlagen, sie doch noch aufzusuchen und mich bei ihr zu entschuldigen, doch dann traf ich Madalen. Sie war völlig aufgelöst, nachdem sie mitgeholfen hatte, einen Menschen umzubringen. Ich habe ihr versichert, dass Bruno es verdient habe, aber sie war untröstlich.«

»Ihr wolltet Bianca also schon wieder kampflos aufgeben? Und wenn ich Euch sage, dass sie vor nunmehr drei Stunden meinen Palazzo verließ, um zu Euch zu eilen und Euch in allen Einzelheiten über die Nürnberger Verschwörung zu berichten?«

»Vielleicht ist sie zum Palazzo gegangen und hat dort Madalen getroffen.«

»Schon möglich, aber davon würde ich mich gern mit eigenen Augen überzeugen«, knurrte Maurizio und wandte sich Frantz Welser und dem levantinischen Kaufmann zu. »Verzeiht, dass ich hier so hereingeplatzt bin.«

Er machte sich zum Gehen bereit, ohne Andreas noch eines Blickes zu würdigen.

62

Bianca hockte starr vor Schreck am Boden eines winzigen Steinhauses, in das der Mönch sie verschleppt hatte. Offenbar hatten hier einmal Menschen gehaust, denn es gab eine Bettstatt, einen Tisch und einen Stuhl. Doch so wie es aussah, war das lange her.

»Und Ihr wollt mir wirklich nicht freiwillig sagen, wie sich das Rezept für diese vermaledeiten Benedicten zusammensetzt?«

Bianca erschauerte. Noch hatte ihr der Mann nicht wehgetan, außer dass ihre Handgelenke schmerzten, an denen er sie hergeschleift hatte. Aber sie traute ihm alles zu. Er war ihr zutiefst unheimlich, aber ihre Angst durfte sie ihm auf keinen Fall zeigen.

Sie suchte tapfer seinen Blick. »Und Ihr? Wollt Ihr mir verraten, wie Ihr als Diener Gottes dazu kommt, Euch mit solchen Mordbuben einzulassen? Oder seid Ihr gar kein Mönch?«

Er verzog keine Miene. »Doch, und ich tue es allein für Gott den Herrn.«

»Habt Ihr ihn gefragt, ob er Eure Mittel billigt?«, fragte sie in spitzem Ton und merkte, wie die Furcht vor diesem finsteren Kerl mit jedem ihrer Worte ein klein wenig abnahm.

»Der Herr hat mich geschickt. Ich handele in seinem Auftrag.«

»Und warum ist der Herr der Meinung, dass in Zukunft Ihr Augustiner an den Lebkuchen meiner geliebten Mutter Benedicta reich werden sollt?«

Der Mönch verzog angewidert den Mund. »Nehmt bloß den Namen dieser Person nicht in den Mund! Eine Braut Gottes, die das Kloster verlässt, hat ihr Recht auf Leben verwirkt ...«

»Also habt Ihr sie doch umgebracht! Die Schöpferin jener Benedicten, an denen Ihr Euch aber sehr wohl bereichern wollt, nicht wahr?«

»Ach, dummes Weib! Glaubt Ihr, mich schert Reichtum? Nein, im Gegenteil, ich möchte, dass wir uns endlich wieder auf unsere Werte besinnen. Auf Keuschheit und Demut, auf Armut und Gehorsam ...« Er hob die Hände zum Himmel empor und bekam einen verklärten Blick, unter dem Bianca erschauerte.

»Aber die Benedicten bringen Reichtum und Macht«, widersprach sie ihm mit Nachdruck.

»Ja, das denkt Ihr. Genau wie der alte Prior unseres Klosters. Der ist geradezu darauf versessen, dass wir dieses gottlose Gebäck herstellen und unsere Brüder und Schwestern zu Völlerei und Unzucht verleiten. Mir hat er versprochen, sein Nachfolger zu werden, wenn ich es – mit welchen Mitteln auch immer – schaffe, dass die Augustiner den Dominikanern diesen Handel abjagen. Und dann, mein liebes Kind, dann werden wir zu unseren Wurzeln zurückkehren. Dann werde ich dieses Rezept vernichten und süße Versuchungen für immer verbieten.«

Der Mönch stampfte dabei so heftig mit dem Fuß auf, dass Bianca zusammenzuckte. Der Mann hat den Verstand verloren, schoss es ihr durch den Kopf.

»Und was sagt der Herr dazu, dass Ihr dafür Menschenleben opfert?«, fragte sie ihn streng und versuchte, das Beben in ihrer Stimme zu unterdrücken.

»Er hat es mir befohlen. Töte die Ungläubigen, hat er mir im Traum verkündet. Sorg dafür, dass du die Brüder wieder zu ihrem Glauben führst …«

»Du sollst nicht töten, sagt das fünfte Gebot«, unterbrach Bianca ihn.

Plötzlich änderte sich sein Gesichtsausdruck. Wo ihm eben noch der Wahnsinn aus den Augen geblitzt hatte, war nun der blanke Hass zu lesen.

»Ihr haltet Euch wohl für besonders schlau. Verwickelt mich in ein Gespräch und glaubt, ich könne dabei meinen Auftrag vergessen. Aber da irrt Ihr Euch.«

Er trat auf sie zu und legte ihr ohne Vorwarnung die Hände um den Hals.

»Das Rezept, oder ich drücke zu!«

Bianca erwiderte nichts, sondern starrte ihn aus weit aufgerissenen Augen an.

Er verstärkte den Druck. Bianca schloss die Augen. Das habe ich doch alles schon einmal erlebt, ging es ihr durch den Kopf. Diesem Gedanken folgte die bange Frage, ob sie hier, weit weg von der Heimat und mit der Gewissheit, niemals mehr nach Nürnberg zurückzukehren, so standhaft wie im Lochgefängnis bleiben könne. Würde er sie am Leben lassen, wenn sie ihm das Rezept verriet?

Plötzlich fiel ihr ein Bild aus ihrer Kindheit ein. Es war ein milder Sommertag gewesen. Sie erinnerte sich noch ganz genau. Sie hatte mit Benedicta und Andreas in der Klosterküche gestanden und Lebkuchenteig zubereitet. Und ständig hatten sie, die beiden Kinder, daran genascht, denn die nussige Masse hatte ihnen auch schon vorzüglich gemundet, bevor sie in den Ofen geschoben worden war. Irgendwann hatten sie sich überfressen, und Benedicta hatte die ganze Arbeit allein bewältigen müssen. Sie aber hatten in der Ecke der Backstube gehockt und sich die Bäuche gehalten. Als es ihnen endlich besser gegangen war, hatte Andreas Benedicta feierlich versprochen, in Zukunft nur noch von den fertigen Lebkuchen zu kosten. Benedicta hatte herzlich gelacht. »Und du, mein Kind, was versprichst du?«, hatte sie Bianca schmunzelnd gefragt. »Ich verspreche, dass ich dir ab sofort immer helfe beim Backen.« Benedicta hatten ihre beiden Kinder in die Arme genommen und an sich gedrückt. »Und ich wünsche mir, dass wir drei immer zusammenbleiben«, hatte sie geflüstert.

Bianca schossen Tränen in die Augen. Mit einem Mal stand alles so klar und deutlich vor ihr. Sie konnte nicht in Venedig bleiben. Sie gehörte nach Nürnberg, zu Andreas und zu Benedictas Erbe. Nein, niemals würde ein Sterbenswörtchen über ihre Lippen kommen. Was sollte dieser schreckliche Kerl ihr schon Schlimmeres antun können als das, was sie im Lochgefängnis überlebt hatte, ohne zur Verräterin zu werden? Und wenn er sie erwürgte, dann würde sie wenigstens mit einem sicheren Gefühl von dieser Welt gehen: dass sie Andreas mehr als ihr Leben liebte.

Doch ganz plötzlich ließ der Druck nach. Als Bianca die Augen öffnete, blickte sie in das grimmige Gesicht des Mönches.

»Ihr lasst Euch ja die Kehle zudrücken, ohne mit der Wimper zu zucken«, bemerkte er mit einer Mischung aus Erstaunen und Unwillen.

»Habt Ihr eigentlich auch einen Namen, oder heißt Ihr nur der Dieb, der das Testament austauschte, oder der falsche Kaufmann, der vor Gericht einen Meineid schwor?«

»Was wollt Ihr damit bezwecken? Dass ich von meinem Plan Abstand nehme und Euch unverrichteter Dinge laufen lasse?«

»Ich wollte nur wissen, wie ich Euch anreden soll, wenn ich meinen letzten Atemzug tue, denn, werter ... wie Ihr auch immer heißen mögt ... das Rezept bekommt Ihr nicht aus mir heraus. Ihr seid also nichts weiter als ein gewöhnlicher Mörder, Bruder Johann. Ja, ich werde Euch Bruder Johann nennen.«

»Gregor, ich heiße Gregor«, widersprach der Mönch.

»Gut, Bruder Gregor, dann frage ich Euch: Wie wollt Ihr mich dazu bringen, Euch das Rezept zu verraten? Euer Mitverschwörer Bruno, der versuchte es mit Brandmarken. Wenn Ihr die Narbe sehen wollt ...« Bianca hielt inne und machte Anstalten, den Ärmel ihres Gewandes hochzukrempeln.

»Lasst das!«, schnauzte Bruder Gregor. »Ich bin nicht so dumm wie Nero, dieser verwöhnte Sohn eines Nichtsnutzes.«

»Nero?«, fragte Bianca neugierig nach.
»Ach, redet nicht so viel!
Bianca aber ließ nicht locker. »Habt Ihr Euch gar andere Namen gegeben?«
»Das geht Euch nichts an.«
Bianca schüttelte den Kopf. »Aber Nero passt doch gar nicht zu Eurem Mitverschwörer Bruno.«
»Ihr sollt Euren Mund halten.«
»Bei Nero fällt mir aber gerade noch etwas ein.«
»Haltet ein!«
»Nero ist tot.«
»Redet kein dummes Zeug!«
»Doch, doch! Bruno wurde im Haus eines venezianischen Kaufmannes gerichtet. Eure Schergen, Johann und dieser falsche Parler, kamen unterwegs ums Leben. Ihr seid im Namen der Verschwörung mittlerweile ganz allein unterwegs, Bruder Gregor.«

Der Mönch aber hörte ihr gar nicht mehr zu, sondern murmelte mehr zu sich selbst: »Ich habe gleich gewusst, dass dieser Hohlkopf zu nichts zu gebrauchen ist, aber Janus wollte seinen Sohn ...«

»Janus? Ist das mein geliebter Onkel Artur? Und sagt, wie heißt der kahlköpfige Ratsherr bei Euch? Hochverehrter Herr Mordbube? Und Ihr – wie heißt Ihr? Janus' Knecht?«

»Haltet den Mund!«, brüllte der Mönch und versetzte Bianca eine schallende Ohrfeige. Sie aber verzog keine Miene. So zuwider ihr dieser Kerl auch war, er schien keinen sonderlichen Spaß daran zu haben, Menschen zu quälen. Was nicht bedeutet, dass er Skrupel hätte, mich kaltblütig umzubringen, dachte Bianca.

Sie hatte den Gedanken kaum zu Ende geführt, als der

Mönch ein Messer unter seinem Habit hervorholte und damit vor ihrem Gesicht herumfuchtelte.

»Ihr habt die Wahl. Soll ich Euch erst den Finger abtrennen oder vorher die Augen ausstechen?«

Bianca war starr vor Entsetzen. Doch der Mönch hatte sich bereits auf sie gestürzt, sie mit einem geschickten Griff auf den Rücken geworfen und hockte mit seinem ganzen Gewicht auf ihrem Bauch. Sie wollte schreien, aber sie spürte, dass sie das besser nicht tun sollte. Keinen Schmerz zeigen!, sprach sie sich gut zu. Ich darf keinen Schmerz und keine Angst zeigen.

»Mein liebes Kind, Ihr seid für ein Frauenzimmer erstaunlich schlau. Und deshalb werde ich Euch Eure anfängliche Frage beantworten. Wie ich Euch das Rezept zu entlocken gedenke. Ganz einfach. Ich schneide Euch langsam in Stücke. Die Finger, die Ohren, die Augen, und ich schwöre Euch, bevor Ihr das Bewusstsein verliert, habt Ihr mir das Rezept verraten.«

Bianca suchte seinen Blick und fauchte: »Das, Bruder Gregor, ist Teufels Werk, und der Herr dort oben wird Euch geradewegs in die Hölle schicken. Entscheidet, wo Ihr beginnt.«

Diese Kälte, die Bianca in ihre Stimme gelegt hatte, obwohl ihr vor Angst übel geworden war, verunsicherte ihn ganz offensichtlich. Er zögerte, doch dann hantierte er mit dem Messer ganz gezielt vor ihren Augen herum.

»Ihr werdet in der Hölle braten«, zischte sie. Dabei hätte sie viel lieber laut um Hilfe geschrien, aber wer sollte sie hören? Hier auf einer einsamen Insel.

Bianca schloss die Augen. Wenn er schon zustach, wollte sie dabei nicht zusehen müssen.

»Gut, Ihr habt es so gewollt«, knurrte er.

Bitte, Herr im Himmel, lass mich die Besinnung verlieren, flehte Bianca, und schon wurde es in ihrem Kopf ganz leer.

Maurizio stürmte, ohne anzuklopfen, in Madalens Zimmer. Die junge Frau war gerade dabei, ihr Haar zu kämmen, und musterte ihn entgeistert.

»Wo ist Bianca?«, fragte er, als er feststellte, dass Welsers Tochter allein im Zimmer war.

»Habt Ihr eigentlich nichts anderes im Kopf als diese Bianca?«, erwiderte sie in beleidigtem Ton.

Maurizio zog es vor, die Bemerkung, die ganz offensichtlich aus Eifersucht geboren war, zu überhören. »War Bianca bei Euch? Und wenn, wann ist sie gegangen und wohin?«

»Was sollte sie bei mir? Wenn sie mich aufsuchen würde, dann doch nur als Vorwand, um meinen Verlobten zu sehen. Das wisst Ihr doch, und ich wundere mich, dass es Euch nicht zu stören scheint.«

»Ich war zuerst bei Andreas im Fondaco, aber dort war sie nicht, obwohl sie vor Stunden losgegangen ist, um ihm Lebewohl zu sagen.«

»Und Ihr habt nichts dagegen?«

»Im Gegenteil, ich habe sie ausdrücklich darum gebeten.«

»Warum bringt Ihr sie auf so dumme Gedanken? Es wäre doch viel besser, die beiden würden ihre Vergangenheit ruhen lassen.«

»Das sehe ich anders. Ich möchte Bianca nicht etwa nur

deshalb zur Frau, weil Andreas es nicht schafft, ihr seine Liebe in angemessener Form zu erklären ...«

»Er liebt mich«, widersprach Madalen trotzig.

»Hat er Euch das so gesagt?«

Madalen lief feuerrot an und schwieg wütend.

»Wie hat der Herr aus Nürnberg sich denn ausgedrückt?«, hakte Maurizio bissig nach.

»Das geht Euch gar nichts an. Er hat mir erneut einen Antrag gemacht, und das ist doch wohl Erklärung genug.«

»Wenn Ihr Euch damit zufrieden gebt. Mir wäre das zu wenig.«

Mit einem Satz war Madalen aufgesprungen und traktierte seinen Brustkorb mit den Fäusten.

Maurizio hatte seine liebe Mühe, ihre Hände festzuhalten. Er schmunzelte. »Oho, das hätte ich Euch gar nicht zugetraut. Ich habe Euch für ein verwöhntes kleines Kind gehalten, aber Ihr habt Feuer.«

»Und Ihr seid ein böser alter Mann«, erwiderte Madalen.

Statt gekränkt zu sein, lachte er dröhnend. »So alt bin ich noch gar nicht, ich könnte nicht einmal Euer Vater sein. Aber wenn, dann würde ich Euch raten: Hütet Euch davor, die Liebe zu erzwingen.«

»Ihr seid widerlich. Wie Ihr es überhaupt wagen könnt, von Liebe zu reden. Ihr, der schlimmste Wüstling der Stadt!«

Maurizio war wieder ganz ernst geworden. »Ich würde gern noch ein wenig mit Euch plaudern, denn das ist wirklich anregender, als ich dachte, aber die Sorge um Bianca lässt mir keine Ruhe. Doch wenn ich sie wohlauf gefunden habe und sie sich entscheidet, mit Eurem Verlobten nach Nürnberg zurückzukehren, dann würde ich unseren kleinen Disput gern fortsetzen.« Er vollführte zum Abschied eine übertriebene Verbeugung.

»Ich hasse Euch!«, zischte Madalen, doch das hörte Maurizio nicht mehr. Er war bereits zum Ausgang geeilt. In der Gasse angekommen, hielt er inne. Wo sollte er Bianca bloß suchen? Und überhaupt, warum machte er sich solche Gedanken? Der Mann, der ihr Übles gewollt hatte, war tot. Vielleicht hatte sie es sich anders überlegt und Andreas doch nicht aufgesucht. Oder sie war gerade erst bei ihm eingetroffen.

Maurizio atmete tief durch. Bevor er kopflos durch Venedig lief, schien es vernünftiger, sich noch einmal im Fondaco zu vergewissern, ob Bianca vielleicht inzwischen dort angekommen war.

Als er Frantz Welsers Geschäftsräume betrat, waren die drei Herren immer noch damit beschäftigt, ihren Vertrag zu besprechen. Der deutsche Handelsherr bemühte sich, die erneute Störung höflich hinzunehmen, aber Maurizio merkte ihm sehr wohl an, dass ihm der Besuch missfiel.

Der levantinische Kaufmann zeigte seinen Widerwillen ganz deutlich. Er stöhnte laut auf und rollte so übertrieben mit den Augen, wie es nur die Männer aus dem Morgenland beherrschten.

Andreas hingegen musterte den Tuchhändler Maurizio di Ziani stumm.

»Verzeiht die Störung. Ich hatte gehofft, dass Bianca inzwischen bei Euch eingetroffen ist, nachdem sie Eurem Haus, werter Signor Welser, keinen Besuch abgestattet hat.«

»Gut, dann entscheidet Euch, ob Ihr gleich mit uns speisen wollt«, bemerkte der Handelsherr in unwirschem Ton.

»Ich käme der Einladung gern nach, aber ich hätte keine Ruhe. Die junge Dame hat vor fast vier Stunden meinen Palazzo verlassen, um jenen jungen Mann dort aufzusuchen. Ihr werdet meine Beunruhigung verstehen, nachdem sie auf dem kurzen Weg hierher anscheinend verloren gegangen ist.«

»Aber sicher«, erwiderte Frantz Welser. »Ihr werdet sie gewiss finden.«

»Das werde ich«, erklärte Maurizio mit Bestimmtheit und wandte sich zum Gehen. Er war gerade bei der Tür, als er Andreas' Stimme hörte: »Wartet auf mich. Ich komme mit!«

Maurizio wandte sich um und nickte. »Und ich habe schon gedacht, sie sei Euch völlig gleichgültig.«

Andreas war zum Entsetzen der beiden anderen Männer einfach vom Stuhl aufgesprungen.

»Junger Freund, ich bin doch nicht von so weither angereist, damit Ihr während der Verhandlungen einfach fortlauft«, sagte der levantinische Kaufmann voller Empörung und wandte sich an den Handelsherrn. »Wenn er geht, dann bin ich nicht mehr gewillt, mit ihm Geschäfte zu machen. Die Gewürzhändler aus dem Norden reißen sich darum, dass ich ihnen Pfeffer liefere.«

»Andreas, bitte setzt Euch! Ihr hört, was unser guter Theophil sagt. Es wäre eine Beleidigung, wenn Ihr ihn kurz vor Unterzeichnung des Vertrages sitzen ließet.«

»Verzeiht, aber ich kann nicht anders. Es geht um die Frau, die ich liebe ...«

»Seid Ihr völlig verrückt geworden? Ihr habt erst gestern um die Hand meiner Tochter angehalten ... Wenn Ihr jetzt wegen der anderen fortgeht, werde ich Euch meine Tochter jedenfalls nicht mehr zum Weib geben. Entscheidet Euch!«

»Ich habe keine Wahl«, entgegnete Andreas und eilte zur Tür.

»Dann bekommt Ihr weder den Pfefferhandel noch meine

Tochter!«, brüllte ihm Frantz Welser hinterher, doch Andreas wandte sich nicht mehr um.

»Oho, Ihr gefallt mir immer besser. Ihr gebt für Bianca das Geschäft auf, weshalb Ihr Euch auf den weiten Weg gemacht habt. Solltet Ihr doch in der Lage sein, so feurig zu lieben wie wir Venezianer?« Maurizio schien von seinem Nebenbuhler ernsthaft beeindruckt zu sein.

»Nein, wo denkt Ihr hin? Das riskiere ich nur, weil davon auszugehen ist, dass die Osmanen Konstantinopel doch noch einnehmen und den Handel untersagen werden. Das Geschäft hat keine Zukunft.«

Maurizio war stehen geblieben und starrte Andreas fassungslos an. »Ihr seid nur mit mir gekommen, weil das Geschäft ohnehin zum Scheitern verurteilt ist?«

Andreas lächelte. »Das wolltet Ihr doch hören, nicht wahr? Dass ich Bianca niemals so lieben könnte wie Ihr? Aber ich behaupte das Gegenteil. Ihr seid ein Abenteurer, was Frauen angeht. Bianca ist für Euch nur ein weiteres exotisches Stück in Eurer Sammlung. Ich hingegen habe sie schon geliebt, als ich mit ihr in Großmutters Backstube gespielt habe. Wir hatten beide so viel von dem Teig genascht, dass uns schlecht wurde. Ich habe daraufhin versprochen, fortan allein die fertigen Lebkuchen zu verzehren, Bianca versprach, in Zukunft beim Backen zu helfen. Da nahm Benedicta uns in die Arme und wünschte, dass wir drei immer zusammenblieben. Und in jenem Augenblick ging mir als Knabe das Herz über, als ich die kleine Bianca ansah ...«

»Ist ja schon gut. Erspart mir Eure Geschichten. Ich will sie gar nicht hören, denn ich glaube es auch so ...« Er stockte, und ein Lächeln huschte über sein Gesicht. »Aber mit dem Levantehandel habt Ihr wirklich recht. Das geht nicht mehr lange gut. Ich sollte ab sofort keine Geschäfte mit Konstantinopel abschließen. Aber nun kommt! Wir müssen sie suchen.«

»Aber wo?« Andreas war wieder ganz ernst geworden. »Sie kann doch nicht verschwunden sein. Seid Ihr sicher, sie war auf dem Weg zu mir?«

»Ganz gewiss. Sie wollte Euch erzählen, was in Nürnberg geschehen war, Euch Lebewohl sagen und zu mir zurückkehren.«

»Das glaubt Ihr doch wohl selbst nicht. Sie hätte Euch niemals geheiratet.«

»Das können wir erst klären, nachdem wir sie gefunden haben, mein lieber Freund.«

»Damit mögt Ihr ausnahmsweise recht haben«, konterte Andreas und schlug vor, in verschiedene Richtungen auszuschwärmen.

»Gut, dann gehe ich nach rechts und Ihr nach links.«

So schlug Maurizio den Weg zum Gewürzmarkt ein, während Andreas zum Canal eilte.

Als Bianca aus ihrer Ohnmacht erwachte, war es totenstill in dem Haus. Ihr erster Gedanke galt den schrecklichen Drohungen des grausamen Mönches. Doch sie spürte sofort, dass er ihr nichts angetan hatte. Vorsichtig öffnete sie die Augen. Es bot sich ihr ein seltsames Bild. Kampfbereit standen sich zwei Mönche gegenüber. Der eine, Bruder Gregor in seinem schwarzen Habit, der andere, ein dunkelhaariger Fremder, in Weiß gekleidet. Keiner der beiden Mönche sprach auch nur ein Wort, doch in den Augen des Fremden war schieres Erstaunen zu lesen. Er war unbewaffnet, während Bruder Gregor das Messer bedrohlich in der Hand hielt.

Bianca stockte der Atem. Was hatte das alles zu bedeuten? Wo kam der fremde Mönch so plötzlich her? Sie hatte geglaubt, dass die Insel unbewohnt sei, dass ihr letztes Stündlein geschlagen habe und ihre sterblichen Überreste kein Mensch je finden werde.

Der Fremde wandte sich nun in einer fremden Sprache an Bruder Gregor. Es hörte sich an wie das Venezianisch, das sie aus den Gassen der Stadt kannte. Trotz des Messers, das auf ihn gerichtet war, redete er in einem sanften und unaufgeregten Ton.

»Geh!«, erwiderte Bruder Gregor ungehalten und fuchtelte mit dem Messer vor dem Fremden herum. Der aber wich keinen einzigen Schritt zurück. Er hatte offenbar nicht die Spur von Angst.

»Bist du aus dem Norden?«, fragte der Mönch und ergänzte, ohne eine Antwort abzuwarten: »Ich bin ein Schüler von Ambrosius Traversi, der als Legat von Papst Eugen am Konzil von Basel teilnahm. Er hat mich deine Sprache gelehrt.«

»Es ist mir gleichgültig, wer du bist. Geh!«

»Das will ich gern tun, Bruder, aber erst musst du mir erklären, was du mit einem Messer in der Hand und einem Weib in meinem Haus zu suchen hast.«

»In deinem Haus?« Bruder Gregor blieb der Mund offen stehen. Kaum dass er sich wieder gefangen hatte, fügte er grimmig hinzu: »Wie kannst du nur so leben?«

»Das will ich dir gern verraten, Bruder, nachdem du mir

eine Antwort gegeben hast. Und bitte hör auf, mit dem Messer herumzufuchteln! Eine ungeschickte Bewegung, und du verletzt einen Menschen. Das kannst du doch nicht wollen, denn wenn ich deine Kleidung richtig deute, gehörst du zu den Augustinerbrüdern. Eure Klöster sind auch bei uns weit verbreitet. Aus welchem kommst du?«

Bianca beobachtete gebannt, wie die beruhigende Stimme des Fremden Bruder Gregor zunehmend verunsicherte. Tief im Innern ahnte sie, dass sie in Sicherheit war. Aber nur wenn der teuflische Gregor den Fremden nicht abstach. Doch dieser schien seinen eigenen Plan zu verfolgen, um ein Blutbad zu vermeiden. Natürlich ahnt er, dass der Mönch mir nach dem Leben trachtet, schoss es Bianca durch den Kopf. Doch das wird er nicht zulassen.

»Was geht es dich an? Wenn dies dein Haus ist, dann verzeih. Dann werden wir es selbstverständlich verlassen, nicht wahr?« Er wandte sich an Bianca und warf ihr einen drohenden Blick zu. »Sie ist eine entlaufene Nonne, die ich in ihr Kloster zurückbringen muss«, fügte er hinzu.

»Gut, wenn das so ist, dann geh. Aber nur unter einer Bedingung: Du lässt das Messer fallen.«

»Das werde ich nicht tun«, fauchte Bruder Gregor.

»Und ich folge ihm keinen Schritt, denn er ist ein Verbrecher, der nur das eine Ziel verfolgt: mir ein geheimes Rezept zu entlocken und mich danach umzubringen«, mischte sich Bianca lautstark ein.

»Stimmt das, Bruder? Wie heißt du?«

»Gregor!«, schnaubte der Mönch.

»Bruder Gregor, stimmt das?«

»Natürlich nicht!«

»Dann lasse ich dich erst gehen, nachdem ich die Wahrheit herausgefunden habe.«

Um weiteren Lügen des Mönches zuvorzukommen, ergriff Bianca das Wort. »Er glaubt, wenn er mir das Rezept entlockt und die Benedicten zukünftig im Nürnberger Augustinerkloster vertreiben lässt, macht der alte Prior ihn zu seinem Nachfolger ...«

»... aber doch nur, um meine Brüder zurückzuführen zu unseren Gelübden. Armut und Keuschheit. Sobald ich Prior bin, wird es für meine Brüder keine Lebkuchen mehr geben.«

»Du gibst es also zu? Du willst ihr mit Gewalt ein Rezept entlocken, dessen Besitz du dazu nutzen willst, die Brüder wieder zum reinen Glauben zu führen?«, fragte der fremde Bruder.

Bruder Gregor nickte eifrig. »Ja, genau, der Herr hat mich dazu auserwählt, meine Brüder in seinem Namen auf den richtigen Weg zu führen.«

»Das ist löblich«, erwiderte der Mönch und warf Bianca einen undurchdringlichen Blick zu. Ihr lief ein kalter Schauer über den Rücken. Hatte sie sich in dem Fremden etwa getäuscht? Würde er zulassen, dass Bruder Gregor einen Mord beging, nur um seine Brüder Gott wieder näherzubringen? Am liebsten hätte sie laut protestiert, doch eine innere Stimme hielt sie davon ab. Sie musste sich schon sehr täuschen, wenn dieser sanftmütige Mann tatenlos zusah, dass sie ihr Blut vergoss.

»Ich wusste, du verstehst mich«, sagte Bruder Gregor, und zum ersten Mal, seit er Biancas Wege gekreuzt hatte, bemerkte sie so etwas wie ein Lächeln, das seinen strengen Mund umspielte.

»Ja, lieber Bruder, ich verstehe jeden, der dem Herrn dient. Was sich mir nicht erschließt, ist die Tatsache, dass du das mit Blut bezahlst. Wir gehören zwar nicht zum gleichen

Orden. Ich bin ein Kamaldulenser, aber das fünfte Gebot gilt für uns alle gleichermaßen. Deshalb darf ich dich nun auffordern, das Messer aus der Hand zu legen und mein Haus zu verlassen, und zwar ohne die junge Frau. Die bringe ich nachher sicher zurück nach Venedig. Dort kommt Ihr doch her, nicht wahr?«

Bianca nickte erleichtert. »Aber woher wisst Ihr das?«, fragte sie.

»Ich komme eben von drüben, und der Fährmann sprach davon, dass er ein großes Unrecht begangen habe und eine junge Frau entführt und nach San Michele gebracht habe. Wir haben hier nur unser Kloster, und mein Haus ist das erste auf dem Weg. Ich versprach ihm also, mich darum zu kümmern. Mein Name ist übrigens Bruder Pietro.«

»Verdammter Verräter!«, fluchte Bruder Gregor und fuchtelte dem Mönch bedrohlich mit dem Messer vor der Brust herum. »Du dachtest wohl, du seist besonders schlau, aber ich werde dich abstechen, wenn du mich mein Werk nicht vollenden lässt.«

»Bitte, nur zu!« Bruder Pietro entblößte die Brust und streckte sie Bruder Gregor entgegen.

»Ich bringe dich um. Der Herr hat mir befohlen, für die Gelübde zu kämpfen! Er wird mich in sein Himmelreich aufnehmen!«, schrie der besessene Mönch.

Bruder Pietro aber erklärte mit gleichbleibend ruhiger Stimme: »Dazu wird es wohl leider nicht mehr kommen.«

»Was soll das heißen? Willst du mir drohen? Welche Waffe hast du versteckt?«

Bruder Pietro lächelte versonnen. »Wir besitzen keine Waffen. Es sei denn, die der Wahrheit. Du wirst nämlich in der Hölle landen. So jemand wie du, der ward geworfen in den feurigen Pfuhl.«

»Du lügst. Wie kannst du dich erdreisten, Gottes Urteil zu sprechen?«

»Der Herr ist mir im Traum erschienen und hat mir einen verwirrten Bruder in meinem Haus angekündigt, der auf dem besten Weg ist, in der Hölle zu schmoren ...«

»Du lügst!«

»Er sagte mir, du seist verdammt. Es sei denn, du bliebst für den Rest deines Lebens auf dieser Insel unter unseren Brüdern. Bei uns bekommst du, wonach dir der Sinn steht: Armut und Keuschheit ...«

»Hör auf! Hör endlich auf! Ich soll in einem solchen Rattenloch hausen? Niemals!« Bruder Gregor fasste sich an den Kopf und rieb sich die Schläfen. Gequält blickte er gen Himmel. »O Herr, bitte, gib mir ein Zeichen, mein Werk zu vollenden. O Herr, ich tue es nur für dich. Bitte, steh mir bei!«

Bianca hielt den Atem an. Nichts geschah, doch dann richtete Bruder Gregor ohne Vorwarnung das Messer gegen sich selbst. Mit voller Wucht rammte er sich die Waffe ins Herz. Mit einem Aufschrei fiel er vornüber und rührte sich nicht mehr.

Bruder Pietro reichte Bianca die Hand und half ihr auf.

»Seid Ihr unversehrt?«, fragte er besorgt.

»Danke«, hauchte Bianca und fiel dem Ordensbruder um den Hals.

»Nicht der Rede wert«, erwiderte er verlegen, nachdem sie ihn wieder losgelassen hatte. »Bedankt Euch bei dem jungen Fährmann. Er wartet draußen. Wenn unser Freund uns angegriffen hätte, dann wäre er uns zu Hilfe geeilt. Und auch ich hätte von meinen Fäusten Gebrauch gemacht.«

Bruder Pietro warf dem toten Mönch einen mitfühlenden Blick zu. »Nun hat er das, was er sich erträumt hat. Ein

Grab auf einer Insel, auf der die Gelübde sehr ernst genommen werden.«

»Verzeiht, aber ich empfinde kaum Mitleid mit dieser Kreatur«, erklärte Bianca beinahe entschuldigend.

»Das wäre auch übermenschlich. Wenn Ihr so fühltet, dann wärt Ihr eine Braut Christi geworden, wie der Bruder dort fälschlicherweise behauptet hat.«

Bruder Pietro schob sie bei diesen Worten zur offenen Tür des armseligen Häuschens hinaus ins Freie. Bianca musste die Augen schließen, weil die Sonne unbarmherzig vom Himmel brannte, während es im Haus halbdunkel gewesen war.

Als sie die Lider wieder hob, blickte sie in ein Paar vertrauter blauer Augen.

»Andreas?«, hauchte sie ungläubig.

»Ich habe überall nach dir gefragt, und dieser Bursche ...« Er deutete auf den Fährmann, der die Hände faltete, was sie als Zeichen seiner Bitte um Verzeihung deutete. »Er hat uns die Geschichte mit dem Mönch erzählt, der ihn fürstlich entlohnt hat, und mich nach San Michele gebracht. Zufällig wollte Bruder Pietro auch zur Insel. Wenn er nicht bei uns gewesen wäre und mich zur Vernunft ermahnt hätte, ich wäre kopflos umhergeirrt und hätte nach dir gesucht. Wo ist der Verbrecher?«

»Er hat sich selbst gerichtet. Aber sag, warum hast du mich gesucht? Du konntest doch gar nicht ahnen, dass ich auf dem Weg zu dir war.«

»Maurizio hat mir davon berichtet. Wir haben uns getrennt. Er sucht dich wahrscheinlich immer noch in den Gassen von Venedig. Er ist ein guter Mann, und ich werde dich nicht hassen, wenn du dich für ihn ...«

Bianca unterbrach seine Worte durch einen Kuss, der

wohl niemals geendet hätte, wenn sich Bruder Pietro nicht durch ein auffälliges Räuspern bemerkbar gemacht hätte.

Bianca und Andreas fuhren auseinander.

»Ich wollte mich nur verabschieden. Alles Gute für Euch, und grüßt mir den Norden, wenn Ihr die weite Reise überstanden habt. Ich werde mich um den Bruder dort kümmern.«

»Vielen Dank, Bruder Pietro!«, sagten Bianca und Andreas wie aus einem Mund.

Von der Bootsfahrt über die Lagune zurück nach Venedig bekamen die beiden kaum etwas mit. Immer wieder küssten sie sich und flüsterten sich zärtliche Worte zu. Der Fährmann verstand nicht viel, aber drei deutsche Worte behielt er: *Bitte, verzeih mir!*

Erst als der Dogenpalast bereits zum Greifen nahe war und das Boot anlegte, lösten sie sich aus ihrer innigen Umarmung. Bevor sie an Land gingen, holte Bianca etwas aus ihrer Rocktasche und reichte es Andreas. Ein Lächeln huschte über sein Gesicht, als er seinen Verlobungsring erkannte. Feierlich steckte sie ihm das Schmuckstück an den Finger.

»Da hat Bruno meinen Ring den ganzen weiten Weg über die Alpen bei sich getragen. Ich glaube, du solltest mir nun endlich berichten, was sich da im fernen Nürnberg während meiner Abwesenheit zugetragen hat.«

»Später«, erwiderte Bianca zärtlich, während sie seine Hand ergriff, um aus dem schwankenden Boot zu steigen.

»Was hältst du davon, wenn wir auf dem schnellsten Weg zur Pfarrei von San Bartolomeo eilen?«, flüsterte Andreas.

»Gleich«, hauchte sie und zog ihn hinter eine Säule des Dogenpalastes. Sie war sicher, dass ihr inniger Kuss in diesem versteckten Winkel unbeobachtet blieb, doch sie täuschte sich.

Maurizio di Ziani warf den beiden allerdings nur einen flüchtigen Blick zu. Er war ein guter Verlierer, aber keiner, der wegen einer Niederlage länger als nötig litt. Im Weitereilen fragte er sich, wie er es am besten anstellen sollte, um Madalen Welsers Herz zu gewinnen.

Epilog – Drei Monate später

Richter Clemens Sutter zweifelte selbst in diesem Augenblick noch daran, dass der wahnwitzige Plan von Bianca und Andreas von Erfolg gekrönt sein würde. Er hatte keine Bedenken, was Artur von Ehrenreits Verurteilung anging, aber ob der gewiefte Ratsherr Fenner darauf hereinfallen würde, das wagte der Richter zu bezweifeln. Er stieß einen tiefen Seufzer aus, denn was es bedeutete, wenn der Plan fehlschlug, konnte er sich in etwa ausmalen. Dass er dann die längste Zeit Richter des Rates der Stadt Nürnberg gewesen wäre, schien noch das geringste Übel. Dieser Prozess sollte ohnehin sein vorletzter sein. Den letzten wollte er sich für den feinen Herrn aufheben, wenn er ihnen ins Netz ging … Wenn … Und wie es auch immer ausging, es würde nie folgenlos bleiben, dass er sich mit einem der mächtigsten Männer der Stadt angelegt hatte. Insgeheim verfluchte er den Tag, an dem der Geselle Heinrich Gumpert mit zwei zerlumpten, dreckstarrenden Gestalten vor seiner Tür gestanden und um Einlass gebeten hatte. Die Frau war ihm gleich entfernt bekannt vorgekommen, doch erst nachdem sie sich den Reiseschmutz aus dem Gesicht gewaschen hatte, da war es ihm wie Schuppen von den Augen gefallen. Er hatte sogleich nach den Bütteln rufen wollen, doch ihr Begleiter hatte das verhindert. Er, der Richter, hatte den jungen Mann zunächst für Bruno von Ehrenreit gehalten und sich sehr gewundert. Doch schnell hatte er sich als Andreas von Ehrenreit zu erkennen gegeben, und man hatte sich nicht mit langen Erklärungen aufgehalten. Natürlich wünschte er sich auch an diesem Tag noch, die drei hätten niemals an seine Tür gepocht, aber nun musste die Gerechtigkeit ihren Lauf nehmen. Zumal bereits vor Wochen ein Zeidler namens Wolfram bei ihm vorgesprochen und versichert hatte, dass man Bianca von Ehrenreit zu Unrecht aus der Stadt verbannt habe. Und der Richter hatte ihm geglaubt und seitdem immerzu darüber nachgegrübelt, wie er sein Fehlurteil wiedergutmachen konnte. Nun bot sich ihm die Gelegenheit. Dem Richter wurde heiß und kalt, wenn er daran dachte, wie er sich bei Artur von Ehrenreit unter einem Vorwand die junge Magd Greth Gumpert ausgeborgt hatte. Damit diese zum Zeitpunkt der Anklageerhebung in Sicherheit und Gumpert nicht mehr erpressbar wäre. Artur hatte keinen Verdacht geschöpft, bis zu dem Augenblick, da ihn die Büttel abgeholt und in ein Turmgefängnis gebracht hatten. Natürlich hatte er sich mit Händen und Füßen gewehrt und behauptet, Meister Olbrecht sei nicht von seiner Hand gestorben, sondern von Heinrich Gumpert umgebracht worden.

Richter Sutter erwartete das Schlimmste, als der Büttel den Angeklagten hereinführte. Tatsächlich, Artur von Ehrenreit gebärdete sich wie ein Irrer. Er schlug um sich und brüllte unflätiges Zeug. Der Richter gab dem Büttel ein Zeichen, den Angeklagten zu fesseln. Nun konnte er nicht mehr handgreiflich werden, aber er schrie in einem fort, dass er Opfer einer gemeinen Verschwörung geworden und dass der Richter einer der führenden Köpfe sei. Es dauerte eine ganze Weile, bis er endlich den Mund hielt, aber auch nur deshalb, weil der Büttel ihm diesen gewaltsam zuhielt.

»Ihr gesteht also nicht, den Lebküchner Meister Olbrecht umgebracht zu haben?«, fragte der Richter.

Der Büttel zog vorsichtig die Hand weg, und sofort schoss ein Schwall von Beschuldigungen gegen Heinrich Gumpert aus Arturs Mund.

»Gut, dann führt den Angeklagten hinaus und lasst uns den Zeugen hören!«, forderte der Richter. Fluchend verließ Artur den Saal.

Heinrich Gumpert schilderte dem Richter, wie, wann und auf welche Weise der Lebküchner von Artur umgebracht worden war. Mit ihm gemeinsam waren Bianca und Andreas in den Saal gekommen und hatten unter den Zuschauern Platz genommen. Der Richter warf ihnen einen flüchtigen Blick zu. Trotz des ernsten Anlasses strahlte aus den Augen der beiden jungen Leute das pure Glück. Wehmütig erinnerte sich der Richter daran, wie er vor vielen Jahren seine Frau kennen und lieben gelernt hatte.

Doch dann zwang er sich, nicht mit den Gedanken abzuschweifen, denn nun kam der schwierige Teil der Verhandlung. Würde Artur die ganze Schuld auf sich nehmen und den Ratsherrn ungeschoren davonkommen lassen? Oder würde er sich so verhalten, wie Bianca vermutete?

Artur hatte sich ein wenig gefangen und zeigte sich nun wesentlich unterwürfiger dem Richter gegenüber. Offenbar hatte er den Ernst der Lage inzwischen begriffen.

Der Richter erklärte ihm in ruhigen Worten, dass der Zeuge die frevelhafte Tat mit eigenen Augen gesehen habe und dass es einen weiteren Zeugen gebe. Diese Lüge kam dem Richter nicht leicht über die Lippen, doch sein schlechtes Gewissen Bianca von Ehrenreit gegenüber machte es ihm ein wenig leichter.

Diese Ankündigung verfehlte ihren Zweck beileibe nicht, denn Artur wurde leichenblass.

Davon ungerührt, fragte ihn der Richter, ob er nicht lieber gestehen wolle, dass er den Lebküchnermeister in dessen Haus erstickt habe. Dann werde er ihn mit dem Schwert richten lassen.

Artur erbleichte. Der grobe, ungehobelte Klotz verwandelte sich binnen weniger Augenblicke in einen vor Selbstmitleid triefenden Schwächling.

»Ich war es nicht«, jammerte er. »Ihr müsst mir glauben.«

Der Richter hob die Schultern. »Wollt Ihr, dass ich den zweiten Zeugen auch noch höre? Es ist ein Knecht des Lebküchners, und er sah ...«

»Nein, nein, das nicht! Aber bitte holt sofort den Ratsherrn Michel Fenner her! Er wird Fürbitte für mich halten. Ihr könnt mich nicht zum Tode verurteilen. Das wird er zu verhindern wissen.«

Der Richter atmete leise auf. Heiser befahl er dem Büttel, den Ratsherrn Michel Fenner ins Gericht zu holen. »Sagt ihm, ein Angeklagter behaupte, er werde für ihn Fürbitte leisten.«

Wieder suchte der Richter die Blicke der jungen Leute. In ihren Augen las er nichts als Zuversicht. Bianca schenkte ihm ein Lächeln. Er erwiderte es kurz, bevor sich seine Miene erneut verfinsterte. Er wünschte, dieser Tag möge endlich zu Ende gehen.

Er schreckte aus seinen Gedanken auf, als die Tür aufflog und der kahlköpfige Ratsherr wie ein König in den Gerichtssaal stolzierte. Er blickte weder nach links noch nach rechts, sondern richtete sich selbstherrlich vor dem Richter auf.

»Wer glaubt, dass er auf mein gutes Wort hoffen darf?«

»Der Angeklagte Artur von Ehrenreit, den ich des Mordes am Lebküchner Meister Olbrecht überführt habe.«

Der Richter weidete sich sichtlich daran, wie dem Ratsherrn jegliche Farbe aus dem Gesicht wich. Er traute sich nicht einmal, sich zu dem Angeklagten umzuwenden.

»Artur von Ehrenreit ist mir als ehrenwerter Mann bekannt. Warum sollte er jemanden umbringen?«, murmelte der Ratsherr halbherzig.

»Das müsst Ihr ihn schon selbst fragen«, erwiderte der Richter genüsslich.

»Entschuldigt, aber die Zeit habe ich nicht. Ich bitte Euch, ihn nicht zu hart zu bestrafen, aber nun muss ich weiter.« Er hatte sich immer noch nicht zu Artur umgewandt. Dafür konnte er dessen Stimme nicht überhören.

»Fenner! Ihr habt mir geschworen, dass mir nichts geschehen wird. Also, holt mich hier heraus, und zwar sofort!«

Der Ratsherr wusste vor Verlegenheit nicht, wohin er blicken sollte.

»Verzeiht, aber mehr kann ich für den Mann nicht tun«, raunte er dem Richter zu. So leise, dass er glaubte, Artur könne es nicht verstehen. Doch da hatte er sich geirrt.

Mit einem Satz war der Angeklagte bei ihm und brüllte: »Ihr wollt mich im Stich lassen? Gut, dann werde ich dem Gericht verraten, wer mich dazu angestiftet hat. Ihr wart es doch, der meinem Vorschlag, den Benedictenhandel an uns zu bringen, begeistert zustimmte. Ihr wolltet doch ...«

»Schweigt, Unglückseliger!«, brüllte der Ratsherr. »Das muss ich mir nicht anhören«, fügte er nicht minder empört hinzu und machte Anstalten zu gehen.

»Werter Ratsherr Fenner, bitte bleibt! Warum solltet Ihr fortlaufen, wenn ein Angeklagter Lügen über Euch verbreitet?«

Murrend blieb Fenner stehen.

»Und Euch, Angeklagter, darf ich auffordern, diese üblen Verleumdungen zu unterlassen. Ihr wisst, wie ich dereinst bei Eurer Nichte habe Strenge walten lassen. Zu Unrecht, wie ich heute eingestehen muss, aber sie hat es unbeschadet überstanden.«

Der Richter deutete auf Bianca. Artur blickte sich um. Ebenso wie der Ratsherr. Beiden blieb der Mund offen stehen.

Artur fand als Erster die Sprache wieder. »Nein, nein, das lasse ich mir nicht allein in die Schuhe schieben. Der gute Fenner versprach sich davon, den Handel mit den Höfen auszuweiten. Er wollte den Reichtum und die Anerkennung. Deshalb gehörte er zu uns ...«

»Das muss ich mir nicht länger anhören!«, brüllte der Ratsherr und eilte zur Tür, doch der Richter machte dem Büttel ein Zeichen, ihn am Gehen zu hindern.

»Das werdet Ihr mir büßen, Richter Sutter!«, schrie er außer sich vor Zorn. »Das wird ein Nachspiel haben.«

»Das hier vielleicht auch«, entgegnete der Richter in scharfem Ton, bevor er sich wieder an Artur wandte. »Euer Geständnis kann sich strafmildernd auswirken. Wer waren Eure Mitverschwörer?«

»Der da, mein Sohn, der Augustinermönch, Bruder Balthasar, Meister Olbrecht und ich. Fenner hat das Testament gefälscht und ...«

Weiter kam er nicht, weil der Ratsherr plötzlich ein Messer in der Hand hielt und sich auf Artur stürzte. Der aber wehrte sich mit aller Kraft und konnte die Waffe an sich bringen. Blindlings stach er zu. Mit einem Aufschrei brach der Ratsherr zusammen.

Der Richter hatte den Büttel nicht eingreifen lassen, denn mit diesem Ausgang hatte selbst er nicht gerechnet. Dass sich die Verschwörer gegenseitig umbringen würden. Doch Artur hatte den Kampf unbeschadet überstanden.

»Nun?«, fragte er bohrend. »Ich kann doch wohl eine milde Strafe erwarten, nicht wahr?«

Der Richter räusperte sich ein paarmal, bis er sein Urteil sprach. Artur von Ehrenreit sollte durch das Schwert sterben.

Es herrschte angespanntes Schweigen im Saal, bis Bianca sich erhob und mit klarer Stimme verkündete: »Janus, so hieß er bei den Verschwörern, war zweifelsohne der Kopf des Ganzen, aber ohne den Ratsherrn und Nero, wie Bruno von Ehrenreit gerufen wurde, und Balthasar, wie sich der Mönch nannte, hätte er es nicht geschafft, so viel Unheil anzurichten. Doch da seine Mitstreiter allesamt tot sind ...«

»Nein, das kann nicht sein! Bruno, nein!«, rief Artur verzweifelt aus.

»Deshalb möchte ich darum bitten, ihn am Leben zu lassen und aus der Stadt zu jagen«, beendete Bianca ihre Fürbitte.

Der Richter dachte eine Weile nach und verurteilte Artur von Ehrenreit zu lebenslanger Verbannung. Nachdem er das Urteil verkündet hatte, suchte er Biancas Blick, doch diese hatte nur Augen für den jungen Mann mit dem hellen Haar. Er hat auf den zweiten Blick so gar nichts mit Bruno von Ehrenreit gemein, ging es Richter Sutter durch den Kopf, während er sich das letzte Mal in seinem Leben vom Richterstuhl erhob. Die Verhandlung war beendet.

Nachwort

Bianca ist nicht zufällig nach Venedig gereist. Ich wollte, dass Benedictas Ziehtochter etwas von der Welt sieht. Immerhin war Benedicta im Roman »Die Lebküchnerin« aus dem Kloster in die Stadt Nürnberg geflüchtet. Für die ehemalige Nonne ein Abenteuer. Bianca sollte nun eine weitere Reise antreten. Und was bot sich da besser an als eine Alpenüberquerung mit dem Ziel Venedig? Die Lagunenrepublik war nämlich im 15. Jahrhundert der Hauptumschlagplatz für Gewürze aus dem Morgenland. Jedenfalls, als Bianca die Stadt besuchte. Zu dem Zeitpunkt war Venedig noch die führende Seemacht im Levantehandel. Das sollte sich schnell ändern, als nämlich im Jahr 1453 die Osmanen Konstantinopel eroberten. Das war nicht nur das Ende des Byzantinischen Reiches (kurz Byzanz genannt), sondern auch das Ende von Venedigs Vormachtstellung im Mittelmeer. Der Levantehandel lag fortan in den Händen der Osmanen.

Die Idee mit der Alpenüberquerung stellte mich vor einige Probleme. Wie war das eigentlich damals? Ich musste intensiv recherchieren, bis ich endlich ein Dokument fand, in dem die Strapazen einer solchen Reise eindrucksvoll geschildert wurden. Es gibt nämlich kaum Beschreibungen der Tortur. Schließlich stieß ich im Internet auf das Skript einer Ringvorlesung der Universität Salzburg. Dort waren die detaillierten Schilderungen des päpstlichen Sekretärs Leonardo Bruni zu lesen, der 1414 den Weg zum Konzil von

Konstanz hinter sich gebracht hatte. Ich bekam ein Gefühl dafür, wie gefährlich eine solche Alpenüberquerung in jenen Zeiten gewesen sein muss.

Doch dann kam die nächste große Frage auf: Wie war das Leben im Jahr 1452 für deutsche Kaufleute in Venedig? Ich stieß bei meinen Recherchen auf ein aufschlussreiches Buch: »Deutsche in Venedig im späten Mittelalter« von Cecilie Holberg – eine Untersuchung von Testamenten aus dem 15. Jahrhundert. Das war eine wahre Fundgrube. Ich erfuhr, wie die Händler von dem Fondaco aus, dem deutschen Handelshaus, ihre Geschäfte betrieben und dort Waffen und Geld abgeben mussten. Überdies bekam ich auch einen schillernden Einblick in ihren Alltag. Mich überraschte vor allem, wie viele Deutsche zu jener Zeit in der Lagunenstadt lebten. Doch nicht nur in Bezug auf das Leben der Kaufleute war dieses Buch eine sprudelnde Quelle, sondern ich erhielt auch jede Menge Informationen über Kleidung, Stoffe und Luxusgüter, die man im 15. Jahrhundert in Venedig zu vererben hatte. So zum Beispiel über diesen verrückten Hut, den Maurizio zum Fest trägt. Die *Ghirlanda* war ein hoher Filzhut, der mit einem Schleier oder einer Margeritengirlande geschmückt wurde. Auch die *Zornetta*, einen Umhang, den sowohl Frauen als auch Männer trugen, habe ich einem der Testamente entnommen. Sie war eine an beiden Seiten offene Pelerine.

Bei der Fülle der Informationen war es gar nicht leicht, sich ein paar charakteristische Dinge für den Roman herauszusuchen. Sehr spannend waren unter anderem die sich ständig ändernden Gesetze. So ist das Verbot überliefert, edle Stoffe zu tragen. Und damit verbunden die List der Frauen, sich Brokat als Futter in die Innenseiten ihrer Kleider nähen zu lassen und es auf einem Fest einfach nach außen zu kehren. Im Jahr 1472 schritt allerdings der Senat ein und dehnte das Verbot auch auf das Innenfutter aus. Das alles zeigt wohl, dass es den Reichen in Venedig sehr gut gegangen sein muss. Und dass sich das dortige Leben in der Tat von dem in Nürnberg unterschied.

Kurzum, dieses Buch hat mir bei meinen Recherchen sehr geholfen.

Ein kleines Problem machten mir auch die damaligen Boote. Natürlich ging ich davon aus, dass es sich um Gondeln handelte, wie es sie heute in Venedig gibt, aber bei der Recherche musste ich feststellen, dass das typische Boot, das wir als Gondel kennen, erst am Ende des 19. Jahrhunderts gebaut wurde. Deshalb habe ich im Roman das italienische Wort benutzt, *Gondola*, denn darunter fielen die flachen, kiellosen Boote, wie sie schon im 14. Jahrhundert durch die Kanäle fuhren. Allerdings waren sie kunterbunt. Jeder Adlige hatte seine eigene Farbe, und man versuchte sich mit der Pracht gegenseitig zu übertrumpfen. Aber auch hier zog der Senat Grenzen und ordnete im Jahr 1562 an, dass alle Boote schwarz zu sein hatten.

Mir hat es jedenfalls Spaß gemacht, ein Bild des Venedigs von 1452 zu entwerfen, und ich hoffe natürlich, Sie hatten auch Ihre Freude …

Sybille Schrödter
Die Lebküchnerin
Historischer Roman. 384 Seiten. Piper Taschenbuch

Nürnberg 1387 – eine der blühendsten Städte des Mittelalters, doch ein unwirtlicher Ort für eine junge Adelige, die gerade dem Kloster entflohen ist. Ihr bleibt nur eines: Sie gibt sich als Schwester ihrer Freundin aus, der ehemaligen Klosterköchin Agnes, und zieht zusammen mit ihr ins Haus von Agnes' Verlobtem, einem Bäcker. Das wiederum passt dem künftigen Schwiegervater gar nicht, bis Benedicta ihm aus seinen wirtschaftlichen Schwierigkeiten hilft. Ihr Geheimrezept für Lebkuchen, das sie einst im Kloster entwickelte, rettet die Bäckerei. Mit dem Erfolg ihrer köstlichen Benedicten-Lebkuchen macht sie sich jedoch auch Feinde. Und erkennt beinahe zu spät, dass einer es gut mit ihr meint ... Sybille Schrödter zeichnet lebendig und historisch fundiert ein farbenprächtiges Bild vom mittelalterlichen Nürnberg.

Melanie Metzenthin
Die Sündenheilerin
Historischer Roman. 464 Seiten. Piper Taschenbuch

Nach einem schweren Schicksalsschlag lebt Lena zurückgezogen im Kloster. Als Dietmar von Birkenfeld die junge Frau auf seine Burg ruft, damit sie seiner kranken Gemahlin hilft, muss Lena ihre Zufluchtsstätte jedoch verlassen. Denn sie hat eine seltene Gabe: Sie erspürt die tiefen seelischen Leiden der Menschen und vermag sie auf wundersame Weise zu heilen. Während ihres Aufenthalts auf Burg Birkenfeld begegnet Lena noch anderen Gästen: Philip Aegypticus ist zusammen mit seinem arabischen Freund Said in den Harz gereist, um die Heimat seines Vaters kennenzulernen. Der ebenso attraktive wie kluge Philip bemerkt schon bald, dass auf der Burg manch düsteres Geheimnis gehütet wird. Und er entdeckt, dass die feinfühlige Lena sich in Gefahr befindet.

Sabrina Capitani

Das Spiel der Gauklerin
Historischer Roman. 416 Seiten.
Piper Taschenbuch

Die fahrende Spielfrau Pauline Schwan hat ein schlechtes Jahr hinter sich. Die Leipziger Neujahrsmesse 1573/74 ist ihre letzte Chance, einigermaßen unbeschadet den Winter zu überstehen. Wird es Pauline gelingen, einen Platz als Hausmusikerin zu ergattern? Doch in der wohlhabenden Stadt überschlagen sich schon bald die Ereignisse: Zwei Bürgerkinder werden entführt, und Paulines Freund Jacobus, Besitzer einer fahrenden Wunderkammer, gerät in Verdacht. Dann wird auch noch eine Harfenhure grausam ermordet. Vor dem Hintergrund einer religiösen Intrige gerät Pauline in große Gefahr.

Tilman Röhrig

Die Schatten von Sherwood
Historischer Roman. 432 Seiten.
Piper Taschenbuch

Als der Wilddieb John Little Zeuge wird, wie die Schergen des Sheriffs von Nottingham sein Dorf auslöschen, flieht er mit der einzig anderen Überlebenden: seiner Adoptivtochter, der kleinen Marian. Zusammen suchen sie Schutz im Sherwood Forest, aber auch dort lauern Gefahren: Der Räuber Robin Hood greift sie auf, doch ist er nicht der schillernde Held, für den er gehalten wird…

»Wie es Tilman Röhrig gelingt, Robin Hood Gestalt werden zu lassen, ohne ihn dem archetypischen Muster des strahlenden Helden auszuliefern, macht die Qualität dieses Buches aus.«
Süddeutsche Zeitung

»Ein fesselnder Abenteuerroman.«
Kölner Stadtanzeiger

PenDO

Hannah Brebeck
Das Labyrinth der Engel

Roman. 320 Seiten. Gebunden

Paris 1609. Ein obskurer Diebstahl, verbotene Geschäfte in dunklen Gewölben und eine Serie von grausamen Morden sorgen im Hôtel-Dieu, dem klösterlichen Hospital auf der Île de la Cité, für Angst und Schrecken. Auch das Leben der Oberhebamme Estiennette Rimbault gerät dabei in größte Gefahr. Verzweifelt bittet sie ihre Freundin, die königliche Leibhebamme Louise Bourgeois, um Hilfe. Schon bald entdecken die beiden Frauen eine erste Spur, und ein scheinbar unbedeutendes Symbol bringt Estiennette ein Geheimnis in Erinnerung, das ihr einst eine Nonne auf dem Sterbebett anvertraute.

Ein atemberaubender Roman um die beiden berühmtesten Hebammen der Geschichte – spannend, mysteriös und ausgezeichnet recherchiert.